P.D. JAMES

Ende einer Karriere

P. D. JAMES

Ende einer Karriere

Roman

Aus dem Englischen von Georg Auerbach

Bechtermünz Verlag

Titel der Originalausgabe:
THE SKULL BENEATH SKIN

Genehmigte Lizenzausgabe für
Weltbild Verlag GmbH, Augsburg 1999

Einbandgestaltung: Jan Riemer, München
Umschlagmotiv: Tony Stone Bilderwelten/Hulton Getty, München
Gesamtherstellung: Clausen & Bosse, Leck
Printed in Germany
ISBN 3-8289-0265-0

Selbst bei eifrigster Nachforschung in Atlanten und auf Karten wird man die Insel Courcy und ihr viktorianisches Schloß nicht entdecken, weil beide nur in der Vorstellung der Autorin und ihrer Leser existieren. Auch die Vorgänge in Courcys blutbefleckter Geschichte und Gegenwart sowie die darin verwickelten Menschen haben nichts mit tatsächlichen Ereignissen und lebenden Personen zu tun.

Inhalt

I.
Einladung auf eine Insel
Seite 9

II.
Kostümprobe
Seite 83

III.
Blut benetzt den Himmel
Seite 163

IV.
Die Profis
Seite 215

V.
Entsetzen bei Mondlicht
Seite 293

VI.
Ein abgeschlossener Fall
Seite 353

I.

Einladung auf eine Insel

I

Es war nicht zu übersehen: Das neue Firmenschild hing schief. Cordelia brauchte es nicht einmal Bevis gleichzutun, der sich durch das dichte vormittägliche Verkehrsgewühl auf der Kingly Street drängte und von der gegenüberliegenden Seite aus das Schild durch das Gewirr rumpelnder Lieferwagen und Taxis beäugte, um diese schlichte, geometrisch unwiderlegbare Tatsache festzustellen. Das schimmernde rechteckige Bronzeschild, das sie allerhand Überlegungen und so viel Geld gekostet hatte, verfehlte die Waagrechte um gut einen Zentimeter. Trotz der simplen Aufschrift, dachte Cordelia, wirkt es in dieser Schräglage angeberisch und obendrein lächerlich; ein durchaus passendes Emblem irrationaler Hoffnungen und fehlgeleiteten Unternehmungsgeistes.

DETEKTEI PRYDE
(2. STOCK)
INHABER: CORDELIA GRAY

Wäre sie abergläubisch gewesen, hätte sie sicherlich gemeint, daß Bernies friedloser Geist auf diese Weise gegen die Weglassung seines Namens auf dem neuen Schild protestiere. Als sie auf dem Entwurf eigenhändig den Vornamen Bernie getilgt hatte, war ihr dies schließlich auch wie ein symbolischer Akt vorgekommen. Allerdings hatte sie nie an eine Änderung des Firmennamens gedacht. Solange die Ermittlungsagentur bestand, sollte sie Detektei Pryde heißen. Irritiert hatte sie es freilich, wenn Klienten, verdutzt über ihr Geschlecht und ihre Jugend, immer wieder einwandten: »Ich dachte, ich hätte es mit einem Mr. Pryde zu tun.« Jetzt wußten sie von Anfang an, daß es nur einen einzigen Inhaber gab und daß dieser eine Frau war.

Bevis, dessen sonst so hübsches, ausdrucksvolles Gesicht grämliche Falten verzogen, stellte sich neben sie vor die Tür und erklärte: »Ich hab's vom Boden aus gemessen. Ehrlich, Miss Gray.«

»Ich glaub's dir, Bevis. Das Pflaster muß hier uneben sein. Es ist meine Schuld. Wir hätten eine Wasserwaage kaufen sollen.«

Sie gab sich alle Mühe, die Ausgaben so klein wie möglich zu halten und mit den pro Woche einkalkulierten zehn Pfund zurechtzukommen, die sie in einer verbeulten, von Bernie geerbten und mit einer Darstellung der Schlacht um Jütland versehenen Zigarettendose aufbewahrte. Doch das Geld schmolz dennoch auf geheimnisvolle Weise dahin, wie es die Unkosten eigentlich gar nicht erwarten ließen. Deswegen hatte sie Bevis' Versicherung, er könne mit einem Schraubenzieher umgehen, auch bereitwillig Glauben geschenkt und nicht bedacht, daß Bevis jedwede andere Besorgung der Arbeit vorzog, die er eigentlich verrichten sollte.

»Wenn ich das linke Auge zukneife und den Kopf schräg halte, hängt das Schild tadellos«, meinte Bevis.

»Aber Bevis! Wir können doch nicht damit rechnen, daß uns nur einäugige, schiefhalsige Kunden aufsuchen!«

Als Cordelia daraufhin Bevis' Gesicht sah, das mittlerweile abgrundtiefe Verzweiflung ausdrückte, eine Miene, die der Ankündigung eines Atombombenangriffs durchaus angemessen gewesen wäre, überkam sie der unerklärliche Wunsch, ihn über sein Versagen hinwegzutrösten. Zu den peinigenden Eigentümlichkeiten im Dasein eines Arbeitgebers – eine Rolle, für die sie, je länger sie darüber nachdachte, beileibe nicht geschaffen war – gehörte wohl auch diese Überempfindsamkeit, die zudem noch mit dumpfen Schuldgefühlen gekoppelt war. Im Grunde war das unsinnig, da sie, wenn man die Sache genau betrachtete, weder Bevis noch Miss Maudsley beschäftigte. Sie wurden nämlich jeweils nur für eine Woche von Miss Feeleys Arbeitsvermittlung überstellt, wenn die Zahl der Aufträge derlei erforderte. Überdies wurden die Dienste der beiden anderswo höchst selten benötigt, beide waren nahezu immer verfügbar, was Cordelia eigentlich hätte stutzig machen müssen. Was die beiden anderseits auszeichnete, waren Redlichkeit, Gewissenhaftigkeit in sämtlichen Zeitdingen und eine unerschütterliche Anhänglichkeit. Zweifellos hätten beide ihr auch ein gut Teil des Schreibkrams abgenommen, wenn ihre Fähigkeiten dazu ausgereicht hätten. Beide verstärkten überdies den ängstlichen Druck, der auf ihr lastete, da ein Mißerfolg der Detektei für die beiden, wie sie wohl wußte, ebenso verhängnisvoll sein würde wie für sie selbst. Am meisten hätte Miss Maudsley darunter gelitten. Sie war eine gutherzige Person, zweiundsechzig Jahre alt, Schwester eines Pastors, die sich mit einer kleinen Pension und einer winzigen Einzimmerwohnung in South Kensington zu begnügen suchte. Mit ihrer Wohlerzogenheit, ihrer Unbeholfenheit, ihrem altjüngferlichen Wesen hatte sie es in ihrem Alter mit all den Vermittlungsagenturen nicht leicht gehabt, an die sie sich seit dem Tod ihres Bruders gewandt hatte. Bevis hingegen mit seinem leichtsinnigen, geradezu käuflichen Charme war für ein Überleben im Londoner Großstadtdschungel besser gerüstet. Er war angeblich Tänzer und arbeitete nur vorübergehend als Stenotypist, um sich eine Erholungspause zu gönnen – eine höchst unzutreffende Erklärung, da sie von einem quecksilbrigen Jungen kam, der immerzu auf seinem Stuhl hin und her rutschte, wenn er nicht gerade, die Finger gespreizt, die Augen weit aufgerissen, mit bekümmertem Blick, als werde er gleich die Flucht ergreifen, auf den Zehenspitzen eine Pirouette drehte. Laut dem Zeugnis einer Handelsschule, die sicherlich längst das Zeitliche gesegnet hatte, sollte er dreißig Wörter pro Minute tippen können. Daß er außerdem noch über die Fähigkeit verfügte, kleinere handwerkliche Arbeiten auszuführen, war ihm allerdings nicht bescheinigt worden.

Mit Miss Maudsley kam er erstaunlich gut aus. Im Vorzimmer plauderten die beiden, wenn sie nicht gerade die Schreibmaschine malträtierten, weitaus häufiger, als es Cordelia von diesen ungleichen Charakteren erwartet hätte, die in so unterschiedlichen Welten zu Hause waren. Bevis breitete sich über all sein häusliches oder berufliches Ungemach aus, das er reichlich mit aufgebauschten, gelegentlich auch anstößigen Histörchen aus dem Theaterleben würzte. Miss Maudsley kommentierte diese verwirrende Welt mit einer Mischung aus altjüngferlicher Arglosigkeit, anglikanischen Glaubenssätzen, Pastorenhausmoral und gesundem Menschenverstand. Obwohl es im Vorzimmer mitunter recht familiär zuging, vertrat Miss Maudsley recht altmodische Ansichten, was den Unterschied zwischen Arbeitgeber und Arbeitnehmer anging, und das Chefbüro, in dem Cordelia ihrer Arbeit nachging, blieb sakrosankt.

»Du meine Güte, das war doch Tomkins!« rief Bevis plötzlich.

Ein kleines, schwarz-weiß geflecktes Kätzchen war in der Einfahrt aufgetaucht, hatte mit scheinbarer Unbekümmertheit zunächst nur eine Pfote vorgestreckt, daraufhin den Schwanz steil aufgerichtet, hatte sich wohlig erschauernd geschüttelt und war dann mit einem Satz unter ein Postauto gesprungen und somit außer Sichtweite geraten. Bevis rannte schreiend hinterher. Tomkins war sozusagen das lebende Zeugnis eines Fehlschlags der Detektei. Eine alte Jungfer gleichen Namens hatte ihn nicht nehmen wollen, obgleich sie Cordelia beauftragt hatte, ihr entlaufenes Kätzchen – schwarz mit einem weißen Fleck ums Auge, zwei weißen Pfoten und einem gestreiften Schwanz – ausfindig zu machen. Zwar entsprach Tomkins dieser Beschreibung durchaus, aber seine mutmaßliche Herrin hatte ihm augenblicklich als betrügerischem Doppelgänger die Tür gewiesen. Nachdem sie Tomkins auf einer Baustelle hinter der Victoria Station vor dem Verhungern gerettet hatten und ihn nicht wieder aussetzen mochten, hauste er nun im Vorzimmer, versehen mit einer Katzentoilette, einem gepolsterten Körbchen und einem Zugang zum Dach durch ein gekipptes Fenster, was ihm nächtliche Streifzüge ermöglichte. Auch er trug zum Schwinden der Rücklagen bei. Das lag nicht so sehr an den ständig steigenden Preisen für Katzenfutter – obwohl es bedauerlich war, daß Miss Maudsley seinen Geschmackssinn ungebührlich verfeinert hatte, indem sie ihm schon zum Frühstück die teuerste auf dem Markt befindliche Dose servierte, und daß Tomkins, ein im Grunde nicht übermäßig gescheiter Kater, augenscheinlich die Dosenaufschriften entziffern konnte –, sondern weitaus mehr an der Tatsache, daß Bevis einen beträchtlichen Teil seiner Arbeitszeit mit Tomkins vertändelte, indem er ihm Ping-Pong-Bälle zuwarf oder eine Hasenpfote an einer Schnur über den Boden im Büro zog und dabei entzückt ausrief: »Schauen Sie doch, Miss Gray, wie das Kerlchen springen kann!«

Nachdem das Kerlchen auf der Kingly Street ein Verkehrschaos ausgelöst hatte, huschte es, verfolgt vom lauthals brüllenden Bevis, in den Hintereingang einer Apotheke. Cordelia beschlich die dumpfe Ahnung, daß sie Tomkins und Bevis so schnell nicht wiedersehen würde. Bevis nämlich schloß neue Freundschaften ebenso zwanghaft, wie andere Menschen einen Wollfaden vom Teppich aufheben müssen. Und Tomkins würde ihm nun vielerlei Möglichkeiten eröffnen. Bedrückt von der Erkenntnis, daß der Vormittag, was Bevis anbetraf, wohl völlig unproduktiv ausfallen würde, verspürte Cordelia auf einmal eine zunehmende Abneigung, sich weiteren Anstrengungen auszusetzen. Gegen den Türpfosten gelehnt, schloß sie die Augen und bot ihr Gesicht der ungewöhnlich warmen Sonne dieses Spätsommertags. Sie zwang sich, das Lärmen und Tosen auf der Straße nicht länger wahrzunehmen, nicht den penetranten Benzingeruch, das Getrappel vorbeieilender Passanten, und spielte sogar vorübergehend mit dem Gedanken, sich schlichtweg aus dem Staub zu machen und das schiefe Firmenschild einfach hängen zu lassen als ein Mahnmal für all ihre Bemühungen, dem toten Bernie und seinem unerfüllten Traum die Treue zu halten.

Dabei hätte sie eigentlich erleichtert sein sollen, da die Detektei sich allmählich einen Namen machte, selbst wenn es vorerst nur darum ging, verschwundene Haustiere aufzustöbern. Unbestreitbar gab es ein Bedürfnis für derartige Dienste, das ihr vermutlich auch eine Art Monopolstellung verschafft hatte. Die weinenden, verzweifelten Klienten, empört über die vermeintliche Gefühlsroheit der zuständigen Polizei, beanstandeten nie die Höhe der Rechnung und zahlten weitaus bereitwilliger, als sie es, wie Cordelia annahm, für das Wiederauffinden eines Familienmitglieds getan hätten. Auch wenn alle Bemühungen der Detektei mit einem Mißerfolg endeten und Cordelia die Rechnung mit bedauernden Worten vorlegen mußte, erhielt sie ihr Honorar ohne die geringste Verzögerung. Was die Tierbesitzer dazu veranlaßte, war wohl das menschliche Bedürfnis, bei einem Verlust zumindest das Gefühl zu haben, es sei etwas, wie vage auch immer, zur Abhilfe unternommen worden. Hin und wieder hatten sie ja auch Erfolge erzielen können. Vor allem Miss Maudsley zeichnete sich durch Hartnäckigkeit aus, wenn sie von Haustür zu

Haustür wanderte und Ermittlungen anstellte. Hinzu kam noch ihr geradezu unheimlich anmutendes Einfühlungsvermögen in die Wesensart von Katzen, das gut einem halben Dutzend regennasser, halbverhungerter, kläglich miauender Miezen die Rückkehr zu ihren hochbeglückten Besitzern ermöglicht hatte, aber bisweilen auch die Durchtriebenheit dieser Tiere aufdeckte, die nicht selten ein Doppelleben führten, wenn sie nicht sogar zeitweilig in ihr zweites Heim umgesiedelt waren. Bei der Verfolgung von Katzendieben unterdrückte Miss Maudsley ihre Ängstlichkeit und klapperte an Samstagvormittagen zielbewußt die lärmenden und oft zweifelhaften Londoner Straßenmärkte ab, als stehe sie unter dem besonderen Schutz Gottes, was sie auch sicherlich annahm. Manchmal fragte sich Cordelia, wie wohl der arme, ehrgeizige, empfindsame Bernie die kläglichen Versuche, seine Traumvorstellungen zu verwirklichen, hingenommen hätte. Von den warmen Sonnenstrahlen in eine tranceartige, friedliche Stimmung versetzt, erinnerte sie sich mit bestürzender Deutlichkeit, wie er damals mit zuversichtlicher Stimme ausgerufen hatte: »Partnerin, wir sind da auf eine Goldmine gestoßen. Wir brauchen nur noch mit dem Schürfen zu beginnen.« Sie war froh, daß er nicht mehr hatte erleben müssen, wie klein die Nuggets waren, wie unergiebig die Goldader blieb.

Eine Stimme, die selbstsicher, männlich und herrisch klang, schreckte sie aus ihren Träumen.

»Das Firmenschild hängt schief.«

»Ich weiß«, erwiderte Cordelia und öffnete die Augen.

Die Stimme hatte ein wenig getrogen: Der Sprecher war älter, als sie vermutet hatte. Sie schätzte ihn auf knapp sechzig. Trotz des warmen Tages trug er ein Tweedsakko, das zwar gut geschnitten, aber schon betagt und an den Ellenbogen mit Lederflecken besetzt war. Der Mann war zwar nicht groß, einen Meter siebzig etwa, aber er hielt sich kerzengerade, und er beeindruckte sie durch seine lässige, selbstbewußte, geradezu weltmännische Haltung, die vermutlich eine innere Gespanntheit überdeckte. Er wirkte, als sei er jederzeit auf einen Befehl gefaßt. Cordelia fragte sich, ob es sich um einen ehemaligen Offizier handelte. Er hielt den Kopf hoch und starr, und das graue, leicht schüttere Haar war von der hohen, zerfurchten Stirn glatt nach hinten gebürstet. Das längliche und knochige Gesicht prägten eine markante Nase, gerötete, von einem Geflecht geplatzter Äderchen überzogene Wangen und ein breiter, wohlgeformter Mund. Der Blick seiner Augen, die sie, wie Cordelia meinte, von buschigen Brauen gesäumt, nicht unfreundlich musterten, war wachsam. Die linke Braue hatte er ein wenig höher gezogen als die rechte. Außerdem zuckte er mit beiden kaum merklich, und er kräuselte die Winkel seines langgezogenen Mundes, was seinem Gesicht einen ruhelosen Ausdruck verlieh, der mit seiner eher steifen Haltung so gar nicht übereinstimmen wollte und es Cordelia schwermachte, ihm in die Augen zu sehen.

»Sie sollten das gleich in Ordnung bringen«, meinte er.

Stumm sah sie zu, wie er sein Aktenköfferchen absetzte, aus der Brusttasche einen Füller und eine Brieftasche herausholte, sodann eine Visitenkarte hervorkramte und auf der Rückseite in steiler, beinahe kindlicher Schrift etwas notierte.

Cordelia nahm die Visitenkarte, sah einen Namen – Morgan – sowie eine Telefonnummer, drehte sie um und las: SIR GEORGE RALSTON. BT., D.S.O., M.C.

Sie hatte recht gehabt. Er war ein Militär, obendrein noch ein Baronet und Träger des Kriegsverdienstordens.

»Wieviel verlangt denn dieser Mr. Morgan für so eine Arbeit?«

»Weitaus weniger, als Sie dieser Pfusch gekostet hat. Sie brauchen ihm nur zu sagen, daß ich Ihnen seine Telefonnummer gegeben habe. Er wird nur das verlangen, was ihm für so eine Arbeit zusteht, und keinen Penny mehr.«

Cordelias Laune besserte sich schlagartig. Das schiefe Firmenschild, das vor den kritischen Augen dieses unerwartet aufgetauchten, exzentrisch wirkenden Schlachtenlenkers nicht hatte bestehen können, kam ihr auf einmal überaus komisch vor, war nicht länger eine peinliche Widrigkeit, sondern eher eine Art Witz. Auch die Kingly Street hatte sich gewandelt, seitdem sie fröhlicher gestimmt war, und glich nun einem bunten, sonnenbeschienenen Basar, den Optimismus und Lebenslust durchpulsten.

Fast hätte sie laut aufgelacht. Sie versuchte, das Zucken um ihre Mundwinkel zu unterdrücken, und sagte mit beherrschter Stimme: »Das war sehr freundlich von Ihnen, Sir.

Sind Firmenschilder Ihre große Leidenschaft, oder wollten Sie lediglich der Menschheit einen Dienst erweisen?«
»Viele halten mich eher für eine Geißel der Menschheit. Nein, eigentlich komme ich als Klient zu Ihnen – wenn Sie Cordelia Gray sind. Hat man Ihnen noch nie gesagt, daß . . .«
Cordelia war maßlos enttäuscht. Wie hatte sie auch annehmen können, daß er anders war als die übrigen männlichen Klienten?
»Daß dies ein reizender Job für eine Frau ist?« beendete sie seinen Satz. »Das hat man mir schon öfters gesagt. Aber es stimmt nicht.«
»Ich wollte fragen«, erwiderte er sanft, »ob man Ihnen noch nie gesagt hat, daß Ihr Büro nur sehr schwer zu finden ist. Die Straße hier ist ja der reinste Irrgarten. Die Hälfte der Häuser ist verkehrt numeriert. Das liegt wohl an der ständigen Umbauerei, nicht wahr? Ihr neues Firmenschild wäre schon hilfreich, aber es muß fachmännisch montiert werden. Das sollten Sie in Ordnung bringen, macht einfach einen schlechten Eindruck.«
In diesem Augenblick gesellte sich keuchend Bevis zu ihnen. Nach all den Strapazen war sein Lockenhaar schweißfeucht. Aus seiner Hemdtasche ragte verräterisch der unselige Schraubenzieher. Den laut schnurrenden Tomkins an seine erhitzte Wange drückend, sah er mit entwaffnend schuldbewußter Miene den Neuankömmling an. Doch dieser fertigte ihn mit einem barschen »Das da ist Pfuscharbeit!« und einem Blick ab, aus dem man schließen konnte, daß Bevis alles andere als das Zeug zu einem Offizier hatte.
Sir George wandte sich an Cordelia: »Sollten wir nicht besser in Ihr Büro gehen?«
Cordelia wich Bevis' Blick aus, da sie sich gut vorstellen konnte, wie er jetzt die Augen nach oben verdrehte. Im Gänsemarsch stiegen sie die schmale, mit Linoleum belegte Treppe hinauf. Cordelia ging voran, vorbei an der einzigen Toilette samt Bad, mit der sich alle Mieter zu begnügen hatten; sie hoffte nur, Sir George würde nicht in die Verlegenheit kommen, sie aufsuchen zu müssen. Im Vorzimmer im zweiten Stock blickte Miss Maudsley furchtsam hinter ihrer Schreibmaschine hervor. Bevis deponierte Tomkins in seinem Körbchen, wo der Kater sich augenblicklich zu putzen begann, um

all den Schmutz der Kingly Street loszuwerden, und warf Miss Maudsley mit weit aufgerissenen Augen einen warnenden Blick zu. »Ein Klient!« wisperte er. Miss Maudsley errötete, richtete sich halb auf, ließ sich gleich wieder nieder und mühte sich sodann mit zitternder Hand, einen Tippfehler zu tilgen. Cordelia führte den Kunden ins Allerheiligste.
Sobald sie sich gesetzt hatten, fragte sie: »Darf ich Ihnen einen Kaffee anbieten?«
»Richtigen Kaffee oder Muckefuck?«
»Sie werden ihn vermutlich für das letztere halten. Aber es ist ein hervorragender Muckefuck.«
»Dann lieber Tee, wenn Sie welchen haben. Wenn möglich, Darjeeling. Mit Milch bitte, ohne Zucker und kein Gebäck.«
Mit seinem Umgangston wollte er sie sicherlich nicht kränken. Er war es offenbar gewöhnt, sich zunächst einmal über die Fakten Klarheit zu verschaffen, um dann seine Wünsche zu äußern.
Cordelia steckte den Kopf durch die Tür und rief zu Miss Maudsley: »Tee bitte!« Sobald der Tee aufgebrüht war, würde man ihn in den dünnwandigen Rockingham-Tassen servieren, die Miss Maudsley von ihrer Mutter geerbt und der Firma für die Bewirtung von ganz besonders vornehmen Klienten zur Verfügung gestellt hatte. Cordelia zweifelte nicht, daß Sir George des Rockingham-Geschirrs würdig war.
Sie musterten einander über Bernies Schreibtisch hinweg. Seine grauen, wachsamen Augen erforschten ihr Gesicht, als sei er ein Prüfer und sie die Examenskandidatin, was in gewisser Weise auch der Fall war. Sein stechender, starrer Blick, der so wenig zu seinem immer wieder zuckenden Mund passen wollte, verwirrte sie.
»Wieso heißt die Firma Pryde?«
»Die Detektei wurde von Bernie Pryde, einem ehemaligen Londoner Polizeiangehörigen, gegründet. Ich war eine Zeitlang seine Assistentin, dann seine Geschäftspartnerin. Als er starb, fiel die Firma an mich.«
»Woran ist er denn gestorben?«
Obwohl ihr diese Frage, die sich geradezu anklagend anhörte, befremdlich vorkam, erwiderte sie gleichmütig: »Er hat sich die Pulsadern aufgeschnitten.«

Sie brauchte nicht einmal die Augen zu schließen, um sich den Vorfall – als sei es eine gestochen scharfe Momentaufnahme – ins Gedächtnis zu rufen: Bernie kauert zusammengesunken auf dem Stuhl, auf dem sie jetzt sitzt, die halbgeballte Rechte neben dem aufgeklappten, scharf geschliffenen Rasiermesser, während die verunstaltete Linke mit dem klaffenden Schnitt am Handgelenk, Innenseite nach oben, in einer Wasserschale ruht – wie eine exotische Seeanemone, die sterbend die blassen, schlierigen Tentakel ausstreckt. Nur daß es kein Aquarium mit Meerwasser von dieser hellroten Farbe gab. Selbst jetzt noch konnte sie den penetranten süßlichen Blutgeruch wahrnehmen.
»Hat sich also umgebracht, sagen Sie.«
Er hatte jetzt einen Konversationston angeschlagen, ganz so, als sei er ein Golfspieler, der Bernie zu einem meisterhaft eingelochten Ball gratuliert, während man seiner Musterung des Büros entnehmen konnte, daß Bernies Handlung in seinen Augen unter diesen Umständen völlig vernünftig gewesen war.
Sie sträubte sich dagegen, beide Räume so zu sehen, wie er sie wohl sah. Was sich ihren Blicken bot, war ohnehin schon trostlos genug. Zusammen mit Miss Maudsley hatte sie ihr Büro renoviert, die Wände hellgelb getüncht, um auf diese Weise mehr Helligkeit vorzutäuschen, und den ausgebleichten Spannteppich mit einer Speziallösung bearbeitet. Leider hatte das Mittel nach dem Trocknen Flecken hinterlassen, so daß das Ergebnis eher an eine räudige Haut gemahnte. Mit den frischgewaschenen Vorhängen aber sah das Büro zumindest ordentlich und aufgeräumt aus, möglicherweise zu aufgeräumt, da das Fehlen von Aktenstapeln auf keine allzugroße Arbeitsbelastung schließen ließ. Zudem wurde jegliche Abstellfläche von allen möglichen Pflanzen beansprucht. Miss Maudsley war eine große Blumennärrin, und die Ableger, die sie von ihren Lieblingen gewonnen und in einer Unzahl höchst sonderbar geformter Gefäße – erstanden auf ihren Streifzügen durch die Londoner Straßenmärkte – liebevoll gepäppelt hatte, waren trotz des kümmerlichen Lichts gediehen. Der so entstandene üppige Dschungel legte den Gedanken nahe, daß man damit irgendeinen abscheulichen Makel im Raum oder am Mobiliar kaschieren wolle. Cordelia, die wei-

terhin Bernies alten, aus massivem Eichenholz gefertigten Schreibtisch benützte, bildete sich ein, auf der Platte noch den Wasserrand der Schale zu sehen, in die sein Blut getropft war, wie auch den einen Fleck, der vom verspritzten Blut und Wasser herrührte. Aber auf der Platte waren allzu viele Wasserränder und Flecken. Bernies Hut mit der hochgestellten Krempe und dem fettigen Band hing noch immer am gedrechselten Kleiderständer. Da ihn kein Trödler nehmen würde, hatte sie es nicht übers Herz gebracht, ihn einfach wegzuwerfen. Zweimal schon hatte sie ihn zur Mülltonne im Hinterhof getragen. Und beide Male war es ihr unmöglich gewesen, ihn darin verschwinden zu lassen, weil sie diese endgültige, symbolische Verbannung Bernies als noch schmählicher, noch bedrückender empfunden hätte als die Tilgung seines Vornamens auf dem Firmenschild. Sollte die Detektei Schiffbruch erleiden – sie wagte nicht daran zu denken, wie hoch wohl die Miete nach Ablauf des auf drei Jahre befristeten Vertrages war –, würde sie den Hut in seiner anrührenden Schäbigkeit einfach hängen lassen, damit ihn ihr Nachfolger angewidert in den Papierkorb werfen konnte.

Der Tee kam. Sir George wartete, bis Miss Maudsley das Zimmer verlassen hatte, und sagte dann, während er bedächtig etwas Milch in seine Tasse tröpfeln ließ: »Der Auftrag, den ich Ihnen erteilen möchte, schließt verschiedene Aufgabenbereiche ein. Sie sollten teils als Leibwächterin fungieren, teils als Privatsekretärin, teils Ermittlungen anstellen und teils ... nun, eine Art Kammerzofe sein. Von allem etwas. Das mag nicht jedem liegen. Außerdem läßt sich nicht voraussagen, was dabei herauskommen wird.«

»Eigentlich bin ich Privatdetektivin«, erwiderte sie.

»Das bestreitet niemand. Aber heutzutage sollte man nicht auf Prinzipien herumreiten. Man muß die Aufträge annehmen, wie sie kommen. Überdies mag es durchaus sein, daß Sie Anzeige erstatten müssen, es sogar mit einem Gewaltverbrechen zu tun bekommen. Letzteres ist allerdings unwahrscheinlich. Es kann für Sie unangenehm werden, aber kaum gefährlich. Bestünde wirklich irgendeine Gefahr für meine Frau oder Sie, würde ich ja keine Amateurin engagieren.«

»Vielleicht sollten Sie mir genauer erklären, Sir, was ich für Sie tun soll«, entgegnete Cordelia.

Mit gerunzelter Stirn blickte er in die Teetasse, als falle ihm die Erklärung schwer. Doch dann drückte er sich überaus präzis, knapp und ohne jegliches Zögern in der Stimme aus: »Meine Frau ist die Schauspielerin Clarissa Lisle. Vielleicht haben Sie schon von ihr gehört. Die meisten Menschen kennen sie, obwohl sie in letzter Zeit kaum aufgetreten ist. Ich bin ihr dritter Mann. Wir haben im Juni 1978 geheiratet. Im Juli 1980 sollte sie die Lady Macbeth am Duke-of-Clarence-Theater spielen. Am dritten Abend – das Stück sollte sechs Monate laufen – erhielt sie eine Botschaft, in der man ihr, wie sie meint, den Tod androhte. Diese Morddrohungen haben sich seitdem gehäuft.«
Er nippte von seinem Tee. Cordelia schaute ihn mit der erwartungsvollen Miene eines Kindes an, das ein Präsent überbracht hat und nun hofft, es werde Billigung finden. Die Gesprächspause kam ihr allzu lange vor.
»Sie sagten vorhin«, brach sie schließlich das Schweigen, »daß Ihrer Frau die erste Botschaft wie eine Morddrohung vorkam. Wollten Sie damit andeuten, daß der Inhalt nicht ganz so eindeutig war? Wie sahen denn diese Drohungen aus?«
»Es handelt sich um maschinegeschriebene Zettel. Allem Anschein nach wurden verschiedene Schreibmaschinen verwendet. Auf jedem dieser Zettel prangt oben ein kleiner Sarg oder ein Totenschädel. Die Texte stammen aus Theaterstücken, in denen meine Frau eine Hauptrolle gespielt hat. Und die Zitate handeln alle vom Tod oder vom Sterben – von der Angst vorm Tode, der Verurteilung zum Tode, der Unausweichlichkeit des Todes.«
Die Wiederholung dieses unheilschwangeren Wortes war bedrückend. Täuschte sie sich, oder hatte er es tatsächlich mit einer gewissen hämischen Befriedigung ausgesprochen?
»Aber die bedrohlichen Zitate sind nicht gegen Ihre Frau persönlich gerichtet?« fragte Cordelia.
»Meine Frau empfindet schon dieses Gefasel vom Tod als bedrohlich. Sie ist da überaus sensibel. Schauspielerinnen müssen es wohl sein. Sie sind auf die Zuneigung ihres Publikums angewiesen. All das klingt auch keineswegs freundlich. Ich habe die Zettel bei mir, zumindest diejenigen, die meine Frau aufgehoben hat. Die allerersten hat sie vernichtet. – Sie brauchen ja ein paar Anhaltspunkte.«

Er ließ das Schloß an seinem Aktenköfferchen aufschnappen und holte ein steifes, längliches Kuvert hervor. Daraus ließ er ein Bündel kleiner Zettel auf den Schreibtisch fallen, die er fächerförmig ausbreitete. Die Blätter kamen ihr augenblicklich vertraut vor. Es handelte sich um ein weitverbreitetes weißes Schreibpapier mittlerer Qualität, das in drei Normgrößen mitsamt den passenden Umschlägen in Tausenden von Schreibwarenläden feilgeboten wurde. Der Schreiber war wohl vom sparsamen Schlag, da er das kleinste Format vewendet hatte. Auf jedem der Kärtchen befand sich ein maschinegeschriebenes Zitat, über dem eine kleine, etwa zwei Zentimeter hohe Zeichnung – ein hochkant gestellter Sarg mit den Initialen R.I.P. auf dem Deckel oder ein Totenschädel mit zwei gekreuzten Knochen – zu sehen war. Der Zeichner schien sich keine besondere Mühe gegeben zu haben. Es waren eher Embleme als detailgetreue Wiedergaben. Andererseits waren sie mit einer gewissen Routine in der Linienführung, mit einem Gespür fürs Dekorative angefertigt, woraus man auf den geschickten Umgang mit einer Tuschfeder oder, wie im vorliegenden Fall, mit einem schwarzen Kugelschreiber schließen konnte. Mit seinen knochigen Fingern mischte und arrangierte Sir George die weißen Karten mit den auffälligen, pechschwarzen Zeichnungen, als teile er Karten für irgendein tückisches Spiel aus, das Zitatenjagd oder Mörderhatz hätte heißen können.
Die meisten Zitate waren ihr vertraut, waren wohl jedem geläufig, der seinen Shakespeare und die englischen Klassiker des 17. Jahrhunderts kannte und in deren Werken nach einer geeigneten Passage über den Tod oder die Angst vorm Sterben blätterte. Selbst jetzt, als sie die aus ihrem Zusammenhang gerissenen Worte überflog, verspürte sie den eindringlichen, wehmütigen Reiz der vertrauten Worte. Das bei weitem längste Zitat – wie hätte der Absender dem auch widerstehen können? – war Claudios beklemmender Aufschrei aus »Maß für Maß«:

Ja! Aber sterben! Gehn, wer weiß, wohin,
Da liegen, kalt, eng eingesperrt, und faulen;
Dies lebenswarme, fühlende Bewegen
Verschrumpft zum Kloß; und der entzückte Geist

Getaucht in Feuerfluten, oder schaudernd
Umstarrt von Wüsten ew'ger Eisesmassen;
Gekerkert sein in unsichtbare Stürme,
Und mit rastloser Wut gejagt rings um
Die schwebende Erde ...
Das schwerste, jammervollste, ird'sche Leben,
Das Alter, Armut, Schmerz, Gefangenschaft
Dem Menschen auflegt, – ist ein Paradies
Gegen das, was wir vom Tode fürchten!

Es fiel ihr schwer, aus diesen bekannten Worten eine persönliche Drohung herauszulesen. Die übrigen Zitate klangen da weitaus bedrohlicher und verhießen unverhohlen, wie sie meinte, Vergeltung für begangenes oder eingebildetes Unrecht.

Erst im Tod begleicht man seine Schulden.

Oder:

O du Gewächs,
So lieblich anzuschauen, so süß duftend,
Daß es einem weh ist ums Herz.
Wärest du nie geboren!

Selbst mit den Zeichnungen hatte sich der Absender einige Male mehr Mühe gegeben. Ein Totenkopf illustrierte den Satz Hamlets aus der Totengräberszene:

Nun begib dich in die Kammer der gnädigen Frau
Und sage ihr, wenn sie auch die Schminke
einen Finger dick auflegt:
So'n Gesicht muß sie endlich bekommen.

Genauso war es bei einer Passage, die, wie Cordelia glaubte, nur von John Webster stammen konnte, obgleich ihr der Titel des Stücks nicht einfallen wollte:

Ihr, die Ihr in Sicherheit erstickt,
Nicht wißt, wie Ihr leben oder sterben sollt.

Aber ich hab' da ein Ding, das Euch erschrecken
Und weisen wird, wohin Ihr gehen werdet.

Doch selbst wenn man die Sensibilität einer Schauspielerin in Betracht zog, war schon eine ausgeprägte Ichbesessenheit vonnöten, wollte man all diese aus ihrem Kontext herausgelösten, wohlbekannten Worte auf sich selbst beziehen. Oder es steckte eine derart große Angst vor dem Sterben dahinter, daß man eine psychische Störung vermuten durfte.
Sie holte aus der Schreibtischschublade einen neuen Notizblock hervor und fragte: »Wie sind diese Botschaften übersandt worden?«
»Die meisten sind mit der Post gekommen. In Umschlägen aus demselben Papier und mit maschinegeschriebener Adresse. Meine Frau hielt es nicht für wichtig, die Umschläge aufzubewahren. Etliche Briefe wurden im Theater oder in unserer Londoner Wohnung abgegeben. Einer wurde während der Vorstellung von ›Macbeth‹ unter der Garderobetür hindurchgeschoben. Das erste halbe Dutzend etwa hat meine Frau vernichtet, was meiner Ansicht nach mit allen geschehen sollte. Diese dreiundzwanzig hier sind übriggeblieben. Ich habe sie auf der Rückseite mit Bleistift durchnumeriert, soweit sich meine Frau noch an die Reihenfolge ihres Eintreffens erinnern konnte. Notiert habe ich auch, wann und wie sie jeweils übermittelt worden sind.«
»Vielen Dank. Das kann mir vielleicht weiterhelfen. – Hat Ihre Frau öfter in Shakespeare-Stücken gespielt?«
»Nach der Schauspielschule gehörte sie drei Jahre der Malvern Repertory Company an. In dieser Zeit spielte sie viel Shakespeare. In letzter Zeit nur noch selten.«
»Die ersten Zettel – die sie vernichtet hat – kamen, als sie die Lady Macbeth spielte. Wissen Sie etwas über die näheren Umstände?«
»Schon das erste Kärtchen jagte ihr Angst ein. Aber sie erzählte niemandem davon, sondern hielt es für eine einmalige Boshaftigkeit. Später sagte sie mir, sie könne sich an den Inhalt nicht mehr erinnern, nur noch an einen gezeichneten Sarg. Bald darauf kamen das zweite, das dritte, das vierte. In der dritten Spielwoche verlor meine Frau öfters den Faden und mußte sich von der Souffleuse helfen lassen. Und in der

Samstagsvorstellung verließ sie dann mitten im zweiten Akt fluchtartig die Bühne. Eine andere Schauspielerin mußte für sie einspringen. Bei solchen Dingen spielt nun mal die Selbstsicherheit eine große Rolle. Hat man das Gefühl, man schmeißt gleich die Rolle – so nennt man's doch im Theaterjargon –, dann tritt das meistens auch ein. Nach einer Woche konnte sie zwar ihre Rolle wieder übernehmen, aber die nächsten Wochen waren für sie eine einzige Tortur. Danach bekam sie in Brighton eine Rolle in der Wiederaufführung einer Kriminalkomödie aus den dreißiger Jahren. Sie wissen schon, eins von diesen Stücken, in denen die naive Heldin Alvina heißt, der unerschrockene Held Clive und in denen die Herren in langen Flanelltennishosen umherstolzieren, wenn sie nicht gerade durch eine Terrassentür hereinstürzen oder davoneilen. Eine Boulevardklamotte also. Nicht eben nach ihrem Geschmack, da sie klassische Rollen bevorzugt, aber für eine Schauspielerin mittleren Alters gibt es keine große Auswahl mehr. Zu viele gute Schauspielerinnen sind hinter viel zu wenigen Rollen her, hat man mir erzählt. Jedenfalls geschah in Brighton das gleiche. Die erste Botschaft mit einem Zitat kam schon am Vormittag vor der Aufführung. Danach trafen in regelmäßigem Abstand immer wieder welche ein. Das Stück wurde nach vier Wochen abgesetzt, was mit den Leistungen meiner Frau etwas zu tun haben konnte. Sie nahm es wenigstens an. Ich bin mir da nicht so sicher. Es war schlichtweg ein wirres Stück, aus dem ich nicht klug wurde. Clarissa pausierte danach und übernahm nach einer Weile eine Rolle in Websters ›Der weiße Teufel‹, der in Nottingham inszeniert wurde. Es war die Rolle der Victoria oder wie immer sie heißt.«

»Vittoria Corombona.«

»Heißt sie so? Da ich damals zehn Tage in New York zu tun hatte, habe ich die Aufführung nicht gesehen. Und wieder erhielt sie diese Drohbriefe. Den ersten bekam sie wieder am ersten Spieltag. Doch diesmal wandte sich meine Frau an die Polizei. Viel brachte das nicht. Die Beamten nahmen die Zettel mit, wurden nicht schlau daraus und brachten sie wieder. Sie waren überaus zuvorkommend, aber wenig hilfreich. Damit gaben sie zu verstehen, daß sie die Morddrohungen nicht ernst nahmen. Sie deuteten sogar an, daß Leute, die jemand umbringen wollen, es in der Regel auch versuchen und nicht nur drohen. Ich muß zugeben, auch ich denke so. Etwas haben sie allerdings herausgebracht. Die Karte, die ihr zugesandt wurde, als ich mich in New York aufhielt, war auf meiner alten Remington getippt worden.«

»Sie haben mir immer noch nicht genau gesagt, wie ich Ihnen helfen soll«, warf Cordelia ein.

»Bin eben dabei. An diesem Wochenende wird meine Frau die Hauptrolle in einer Liebhaberinszenierung der ›Herzogin von Amalfi‹ spielen. Die Tragödie wird in viktorianischen Kostümen auf der Insel Courcy, die knapp zwei Meilen von der Kanal-Küste entfernt ist, aufgeführt werden. Ambrose Gorringe, dem die Insel gehört, hat das von seinem Urgroßvater erbaute, kleine viktorianische Theater restaurieren lassen. Soviel ich weiß, empfing der erste Gorringe, der auch das baufällige mittelalterliche Schloß instand setzen ließ, dort den damaligen Prinzen von Wales und dessen Geliebte, die Schauspielerin Lillie Langtry. Die illustren Gäste vergnügten sich schon damals mit Liebhaberaufführungen. Der gegenwärtige Besitzer möchte wohl die glorreichen Zeiten von einst wiederaufleben lassen. Vor etwa einem Jahr brachte eine Zeitung in ihrer Wochenendausgabe einen ausführlichen Bericht über Courcy, die Restaurierung des Schlosses und des Theaters. Vielleicht haben Sie ihn gelesen.«

Cordelia konnte sich nicht daran erinnern. »Und Sie wünschen nun, daß ich zu dieser Insel fahre und Lady Ralston nicht aus den Augen lasse?« fragte sie.

»Eigentlich wollte ich selbst dorthin fahren, aber das wird sich nicht machen lassen. Ich habe eine geschäftliche Besprechung im West Country, die ich nicht gut absagen kann. Ich bringe meine Frau am Freitag in aller Frühe nach Speymouth zur Fähre und trenne mich dort von ihr. Deswegen braucht sie unbedingt eine Begleiterin. Die Aufführung ist für sie enorm wichtig. Im kommenden Frühjahr soll das Stück in Chichester inszeniert werden. Wenn sie ihre alte Selbstsicherheit wiederfindet, hätte sie möglicherweise Lust, die Rolle auch dort zu übernehmen. Doch warten wir's ab. Meine Frau befürchtet nun einmal, daß sich die Drohungen an diesem Wochenende bewahrheiten könnten, daß sie irgend jemand auf Courcy umbringen will.«

»Sie muß doch einen handfesten Grund haben, wenn sie das annimmt?«
»Keinen, den sie mit Worten erklären könnte und den die Polizei gelten lassen würde. Nichts, was rational wäre. Sie hat nur dieses bange Gefühl. Sie bat mich jedenfalls, Sie zu engagieren.«
Und er hatte sie auch aufgesucht. Verschaffte er seiner Frau immer alles, was sie sich einbildete? »Wofür werde ich genau engagiert, Sir George?« fragte sie abermals.
»Sie sollen meine Frau vor allen Unannehmlichkeiten schützen: Telefonanrufe entgegennehmen; Briefe öffnen; falls es sich machen läßt, vor der Vorstellung die Bühne inspizieren; sich auch nachts zu ihrer Verfügung halten, denn da hat sie am meisten Angst; und zudem das Rätsel dieser Drohungen unter einem neuen Gesichtspunkt angehen. Versuchen Sie, in den drei Tagen herauszufinden, wer dahintersteckt!«
Bevor Cordelia auf das alles etwas erwidern konnte, streifte sie wiederum der stechende Blick aus den grauen Augen unter den zusammengekniffenen Brauen.
»Haben Sie etwas für Vögel übrig?«
Cordelia war im Moment sprachlos. Vermutlich würden nur wenige Menschen – es sei denn, sie hätten eine krankhafte Abneigung – zugeben, daß sie Vögel nicht mochten. Schließlich gehörten Vögel zu den anmutigsten Geschöpfen auf dieser Erde. Aber wahrscheinlich wollte Sir George nur auf Umwegen herausfinden, ob sie auf fünfzig Schritt Entfernung eine Rohrweihe ausmachen konnte.
»Mit den weniger bekannten Arten kenne ich mich nicht besonders aus«, gestand sie zögernd.
»Schade. Courcy ist eines der interessantesten Vogelschutzgebiete in ganz England, höchstwahrscheinlich das reichhaltigste in Privatbesitz, beinahe ebenso sehenswert wie Brownsea bei Poole Harbour. Ist dieser Insel übrigens gar nicht so unähnlich. Courcy hat ebenso viele seltene Vogelarten aufzuweisen: Blauschopffasane, Swinholdfasane, Kanadagänse, schwarze Strandläufer, Austernfischer. Schade, daß Sie dafür kein Interesse haben. – Gibt es sonst noch Fragen? Hinsichtlich des Auftrags, meine ich?«
»Sollte mich Ihre Frau, wenn ich schon drei Tage in ihrer Umgebung verbringen soll, nicht kennenlernen, bevor Sie sich

festlegen? Es ist doch wichtig, daß auch sie das Gefühl hat, mir vertrauen zu können. Sie kennt mich überhaupt nicht. Wir haben uns noch nie gesehen«, gab Cordelia zu bedenken.
»Doch, das haben Sie. Seitdem weiß sie, daß sie Ihnen vertrauen kann. Als sie letzte Woche bei einer Mrs. Fortescue zum Tee war, brachten Sie der Dame ihren Kater zurück. Salomon heißt er, glaube ich. Da Sie ihn schon nach einer halbstündigen Suche ausfindig gemacht hatten, war Ihre Rechnung entsprechend niedrig. Mrs. Fortescue hängt sehr an diesem Tier. Sie hätten ohne weiteres das Dreifache verlangen können. Mrs. Fortescue hätte es gewiß nicht beanstandet. Meine Frau war jedenfalls höchst beeindruckt.«
»So billig sind wir im allgemeinen nicht«, erwiderte Cordelia. »Wir könnten es uns nicht leisten. Aber wir sind eine honorige Firma.«
An den Salon am Eaton Square konnte sie sich gut erinnern. Es war ein typisch femininer Raum gewesen, wenn man darunter Zierlichkeit und schwelgerische Verspieltheit versteht, ein überladenes, behagliches Boudoir mit silbergerahmten Fotografien, einem üppig gedeckten Teetischchen vor dem Adam-Kamin und viel zu vielen, überaus konventionell arrangierten Blumensträußen. Mrs. Fortescue, die vor lauter Erleichterung und Freude kaum sprechen konnte, hatte zwar etikettebewußt Cordelia ihrem Gast vorgestellt, aber da ihre Stimme, gedämpft durch Salomons Pelz, schwer zu verstehen gewesen war, hatte Cordelia den Namen nicht verstanden. Nur der äußere Eindruck war haftengeblieben. Die Besucherin saß regungslos in einem Fauteuil neben dem offenen Kamin, ein mageres Bein über das andere gelegt, die üppig beringten Hände auf der Lehne. Cordelia erinnerte sich noch deutlich an ihr blondes, über der hohen Stirn höchst kunstvoll getürmtes und toupiertes Haar, an den kleinen, prallen Mund, die tiefliegenden, riesigen Augen mit den schweren, leicht angeschwollen wirkenden Lidern. Die Besucherin hatte der verspielten Durchschnittlichkeit des Salons eine gewisse hehre, steife Würde verliehen, eine Distinguiertheit, die trotz des schlichten Wildlederkostüms auf eine schauspielerisch ambitionierte oder sonstwie exzentrische Persönlichkeit schließen ließ. Die Dame hatte ihr gemessen zugenickt und sich die Ergüsse ihrer Freundin mit einem halb spöttischen Lächeln angehört. Trotz

ihrer reservierten Haltung hatte sie keineswegs einen ausgeglichenen Eindruck gemacht.

»Ich habe damals den Namen Ihrer Frau nicht verstanden«, sagte Cordelia. »Aber ich kann mich gut an sie erinnern.«

»Übernehmen Sie nun den Auftrag?«

»Ja.«

»Es ist allerdings etwas anderes als das Einfangen entlaufener Katzen«, meinte er ungerührt. »Mrs. Fortescue teilte meiner Frau mit, wieviel Sie pro Tag berechnen. In diesem Fall wird es wohl mehr sein, kann ich mir denken.«

»Unser Tagessatz ist unabhängig vom Auftrag«, erwiderte Cordelia. »Die Endabrechnung hängt allerdings vom Zeitaufwand ab, von der Höhe der Spesen und auch davon, ob ich die Hilfe meiner Angestellten benötige. Es kann sich schon einiges zusammenläppern. Aber da ich ja auf Courcy zu Gast bin, werden keine Hotelrechnungen anfallen. Wann soll ich dort sein?«

»Das Fährboot – es trägt übrigens den Namen ›Shearwater‹ – wartet am Anliegeplatz von Speymouth auf die Ankunft des Zuges, der um neun Uhr dreiunddreißig von der Waterloo Station abfährt. Ihre Fahrkarte finden Sie in diesem Umschlag hier. Meine Frau hat Mr. Gorringe schon mitgeteilt, daß sie eine Begleiterin, eine Privatsekretärin, mitbringt, die ihr am Wochenende zur Hand gehen kann. Sie werden also erwartet.«

Demnach hatte Clarissa Lisle fest damit gerechnet, daß sie den Job annehmen würde. Warum auch nicht? Warum sollte sie ihn nicht akzeptieren? Überdies schien Clarissa Lisle gleichermaßen überzeugt zu sein, daß Ambrose Gorringe nichts dagegen einwenden werde.

Die Erklärung, warum sie die Gesellschaft um ihre »Privatsekretärin« bereichern wolle, war freilich etwas dürftig. Cordelia fragte sich denn auch, wieweit man ihr Glauben geschenkt haben mochte. Zum Wochenende bei einem Landaufenthalt mit einer Privatsekretärin zu erscheinen, stand vielleicht einem Mitglied der königlichen Familie zu, aber im Falle eines minder illustren Gastes könnte es als mangelndes Vertrauen zum Gastgeber aufgefaßt werden. Und vollends ein Verstoß gegen die Etikette wäre es, jemanden sozusagen inkognito einzuschmuggeln. Es würde nicht leicht sein, Clarissa Lisle zu schützen, ohne preizugeben, daß die Begleitung unter einem Vorwand mitgekommen war. Eine derartige Entdeckung konnte aber weder dem Gastgeber noch den übrigen Gästen zusagen.

»Ich wüßte auch gern«, sagte sie, »wer sonst noch nach Courcy kommt, und was das für Leute sind.«

»Da kann ich Ihnen nicht viel erzählen. Von Samstag nachmittag an, wenn alle Darsteller und geladenen Zuschauer eingetroffen sind, werden rund hundert Menschen auf der Insel sein. Aber die Gesellschaft im Hause besteht nur aus wenigen Personen. Anwesend sind selbstverständlich meine Frau, dann Tolly, das heißt Miss Tolgarth, ihre Garderobiere, und Simon Lessing, der Stiefsohn meiner Frau, ein siebzehnjähriger Primaner; sein Vater war Clarissas zweiter Mann, der im August 1977 ertrunken ist. Da sich der Junge bei den Verwandten, die sich seiner angenommen hatten, nicht glücklich fühlte, beschloß meine Frau, ihn zu uns zu nehmen. Ich bin mir nicht sicher, wieso auch er eingeladen wurde, da sein Interesse der Musik gehört. Aber vermutlich meinte Clarissa, daß er öfters unter Menschen kommen sollte. Er ist überaus schüchtern. Dann kommt noch Roma Lisle, Clarissas Kusine. Sie war früher Lehrerin, besitzt jetzt aber irgendwo in London eine Buchhandlung. Sie ist ledig und etwa fünfundvierzig Jahre alt. Ich bin ihr nur zweimal begegnet. Ich kann mir vorstellen, daß sie ihren Geschäftspartner mitbringt. Allerdings kann ich Ihnen nicht sagen, wer das ist. Ferner werden Sie noch den Theaterkritiker Ivo Whittingham kennenlernen, einen guten Freund meiner Frau. Er möchte für irgendeine Zeitung einen längeren Bericht über das restaurierte Theater und die Aufführung schreiben. Selbstverständlich wird auch Ambrose Gorringe dasein. Außerdem sind da noch drei Bedienstete: Butler Munter, seine Frau und Oldfield, der als Bootsführer und Faktotum fungiert. Das dürften alle sein.«

»Erzählen Sie mir bitte etwas mehr über Mr. Gorringe!«

»Gorringe und meine Frau kennen sich seit ihrer Kindheit. Die Väter waren im diplomatischen Dienst. Gorringe erbte die Insel 1977, als er gerade im Ausland war, von seinem Onkel. Die ganze Angelegenheit hatte etwas mit der Verringerung der Erbschaftssteuer zu tun. 1978 kehrte er jedenfalls nach England zurück und verbrachte die letzten drei Jahre damit, das

Schloß zu restaurieren und die Insel in ihren heutigen Zustand zu versetzen. Ein Mann mittleren Alters. Unverheiratet. Wenn ich mich nicht täusche, war er mal Dozent für Geschichte in Cambridge. Ein Experte, was die Viktorianische Epoche anbelangt. Ich wüßte nichts Negatives über ihn zu berichten.«

»Da ist noch eine Frage, die ich stellen muß«, erwiderte Cordelia. »Ihre Frau bangt so um ihr Leben, daß sie Courcy nicht ohne Schutz besuchen möchte. Gibt es denn unter all diesen Leuten jemanden, von dem sie mit einigem Grund etwas zu befürchten hätte, den sie für verdächtig hält?«

Es war unverkennbar, daß ihm die Frage höchst unwillkommen war. Möglicherweise lag das daran, daß sie ihn zwang, offen zuzugeben, was er bisher nur angedeutet, aber nie unverblümt gesagt hatte, daß nämlich die Angst seiner Frau um ihr Leben übertrieben und unbegründet war. Sie hatte um Schutz gebeten, den er ihr hiermit besorgte. Trotzdem war er überzeugt, daß dies nicht notwendig war. Er glaubte weder an eine Gefahr noch an die Wirksamkeit der Maßnahmen, die er zu ihrer Sicherheit traf. Außerdem sträubte er sich innerlich gegen die Vorstellung, daß der Gastgeber seiner Frau und die übrigen Gäste insgeheim überwacht werden sollten. Er hatte zwar getan, was seine Frau von ihm verlangt hatte, fühlte sich aber dabei alles andere als wohl in seiner Haut.

»Meiner Ansicht nach«, antwortete er, »sind solche Gedanken völlig abwegig. Meine Frau hat keinen Grund zu der Annahme, daß einer der Anwesenden ihr etwas antun könnte. Nein, überhaupt keinen Grund.«

2

Nachdem sie noch eine Weile über Belangloses geredet hatten, warf Sir George einen Blick auf seine Uhr und erhob sich. Zwei Minuten darauf verabschiedete er sich kurz an der Haustür, ohne noch ein Wort über das anstößige Firmenschild zu verlieren oder gar einen Blick daran zu verschwenden. Als Cordelia die Treppe hinaufstieg, überlegte sie, ob sie die Besprechung nicht hätte ergiebiger führen können. Es war schon bedauerlich, daß sie so abrupt geendet hatte. Es gab da noch Fragen, die sie gern gestellt hätte, insbesondere darüber, ob einer der Anwesenden, denen sie auf Courcy begegnen würde, von den Drohschreiben wußte. Nun mußte sie sich gedulden, bis sie mit Clarissa Lisle zusammenkam.

Als sie die Bürotür öffnete, blickten sie Miss Maudsley und Bevis über die Schreibmaschinen forschend an. Es wäre gefühllos gewesen, die beiden nicht einzuweihen. Sie hatten ja gemerkt, daß Sir George keineswegs zu den üblichen Klienten gehörte. Beide schienen vor Neugier und Anspannung geradezu gelähmt zu sein. Während der Besprechung waren die sonst drauflosklappernden Schreibmaschinen im Vorzimmer verdächtig still gewesen. Cordelia teilte den beiden nun nur so viel mit, wie ihr angemessen schien, und beschränkte sich in der Hauptsache darauf, daß Clarissa Lisle eine Art Privatsekretärin benötige, die sie vor einer zwar ärgerlichen, aber belanglosen Schmutzbriefkampagne schützen solle. Sie sagte nichts über die Art der Drohbriefe, noch erwähnte sie die Überzeugung der Schauspielerin, daß ihr Leben ernsthaft gefährdet sei. Zum Schluß schärfte sie beiden ein, daß dieses Engagement wie alle alltäglichen Aufträge vertraulich behandelt werden müsse.

»Das ist doch selbstverständlich, Miss Gray!« versicherte Miss Maudsley. »Das leuchtet sicherlich auch Bevis ein.«

Woraufhin dieser leidenschaftlich beteuerte, daß Cordelia mit seiner Verschwiegenheit rechnen könne.

»Ich bin viel verläßlicher, als ich aussehe, Miss Gray. Ehrlich, Miss Gray, kein Sterbenswörtchen werde ich verraten. Ich erzähle nie was, jedenfalls nichts über unsere Detektei. Was anderes wäre es freilich, wenn jemand versuchen würde, aus mir irgendwelche Informationen herauszuprügeln. Im Erdulden von Schmerzen bin ich nicht so geübt.«

»Niemand wird versuchen, aus dir etwas herauszuprügeln, Bevis«, beruhigte ihn Cordelia.

Danach beschlossen sie einmütig, eine vorgezogene Lunch-Pause einzulegen. Bevis holte Sandwiches aus einem Feinkostgeschäft in der Carnaby Street, während Miss Maudsley Kaffee aufbrühte. Als sie später behaglich im Vorzimmer saßen, überlegten sie aufgekratzt hin und her, wie denn dieser neue, höchst interessante Auftrag ausgehen könne. Die Stunde war keineswegs vertrödelt. Denn Miss Maudsley und Bevis lieferten ihr – gänzlich unerwartet – eine Menge wertvoller Informationen über Courcy und seinen Besitzer, versuchten einander in ihrer Mitteilsamkeit geradezu zu überbieten. Es war übrigens nicht das erste Mal, daß Cordelia diese Erfahrung machte. Mit Allerweltsfertigkeiten war es bei beiden zwar nicht weit her, aber dafür erwiesen sie sich nicht selten als überaus nützlich, wenn es um informativen Klatsch ging.

»Das Schloß wird Ihnen gefallen, Miss Gray«, sagte Miss Maudsley, »falls Sie für viktorianische Gebäude etwas übrig haben. Mein Bruder machte einen Monat vor seinem Tode mit dem Mütterverein einen Sommerausflug dorthin. Da ich dem Verein nicht als Vollmitglied angehöre, hätte ich eigentlich nicht dabeisein dürfen. Aber im allgemeinen durfte ich an solchen Fahrten teilnehmen. Und dieser Ausflug war hochinteressant. Mir gefielen vor allem die Gemälde und das Porzellan. Es gibt da ein entzückendes Schlafzimmer, in dem wie in einem Museum alle nur denkbaren Zeugnisse viktorianischer Kunst und viktorianischen Kunsthandwerks versammelt sind – Fliesen von De Morgan, Zeichnungen von Ruskin, Möbel von Mackmurdo. Es war außerdem kein billiger Ausflug, wenn ich mich recht erinnere. Mr. Gorringe, der Besitzer, läßt in der Saison Besuchergruppen nur einmal in der Woche hin-

ein und beschränkt deren Zahl auch noch auf zwölf Personen. Da muß er ja mehr verlangen, damit es sich für ihn lohnt. Aber niemand entrüstete sich darüber, nicht einmal Mrs. Baggot, die stets dazu neigte, sich am Ende eines Ausflugstages über irgend etwas zu beklagen. Und die Insel ist ja so reizend, so abwechslungsreich, so friedlich! Sanfte Klippen, Gehölze, Wiesen, Moore. Gleichsam England im kleinen.«
»Sie müssen wissen, Miss Gray«, mischte sich Bevis ein, »daß ich auf der Bühne war, als sie steckenblieb. Clarissa Lisle, meine ich. Es war einfach grauenhaft. Nicht, daß ihr nur momentan der Text nicht mehr eingefallen wäre. Abgesehen davon ist es mir völlig unbegreiflich, wie man den Text der Lady Macbeth so mir nichts, dir nichts vergessen kann. Er müßte einer Schauspielerin eigentlich wie von selbst über die Lippen kommen. Nein, sie hatte eine richtige Mattscheibe. Von dem Teil der Bühne, wo Peter – mein damaliger Freund – und ich saßen, konnten wir deutlich hören, wie die Souffleuse ihr die Worte fast zuschrie. Doch sie schnappte nur nach Luft und rannte einfach davon.« Bevis' Empörung brachte Miss Maudsley dazu, daß sie ihre erhebenden Erinnerungen an Porträts von Orpen und Wandteppiche von William Morris gänzlich vergaß.
»Die arme Frau! Wie schrecklich muß das für sie gewesen sein!«
»Schrecklich war's für alle Darsteller«, meinte Bevis. »Auch für uns. Geradezu peinlich war es. Sie war schließlich eine namhafte Schauspielerin. Von ihr hätte man nie und nimmer erwartet, daß sie sich wie ein hysterisches Schulmädchen benimmt, das bei seinem ersten Bühnenauftritt die Nerven verliert. Deswegen war ich auch ganz baff, als Metzler ihr nach so einer ›Macbeth‹-Aufführung die Rolle der Vittoria anbot. Sie spielte anfangs auch gar nicht so schlecht, und die Kritiken waren durchaus wohlwollend. Doch dann wurde es immer schlimmer, bis schließlich das bittere Ende kam.«
Bevis redete, als wäre er an sämtlichen Vorkommnissen als Augenzeuge beteiligt gewesen. Cordelia hatte sich schon des öfteren über die Anmaßung gewundert, mit der er übers Theater sprach, über jene fremdartige Welt voller phantastischer Verstrickungen und Sehnsüchte, die für ihn ein Gelobtes Land war, seine eigentliche Heimat sozusagen.

»Das viktorianische Theater auf Courcy hätte ich mir gern mal angesehen«, fuhr er fort. »Es soll zwar ziemlich klein – an die hundert Plätze –, aber sonst ideal sein. Der erste Besitzer soll es für Lillie Langtry, die Geliebte des Prinzen von Wales, errichtet haben. Der Prinz kam öfters nach Courcy, um zusammen mit anderen ausgewählten Gästen die Liebhaberaufführungen zu sehen.«
»Woher weißt du das alles, Bevis?« fragte Cordelia.
»Gleich nachdem Mr. Gorringe die Restaurierung abgeschlossen hatte, erschien in einer Wochenendbeilage ein langer Artikel über das Schloß. Mein Freund hat ihn mir zum Lesen gegeben. Er wußte, daß ich mich für so was interessiere. Der Zuschauerraum sah auf den Fotos entzückend aus. Das Theater besitzt sogar eine Loge mit dem Wappen des Prinzen von Wales. All das würde ich mir gern mal ansehen. Ich beneide Sie, Miss Gray.«
»Sir George hat mir auch von dem Theater erzählt«, erwiderte Cordelia. »Der jetzige Besitzer muß recht wohlhabend sein. Denn billig war es bestimmt nicht, Schloß und Theater zu restaurieren und obendrein noch all die viktorianischen Sachen zu sammeln.«
»Er ist stinkreich«, wußte überraschenderweise Miss Maudsley zu berichten. »Mit seinem Bestseller – wie hieß das Buch doch gleich? Ach ja, ›Autopsie‹ – hat er ein Vermögen verdient. Sein Pseudonym ist A. K. Ambrose. Wußten Sie das nicht, Miss Gray?«
Cordelia hatte davon keine Ahnung gehabt. Sie hatte sich zwar wie Tausende andere Leser das Taschenbuch gekauft, weil sie es leid war, den aufreizenden Umschlag in jedem Buchgeschäft, in jedem Supermarkt nur zu sehen und nicht zu wissen, was denn an so einem Erstlingsroman dran war, der dem Autor angeblich schon vor der Veröffentlichung eine halbe Million Pfund eingebracht hatte. Es war – wie's der Zeitgeschmack verlangte – ein sehr dicker und vor Grausamkeiten strotzender Roman gewesen. Ihr fiel auch ein, daß sie ihn, wie's der Klappentext verheißen hatte, kaum aus der Hand hatte legen können. Doch jetzt vermochte sie sich kaum noch an die Handlung oder die Romanfiguren zu erinnern. Dabei war die grundlegende Idee bestechend gewesen. Das Buch handelte von der minutiösen Durchleuchtung eines Mord-

falls und schilderte ausführlich sämtliche Beteiligten: den Gerichtsmediziner, den Kriminalinspektor, den Leichenhauswärter, die Familie des Opfers, das Opfer und schließlich den Mörder. Es war ein Kriminalroman, der den üblichen Rahmen sprengte. Der Unterschied bestand darin, daß es in diesem Roman mehr Sex gab – normalen wie auch abwegigen – als kriminalistische Spurensuche und daß der Autor äußerst geschickt Elemente der überaus populären Familiensagas mit allerlei Geheimnissen verflochten hatte. Der Stil war gekonnt dem breiten Publikum angepaßt: nicht allzu literarisch, um den Durchschnittsleser nicht zu verprellen, aber auch nicht so schlüpfrig, daß sich die Leute genieren mußten, wenn sie das Buch in aller Öffentlichkeit lasen. Cordelia jedenfalls hatte der Roman unbefriedigt gelassen. Allerdings hätte sie nicht sagen können, ob es nun daran lag, daß sie sich manipuliert fühlte, oder daran, daß sie insgeheim überzeugt war, dieser A. K. Ambrose hätte durchaus ein besseres Buch schreiben können, wenn es seine Absicht gewesen wäre. Von den geschickt eingestreuten Sexszenen mit ihrem Unterton von Ironie und Selbstverachtung, jedoch auch von der ausführlichen Schilderung der Autopsie an der Ermordeten ging zweifellos ein morbider Reiz aus. Da hatte sich der Autor offenbar nicht verstellt.

Miss Maudsley versuchte, begütigend zu erklären, daß ihre Frage keineswegs herabsetzend gemeint gewesen war. »Es überrascht mich nicht ein bißchen, daß Sie das nicht gewußt haben«, versicherte sie. »Auch ich hätte keine Ahnung gehabt, wenn es mir nicht eine Dame vom Mütterverein – ihr Mann ist Buchhändler – bei jenem Ausflug im Sommer erzählt hätte. Mr. Ambrose legt keinen Wert darauf, daß es publik wird. Soviel ich weiß, ist es auch der einzige Roman, den er bisher geschrieben hat.«

Cordelia merkte, wie ihre Neugierde, diesen vielfältig talentierten Ambrose Gorringe und seine Insel vor der Küste kennenzulernen, wuchs. Während sie über die sonderbaren Aspekte ihres neuen Auftrags nachdachte, sammelte Bevis die Kaffeetassen ein, da er mit dem Geschirrspülen an der Reihe war.

Auch Miss Maudsley war – die Hände im Schoß gefaltet – in nachdenkliches Schweigen verfallen. Plötzlich sah sie auf und

sagte: »Ich hoffe nur, Miss Gray, daß Sie sich da nicht in irgendeine Gefahr begeben. Hinter solchen Schmutzbriefen steckt meistens ein bösartiger, man könnte fast sagen heimtückischer Mensch. In unserer Pfarrei zirkulierten auch mal solche Schreiben. Die Sache endete furchtbar tragisch. Dahinter verbirgt sich eine erschreckende Bosheit.«
»Bosheit schon, aber keine Gefahr für Leib und Leben«, beruhigte sie Cordelia. »Ich glaube, der Fall wird mich eher langweilen als mich in irgendeine schlimme Lage bringen. Ich kann mir einfach nicht denken, daß auf Courcy irgend etwas Schreckliches passieren wird.«
Bevis, drei aufeinandergestapelte Tassen kühn balancierend, drehte sich an der Tür um.
»Auf Courcy sind aber schreckliche Dinge geschehen. Ich weiß nur nicht genau, welche. In dem Bericht stand nichts darüber. Das jetzige Schloß ist an der Stelle einer mittelalterlichen Burg errichtet worden, die damals dem Schutz dieses Küstenabschnitts diente. Vermutlich spukt dort seitdem ein Geist, wenn nicht gar mehrere. Der Artikelschreiber erwähnte nur, daß die Geschichte der Insel von Gewalttaten und Blutvergießen geprägt sei.«
»Journalistengeschwätz!« entgegnete Cordelia. »Gewalttaten hat es in der Vergangenheit überall gegeben. Das heißt doch nicht, daß die Geister der Toten heute noch umgehen müssen.«
Sie hatte das ohne jede Vorahnung gesagt, war nur froh, daß sie endlich einen einträglichen Auftrag erhalten hatte. Der Gedanke, London verlassen zu können, solange das warme Herbstwetter anhielt, stimmte sie glücklich. Sie sah die emporragenden Zinnen geradezu vor sich, dazu das von Möwengeschrei erfüllte Sumpfland, die sanften Hügel und all die Wäldchen in jenem geheimnisumwitterten, reizvollen Kleinengland, das dort sonnenüberflutet auf sie wartete.

3

Seit einiger Zeit besuchte Ambrose Gorringe London so selten, daß er sich hin und wieder die Frage stellte, ob denn die Mitgliedschaft in seinem Londoner Club überhaupt noch angebracht war. Zwar gab es in dieser Riesenstadt noch Viertel, in denen er sich durchaus heimisch fühlte, aber viele andere, in denen er ehedem mit Vergnügen umhergeschlendert war, kamen ihm mittlerweile schäbig, heruntergekommen, fremd vor. Wann immer geschäftliche Besprechungen mit seinem Anlageberater, Agenten oder Verleger einen Besuch erforderlich machten, stellte er sich ein Vergnügungsprogramm, wie er es nannte, zusammen. Es war gleichsam ein Wiederaufleben einstiger Ferienseligkeit, das er sich als Erwachsener gönnte, das keine Stunde des Tages ausgespart ließ, so daß er überhaupt keine Zeit fand, über den Stumpfsinn nachzudenken, der ihn dorthin verschlagen hatte. Stets stand auf seinem Programm ein Besuch des kleinen Antiquitätengeschäfts von Saul Gaskin unweit des Notting Hill Gate. Zwar hatte er seine viktorianischen Gemälde und Möbel überwiegend in den Londoner Auktionshäusern erstanden, aber Gaskin kannte und teilte seine Schwäche für Viktorianisches. Folglich konnte Gorringe jedesmal damit rechnen, daß ihn dort – zur Begutachtung aufgereiht – eine kleine Kollektion all der an sich trivialen Gegenstände erwartete, die vom Zeitgeist oft weitaus mehr in sich bargen als seine kostspieligen Erwerbungen.
In dem vollgestopften, schlecht gelüfteten Kontor im rückwärtigen Teil des Ladens roch es wegen der außergewöhnlichen Septemberwärme wie in einer Bärenhöhle. Hier eilte Gaskin mit weißem, verkniffenem Gesicht, den geschickt zupackenden kleinen Händen und der speckigen Maulwurfsfellweste, einem geschäftigen Nagetier gleich, hin und her. Nachdem er die Schreibtischschublade aufgeschlossen hatte,

legte er seinem Vorzugskunden feierlich die Ausbeute der letzten vier Monate vor. Die blaue Karaffe aus Bristol mit den eingravierten Trauben samt Weinlaub war zwar recht hübsch, aber es gab dazu nur noch fünf Gläser. Gorringe hätte das Service lieber komplett gehabt. Eine der beiden von Walter Crane entworfenen Wedgwood-Vasen war leicht angeschlagen. Er war ein wenig verstimmt, daß Gaskin, der doch seinen Hang zur Perfektion kannte, diese Dinge überhaupt für ihn aufgehoben hatte. Doch die reich verzierte Menükarte zu dem Bankett, das Queen Victoria am 10. Oktober 1844 auf Windsor Castle anläßlich der Aufnahme von König Louis Philippe von Frankreich in den Hosenbandorden gegeben hatte, war schon eine akzeptablere Erwerbung. Er überlegte sogar, ob es nicht amüsant wäre, am Jahrestag auf Courcy die gleiche Speisefolge zu servieren. Gerade noch rechtzeitig erinnerte er sich daran, daß sowohl die Kochkünste von Mrs. Munter als auch das Aufnahmevermögen seiner Gäste begrenzt waren.

Das Beste jedoch hatte Gaskin für den Schluß aufbewahrt. Jetzt holte er es hervor, mit der ihm eigenen feierlichen Miene, als würde er vor einem Gläubigen eine – wenn auch höchst weltliche – Messe zelebrieren. Es handelte sich um zwei massive, prachtvoll gearbeitete Trauerbroschen aus schwarzem Email und Gold, die jeweils eine zu Blütenblättern kunstvoll arrangierte Haarlocke umschlossen, ferner um eine schwarze, spitz zulaufende Witwenhaube, die sich noch in der Hutschachtel befand, in der sie einst geliefert worden war, und um einen marmornen, rundlichen Kinderarm, der auf einem purpurfarbenen Samtkissen ruhte. Gorringe nahm die Haube in die Hand und strich über den gefältelten Satin und die Trauerbänder. Er hätte gern gewußt, welches Schicksal die Besitzerin ereilt hatte. War sie, dahingerafft von Kummer, ihrem Mann in einen frühen Tod nachgefolgt? Oder hatte die Haube, diese teure Kreation, etwa ihr Mißfallen erregt? Jedenfalls wären die Broschen und die Haube eine Bereicherung des Schlafgemachs auf Schloß Courcy, des Memento-mori-Zimmers, wie er es nannte, wo er seine Sammlung von Zeugnissen des viktorianischen Totenkults aufbewahrte: Totenmasken von Carlyle, Ruskin und Matthew Arnold etwa, schwarzgeränderte Karten mit weinenden Engeln und sentimentalen Versen, all die Pokale, Medaillen und Becher, die

zum Gedenken an Verstorbene angefertigt worden waren, die Ansammlung von schweren Trauerroben in Schwarz, Grau und Mauve. Es war ein Raum, den Clarissa schaudernd nur einmal betreten hatte. Seitdem redete sie sich ein, es gebe ihn gar nicht. Er hatte überdies mit Belustigung bemerkt, daß Liebespaare – verkappte oder erklärte – unter seinen Gästen in diesem Zimmer hin und wieder ebenso gern miteinander schliefen, wie sich einst im 18. Jahrhundert die Huren mit ihren Kunden auf den Grabplatten in den Londoner Friedhöfen im East End vergnügt hatten. Mit zynischem, leicht verächtlichem Blick hatte er jedesmal diese Vermählung des Erotischen mit dem Morbiden registriert, wie er es bei allen menschlichen Schwächen tat, die er zufälligerweise nicht teilte.
»Diese Sachen hier nehme ich«, sagte er. »Vielleicht auch den Arm aus Marmor. Wo haben Sie den aufgetrieben?«
»Er stammt aus einem Privathaushalt. Ich halte ihn nicht für ein echtes Erinnerungsstück. Der Verkäufer behauptete, es handle sich um ein Duplikat der Marmorskulpturen, die man seinerzeit für Queen Victoria nach den Gliedmaßen der Königskinder auf Osborne hatte anfertigen lassen. Vermutlich ist es der Arm der kleinen Kronprinzessin.«
»Der armen, unglücklichen Vicky also! Nein, leicht hat sie's nicht gehabt, wenn man bedenkt, was für eine dominierende Mutter sie hatte. Dann noch ihr Sohn Wilhelm, der spätere deutsche Kaiser, und dazu noch Bismarck. – Das Stück reizt mich schon, aber nicht zu diesem Preis.«
»Es ist das Originalkissen. Und sollte es tatsächlich der Arm der Prinzessin sein, handelt es sich um ein einmaliges Sammlerstück. Soviel ich weiß, wurden von den Osborne-Skulpturen keine Kopien angefertigt.«
Als sie auf diese Weise in der gewohnten, freundschaftlichen Art zu feilschen begonnen hatten, spürte Gorringe, daß Gaskin an der Skulptur nicht hing. Gaskin war abergläubisch, und Gorringe merkte, daß dieser Marmorarm, den er offensichtlich nicht gern berührte, ihn zwar faszinierte, aber auch abstieß. Er wollte ihn offensichtlich nicht mehr in seinem Laden haben.
Kaum waren sie handelseinig geworden, schellte die Glocke an der verschlossenen Ladentür. Bevor Gaskin davonhuschte,

bat ihn Gorringe, das Telefon benützen zu dürfen. Plötzlich war ihm eingefallen, daß er ja, wenn er sich etwas sputete, einen früheren Zug nehmen könnte. Wie erwartet, war es Munter, der Butler, der abhob.

»Hier Schloß Courcy.«

»Ich bin's, Munter. Ich rufe aus London an. Es hat sich eben herausgestellt, daß ich den Zug um vierzehn Uhr dreißig noch erreichen kann. Ich werde also gegen sechzehn Uhr vierzig am Kai sein.«

»Sehr wohl, Sir. Ich werde Oldfield die nötigen Anweisungen geben.«

»Ist sonst alles in Ordnung, Munter?«

»Alles in Ordnung, Sir. Die Kostümprobe am Dienstag verlief nicht gerade reibungslos. Aber ich habe gehört, daß derlei als ein gutes Omen für die eigentliche Aufführung erachtet wird.«

»Die Beleuchtungsprobe verlief aber problemlos?«

»Jawohl, Sir. In der Truppe, wenn ich das so sagen darf, scheint es talentiertere Amateurelektriker zu geben als Schauspieler.«

»Wie kommt Ihre Frau zurecht? Konnten Sie ihr die Aushilfskräfte verschaffen, die sie am Samstag braucht?«

»Nicht ganz, Sir. Zwei der Mädchen aus der Stadt haben uns im Stich gelassen. Aber Mrs. Chambers bringt ihre Enkelin mit. Ich habe mir das Mädchen angesehen. Es scheint guten Willens zu sein, ist aber gänzlich unerfahren. Sollte so eine Inszenierung alljährlich auf Courcy stattfinden, Sir, müßten wir uns überlegen, ob nicht die Zahl der Bediensteten erhöht werden sollte, zumindest während dieser Woche.«

»Sie und Mrs. Munter haben keinen Grund zu der Annahme, daß eine derartige Inszenierung jedes Jahr stattfinden wird«, erwiderte Gorringe kühl. »Falls Sie schon zwölf Monate im voraus planen möchten, sollten Sie eher davon ausgehen, daß das die letzte Aufführung mit Lady Ralston auf Courcy sein wird.«

»Vielen Dank, Sir. Darf ich Ihnen noch mitteilen, daß ein Anruf von Lady Ralston kam? Da Sir George an einer unerwarteten Besprechung teilnehmen muß, wird er am Samstagnachmittag höchstwahrscheinlich nicht dasein; möglicherweise wird er sogar erst nach der Aufführung eintreffen. Lady Ralston machte den Vorschlag, das Fehlen ihres Gatten durch die Anwesenheit ihrer Privatsekretärin, einer Miss Cordelia Gray, zu überbrücken. Sie wird mit den übrigen Gästen am Freitagvormittag eintreffen. Lady Ralston gab zu verstehen, daß sie sich wegen dieses Arrangements nicht unbedingt mit Ihnen persönlich ins Benehmen setzen wolle.«

Munters Mißbilligung war ebenso unüberhörbar wie seine sorgsam kaschierte Ironie. Mittlerweile wußte er genau abzuschätzen, wie weit er, ohne anzuecken, gehen durfte, und da sich seine verschleierte Aufmüpfigkeit nie gegen seinen Brötchengeber richtete, sah Gorringe darüber hinweg. Ein Mann, insbesondere ein Bediensteter, hatte nun mal das Recht, seine Selbstachtung mit ein bißchen Widerborstigkeit zu polstern. Gorringe war schon sehr früh aufgefallen, wie sehr Munter, dessen persönliche Eigenheiten literarischen Butlergestalten nachempfunden zu sein schienen, zu einer Parodie seiner selbst wurde, wenn man seine sorgsam ausgeklügelten Arrangements durcheinanderbrachte. Sobald Clarissa Lisle im Schloß weilte, spielte er sich auf geradezu unerträgliche Weise wie ein Butler aus einer Boulevardkomödie auf. Gorringe, der an der Verschrobenheit seines Majordomus Gefallen gefunden hatte, am Widerspruch zwischen seinem bizarren Äußeren und seinem Gehabe, und sich für dessen Vergangenheit überhaupt nicht interessierte, stellte sich kaum noch die Frage, ob hinter alldem vielleicht ein anderer Munter steckte und, sollte das der Fall sein, was für ein Mensch das sein mochte.

Gorringe hörte noch, wie er sagte: »Im Hinblick auf Ihre Anweisungen meine ich, daß diese Miss Gray im De-Morgan-Zimmer gut untergebracht wäre.«

»Das meine ich auch«, erwiderte Gorringe. »Sollte Sir George am Samstagabend dennoch eintreffen, kann er das Memento-mori-Zimmer haben. Als Militär dürfte er dem Tod gegenüber abgehärtet sein. Wissen Sie über diese Miss Gray etwas Näheres?«

»Es handelt sich um eine junge Lady, soviel mir mitgeteilt wurde. Ich gehe davon aus, daß sie die Mahlzeiten im Speisezimmer einnehmen wird.«

»Selbstverständlich.«

Was immer Clarissa vorhatte, die Tafelrunde hatte nun zumindest eine gerade Zahl. Außerdem gefiel ihm die Vorstellung, daß Clarissa mit einer Privatsekretärin, einer jungen Frau obendrein, anreisen würde. Er hoffte nur, daß diese Bereicherung der Gesellschaft das Wochenende nicht noch komplizierter machen würde, als es ohnehin schon zu werden versprach.

»Auf Wiedersehen, Munter!« sagte er.

»Auf Wiedersehen, Sir!«

Als Gaskin in sein Kontor zurückkehrte, sah er, daß Gorringe ruhig dasaß und nachdenklich den Marmorarm, den er mit beiden Händen hielt, betrachtete. Unwillkürlich erschauerte Gaskin. Gorringe legte den Arm wieder auf das Kissen und wartete, bis der Händler eine geeignete Schachtel gefunden und sie mit Seidenpapier ausgeschlagen hatte.

»Sie mögen das Ding wohl nicht?« fragte er.

Gaskin durfte sich nun leisten, seine Meinung frei zu äußern. Der Arm war ja verkauft, und Mr. Gorringe hatte bisher noch kein Stück abgelehnt, nachdem der Preis ausgehandelt worden war. Als er den Arm in die Schachtel bettete, bemühte er sich, nur das Kissen zu berühren.

»Ich kann nicht sagen, daß es mir leid tut, mich davon zu trennen. Im allgemeinen mag ich die Porzellanhände, wie sie in der Viktorianischen Epoche so beliebt waren; auch die Hände, an die man zur Aufbewahrung Ringe steckt. Erst letzte Woche hatte ich ein hübsches Exemplar da. Leider war die Krause um das Handgelenk etwas angeschlagen. Ihnen hätte die Hand gewiß nicht zugesagt. Aber einen Kinderarm! Und dazu noch wie abgehackt! Das empfinde ich als ausgesprochen brutal, geradezu morbid. Vom Gefühl her sagt mir das Stück einfach nicht zu. Sie kennen mich ja. Es erinnert mich zu sehr an den Tod.«

Gorringe musterte die Broschen noch einmal, bevor auch sie eingewickelt und verpackt wurden.

»Aber weniger offenkundig, kann ich mir denken, als die beiden Schmuckstücke da und die Witwenhaube. Ich gebe Ihnen übrigens recht: Auch ich bezweifle, daß es sich um ein Erinnerungsstück handelt.«

»Diese Sachen da sind einfach anders«, erwiderte Gaskin. »Echte Erinnerungsstücke haben mir noch nie Unbehagen bereitet. Anders ist es bei diesem Marmorarm. Ich muß gestehen, daß ich einen Widerwillen gegen dieses Ding verspürte, sobald ich es im Laden hatte. Wann immer ich den Arm erblickte, kam es mir so vor, als würde er bluten.«

Gorringe mußte lächeln.

»Ich werde meine Gäste mit ihm konfrontieren, um deren Reaktionen zu beobachten. Dieses Wochenende wird auf Courcy die ›Herzogin von Amalfi‹ aufgeführt. Wäre es eine Männerhand in voller Größe, könnten wir sie ohne weiteres als Requisit verwenden. Aber so kann selbst die Herzogin von Amalfi in ihrer geistigen Zerrüttung den Kinderarm kaum für die Hand des toten Antonio halten.«

Gaskin, der Webster noch nie gelesen hatte, verstand diese Anspielung nicht.

»Ganz gewiß nicht, Sir!« stimmte er Gorringe zu und verzog den Mund zu einem wissenden, beflissenen Lächeln.

Sobald er Gorringe samt seinen Päckchen zur Ladentür begleitet hatte, beglückwünschte er sich voll verfrühter Befriedigung – denn trotz seiner eifrig kultivierten Sensibilität konnte er nicht behaupten, hellseherische Gaben zu besitzen –, daß er den Marmorarm der toten Prinzessin ganz gewiß zum letztenmal gesehen hatte.

4

In einer Arztpraxis an der Harley Street, knapp drei Kilometer von Gaskins Laden entfernt, schwang Ivo Whittingham die Beine über die Kante der Untersuchungscouch und beobachtete Dr. Crantley-Mathers, der schlurfenden Schritts zu seinem Schreibtisch ging. Der Doktor trug wie immer seinen zwar betagten, aber exzellent geschneiderten Nadelstreifenanzug. In seiner Praxis duldete Sir James nichts, was ihn wie etwa ein weißer Arztkittel an ein Krankenhaus gemahnen hätte können. Der Raum selbst mit seinem gemusterten Axminster-Teppich, dem geschnitzten Schreibtisch aus der Zeit Eduards VII., obenauf die silbergerahmten Fotografien seiner Enkel, aber auch von namhaften Patienten, mit all den Jagdstichen, dem Porträt eines augenscheinlich begüterten Vorfahren an zentraler Stelle über dem prunkvollen marmornen Kaminsims – dieser Raum wirkte denn auch eher wie die Bibliothek eines Privatgelehrten als eine Arztpraxis. Nichts deutete darauf hin, daß man hier jedweder Infektion den Kampf angesagt hatte. Die Bazillen würden sich auch hüten, sinnierte Whittingham, ausgerechnet in einem der wohlgepolsterten Lehnsessel von Sir James zu lauern, in denen die Patienten auf seine Ratschläge warteten. Auch die Untersuchungscouch, die mit braunem Leder überzogen war und sich über ein elegantes, aus dem 18. Jahrhundert stammendes Bibliothekstreppchen erklimmen ließ, hatte nichts von einem Klinikmöbel. All dies legte die Vermutung nahe, daß selbst die Eigentümlichkeit etlicher »Gäste« von Sir James, sich aus einer befremdlichen Laune heraus der Kleider zu entledigen, nicht das geringste mit ihrem Gesundheitszustand zu tun hatte.
Sir James blickte kurz von seinem Rezeptblock auf und fragte: »Macht Ihnen die Milz zu schaffen?«
 »Da sie mindestens zehn Kilo zu wiegen scheint und ich mich

fühle, als sei ich hochschwanger, und auch so aussehe, muß es wohl so sein, daß sie mir ein klein wenig zu schaffen macht.«
»Irgendwann werden wir sie eben entfernen müssen. Aber das hat noch Zeit. In einem Monat können wir immer noch darüber nachdenken.«
Whittingham verschwand hinter dem bemalten orientalischen Paravent, wo seine Sachen säuberlich gefaltet auf einem Stuhl lagen, und begann sich anzukleiden. Mühsam zog er den Hosenbund über seinen Wanst. Es war, sinnierte er weiter, als trage er in diesem Bauch den Tod mit sich, der nun auf seinen Bauchmuskeln lastete wie ein fötusgleicher Gnom, der sich nie bewegte, ihn aber mit seinem bleiernen Gewicht daran erinnerte, was er da mit sich schleppte. Er blickte über die Oberkante des Wandschirms und fragte, obwohl seine Stimme wegen des übergestreiften Hemds schwer zu verstehen war: »Haben Sie mir nicht mal erklärt, daß meine Milz deswegen so vergrößert ist, weil sie mittlerweile die Bildung der roten Blutkörperchen übernommen hat, die mein Blut, oder was immer es ist, nicht länger erzeugt?«
Ohne aufzublicken, erwiderte Sir James mit einstudierter Gelassenheit: »Das ist mehr oder minder die Sachlage. Gibt ein Organ seine Funktion auf, springt eben ein anderes dafür ein.«
»Wäre es dann taktlos, wenn ich Sie fragte, welches Organ zuvorkommenderweise einspringen wird, sobald Sie mir die Milz entfernt haben?«
Sir James parierte diesen Anflug von Galgenhumor mit dröhnendem Lachen. »Lassen Sie uns diese Brücke erst dann überschreiten, wenn wir angekommen sind, einverstanden?«
Sir James hat nun einmal einen Hang zu nichtssagenden Floskeln, dachte Whittingham. Zum erstenmal, seit er an dieser Krankheit litt, hätte er ihn gern unverblümt gefragt, wieviel Zeit ihm eigentlich noch gewährt sei. Der Grund war nicht, daß es da irgendwelche Sachen gab, die er vorher gern geregelt hätte. Denn seine Privatangelegenheiten waren, nachdem er sich hatte scheiden lassen, nachdem seine Kinder ihm fremd geworden waren und er nun allein lebte, in den letzten fünf Jahren ebenso deprimierend in Ordnung gewesen wie seine penibel gepflegte Wohnung. Hinter seinem Wissens-

drang steckte kaum mehr als gedämpfte Neugierde. Er hätte mit Vergnügen vernommen, daß ihm ein weiteres Weihnachten, die widerlichste Zeit des Jahres, erspart bleiben würde. Aber er war sich bewußt, daß so eine Frage völlig deplaciert war. Schon die Einrichtung des Raums verbot sie. Sir James war überaus geschickt darin, seine Patienten so zu manipulieren, daß sie keinerlei Fragen stellten, deren Beantwortung ihm, wie sie mittlerweile wußten, peinlich gesesen wäre. Seine Einstellung – und Whittingham hatte eigentlich nichts dagegen einzuwenden – war, seinen Schutzbefohlenen würde ohnedies rechtzeitig klarwerden, daß ihr Leben sich dem Ende zuneigte. Und der körperliche Verfall würde schließlich bewirken, daß diese Erkenntnis weniger schmerzt als die Verkündigung des nahen Todes in einer Phase, in der das Blut noch kräftiger in den Adern pulst. Nein, Sir James war nie der Ansicht gewesen, das Schwinden jeglicher Hoffnung tue den Menschen gut. Außerdem konnten sich ja auch Ärzte irren, und diese Annahme war nichts anderes als sein konventioneller Tribut an die menschliche Bescheidenheit. Denn insgeheim glaubte Sir James nicht, daß er sich irren könne. Er war ja auch ein hervorragender Diagnostiker. Deswegen, grübelte Whittingham, durfte man ihm nicht anlasten, daß die diagnostischen Qualitäten der meisten Ärzte ihre Fähigkeit zu heilen bei weitem überragten. Als er ins Sakko schlüpfte, deklamierte er Brachianos Worte aus »Der weiße Teufel«:

> Den Tod erleide, wer mir den Tod verkünde,
> Dieses maßlos gräßlich Wort!

Es war eine Haltung, die Sir James offenkundig teilte. Deswegen war es auch verwunderlich, daß er dieses Zitat, das er sicherlich kannte, nicht in den Türrahmen hatte schnitzen lassen.

»Tut mir leid, Mr. Whittingham. Ich habe Sie nicht verstanden.«

»Es war nichts Wichtiges, Sir James. Ich habe nur Webster zitiert.«

Sir James begleitete seinen Patienten zur Tür, wo bereits eine auffallend hübsche Assistentin wartete, um Whittingham in Empfang zu nehmen.

»Werden Sie übers Wochenende aufs Land fahren?« erkundigte sich Sir James beiläufig. »Wäre doch schade, das herrliche Wetter nicht zu nützen.«
»Ich fahre nach Dorset. Auf die Insel Courcy. Sie liegt bei Speymouth. Dort führen Laien mit einigen Berufsschauspielern die ›Herzogin von Amalfi‹ auf. Darüber möchte ich für eine Wochenzeitung schreiben. Aber was mich eigentlich reizt, ist das restaurierte viktorianische Theater auf dieser Insel und seine Geschichte«, fügte er noch hinzu. Gleich darauf verachtete er sich wegen dieses Zusatzes, denn im Grunde hatte er damit nur andeuten wollen, daß er trotz seines todkranken Zustandes keineswegs so weit herabgesunken war, eine Liebhaberinszenierung besprechen zu müssen.
»Ausgezeichnet! Ausgezeichnet!« Sir James äußerte seine Zustimmung so übertrieben, wie es selbst Gottvater am siebten Schöpfungstag nicht eingefallen wäre.
Als das imposante Portal hinter ihm ins Schloß fiel, war Whittingham versucht, das Taxi zu nehmen, das eben – wohl mit einem weiteren Patienten – vorgefahren war. Doch dann meinte er, daß er einen Teil des Weges zu seiner Wohnung am Russell Square ebensogut zu Fuß zurücklegen könne. Außerdem gab es an der Marylebone High Street ein unlängst eröffnetes Café, wo die Besitzer, ein junges Ehepaar, die Kaffeebohnen noch portionsweise mahlten und das Gebäck selbst herstellten. Und die paar Gartenstühle unter den Sonnenschirmen gaukelten den Anliegern die Illusion vor, daß der Sommer in England durchaus dafür geeignet sei, im Freien zu speisen. Dort wollte er sich eine viertelstündige Rast gönnen. Es war schon merkwürdig, wie wichtig ihm mittlerweile solche banalen Vergnügungen geworden waren. Nachdem er sich mit seinem unheilbaren Leiden abgefunden hatte, zeigte er zunehmend die Eigenheiten alter Menschen: einen Hang zur Selbstverzärtelung, eine Umständlichkeit in Alltagsdingen, ein Widerstreben, sich selbst mit langjährigen Bekannten abzugeben, eine Trägheit, die ihm schon das Ankleiden oder Baden zur Last werden ließ, eine Überempfindlichkeit, was seine Körperfunktionen anbetraf. Trotzdem verabscheute er das Wrack, zu dem er geworden war. Und auch diese Selbstverachtung hatte etwas von der Verdrießlichkeit greiser Menschen. Aber Sir James hatte schon recht. Es fiel schwer, Be-

dauern darüber zu empfinden, daß man von einem dermaßen beschränkten Leben Abschied nehmen mußte. Wenn ihm seine Krankheit den Garaus machte, würde der Tod nur mehr der endgültige Verfall eines Körpers sein, aus dem sich der Geist längst davongestohlen hatte, erschöpft von all den Schmerzen, der Mattigkeit und dem Unlustgefühl, das nicht allein von der leiblichen Hinfälligkeit herrührte, sondern von seinem schwachen Charakter, der ihn im Stich ließ und so wenig Standhaftigkeit erlaubte.

Als er in der warmen Herbstsonne die Wimpole Street entlangschlenderte, ließ er in seiner Erinnerung alle die bedeutenden Inszenierungen Revue passieren, die er gesehen und rezensiert hatte, und er sagte wie bei einem Appell die wichtigsten Namen auf: Olivier als Richard III., Wolfits Malvolio, Gielgud als Hamlet, Richardson als Falstaff, die Portia der Peggy Ashcroft. Sie fielen ihm alle ein, auch die Bühnen, die Regisseure, selbst die meistzitierten Passagen aus seinen Kritiken. Aufschlußreich war auch, daß er nach all seinen Theaterbesuchen in diesen dreißig Jahren die Klassiker am besten im Gedächtnis behalten hatte. Trotzdem war ihm klar, sollte er heute abend seinen gewohnten Platz in der dritten Parkettreihe einnehmen, formell gekleidet wie immer bei einer Premiere, sollte er abermals das erwartungsvolle Raunen vernehmen, das sich mit keinem Geräusch auf der Welt vergleichen ließ, so würde nichts, was sich nach dem Heben des Vorhangs abspielte, ihm mehr als ein abgeklärtes, sehr distanziertes Interesse entlocken. Der aufregende Reiz und das Gefühl des Entrücktseins waren verschwunden. Niemals wieder würde er den Schauer zwischen den Schulterblättern verspüren, das einsetzende Pochen des Blutes, das schon in seiner Jugend die Reaktion auf große Schauspielkunst gewesen war. Es mutete ironisch an, daß er jetzt, da seine Theaterbegeisterung erloschen war, ausgerechnet eine Laienaufführung als sein letztes Stück rezensieren sollte. Aber irgendwie würde er schon die Kraft finden, das zu tun, was er auf Courcy vorhatte.

Die Insel, hatte man ihm gesagt, sollte übrigens recht reizvoll sein, und das Schloß galt als ein interessantes Monument viktorianischer Prachtentfaltung. All das würde die beschwerliche Reise wohl wettmachen. Mehr Enthusiasmus vermochte er nicht aufzubringen. Und von den Darstellern versprach er sich wenig. Clarissa hatte ihm mitgeteilt, daß Roma Lisle, ihre Kusine, einen Freund mitbringen würde. Er war zwar Roma noch nie begegnet, aber nachdem er sich in all den Jahren Clarissas ätzende Schilderungen hatte anhören müssen, konnte ihn der Gedanke, unter demselben Dach wie die beiden zu weilen, kaum reizen. Und die bewußte Unterschlagung des Namens dieses Freundes verstärkte nur seine Bedenken. Ach ja, auch der Junge würde anwesend sein. Clarissas Entschluß, den Sohn Martin Lessings, ihres ertrunkenen Ehemannes, zu sich zu nehmen, war sicherlich auf eine ihrer spektakulären Launen zurückzuführen. Er überlegte, wer wohl mehr zu bedauern war: die Wohltäterin oder ihr Opfer. Die wenigen Male, da er Simon Lessing getroffen hatte – zweimal im Theater und einmal auf einer Party in Clarissas Domizil in Bayswater –, war ihm das linkische Benehmen des Jungen aufgefallen, wohl auf Grund einer tiefsitzenden Verstörtheit, die seiner Meinung nach weniger Simons Jugend als Clarissa zuzuschreiben war. Eine hündische Anhänglichkeit, eine Ergebenheit war ihm aufgefallen, ein dumpfer Drang, Clarissas Anerkennung zu erringen, ohne daß Simon die geringste Vorstellung hatte, was sie überhaupt von ihm erwartete. Den gleichen Ausdruck hatte Whittingham schon in den Augen von Simons Vater gesehen. Und diese blitzartige Erinnerung war ihm höchst unangenehm gewesen. Simon war doch angeblich ein begabter Pianist. Vermutlich sah sich Clarissa – eingerahmt von prächtigen Stuckornamenten – schon in einer der vorderen Logen in der Royal Festival Hall, während sich ihr Wunderjunge nach einem dankerfüllten Blick zur Loge hin triumphierend verneigt. Es war sicherlich peinlich für sie, sich statt dessen mit der Unausgeglichenheit und Tölpelhaftigkeit eines Heranwachsenden auseinandersetzen zu müssen. Whittingham merkte, daß ihn eine gewisse Neugier überkam, wie sich die beiden auf Courcy verhalten würden. Vielleicht sollte er noch weitere kleine Annehmlichkeiten erleben. Keine geringe Wonne würde es sein, zu sehen, wie Clarissa Lisle mit ihrer Neurose fertig wurde. Wenn das schon seine letzte Theateraufführung war, dann verschaffte ihm das Wissen, daß dies auch ihre letzte sein könnte, eine gewisse Befriedigung. Sie wußte sicherlich, daß er vom Tod gezeichnet war. Schließlich hatte sie ja Augen im Kopf. Doch er beschloß, ihr das Vergnügen, das die Beobachtung seines Dahinsiechens ihr bereiten könnte, nicht übelzunehmen. Überdies gab es subtilere Freuden. Die Wahrnehmung des psychischen Verfalls eines Menschen gehörte zweifellos zu ihnen. Allerdings hatte er mittlerweile erfahren müssen, daß der Haß am Ende allmählich erlischt. Aber er hielt sich länger als irgendwelche sonstigen Begierden, länger noch als Liebe. Während er gemächlich im Sonnenschein weiterschlenderte und an das bevorstehende Wochenende dachte, mußte er unwillkürlich über die Einsicht lächeln, daß der Hang zur Heimtücke in ihm noch am lebendigsten war.

5

Roma Lisle kniete im Souterrain ihres kleinen Ladens in einer Quergasse am Nordende der Tottenham Court Road auf dem Boden und packte einen Karton mit alten Büchern aus. Trotz der Bodenfliesen war es stickig heiß in dem Raum, der ursprünglich eine Küche gewesen war und deswegen noch einen abgeklemmten Gasherd – dermaßen schwer, daß Colin und sie ihn auch nicht mit vereinten Kräften von der Stelle hatten rücken können –, ein altmodisches Porzellanspülbekken und Wandregale aufwies. Die ganze Hitze des Spätsommertages schien sich in dem Schacht hinter dem Kellergitter gestaut zu haben und blockierte gleichsam das einzige Fensterchen wie eine verschwitzte, stinkende Decke, die weder Luft noch Licht einließ. Die Hängelampe über ihr verbreitete bestenfalls Düsternis, aber kein Licht. Es war geradezu grotesk, daß man an so einem Tag teuren Strom verbrauchen mußte. Sie mußte verrückt gewesen sein, als sie sich einbildete, man könne dieses Loch in ein kuscheliges, behagliches Buchantiquariat verwandeln, in dem die Leute mit Vergnügen schmökern würden.

Die Bücher, die sie da sortierte, waren überdies keine gewinnbringende Erwerbung. Sie hatte sie bei einer Auktion auf einem Landsitz billig ersteigert. Doch schon die erste kritische Durchsicht ergab, daß sie so preiswert auch wieder nicht gewesen waren. Die besten waren im Karton obenauf gelegen. Die übrigen stellten ein Sammelsurium dar von viktorianischen Predigten, von Erinnerungen pensionierter Militärs, Biographien unbedeutender Politiker, deren Tod ebenso belanglos gewesen war wie ihr Leben, von allerlei Romanen, die höchstens insofern Interesse erregten, als man sich fragte, wieso sie überhaupt einen Verleger gefunden hatten.

Vom Knien auf den Fliesen hatte sie in den Beinen kein Gefühl mehr. Ihre Nase war wie verstopft von dem Geruch nach Staub, modrigem Karton und stockfleckigem Papier. In ihren Vorstellungen war alles ganz anders gewesen: Colin kniend an ihrer Seite, gleichfalls fröhlich stöbernd, hin und wieder Freudenrufe, wenn sie ihre Bücherschätze ans Licht hoben, Gelächter, Pläneschmieden, Heiterkeit. Sie konnte sich noch lebhaft an ihren letzten Tag in der Pottergate-Schule erinnern, an die Abschiedsparty mit billigem Sherry und unvermeidlichem Salzgebäck, an die Käsehäppchen und an den kaum kaschierten Neid ihrer Kollegen, daß sie und Colin da ausstiegen, zusammen ein Geschäft eröffneten, all den Stundenplänen entrannen, dem Notengeben, den Prüfungen, der täglichen Fron, vierzig Schüler zur Ordnung anzuhalten, dazu noch an einer Gesamtschule in der Innenstadt, wo der Unterricht schon immer minder wichtig gewesen war als die mühevolle Aufrechterhaltung eines Anscheins von Disziplin.

Neun Monate war das nun her! Neun Monate, in denen alles, was sie erstanden und benötigt hatten, immer teurer wurde, in denen der Laden so verödet gewirkt hatte, als sei er wegen einer Pleite der Besitzer mit Brettern vernagelt worden. Neun Monate geprägt von Überarbeitung, schwindenden Einnahmen und schwindender Hoffnung, von halbeingestandener Panik. Dauerte das Absterben ihres Wunschtraums wirklich schon neun Monate? Sie stieß mit ihren kräftigen Händen den Karton von sich und hätte am liebsten empört aufgeschrien, als würden sich solche quälenden Gedanken auf diese Weise ein für allemal aus ihrem Kopf verdrängen lassen. Gleich darauf hörte sie Colins Schritte auf der Stiege. Sie wandte ihm ihr Gesicht zu und setzte ein Lächeln auf. Beim Essen hatte er kaum ein Wort gesprochen. Das war vor drei Stunden gewesen. Manchmal hielt seine gereizte Stimmung nicht lange an. Aber seine ersten Worte zerstörten diese Hoffnung.

»Pfui Teufel, hier stinkt's!«

»Das legt sich, wenn wir erst mal aufgeräumt haben.«

»Wie viele Wochen soll das noch dauern? Dazu brauchen wir einen Innenarchitekten und eine Putzfrauenkolonne. Und selbst dann wird es hier aussehen wie in einer Kellerwohnung.«

Er ließ sich auf einen ungeöffneten Karton fallen und begann, in den ausgepackten Büchern zu wühlen, die er mit verächtlicher Miene wahllos aufeinanderstapelte. In dem trüben Licht wirkte sein hübsches, mißmutiges Gesicht wie von tiefer Erschöpfung gezeichnet. Woher kam das bloß, fragte sie sich. Die ganze Arbeit hatte doch sie getan. Sie streckte ihm die Hand entgegen, die er nach einer Weile schlaff ergriff.

Ich liebe dich doch, dachte sie. Wir lieben doch einander. Diesen Glauben darfst du mir nicht nehmen!

Schon entzog er ihr beinahe verstohlen seine Hand und tat so, als interessiere ihn eins der Bücher. Als er es öffnete, fiel ein dickes, vergilbtes Stück Papier zu Boden.

»Was ist denn das?« fragte sie.

»Sieht nach einem alten Holzschnitt aus. Ich glaube nicht, daß er irgendeinen Wert hat.«

»Wir könnten Ambrose Gorringe fragen, wenn wir auf Courcy sind. Er kennt sich in solchen Dingen aus, selbst wenn es sich nicht um seine Lieblingsepoche handelt.«

Gemeinsam betrachteten sie das Blatt. Es war zweifellos betagt, stammte, wenn man die altmodische Schreibweise berücksichtigte, aus dem frühen 17. Jahrhundert, war aber noch erstaunlich gut erhalten. Oben zierte es ein ungefüger Holzschnitt, ein Skelett, das in der rechten Hand einen Pfeil, in der linken eine Sanduhr hielt. Darunter standen die Worte DER TODESBOTE, denen sich ein kurzes Gedicht anschloß. Roma las die vier Zeilen laut vor:

»Legt ab, hübsche Dame, Euer kostbar Kleid,
Nicht länger dünkt Euch erhaben!
Laßt ab von Eurer lasterhaften Eitelkeit!
Heut noch werd ich Euch hinwegtragen!«

Im undatierten Impressum hieß es, daß der Drucker ein gewisser John Evans aus der Long Lane in London war.

»Irgendwie erinnert mich das an Clarissa«, meinte Roma.

»An Clarissa? Aber warum denn?«

»Ich weiß nicht. Ich kann dir nicht sagen, warum.«

Mit gereizter Hartnäckigkeit forschte er sie aus, als sei ihm viel daran gelegen, als würde sie ihm etwas vorenthalten.

»Das habe ich nur so gesagt«, erwiderte sie. »Das ist mir nur so eingefallen. Es hat nichts zu bedeuten. Leg das Blatt neben die Spüle aufs Abtropfbrett. Wir zeigen es Ambrose Gorringe.«

Er tat es und kehrte mürrisch zu seinem Bücherkarton zurück.
»Daß wir diesen Ramsch hier ersteigert haben, war ein Fehler«, mäkelte er. »Wir hätten uns an die neueren Sachen halten sollen. In London gibt es ohnedies zu viele Buchhandlungen. Weiß der Himmel, warum ich mich von dir beschwatzen ließ, all das marxistische Zeugs oben im Laden zu kaufen. Keiner will es haben. In diesem Viertel hat die Linke schon genug Wärmestuben. Der Kram verprellt mir bloß die übrigen Kunden. All die Pamphlete setzen nur Staub an. Ich muß damals verrückt gewesen sein.«
Ihr war klar, daß er nicht allein auf die linkslastige Literatur anspielte. Seine ungerechten Vorwürfe machten sie zornig. Dabei wußte sie, während sie zu reden begann, daß es unsinnig war. Er wollte umschmeichelt, aufgemuntert, getröstet werden. Die Auseinandersetzungen, die er immer häufiger zu provozieren schien, steigerten nur seine Verdrossenheit, und sie war hinterher wie gelähmt. Trotzdem wollte sie sich nichts mehr gefallen lassen.
»Du hast dir doch diesen Laden nicht meinetwegen zugelegt. Du warst genauso versessen, von der Pottergate-Schule wegzukommen wie ich. Dir war doch der Schuldienst ebenso zuwider. Weißt du es wirklich nicht mehr? Ich gebe zu, auch ich hatte genug davon, aber ich wäre nicht ausgeschieden, wenn du nicht den ersten Schritt getan hättest.«
»Willst du damit sagen, daß alles meine Schuld ist?«
»Alles? Was heißt da alles? Niemand hat hier schuld. Wir haben getan, was wir uns vorgenommen hatten.«
»Weswegen beklagst du dich dann?«
»Weil ich es satt habe, daß du mir ständig das Gefühl aufdrängst, ich sei ein Hemmschuh, ärger noch als eine Ehefrau, und du würdest den Laden nur meinetwegen behalten.«
»Ich behalte ihn – wir beide tun es, weil wir keine andere Wahl haben. An der Pottergate-Schule würden sie uns nicht mehr einstellen, selbst wenn wir uns noch sooft bewerben würden.«
Wo könnten sie sich auch sonst bewerben? Er brauchte sie nicht auf die vielen arbeitslosen Junglehrer hinzuweisen, auf die Einsparungswelle und die hochqualifizierten Lehrkräfte, die sich verzweifelt um eine Anstellung bemühten.

Obwohl sie wußte, daß ihre Widerrede eine Torheit war, seinen Mißmut nur noch steigern würde, entgegnete sie: »Wenn du die Sache hinschmeißt, tust du Stella einen Gefallen. Ich kann mir denken, daß sie bloß darauf wartet. Dann kann sie ›Ich hab's dir ja gleich gesagt!‹ rufen und dich als hübsch verschnürtes Opfer dem lieben Daddy und den übrigen Familienkonsorten zum Fraß vorwerfen. Stella wünscht sich doch, daß wir pleite gehen. Mich wundert, daß sie nicht irgendwo in einem dunklen Winkel lauert, um unsere Kunden zu zählen.«

Seine Einwendungen klangen eher verdrossen als aufgebracht. Denn so hatten sie sich schon öfters gestritten. »Sie weiß, daß ich mir Sorgen mache«, sagte er. »Auch sie macht sich Sorgen. Dazu hat sie auch allen Grund. Schließlich stammt die Hälfte des Geldes, das ich hier reingesteckt habe, von ihr.«

Das brauchte er nicht eigens zu betonen. Als ob sie nicht wüßte, wieviel Bargeld ihm Stella zuvorkommenderweise – aus Daddys reichlich bemessenen Zuwendungen – geborgt hatte. Und daß es großzügig von ihr gewesen war; großzügig, töricht oder berechnend. Vielleicht alles zusammen. Denn sie hatte doch gewußt, daß sich Colin da mit seiner Geliebten auf eine geschäftliche Partnerschaft einließ. Sie war doch nicht blind. Nein, sie hatte es von Anfang an gewußt. Sie konnte zwar nicht begreifen, was er an Roma fand – so großartig war sie nun wieder auch nicht –, aber sie hatte von seinen Plänen gewußt. War das nun ihre Rache gewesen, Geld in ein Geschäft zu stecken, das, bedachte man beider Unerfahrenheit, ihr dünnes Kapitalpolster, ihre übertriebenen Erwartungen, pleite gehen mußte? Sollte vielleicht damit seine Niederlage herbeigeführt werden, die ihn, auf zuträgliche Weise geläutert, wieder in das Milieu locken würde, in das er gehörte, das er, wenn man sich's recht überlegte, eigentlich nie verlassen hatte? Aber was erwartete ihn da außer Daddys Geschäft, der Laden in Kilburn, wo billige Möbel aus Preßstoffplatten auf Ratenbasis an Kunden verkauft wurden, die entweder zu dumm waren, um zu merken, daß man sie betrog, oder trotz ihrer Armut zu stolz, als daß sie die Straßenmärkte abklapperten, um gute, solide Eichenmöbel aus zweiter Hand zu erwerben. All der Plunder, mit dem Daddy die Leute lockte – all die

Cocktailschränkchen, Stellwände, die üppigen Polstergarnituren –, war doch längst auseinandergefallen oder Kleinholz, bevor die letzte Rate bezahlt war. Wollte er damit sein Leben verbringen? Hatte er dafür den Lehrerberuf aufgegeben? Und hatte sich Stella all das ausgedacht, oder hatte auch Daddy seine Hand im Spiel? War nicht die Summe, die sie ihnen geliehen hatte, sorgsam bemessen gewesen – gerade ausreichend für eine Geschäftsgründung, aber nicht groß genug, um ihnen auf die Beine zu helfen? Stella war ein berechnendes Biest. Sie besaß einen scharfen Verstand, der zu ihren spitzen, lackierten Nägeln, ihren weißen, klein geratenen Zähnen paßte. Außerdem standen ihr noch weitere Waffen zur Verfügung: Justin und Joanna. Ihre Habgier und ihr Besitzstreben hatten durch die Mutterschaft gleichsam die Weihe erhalten. Sie hatte nun mal die Zwillinge, und sie verstand es auch, sie auszuspielen. Bei jedem Wehwehchen, das die Kinder befiel, jeder Schulfeier, jedem Zahnarztbesuch, jedem Familienfest wie Weihnachten etwa hatte er in den Schoß der Familie zurückzukehren, als vertrete sie nachdrücklich die Auffassung: Er mag zwar mit dir ins Bett gehen, mit dir zusammen den Geschäftsmann spielen, sich einbilden, daß er dich liebt, er mag dir vertrauen, aber er wird dir keine Kinder machen. Und er wird sich nie von mir scheiden lassen, um dich zu heiraten.
Bestürzt darüber, daß sich solche Gedanken einstellten, daß sie so ins Grübeln geraten war, rief sie: »Hören wir doch auf, uns zu streiten, Liebling! Ja? Wir sind beide abgespannt. Es ist stickig heiß. Der Tag war zu anstrengend. Am Freitag sperren wir den Laden zu und fahren nach Courcy. Drei friedliche Tage mit Sonnenschein, ausgezeichnetem Essen, guten Weinen und dann noch das Meer. Die Insel ist etwa drei mal zweieinhalb Meilen groß, hat mir Clarissa erzählt, da kann man wundervolle Spaziergänge machen. Wir können uns von all den Leuten fernhalten. Clarissa wird mit der Aufführung vollauf beschäftigt sein, und ich glaube nicht, daß sich Ambrose Gorringe groß darum kümmern wird, was wir treiben. Einmal keine Gläubiger, keine Menschen, nur noch Ruhe. Das brauche ich einfach!«
Sie wollte noch hinzufügen: Und ich brauche auch dich, Liebling. Von Tag zu Tag mehr. Immer. Aber sein Gesichtsausdruck hielt sie davon ab.

Diese Miene war ihr durchaus vertraut, diese Mischung von Beschämung, Gereiztheit und Verlegenheit. Sie hatte sie schon öfters bemerkt, schließlich war ihr gemeinsames Leben bisher nach diesem Muster verlaufen: zuerst all die zuversichtlich und fröhlich geschmiedeten Pläne, dann in letzter Minute das Abrücken. Aber noch nie hatte es sie so hart getroffen. Tränen traten ihr in die Augen. Sie redete sich im stillen zu, daß sie sich fassen müsse, sich nicht gehenlassen dürfe. Doch als sie endlich weitersprach, hörte sie selbst einen ärgerlichen, vorwurfsvollen Unterton heraus. Zudem sah sie, daß sich seine Beschämung in Trotz verwandelte.
»Das kannst du mir nicht antun! Das darfst du nicht! Du hast es mir versprochen. Ich habe Clarissa doch schon gesagt, daß ich meinen Geschäftspartner mitbringe. Alles ist fest arrangiert.«
»Ich weiß. Mir tut es auch leid. Aber Stellas Vater hat am Vormittag angerufen und seinen Besuch für das Wochenende angekündigt. Ich muß hin. Ich habe dir doch erzählt, wie er ist. Er ist empört, daß ich meinen Beruf aufgegeben habe. Wir sind noch nie gut miteinander ausgekommen. Er meint, daß ich nicht weiß, was ich an ihr habe. Du weißt ja, bei Einzelkindern ist das nun mal so. Er wird toben, wenn ich mich übers Wochenende davonstehle und sie sich allein mit den Kindern abgeben muß. Und die Geschichte, daß ich an einer Bücherversteigerung teilnehme, nimmt er mir nicht ab. Ich glaube, nicht einmal Stella glaubt sie mir.«
Das war es also! Daddy kam zu Besuch. Daddy, der für das Schulgeld der Zwillinge aufkam, für den Wagen, den alljährlichen Urlaub, all die kostspieligen Annehmlichkeiten, die mittlerweile zur Selbstverständlichkeit geworden waren. Daddy hatte eben andere Vorstellungen von der Zukunft seines Schwiegersohnes.
»Was wird Clarissa nur denken?« fragte sie mit klagender Stimme.
»Genauso könntest du fragen, was sie sich denken mag, wenn ich mitkomme. Sie weiß doch, daß ich verheiratet bin. Du hast es sicher angedeutet. Meinst du nicht, daß es schlecht aussieht, wenn wir als Paar auftreten? Und nicht nur, wenn wir in einem Zimmer untergebracht werden und dergleichen.«
»Mit dergleichen meinst du doch, daß wir miteinander schla-

fen könnten. Warum denn nicht? Clarissa ist gewiß kein Ausbund an Keuschheit, und Ambrose Gorringe wird nachts schon nicht umherschleichen, um zu kontrollieren, was seine Gäste in ihren Zimmern treiben.«

»Aber darum geht's doch nicht«, erwiderte er leise. »Ich hab's dir doch erklärt. Es geht um Stellas Vater.«

»Aber dieses Wochenende könnte doch auch deine Loslösung von ihm und ihr bedeuten. Ich habe mir gedacht, daß wir mit Clarissa über unsere Lage reden, über den Laden, auch darüber, ob sie uns nicht helfen kann. Deswegen habe ich doch die Einladung durchgesetzt. Übrigens erbe ich ein Drittel ihres Vermögens, falls sie kinderlos sterben sollte. So hat es mein Onkel in seinem Testament bestimmt. Ihr macht es gewiß nichts aus, sich von etwas Geld zu trennen, wenn ich's dringend brauche. Außerdem bitten wir sie nur um ein Darlehen.«

Sie versuchte zu übersehen, daß in seinem Gesicht Hoffnung aufleuchtete, die jedoch gleich darauf verflog.

»Ich kann keine Frau um Geld bitten«, entgegnete er verdrossen.

»Das brauchst du auch gar nicht. Das mache ich. Ich habe mir nur gedacht, daß sie dich so kennenlernen könnte, wie du wirklich bist, sozusagen unter den bestmöglichen Umständen. Im passenden Moment rede ich dann mit ihr. Versuchen können wir's doch, Darling! Schon zwanzigtausend Pfund würden unsere Lage völlig verändern.«

»Was würdest du nach ihrem Tod erhalten?«

»So genau weiß ich es nicht. Etwa achtzigtausend; es könnte auch mehr sein.«

Er wandte das Gesicht ab. »Soviel würden wir brauchen, um meine Scheidung von Stella zu erreichen. Leider hat Clarissa nicht vor zu sterben, um uns aus der Patsche zu helfen. Mit zwanzigtausend Pfund können wir den Laden retten. Aber das wäre auch alles. Warum sollte sie jedoch diese Summe herausrücken? Wer nur ein Fünkchen Verstand besitzt, ist sich doch klar darüber, daß er sein Geld in ein Faß ohne Boden steckt. Nein, es hat keinen Sinn. Ich kann dieses Wochenende nicht mitkommen.«

Über ihnen knarrten die Dielenbretter. Irgend jemand hatte den Laden betreten.

»Hört sich an, als sei ein Kunde gekommen«, fügte er rasch, geradezu erlöst, hinzu. »Hör mal, wenn oben nicht viel los ist, schließe ich den Laden pünktlich um fünf und helfe dir dann. Irgendwie werden wir den Raum schon in Ordnung bringen.«
Sobald er gegangen war, trat sie an das kleine Fenster und blickte hinaus. Sie stand regungslos da und umklammerte den Rand des Spülbeckens so fest, daß die Knöchel weiß anliefen. Sie sah nichts Bestimmtes, blickte nur durch die Gitterstäbe hindurch auf den abbröckelnden Putz an der gegenüberliegenden Hausmauer, dort, wo die hellen Rot-, Grün- und Gelbtöne eines Obststandes kreisend miteinander verschmolzen. Hin und wieder ertönten Schritte, Stimmen. Die schmale Gasse lebte einen Augenblick lang auf. Die stumme Gestalt am Kellerfenster stand noch immer wie erstarrt da. Nach einer Weile stieß sie einen Seufzer aus. Die angespannten Schultermuskeln erschlafften, die Finger lockerten ihren Griff. Sie nahm das kleine Blatt mit dem Holzschnitt vom Abtropfbrett und betrachtete es, als hätte sie es noch nie gesehen. Dann öffnete sie ihre Umhängetasche und verstaute das Blatt darin.

6

Simon Lessing stand am offenen Fenster seines Studierzimmers im Internat von Melhurst und schaute über die weiten Rasenflächen hinweg zum Fluß, der gemächlich zwischen Kastanien und Linden dahinströmte. In der Hand hielt er Clarissas ungeöffneten Brief. Obwohl der Umschlag schon mit der Morgenpost gekommen war, hatte er Entschuldigungen gefunden, ihn nicht gleich zu öffnen. Er hatte zur vormittäglichen Klavierstunde gehen müssen. Ihr hatte sich ein Seminar für die sechste Klasse angeschlossen. Daraufhin hatte er beschlossen, die große Pause abzuwarten. Aber der Morgen war vergangen, und nun war es Mittag. In knapp fünf Minuten würde die Essensglocke schellen. Er durfte es nicht länger hinauszögern. Es war lächerlich und zugleich erniedrigend, eine solche Angst zu empfinden, herumzustehen wie ein Erstkläßler mit dem gefürchteten Schulzeugnis in der Hand, weil ja der Augenblick der Wahrheit, mag man ihn mit allerlei Tricks noch so lange hinausschieben, unvermeidlich war.

Er wollte warten, bis die Glocke ertönte, und den Brief dann rasch, geradezu gleichgültig und allein aufs Mittagessen konzentriert, überfliegen. Zumindest konnte er dies ungestört tun. Denn in Melhurst bekam jeder Schüler ab der Mittelstufe ein eigenes Studierzimmer. Daß man hier der täglichen, von Stille und Ungestörtheit geprägten Studierzeit eine derartige Bedeutung beimaß, war auf eine der weiseren Bestimmungen des gottesfürchtigen Gründers des Internats aus dem 17. Jahrhundert zurückzuführen. Und da sich diese Vorschrift mit den klösterlich anmutenden Baulichkeiten gut vereinbaren ließ, hatte sie die dreihundert Jahre samt den wechselnden Unterrichtsprinzipien unbeschadet überstanden. Sie gehörte zu den Eigenheiten von Melhurst, die Simon zusagten, und stellte eines der Privilegien dar, die ihm Clarissas Fürsorge und Geld verschafft hatten. Weder sie noch Sir George hatten jemals an ein anderes Internat gedacht, und in Melhurst hatte man sich nicht gesträubt, den Stiefsohn eines inzwischen zu Ansehen gekommenen einstigen Zöglings unter die Fittiche zu nehmen. Der Leitspruch der Schule, der aus dem Griechischen statt dem sonst üblichen Latein entliehen war, pries die Tugend des Maßhaltens, und in den dreihundert Jahren war das Internat, eingedenk der Worte von Theognis, auch stets einigermaßen angesehen, einigermaßen kostspielig und einigermaßen erfolgreich gewesen. Kein anderes Internat wäre ihm lieber gewesen. Er hatte begriffen, daß all die Traditionen und zuweilen auch befremdenden Rituale, die er sich rasch angeeignet hatte und seitdem beflissen einhielt, darauf abzielten, übertriebene persönliche Bindungen einzuschränken und ein allgemeines Zusammengehörigkeitsgefühl zu fördern. Man tolerierte ihn und ließ ihn in Frieden. Mehr verlangte er nicht. Selbst seine Begabungen ließen sich mit den Erziehungsprinzipien der Schule vereinbaren, die auf Grund einer ausgeprägten Antipathie zwischen einem Internatsleiter im vorigen Jahrhundert und dem weit bekannteren Dr. Arnold vom College in Rugby ohnehin traditionsgemäß jegliches sportlich gestählte Christentum wie auch fast alle Ansätze eines Teamgeistes unterbanden und statt dessen die Grundsätze der anglikanischen Hochkirche und die Hochschätzung alles Exzentrischen begünstigten. Der Musikunterricht war ausgezeichnet. Die beiden Internatsorchester genossen im ganzen Lande hohes Ansehen. Und Schwimmen, die einzige Sportart, die ihm lag, gehörte zur durchaus statthaften Leibesertüchtigung. Verglichen mit der Norman-Pagworth-Gemeinschaftsschule war Melhurst eine kultivierte Oase. An der Pagworth-Schule war er sich wie ein Fremdling vorgekommen, den es ohne jegliche Orientierungshilfe wie etwa ein Wörterbuch in eine gesetzlose, rüde, unbekannte Gegend verschlagen hatte, deren Sprache und Sitten, mißtönend und rauh wie alles in diesem Lande, auf beängstigende Weise unverständlich waren. Der Gedanke, Melhurst wieder verlassen und in seine alte Schule zurückkehren zu müssen, gehörte zu seinen schlimmsten Schreckensvisionen, seitdem er das Gefühl hatte, die Beziehung zwischen ihm und Clarissa habe sich verschlechtert.

Es war schon sonderbar, daß Angst und Dankbarkeit auf solche Weise verflochten waren. Denn seine Dankbarkeit war echt. Er wünschte sich nur, sie so zu empfinden, wie es sich gehörte – als eine Art Wohlwollen, eine Beglückung beider Seiten, frei von drückenden Verpflichtungen und Schuldgefühl. Am ärgsten war dieses Schuldgefühl. Immer wenn er diese Bürde kaum noch ertragen konnte, versuchte er, sich mit vernünftigen Argumenten davon zu befreien. Es war doch unsinnig, sich in ihrer Schuld zu fühlen, unsinnig und gänzlich unnötig, sich ihr gegenüber zutiefst verpflichtet zu fühlen. Denn Clarissa war auch ihm etwas schuldig. Sie hatte doch die Ehe seiner Eltern zerstört, seinen Vater weggelockt, dazu beigetragen, daß seine Mutter an Kummer starb, hatte ihn somit zur Waise gemacht, so daß er all das Ungemach, die vulgäre Atmosphäre, die erstickende Langeweile im Hause seines Onkels hatte erdulden müssen. Clarissa, nicht er, müßte sich eigentlich schuldig fühlen. Aber auch dieser Gedanke, der hin und wieder in seinem Kopf rumorte, vergrößerte die drückende Verpflichtung. Er schuldete ja Clarissa so viel. Peinlich war auch, daß jedermann wußte, wie viel es war. Sir George beispielsweise, der zwar nur selten kam, aber auf Simon, wenn er da war, wie eine stumme, anklagende Verkörperung all jener männlichen Eigenschaften wirkte, die seinem Wesen, wie er mittlerweile wußte, gänzlich fremd waren. Zuweilen vermeinte er, aus der Haltung von Clarissas jetzigem Ehemann eine wortlose Gewogenheit herauszuspüren, die er gern auf die Probe gestellt hätte, wenn er nur den Mut dazu aufgebracht hätte. Aber er bildete sich trotzdem ein, daß Sir George im Grunde nicht guthieß, wenn sich Clarissa seiner annahm, und daß ihre Gespräche unter vier Augen von Wendungen wie »Ich hab's dir doch gesagt. Ich habe dich ja gewarnt« durchsetzt waren. Auch Miss Tolgarth wußte Bescheid, Tolly, deren Blick er sich nicht zu stellen wagte, weil er den abschätzenden Ausdruck fürchtete, der seiner Ansicht nach auf Mißfallen, Abneigung und Verachtung schließen ließ. Und schließlich wußte auch Clarissa – bis auf den letzten Penny –, was er ihr schuldete. Immer stärker wurde in ihm das Gefühl, daß Clarissa ihre Freigebigkeit längst bereute, die sie anfangs noch als etwas Neues, als eine großmütige Geste empfunden hatte. Anfänglich mochte sie ihren exzentrischen Edelmut als über-

aus malerisch empfunden haben, aber mittlerweile hatte sie erkannt, daß sie sich da mit einem pickeligen, verschlossenen Halbwüchsigen belastet hatte, der sich zudem im Kreis ihrer Freunde nicht wohl fühlte und sie mit Internatsgebühren, Ferienarrangements und Zahnarztbesuchen konfrontierte, mit all den kleinen Kümmernissen für eine Mutter, ohne daß ihr zum Ausgleich entsprechende Freuden zuteil wurden. Er ahnte, daß sie sich etwas von ihm erhoffte, das er weder sich selbst klarmachen noch ihr geben konnte, irgendeine nicht genau definierte, aber bedeutsame Gegenleistung, die man ihm eines Tages mit der rücksichtslosen Hartnäckigkeit eines Steuereintreibers abfordern würde.
Seit einiger Zeit schrieb sie ihm nur noch selten. Wenn er in seinem Brieffach ein Kuvert mit ihrer großen, runden Schrift erblickte – sie verabscheute maschinegeschriebene Privatbriefe –, mußte er all seine Kraft aufbieten, um es zu öffnen. Aber noch nie war seine Beklemmung so groß gewesen wie heute. Der Brief schien an seiner Hand angewachsen zu sein, schien immer bedrohlicher und schwerer zu werden. Da schellte die Ein-Uhr-Glocke. Mit jähem Ungestüm riß er das Kuvert an einer Ecke auf. Die blaßblauen Umschläge, die sie stets verwendete, waren aus festem Leinenpapier. Er zwängte den Daumen hinein und erweiterte den Spalt – ungeduldig wie ein Liebender, der es nicht erwarten kann, von der Angebeteten sein Schicksal zu erfahren – zu einem gezackten Schlitz. Als er sah, daß das Schreiben kurz war, seufzte er unwillkürlich erleichtert. Falls sie vorhatte, ihn von hier wegzunehmen, falls es für ihn kein Abschlußjahr in Melhurst geben sollte, keinen Studienplatz an der Königlichen Musikhochschule und keine finanziellen Zuwendungen, würden die Ausflüchte, würde die Begründung sicherlich mehr als eine halbe Seite füllen. Und der erste Satz beseitigte denn auch seine schlimmsten Befürchtungen.

Ich mache Dich kurz mit unseren Plänen fürs kommende Wochenende vertraut. George fährt Tolly und mich am Freitag vor dem Frühstück nach Speymouth. Am besten ist es, wenn Du mit den übrigen Gästen rechtzeitig zum Lunch eintriffst. Das Fährboot ist da, wenn der Neun-Uhr-dreiunddreißig-Zug von der Waterloo Station ankommt. Du mußt um kurz vor halb zwölf im Hafen von Speymouth sein. Im Zug wirst Du Ivo Whittingham und meine Kusine Roma treffen, ferner noch Cordelia Gray, ein junges Ding. Da ich am Wochenende jemand brauche, der mir zur Hand geht, wird sie als meine Sekretärin fungieren, und Du hast gleichzeitig einen jüngeren Menschen auf der Insel, mit dem Du Dich unterhalten kannst, damit Du das lernst. Auch sonst wirst Du Dich nicht langweilen, da Du ja zum Schwimmen gehen kannst. Bringe Deinen Smoking mit! Mr. Gorringe legt Wert darauf, daß man sich zum Dinner umzieht. Da er außerdem etwas von Musik versteht, solltest Du von Deinen Paradestücken einige üben und sicher beherrschen, freilich nichts Kompliziertes. Ich habe Deinem Präfekten wegen des freien Tages geschrieben. Hat Dir die Wirtschafterin die Aknesalbe gegeben, die ich letzten Monat geschickt habe? Hoffentlich hast Du sie auch verwendet!

Liebe Grüße
Clarissa

Gleich darauf machte er die merkwürdige Erfahrung, daß Erleichterung rasch in eine neue, nur anders geartete Angst, sogar in Groll umschlagen kann. Nachdem er den Brief zum zweitenmal gelesen hatte, fragte er sich, weshalb man ihn überhaupt auf diese Insel eingeladen hatte. Selbstverständlich steckte Clarissa dahinter. Ambrose Gorringe kannte ihn ja nicht und hätte ihn, wäre es anders gewesen, wohl kaum in die Schar seiner Gäste aufgenommen. Ihm fiel ein, daß er mal vage von der Insel gehört hatte, von dem restaurierten viktorianischen Theater und der geplanten Aufführung des Webster-Stücks. Er hatte die dumpfe Ahnung, daß die Inszenierung für Clarissa irgendwie von Bedeutung war, selbst wenn es sich nur um eine Liebhaberaufführung handelte. Aber warum sollte auch er dabei sein? Von ihm wurde doch nur erwartet, daß er Clarissa nicht weiter behelligte und niemand auf die Nerven fiel. So viel war ihm klar: Er sollte sich deshalb am Strand oder am Pool vergnügen. Er nahm zumindest an, daß es dort einen Pool gab, und stellte sich Clarissa vor, wie sie sich – hellhäutig und blond – sonnte, an ihrer Seite das junge Ding, diese Cordelia Gray, mit der er üben sollte, sich zu unterhalten. Worin sollte er sich nach Clarissas Ansicht sonst noch üben? Wie man sich bei den Leuten anbiedert? Wie man

Komplimente macht? Sollte er erlernen, was für Witze bei Frauen ankommen, bei welchen Gelegenheiten man sie erzählt? Sollte er flirten? Beweisen, daß er ein der Weiblichkeit zugetaner, heterosexueller Jüngling war? Bei dieser Vorstellung bekam er vor Furcht einen trockenen Mund. Dabei war es gar nicht so, daß er Mädchen nicht mochte. In seiner Phantasie hatte er sich ein Mädchen geschaffen, mit dem er gern auf Courcy, auf jeder Insel geweilt hätte: ein empfindsames, hübsches, intelligentes Geschöpf, das gutherzig war, ihn aber auch begehrte und von ihm erwartete, daß er an ihm all die schrecklich aufregenden, schamlosen Dinge vollzog, derer sie sich hinterher nicht zu schämen bräuchten, weil sie ja einander liebten; all diese Handlungen, die ein für allemal durch einen beiderseits gewollten Sinnestaumel die Kluft beseitigen sollten, die in seinen Tagträumen noch immer zwischen romantischem Schwärmen und sinnlicher Begierde herrschte. Er glaubte nicht, daß er ein solches Mädchen auf Courcy oder anderswo kennenlernen könne. Das einzige Mädchen, das er bisher näher kannte, war seine Kusine Susie. Er haßte Susie, haßte ihre frechen, verächtlichen Augen, ihren immerfort kauenden Mund, ihre Stimme, die bald weinerlich, bald schrill klang, haßte ihr gefärbtes Haar und die klebrigen, beringten Finger.

Selbst wenn diese Cordelia Gray anders war, wenn sie ihm gefiel, wie konnte er ihr näherkommen, wenn Clarissa sie beide ständig im Auge behielt, unablässig seine Redegewandtheit, seine persönliche Ausstrahlung, seine Schlagfertigkeit, sein Verhalten in der Gesellschaft kontrollierte und dazu noch – zusammen mit diesem Ambrose Gorringe – seine musikalischen Fähigkeiten? Bei dem Gedanken an seine Musikalität begannen ihm die Wangen zu brennen. Er war schon unsicher genug, was dieses Talent anbelangte, auch ohne diesen zarten Hinweis auf seine Paradestücke, der sich ganz so ausnahm, als sei er ein kleines Kind, das auf einer spießigen Teegesellschaft den Nachbarn seine Fingerfertigkeit vorführen sollte. Ihr Wunsch war freilich unmißverständlich. Etwas Spektakuläres oder Populäres sollte es sein, möglichst beides, etwas, das er mit einstudierter Bravour herunterspielen konnte, damit sie sich wegen irgendwelcher nervöser Patzer nicht zu genieren brauchte, damit sie zusammen mit Ambrose Gorringe darüber befinden konnte, ob er nun genug Talent besaß, so daß das Abschlußjahr in Melhurst finanziell zu rechtfertigen war und er sich mit einigen Erfolgsaussichten um einen Studienplatz an der Königlichen Musikhochschule oder an der Musikakademie bewerben konnte.

Was aber, wenn beider Urteilsspruch negativ ausfiel? Er konnte doch nicht zu Tante und Onkel in die Mornington Avenue zurückkehren. Das durfte Clarissa ihm nicht antun. Schließlich war sie es ja gewesen, die ihn da herausgeholt hatte. In den Sommerferien war sie an einem schwülen Nachmittag unangemeldet erschienen, als er wie immer allein zu Hause war und am Wohnzimmertisch las. Er konnte sich nicht mehr erinnern, wie es genau gewesen war und ob sie ihm mitgeteilt hatte, daß der wortkarge, straff aufgerichtete Herr an ihrer Seite ihr jetziger Mann war. Er konnte sich nur noch an ihr Aussehen erinnern – an eine blondgelockte, strahlende, unnahbare, wundervoll duftende Traumgestalt, die augenblicklich von seinem Herz und seinem Leben Besitz ergriff, als sei er ein ertrinkendes Kind gewesen, das sie aus dem Wasser gezogen und auf einem sonnenbeschienenen Felsen in Sicherheit gebracht hatte. Es war zu schön gewesen, um von Dauer zu sein. Aber in seiner Erinnerung war dieser weit zurückliegende Sommernachmittag von einmaligem Glanz verklärt.

»Fühlst du dich hier glücklich?«

»Nein.«

»Das kann man dir auch nicht verdenken. Das Zimmer ist scheußlich. Ich habe zwar mal gelesen, daß es diesen Druck da an der Wand millionenfach gibt, konnte mir aber bis jetzt nicht vorstellen, daß sich die Leute ihn tatsächlich in die Wohnung hängen. Dein Vater erzählte mir, daß du musikalisch sehr talentiert bist. Übst du auch fleißig?«

»Ich kann nicht. Hier gibt es kein Klavier. Und in der Schule kann man nur Trommeln lernen. Es gibt da eine westindische Steel-Band. An der Schule interessieren sie sich nur für Musik, bei der jeder mitmachen kann.«

»Dinge, bei denen jeder mitmachen kann, taugen nichts. Außerdem hätten sie hier nicht zwei unterschiedlich gemusterte Tapeten an die Wände kleistern sollen. Drei- oder viererlei, das wäre zumindest ausgefallen gewesen und hätte Eindruck gemacht, aber zwei wirken bloß ordinär. Wie alt bist du ei-

gentlich? Vierzehn, nicht wahr? Würdest du gern mitkommen, um bei uns zu leben?«
»Für immer?«
»Nichts währt ewig. Vielleicht für immer. Jedenfalls bis du erwachsen bist.«
Ohne seine Antwort abzuwarten, ohne ihm auch nur ins Gesicht zu blicken, um seine Reaktion zu sehen, wandte sie sich an den stummen Herrn an ihrer Seite.
»Ich denke, für Martins Sohn sollten wir schon etwas mehr tun.«
»Bist du deiner Sache so sicher, Darling? So was sollte man nicht übers Knie brechen. Aus einer Laune heraus sollte man sich nicht zu einem Kind entschließen.«
»Wo ständest du jetzt, Darling, wenn ich nicht aus einer Laune heraus gehandelt hätte? Außerdem wird er der einzige Sohn sein, den ich dir jemals schenken kann.«
Simons Blick war von einem Gesicht zum anderen geirrt. Er erinnerte sich noch jetzt, wie Sir George ausgesehen hatte, wie sich seine Züge verhärteten, als stellten sich seine Gesichtsmuskeln darauf ein, irgendeinen Schmerz, irgendeine Gemeinheit abzuwehren. Simon hatte, noch bevor sich Sir George wortlos abwenden konnte, wahrgenommen, wie sehr es ihn getroffen hatte.
Daraufhin hatte Clarissa ihn angeblickt. »Werden deine Tante und dein Onkel etwas dagegen haben?«
Seine trostlose Lage, all seine Kümmernisse waren ihm plötzlich eingefallen. Er hatte sich zusammennehmen müssen, um sich nicht in ihrem Kleid festzukrallen.
»Ihnen ist es völlig egal. Sie werden froh darüber sein. Ich nehme ihnen das Gästezimmer weg und habe kein Geld. Immer wieder werfen sie mir vor, wieviel ich sie koste. Sie lieben mich nicht. Sie werden bestimmt nichts dagegen haben.«
Und dann hatte er unwissentlich das Richtige getan. Es war das einzige Mal, daß er sich Clarissa gegenüber richtig verhalten hatte. Auf dem Fensterbrett stand ein Blumentopf mit einer rosa Pelargonie. Sein Onkel, ein begeisterter Hobbygärtner, zog in dem kleinen Treibhaus hinter der Küche allerlei Pflanzen aus Ablegern. Eine der kleinen Dolden war hübsch wie eine aufgeblühte Rose. Er brach sie, überreichte sie Clarissa und schaute ihr in die Augen. Sie lachte laut, nahm die Dol-

de und befestigte sie an ihrem Gürtel. Dann sah sie ihren Mann an und lachte – glücklich, triumphierend – abermals auf.

»Damit wäre die Sache geregelt«, hatte sie gesagt. »Es ist besser, wenn wir hierbleiben, bis die beiden heimkommen. Ich kann's kaum erwarten, die Leute kennenzulernen, denen solche Tapeten gefallen. Später müssen wir dir was zum Anziehen kaufen.«

Mit diesem Versprechen, in dieser von Erstaunen und Glückseligkeit geprägten Hochstimmung hatte alles begonnen. Er versuchte sich zu erinnern, wann dieser Traum zu Ende gegangen war, wann die Wendung zum Schlechten eingesetzt hatte. Aber war ihre Beziehung, von der ersten Begegnung einmal abgesehen, je harmonisch gewesen? Er hatte das dumpfe Gefühl, daß er für sie etwas weitaus Schlimmeres als eine Fehlinvestition war, daß er nur das letzte Glied in einer Kette von Niederlagen bildete und frühere Enttäuschungen ihre jetzige Unzufriedenheit verstärkten. Allmählich graute es ihm vor den Ferien, obwohl er Clarissa oder Sir George kaum sah. Beider Leben spielte sich in ihrer Londoner Wohnung am Hyde Park ab. Sonst waren sie höchst selten zusammen. Clarissa besaß noch eine Wohnung in Brighton, an einem Platz im Regency-Stil, ihr Mann dagegen ein abgelegenes, aus Feldsteinen gebautes, kleines Landhaus in der Moorlandschaft an der Ostküste. So führte jeder sein eigenes Leben: sie in der Gesellschaft ihrer Freunde vom Theater, er wiederum als Hobbyornithologe und, falls die Gerüchte zutrafen, als Mitglied eines stockkonservativen, konspirativen Zirkels. Simon, der diese beiden Domizile noch nie hatte sehen dürfen, stellte sich manchmal vor, wie die zwei in ihrer Privatwelt lebten: Clarissa in fröhlicher Betriebsamkeit, Sir George in lange Gespräche vertieft, mit geheimnisvollen, verbissen dreinblickenden, namenlosen Mitverschwörern. Aus irgendeinem unerklärlichen Grund hatte Simon solche Vorstellungen, mit denen er sich in den Ferien die Zeit vertrieb, in der Welt alter Filme angesiedelt. Clarissa und ihre Freundinnen trugen die taillenlosen Hängekleidchen im Stil der zwanziger Jahre, hatten einen Bubikopf, hielten überlange Zigarettenspitzen in der Hand und schwenkten die Beine zu hektischen Charlestonrhythmen, während die Freunde von Sir George, trench-

coatbekleidet, die Schlapphüte bis zu den ausdruckslosen Augen tief in die Stirn gedrückt, in altmodischen Autos am geheimen Treffpunkt ankamen. Simon, der aus beider Privatsphäre ausgeschlossen war, verbrachte die Ferien in der Wohnung in Bayswater, wo sich gelegentlich die wortkarge Tolly um ihn kümmerte, wenn er nicht sich selbst überlassen blieb und sein Abendessen in einem nahegelegenen Restaurant zu sich nahm, mit dem man eine Vereinbarung getroffen hatte. Seit einiger Zeit wurde ihm allerdings immer kärglicheres Essen vorgesetzt. Manche Gerichte waren angeblich nicht mehr zu haben, obgleich sie anderen Gästen serviert wurden. Man bugsierte ihn zum ungünstigsten Tisch und ließ ihn auch ungebührlich lange warten. Die Kellner benahmen sich geradezu unverschämt. Obwohl ihm klar war, daß man Clarissa prellte, wagte er nicht, sich zu beklagen. Wer war er denn schon, daß er sich über diese Übervorteilung hätte beschweren dürfen, nachdem man ihn mit so viel Geld freigekauft und ausstaffiert hatte?
Es war Zeit zu gehen, wenn er vom Mittagessen noch etwas abbekommen wollte. Er knüllte den Brief zusammen und stopfte ihn in seine Hosentasche. Dann schloß er die Augen, um die grünschimmernden Rasenflächen, die Bäume und den blinkenden Fluß nicht mehr zu sehen, und er begann plötzlich zu beten. Er flehte Gott, an den er längst nicht mehr glaubte, mit der verzweifelten Hartnäckigkeit und der unverhohlenen Aufdringlichkeit eines kleinen Kindes an: »Mach bitte, daß das Wochenende ein Erfolg wird. Laß nicht zu, daß ich mich blamiere. Laß nicht zu, daß diese Cordelia mich verabscheut. Mach bitte, daß Clarissa gute Laune hat. Laß nicht zu, daß Clarissa mich verstößt. Lieber Gott, laß nicht zu, daß auf Courcy etwas Schreckliches geschieht!«

7

Es war Donnerstag gegen zehn Uhr abends. In ihrer Dachgeschoßwohnung unweit der Thames Street in der City war Cordelia mit den letzten Vorbereitungen fürs bevorstehende Wochenende beschäftigt. Die hohen, vorhanglosen Fenster waren zwar mit einer Holzjalousie versehen, die aber hochgezogen war, so daß Cordelia, wenn sie zwischen dem großen Wohnraum und dem Schlafzimmer hin und her eilte, unten die funkelnden Straßen ausgebreitet sah, die dunkleren Gassen, all die wuchtigen Wehrtürme und die spitzen Kirchtürme, ja in der Ferne noch die Lichterkette der Uferpromenade und das glatte, silbrig flimmernde Band der Themse. Diese Aussicht entzückte sie, tagsüber oder abends, jedesmal aufs neue. Auch die Wohnung versetzte sie nach wie vor in Begeisterung.

Kurze Zeit nach Bernies Tod – sie hatte gerade ihren ersten aufregenden Fall abgeschlossen – war die Nachricht gekommen, daß der Besitz ihres Vaters veräußert werden mußte. Da sie nur mit Schulden gerechnet hatte, war es für sie eine Überraschung gewesen, zu erfahren, daß er in Paris ein kleines Haus besessen hatte. Sie nahm an, daß ihr Vater es vor Jahren, als es ihm finanziell noch einigermaßen gutging, gekauft hatte, um seinen Kameraden und sich eine sichere Zufluchtsstätte zu schaffen. Denn ein unbeirrbarer Revolutionär wie er hätte den Erwerb eines Hauses, selbst wenn es sich um ein derartig heruntergekommenes, verschlamptes Gemäuer wie in diesem Fall gehandelt hätte, für einen anderen Zweck bestimmt abgelehnt. Da es in dieser Gegend keine neuen Baugenehmigungen mehr gab, hatte man das Haus überraschend günstig verkaufen können. Nach der Begleichung aller Verbindlichkeiten war so viel Geld übriggeblieben, daß sie die

 Detektei ein weiteres halbes Jahr über Wasser halten und sich

in London nach einer billigen Eigentumswohnung umsehen konnte. Die Makler waren an dieser Dachgeschoßwohnung im fünften Stock eines viktorianischen Bürohauses – ohne Fahrstuhl und sonstige Annehmlichkeiten – ebensowenig interessiert gewesen wie an einer Bewerberin, deren Einkommen höchst unsicher war. Nur ihr Berater an der Bank hatte – zu ihrem wie wohl auch zu seinem Erstaunen – Verständnis für ihre Lage gezeigt und ihr einen auf fünf Jahre befristeten Kredit verschafft.
Sie hatte eine Dusche einbauen und die kleine Küche, in der es eng war wie in einer Schiffskombüse, installieren lassen. Die übrigen Renovierungsarbeiten hatte sie selbst durchgeführt; dann richtete sie die Wohnung mit Möbeln, die sie in Trödelläden oder auf Vorstadtauktionen erworben hatte, ein. Das geräumige Wohnzimmer war weiß getüncht. An der einen Längswand befand sich ein Bücherregal aus gestrichenen Brettern mit Ziegelsteinen dazwischen. Der Eßtisch, der ihr zugleich als Arbeitstisch diente, hatte eine säuberlich gescheuerte Eichenholzplatte. Für die nötige Wärme sorgte ein ornamentierter Gußeisenofen. Das Schlafzimmer dagegen war luxuriöser eingerichtet und bildete einen reizvollen Kontrast zur spartanischen Kargheit des Wohnraums. Da es nur drei auf zwei Meter groß war, hatte Cordelia etwas Extravaganz für angebracht gehalten und eine teure, ausgefallene, handgedruckte Tapete ausgesucht, mit der sie die Decke, die Wandschranktür wie auch die Wände beklebt hatte. Nachts, wenn das Fenster, das fast eine ganze Wand einnahm, weit offenstand und der Himmel zu sehen war, lag sie behaglich inmitten extravaganter Üppigkeit in ihrem Bett und hatte das Gefühl, geborgen in einer hellen Weltraumkapsel unter all den Sternen dahinzuschweben.
Sie achtete darauf, daß niemand in diese Privatsphäre eindrang. Bisher hatte weder jemand aus ihrem Freundeskreis noch jemand aus der Detektei die Wohnung betreten dürfen. Ihre Affären spielten sich anderswo ab. Denn sie ahnte, daß sie sich, sollte einmal ein Mann das schmale Bett mit ihr teilen, unweigerlich binden würde. Überdies gab es nur einen einzigen, den sie sich darin vorstellen konnte: einen Scotland-Yard-Mitarbeiter im Rang eines Commander. Sie wußte, daß auch er in der City wohnte. Was sie miteinander verband, war

lediglich der Blick auf die Themse. Sie redete sich ein, daß es sich um eine kurzlebige Verschossenheit gehandelt habe, daß sie damals, in einer von Streß und schrecklicher Ungewißheit bestimmten Phase ihres Lebens, nur nach einer Vaterfigur gesucht habe. Es war nicht schlecht, wenn man sich in der menschlichen Psyche etwas auskannte. So konnte man zumindest Erinnerungen verbannen, die einen sonst beunruhigt hätten.

Draußen vor den Fenstern hatten auf einem schmalen Balkon gerade noch eine Blumentopfreihe mit mancherlei Kräutern sowie Geranien und sommers ein einziger Gartenstuhl Platz. Unter ihr waren die Lager und Büros mysteriöser Firmen, von denen die Doppelreihe altertümlicher Firmenschilder kündete, ohne über ihr Tun und Treiben etwas zu verraten. Tagsüber herrschte in dem Gebäude ein geheimnisvolles, lärmendes, von vielerlei Sprachen geprägtes Leben, aber nach fünf Uhr nachmittags erlosch alle Betriebsamkeit, und nachts erfüllte eine ungeheure, kaum je unterbrochene Stille das Haus. Eine der Firmen mußte wohl mit importierten Gewürzen handeln. Wenn Cordelia am Ende eines Arbeitstages die Stiege zu ihrem Horst erklomm, verhieß ihr der durchdringende, fremdartige Geruch im Treppenhaus Geborgenheit, Behaglichkeit, ihr erstes richtiges Zuhause.

Das schwierigste bei den Vorbereitungen für den neuen Fall war die Entscheidung, was sie zum Anziehen mitnehmen sollte. Während ihrer puritanischen Anwandlungen verachtete Cordelia Frauen, die auf ihr Äußeres allzuviel Zeit und Geld verwenden. Ihrer Ansicht nach deutete ein derartiges Aufgehen in Äußerlichkeiten auf den Drang hin, irgendwelche persönlichen Makel zu kaschieren. Dabei war ihr längst bewußt geworden, daß ihr eigenes Interesse an Kleidern und Make-up, das sie hin und wieder verspürte, durchaus intensiv war, solange es anhielt, und daß es ihr eigentlich nie gleichgültig war, wie sie aussah. Aber wie in anderen Angelegenheiten auch, wollte sie sich nicht mit allzuviel belasten. Deswegen paßte ihre gesamte Garderobe bequem in den einen Wandschrank und die drei Schubfächer, die in eine Schlafzimmerwand eingebaut waren. Sie öffnete sie nun und überlegte, welche Sachen denn für ein Wochenende geeignet seien, das – an irgendeine Ermittlung mochte sie nicht denken – ihr vielleicht eine Segelpartie, Klettern in den Klippen und eine Liebhaberaufführung bescheren würde. Schließlich kam sie zu der Überzeugung, daß der hellbeige Faltenrock aus feiner Wolle und das dazugehörige Kaschmir-Twinset, bei Harrods im Sommerschlußverkauf erstanden, nahezu für alle Gelegenheiten paßten. Überdies konnte die unauffällige Eleganz des Twinsets, sofern sie etwas Glück hatte, das in die Bonität ihrer Detektei gesetzte Vertrauen heben. Wenn das warme Wetter anhielt, war die braune Kordbundhose für irgendwelche Streifzüge oder Spaziergänge genau das Richtige. Allerdings fühlte sich der Stoff noch etwas steif an. Sie packte auch das Kordsakko und die Weste ein, die beide gut zur Bundhose paßten. Mitnehmen mußte sie selbstverständlich neben ihrer Strickjacke auch die Jeans und ein paar T-Shirts. Die Abendgarderobe bereitete ihr mehr Kopfzerbrechen. Heutzutage zogen sich zwar nur noch wenige Leute zum Dinner um, aber da es sich um ein Schloß handelte und dieser Ambrose Gorringe vielleicht an altehrwürdigen Konventionen hing, war alles möglich. Sie brauchte einfach ein Kleid, in dem es ihr nicht zu warm werden würde und das einigermaßen formell wirkte. Zu guter Letzt packte sie ihr einziges Abendkleid ein – aus indischer Baumwolle, hellrosa, rot und braun gemustert – und außerdem einen plissierten Baumwollrock mit passendem Oberteil.

Erleichtert widmete sie sich dann der simpleren Aufgabe, den Inhalt der Tasche mit ihrem Handwerkszeug zu überprüfen. Bernie hatte die Utensilien nach der Standardausrüstung der Mordkommission von Scotland Yard zusammengestellt. Er hatte zwar nicht alles übernommen, aber das wesentliche Rüstzeug war da: Plastikbeutel und Pinzetten fürs Deponieren beziehungsweise Aufheben von irgendwelchen Partikeln, feiner Puder zur Feststellung von Fingerabdrücken, eine Polaroidkamera, eine Stableuchte, dünne Gummihandschuhe, ein Vergrößerungsglas, eine Schere, ein stabiles Taschenmesser, eine Dose mit Plastilin fürs Herstellen von Schlüsselabdrükken und Glasröhrchen mit Korkverschlüssen zum Aufbewahren von Blutresten. Bernie hatte noch darauf hingewiesen, daß die Röhrchen eigentlich auch eine Konservierungsflüssigkeit samt einem Antigerinnungsmittel enthalten müßten, aber beides hatte sie bislang nie gebraucht. Das Aufstöbern entlaufener Katzen, das Beschatten von unternehmungslustigen Ehemännern oder die Suche nach ausgerissenen Jugendlichen hatte eher ein gewisses Durchhaltevermögen, kräftige Waden, bequeme Schuhe und ein unerschütterliches Taktgefühl erfordert als die Kenntnis all der Geheimwissenschaften, in die sie Bernie mit Wonne eingeweiht hatte, damals im Wald von Epping während der langen sommerlichen Trainingsstunden. Er lehrte sie Spurensuche, Verfolgungstechniken, Nahkampfübungen und den Umgang mit Schußwaffen, um seine berufliche Schlappe auszugleichen und die verlorene, hierarchisch geordnete, faszinierende Welt des Londoner Polizeipräsidiums mit der Detektei Pryde wenigstens teilweise wiederauferstehen zu lassen.

Nach Bernies Tod hatte sie an diesem Rüstzeug nur weniges geändert. Sie hatte das Originalköfferchen ausrangiert und verwendete seitdem eine Segeltuchumhängetasche mit vielen Innenfächern, die sie in einem Second-Hand-Laden mit Armeesachen gekauft hatte. Nach ihrem ersten Fall war noch ein weiterer Gegenstand hinzugekommen; ein langer Ledergürtel mit Schnalle. Es war der Gürtel, mit dem »ihr« erstes Mordopfer aufgehängt worden war. Sie verdrängte den Gedanken an diesen Fall, der so vielversprechend begonnen und so tragisch geendet hatte und immer noch ein gewisses Schuldgefühl hervorrief. Aber seitdem dieser Gürtel ihr damals das Leben gerettet hatte, hing sie mit geradezu abergläubischer Sentimentalität an diesem Ding. Seinen Platz in ihrer Tasche rechtfertigte sie damit, daß man einen kräftigen Lederriemen irgendwann einmal sicher gut gebrauchen könne.

Zum Schluß holte sie einen Aktenordner hervor und schrieb den Namen CLARISSA LISLE in Blockbuchstaben auf die Vorderseite. Sie achtete darauf, daß die Buchstaben gut leserlich waren, hatte sie sich doch schon öfter gedacht, daß dieser Moment eigentlich der befriedigendste Teil jeder neuen Ermittlung war, ein von Hoffnung und erwartungsvoller Spannung bestimmter Augenblick, in dem auch der noch fleckenlose Umschlag und die beherzten Schriftzüge einen ungetrübten Neuanfang verhießen. Sie blätterte noch rasch ihre Notizen durch, um sie hinterher in die Mappe zu legen. Außer Sir George und seiner Frau, die sie ja nur kurz gesehen hatte, waren ihre künftigen Gesellschafter auf Courcy vorläufig nur

Namen. Eine Aneinanderreihung von möglichen Verdächtigen: Simon Lessing, Roma Lisle, Rose Tolgarth, Ambrose Gorringe, Ivo Whittingham. Auf Papier festgehaltene Buchstabenkombinationen, die dennoch einen Anspruch an ihren Spürsinn, eine Herausforderung und die faszinierende Vielfalt menschlicher Eigenheiten bedeuteten. Und alle, Clarissa Lisles Stiefsohn, ihre Kusine, ihre Garderobiere, ihr Gastgeber, ihr langjähriger Freund Whittingham, alle schienen wie Planeten um ein golden gleißendes Zentralgestirn zu kreisen.

Sie breitete die dreiundzwanzig Zettel mit den Zitaten auf dem Tisch aus, um sie noch einmal durchzugehen, bevor sie sie in der Reihenfolge, wie Clarissa Lisle sie erhalten hatte, ablegte. Vom Bücherbord nahm sie noch die beiden Zitatenlexika, die sie besaß. Wie sie vermutet hatte, waren die Zitate in beiden Nachschlagewerken, im einen alle bis auf drei, aufgeführt. Höchstwahrscheinlich war also dieses, das »Penguin Dictionary« als Vorlage benutzt worden. Man bekam es in jedem besseren Buchgeschäft, und auf Grund seiner Größe konnte man es ohne weiteres in die Tasche stecken und mit sich herumtragen. Auch die Auswahl der Zitate erforderte weder große Mühe noch Zeitaufwand, sondern lediglich ein Aufschlagen des Index unter Stichwörtern wie »Tod« oder »Sterben« oder ein Durchlesen der fünfundvierzig Seiten, die den Stücken von Shakespeare gewidmet waren, und zwei weiteren mit Zitaten von Christopher Marlowe und John Webster. Außerdem konnte es nicht allzu schwierig gewesen sein, herauszufinden, in welchen Stücken Clarissa Lisle aufgetreten war. Schließlich war sie ja drei Jahre lang ein Mitglied der Malvern Repertory Company gewesen, die vor allem Shakespeare und die Dramatiker der Zeit Jakobs I. aufgeführt hatte. In jedem Theaterprogramm, das über ihre damalige oder spätere Laufbahn Aufschluß gab, waren sicherlich all ihre Hauptrollen aufgeführt. Überdies konnte man davon ausgehen, daß sie eingedenk der Schwierigkeiten einer Shakespeare-Inszenierung durch eine kleine Theatertruppe in sämtlichen Stükken zusätzlich zumindest eine Nebenrolle gespielt hatte.

Nur zwei Zitate, die sie vorläufig Webster zugeschrieben hatte, waren im Penguin-Lexikon nicht enthalten. Möglicherweise könnte man sie finden, wenn man die Stücke Wort für Wort

durchlas. Die übrigen Zitate waren ihr vertraut, selbst wenn ihr der Name des Stücks nicht gleich einfiel. In allen Botschaften waren die Verse korrekt abgeschrieben, selbst die Zeichensetzung stimmte. Auch daraus konnte man folgern, daß der Absender oder die Absenderin mit dem »Penguin Dictionary« neben der Schreibmaschine getippt hatte.
Daraufhin untersuchte sie das Schriftbild mit dem Vergrößerungsglas. Gern hätte sie gewußt, mit welchen wissenschaftlichen Hilfsmitteln die Polizei, wenn überhaupt, die Briefe geprüft hatte. Soweit sie es beurteilen konnte, waren nur drei Botschaften mit derselben Maschine geschrieben worden. Die Art des Anschlags wie auch die Größe der Buchstaben waren sonst unterschiedlich. Etliche Buchstaben waren ungleichmäßig getippt, andere kaum zu sehen oder beschädigt. Es waren jedenfalls nicht die Anschläge einer professionellen Schreibkraft. Eher sah es nach der Arbeit eines Menschen aus, der vielleicht nur seine Korrespondenz mit Hilfe einer Schreibmaschine erledigt, sonst aber nicht ständig damit umgeht. Ferner fiel ihr auf, daß nicht eine einzige Botschaft auf einer elektrischen Schreibmaschine getippt worden war. Wer aber konnte an zwanzig verschiedene Modelle herankommen? Das konnte beispielsweise jemand sein, der mit gebrauchten Schreibmaschinen handelte, oder jemand, der einen Schreibmaschinenkurs leitete. Eine Sekretärinnenvermittlung konnte sie ausschließen. Dafür war die Schriftqualität zu schlecht. Aber in den meisten Schulen wurden ja Steno- und Schreibmaschinenkurse abgehalten. Was sollte denn ein Mitglied des Lehrkörpers, einerlei, was es unterrichtete, davon abhalten, nach Schulschluß dazubleiben, um die vorhandenen Schreibmaschinen für seine Privatangelegenheiten zu gebrauchen?
Aber da gab es noch eine Möglichkeit, wie die Botschaften zustande gekommen sein konnten. Sie hielt sie für die wahrscheinlichste. Als sie vor einiger Zeit billige, gebrauchte Schreibmaschinen für ihre Detektei suchte, hatte sie alle möglichen Geschäfte und Ausstellungsräume abgeklappert und die mit einer Kette gesicherten Modelle ausprobiert. Sie war, von niemand behelligt oder beobachtet, von Schreibmaschine zu Schreibmaschine gegangen. Ausgerüstet mit einem Stapel Schreibpapier und dem Zitatenlexikon konnte auf diese Weise jeder Mensch eine Menge dieser Drohbriefe anfertigen. Man

brauchte nur die einschlägigen Geschäfte in einem Viertel zu besuchen, wo die Gefahr des Erkanntwerdens gering war. Überdies gab ja das Branchenverzeichnis im Telefonbuch Aufschluß darüber, wo solche Läden zu finden waren.
Bevor sie die Briefe im Ordner verwahrte, sah sie sich noch die Botschaft an, die auf der Maschine von Sir George, wie ihr dieser erzählt hatte, getippt worden war. Kam es ihr nur so vor, oder stimmte es tatsächlich, daß der Totenkopf und die gekreuzten Knochen irgendwie anders, sorgfältiger, aber auch weniger gekonnt gezeichnet waren? Nein, es war nicht zu übersehen, daß die Gelenkköpfe der gekreuzten Röhrenknochen anders geformt und etwas größer waren als auf den übrigen Zetteln; auch der Schädel war breiter. Die Unterschiede waren zwar gering, aber vermutlich aufschlußreich. Bei den anderen Schädeln und Särgen waren keine Abweichungen festzustellen. Auch das Zitat mit einigen Lücken zwischen den Buchstaben kam ihr trotz seiner Warnung nicht so bedrohlich vor:

> Den Tod erleide, wer mir den Tod verkünde,
> Dieses maßlos gräßlich Wort

Sie kannte es nicht, konnte es auch im Zitatenlexikon nicht finden. Klingt nach Webster, dachte sie, nicht nach Shakespeare. Stammt vielleicht aus »Der weiße Teufel« oder »Des Teufels Prozeß«. Die Zeichensetzung war in Ordnung, obwohl sie vielleicht nach dem »verkünde« einen Punkt gemacht hätte. Möglicherweise hatte der Absender die Worte aus dem Gedächtnis zitiert und sie nicht nachgeschlagen. Für sie stand jedenfalls fest, daß dies jemand anders getippt haben mußte und diese Person im Maschineschreiben noch weniger geübt war. Sie bildete sich sogar ein, zu wissen, wer es gewesen sein könnte.
Die übrigen Zitate unterschieden sich in ihrem bedrohlichen Charakter voneinander. So konnte man Christopher Marlowes verzweifelten Aufschrei

> Die Hölle kennt keine Grenzen
> Noch ist sie beschränkt auf einen einz'gen Fleck;
> Denn wo wir sind, ist Hölle,
> Und wo die Hölle ist, sind wir

nur mit Vorbehalt als eine Todesdrohung auffassen, selbst wenn der darin ausgedrückte, durchaus zeitgemäße Nihilismus einen schreckhaften Menschen beunruhigen konnte. Das zweite Marlowe-Zitat, das sechs Wochen zuvor eingetroffen war und folgendermaßen lautete:

> Nur noch eine knappe Stunde hast du nun zu leben,
> Und dann wirst du auf ewig verdammt sein!

war da weitaus unverblümter. Die Drohung hatte sich jedoch nicht bewahrheitet: Clarissa Lisle war keineswegs in Stundenfrist ins Jenseits befördert worden. Trotzdem gewann Cordelia den Eindruck, daß sich die Drohungen in den Zitaten steigerten. Jemand hatte sie so ausgewählt, daß sie einem Höhepunkt zustrebten, angefangen von der ominösen Drohung unter einem gezeichneten Sarg:

> Ich wünsche, Ihr wäret ein Labsal der Würmer

bis hin zu den brutalen, unzweideutigen Worten aus Shakespeares »König Heinrich VI.«:

> Fahrt zur Hölle und sagt, ich hätte Euch
> dorthin gesandt.

Insgesamt betrachtet, konnte man all die von Todesvisionen und Haß geprägten Worte durchaus beängstigend finden und aus den primitiven, kindischen Zeichnungen eine ernste Drohung herauslesen. Sie begann zu verstehen, wie sich die sorgfältig arrangierte Einschüchterungskampagne auf eine empfindsame, verletztliche Frau, wohl auf jede Frau auswirken konnte: Jeder Morgen brachte eine neue Qual; alltägliche Vorkommnisse wie die Ankunft der Post, ein Brief auf dem Präsentierteller in der Diele, ein unter der Tür hindurchgeschobener Zettel boten Anlaß zur Furcht. Man machte es sich allzu leicht, wenn man dem Opfer einer solchen Hetze riet, es solle doch solche Drohbotschaften wie Kehricht in die Klosettschüssel werfen und hinunterspülen. Denn in jedem Gesellschaftssystem gibt es nun einmal diese urtümliche Angst
 vor der zerstörerischen Macht eines verkappten Feindes, der

einem Böses, den Untergang, vielleicht sogar den Tod wünscht. Hinter alldem steckte eine schaurige, furchterregende Intelligenz, und der Gedanke behagte Cordelia gar nicht, daß der Urheber oder die Urheberin zu der kleinen Gruppe von Menschen gehören könnte, die sich mit ihr auf Courcy aufhalten würden, daß sich hinter einem Blick, den sie über den Eßzimmertisch hinweg zufällig erhaschen mochte, so viel Tücke verbergen konnte. Erstmals überlegte sie, ob Clarissa Lisle nicht recht haben mochte, ob ihr Leben nicht tatsächlich in Gefahr war. Dann verdrängte sie diesen Gedanken, und sie sagte sich, daß auch sie allmählich in den niederträchtigen Bann dieser Botschaften geraten war. Denn wer morden will, tut seine Absicht doch nicht Monate hindurch kund. Aber stimmte das wirklich? Konnte nicht für einen haßerfüllten Menschen jene Befriedigung, die der Mord selbst brachte, allzu kurz, allzu flüchtig sein? War die Grausamkeit dieses Todfeindes oder dieser Todfeindin von Clarissa Lisle so groß, daß man sich an ihren Qualen ergötzen, sie durch Angst und berufliches Versagen zugrunde richten wollte, bevor es endlich zum Mord selbst kam?

Cordelia fröstelte. Die Wärme, die tagsüber geherrscht hatte, nahm merklich ab. Die Nachtluft, die durchs offene Fenster drang, roch selbst hier in ihrem Horst in der Innenstadt schon nach Herbst. Sie heftete die letzte Botschaft ein und schloß den Ordner. Der Auftrag, den sie erhalten hatte, war klar: Sie sollte Clarissa Lisle bis zur Aufführung der »Herzogin von Amalfi« am Samstag vor jeglichen Unannehmlichkeiten und unliebsamen Zwischenfällen schützen und – wenn möglich – herausfinden, wer hinter solchen Botschaften steckte. Und diese Aufgabe wollte sie nach besten Kräften erledigen.

II.

Kostümprobe

I

Das viktorianische Speymouth, das ehedem zum Erstaunen seiner Bürger die Straßenbeleuchtung auf Gas umgestellt hatte, ohne daß es zu Explosionen oder sonstigen Katastrophen gekommen war, hatte auch keinen triftigen Grund gefunden, die neumodische Bahn abzulehnen oder sie, wie in Cambridge geschehen, nur in großer Entfernung von der Stadt zu dulden. Das hübsche, kleine Stationsgebäude war nur vierhundert Schritt vom Viktoria-Denkmal entfernt, das den Mittelpunkt der Promenade bildete. Als Cordelia ausstieg und ins Sonnenlicht trat, in einer Hand die Reisetasche, in der anderen die Reiseschreibmaschine, erblickte sie hinter einer Ansammlung buntgestrichener Häuser ein quaderbewehrtes Hafenbecken, das winzig wie ein Swimming-pool wirkte, eine anscheinend zu kurz geratene Pier und das Meer, das in der Sonne schimmerte. Auch der Bahnhof selbst war so hübsch, das sie nicht weitergehen mochte. Sein gleißend weißer Anstrich und das geschwungene Dach mit dem gußeisernen, spitzengleichen Zierat erinnerte sie an die Sommerhefte einer Wochenzeitschrift für Kinder, in denen auch das Meer ebenso leuchtend blau gewesen war, der Sandstrand gleichfalls hellgelb, die Sonne ebenfalls eine Kugel aus purem Gold und der Bahnhof ein fröhlich buntes Spielzeughaus, das den Reisenden in einer ähnlich zauberhaften Welt willkommen hieß. Mrs. Wilkes, die von ihren Pflegemüttern die ärmste gewesen war, hatte ihr als einzige solche Kinderpostillen gekauft. Sie war auch die einzige, der Cordelia ein liebevolles Andenken bewahrt hatte. Vielleicht war es ein gutes Vorzeichen, daß ihr in diesem Augenblick Mrs. Wilkes eingefallen war.

Am Taxistand wartete schon eine kurze Menschenschlange, der sie sich jedoch nicht anschließen wollte. Die Straße verlief hügelabwärts, und der Kai lag ja in Sichtweite. Sie marschierte

los und spürte vor lauter Vorfreude kaum das Gewicht ihres Gepäcks. Das Städtchen war in helles Sonnenlicht getaucht. Die Zeilen der Terrassenhäuser im georgianischen Stil – schlichte, prunklose, dennoch noble villenartige Gebäude mit eleganten Fassaden und gußeisernen Balkonen – wirkten in dem grellen Licht wie reizvolle Kulissen. In der Bucht ankerte ein kleines Kriegsschiff, das in seiner Unbeweglichkeit und mit seiner grauen Silhouette einer Ausschneidefigur für Kinder glich. Sie hatte das Gefühl, sie brauche nur die Hand auszustrecken, um es aus dem Wasser zu fischen. Als sie so die steile, kopfsteingepflasterte Straße hinabging, sah sie, wie sich die stufenförmig angeordneten hellbraunen, rosafarbenen oder blauen Häuser bis hin zu fernen Hügelkuppen an den Hang schmiegten, während die buntbemalte Statue der majestätisch gewandeten Königin Viktoria hoheitsvoll mit dem Zepter auf eine öffentliche Toilette deutete.
Und überall wimmelte es vor Menschen. Sie drängten sich auf den Gehsteigen, strömten von der Esplanade zum Strand, lagen sonnengebräunt auf dem kiesigen Sand, rekelten sich in Liegestühlen, standen vor Eisständen Schlange oder steckten den Kopf durchs Wagenfenster, um einen freien Parkplatz zu erspähen. Cordelia fragte sich, woher denn an diesem Wochentag mitten im September all die Leute kommen mochten. Die Ferienzeit war doch vorüber. Die Kinder gingen längst wieder zur Schule. Machten sie blau, schwänzten sie den Unterricht, verlockt von der Hartnäckigkeit des Sommers, der dem Herbst nicht weichen wollte? Woher stammten all diese Menschen mit den krebsrot angelaufenen Gesichtern über den bleichen Hälsen, mit den schweißig glänzenden Oberkörpern und Armen, die sie noch vor kurzem wegen der Septemberkühle wohlweislich bedeckt gehalten hatten? Wie es auch sein mochte – an diesem schönen Tag roch es nach Sommer, Seetang, erhitzten Menschen und heißer Lackfarbe.
Obwohl der kleine, lärmerfüllte Hafen ein Wirrwarr von auf und nieder tanzenden Beibooten und Jachten mit gerefften Segeln war, fand sie die Barkasse mit dem Namen »Shearwater« am Bug auf Anhieb. Sie war etwa zehn Meter lang, besaß eine mittschiffs gelegene Kabine mit niedrigem Dach und achtern eine von einem Sonnensegel geschützte Sitzbank. Das Fährboot unterstand einem mageren Seebären, der, die dün-

nen Beine gekreuzt, auf einem Poller hockte. Er trug Segeltuchschuhe und eine blaue Matrosenbluse, auf der quer über die Brust COURCY stand. Da er eine verblüffende Ähnlichkeit mit der Comics-Figur Popeye hatte, argwöhnte Cordelia, er könne die Pfeife, die er bei ihrem Näherkommen gemächlich aus dem zahnlosen Mund nahm, nicht aus Lust, sondern zur Imagepflege schmauchen. Er tippte kurz an die Mütze und grinste verlegen, als sie ihren Namen nannte, sonst aber nicht weiter mit ihm sprach. Nachdem er ihr Schreibmaschine und Tasche abgenommen und beides in der Kabine verstaut hatte, streckte er, ohne sich umzublicken, die Hand aus, um ihr aufs Boot zu helfen. Aber Cordelia war in der Zwischenzeit selbst an Bord gesprungen und hatte es sich im Heck bequem gemacht. Daraufhin hockte er sich wieder auf seinen Poller, und beide warteten.

Nach etwa drei Minuten hielt am Kaiende ein Taxi, aus dem ein Junge und eine Frau stiegen. Während die Frau nach einem kurzen Wortwechsel den Fahrpreis bezahlte, hielt sich der Junge zunächst linkisch abseits, dann schlenderte er zum Kairand und blickte aufs Wasser. Die Frau stellte sich neben ihn, und dann gingen sie zusammen – er einen Schritt hinterher wie ein störrisches Kind – zur Barkasse. Das mußte Roma Lisle mit Simon Lessing im Schlepptau sein, dachte Cordelia. Sie machten nicht den Eindruck, als sei die gemeinsame Taxifahrt Anlaß zu Freude gewesen. Cordelia musterte Roma Lisle, als sich diese an Bord helfen ließ. Von der Form der Unterlippe einmal abgesehen, hatte sie keinerlei Ähnlichkeit mit ihrer Kusine. Zwar war auch sie blond, aber dieser Farbton war bei einer Engländerin nichts Ungewöhnliches. Im grellen Sonnenlicht konnte man überdies sehen, daß ihr Haar schon von grauen Strähnen durchzogen war. Sie trug es kurz geschnitten, und man sah, daß die Frisur zweifellos nicht billig gewesen war. Roma schien größer zu sein als Clarissa Lisle, und sie bewegte sich überaus selbstsicher. Ihr Gesicht aber mit der zerfurchten Stirn und den von den Nasenflügeln zum Mund verlaufenden tief eingekerbten Falten wirkte mürrisch und irgendwie unzufrieden. Auch der Ausdruck ihrer Augen ließ nicht auf seelische Ausgeglichenheit schließen. Sie hatte einen gutgeschnittenen, rehbraunen Hosenanzug mit blaupaspeliertem Revers an und einen braun und hellblau gestreif-

ten, hochgeschlossenen Pulli; für einen Weekend-Ausflug eine Kombination, die nach Cordelias Ansicht unbekümmerte Lässigkeit mit übertriebenem Schick vereinte. Dieser Eindruck kam wohl daher, daß sie dazu Schuhe mit hohen Absätzen trug, was ihr nicht eben zu anmutigen Bewegungen verhalf, als sie an Bord kletterte. Der rehbraune Farbton paßte auch nicht zu ihrem Teint. Roma Lisle schien eine Frau zu sein, die zwar gut gekleidet sein wollte, ohne jedoch zu wissen, was für sie oder den jeweiligen Anlaß angemessen war. Über den Jüngling ließ sich hinsichtlich der Kleidung aber auch sonst nicht viel sagen. Er warf Cordelia einen Blick zu, errötete und suchte sogleich geschwind die Kabine auf, was kaum erwarten ließ, daß er an diesem Wochenende zu einer fröhlichen Stimmung beitragen würde. Miss Lisle nahm in der Nähe des Bugs Platz, und der Bootsführer setzte sich wieder auf den Poller. So warteten sie stumm, während sich die Barkasse hin und wieder an den alten Autoreifen rieb, die als Fender an der Kaimauer hingen, und kleine Segelboote an ihnen auf dem Weg zum offenen Meer vorüberglitten.
Nach einer Weile fragte Miss Lisle mit lauter Stimme: »Warum legen wir nicht ab? Wir werden doch zum Lunch erwartet!«
»Es kommt noch jemand«, antwortete der Bootsführer. »Ein Mr. Whittingham.«
»Er war nicht im Neun-Uhr-dreiunddreißig-Zug, sonst wäre er längst hier. Auf dem Bahnsteig habe ich ihn auch nicht gesehen. Vielleicht kommt er mit dem Auto und ist irgendwie aufgehalten worden.«
»Mr. Ambrose sagte, daß er mit dem Zug kommt«, erwiderte der Bootsführer. »Und ich soll unbedingt auf ihn warten.«
Miss Lisle runzelte die Stirn und blickte angestrengt aufs Meer hinaus. Die Minuten verstrichen.
»Da ist er ja!« rief der Bootsführer nach einer Weile aus. »Da kommt er! Das kann nur Mr. Whittingham sein.«
Nach dieser dreifachen Beschwichtigung stand er auf und bereitete alles zum Ablegen vor. Als Cordelia aufschaute, sah sie eine durchs flirrende Sonnenlicht verzerrte Gestalt mit einem bis aufs Skelett abgemagerten Schädel und stelzenartigen Beinen, die, mit knochigen Fingern einen Segeltuchbeutel umklammernd, auf sie zuzustaken schien. Erst als sie ein paarmal

blinzelte, veränderte sich das Bild; es wurde schärfer, menschenähnlicher. Der Totenschädel war jetzt mit fahler Haut überzogen, die sich über die feinmodellierten Gesichtsknochen spannte und den Eindruck, es handle sich doch um menschliche Züge, verstärkte. In den vorher scheinbar leeren Höhlen lagen nun Augen, die interessiert und ein wenig spöttisch dreinblickten. Nur der abgemagerte Körper mit dem aufgetriebenen Leib blieb unverändert. Der Mann, der sich da daherschleppte, muß todkrank sein. Seine Stimme jedoch war kräftig, und seine ersten Worte klangen, als ließe er sich durch nichts erschüttern.

»Es tut mir leid, daß ich Sie aufgehalten habe. Ich bin Ivo Whittingham. Ich habe mir eingebildet, zum Kai sei es nicht so weit. Und als ich dann losging, war weit und breit kein Taxi zu sehen.«

Er schob den ausgestreckten Arm des Bootsführers lässig beiseite, ließ sich schwerfällig auf dem Sitz am Bug nieder und stellte den Reisebeutel zwischen die Beine. Niemand sagte ein Wort. Der Bootsführer löste das Tau vom Poller und holte es an Bord. Der Motor sprang an. Unmerklich entfernte sich die Barkasse von der Kaimauer und tuckerte der Hafenausfahrt entgegen.

Nach zehn Minuten schienen sie der Insel, auf die sie anscheinend im Schneckentempo zusteuerten, noch nicht näher gekommen zu sein, obwohl die Küste immer weiter zurückwich. Die Angler am Ende der Pier schrumpften zu Spielzeugfiguren mit Stöckchen in den Händen zusammen, der Lärm der kleinen Hafenstadt wurde vom Dröhnen des Dieselmotors übertönt, bis er schließlich verklang, und das Viktoria-Denkmal war nur noch ein bunter Klecks. Am rötlichblauen Horizont ballten sich niedrig ziehende Wolken, von denen sich weißumrandete Inseln abhoben, die immer höher wurden und scheinbar regungslos vor einem klaren, azurblauen Himmel dahintrieben. Die niedrigen Wellen funkelten, als hätten sie der kristallenen Luft alles Licht entzogen und würden es nun in den hellblauen Himmel zurückstrahlen.

Das Meer und die ferne Küste – leuchtend helle Farbsprenkel mit eingefangenem Licht – erinnerten Cordelia an ein Gemälde von Monet. Sie beugte sich über die Bordkante und tauchte den Arm ins schäumende Kielwasser. Obwohl die Kälte sie erschauern ließ, zog sie den Arm nicht zurück. Sie spreizte vielmehr die Finger, bis drei kleinere Kielwasserstreifen im Sonnenlicht funkelten, und sah zu, wie sich im Haarflaum auf ihrem Unterarm schimmernde Luftbläschen verfingen. Eine Frauenstimme riß sie jäh aus ihrer verträumten Stimmung. Roma Lisle war um die Kabine herumgegangen und gesellte sich zu ihr.

»Typisch Ambrose Gorringe!« sagte sie. »Er schickt nur Oldfield los, und seine Gäste müssen selbst zusehen, wie sie miteinander bekanntwerden. Ich bin Roma Lisle, Clarissas Kusine.«

Sie schüttelten einander die Hand. Ihre Hand fühlte sich fest und angenehm kühl an. Auch Cordelia stellte sich vor.

»Ich bin eigentlich kein Gast«, fügte sie hinzu. »Ich muß auf Courcy leider arbeiten.«

Roma Lisle warf einen Blick auf die Reiseschreibmaschine und erwiderte: »Du meine Güte! Ambrose hat doch nicht vor, schon wieder einen Bestseller zu schreiben?«

»Davon weiß ich nichts. Nein, Lady Ralston hat mich engagiert.«

Eigentlich hätte sie erzählen sollen, daß Sir George sie engagiert hatte, aber sie befürchtete, das würde die Dinge nur unnötig komplizieren. Allerdings würde sie früher oder später ihre Anwesenheit rechtfertigen müssen, was sie ebensogut auch jetzt hinter sich bringen konnte. Sie machte sich also auf das Unvermeidliche gefaßt.

»Clarissa? Was sollen Sie denn, um Himmels willen, für Clarissa tun?«

»Ihre Korrespondenz erledigen. Für sie telefonieren. Ihr schlichtweg den Aufenthalt erleichtern, solange sie sich auf ihre Rolle konzentrieren muß.«

»Solche Dinge nimmt ihr doch sonst Tolly ab. Was sagt denn Tolly dazu?«

»Ich habe nicht die geringste Ahnung. Ich kenne sie noch nicht.«

»Ich kann mir nicht vorstellen, daß Tolly darüber erfreut sein wird.« Sie bedachte Cordelia mit einem Blick, aus dem man Argwohn gemischt mit Verblüffung herauslesen konnte. »Ich weiß, daß es Theaternarren gibt, die selbst kein oder zu wenig Talent haben, es aber schaffen, sich in diese Welt hineinzu-

schmuggeln, indem sie sich wie eine Klette an eins ihrer Idole hängen, für es kochen, einkaufen, Besorgungen erledigen und wie ein Pudel überall hinterherlaufen. Dabei schuften sie sich entweder zu Tode, oder sie bekommen einen Nervenzusammenbruch. Sie gehören doch nicht zu diesen Unglücksmenschen, nicht wahr? Nein, wenn ich Sie so ansehe, kann ich mir das einfach nicht vorstellen. Finden Sie Ihr Engagement nicht ein wenig . . . na, sonderbar?«
»Womit verdienen denn Sie Ihr Geld? Kommt Ihnen Ihr Beruf nicht auch zuweilen sonderbar vor?«
»Tut mir leid. Ich wollte Sie nicht kränken. Halten Sie's der Tatsache zugute, daß ich eine verhinderte Lehrerin bin. Zur Zeit arbeite ich in einem Buchladen. Es mag zwar unglaubwürdig klingen, aber zuweilen macht mir meine Arbeit richtig Spaß. Und jetzt stelle ich Sie Clarissas Stiefsohn, Simon Lessing, vor. Auf diesem bescheuerten Wochenendtrip dürfte er der einzige sein, der Ihnen vom Alter her am nächsten steht.«
Als Simon seinen Namen hörte, verließ er die Kabine und stand dann zwinkernd im Sonnenlicht vor ihnen. Cordelia dachte sich, daß er es wohl vorgezogen hätte, von sich aus herauszukommen, statt auf diese Weise von Miss Lisle aufgescheucht zu werden. Er streckte ihr die Hand entgegen, die sie ergriff. Sein zupackender Griff überraschte sie. Sie murmelten die üblichen Begrüßungsfloskeln. Mit seinem länglichen, empfindsamen Gesicht und den nicht zu eng stehenden grauen Augen sah er hübscher aus, als es der erste Eindruck hatte vermuten lassen. Bedauerlich war nur, daß seine Haut die Spuren einer abgeheilten Akne aufwies und sich auf seiner Stirn neue Pusteln gebildet hatten. Und der schlaffe Mund ließ nicht eben auf Entschlossenheit schließen. Cordelia wußte zwar, daß sie mit ihren feingeschwungenen Brauen, den hohen Wangenknochen und ihrem katzenhaften Gesicht jünger aussah, als sie eigentlich war, aber sie konnte sich an keine Phase erinnern, in der sie sich nicht älter gefühlt hätte als dieser schüchterne Junge da.
In diesem Augenblick hörten sie eine weitere Stimme. Der zuletzt eingestiegene Passagier stakte nach achtern, um sich ihrer Runde anzuschließen.
»Als der Prinz von Wales so um 1890 in einer qualmenden

Dampfbarkasse nach Courcy übergesetzt wurde«, sagte er, »erwartete ihn am Kai die Musikkapelle des alten Gorringe, um aufzuspielen, während er an Land ging. Aus irgendeinem Grund, den ich nicht eruieren konnte, trugen die Musikanten Tiroler Tracht. Meinen Sie, der nostalgische Spleen von Ambrose Gorringe geht so weit, daß er uns auf ähnliche Weise willkommen heißt?«

Bevor jemand antworten konnte, hatte die Barkasse die Ostspitze der Insel umfahren, und das Schloß tauchte plötzlich vor ihnen auf.

2

Obwohl Cordelia eigentlich gar nicht nachgedacht hatte, wie Schloß Courcy aussehen könne, mußte sie dennoch unbewußt die Vorstellung gehegt haben, es sei ein graues, klotziges, zinnenbewehrtes Monstrum, überaus pompös in seiner viktorianischen Massigkeit, kurzum: ein unansehnlicher Kompromiß zwischen Wohnlichkeit und Prachtentfaltung. Als sie nun im klaren vormittäglichen Sonnenlicht mit der Wirklichkeit konfrontiert wurde, stockte ihr vor Erstaunen der Atem. Das Schloß stand unmittelbar am Meer, als sei es einst aus den Wogen aufgetaucht, ein burgähnlicher Bau aus roten Ziegeln, dessen einzige Steinmetzarbeiten die hellen Simse und die Fassungen der hohen Rundbogenfenster waren, die in der Sonne funkelten. An der Westseite ragte ein schlanker Rundturm mit einem Kuppeldach empor, der trotz seiner Wuchtigkeit zierlich anmutete. Jede Einzelheit an den mattschimmernden Mauern, den kunstvoll gestalteten Strebepfeilern und den Zinnen war klar herausgearbeitet, wirkte stilvoll, drückte Selbstbewußtsein aus. Obgleich man den Bau als kompakt, beinahe massig hätte bezeichnen können, vermittelten die hohen, steil abfallenden Dächer und der schlanke Rundturm einen Eindruck von Leichtigkeit und Ausgewogenheit, Elemente, die Cordelia typisch viktorianischer Architektur nicht zugestanden hätte. Vor der Südfassade lag eine breite, im Winter sicherlich von Wellen umspülte Terrasse, von der zwei Freitreppen zu einem schmalen, kiesigen Sandstrand führten. Die Proportionen schienen der Lage des Schlosses völlig angemessen. Wäre es größer oder kleiner gewesen, hätte es allzu pompös oder niedlich gewirkt. Doch dieser Bau schien eine gelungene Mischung zwischen einem Schloß und einem noblen Familiensitz zu sein. Am liebsten hätte Cordelia vor Freude aufgelacht.

Sie hatte nicht gemerkt, daß sich Ivo Whittingham neben sie gestellt hatte.

»Ihr erster Besuch, nicht wahr?« fragte er jetzt. »Nun, was halten Sie davon?«

»Ein hübscher Anblick. So habe ich's mir nicht vorgestellt.«

»Interessieren Sie sich denn für viktorianische Architektur?«

»Das schon. Allerdings verstehe ich nicht viel davon.«

»Das darf ich Ambrose aber nicht sagen! Sonst verbringt er das ganze Wochenende damit, Sie in seine Passionen und verqueren Ansichten einzuweihen. Da ich meine Lektion gut gelernt habe, kann ich Ambrose zuvorkommen und Ihnen anvertrauen, daß der Architekt ein gewisser E. W. Godwin war, der auch für Whistler und Oscar Wilde gearbeitet hat und den Ästhetizisten dieser Epoche zugerechnet wird. Worauf es ihm ankam, so hat er es zumindest gesagt, war die Ausgewogenheit zwischen markanten Bauelementen und leeren Flächen. Hier scheint ihm das gelungen zu sein. Im übrigen hat er etliche scheußliche Rathäuser hinterlassen, zu denen auch das in Northampton gehört. Ambrose würde freilich nicht zugeben, daß es scheußlich ist. Trotzdem meine ich, daß wir uns in der Beurteilung dieser Leistung einig sind. Spielen Sie auch in dem Stück mit?«

»Nein, ich muß leider arbeiten. Ich bin Clarissa Lisles Sekretärin, eine Art Gelegenheitssekretärin.«

Er warf ihr einen überraschten Blick zu. Seine Lippen verzogen sich zu einem Lächeln. »Wie könnte es auch anders sein? Clarissas Beziehungen währen nie sehr lange.«

»Wissen Sie etwas Näheres über die Aufführung?« fragte Cordelia hastig. »Ich meine, welches Ensemble führt denn das Stück auf?«

»Hat es Ihnen Clarissa nicht gesagt? Es sind die Cottringham Players, angeblich die älteste Laiengruppe in ganz England. Gegründet wurde sie 1834 von einem gewissen Sir Charles Cottringham. Seitdem hat die Familie Cottringham sie mehr oder minder am Leben erhalten. Seit drei Generationen lassen die Cottringhams ihrer Theaterbegeisterung die Zügel schießen, aber der Enthusiasmus dieser Leute steht im umgekehrten Verhältnis zu ihrem Talent. Charles Cottringham spielt den Antonio. Schon sein Urgroßvater machte diesen Mummenschanz mit, bis er dann unklugerweise Lillie Langtry verliebte Blickte zuwarf. Der Prinz von Wales reagierte darauf höchst ungnädig, und seitdem hat kein Cottringham mehr im Schloß nächtigen dürfen. Ambrose kommt diese Tradition sehr zupaß. Er braucht jetzt nur die Hauptdarstellerin und ein paar ausgewählte Gäste zu beherbergen, für den Regisseur und die übrigen Darsteller gibt Judith Cottringham in ihrem Hause eine Gesellschaft. Morgen kommen sie alle mit der Barkasse herüber.«

»Wo ist denn die Truppe aufgetreten, bevor Mr. Gorringe ihr das Theater zur Verfügung stellte?«

»Ich kann mir denken, daß eher Clarissa als Gorringe dahintersteht. Bisher spielte sie alljährlich im alten Versammlungssaal von Speymouth. Es war mehr eine gesellschaftliche als eine kulturelle Veranstaltung. Die morgige Aufführung kann aber nicht allzu schlimm werden. Ein Metzger aus Speymouth spielt bezeichnenderweise den Bosola. Er soll übrigens gar nicht so schlecht sein. Und den Ferdinand verkörpert Cottringhams Vermögensverwalter. Er ist gewiß kein zweiter Gielgud, aber Clarissa vertraute mir an, daß er durchaus weiß, wie man Verse zu deklamieren hat.«

Das Dröhnen des Dieselmotors sank zu einem leisen Brummen ab, als die Barkasse langsam auf den Anlegesteg zutrieb. Der steinerne Kai bildete unterhalb der Terrasse zwei Arme, die einen kleinen Hafen umschlossen. Steile, von Seetang überwucherte Stufen führten zum Wasser. Am Ende der östlichen längeren Kaimauer stand ein hübscher runder, weiß und hellblau gestrichener Musikpavillon aus feingegliedertem Gußeisen mit zierlichen Säulen, die ein Kuppeldach trugen. Darunter warteten zwei Männer und zwei Frauen – reglos und wirkungsvoll arrangiert, als handle es sich um ein Tableau vivant –, die sie offenbar willkommen heißen wollten. Clarissa Lisle stand vorne, der Gastgeber links von ihr. Hinter den beiden harrten mit der ausdruckslosen, um Unbeteiligtsein bemühten Miene von Dienstboten ein dunkelgekleideter Hüne, der alle überragte, und eine Frau.

Die dominierende Gestalt war zweifellos Clarissa Lisle. Der erste Eindruck, zufällig oder beabsichtigt, war der einer Göttin aus einer klassischen Sage, die hier mit ihrem Gefolge wartete. Als das Fährboot anlegte, sah Cordelia, daß sie Shorts

trug, ein ärmelloses Oberteil aus feinplissiertem, cremefarbenem Musselin und darüber einen weiten, beinahe durchsichtigen Umhang aus dem gleichen Stoff, der bauschige Ärmel hatte und um die Taille gegürtet war. Verglichen mit dieser trügerisch schlichten, kühlen Eleganz wirkte Roma Lisle in ihrem Hosenanzug trotz aller Saloppheit verschwitzt und verdrossen.
Als sei es vorher vereinbart worden, behielten die Wartenden ihre Pose bei, bis die Barkasse sachte den Landesteg streifte. Gleich danach stieß Clarissa einen Willkommensruf aus, breitete die Arme mit den flatternden Fledermausärmeln aus und lief ihnen entgegen. Der Bann war gebrochen.
Während des Geplauders, das der förmlichen Vorstellung folgte, und während Ambrose Gorringe das Ausladen des Gepäcks und der Proviantkisten aus dem achterlichen Stauraum beaufsichtigte, hatte Cordelia Gelegenheit, den Schloßherrn zu betrachten. Gorringe war von mittlerer Statur, hatte glattes, dunkles Haar und zierliche Hände und Füße. Er machte den Eindruck von geschmeidiger Rundlichkeit, was nicht etwa davon herrührte, daß er feist war, sondern von der femininen Samthäutigkeit und Fülligkeit der Arme und des Gesichts. Seine Haut war wie Milch und Blut. Die rötlich überhauchten Wangen wirkten geschminkt. Am auffallendsten aber waren die Augen. Sie waren groß und funkelten wie pechschwarze, vom Meer glattgeschliffene Kiesel; das Weiße war klar und transparent. Darüber wölbten sich die Brauen in einem scharf abgegrenzten Bogen, als seien sie sorgsam gezupft worden. Die Mundwinkel krümmten sich zu einem starren Lächeln nach oben, so daß sein Gesicht den amüsierten Ausdruck eines Mannes zeigte, der immerfort über einen Witz schmunzeln muß. Bekleidet war er mit einer braunen Baumwollhose und einem schwarzen, kurzärmeligen Sporthemd. Obwohl die Sachen sowohl dem Wetter wie auch dem Anlaß angemessen waren, kamen sie Cordelia irgendwie unpassend vor. Etwas Formelleres hätte die gezügelte Kraft dieser komplexen, sicherlich auch hintergründigen Persönlichkeit wohl eher offenbart.
Der Butler, der mittlerweile das Verstauen der Gepäckstücke und der Vorratskisten auf einem kleinen Lieferwagen dirigierte, fiel gleichermaßen auf. Cordelia schätzte ihn auf gut einen

Meter neunzig. Mit seinem dunklen Anzug und dem fleischigen, fahlen, kummervollen Gesicht gemahnte er an den pflichtschuldig traurig dreinblickenden Gehilfen eines viktorianischen Leichenbestatters. Der längliche, spitze Schädel ging in eine hohe, glänzende Stirn über und wurde von einer Perücke aus struppigem, schwarzem Haar gekrönt, das auch nicht den geringsten Anschein von Echtheit erweckte. Sie wies einen Mittelscheitel auf und war eher ungeschickt gestriegelt als frisiert worden. Da ein so wunderliches Äußeres wohl nicht dem Zufall zuzuschreiben war, fragte sich Cordelia, was für eine abwegige Laune, was für ein tief verborgener Drang diesen Menschen dazu getrieben haben mochte, sich der Welt so auffällig zu präsentieren. Steckte dahinter ein Widerwille gegen die Langeweile, die Anpassung, die Willfährigkeit, die seine Tätigkeit ihm aufzwang? Doch das war unwahrscheinlich. Denn Hausangestellten, die ihre Obliegenheiten allzu frustrierend oder unzumutbar fanden, stand stets ein Ausweg offen: Sie konnten kündigen.

Beeindruckt vom Äußeren des Butlers nahm sie kaum seine Frau wahr, eine stämmige, rundgesichtige Person, die ihrem Mann nicht von der Seite wich und während des Ausladens nicht ein einziges Wort gesprochen hatte.

Clarissa Lisle hatte seit dem Anlegen der Barkasse von Cordelia keinerlei Notiz genommen. Nur Ambrose Gorringe kam jetzt lächelnd auf sie zu und sagte: »Sie müssen Miss Gray sein. Willkommen auf Courcy! Mrs. Munter wird Sie unter ihre Fittiche nehmen. Wir haben Sie neben Miss Lisle untergebracht.«

Cordelia wartete, bis die Munters das Boot gänzlich entladen hatten. Als sie zu dritt der vorangegangenen Gruppe folgten, händigte Munter seiner Frau einen kleinen Leinensack mit den Worten aus: »Nicht viel Post heute vormittag. Das Paket von der Londoner Bibliothek ist nicht dabei. Vor Montag wird Mr. Gorringe die bestellten Bücher nicht bekommen.«

Erstmals machte seine Frau den Mund auf. »Dieses Wochenende wird er auch ohne die Bücher genug zu tun haben.«

In diesem Augenblick wandte sich Gorringe um und rief Munter zu sich. Der Butler ging zu ihm, seinen ausgreifenden Schritt zu einer würdevollen, gelassenen Gangart abwandelnd, die wohl zu seinem offiziellen Habitus gehörte.

Sobald er außer Hörweite war, sagte Cordelia: »Falls Post für Miss Clarissa Lisle dabei ist, bekomme ich sie zuerst. Ich bin ihre neue Sekretärin. Ich nehme auch etwaige Telefonanrufe entgegen. Vielleicht dürfte ich die Post mal durchsehen. Wir erwarten nämlich einen Brief.«
Zu ihrem Erstaunen händigte Mrs. Munter ihr den Postsack ohne Widerrede aus. Es waren nur acht, von einem Gummiband zusammengehaltene Briefe. Zwei waren für Clarissa Lisle. Der eine, der in einem steifen Umschlag steckte, enthielt vermutlich eine Einladung zu einer Modeschau. Denn der Name – nicht die Anschrift – eines bekannten Couturiers war auf der Lasche eingeprägt. Der zweite, in einem gewöhnlichen, weißen Kuvert, trug die maschinegeschriebene Adresse:

AN DIE
HERZOGIN VON AMALFI
Z.H. MISS CLARISSA LISLE
SCHLOSS COURCY
SPEYMOUTH
DORSET

Cordelia entfernte sich ein paar Schritte. Obwohl sie wußte, daß es ratsamer gewesen wäre zu warten, bis sie ungestört in ihrem Zimmer war, konnte sie nicht widerstehen. Sie versuchte, sich ihre Spannung und Neugierde nicht anmerken zu lassen, und steckte den Zeigefinger unter die Lasche. Da sie nicht zugeklebt war, ließ sie sich ohne weiteres hochklappen. Cordelia nahm an, daß die Botschaft kurz sein würde. So war es denn auch. Auf dem kleinen Zettel aus demselben Papier wie das Kuvert prangte ein gekonnt gezeichneter Totenschädel mit gekreuzten Knochen, und darunter standen zwei maschinegeschriebene Zeilen, die sie zwar nicht kannte, die aber nur aus dem Theaterstück stammen konnten:

Geht rasch zu unserer Dame heut,
Und sagt, sie soll anlegen ihr Totenkleid!

Sie schob den Zettel wieder in den Umschlag, steckte diesen in ihre Jackentasche und ging dann langsamer, damit Mrs. Munter sie einholen konnte.

Cordelia sah, daß die Haupträume auf die Terrasse – mit Blick auf den Ärmelkanal – hinausgingen und das Schloßportal sich auf der meerabgewandten, geschützten Ostseite befand. Sie kamen durch einen steinernen Torbogen in einen ummauerten, gepflegten Ziergarten, schlugen sodann einen breiten Kiesweg zwischen Rasenflächen ein und gelangten durch eine arkadengesäumte Veranda in die weiträumige Halle.
Cordelia blieb im Türrahmen stehen und stellte sich all die Gäste vor, die im 19. Jahrhundert hier gewohnt haben mochten, all die Damen mit ihren Krinolinen und zusammengerollten Sonnenschirmen, die hinterhertrippelnden Zofen, die lederbezogenen Schrankkoffer, die Hutschachteln und Gewehrfutterale, den fernen Klang der zur Begrüßung aufspielenden Kapelle, den vierschrötigen, von einem deutschen Vater abstammenden Prinzen von Wales, wie er samt seinem stattlichen Embonpoint durch das nur wenigen auserwählten Gästen offenstehende Schloßportal schlenderte. Damals war die Halle sicherlich pompöser gewesen, ein üppig möblierter Raum mit Ottomanen, Fauteuils, Beistelltischchen, prächtig gemusterten Teppichen und Zimmerpalmen in riesigen Holzkübeln. Hier hatten sich die Gäste am Ende eines Tages versammelt, um sodann in strikter Rangordnung gravitätisch durch die Doppeltür in den Speisesaal zu schreiten. Jetzt standen in der Halle nur ein Refektoriumstisch und beiderseits des steinernen Kamins ein Stuhl. An der Wand gegenüber hing ein gut zwei Meter breiter Gobelin, der gewiß von William Morris entworfen worden war. Er zeigte eine rosenbekränzte Flora mit ihrer Mädchenschar, die sich barfüßig inmitten von Lilien und Malven reckte. Zur Rechten wie zur Linken führte ein breite Treppe zu einer Galerie, welche die Halle auf drei Seiten säumte. Fast die gesamte Ostwand nahm ein buntes Glasfenster ein, das die Irrfahrten des Odysseus schilderte. Das vielfarbene Licht verlieh der großen Halle etwas von der feierlichen Stille einer Kirche. Cordelia folgte Mrs. Munter die Treppe hinauf.
Die Gästezimmer lagen oben entlang der Galerie. Cordelia wurde ein Zimmer zugewiesen, das heller und heimeliger eingerichtet war, als sie erwartet hatte. Die beiden hohen Bogenfenster wurden von Chintzvorhängen mit einem Lilienmuster

umrahmt. Derselbe Stoff war auch für die Bettdecke und die Polsterung des Mahagonistuhls mit der Rückenlehne aus Rohrgeflecht, der neben dem Bett stand, verwendet worden. Den schlichten offenen Kamin umrandete ein Fries aus fünfzehn Zentimeter hohen Fliesen. Das aus Blumen und Laub bestehende Dekor zierte auch die größeren Bodenplatten, die die Feuerstelle säumten. Über dem Bett hingen hübsche Aquarelle mit Blumenmotiven wie Iris, Walderdbeeren, Tulpen oder Lilien. Das mußte das De-Morgan-Zimmer sein, von dem Miss Maudsley gesprochen hatte. Als sie sich entzückt umsah, verfiel Mrs. Munter, die ihr Interesse gemerkt hatte, in die Rolle einer Schloßführerin, doch brachte sie leider die Erläuterungen ohne jede Anteilnahme hervor, als habe sie die Fakten nur auswendig gelernt.

»Das Mobiliar ist nicht so alt wie das Schloß. Das Bett und der Stuhl da wurden 1883 von A. H. Mackmurdo entworfen. Das Fliesendekor hier im Zimmer wie auch im Bad stammt von William De Morgan. Der Großteil der Fliesen im Schloß stammt von ihm. Nachdem nämlich der alte Mr. Herbert Gorringe, der das Schloß um 1860 renovieren ließ, in Kensington eine von De Morgan eingerichtete Villa gesehen hatte, ließ er die ursprünglichen Platten alle entfernen und durch Fliesen ersetzen, die De Morgan entworfen hatte. Der Kabinettschrank aus Mahagoni und Pechkiefer da drüben wurde von William Morris bemalt. Die Bilder sind von John Ruskin. Wann wünschen Sie Ihren Morgentee, Miss?«

»Um halb acht bitte.«

Sobald Mrs. Munter gegangen war, suchte Cordelia das Badezimmer auf. Beide Räume lagen an der Westseite. Die Aussicht auf die Insel wurde durch den Rundturm versperrt, der wie ein in den blauen Himmel eindringender Phallus aus kunstvoll aufeinandergesetzten Ziegeln zu ihrer Rechten emporragte. Als sie an der glatten Rundung hochblickte, wurde ihr beinahe schwindlig, und der Turm schien im Sonnenlicht zu schwanken. Linkerhand sah sie gerade noch das Ende der Südterrasse und gleich dahinter das Meer. Die gußeiserne Feuerleiter unter dem Badezimmerfenster führte zu einem Felsen, von dem aus man sicherlich zur Terrasse gelangen konnte. Trotzdem war ihr dieser mögliche Fluchtweg nicht geheuer. Bei einer Katastrophe hätte man hier gewiß das Gefühl,

als sitze man zwischen einer Feuersbrunst und der anbrandenden See in der Falle.
Cordelia hatte eben mit dem Auspacken begonnen, als die Verbindungstür zwischen ihrem Zimmer und dem nebenan geöffnet wurde und Clarissa Lisle eintrat.
»Ach, da sind Sie! Könnten Sie einen Augenblick zu mir kommen? Ihre Sachen kann doch Tolly auspacken!«
»Vielen Dank, aber das möchte ich gern selbst machen.«
Abgesehen davon, daß sich die wenigen Dinge ohne großen Zeitaufwand verstauen ließen und sie das selbst übernehmen konnte, wollte sie nicht, daß jemand die Tasche mit ihren Arbeitsutensilien zu Gesicht bekam. Erleichtert hatte sie festgestellt, daß die unterste Schublade im Kabinettschrank verschließbar war.
Sie folgte Clarissa Lisle in deren Zimmer. Es war doppelt so groß und gänzlich anders eingerichtet: prunkvoller, extravaganter und nicht so heimelig schlicht wie ihres. Beherrscht wurde der Raum von einem Mahagonibett mit einem Baldachin über dem Kopfende. Bespannung, Paradedecke und Seitenvorhänge bestanden aus karmesinrotem Damast. Kopf- und Fußteil schmückten geschnitzte pausbäckige Engel und Blumengirlanden. Obenauf funkelte eine Gräfinnenkrone. Cordelia fragte sich, ob wohl der einstige Besitzer dieses Prunkbettes, sobald er die soziale Stufenleiter seiner Zeit emporgeklettert war, es außergewöhnlichen Gästen vorbehalten hatte. Beiderseits des Bettes standen kleine gebauchte Kommoden und davor eine mit Schnitzereien und Ziernägeln versehene Chaiselongue. Die Frisiertoilette befand sich zwischen zwei hohen Fenstern mit gerafften Portieren, von denen aus man das blaue, ruhig daliegende Meer sehen konnte. Die Wand gegenüber verdeckten zwei wuchtige Schränke. Niedrige Stühle und ein Paravent mit einem Webbild waren neben dem marmornen Kamin arrangiert, in dem schon ein paar Scheite aufgeschichtet waren. Dem Ehrengast von Ambrose Gorringe gebührte also auch die Annehmlichkeit eines richtigen Kaminfeuers. Ob wohl ein Hausmädchen in den frühen Morgenstunden auf Zehenspitzen hereinkommen würde, um das Feuer anzufachen, wie es einst die viktorianische Zofe getan hatte, wenn sich die mittlerweile längst dahingeschiedene Gräfin erstmals in ihrem Prachtbett rekelte?

Das ganze Zimmer wirkte unordentlich. Verstreut auf der Chaiselongue und dem Bett lagen Kleider, Schutzhüllen, zusammengeknülltes Seidenpapier und Tragtüten. Auf dem Frisiertisch stand ein Wirrwarr von Flakons und allerlei Döschen. Eine Frau ging im Zimmer umher und stapelte gelassen und geduldig all die Kleidungsstücke auf ihren Arm.
»Miss Tolgarth, meine Garderobiere«, sagte Clarissa Lisle. »Tolly, das ist Miss Gray, die sich um meine Korrespondenz kümmern wird. Wir wollen's zumindest versuchen. Sie wird schon niemand im Wege sein. Du kümmerst dich um sie, falls sie etwas braucht, ja?«
Eine einnehmende Vorstellung war das gerade nicht gewesen, dachte Cordelia. Obwohl Tolly weder lächelte noch ein Wort sagte, hatte Cordelia nicht das Gefühl, daß der prüfende Blick, der sie streifte, mißgünstig war. Er war nicht einmal neugierig. Tolly hatte einen üppigen Busen, war untersetzt, und ihr Gesicht wirkte älter, als man es angesichts ihrer Figur und ihrer hübschen Beine erwartet hätte. Den eleganten Schwung ihrer Beine unterstrichen hauchfeine Nylons und hochhackige Pumps – ein Anzeichen von Eitelkeit, das die Schlichtheit des hochgeschlossenen schwarzen Kleides hervorhob, dessen einziger Schmuck ein goldenes Kreuz an einem Kettchen war. Ihr dunkles Haar, in der Mitte gescheitelt und am Hinterkopf zu einem Dutt zusammengesteckt, durchzogen graue Fäden. Über die Stirn und von den Mundwinkeln abwärts liefen tief eingekerbte Falten. Es war ein ausdrucksstarkes, beherrschtes Gesicht, das, wie Cordelia meinte, gewiß nicht auf einen Menschen schließen ließ, der sich gern unterordnete.
Als Tolly im Badezimmer verschwunden war, meinte Clarissa Lisle: »Ich weiß, daß wir die Sache eigentlich miteinander besprechen müßten. Aber das geht jetzt nicht. Munter hat schon im Speisesaal zum Lunch gedeckt. Völlig absurd an einem Tag wie heute, wo wir doch in der Sonne sitzen könnten! Ich habe ihm gesagt, daß wir den Lunch auf der Terrasse zu uns nehmen möchten. Das wird nun bedeuten, daß wir – dafür wird Munter schon sorgen – erst um halb zwei essen werden. Ich könnte Ihnen noch rasch das Schloß zeigen. Sind Sie übrigens mit Ihrem Zimmer zufrieden?«
 »Ja. Danke.«

»Ich denke, es ist ratsam, wenn ich Ihnen ein paar Briefe zum Tippen gebe, um so jeden Verdacht zu zerstreuen. Ich hätte sie ohnehin beantworten müssen. Da Sie nun einmal da sind, könnten Sie sich ebensogut auch nützlich machen. Sie können doch tippen, oder?«

»Das schon. Aber deswegen bin ich nicht hier.«

»Ich weiß, warum Sie hier sind. Schließlich habe ich Sie ja engagieren lassen. Ich brauche Sie auch. Aber darüber wollen wir heute abend reden. Vorher werden wir keine Gelegenheit dazu haben. Charles Cottringham und die Hauptdarsteller kommen nach dem Lunch herüber, weil wir noch ein paar Szenen im Kostüm durchgehen möchten. Sie werden erst nach dem Tee abfahren. Haben Sie meinen Stiefsohn Simon Lessing schon kennengelernt?«

»Ja, wir sind einander während der Überfahrt vorgestellt worden.«

»Würden Sie ihn bitte ausfindig machen und ihm sagen, daß er vor dem Lunch ruhig noch zum Schwimmen gehen kann. Er braucht uns nicht bei der Schloßbesichtigung zu begleiten. Wahrscheinlich steckt er in seinem Zimmer. Es ist die zweite Tür gleich nach Ihrem Zimmer.«

Eigentlich könnte sie es ihm selber sagen, dachte sich Cordelia. Aber rechtzeitig erinnerte sie sich daran, daß sie ja als Begleiterin mit Sekretärinnenfunktion engagiert worden war, was immer man darunter verstehen mochte, und daß dieser Job wohl die Übernahme solcher Botengänge einschloß. Als sie an Simons Tür klopfte, reagierte er nicht darauf. Erst nach einer Weile wurde die Tür behutsam geöffnet, und sein bängliches Gesicht tauchte auf. Er errötete bei ihrem Anblick. Sie richtete ihm Clarissas Anweisung mit freundlichen Worten aus. Er rang sich ein Lächeln ab, flüsterte »Danke!« und schloß rasch die Tür. Dieser Simon tat ihr leid. Leicht war es bestimmt nicht, Clarissa Lisle zur Stiefmutter zu haben. Aber sie fürchtete, daß sie es auch mit einer Klientin wie Clarissa nicht leicht haben würde. Sie spürte, daß ihre Hochstimmung allmählich zu schwinden begann. Schloß und Insel waren zwar noch hübscher, als sie es sich vorgestellt hatte. Das Wetter hätte nicht prachtvoller sein können. Nichts schien dem wiedererstarkten Sommer etwas anhaben zu können. Alles deutete darauf hin, daß es ein Wochenende voll Behagen, ja voll Luxus werden könnte. Außerdem war der Umschlag in ihrer Tasche der Beweis dafür, daß ihr Auftrag einen Sinn hatte, daß sie es mit einem durchtriebenen Gegner zu tun hatte. Warum mußte sie nun auf einmal gegen das bange Gefühl ankämpfen, daß ihr Vorhaben zum Scheitern verurteilt war?

3

»Und zum Schluß«, sagte Clarissa, als sie allen voran die Treppe hinunterging und die Halle durchquerte, »sehen wir uns noch die private Schreckenskammer von Ambrose Gorringe an.«

Die Schloßvisite war hastig verlaufen und keineswegs gründlich gewesen. Cordelia konnte sich denken, daß die sonnenwarme Terrasse lockte und die Gäste weniger an den Schätzen des Schloßherrn interessiert waren als an einem Sherry vor dem Lunch. Die Kunstschätze waren freilich sehenswert, und sie nahm sich vor, dieses kleine, aber reichhaltige Museum voll von Zeugnissen der langen viktorianischen Epoche bei nächster Gelegenheit mit mehr Muße zu besichtigen. Es war alles viel zu schnell gegangen. Woran sie sich noch erinnern konnte, war ein Durcheinander von Formen und Farben, eine Fülle von Porzellan, Gemälden, Kristallgläsern, Silbersachen, von Tonwaren, die man ehedem auf der Weltausstellung von 1851 hatte sehen können, von Jaspisschmuck, griechischen Skulpturen, Terrakotten, Majoliken. Vitrinen über Vitrinen mit handbemaltem Wedgwood-Geschirr und reizvollen, von M.-L. Solon für Minton geschaffenen Porzellanfigürchen, mit Teilen des Coalport-Services, das mit seinen englischen und russischen Orden, die den russischen Adler und die Zarenkrone umgaben, ein Geschenk Königin Viktorias für den Zaren gewesen war.

Clarissa war ihnen mit fuchtelnden Armen vorangeschwebt und hatte eine Menge bezweifelbarer Erklärungen gegeben. Ivo Whittingham, der hin und wieder stehengeblieben war, wenn es ihm gestattet wurde, hatte nur sehr wenig geredet. Roma Lisle war mit einem Ausdruck einstudierter Langeweile gefolgt und hatte zuweilen eine sarkastische Bemerkung über das Elendsleben und die Ausbeutung der Armen gemacht, die all diesen Zeugnissen einer von Reichtum und Privilegien geprägten Welt zugrunde lagen. Cordelia hatte ihr stumm beipflichten müssen. Schwester Magdalena, die damals im Internat die Geschichte des 19. Jahrhunderts durchgenommen hatte, war anderer Ansicht gewesen als ihre Mitschwestern, welche die Freuden dieser Welt ebenso verwarfen wie deren Kümmernisse. Sie hatte statt dessen versucht, bei ihren privilegierten Schülerinnen den Sinn für soziale Gerechtigkeit zu wecken. Wann immer Cordelia eins ihrer Schulfotos mit dieser rundgesichtigen Matrone, umringt von einer einheitlich gekleideten, verdrossen dreinblickenden Schülerinnenschar, sah, fielen ihr die ausgemergelten, überanstrengten Näherinnen ein, die einst achtzehn Stunden täglich arbeiten mußten, all die Kinder in den Fabriken, die vor Müdigkeit kaum noch den Webstuhl bedienen konnten, die verkrümmt dasitzenden Spitzenklöpplerinnen und die stinkenden Mietshäuser im Londoner East End.

Cordelia hatte unter den von Gorringe gesammelten Gemälden viele gesehen, die sie eher aufschlußreich fand, als daß sie ihr Bewunderung abnötigten. Alles, was sie an der viktorianischen Kunst verabscheute, war hier vereinigt: bemühte Sinnlichkeit, penibler Naturalismus, der mit der Natur wenig zu tun hatte, hohle Genreszenen, süßliche Religiosität. Aber Gorringe besaß immerhin auch einen Sickert und einen Whistler.

Als sie die Galerie durchschritten, wandte sich Roma Lisle an sie: »In meinem Zimmer hängt ein Bild von William Dyce. Es nennt sich ›Die Muschelsammlerinnen‹. Nicht schlecht gemalt; man kann es gelten lassen. Es zeigt krinolinenbewehrte Damen, die am Strand von Kent ihre Funde begutachten. Aber wie hatte die Wirklichkeit ausgesehen? Im Grunde waren es feiste, aufgedonnerte, gelangweilte, sexuell frustrierte Weiber aus der sogenannten guten Gesellschaft, die mit ihrer Zeit nichts Besseres anzufangen wußten, als Muscheln zu sammeln, um daraus nutzlose Kassetten anzufertigen. Sie malten dümmliche Aquarelle, unterhielten die Herren nach dem Dinner am Flügel und warteten nur auf einen Mann, der ihnen den nötigen gesellschaftlichen Status und einen Lebenssinn bot.«

 Als sie beide gerade vor einem Holman Hunt standen und

nichts darüber sagen mochten, gesellte sich Ambrose Gorringe zu ihnen. »Nicht gerade eins seiner besten Bilder. Obwohl die Menschen zur Zeit Viktorias ihr Geld mit Hilfe düsterer, unmenschlicher Fabriken verdienten, sehnten sie sich nach Schönheit. Es war ihre Tragödie, daß sie – anders als wir – nur zu gut wußten, wie weit sie von ihr entfernt waren.«
Die Schloßtour näherte sich ihrem Ende. Clarissa führte sie noch durch einen gefliesten Korridor zum Büro von Ambrose Gorringe. Vermutlich handelte es sich um die verheißene Schreckenskammer.
Sie war kleiner als die übrigen Räume und gewährte eine Aussicht auf den Rasen am Osteingang. An einer Wand hing eine Sammlung von gerahmten viktorianischen Moritaten, von ungefüge bedruckten und illustrierten Blättern, wie sie nach einem aufsehenerregenden Prozeß oder einer Hinrichtung an den Mob verkauft wurden. Vor allem Roma Lisle schien sich für sie zu interessieren. Zu sehen waren in ihren Reithosen schlank und elegant wirkende Mörder, die unter dem vergitterten Fenster ihrer Todeszelle Geständnisse abfaßten, in der Zuchthauskapelle von Newgate – hinter sich ihren Sarg – der Predigt des Pfarrers lauschten oder am Seil baumelten, während ein Kaplan im Talar und mit der Bibel in der Hand danebenstand. Da Cordelia diesen Hinrichtungsdarstellungen nichts abgewinnen konnte, schloß sie sich Ambrose Gorringe und Ivo Whittingham an, die eine Reihe von Staffordshire-Figuren auf einem Bord betrachteten.
Gorringe deutete auf seine Lieblingsstücke: »Das sind meine berüchtigsten Mörder. Die beiden da oben sind das ruchlose Ehepaar Maria und Frederick Manning, die im November 1847 angesichts einer lärmenden Menge von fünfzigtausend Menschen vor dem Horsemongers-Lane-Gefängnis gehenkt wurden. Charles Dickens, der sich die Hinrichtung ansah, schrieb später, das Verhalten des Pöbels sei dermaßen abscheulich gewesen, daß er sich von lauter Teufeln umgeben glaubte. Maria Manning steuerte zum Volksfest noch insofern bei, als sie ein schwarzes Satinkleid anhatte, ein Einfall, der die spätere Beliebtheit dieses Stoffes nicht im geringsten schmälerte. Dieser Gentleman da, der, dem Anlaß entsprechend, eine Jagdjoppe trägt und seine Pistole auf die arme Maria Marten richtet, ist William Corder. Beachten Sie die

rote Scheune im Hintergrund! Corder wäre wohl nie gefaßt worden, wenn nicht Marias Mutter wiederholt geträumt hätte, daß die Leiche ihrer Tochter darin verscharrt sei. Corder wurde 1828, gleichfalls vor vielen begeisterten Zuschauern, in Bury St. Edmunds aufgeknüpft. Die Lady neben ihm, die mit dem Kapotthut und dem schwarzen Beutel, ist Kate Webster. In dem Beutel hatte sie den Kopf ihrer Herrin aufbewahrt, die sie erschlagen, zerstückelt und in einer Kasserolle geschmort hatte. Danach soll sie in den Läden ringsum billiges Bratenfett zum Verkauf angeboten haben. Im Juli 1879 baumelte auch sie am Strang.«

Bald darauf verließen sie das Büro und betrachteten draußen zwei elegante Rosenholzvitrinen, welche die Tür flankierten. Die zur Linken enthielt ein Sammelsurium kleinerer Gegenstände, die alle säuberlich etikettiert waren: eine Puppe, ein Solitairespiel mit bunten Murmeln – beides hatte einst Königin Viktoria gehört, als sie noch ein kleines Mädchen war –, einen Fächer, altmodische Weihnachtskarten, Parfümflakons aus Kristallglas, silberplattiert oder emailliert, verschiedene Silbersachen, eine Gürtelschließe, ein Kettengürtel, ein Gebetbuch und einen Buketthalter. Mehr Aufmerksamkeit erregte jedoch die rechte Vitrine. Darin befanden sich minder beschauliche Erinnerungsstücke, gleichsam die Fortführung des Verbrechermuseums von vorhin.

»Das Tauende da«, erklärte Gorringe, »stammt von dem Seil, mit dem Dr. Thomas Neill Cream, der Giftmörder von Lambeth, im November 1892 aufgehängt wurde. Das befleckte Leinennachthemd mit den bestickten Rüschen gehörte Constance Kent. Es ist zwar nicht das Nachthemd, das sie anhatte, als sie ihrem kleinen Stiefbruder die Kehle durchschnitt, aber es ist immerhin ein interessantes Sammlerstück. Die Handschellen da mit dem zugehörigen Schlüssel trug einst der junge Courvoisier, der 1840 seinen Herrn, Lord William Russell, ermordete. Die Brille gehörte Dr. Crippen. Obwohl er eigentlich nicht mehr in die viktorianische Epoche gehört, da er im November 1910 gehenkt wurde, konnte ich dem Stück nicht widerstehen.«

»Und der Kinderarm aus Marmor da?« fragte Whittingham.

»Soviel ich weiß, hat das Stück überhaupt nichts mit einem

 Verbrechen zu tun. Es gehört eigentlich ins Memento-mori-

Zimmer oder in eine andere Vitrine. Ich fand noch keine Zeit, die Dinge zu ordnen. Aber unter all diesen Mordandenken wirkt der Arm nicht einmal deplaciert. Der Mann, der ihn mir verkaufte, würde mir sicherlich beipflichten. Er vertraute mir sogar an, er habe sich öfters eingebildet, der Arm würde noch bluten.«

Als Cordelia zufällig Clarissa Lisle anblickte, die bisher geschwiegen hatte, sah sie, daß sie mit einem Ausdruck von Angst und Abscheu auf den Marmorarm starrte. Der rundliche Kinderarm aus weißem Gestein lag auf einem purpurnen, kordelgesäumten Samtkissen. Auch Cordelia fand das Ding abstoßend, kitschig, morbid, sinnlos und stillos, somit nicht untypisch für die Kunst jener Zeit.

»Ausgesprochen scheußlich!« rief Clarissa Lisle aus. »Widerwärtig! Wo, um Himmels willen, hast du nun dieses Stück wieder aufgetrieben, Ambrose?«

»In London. Bei einem Händler. Es könnte die einzige noch vorhandene Kopie der Skulpturen sein, die nach den Gliedmaßen der kleinen Prinzen und Prinzessinnen für Königin Viktoria auf Osborne House angefertigt wurden. Angeblich von Mary Thornycroft. Es könnte der Arm der kleinen Kronprinzessin sein. Vielleicht ist es aber nur irgendein Gedenkstück. Falls es dir so mißfällt, Clarissa, solltest du dir erst mal die gesamte Osborne-Kollektion ansehen. Man fühlt sich an eine Metzelei erinnert. Man hat den Eindruck, als hätte Prinz Albert, der Prinzgemahl, im königlichen Kinderzimmer mit einer Machete gewütet. Verdenken hätte man es dem armen Mann nicht können.«

»Einfach schauderhaft!« entgegnete Clarissa. »Was findest du nur daran, Ambrose? Du solltest das Ding schleunigst weggeben.«

»Aber warum denn? Es ist einzigartig. Ich betrachte es als eine interessante Ergänzung meiner viktorianischen Sammlung.«

»Ich habe mir die Osborne-Kollektion angesehen«, mischte sich Roma Lisle ein. »Ich finde sie ebenfalls abscheulich. Aber sie ist höchst aufschlußreich, was den Geist dieser Epoche oder das Gemüt der Königin Victoria anbelangt.«

»Das Ding hier gibt auch Aufschluß über das Gemüt von Ambrose.«

»Als Marmorskulptur ist es gar nicht mal so übel«, meinte Ivo Whittingham gelassen. »Wahrscheinlich finden Sie nur die Vorstellungen abscheulich, die sich dabei einstellen. Der Tod oder die Verstümmelung eines Kindes ist nun einmal abscheulich, nicht wahr, Clarissa?«
Doch Clarissa schien ihn nicht gehört zu haben. Sie hatte sich abgewandt und sagte nur noch: »Hören wir auf zu streiten! Sieh zu, daß du das Ding loswirst, Ambrose! Und jetzt möchte ich einen Drink und hernach einen Lunch.«

4

Als er einen halben Kilometer vom Strand entfernt war, hörte er mit dem gemächlichen, regelmäßigen Kraulen auf, drehte sich auf den Rücken und ließ seinen Blick über den Horizont schweifen. Das Meer wirkte öd und leer. Beim Anblick dieser Wasserwüste konnte er sich einbilden, daß sich hinter ihm die gleiche Leere erstreckte, daß Insel und Schloß in den Wogen untergegangen waren, geräuschlos, ohne auch nur einen Wirbel zu hinterlassen, daß er mutterseelenallein in der blauen Unendlichkeit des Meeres dahintrieb. Dieses Gefühl der Einsamkeit, das er gesucht hatte, erregte ihn zwar, machte ihm aber keineswegs Angst. Das Meer hatte ihm noch nie Angst eingeflößt. Es war das Element, in dem er sich heimisch fühlte. Sämtliche Schuldgefühle, Ängste, Unzulänglichkeiten verschwanden, als würden ihn die sanft anrollenden Wellen wie bei einer Taufe von allem Übel erlösen.
Er war froh, daß Clarissa ihn nicht gezwungen hatte, bei der Schloßbesichtigung hinter ihr her zu trotten. Sicherlich gab es da Räume, die er gern gesehen hätte. Aber er würde schon noch Zeit finden, sie auf eigene Faust zu erkunden. Überdies hatte er damit eine Ausrede, sich von ihr fernzuhalten. Mehr als zweimal am Tag zum Schwimmen zu gehen, würde auffallen und unhöflich wirken. Die Bitte hingegen, ob er nicht allein durchs Schloß streifen dürfe, würde sicherlich keinen Anstoß erregen. Vielleicht würde das Wochenende doch nicht so grauenvoll verlaufen.
Er brauchte nur im Wasser eine aufrechte Stellung einzunehmen, wenn er die schneidende Kälte der Unterströmung verspüren wollte. Aber er ließ sich, Arme und Beine ausgestreckt, lieber flach unter der Sonne dahintreiben, und er fühlte, wie das laue Meerwasser an der Oberfläche streichelnd Oberkörper und Arme überspülte, als liege er in einem warmen Bad.

Dann und wann tauchte er den Kopf ins Wasser und öffnete dabei die Augen, um den zarten, grünen Schleier zu betrachten, der vor seinen Augen fächelte. Und tief in seinem Inneren war da noch das keineswegs beängstigende, geradezu tröstliche Gefühl, daß er sich nur aufzugeben brauche, daß er sich nur der Macht und der Zärtlichkeit der Wogen auszuliefern brauche, um nie mehr wieder Schuld oder Furcht oder seine Minderwertigkeit zu verspüren. Er wußte freilich, daß er das nie machen würde. Mit solchen Gedanken spielte er nur. Sie waren gleichsam eine Droge, mit der er gefahrlos experimentieren konnte, solange die Dosis gering war und er sich in der Gewalt hatte. Und noch hatte er sich in der Gewalt. Bald war es Zeit, umzukehren, zum Strand zu kraulen, zu überlegen, wie er den Lunch, Clarissa und die nächsten zwei Tage ohne peinliche Szenen oder Vorfälle durchstehen könne. Aber noch empfand er Ruhe, Leere, Ausgeglichenheit.

Nur in solchen Augenblicken vermochte er an seinen Vater zu denken, ohne daß es ihn schmerzte. So mußte er den Tod gefunden haben, als er an jenem Sommermorgen allein in der Ägäis schwamm und dann feststellen mußte, daß er gegen die Gezeitenströmung nicht ankommen konnte. Er hatte sich kampflos, ohne Furcht aufgegeben, sich dem Meer, das er so sehr liebte, ausgeliefert, dessen Urgewalt und Frieden hingenommen. Diesen Tod hatte sich Simon so oft vorgestellt, wenn er mutterseelenallein dahinschwamm, daß die Alpträume von einst kaum noch wiederkehrten. Er schreckte nicht mehr in dunklen Morgenstunden aus dem Schlaf, wie es in den ersten Monaten, nachdem er vom Tod seines Vaters gehört hatte, der Fall gewesen war, als er schweißgebadet vor Angst die Bettdecke von sich stieß, die ihn in die Tiefe zu ziehen schien, als er jede Sekunde jener schrecklichen letzten Minuten noch einmal durchlebte, spürte, wie die Augen vom Meerwasser brannten, als er bodenlose Verzweiflung empfand, wenn er zwischen Wellenkämmen hindurch ein fernes, immer weiter zurückweichendes, unerreichbares Ufer erspähte. Aber so hatte es sich nicht abgespielt. So konnte es nicht gewesen sein. Sein Vater war, umfangen von seiner großen Liebe, dem Meer, friedvoll gestorben. Er hatte sich nicht gewehrt, er hatte sich gelassen dreingeschickt.

 Es war Zeit zur Rückkehr. Simon machte eine Wende und be-

gann gleichmäßig und kraftvoll zu kraulen. Als er mit den Füßen den kiesigen Untergrund streifte, kroch er durchgefroren und erschöpfter, als er es erwartet hatte, an Land. Als er hochblickte, sah er zu seiner Überraschung eine dunkelgekleidete, regungslose Gestalt wie ein Wächter neben seinen Kleidungsstücken auf ihn warten. Erst nachdem er sich das Wasser aus den Augen gerieben hatte, sah er, daß es Tolly war.
Er stapfte auf sie zu. Sie sagte kein Wort, sondern bückte sich nach seinem Handtuch und reichte es ihm. Schwer atmend und fröstelnd rieb er sich Arme und Hals trocken. Ihr prüfender Blick machte ihn verlegen. Weswegen mochte sie nur gekommen sein?
»Warum verschwindest du nicht von hier?« fragte sie plötzlich. Als sie seine verständnislose Miene sah, fragte sie abermals: »Warum gehst du nicht fort von hier? Warum verschwindest du nicht von dieser Insel, aus ihrem Leben?« Sie hatte wie immer mit leiser, rauher, aber beherrschter Stimme gesprochen. Er schaute sie verstört an, während das Salzwasser aus seinem Haarschopf perlte.
»Clarissa verlassen? Aber warum bloß? Was meinen Sie denn damit?«
»Sie will dich nicht mehr. Hast du das nicht gemerkt? Du fühlst dich doch auch nicht glücklich dabei. Weshalb willst du denn diese Maskerade fortsetzen?«
»Aber ich bin doch glücklich!« rief er trotzig aus. »Wohin sollte ich auch gehen? Meine Tante nimmt mich nicht mehr auf. Und Geld habe ich auch keins.«
»Ich habe eine Kammer in meiner Wohnung frei«, erwiderte sie. »Ich würde sie dir als Starthilfe überlassen. Sie ist nicht groß, war früher mal ein Kinderzimmer. Dort könntest du wohnen, bis du etwas Besseres gefunden hast.«
Ein Kinderzimmer. Er erinnerte sich vage, daß er mal aufgeschnappt hatte, sie habe ein Kind gehabt, ein Mädchen, das gestorben war. Seitdem war ihre Tochter nie mehr erwähnt worden. Auch er wollte nicht an das tote Mädchen denken. Übers Sterben und den Tod hatte er zur Genüge nachgedacht.
»Wo könnte ich etwas Besseres finden?« erwiderte er. »Wovon sollte ich denn leben?«
»Du bist doch siebzehn, nicht wahr? Du bist kein Kind mehr. In der Schule hast du ausgezeichnete Noten. Irgend etwas

wirst du schon finden. Ich habe bereits mit fünfzehn arbeiten müssen. Viele Kinder trifft's noch früher.«

»Aber womit soll ich bloß Geld verdienen? Ich will doch Pianist werden. Ich brauche Clarissas Geld.«

»Ja, du brauchst Clarissas Geld«, sagte sie.

Das brauchst du auch, dachte er. Darum geht es doch nur. Plötzlich fühlte er sich selbstsicherer, geradezu schlau wie ein Erwachsener. Er war kein Kind mehr, das man übertölpeln konnte. Hatte er nicht schon früher ihre Abneigung gespürt, ihre verächtlichen Blicke aufgefangen, wenn sie ihm das Frühstück brachte, an den Tagen, als nur sie und er in der Wohnung waren? Hatte er nicht den stummen Widerwillen wahrgenommen, wenn sie seine schmutzige Wäsche zusammensuchte, sein Zimmer aufräumte? Wenn er nicht wäre, müßte sie höchstens zweimal in der Woche kommen, um nachzuschauen, ob alles in Ordnung war. Es war durchaus verständlich, daß sie ihn loswerden wollte. Wahrscheinlich rechnete sie damit, daß Clarissa sie in ihrem Testament bedenken würde. Sie mußte gut zehn Jahre jünger sein, als sie aussah. Und sie war nur eine Hausangestellte. Mit welchem Recht durfte sie ihn dann so vor den Kopf stoßen, Clarissa verleumden, ihn bevormunden, ihm eine schäbige Kammer anbieten, als würde sie ihm damit noch einen Gefallen erweisen? Es wäre ebenso schlimm wie in der Mornington Avenue. Nein, schlimmer noch. Die leise, verführerische Stimme in seinem Inneren redete weiter auf ihn ein. Nein, wie schwer es auch für ihn werden mochte, er wäre doch verrückt, wenn er die Obhut von Clarissa, die immerhin vermögend war, aufgeben würde, um sich der Gnade Tollys auszuliefern, die kein Geld hatte.

Sie mußte seine Gedanken erraten haben. Ohne weiter in ihn zu dringen, beinahe demütig sagte sie: »Du wärst mir nicht im geringsten verpflichtet. Du hättest nur eine Bleibe.«

Er wollte, daß sie endlich ging. Denn solange die dunkelgekleidete, bedrückende Gestalt vor ihm stand und den ganzen Strand zu versperren schien, konnte er sich nicht von der Stelle rühren, sich nicht ankleiden. Er riß sich zusammen und erwiderte so abweisend, wie er es fertigbrachte: »Vielen Dank. Aber ich habe alles, was ich brauche.«

»Was wird, wenn sie deiner ebenso überdrüssig wird wie damals deines Vaters?«

Er umklammerte das Handtuch und starrte sie mit weit aufgerissenen Augen an. Über ihnen kreischte eine Möwe schrill wie ein mißhandeltes Kind.

»Was wollen Sie damit sagen?« flüsterte er. »Sie hat doch meinen Vater geliebt. Sie liebten sich doch. Er hat es mir gesagt, bevor er uns, meine Mutter und mich, verließ. So etwas Wunderbares habe er noch nie erlebt. Er könne nicht anders handeln.«

»Er hätte sich auch anders entscheiden können.«

»Aber sie waren doch ineinander verschossen. Und wie glücklich er war!«

»Warum hat er sich dann ertränkt?«

»Das stimmt nicht!« rief er aus. »Das glaube ich nicht.«

»Du brauchst es mir nicht zu glauben. Aber denke daran, wenn du an der Reihe bist.«

»Warum hätte er das tun sollen? Warum?«

»Damit es ihr leid tat. Ist das nicht gewöhnlich der Grund, wenn sich Leute umbringen? Aber er hätte es besser wissen müssen. Clarissa kennt kein Schuldgefühl.«

»Man hat mir gesagt, daß eine gerichtliche Untersuchung stattgefunden hat. Der Befund lautete: Tod durch Unfall. Außerdem hinterließ er ja keinen Abschiedsbrief.«

»Das Gericht bekam ihn jedenfalls nicht zu Gesicht, wenn er es getan hat. Clarissa fand ja seine Kleider am Strand.«

Sie blickte auf seine Hosen und seine Jacke hinab, die achtlos zusammengelegt unter einem Stein lagen. Ein Bild drängte sich ihm auf, das so gestochen scharf war, als habe er es in seinem Gedächtnis gespeichert. Ein Strand aus grobem Sand, heiß wie glühende Kohlen, ein unbekanntes, rötlich und blau gestreiftes Meer bis hin zum Horizont. Clarissa steht da, der Wind bauscht ihre weiten Ärmel, ein Zettel flattert in ihrer Hand. Dann wirbeln grellweiße Papierfetzen wie Blütenblätter durch die Luft, fallen verstreut ins Wasser, treiben dahin, verlieren sich in der Brandung. Erst nach drei Wochen hatte das Meer seines Vaters Leiche angeschwemmt. Knochen und Fleischfetzen, selbst wenn die Fische daran knabbern, verrotten nun einmal nicht so schnell wie Papierschnipsel. Aber das konnte nicht die Wahrheit sein. Nichts davon stimmte. Hatte sie ihm nicht vorhin gesagt, daß man sich auch anders entscheiden könne? Er entschied, daß es nicht stimmen konnte.

Er sah zu Boden, damit er ihr nicht in die Augen schauen, nicht ihren bohrenden Blick wahrnehmen mußte, der viel mehr aussagte, als es Worte hätten tun können. Um seine Wade hatte sich ein Seetangbüschel geschlungen. Es glich einer bräunlichen, verkrusteten Wunde, an der das Blut schon getrocknet war. Er bückte sich und wollte es abstreifen, doch es haftete wie eine schleimige Fessel. Er spürte, daß sie ihn beobachtete.

»Und was machst du, wenn sie stirbt?« fragte sie.

»Warum sollte sie sterben? Sie ist doch nicht krank, oder? Sie hat mir jedenfalls nicht gesagt, daß sie krank ist. Was fehlt ihr denn?«

»Nichts. Ihr fehlt nichts.«

»Wieso sagen Sie dann, daß sie sterben könnte?«

»Sie bildet sich ein, daß sie bald sterben muß. Wenn sich ein Mensch so was ganz fest einbildet, stirbt er auch.«

Vor Erleichterung pochte sein Herz schneller. Was für ein unsinniger Gedanke! Sie wollte ihm doch nur Angst einjagen. Jetzt war ihm alles klar. Sie war schon immer auf ihn ebenso neidisch gewesen wie auf seinen Vater.

Er griff nach seiner Jacke und versuchte, trotz des Zähneklapperns so beherrscht wie möglich zu sprechen: »Sollte sie sterben, so bin ich sicher, daß sie Ihnen in ihrem Testament etwas vermacht hat. Ich würde mir da an Ihrer Stelle keine Sorgen machen. Und jetzt sollten Sie mich endlich allein lassen, damit ich mich anziehen kann. Ich friere. Außerdem ist es Lunchzeit.«

Sobald er das gesagt hatte, schämte er sich. Wortlos drehte sie sich um. Dann schaute sie noch einmal zurück, und ihre Blikke trafen sich. Was sie in seinen Augen sah, wußte er: Scham und Furcht. Er hingegen war auf Zorn und Groll in ihrem Blick gefaßt. Doch mit Mitleid hatte er nicht gerechnet.

5

Eine lange, aus Ziegeln gebaute Arkade – nur die Säulen und Bögen bestanden aus kunstvoll gesetzten Natursteinen – führte am Rosengarten und dem Schwimmbassin vorbei zum Theater. Als Ivo Whittingham allein und ein wenig verspätet dorthin ging, um der Generalprobe wenigstens teilweise beizuwohnen, stellte er sich vor, wie in der Viktorianischen Epoche die Gäste nach dem Dinner unter den Arkaden gemächlich dahingeschlendert sein mochten. Er sah kostbare Satin- und Samtroben, milchhäutige Arme und Nacken; Schmuck funkelte an Dekolletés und im hochgesteckten Haar; die weißen Hemdbrüste der Herren schimmerten im Mondlicht. Das Theater selbst überraschte ihn, weniger durch die Ausgewogenheit der Proportionen, die er erwartet hatte, sondern eher durch den Kontrast, den es zum Schloß bildete. Stammte es etwa von einem anderen Architekten? Da mußte er Ambrose fragen. Falls es tatsächlich Godwin entworfen hatte, mußte sich der Auftraggeber mit seinem Drang nach Pracht und Pomp über des Architekten Streben nach Leichtigkeit, nach nobler Zurückhaltung hinweggesetzt haben. Selbst jetzt, da nur die Hälfte der Lampen brannte, wirkte das Theater prunkvoll. Der tiefrote Samt der Vorhänge und Sitze war zwar schon etwas verschossen, aber sonst noch gut erhalten. Die Kerzen waren durch Glühbirnen ersetzt worden, eine Modernisierung, die Ambrose Qualen verursacht haben mußte, aber die hübschen, gewundenen Lichtblenden hatte man beibehalten. Von der Kuppeldecke hing der ursprüngliche Kronleuchter aus funkelndem Kristallglas herab. Wohin Whittingham auch blickte, überall sah er Ornamente, die zwar überladen, prächtig, zuweilen auch reizvoll wirken mochten, aber handwerklich stets bewunderswert kunstvoll gestaltet waren. Die Logenbrüstung schmückten vergoldete, dralle Putten, die Blumengirlanden hielten oder Trompeten an die gespitzten Münder setzten. Die üppig mit Schnitzereien verzierte Mittelloge mit dem Wappen des Prinzen von Wales und den Doppelsitzen, die an Thronsessel gemahnten, mußte selbst eingefleischte Monarchisten zufriedengestellt haben, da sie so gestaltet war, wie es einem Thronfolger gebührte. Whittingham setzte sich ans Eck der vierten Parkettreihe und wollte nicht länger als eine Stunde bleiben. Sein Bestreben war es, bei den Darstellern keinesfalls den Eindruck entstehen zu lassen, er sei nach Courcy gekommen, um ihre Aufführung zu begutachten. Seine Stippvisite sollte so aussehen, als interessiere er sich weniger dafür, was sie aus John Websters Tragödie machten, als für die mit diesem Theater verbundenen Glanzzeiten, Skandale und Histörchen. Zugute kam ihm, daß der Sitz, den man ja einst für ein breites viktorianisches Gesäß entworfen hatte, so herrlich bequem war. Denn der Nachmittag war für ihn immer die schlimmste Tageszeit. Da lag ihm der Mittagimbiß, so karg er auch gewesen sein mochte, schwer wie ein Stein im schmerzenden Magen, und seine Milz, auf die er besänftigend die Hände gelegt hatte, fühlte sich an, als sei sie noch größer und härter geworden. Er ließ sich in den samtigen Plüsch sinken, erspähte Cordelia, die stumm und aufrecht ein paar Sitze entfernt in derselben Reihe saß, und versuchte, sich auf das Geschehen auf der Bühne zu konzentrieren.

Die Darsteller waren von De Ville, einem Regisseur, dem die modernen Dramatiker gewiß mehr lagen, offensichtlich angewiesen worden, eher auf den Sinn der Worte zu achten als auf die richtige Betonung der Verse, ein Rat, der sich bei einem Shakespeare-Stück verheerend ausgewirkt hätte, bei Websters holprigen Reimen jedoch durchaus angebracht war. Zudem kam man auf diese Weise flotter voran. Whittingham war von jeher der Ansicht gewesen, daß es nur eine Möglichkeit gab, Websters Stücke zu inszenieren: nämlich als stilisierte Tragödien mit Figuren, die lediglich Typen menschlicher Gier, Verkommenheit und Wollust waren, die gravitätisch einem unabwendbaren, orgiastischen, von Wahnsinn und Tod geprägten Ende zustrebten. Aber De Ville, an dem wohl der Widerwille, mit Laien arbeiten zu müssen, nagte, bemühte sich offenbar um einen Anschein von Realismus. Whittingham war ge-

spannt darauf, wie der Regisseur mit all den Greueln im Stück zurechtkam. Er konnte sich glücklich preisen, wenn die dargebotene abgeschnittene Hand oder das Gefasel der Irren den Zuschauern kein unterdrücktes Gelächter entlockte. Ein von Rachebegierde bestimmtes Drama war kaum das geeignete Stück für ein unerfahrenes Auditorium. Aber welche klassische Tragödie war das schon? Webster, dieser Dichter des Grausigen, der eine Greueltat auf die andere häufte, daß es einem übel werden konnte, und dann unvermittelt mit Worten von unvergleichlicher Schönheit aufwartete, verlangte sicherlich mehr als theaterbesessene Laienspieler wie diese da. Allerdings brauchte De Ville mit ihnen nur eine einzige Aufführung zustande zu bringen. Was den Amateur vom Profi unterschied, war nicht, wozu man sich an einem einzigen Abend aufzuschwingen vermochte, sondern das, was man auf die Dauer brachte, Abend für Abend, auch in den zwei Nachmittagsvorstellungen pro Woche. Und das drei Monate hindurch oder gar noch länger. Whittingham hatte schon gehört, daß das Drama in viktorianischen Kostümen aufgeführt werden sollte. Anfangs war ihm diese Idee abwegig, ein wenig lächerlich vorgekommen. Aber nun sah er, daß sie nicht ohne Reiz war. Die Bühne und der kleine Zuschauerraum verschmolzen so zu einer beklemmenden Schreckenskammer. Die hochgeschlossenen Kleider und die Tournüren, diese ausgepolsterten Hintern der Damen, waren Wahrzeichen einer Sexualität, die lasziv wirkte, weil sie jegliche Blöße scheute und sich mit Biederkeit tarnte. Witzig fand er auch den Einfall, den Bosola als Kilt tragenden Hochlandschotten auftreten zu lassen. Man konnte sich jedoch nur schwer vorstellen, daß Königin Viktorias langjähriger Kammerdiener Brown, ebenfalls ein Kilt tragender Schotte, eine ähnlich komplexe, von Nihilismus und unterdrücktem Adelsstolz geprägte Psyche besessen haben mochte.
Seit fünfundvierzig Minuten probten die vier Hauptdarsteller nun schon. De Ville ließ sie ziemlich agieren, wie sie wollten. Sein fleischiges Froschgesicht drückte lediglich abgeklärte Bekümmertheit aus. Wahrscheinlich verübelte er es ihnen, daß man ihm sein Nachmittagsnickerchen mißgönnt und eine nochmalige Überfahrt zugemutet hatte, nur damit sich Clarissa den Wunsch nach einer Generalprobe ihrer wichtigsten

Szenen, dazu noch im Kostüm, erfüllen konnte. Ivo Whittingham warf einen Blick auf seine Uhr. Wie er es nicht anders erwartet hatte, überkam ihn Langeweile. Aber es graute ihm vor jeder Bewegung. Er blickte die Sitzreihe entlang und musterte Cordelias Gesicht, das sie der Bühne zugewandt hatte, ihr festes, aber feingeschwungenes Kinn, ihren hübschen Nacken. Vor zwei Jahren noch, dachte er, hätte sie ihn durchaus gereizt, hätte er alles mögliche angestellt, um mit ihr vor Ablauf des Wochenendes ins Bett zu gehen, hätte er gegen den Gedanken, abgewiesen zu werden, angekämpft. Als ihm seine zurückliegenden Liebschaften einfielen, verspürte er keinerlei Widerwillen, eher ein distanziertes Erstaunen, daß so viel Zeit, so viel Strategie, so viel Energie für ein derart kümmerliches Mittel gegen Langeweile aufgewendet worden waren. Für das bißchen Befriedigung war der Aufwand viel zu groß gewesen. Nicht Geilheit hatte ihn getrieben, sondern das Bedürfnis, zu beweisen, daß er noch immer anziehend war. Was hätte er davon, wenn er mit ihr ins Bett gehen könnte, außer einer flüchtigen Streicheleinheit für sein Ego, die er ohnehin nur wenig höher bewerten würde als die Qualität des Essens, der Weine oder der Gespräche nach dem Dinner, die für ihn der Maßstab für ein gelungenes Wochenende waren? Von jeher hatte er sich bemüht, seine Affären auf einem Niveau zu halten, wo man sich nur auf gesittete Weise, aber sonst völlig ungebunden gegenseitig Vergnügen bereitete. Trotzdem hatten sie stets mit Szenen geendet, mit Beschimpfungen, Peinlichkeiten, mit Ekel. Mit Clarissa war es nicht anders gewesen, außer daß die Auseinandersetzungen weitaus niederträchtiger gewesen waren und der Ekel viel länger angehalten hatte. Bei der Affäre mit Clarissa hatte er freilich den Fehler begangen, sich emotional zu binden. Zumindest in den ersten sechs Monaten, als er Simon Lessings Vater die Hörner aufgesetzt hatte, hatte er noch einmal all die Qualen, Ekstasen und Ungewißheiten der Liebe durchlebt.
Er blickte zur Bühne. Sie spielten eben die zweite Szene des dritten Akts. Clarissa, die einen bauschigen, spitzenbesetzten Morgenmantel anhatte, saß vor dem Spiegel, während Cariola, die Haarbürste in der Hand, dienstbeflissen wartete. Der Frisiertisch war wie alle Requisiten echt und stammte wohl aus dem Schloß. Daß man das Stück in der Zeit um 1890 ange-

siedelt hatte, erwies sich noch in anderer Hinsicht als vorteilhaft. Die Musik zu dieser Szene kam von einer Spieldose, die auf der Frisiertoilette stand und ein Potpourri schottischer Volkslieder herunterleierte. Wahrscheinlich war auch sie ein Stück aus der Sammlung von Ambrose Gorringe, aber den Einfall hatte wohl Clarissa gehabt. Die Szene ließ sich gar nicht so schlecht an. Er hatte fast vergessen, wie hinreißend Clarissa aussehen konnte, welche Ausdruckskraft ihre hohe, zuweilen brüchige Stimme hatte, mit welcher Anmut sie ihre Arme und ihren Körper bewegte. Sie war sicherlich keine zweite Suzman oder Mirren, aber sie vermochte durchaus etwas von der erotischen Hochspannung, der Verletzlichkeit, der Heftigkeit einer von Liebe besessenen Frau zu vermitteln. Überraschend war das eigentlich nicht. Es war eine Rolle, die sie in ihrem sonstigen Leben oft genug gespielt hatte. Dennoch war es eine bewundernswerte Leistung, diesen Eindruck zu erwecken, obwohl ihr Partner den Antonio als einen pomadigen englischen Landjunker darstellte, der erotisch über seine Standesstränge schlägt. Nur die Cariola war eine glatte Fehlbesetzung. Sie wirkte fahrig und zickig, trippelte mit ihrem Rüschenhäubchen über die Bühne wie eine Soubrette in einem französischen Vaudeville.
Als sie sich zum drittenmal verhaspelte, rief De Ville ungehalten: »Sie brauchen sich doch nur diese drei Zeilen zu merken! So schwer kann das doch nicht sein. Und lassen sie dieses zimperliche Getue! Sie spielen doch nicht in ›Nein, nein, Nanette‹! Die Szene noch einmal von vorn!«
»Aber die Szene erfordert doch Schwung, Spritzigkeit!« protestierte Clarissa. »Ich komme völlig aus der Stimmung, wenn wir ständig wiederholen müssen.«
»Von vorn!« wiederholte De Ville.
Clarissa zögerte, zuckte dann mit den Schultern und blieb stumm sitzen. Die übrigen Darsteller blickten einander verstohlen an, traten von einem Bein aufs andere und warteten ab. Whittinghams Interesse erwachte wieder. Sie verliert allmählich die Geduld, dachte er.
Clarissa packte plötzlich die Spieldose und klappte sie zu. Es klang wie ein Pistolenschuß. Das Geklimper war jäh verstummt. Totenstille herrschte, als würden alle den Atem anhalten. Clarissa sprang auf und lief zur Rampe.

»Diese verdammte Spieldose fällt mir auf die Nerven! Wenn wir schon bei dieser Szene Hintergrundsmusik haben müssen, dann sollte Ambrose etwas Geeigneteres finden als diese dümmlichen Volksweisen. Sie machen mich einfach wahnsinnig. Den Zuschauern wird es nicht anders ergehen.«
Whittingham war überrascht, als hinter ihm im Zuschauerraum die Stimme von Gorringe ertönte. Er fragte sich, wie lange der dort schon unbemerkt gesessen haben mochte.
»Soweit ich mich erinnere, war es deine Idee«, rief Gorringe ruhig.
»Ich wollte eine Spieldose, aber kein dämliches schottisches Potpourri. Müssen überhaupt so viele Leute hier herumsitzen? Cordelia, können Sie sich nicht irgendwie nützlich machen? Wir zahlen Ihnen weiß Gott nicht wenig. Tolly wäre froh, wenn Sie ihr beim Aufbügeln der Kostüme helfen würden. Sie brauchen doch nicht den ganzen Nachmittag auf Ihrem Hintern zu sitzen!«
Cordelia erhob sich. Selbst in diesem Dämmerlicht sah Whittingham, daß sie rot anlief, daß sie den Mund halb öffnete, als wollte sie sich gegen solche Worte verwahren, dann aber entschlossen die Lippen aufeinanderpreßte. Trotz ihres offenen, zuweilen forschenden Blicks, ihrer verwirrenden Ehrlichkeit und ihrer beherrschten Selbstsicherheit schien sie im Grunde noch ein empfindsames Mädchen zu sein. Zorn stieg in ihm hoch, heftiger, ehrlicher Zorn, der ihm wohltat. Er war verwundert, daß er so etwas überhaupt noch empfinden konnte. Mühsam richtete er sich auf. Er bemerkte, daß alle Augen auf ihm ruhten.
»Miss Gray und ich machen jetzt einen kleinen Spaziergang«, sagte er gelassen. »So fesselnd ist die Aufführung bislang nicht gewesen. Außerdem ist die Luft draußen nicht so aufgeladen.«
Während die Darsteller ihnen wortlos nachschauten, gingen sie hinaus.
»Ich danke Ihnen, Mr. Knightley«, sagte sie draußen.
Er lächelte. Auf einmal fühlte er sich wohl, sehr wohl sogar. Auch sein geplagter Körper kam ihm sonderbarerweise leichter vor.
»Ich fürchte, daß ich in meinem derzeitigen Zustand keinen so guten Tänzer abgeben würde wie jener Mr. Knightley. Und

wenn ich Sie mit einer Gestalt aus Jane Austens ›Emma‹ vergleichen müßte, wäre es gewiß nicht die arme Harriet. Sie dürfen Clarissa nicht böse sein. Wenn sie nervös ist, wird sie ausfallend.«
»Diese bedauerliche Eigenheit finde ich nicht gerade entschuldbar.«
»Und Grobheiten in der Öffentlichkeit«, sprach er weiter, »reizen mich zu kindischen Anzüglichkeiten, die mich nur in dem Moment befriedigen, in dem ich sie ausspreche. Wenn Sie das nächste Mal mit ihr unter vier Augen zusammen sind, wird sie sich vielmals entschuldigen.«
»Das kann ich mir denken.« Sie wandte ihm plötzlich das Gesicht zu und lächelte. »Ich würde tatsächlich gern spazierengehen, wenn es Sie nicht allzusehr anstrengt.«
Er dachte sich, daß sie der einzige Mensch auf der Insel war, der ihm so etwas sagen konnte, ohne daß es ihn kränkte oder in Verlegenheit brachte.
»Wie wär's mit einem Bummel am Strand?« fragte er.
»Ich habe nichts dagegen.«
»Ich fürchte nur, daß wir uns Zeit lassen müssen.«
»Aber das macht doch nichts!«
Wie nachsichtig sie ist, trotz all ihrer geschmeidigen, selbstsicheren Würde, dachte er. Lächelnd bot er ihr seinen Arm. »Bei so einem Opfer spenden selbst die Götter Weihrauch, liebe Cordelia. Gehen wir!«

6

Sie schlenderten nebeneinander den Küstensaum entlang, wo der feste Sand das Gehen erleichterte. Der Strand war schmal, hin und wieder von verfallenen Buhnen unterbrochen und landeinwärts von einer niedrigen Steinmauer begrenzt, hinter der baumbewachsene Klippen aus bröckeligem Gestein aufragten. Das ansteigende Gelände mußte einst bepflanzt worden sein. Zwischen den Buchen und Eichen sah man Lorbeerbüsche, alte Rosensträucher, die sich zwischen dem dicken Laub der Rhododendren hindurchwanden, vom Wind zerzauste, verholzte Geranien, Hortensien, deren Bronzefarbe, Zitronengelb und Purpurrot, wie Cordelia meinte, in der herbstlichen Tönung viel hübscher und geheimnisvoller wirkten als in der grellen Buntheit des Hochsommers. Sie fühlte sich geborgen bei ihrem Begleiter und wünschte sich einen Augenblick lang, sich ihm anvertrauen zu können, aber ihr Auftrag zwang sie ja zur Verstellung. Eine Viertelstunde etwa schritten sie in harmonischem Schweigen dahin.

»Es mag eine dumme Frage sein«, sagte er dann, »aber Gray ist kein häufiger Name. Sie sind doch nicht zufällig mit einem Redvers-Gray verwandt?«

»Er war mein Vater.«

»Ihre Augen haben mich draufgebracht. Ich bin ihm zwar nur einmal begegnet, aber er hatte ein Gesicht, das man nicht vergessen kann. Als ich noch Student in Cambridge war, waren wir alle stark von ihm beeindruckt. Er hatte die Gabe, kunstvolle und dennoch glaubwürdige Reden zu halten. Jetzt sind Rhetorik und politische Utopien nicht nur in Mißkredit geraten, was bedauerlich ist, sondern dazu noch höchst unzeitgemäß, was für einen Mann wie ihn wohl das endgültige Aus bedeutet. Ich glaube, daß man ihn gänzlich vergessen hat. Ich hätte ihn gern näher gekannt.«

»Ich auch«, erwiderte Cordelia.
Er sah sie forschend an. »So war es also! Ein idealistischer Revolutionär nimmt sich in seinem Denken der gesamten Menschheit an, ist aber nicht fähig, für sein eigenes Kind zu sorgen. Ich will ihn da nicht kritisieren. Mit meinen Kindern bin ich in dieser Hinsicht nicht besser zurechtgekommen. Man sollte mit Kindern über alles mögliche reden, mit ihnen spielen, sich ihnen widmen, solange sie noch jung sind. Wenn man sich nicht mit ihnen abgeben will, darf man sich nicht wundern, daß sie, wenn sie halbwegs erwachsen sind, nicht viel Zuneigung für einen verspüren. Als meine Kinder heranwuchsen, hatte ich auch nicht mehr viel für ihre Mutter übrig.«
»Wenn wir mehr Zeit füreinander gefunden hätten, hätte ich ihn vermutlich liebgewinnen können«, meinte Cordelia. »Ich habe mal zusammen mit ihm und seinen Kameraden ein halbes Jahr in Deutschland und Italien verbracht. Leider starb er kurze Zeit darauf.«
»Ihre Worte hören sich an, als sei sein Tod ein Verrat gewesen. Vielleicht war es auch so.«
Cordelia mußte an jenes halbe Jahr denken. In diesen Monaten hatte sie für seine Kameraden gekocht, eingekauft, Botschaften überbracht, was manchmal nicht ungefährlich gewesen war, Unterkünfte besorgt, Zimmervermieterinnen und Ladenbesitzer um Nachsicht gebeten und die Kleidung seiner Kumpel geflickt. Ihr Vater und seine Gesinnungsgenossen hatten zwar ehrlich die Gleichstellung der Frauen angestrebt, sich aber freilich die häuslichen Fertigkeiten nicht angeeignet, die diese Gleichstellung ermöglicht hätten. Und wegen dieses unsicheren Nomadendaseins hatte er sie aus dem Klosterinternat geholt und so verhindert, daß sie in Cambridge studierte. Groll empfand sie deswegen längst nicht mehr. Dieser Abschnitt ihres Lebens war endgültig vorbei, war abgeschlossen. Sie hoffte nur, daß sie ihm damals etwas hatte geben können, und wenn es nur das Gefühl der Geborgenheit gewesen war. Bald darauf hatte sie den Doppelnamen Redvers-Gray aufgegeben und sich eingeredet, er sei nur unnötiger Ballast. Damals hatte sie mit Vorliebe Browning gelesen, und sie fragte sich, ob hinter der Namensverleugnung nicht mehr gesteckt haben mochte, ob es nicht eine Art Rache gewesen war. Doch

da ihr dieser Gedanke peinlich war, verdrängte sie ihn schleunigst. Sie hörte Whittinghams Stimme.

»Wer hat Sie denn erzogen? Damals sah man in der Zeitung immer wieder Fotos von ihm, wie er von der Polizei fortgeschleift wurde. Solange man jung ist, mag so etwas noch heroisch sein, im reiferen Alter kann es leicht peinlich und lächerlich wirken. Ich erinnere mich nicht, daß ich seinerzeit etwas von einer Tochter oder Ehefrau gehört habe.«

»Meine Mutter starb bei meiner Geburt.«

»Und wer hat sich um Sie gekümmert?«

»Ich wurde verschiedenen Pflegeeltern anvertraut. Im Alter von elf bekam ich einen Freiplatz in einem Klosterinternat. Das war ein Irrtum, nicht das Stipendium, sondern die Wahl dieser Schule. Man hatte meinen Namen mit einem C. Gray, einem Katholiken, in Verbindung gebracht. Ich kann mir nicht denken, daß dies meinem Vater gefiel. Aber als er sich die Zeit nahm, auf das Schreiben des Fürsorgebeamten zu antworten, war ich längst dort untergebracht. Man wollte mich nicht mehr gehen lassen. Auch ich wollte bleiben.«

Whittingham lachte auf. »Redvers-Grays Tochter in einem Klosterinternat! Hat man es geschafft, Sie zum rechten Glauben zu bekehren? Das hätte Ihren Vater, diesen unverbesserlichen Atheisten, gelehrt, Briefe ein wenig schneller zu beantworten.«

»Nein, man hat mich nicht bekehrt. Man hat es auch nicht versucht. Ich war zwar kein gläubiges Kind, aber völlig glücklich in meiner unbelehrbaren Unwissenheit. Ein beneidenswerter Zustand! Außerdem war ich gern im Internat. Es war das erste Mal in meinem Leben, daß ich mich geborgen fühlte. Das Leben war nicht mehr scheußlich.«

Noch nie hatte sie, die doch sonst nur zögernd Zutrauen faßte, so offen über die Zeit im Internat gesprochen. Ob ihre ungewohnte Freimütigkeit damit zusammenhing, daß sie ahnte, er würde bald sterben? Der Gedanke kam ihr ungehörig vor, und sie verdrängte ihn wieder.

»Dann stimmen Sie sicher Yeats zu, der mal schrieb: ›Wo anders als im Bannkreis von Brauch und Sitte gedeihen Unschuld und Schönheit?‹ « fragte Whittingham. »Ich kann verstehen, daß Sie dort Ruhe fanden. Selbst etwaige Verfehlungen ließen sich säuberlich in läßliche Sünden und Todsünden einteilen. Ja, die Todsünde. Ich mag diesen Ausdruck, selbst wenn mir das Dogma dahinter mißfällt. Er hat den Beiklang von erschauernder Endgültigkeit. Er adelt sozusagen die Missetaten, gibt ihnen Format und Gewicht. Ich kann mir vorstellen, daß man sich eines Tages betroffen fragt: ›Was habe ich nur mit meiner Todsünde getan? Ich muß sie irgendwo verlegt haben.‹ Man kann sie auch hübsch verpackt mit sich herumtragen.«

Er stolperte plötzlich. Cordelia streckte den Arm aus, um ihm einen Halt zu bieten. Seine knochige Hand, die von einer trokkenen, schlaffen Haut bedeckt war, fühlte sich kalt an. Er sah erschöpft aus. Der Spaziergang über den kiesigen Sand mußte ihn angestrengt haben.

»Setzen wir uns doch!« schlug sie vor.

Seitwärts fanden sie eine in den Fels gehauene Grotte mit einer geschweiften Marmorbank und einem Mosaikboden, der von Sprüngen durchzogen und teilweise überwuchert war. Sie half ihm die Böschung hinauf und achtete darauf, daß er auf den Grasbüscheln und den halb im Erdreich versunkenen Steinstufen Halt fand. Obwohl die Rückenlehne noch sonnendurchwärmt war, fröstelte es sie in ihrer dünnen Bluse. Sie setzten sich nebeneinander, ohne sich zu berühren, und ließen sich die Sonne aufs Gesicht scheinen. Über ihnen ragte eine Buche empor. Die Rinde am Stamm und an den Ästen erinnerte mit ihrem zarten Schimmer an einen blassen Mädchenarm. Das fein geäderte Laub, das sich schon herbstlich golden zu verfärben begann, schien das Sonnenlicht widerzuspiegeln. Es war windstill und ruhig. Nur hin und wieder wurde die Stille vom Schrei einer Möwe zerrissen. Unter ihnen bedeckte das Meer ruhelos den Strand mit weißem Schaum.

Nach einer Weile sagte Whittingham, der die Augen noch immer geschlossen hielt: »Ich denke mir, daß eine Todsünde etwas Besonderes sein muß, etwas, das ausgefallener und bedeutsamer ist als all die Notlügen, Gemeinheiten und sonstigen Verfehlungen, die wohl jeder im Alltag begeht.«

»Sie ist ein schwerer Verstoß gegen die Gebote Gottes und liefert die Seele der ewigen Verdammnis aus«, erwiderte Cordelia. »Aber man muß sie wissentlich und auch absichtlich begehen. Es gibt also feste Regeln. Jeder Katholik wird es Ihnen bestätigen.«

»Etwas Böses also«, sagte er, »sofern das Wort einem etwas besagt, sofern man an die Existenz des Bösen glaubt.«
Cordelia mußte an die Klosterkapelle denken. Auf dem Altar flackern Kerzen. Sie neigt zusammen mit den übrigen Mädchen, die gläubig Gebete murmeln, den mit einem Spitzentuch bedeckten Kopf. »Und erlöse uns von dem Bösen.« Sechs Jahre hindurch hatte sie diese Worte mindestens zweimal täglich vor sich hin gesagt, bis sie sich fragte, was das denn sein könne, wovon sie Erlösung erflehte. Das hatte ihr dann schließlich nach Bernies Tod ihr erster Fall gezeigt. Im Schlaf, aber auch im wachen Zustand hatte sie den grauenhaften Vorfall immer wieder nacherlebt, bei dem sie gar nicht Zeuge gewesen war: Ein bleicher, langgezogener Hals. Das verzerrte Gesicht eines Jungen, der an einem Seil baumelte. Die verkrampften Füße scheinen den Boden berühren zu wollen. Als sie seinem Mörder ins Gesicht blickte, begriff sie, was das Böse ist.
»Ich glaube an die Existenz des Bösen«, sagte sie.
»Dann hat Clarissa mal etwas getan, dem Sie die Würde des Bösen zubilligen müßten. Ich weiß freilich nicht, ob Ihre braven Klosterschwestern es als Todsünde bezeichnen würden. Aber Wissen und Absicht waren schon dabei. Und ich habe das Gefühl, daß sich die Sünde für Clarissa als tödlich erweisen könnte.«
Sie erwiderte nichts darauf. Sie wollte es ihm nicht zu leicht machen, mußte sich aber nicht zum Schweigen zwingen. Sie wußte, daß er weiterreden würde.
»Es geschah während einer Aufführung von ›Macbeth‹ im Juli 1980. Tolly, das heißt Miss Tolgarth, hatte vier Jahre zuvor eine uneheliche Tochter geboren. Man machte daraus kein großes Geheimnis. Die meisten in Clarissas Clique wußten von Viccy: ein süßes Kind, ernst, nicht eben redselig, zudem intelligent, soweit man das in diesem Alter schon sagen kann. Manchmal nahm Tolly sie ins Theater mit, aber sonst hielt sie Privatleben und Beruf strikt getrennt. Sie engagierte eine Kinderfrau, die sich um Viccy kümmerte, wenn sie im Theater war. Gelegen kam ihr auch, daß sie zumeist abends arbeiten mußte. Vom Vater wollte sie kein Geld annehmen. Ich glaube, sie betrachtete Viccy als ihren ureigenen Besitz. Deshalb wollte sie wohl nicht, daß der Vater zum Lebensunterhalt etwas

beitrug. Zwei Tage vor der ersten ›Macbeth‹-Aufführung geschah es dann. Clarissa war im Theater bei der Generalprobe, und die Kinderfrau paßte auf Viccy auf. Doch das Kind riß unbemerkt aus, lief auf die Straße und spielte am Randstein hinter einem geparkten Lastwagen. Es kam, wie es kommen mußte. Der Fahrer sah das Kind nicht, als er mit dem Lastwagen zurückstieß. Viccy wurde schwer verletzt. Man brachte sie ins Krankenhaus, wo sie sogleich operiert wurde. Das überstand sie noch verhältnismäßig gut. Wir dachten schon, daß sie über dem Berg sei. Aber am Premierenabend teilte das Krankenhaus kurz vor zehn Uhr telefonisch mit, daß ein Rückschlag eingetreten sei und Tolly sofort kommen solle. Clarissa nahm den Anruf entgegen. Sie war eben von der Bühne gekommen, um vor dem dritten Akt das Kostüm zu wechseln. Sie konnte sich nicht vorstellen, daß sie in diesem Augenblick ihre Garderobiere entbehren sollte. Sie hörte sich alles an und legte dann auf. Tolly berichtete sie nur, daß man im Krankenhaus ihren Besuch wünsche, aber es eile nicht; nach der Aufführung sei immer noch Zeit. Als Tolly im Krankenhaus anrufen wollte, ließ Clarissa es nicht zu. Wenige Minuten nach der Vorstellung rief man vom Krankenhaus abermals an und teilte mit, daß Viccy gestorben sei.«

»Woher wissen Sie das alles?«

»Ich rief später im Krankenhaus an und erkundigte mich genau nach der ersten Mitteilung. Außerdem war ich in Clarissas Garderobe, als der erste Anruf kam. Ich hatte damals gewisse Privilegien, was Clarissa anbelangt. Ich war allerdings nicht mehr da, als Clarissa Tolly vom Wegfahren abhielt. Das hätte ich nicht zugelassen. Zumindest bilde ich es mir ein. Aber ich war zugegen, als der Anruf kam. Danach nahm ich wieder meinen Sitz im Zuschauerraum ein. Nach der Aufführung ging ich hinter die Bühne, um Clarissa zum Abendessen abzuholen. Tolly war noch da. Eine Viertelstunde später kam vom Krankenhaus die Nachricht, daß ihre Tochter tot sei.«

»Als Sie erfuhren, was geschehen war, wurden Ihnen wohl Ihre sogenannten Privilegien entzogen?«

»Ich würde Ihnen gern bestätigen, daß es so war. Aber die Wahrheit ist nicht so schmeichelhaft. Clarissa wurde aus zwei Gründen meine Geliebte: Ich hatte mir einen Namen gemacht, und Einfluß hat auf Clarissa schon immer anziehend gewirkt.

Außerdem rechnete sie damit, daß sie, wenn sie einmal in der Woche mit mir schlief, gute Kritiken erhalten würde. Als sie dann erkannte, daß sie sich verkalkuliert hatte – wie die meisten Männer bin auch ich ein Schuft, aber in dieser Hinsicht nicht –, war es aus mit den Privilegien. Es gibt nun mal Vergünstigungen, die man, wenn man klug ist, nicht im voraus gewährt.«

»Warum erzählen Sie mir das alles?«

»Weil ich Sie mag. Ich möchte mir dieses Wochenende nicht dadurch verderben, daß ich zusehen muß, wie ein weiterer Mensch, den ich achte, Clarissas Charme erliegt. Sie besitzt nämlich Charme, selbst wenn sie es bislang für unnötig hielt, ihn Ihnen gegenüber auszuspielen. Ich möchte nicht, daß Sie sich von ihr gängeln lassen wie all die anderen. Ich hoffe, Sie besitzen so viel schlichten Menschenverstand, daß Schmeicheleien Ihnen nichts anhaben können, ob sie nun erotischer oder anderer Art sind. Aber sicher bin ich mir da nicht. Deswegen erweise ich mich abermals als Schuft, um Sie gegen solche Versuchungen zu feien.«

»Wer war eigentlich Viccys Vater?«

»Das weiß niemand außer vielleicht Tolly. Und sie spricht nicht darüber. Die Frage ist: Wen hielt Clarissa für den Vater.«

Cordelia blickte ihn erstaunt an. »Doch nicht ihren Mann?«

»Der arme, dumme Lessing? Denkbar wäre es schon, aber nicht wahrscheinlich. Er war damals mit Clarissa erst ein Jahr verheiratet. Ich gebe zu, daß sie ihm schon damals das Leben zur Hölle machte, aber ich kann mir nicht vorstellen, daß er sich auf diese Weise rächen wollte. Ich vermute, daß es De Ville war. Er verlangt von einer Frau nur, daß sie hübsch, willig und keine Schauspielerin ist. Bei Frauen, die der Schauspielergewerkschaft angehören, soll er impotent sein, heißt es, aber das kann auch nur sein Trick sein, Beruf und Privatleben auseinanderzuhalten.«

»De Ville, der hier auf Courcy das Stück von Webster inszeniert? Meinen Sie denn, daß Clarissa sich in ihn verliebt hatte?«

»Was Clarissa unter Liebe versteht, weiß ich nicht. Vielleicht wollte sie ihn nur haben, um sich zu beweisen, daß sie auch ihn herumkriegen kann. Eins ist sicher: Hätte er nicht mitgespielt, hätte sie ihm eine Affäre mit ihrer Garderobiere nicht so schnell verziehen.«

»Warum hat er den Auftrag überhaupt angenommen? Er ist doch ein namhafter Regisseur. Er bräuchte sich nicht mit einer Laiengruppe abzugeben, dazu noch fern von London.«

»Warum sind wir alle hier? De Ville sieht in Courcy möglicherweise ein künftiges Glyndebourne, ein weltberühmtes Zentrum des Experimentiertheaters. Er erhofft sich wohl eine Chance. Derzeit ist er nicht eben gefragt. Vor einiger Zeit hatte er mit seinen Einfällen großen Erfolg. Aber jetzt machen jüngere, geschäftstüchtigere Regisseure Furore. Ambrose könnte ja aus seinem Festival etwas machen, falls er bereit ist, Geld auszugeben, nicht in finanzieller Hinsicht freilich. Ein Theater, in dem sich nur hundert Zuschauer bequem unterbringen lassen, kann keine Goldgrube sein, zumal ein Unwetter eine Aufführung jederzeit zum Platzen bringen kann. Aber es könnte durchaus Spaß machen, wenn er erst mal Clarissa losgeworden ist.«

»Will er sie denn loswerden?«

»Aber ja«, antwortete Whittingham gleichmütig. »Ist Ihnen das nicht aufgefallen? Sie will ihn, sein Theater und seine Insel für sich. Ambrose liebt sein kleines Königreich, aber Clarissa ist hartnäckig in ihrem Eroberungsdrang.«

Cordelia mußte an das kleine Mädchen denken, das hinter geschlossenen Vorhängen einsam in einem viel zu hohen, sterilen Krankenhausbett gelegen hatte. War es noch bei Bewußtsein gewesen? Hatte Viccy gewußt, daß sie sterben mußte? Hatte sie nach ihrer Mutter gerufen? War sie verlassen und ihren Ängsten ausgeliefert aus dieser Welt geschieden?

»Ich begreife nicht, wie Clarissa mit diesem Wissen weiterleben kann«, sagte sie.

»Ich bin mir da nicht sicher, daß sie es kann. Wenn ein Mensch vorm Sterben Angst hat, kann es auch daran liegen, daß er das dumpfe Gefühl hat, er verdiene den Tod.«

»Woher wissen Sie, daß sie Angst hat?«

»Es gibt Gefühle, die selbst eine ausgepichte Schauspielerin wie Clarissa nicht gänzlich unterdrücken kann.« Er musterte sie, sah den versonnenen Ausdruck auf ihrem Gesicht, das dem grün und golden schimmernden Buchenlaub zugewandt war, und meinte beiläufig: »Wenn man will, kann man ihr

Verhalten auch entschuldigen. Und wenn schon nicht entschuldigen, so doch zumindest erklären. Sie mußte unbedingt das Kostüm wechseln. Allein hätte sie es nicht geschafft, und eine andere Garderobiere war nicht da.«

»Hat sie sich denn überhaupt um eine andere bemüht?«

»Ich glaube nicht. Wissen Sie, in ihrer Situation hatte sie ja mit Krankenhäusern und schwerverletzten Kindern nichts zu schaffen. Sie war ja Lady Macbeth auf Dunsinane Castle. Ich kann mir nicht einmal vorstellen, daß sie das Theater verlassen hätte, um ihr eigenes todkrankes Kind noch einmal zu sehen. Gewiß nicht in jenem Augenblick. Es kam ihr einfach nicht in den Sinn, daß ein anderer Mensch so etwas tun würde.«

»Aber das können Sie doch nicht entschuldigen!« rief Cordelia aus. »Das kann man nicht hinwegerklären. Sie glauben doch nicht im Ernst, daß irgendein Theaterstück, irgendeine Aufführung wichtiger sein kann als ein sterbendes Kind!«

»Ich glaube nicht, daß sie dachte, Viccy liege wirklich im Sterben. Sofern sie darüber überhaupt nachgedacht hatte.«

»Sind Sie denn der gleichen Meinung? Daß irgendeine Aufführung da wichtiger sein kann?«

»Damit begeben wir uns auf ein altbekanntes philosophisches Minenfeld«, erwiderte er lächelnd. »Ein Haus steht in Flammen, und Sie können entweder einen syphilitischen alten Landstreicher oder ein Bild von Velasquez retten. Kümmern Sie sich nun um den Menschen oder um das Bild?«

»Das Minenfeld ist mir gleichgültig. Wir sprechen von einem sterbenden Kind, das nach seiner Mutter verlangt. Diesem Wunsch steht eine ›Macbeth‹-Aufführung gegenüber. Der Vergleich mit dem brennenden Haus zieht bei mir nicht. Ich würde den Velasquez aus dem Fenster werfen und dann versuchen, den Landstreicher in Sicherheit zu zerren. Die moralische Entscheidung stellt sich erst, wenn er für mich zu schwer ist. Soll ich nun allein flüchten oder weiterhin versuchen, ihn zu retten, selbst auf die Gefahr hin, mit ihm zu verbrennen?«

»Eine leichte Entscheidung. Vermutlich würden Sie allein flüchten, ohne aus lauter Pflichtbewußtsein die Entscheidung erst im letztmöglichen Augenblick zu fällen. Was jedoch Viccy anbelangt, sage ich nein. Keine Aufführung kann da wichtiger sein, gewiß keine, bei der Clarissa ihr Bestes gibt. Sind Sie damit zufrieden?«

»Ich kann nicht begreifen, wie Miss Tolgarth weiter für sie arbeiten mag. Ich könnte es nicht.«

»Aber Sie tun es doch auch, nicht wahr? Ich muß gestehen, ich wüßte gern Näheres über Ihre genaue Funktion. Aber Sie werden mir da wohl nicht behilflich sein wollen.«

»Das ist was anderes. Ich bilde es mir zumindest ein. Ich bin ja nur eine Angestellte auf Zeit. Tolly hingegen glaubte Clarissa, als diese ihr sagte, es bestehe keine Lebensgefahr. Sie vertraute ihr. Wie kann sie da jetzt noch bei ihr bleiben?«

»Die beiden sind schon fast ihr ganzes Leben zusammen. Tollys Mutter war Clarissas Kinderfrau. Seit drei Generationen schon steht ihre Familie im Dienst der Lisles. Clarissa ist von Geburt an ans Bedientwerden gewöhnt, Tolly dagegen ans Bedienen. Diesem Abhängigkeitsverhältnis macht ein totes Kind hin und wieder nicht viel aus.«

»Das ist doch abscheulich! Grotesk! Demütigend! Typisch viktorianisch!«

»Glauben Sie nur das nicht! Der Verehrungstrieb hat sich als bemerkenswert hartnäckig erwiesen. Ist denn der religiöse Glaube etwas anderes? Tolly ist glücklich, wenn sie ihrer Göttin die Schuhe putzen, die Kleider aufbügeln, die Haare bürsten darf.«

»Aber Tolly kann sie doch nicht weiter bedienen wollen! Sie kann Clarissa unmöglich mögen.«

»Das hat nichts mit Zuneigung zu tun. ›Selbst wenn sie mich dereinst erschlägt, werde ich ihr vertrauen‹, heißt es so schön. Es ist eine durchaus geläufige Verhaltensweise. Ich muß allerdings zugeben, daß ich mich zuweilen frage, was geschieht, wenn sie sich über ihre Gefühle klar wird. Das gilt übrigens für jeden von uns. Abgesehen davon, es ist kühler geworden, meinen Sie nicht auch? Ist Ihnen denn nicht kalt? Wir sollten besser zurückkehren.«

7

Auf dem Rückweg zum Schloß sprachen sie nur wenig miteinander. Für Cordelia hatte der Tag seinen Glanz verloren. In ihrer niedergeschlagenen Stimmung blieb sie für die Schönheit der See und des Strandes unempfindlich. Ivo Whittingham war zutiefst erschöpft, als sie endlich die Terrasse erreichten, und er sagte, daß er sich auf seinem Zimmer ausruhen möchte. Er wolle keinen Nachmittagstee. Cordelia hingegen redete sich gut zu, daß es ihre Aufgabe sei, sich in Clarissas Nähe aufzuhalten, mochte es ihnen beiden auch noch so wenig gefallen. Dennoch kostete es sie einige Überwindung, ins Theater zurückzukehren. Erleichtert stellte sie dort fest, daß die Probe noch nicht beendet war. Nachdem sie sich etwa eine Minute im hinteren Teil des Zuschauerraumes aufgehalten hatte, suchte sie ihr Zimmer auf. Da die Verbindungstür offenstand, konnte sie sehen, daß sich Tolly im Bad und in Clarissas Zimmer zu schaffen machte. Doch Cordelia wollte jetzt nicht mit ihr reden und entfernte sich wieder.

Ohne lange zu überlegen, öffnete sie die nächstgelegene Tür, hinter der sich der Zugang zum Turm verbarg. Eine gußeiserne Wendeltreppe mit kunstvollen Ornamenten führte im Halbdunkel nach oben. Nur hier und dort fiel ein Lichtstreifen aus den kaum einen Ziegel breiten Fenstern auf die Stufen. Obwohl sie einen Lichtschalter bemerkt hatte, zog sie es vor, die endlos scheinende Spirale im Halbdunkel emporzusteigen. Als sie endlich oben ankam, befand sie sich in einer kleinen, lichtdurchfluteten, runden Kammer mit sechs hohen Fenstern. Der Raum, der bis auf einen Lehnstuhl aus Rohrgeflecht und mit geschweifter Rückenlehne unmöbliert war, diente offensichtlich als Lager für all die Erwerbungen, für die Ambrose bisher noch keinen endgültigen Platz gefunden oder die er vom Vorbesitzer geerbt hatte. Zum Großteil war es

Spielzeug aus der Viktorianischen Zeit: ein Holzpferd auf Rädern, eine Arche Noah mit geschnitzten Tieren, drei chinesische Puppen mit sanften Gesichtern und ausgestopften Gliedmaßen sowie ein Tisch voll mit mechanischen Spielsachen, darunter ein Leierkastenmann mit seinem Äffchen, Katzen als Musikanten, die auf einer drehbaren Plattform saßen, bunte Satinkleidchen anhatten und verschiedene Instrumente hielten, ein Grenadier mit einer Trommel und eine hölzerne Spieldose.

Die Aussicht war überwältigend. Die ganze Insel, die sie wie von einem Flugzeug aus sah, glich einer hübsch gezeichneten, kolorierten Landkarte, die man in ein gekräuseltes Meer gesetzt hatte. Im Osten war ein dunkler Fleck, der die Insel Wight sein mußte. Die im Norden liegende Küste von Dorset wirkte erstaunlich nahe. Cordelia bildete sich ein, die kurze Pier und die farbig abgesetzten Terrassen zu sehen. Dann schaute sie auf die Insel hinab, auf das Sumpfland im Norden mit den Scharen weißer Möwen, die Hügel in der Inselmitte, die Wiesen – kleine grüne Einsprengsel inmitten des Bäumegewirrs in herbstlichen Farben –, auf die zum Strand hin abfallenden braunen Klippen, den Kirchturm, der die Buchen überragte, aufs Dach der Arkade, die zu einem Spielzeugtheater führte. Aus dem Häuschen beim Stalltrakt trat ein winziger Oldfield ins Freie, in jeder Hand einen Eimer. Sie sah, daß Roma vom Buchenwäldchen am Rand der Rasenfläche kommend, die Hände tief in die Taschen gesteckt, aufs Schloß zuging. Über den Rasen stolzierte ein Pfau und schleifte seinen schütteren Schwanz hinter sich her.

Hier oben, in diesem von Ziegeln umschlossenen Nest zwischen Himmel und Erde, war das Rauschen des Meeres wie ein leises Flüstern, daß sich vom Seufzen des Windes kaum unterscheiden ließ. Auf einmal fühlte sich Cordelia überaus einsam. Der Auftrag, der so verheißungsvoll begonnen hatte, schien ihr nur eine demütigende Verschwendung von Zeit und Energie zu sein. Es war ihr gleichgültig, wer die Drohbriefe schickte, oder warum es jemand tat. Sie hatte das Gefühl, daß es ihr auch einerlei war, ob Clarissa am Leben blieb oder starb. Sie überlegte, was wohl in der Kingly Street los sein mochte, ob Miss Maudsley mit allem zurechtkam, ob dieser Mr. Morgan gekommen war, um das Firmenschild zu richten. Als sie an ihn dachte, fiel ihr Sir George ein. Er hatte bezahlt, damit sie diesen Job durchführte. Sie war hier, um Clarissa zu schützen, und nicht, um an ihr herumzumäkeln. Überdies waren es nur noch zwei Tage, die sie durchstehen mußte. Am Sonntag war alles vorbei, und sie konnte wieder nach London zurückfahren. Dann brauchte sie sich nicht mehr um Clarissa zu kümmern. Ihr fielen Bernies Worte ein, als er sie damals wegen ihrer Pingeligkeit gerügt hatte: »In diesem Gewerbe darfst du deine Klienten nicht nach moralischen Maßstäben beurteilen, Partnerin! Wenn du das tust, kannst du den Laden gleich dichtmachen.«

Sie wandte sich vom Fenster ab und hob neugierig den Deckel einer Spieldose. Die Walze begann langsam zu rotieren und streifte die dünnen Metallplättchen, worauf »Greensleeves« ertönte. Sie zog auch die übrigen mechanischen Spielsachen auf. Der Grenadier begann seine Trommel zu schlagen, die grinsenden Katzen drehten sich im Kreise, rissen ruckartig die satinbekleideten Pfoten hoch und schlugen die Becken aneinander. Die wehmütige »Greensleeves«-Melodie ging im blechernen Lärm unter. Und bei diesem mißtönenden Gerassel, welches das Bild des sterbenden Kindes dennoch nicht auslöschte, aber ihre Anspannung ein wenig minderte, schaute Cordelia noch einmal auf Ambroses farbenfreudiges Königreich hinunter.

8

Whittingham hatte unrecht gehabt. Clarissa entschuldigte sich keineswegs für ihr Verhalten während der Probe, aber sie gab sich beim Nachmittagstee immerhin alle Mühe, vor allem Cordelia gegenüber ihren Charme auszuspielen. Es wurde geradezu ein kleines Fest mit einer Unmenge von Sandwiches und üppigem Gebäck. Alle redeten durcheinander und ließen sich Zeit. Erst nach sechs Uhr legte die Barkasse vom Kai ab, um De Ville und die übrigen Darsteller zurück nach Speymouth zu bringen. In der Stunde, die blieb, bis es Zeit war, sich zum Dinner umzuziehen, spielte Clarissa mit Ambrose in der Bibliothek eine Partie Scrabble. Sie spielte schlecht und laut, bat Cordelia immer wieder, irgendwelche beanstandeten Wörter im Lexikon nachzuschlagen, oder forderte sie auf, ihr gegen Ambroses Vorhaltungen, sie würde schwindeln, beizustehen. Cordelia wiederum, die sich beglückt in alte Ausgaben der »London Illustrated News« und des »Strand Magazine« versenkt hatte, in denen die Sherlock-Holmes-Geschichten in ihrer ursprünglichen Fassung standen, hätte es vorgezogen, in Ruhe gelassen zu werden.

Simon Lessing sollte sie alle nach dem Dinner offenbar mit etwas Musik unterhalten. Der gedämpfte Klang Chopinscher Melodien aus dem Salon, wo Simon übte, versetzte Cordelia in eine träumerische Stimmung und erinnerte sie an ihre Schulzeit. Whittingham war noch auf seinem Zimmer, und Roma blätterte schweigend in Wochenzeitschriften und in einem Kriminalmagazin. Die Bibliothek mit ihrem Tonnengewölbe und ihren mit Schnitzereien und Messingbeschlägen verzierten Regalen zwischen den vier hohen Fenstern war ein hübsch proportionierter Raum. Die gesamte Südwand nahm ein einziges riesiges Fenster mit farbigen Butzenscheiben ein. Tagsüber sah man von hier aus nur das Meer und den Himmel. Jetzt aber war es in der Bibliothek bis auf die drei Lichtkegel der Tischlampen dunkel. Das große Fenster glich einer vom Regen blankgewaschenen, blauschwarzen Marmorplatte, auf der ganz oben ein paar Sterne funkelten. Es ist schon bedauerlich, dachte Cordelia, daß sich Clarissa selbst hier nicht ein wenig leiser verhalten kann.

Als es Zeit zum Umkleiden war, gingen sie gemeinsam hinauf. Cordelia öffnete beide Türen und überprüfte Clarissas Zimmer, bevor sie ihres aufsuchte. Alles schien in Ordnung zu sein. Sie kleidete sich rasch um, machte die Lampe aus und setzte sich ans Fenster, um die fernen Baumgruppen, die sich dunkel vom Nachthimmel abhoben, und die schimmernde See zu betrachten. Plötzlich leuchtete in südlicher Richtung ein Licht auf. Nach drei Sekunden blinkte es abermals, kurz darauf noch ein drittes und letztes Mal. Sie hielt es für irgendein Signal, das vielleicht auf ein Lichtzeichen von der Insel hin gegeben worden war. Aber warum und von wem? Dann sagte sie sich, daß diese Vermutung sicherlich unsinnig und allzu melodramatisch war. Wahrscheinlich war es nur ein einsamer Skipper gewesen, der auf der Rückfahrt zum Hafen von Speymouth sein Scheinwerferlicht hatte schweifen lassen. Trotzdem fand sie das dreifache Blinken merkwürdig und nicht ganz geheuer. Es kam ihr so vor, als habe jemand signalisiert, daß alle Akteure versammelt seien, die Hauptdarstellerin selbst, von Pomp umgeben, sicher im Schloß weile, daß man die Zugbrücke hochgezogen habe und das Spiel beginnen könne. Doch das Schloß besaß keine Zugbrücke, und den Wallgraben bildete das Meer. Zum erstenmal seit ihrer Ankunft befiel Cordelia das beunruhigende Gefühl, eingesperrt zu sein. Die einzigen Verbindungen zur Außenwelt waren das Telefon und das Boot. Sie ließen sich leicht kappen. Die geheimnisvolle Stimmung auf der Insel und die einsame Lage hatten ihr bisher zugesagt. Jetzt aber sehnte sie sich nach dem Gefühl der Sicherheit, das ihr das Festland bot, nach all den Ortschaften, Feldern und Hügeln, die dort drüben lagen. Sie hörte, daß Clarissas Zimmertür ins Schloß fiel und Tolly sich entfernte. Clarissa mußte schon umgezogen sein. Cordelia ging durch die Verbindungstür zu ihr, und zusammen stiegen sie dann zur Halle hinunter.

 Das Dinner war erlesen. Es gab Artischocken, danach Stuben-

küken und Spinat au gratin. In dem an der Südseite gelegenen Raum war noch immer die Wärme des Tages spürbar. Das Kaminfeuer war wohl eher wegen des würzigen Holzfeuergeruchs und der Behaglichkeit verbreitenden Glut angemacht worden und nicht, weil es nötig gewesen wäre. Drei hohe Kerzenleuchter warfen ihren Lichtschein auf den aus buntem Kristallglas und Elfenbeinporzellan bestehenden Tafelaufsatz, auf das in kräftigen Gold-, Grün- und Rosatönen prangende Davenport-Service und die geschliffenen Kristallgläser. Über dem offenen Kamin hing ein Ölgemälde, das die beiden Töchter von Herbert Gorringe darstellte. Sie nahmen eine steife, beinahe ungraziöse Pose ein. Die Gesichter mit den hellen, leicht vorquellenden Augen unter den dichten Gorringeschen Brauen und die feuchtschimmernden, halbgeöffneten Münden wirkten wie von Fieber gerötet, während das Rot und Dunkelblau ihrer Abendkleider einen starken Glanz hatte, als seien die Farben erst vor kurzem trocken geworden. Cordelia konnte kaum den Blick von diesem Bild abwenden, das keineswegs Ruhe oder Gelassenheit ausstrahlte, sondern mit einer hektischen Erotik aufgeladen zu sein schien.
Als Ambrose Gorringe ihr Interesse bemerkte, sagte er: »Es stammt von Millais; eins der wenigen Genreporträts, die er gemalt hat. Und das Service, das wir eben benützen, schenkten der Prinz und die Prinzessin von Wales der älteren Tochter zur Hochzeit. Clarissa bestand darauf, daß wir es heute verwenden.«
Cordelia fiel auf, daß Clarissa auf Courcy in mancherlei Hinsicht ihren Willen durchzusetzen schien. Möglicherweise bestand sie hernach darauf, auch das Geschirrspülen zu beaufsichtigen.
Eigentlich hätte das Dinner in einer festlichen Atmosphäre verlaufen können, aber die Stimmung wurde weder dem Essen noch den ausgezeichneten Weinen gerecht. Hinter der glitzernden Fassade und dem unverbindlichen Geplauder verbarg sich eine Gereiztheit, die zuweilen sogar zu einem Wortwechsel führte. Nur Simon und sie würdigten das Essen mit dem gesunden Appetit der Jugend. Simon schaufelte es verstohlen in sich hinein und beobachtete Clarissa aus den Augenwinkeln wie ein kleines Kind, das erstmals an einem festlichen Dinner teilnehmen darf und nun jede Minute damit

rechnet, wieder ins Kinderzimmer verbannt zu werden. Clarissa, die in ihrem hochgeschlossenen Chiffonkleid in blauer und grüner Farbe überaus elegant wirkte, hänselte ihre Kusine, weil deren Partner nicht da war, der offenbar zum Wochenende erwartet worden war, ein Thema, von dem sie sich nicht trennen mochte.

»Ich finde sein Verhalten höchst merkwürdig, Darling. Wir haben ihn doch hoffentlich nicht abgeschreckt? Ich dachte, du wolltest ihn uns vorführen. Wolltest du nicht deswegen unbedingt eingeladen werden? Hast du dich nun seinetwegen oder unsertwegen geniert?«

Roma, die ein grellblaues Taftkleid trug, bekam ein puterrotes Gesicht. »Wir erwarten am Samstag einen Kunden aus Amerika. Außerdem hat Colin die Buchführung sträflich vernachlässigt. Das möchte er bis Montag in Ordnung bringen.«

»Übers Wochenende? Wie gewissenhaft! Übrigens freut es mich zu hören, daß ihr überhaupt etwas zu verbuchen habt. Meine Glückwünsche!«

Cordelia, die mittlerweile wußte, daß sie mit Simon, der offensichtlich nicht zu reden wagte, kaum ein Gespräch würde anknüpfen können, kümmerte sich nicht weiter um die Tafelrunde und konzentrierte sich auf die Speisen auf ihrem Teller. Erst Romas aufgebrachte Stimme riß sie aus ihrer Versunkenheit. Roma redete über den Tisch hinweg auf Ambrose Gorringe ein und umklammerte die Gabel, als handle es sich um eine Waffe.

»Aber Sie können doch nicht Ihre Mitverantwortung für das, was hierzulande geschieht, so einfach abstreifen. Sie können doch nicht behaupten, daß es Sie nichts angeht, Sie nicht interessiert.«

»Selbstverständlich kann ich das. Ich bin nicht verantwortlich für die schleichende Geldentwertung, die Landschaftsverschandelung, die Verödung unserer Städte, den Niedergang der höheren Schulen oder gar die Verstümmelung der Liturgie unserer Kirche. Wofür sollte ich denn persönlich geradestehen?«

»Ich denke da an gewisse Entwicklungen, denen nicht wenige größere Bedeutung zuschreiben. An die Zunahme des Faschismus etwa oder an die Tatsache, daß unsere Gesellschaft gewalttätiger, rücksichtloser und ungerechter ist, als es seit dem 19. Jahrhundert der Fall war. Außerdem gibt es da noch die Nationale Front. Sie können sie doch nicht einfach ignorieren!«

»Ich kann es. Sie und die Militante Speerspitze und die Trots und die übrigen unappetitlichen Grüppchen; sie wären alle überrascht, wie gut ich das ignorieren kann, was man ignorieren sollte.«

»Aber Sie können doch nicht so einfach in einem anderen Zeitalter leben?«

»Auch das kann ich. Ich kann in jedem Jahrhundert leben, das mir zusagt. Ich brauche nicht im finsteren Mittelalter zu leben, gleichgültig, ob es nun neueren oder älteren Datums ist.«

»Ich bin nur dankbar«, mengte sich Whittingham gelassen ein, »daß Sie nicht die Annehmlichkeiten unserer Zeit oder die moderne Technik gänzlich verwerfen. Denn sollte ich in den nächsten Tagen endlich das Zeitliche segnen müssen und noch etwas medizinische Hilfe brauchen, damit mir die Sache leichter fällt, so nehme ich an, daß Sie mir nicht verweigern werden, das Telefon zu benützen.«

Ambrose Gorringe blickte lächelnd in die Runde und hob sein Glas. »Sollte einer von Ihnen in den nächsten Tagen sterben wollen, werde ich alles Notwendige veranlassen, damit der Tod leichter fällt«, sagte er.

Daraufhin herrschte einen Augenblick verlegenes Schweigen. Cordelia blickte rasch zu Clarissa hinüber. Aber diese hatte die Augen auf ihren Teller gerichtet und versuchte, ihre zitternden Hände ruhigzuhalten.

»Und was geschieht mit einem Garten Eden, wenn sein Adam ohne den Trost einer Eva das Zeitliche segnet?« fragte Roma.

»Ich räume ein, es wäre ganz angenehm, einen Sohn zu haben, der all das hier übernimmt«, erwiderte Gorringe. »Es würde sich sogar lohnen, dafür zu heiraten und Kinder großzuziehen. Aber Söhne sind nun einmal bekannterweise höchst unzuverlässig, selbst wenn sie nach Wunsch geraten, selbst wenn die Geburt, dieser physiologisch so trügerisch simple Vorgang, nicht mit praktischen und emotionellen Widrigkeiten befrachtet wäre. Ivo, Sie sind doch der einzige unter uns, der Erfahrungen mit eigenen Kindern hat.«

»Es wäre jedenfalls unklug«, meinte Whittingham, »sich durch sie Unsterblichkeit zu erhoffen.«
»Oder irgend etwas anderes, nicht wahr? Ein Sohn könnte beispielsweise das Schloß in ein Spielkasino verwandeln, einen Golfplatz mit neun Löchern anlegen, solche Scheußlichkeiten wie Motorboote oder Wasserskilaufen zulassen und samstags schicke Tanzabende für die nähere und weitere Umgebung veranstalten. Für acht Pfund fünfzig pro Nase, Dinner mit drei Gängen eingeschlossen, Abendkleidung vorgeschrieben, Sonstiges auf eigene Kosten.«
Clarissa musterte Ivo und fragte: »Da wir gerade von Kindern reden – wie geht's denn deinen beiden, Ivo? Wohnt Matthew noch immer als Hausbesetzer in Kensington?«
Cordelia sah, daß Whittingham das gebratene Stubenküken fast unberührt an den Tellerrand geschoben hatte. Er stocherte mit der Gabel im Spinat, führte aber nichts zum Mund. Dafür hatte er aber die ganze Zeit über dem Wein zugesprochen. Die Rotweinkaraffe stand rechts von ihm. Er griff nach ihr und schenkte sich ein, ohne zu bemerken, daß sein Glas noch dreiviertel voll war. Seine Augen funkelten im Kerzenlicht, als er Clarissas Blick erwiderte.
»Matthew? Ich nehme an, daß er sich noch bei den Sonnenkindern aufhält oder wie immer sie sich nennen. Da wir keinen Kontakt miteinander haben, kann ich sonst nichts sagen. Angela hingegen schreibt mir jeden Monat getreulich einen ausführlichen Brief. So teilte sie mir mit, daß ich mittlerweile zwei Enkelinnen habe. Da sie und ihr Mann sich weigern, ein Land zu besuchen, in dem sie sich eventuell mit einem Neger an einen Tisch setzen müßten, und ich nicht gern zusammen mit meinem Schwiegersohn an einem Tisch sitzen würde, werde ich die beiden Mädchen wohl kaum kennenlernen. Meine Frau, falls du dich auch nach ihr erkundigen wolltest, lebt bei ihnen in Johannesburg, das sie übrigens nur Jo'burg nennt. Angeblich ist sie von dem Land begeistert, vom Klima, von den Menschen dort und von ihrem nierenförmigen Swimming-pool.«
Clarissa lachte perlend und ein wenig triumphierend. »Deine gesamte Familiengeschichte wollte ich gar nicht hören, lieber Ivo.«
»Nein?« erwiderte er gleichmütig. »Dann muß ich mich getäuscht haben.«

Die Runde verfiel wieder in Schweigen, das zur Cordelias Erleichterung mit nur wenigen Unterbrechungen anhielt, bis schließlich das Essen vorüber war und Munter die Doppeltür öffnete, damit die Damen, Clarissa voran, den Salon aufsuchen konnten.

9

Ivo Whittingham, der weder Kaffee noch Likör wollte, nahm die Rotweinkaraffe und sein Glas mit in den Salon und setzte sich in den Sessel zwischen dem lodernden Kaminfeuer und der offenen Terrassentür. Er hatte nicht das Gefühl, daß er in den verbleibenden Abendstunden noch irgendwelchen gesellschaftlichen Verpflichtungen nachkommen müsse. Da das Dinner ohnehin schon reichlich öde verlaufen war, wollte er sich in aller Ruhe betrinken. Auf seine Ärzte hatte er lange genug gehört. Zum Teufel mit all den Medikamenten! Er hatte genug davon. Wonach es ihn verlangte, war mehr und nicht weniger zu trinken. Und dies tat er um so lieber, wenn es Weine von dieser Qualität und obendrein auf Ambroses Kosten gab. Seine Selbstverachtung darüber, daß er sich von Clarissa zu dieser grollenden Enthüllung hatte reizen lassen, begann unter der Wirkung des Weins zu schwinden. Eine friedliche Hochstimmung machte sich Platz und bescherte ihm einen ungewöhnlich klaren Kopf, während die Gesichter und das Geplauder der übrigen Gäste einer anderen Welt anzugehören schienen und er deren Gehabe, als handle es sich um Akteure auf einer Bühne, mit seinen funkelnden, spöttischen Augen nur zu registrieren brauchte.

Simon, der sich bereithielt, der Runde etwas vorzuspielen, ordnete mit bebender Hand die Blätter auf dem Notenbrett. Großer Gott, bloß nicht Chopin und hinterher Rachmaninow, flehte Whittingham. Wieso stellte sich Clarissa übrigens neben dem Jungen so in Positur, als wolle sie die Seiten umblättern? Doch gewiß nicht deswegen, weil sie Noten lesen konnte. Wenn dies das erste Anzeichen ihres üblichen Verhaltens war, sich mal freundlich, mal rücksichtslos zu gebärden, würde sie ihn ebenso zu einem Wrack machen wie seinen Vater.

 Roma in ihrem Taftkleid, das selbst an einer jugendlichen Nai-

ven von achtzehn Jahren allzu mädchenhaft gewirkt hätte, saß stocksteif auf der Sesselkante wie eine Mutter beim Schulkonzert. Was ging es sie an, wie der Junge spielte? Warum sollte es einen der Anwesenden interessieren? Simons Nervosität sprang allmählich auf die Zuhörer über. Trotzdem spielte er besser, als Whittingham erwartet hatte. Nur hin und wieder versuchte er, einen Mißgriff durch schnelleres Tempo oder eifrigen Pedalgebrauch zu vertuschen. Außerdem erinnerte alles allzusehr an ein öffentliches Konzert, als daß es einem hätte Spaß machen können. Die ausgewählten Stücke sollten doch nur Simons Technik demonstrieren. Der Anlaß wurde jedoch dermaßen aufgewertet, wie es sicherlich niemand wünschte. Außerdem dauerte das Ganze zu lange.
»Ich danke dir, Simon«, sagte Whittingham hernach. »Was sind schon ein paar falsche Noten unter Freunden? Und jetzt sind wohl Lieder aus der guten alten Zeit an der Reihe, nicht wahr?«
Die Karaffe war noch knapp zu einem Viertel voll. Whittingham vergrub sich tiefer in den Sessel und ließ das Stimmengewirr wie aus weiter Ferne an sein Ohr dringen. Inzwischen umstanden alle das Klavier und schmetterten sentimentale Salonballaden aus der Viktorianischen Zeit. Er vernahm Romas tiefen Alt, mit dem sie stets ein wenig verspätet einsetzte und obendrein noch falsch, dann Cordelias klaren, im Klosterinternat geschulten Sopran. Vielleicht klang er eine Spur unsicher, doch war er rein und einschmeichelnd. Whittingham sah Simons gerötetes Gesicht, wenn der sich über die Tasten beugte, seine angespannte, verzückte Miene. Er spielte jetzt sicherer und gefühlvoller als vorhin. Erstmals schien sich der Junge wohl zu fühlen.
Nach einer halben Stunde entfernte sich Roma vom Klavier und schlenderte zu den beiden Gemälden von Frith, überladenen Genreszenen, die Bahnreisende auf der Fahrt – hier in der ersten, dort in der dritten Klasse – zum Rennen in Derby zeigten. Roma schaute mal das eine, mal das andere so forschend an, als wolle sie sich überzeugen, daß der Maler auch nicht die geringste Kleinigkeit, was den gesellschaftlichen Unterschied und die Kleidung anbelangt, vernachlässigt hatte. Plötzlich nahm Clarissa die Hand von Simons Schulter, rauschte an Whittingham vorbei, daß ihr Chiffonkleid sein Knie streifte,

und trat allein auf die Terrasse hinaus. Cordelia und Ambrose Gorringe sangen weiter. Was die drei dort am Klavier einte, war schiere Lebensfreude. Sie kümmerten sich nicht um irgendwelche Zuhörer. Sie wechselten den Platz, beratschlagten, wählten Lieder aus, verglichen sie mit anderen Weisen und lachten schallend, wenn eine Ballade ihre stimmlichen Fähigkeiten überforderte. Whittingham kannte nur ein paar der Lieder. Seit man sein Leiden diagnostiziert hatte, hatte er beim Zuhören kaum noch solches Glück empfunden. Nietzsche hatte unrecht. Es war nicht das Tun, was einen ans Leben band, sondern das Vergnügen. Er hatte sich davor gefürchtet, Freude zu verspüren. Denn wenn er die Möglichkeit eingeräumt hätte, daß selbst seine nachlassenden Sinne noch Freude empfinden können, hätte er sich abermals Regungen wie Angst oder Bedauern ausgesetzt. Aber als er nun Cordelias hübscher Stimme lauschte, die mit Ambroses Bariton verschmolz, über ihn hinweg dem Meer zuzustreben schien, lehnte er sich leicht wie eine Feder zurück und verspürte eine träumerische Zufriedenheit, die ohne Bitterkeit und Schmerz war. Seine Sinne schienen allmählich zu neuem Leben zu erwachen. Vom offenen Fenster her streifte ein kühler Hauch sein Gesicht. Kein unangenehmer Luftzug wie sonst, nein, eine kaum merkliche Empfindung, so, als streichle ihn eine Hand. Er sah den rot glühenden Wein in der Karaffe, nahm dessen milden Geschmack auf seiner Zunge wahr und den Geruch des Kaminfeuers, der ihn an längst vergangene Herbstabende in seiner Jugend erinnerte.
Jäh wurde er aus seiner Stimmung herausgerissen. Clarissa stürmte von der Terrasse ins Zimmer. Als Simon sie hörte, brach er mitten im Spiel ab. Cordelia und Ambrose sangen noch ein paar Takte und verstummten dann.
»Für dieses Wochenende bin ich mit Amateuren reichlich versorgt«, sagte sie. »Ihr drei braucht nicht auch noch Langeweile zu verbreiten. Ich gehe jetzt schlafen. Simon, auch für dich dürfte der Tag zu Ende sein. Ab ins Bett mit dir! Ich möchte noch sehen, ob dein Zimmer in Ordnung ist. Cordelia, läuten Sie nach Tolly und sagen Sie ihr, daß ich sie brauche. Kommen Sie in einer Viertelstunde nach oben. Ich möchte den morgigen Tagesablauf mit Ihnen besprechen. Aber Ivo, du bist ja betrunken!«

Sie wartete ungehalten, bis Gorringe ihr die Tür öffnete. Dann eilte sie hinaus, nicht ohne vorher noch kurz stehenzubleiben, damit er sie auf die Wange küssen konnte. Aber als Gorringe sich zu ihr neigte, war es schon zu spät, und seine gespitzten Lippen stießen mit einer lächerlich anmutenden Bewegung ins Leere. Simon sammelte fahrig seine Noten ein, sah sich um, als suche er Hilfe, und rannte hinterher. Cordelia ging zum Kamin hinüber, wo das bestickte Glockenband hing.
»Sie hat aber auch keinen ungeschoren gelassen«, sagte Roma. »Wir hätten es eigentlich wissen müssen, daß wir hier sind, um Clarissas Talente zu bewundern, und nicht, um unsere eigenen vorzuführen. Falls Sie die Absicht haben sollten, Cordelia, Ihre Stellung als Gesellschafterin und Sekretärin weiter auszubauen, müssen Sie sich schon mehr Takt aneignen.«
Whittingham spürte, daß sich Gorringe über ihn beugte. Er blickte hoch und sah dessen rosiges Gesicht und unter den dichten, halbkreisförmigen Brauen die funkelnden, dunklen Augen, die ihn maliziös musterten.
»Bist du betrunken, Ivo? Du wirkst so still.«
»Ich nahm an, daß ich es sei. Doch jetzt bin ich's nicht mehr. Die Nüchternheit hat mich wieder in ihrem Griff. Solltest du aber noch eine Flasche aufmachen, werde ich mich gleich in diesen angenehmen Zustand zurückversetzen. Guter Wein ist ein passabler Lebensgefährte, sofern man ihn mit Genuß trinkt.«
»Solltest du dir nicht für morgen einen klaren Kopf bewahren?«
Whittingham griff nach der leeren Karaffe. Es erstaunte ihn selbst, daß seine Hand überhaupt nicht zitterte.
»Mach dir nur keine Sorgen!« erwiderte er. »Für das, was ich morgen vorhabe, werde ich schon nüchtern genug sein.«

10

Cordelia wartete genau eine Viertelstunde, schlug den von Gorringe angebotenen Schlummertrunk aus und eilte dann nach oben. Da die Verbindungstür zwischen ihrem und Clarissas Zimmer nur angelehnt war, ging sie ohne anzuklopfen hinüber. Clarissa saß, bekleidet mit einem cremefarbenen Schlafrock, vor dem Frisiertisch. Sie hatte ihr Haar zurückgekämmt und im Nacken zusammengebunden. Den Haaransatz schützte ein Kreppband. Sie betrachtete ihr Gesicht im Spiegel und drehte sich nicht um.

Im Zimmer brannten nur die helle Leuchte auf dem Frisiertisch und die Nachttischlampe, die einen warmen Schein aussandte. Ein kleines Holzfeuer knisterte im Kamin und warf unruhige Muster auf die Damastvorhänge und die Mahagonimöbel. Es roch nach Holzrauch und Parfüm. Das Zimmer kam Cordelia mit seinem Schattenspiel und der geheimnisvollen Atmosphäre nun viel kleiner und luxuriöser vor als im hellen Tageslicht. Das dominierende Prunkbett schien unter dem tiefroten Baldachin zu glühen und wirkte unheimlich und bedrückend wie ein Katafalk. Cordelia sah, daß Tolly vor ihr dagewesen sein mußte. Die Bettdecke war zurückgeschlagen, und Clarissas Nachthemd lag, in der Taille ein wenig gerafft, griffbereit. Es erinnerte sie irgendwie an ein Totenhemd. In dem düsteren Dämmerlicht konnte sie sich gut vorstellen, daß sie im Türrahmen eines Gemachs im Schloß zu Amalfi stand und zusah, wie Websters unselige Herzogin ihr Haar vor dem Spiegel kämmte. Ringsum schienen im tiefen Schatten allerlei Spukgestalten und Bösewichte zu lauern, und hinter dem halboffenen Fenster lag mondlichtüberflutet und bleiern das Mittelmeer.

Clarissas Stimme machte diese Stimmung zunichte. »Da sind Sie ja endlich! Ich habe Tolly weggeschickt, damit wir unge-

stört reden können. Stehen Sie doch nicht so herum, setzen Sie sich irgendwohin!« Links und rechts vom Kamin standen zwei niedrige, mit einer eingebuchteten Lehne und geschnitzten Armstützen und Füßen versehene Sessel. Cordelia zog einen auf seinen Rollen zu sich heran und ließ sich links vom Frisiertisch nieder. Clarissa blickte weiterhin angestrengt in den Spiegel, schraubte dann die Kappe von einem Glas mit Reinigungspads ab und begann, Lidschatten und Schminke abzuwischen. Auf der polierten Mahagoniplatte sammelten sich immer mehr schwärzliche Wattebällchen an. Als das linke Auge schließlich von allem Make-up befreit war, wirkte es viel kleiner, geradezu leblos; es verwandelte das Gesicht in eine unfertige Clownsmaske.
Clarissa musterte prüfend ihr gesäubertes Lid, runzelte die Brauen und sagte: »Sie scheinen sich heute abend glänzend amüsiert zu haben. Vielleicht sollte ich Sie daran erinnern, daß ich Sie als Detektivin und nicht als Entertainerin bei Dinner-Partys engagiert habe.«
Da es ein langer Tag gewesen war, hatte Cordelia nicht mehr die Kraft, wütend zu werden. »Wenn Sie den Leuten reinen Wein eingeschenkt und Ihnen gesagt hätten, warum ich hier bin, würde man mich nicht wie einen Gast behandeln. Ich glaube nicht, daß man Privatdetektive zum Singen ermuntern würde. Vermutlich würde man sie nicht einmal zum gemeinsamen Dinner bitten. Privatdetektive sind keine angenehmen Tischgäste.«
»Welchen Sinn hätte es gehabt? Wie können Sie die Leute beobachten, wenn Sie sich nicht in ihrer Gesellschaft befinden? Außerdem finden die Männer Sie höchst sympathisch. Ich habe bemerkt, wie Ivo und Simon Sie angestarrt haben. Streiten Sie bloß nicht ab, daß Sie es mitgekriegt haben. Ich verabscheue es, wenn jemand Sprödigkeit heuchelt.«
»Ich streite gar nichts ab.«
Clarissa hatte inzwischen nach einem großen Tiegel mit Reinigungscreme gegriffen und bedeckte Gesicht und Hals mit einer dicken Schicht, die sie anschließend mit Wattebäuschen, kräftig nach oben streichend, wieder entfernte. Auch die schmierigen Watteknäuel häuften sich auf dem Frisiertisch. Cordelia musterte das Gesicht im Spiegel mit der gleichen Aufmerksamkeit wie Clarissa. Die Augen standen zu weit

auseinander. Die Haut war ledern, stumpf, aber ohne Fältchen. Die Wangen waren eingefallen und viel zu breit. Und der Mund mit der vorgeschobenen Unterlippe war zu klein, als daß man ihn hätte schön nennen können. Aber es war ein Gesicht, das apart wirken konnte, wenn seine Besitzerin es nur wollte. Selbst jetzt, mit dem Kreppband am Haaransatz, ohne jede Schminke und abgeschlafft, wirkte es so, als könne seine interessante Schönheit jederzeit zum Vorschein kommen.

»Was halten Sie von Simons Klavierspiel?« fragte Clarissa unerwartet.

»Ich traue mir da kein Urteil zu. Aber Talent scheint er zu haben.« Sie wollte noch hinzufügen, daß er nicht als Solist, sondern eher als Begleiter Erfolg haben könnte, unterließ es aber. Sie durfte sich da kein Urteil anmaßen. Überdies hatte sie das dumpfe Gefühl, daß von ihrer Antwort, so unwissend sie in dieser Hinsicht auch sein mochte, eine Entscheidung abhängen könne.

»Talent? Du meine Güte! Wer hat das nicht? Aber man gibt doch nicht sechstausend oder mehr Pfund nur für ein Talent aus! Was mich interessiert: Hat er das Zeug, sich durchzusetzen? George glaubt es nicht, meint aber, daß man Simon die Chance geben sollte.«

»Sir George kennt Simon besser als ich.«

»Aber das Geld stammt nicht von Sir George«, erwiderte Clarissa schroff. »Ich werde noch Ambrose fragen, aber erst nach der Aufführung. Bis dahin muß ich mir den Kopf freihalten. Wahrscheinlich wird Ambrose an dem armen Jungen kein gutes Haar lassen, Ambrose ist ja so ein Perfektionist! Doch von Musik versteht er was. Seinem Urteil traue ich mehr als dem von George. Wenn Simon nur ein Saiteninstrument gewählt hätte, dann könnte er sich später um eine Anstellung in einem Orchester bemühen. Aber ausgerechnet das Klavier! Trotzdem meine ich, daß er als Begleiter schon sein Auskommen finden kann.«

Cordelia überlegte kurz, ob sie Clarissa darauf hinweisen solle, daß der Beruf eines professionellen Klavierbegleiters keineswegs so einfach war, sondern im Gegenteil ein beachtliches technisches Können und Musikalität erforderte. Aber sie
 erinnerte sich rechtzeitig daran, daß sie nicht engagiert wor-

den war, um sich über Simons Laufbahn auszulassen. Außerdem verschwendete sie damit nur ihre Zeit. Also sagte sie: »Ich denke, wir sollten jetzt besser über die Drohbriefe und unsere Pläne fürs Wochenende, vor allem für morgen, reden. Das hätten wir schon früher tun sollen.«

»Ich weiß, ich weiß. Aber die Probe im Kostüm und die Schloßbesichtigung haben uns dazu keine Zeit gelassen. Außerdem wissen Sie ja, weswegen Sie hier sind. Falls wieder irgendwelche Botschaften eintreffen sollten, möchte ich nichts mit ihnen zu tun haben. Ich möchte sie nicht sehen, auch nichts über sie erfahren. Für mich ist es ungeheuer wichtig, daß ich den morgigen Tag durchstehe. Wenn ich erst mal meine Selbstsicherheit als Schauspielerin zurückgewonnen habe, kann mich kaum noch etwas erschüttern.«

»Auch nicht die Enthüllung, wer dahintersteckt?«

»Auch das nicht.«

»Wer von den Anwesenden weiß von diesen Drohbriefen?« fragte Cordelia.

Clarissa hatte in der Zwischenzeit ihr Gesicht gesäubert und fing nun an, den Lack von ihren Fingernägeln zu entfernen. Acetonschwaden vermengten sich mit dem Geruch von Parfüm und Schminke.

»Tolly weiß es. Vor Tolly habe ich keine Geheimnisse. Sie war ja in der Garderobe, wenn mir der Pförtner welche brachte. Das waren die, die mir mit der Post ins Theater geschickt wurden. Ich nehme an, daß auch Ivo Bescheid weiß. Im Londoner West End geschieht ja nichts, was er nicht erfährt. Und Ambrose. Er war bei mir in der Garderobe im Herzog-von-Clarence-Theater, als ein Kuvert unter der Tür durchgeschoben wurde. Aber bis er das Kuvert aufgehoben und bis ich es geöffnet hatte, war die Person längst verschwunden. Der Flur war leer. Damals konnte jeder reinkommen. Im Clarence ging es hinter der Bühne zu wie in einem Taubenschlag. Albert Betts, der Pförtner, trank nämlich und saß nicht immer in seiner Pförtnerloge, wie es hätte sein sollen. Jetzt haben sie ihn entlassen. Aber damals, als der Drohbrief abgegeben wurde, war er noch angestellt. Mein Mann weiß selbstverständlich auch Bescheid. Simon nicht, außer Tolly hat ihm etwas gesagt. Ich kann mir allerdings nicht vorstellen, warum sie das hätte tun sollen.«

»Und Ihre Kusine?«
»Roma weiß nichts davon. Und wenn's so wäre, wäre es ihr egal.«
»Erzählen Sie mir bitte etwas mehr von Miss Lisle!«
»Über sie gibt es nicht viel zu erzählen. Und was ich Ihnen mitteilen könnte, ist höchst langweilig. Wir sind Kusinen ersten Grades. George hat es Ihnen sicherlich schon gesagt. Es ist im Grunde eine banale Geschichte. Mein Vater ging eine standesgemäße Ehe ein, während sich sein jüngerer Bruder mit einem Barmädchen herumtrieb, aus der Armee ausschied, zuviel trank, schließlich nicht mehr ein noch aus wußte und von Daddy erwartete, daß dieser ihm aus der Bredouille half. Das tat Daddy denn auch, wenigstens soweit es Roma anbelangt. Als ich ein Kind war, lebte sie des öfteren bei uns, vor allem nach dem Tod meines Onkels. Das arme, kleine, brave Waisenkind! Verstockt, schäbig gekleidet und immer kränklich. Selbst Daddy konnte sie auf die Dauer nicht ertragen. Dabei war er ein prachtvoller Mensch. Ich verehrte ihn geradezu. Aber mit ihr konnte man einfach nichts anfangen. Außerdem war sie nicht eben ansehnlich, viel unscheinbarer als heute. Daddy gehörte aber zu den Menschen, die Häßlichkeit nicht ausstehen können, zumal bei Frauen. Was er schätzte, waren Lebensfreude, Charme, Schönheit. Ein unscheinbares Gesicht anblicken zu müssen, bereitete ihm Qualen.«
Cordelia dachte sich, daß Daddy, dieser bornierte Tropf, dann wohl den Großteil seines Lebens mit geschlossenen Augen herumgelaufen sein mußte. Allerdings hing das auch davon ab, was er unter Häßlichkeit verstand.
»Außerdem war sie nicht ein bißchen dankbar«, fügte Clarissa hinzu.
»Hätte sie es sein sollen?«
Clarissa schien das Gefühl zu haben, daß diese Frage etwas Zeit erfordere, zumindest so viel, wie sie beim Feilen ihrer Fingernägel erübrigen konnte.
»Ich denke schon. Er mußte sie schließlich nicht bei uns aufnehmen. Und sie konnte nicht gut erwarten, daß er sie so behandeln würde wie mich, sein eigenes Kind.«
»Er hätte es zumindest versuchen können.«
»Das ist doch zuviel verlangt! Das wissen Sie ebensogut wie
 ich. Sie würden ja auch nicht so handeln. Warum hätte er es

denn tun sollen? Cordelia, Sie müssen aufpassen, daß Sie nicht allzu selbstgerecht werden. Männer mögen das nicht.«

»Ich mag's auch nicht«, entgegnete Cordelia. »Jemand hat mir mal gesagt, das komme von meinem Vater, der ein Atheist war, von meiner Erziehung in einem Klosterinternat und von meinem aufrührerischen Gewissen.«

Eine Weile herrschte Stille, die keineswegs feindselig war.

»Könnte Miss Tolgarth etwas mit diesen Drohbriefen zu tun haben?« fragte Cordelia aus einer Regung heraus.

»Tolly? Bestimmt nicht. Wer hat Sie denn auf diese Idee gebracht? Sie ist mir ergeben. Sie müssen sich nicht an ihrem schroffen Benehmen stoßen. So ist sie schon immer gewesen. Seit meiner Kindheit sind wir zusammen. Tolly verehrt mich. Wenn Sie das nicht bemerkt haben, sind Sie eine schlechte Detektivin. Abgesehen davon, kann sie nicht maschineschreiben. Und die Briefe sind alle getippt, falls Sie auch das nicht bemerkt haben.«

»Sie hätten mir allerdings die Sache mit ihrer Tochter mitteilen sollen«, entgegnete Cordelia ernst. »Wenn ich Ihnen schon helfen soll, muß ich alles wissen, was vielleicht aufschlußreich sein könnte.« Sie wartete gespannt auf Clarissas Erwiderung. Aber die Hände, die mit ihrer Verschönerung beschäftigt waren, zuckten nicht einmal.

»Das hat nichts mit unserer Angelegenheit zu tun. Es war schlichtweg ein Versehen. Tolly weiß es. Jeder weiß es. Ich nehme an, daß Ivo es Ihnen gesagt hat. Das ist typisch für seine Niedertracht und Hinterhältigkeit. Sie müssen verstehen, er ist krank. Er hat nicht mehr lange zu leben. Ihn zerfrißt der Neid. So war er schon immer. Neidisch und boshaft.«

Cordelia überlegte, ob sie ihren Vorwurf nicht ein wenig geschickter hätte formulieren können, ob es überhaupt klug gewesen war, ihn zu äußern. Whittingham hatte sie zwar nicht gebeten, das Gespräch für sich zu behalten, aber er hatte wohl mit ihrer Verschwiegenheit gerechnet. Das Wochenende versprach ohnehin, schwierig genug zu werden. Sie brauchte nicht auch noch zwei der Gäste gegeneinander zu hetzen. Aber das Lügen war ihr noch nie leichtgefallen.

»Niemand hat sich Ihnen gegenüber niederträchtig verhalten«, erwiderte sie behutsam. »Allerdings habe ich vor meiner

Ankunft vorsichtig Nachforschungen angestellt. Solche Dinge lassen sich nicht verbergen. Ich habe einen Freund am Theater.« Das entsprach eigentlich der Wahrheit, selbst wenn der arme Bevis nur noch selten auf der Bühne stand. Doch Clarissa war an Cordelias angeblichem Bekannten vom Theater überhaupt nicht interessiert.

»Ich würde gern wissen, mit welchem Recht Ivo mich kritisieren darf. Wissen Sie, daß er schon so manche Karriere mit seiner Grausamkeit vernichtet hat? Ja, mit seiner Grausamkeit. Ich habe erlebt, wie Schauspieler – ich betone: Schauspieler – nach seinen Kritiken in Tränen ausgebrochen sind. Hätte er seinem Drang, immer irgendwelche Intrigen anzetteln zu müssen, widerstanden, wäre er einer unserer besten Theaterkritiker geworden. Ein zweiter Agate oder Tynan. Und was ist er jetzt? Ein wandelndes Schreckgespenst. Mit diesem Aussehen hätte er nicht hierher kommen dürfen. Es ist, als hätte man den Tod zu Gast. Es gehört sich einfach nicht.«

Es war schon interessant, dachte Cordelia, daß der Tod mittlerweile ebenso tabuisiert wurde wie einst der Sex, daß man ihn von Angesicht zu Angesicht nicht duldete, ihn nur in abgeschirmter Privatsphäre hinnahm, vorzugsweise hinter den zugezogenen Vorhängen eines Krankenhausbettes und dann als Trauergast ohne viel Aufhebens, ein wenig verlegen oder peinlich berührt hinter dem Sarg. Im Klosterinternat hatten sie es da anders gehalten. Die Ansichten der Klosterschwestern über den Tod waren eindeutig, praxisbezogen und keineswegs beruhigend gewesen. Zumindest hatten sie ihn nicht für eine Geschmacklosigkeit gehalten.

»Ich möchte auf die ersten Botschaften zu sprechen kommen, die Sie erhielten, als Sie die Lady Macbeth spielten und die sie hinterher vernichtet haben«, sagte Cordelia. »Waren sie auch mit einer Schreibmaschine auf weißes Papier getippt wie die späteren?«

»Ich glaube, ja. Aber es ist schon so lange her.«

»Sie können doch so was nicht vergessen haben.«

»Sie werden wohl ähnlich gewesen sein. Was spielt das für eine Rolle? Ich möchte nicht darüber sprechen.«

»Aber dazu hätten wir jetzt eine gute Gelegenheit. Ich habe Sie heute nicht ein einziges Mal unter vier Augen sprechen können. Und morgen wird es nicht anders sein.«

Clarissa hatte sich erhoben und ging zwischen dem Frisiertisch und dem Bett hin und her.
»Es war nicht meine Schuld. Ich habe sie nicht umgebracht. Man hat sich nicht um sie gekümmert, wie es hätte sein sollen, sonst wäre es nie zu diesem Unfall gekommen. Welchen Sinn hat es, ein Kind in die Welt zu setzen, ein uneheliches noch dazu, wenn man nicht in der Lage ist, sich auch um das Kind zu kümmern?«
»Aber Tolly mußte doch damals arbeiten. Sie kümmerte sich um Sie!«
»Im Krankenhaus hatten sie kein Recht, die Nachricht telefonisch durchzugeben und die Betroffenen zu verstören. Die Leute müssen doch gewußt haben, daß sie in einem Theater anriefen, daß die Vorstellungen im West End um acht beginnen, daß wir mitten in einer Aufführung waren. Wenn ich sie hätte gehen lassen, hätte sie auch nichts ändern können. Das Mädchen war doch bewußtlos. Es hätte sie nicht erkannt. Es ist doch sentimental und absonderlich, wenn man sich an ein Krankenbett setzt und zusieht, wie jemand stirbt. Was kommt dabei schon heraus? Im dritten Akt mußte ich dreimal das Kostüm wechseln. Kalenski selbst hatte das Bankettkostüm entworfen. Es strotzte nur so von Schmuck, dazu eine Krone mit riesigen blutroten Steinen und ein Gewand, das dermaßen starr war, daß ich mich kaum bewegen konnte. Er wollte auch haben, daß mich das Gewicht niederdrückte, daß ich steif umherstolzierte wie ein herausgeputztes Kind. ›Stell dir vor‹, riet er mir, ›du seist eine Prinzessin im 17. Jahrhundert, die man zu ihrer Verwunderung mit ungewohnter königlicher Pracht ausstaffiert hat.‹ So hat er sich ausgedrückt. Ich sollte mir immer wieder übers Kleid streichen, als könne ich nicht fassen, daß ich so prächtig gekleidet sei. Das war natürlich ein eindrucksvoller Kontrast zu dem schlichten, cremefarbenen Gewand in der Schlafwandlerszene. Es war übrigens kein Nachthemd. Damals schliefen die Leute ja nackt. Ich wischte mir daran immer wieder die Hände ab. Kalenski sagte mir mehrmals: ›Darling, drück möglichst viel mit den Händen aus! Damit steht und fällt deine Rolle.‹ Es war eine völlig neue Interpretation des Stücks. Ich war nicht die übliche Lady Macbeth – walkürenhaft, herrschsüchtig, erbarmungslos. Ich spielte eine verführerische Frau, eine Katze mit eingezogenen Krallen.«

Eine eigenwillige Interpretation, schoß es Cordelia durch den Kopf. Ob der Text das alles hergab? Aber vielleicht hatte Kalenski da wie viele namhafte Shakespeare-Regisseure keine großen Skrupel gehabt. »Entsprach das denn dem Text?« fragte sie.

»Wer kümmert sich denn schon um den Text, meine Liebe! Shakespeare ist doch wie die Bibel: Man kann alles herauslesen. Deswegen ist er bei den Regisseuren auch so beliebt.«

»Erzählen Sie mir etwas von dem Kind!«

»Von Macduffs Sohn? Desmond Willoughby spielte ihn. Ein unerträglicher Junge. Sprach übrigens mit einem ordinären Cockney-Akzent. Heutzutage gibt es am Theater keine Kinder mehr, die anständiges Englisch sprechen können. Außerdem war er zu alt für die Rolle. Ich danke Gott, daß ich nie mit ihm zusammen auf die Bühne mußte.«

Cordelia fiel ein Bibelzitat von brutaler Deutlichkeit ein. Aber sie sprach es nicht aus.

> Wer aber ärgert dieser Geringsten einen, die
> an mich glauben, dem wäre besser, daß ein
> Mühlstein an seinen Hals gehängt und er
> ersäuft würde im Meer, da es am tiefsten ist.

Clarissa drehte sich um und sah ihr ins Gesicht. Cordelias Blick mußte den Panzer ihrer Selbstsucht durchbrochen haben.

»Ich zahle Ihnen doch kein Geld, damit Sie über mich zu Gericht sitzen!« schrie sie. »Was sehen Sie mich so an?«

»Ich richte doch nicht über Sie! Ich möchte Ihnen helfen, aber Sie müssen ehrlich zu mir sein.«

»Ich bin ehrlich zu Ihnen, so ehrlich, wie ich nur sein kann. Als ich Sie erstmals sah, damals bei Nettie Fortescue, wußte ich gleich, daß ich Ihnen trauen, mich bei Ihnen aussprechen könnte. Angst ist ja so demütigend. George versteht es nicht. Wie sollte er auch? Er hat sich zeit seines Lebens noch nie vor etwas gefürchtet. Er hält mich für neurotisch und kümmert sich nicht weiter um mich. Er ist nur zu Ihnen gegangen, weil ich keine Ruhe gegeben habe.«

»Warum sind Sie nicht selbst gekommen?«

 »Ich dachte mir, Sie würden den Job eher annehmen, wenn er

Sie darum bittet. Außerdem bitte ich nicht gern jemand um einen Gefallen. Zum Überfluß mußte ich noch zu einer Kostümprobe.«

»Mit einem Gefallen hat das nicht das geringste zu tun: Ich brauchte dringend einen Auftrag. Ich hätte jeden angenommen, sofern er nicht illegal oder sonstwie widerwärtig gewesen wäre.«

»George hat mir erzählt, daß Ihr Büro ziemlich schäbig ist. Eher ärmlich als schäbig. Aber Sie sind es nicht. An Ihnen ist nichts Schäbiges oder Ärmliches. Mit einer Detektivin von der üblichen Sorte hätte ich mich auch nicht eingelassen.«

»Wovor haben Sie denn eigentlich Angst?« fragte Cordelia sanft.

Clarissa schaute Cordelia an. Ihrem Gesicht mit der leicht schimmernden, gereinigten, ungeschminkten Haut und dem ungekünstelten Ausdruck merkte man erstmals an, daß ihr Sorgen und das Alter durchaus zusetzen konnten. Sie lächelte traurig und ein wenig betroffen. Dann hob sie die Hände zu einer ausdrucksvollen Geste der Verzweiflung.

»Wissen Sie es wirklich nicht? Ich dachte, George hätte es Ihnen gesagt. Es ist die Angst vor dem Tod. Davor ängstige ich mich. Vor dem Tod. Dumm von mir, nicht wahr? Aber so war ich von jeher, schon als Kind. Ich kann mich nicht mehr erinnern, wann es anfing. Aber der Tod war mir stets vertrauter als das Leben. Es gab keine Zeit, in der ich nicht sah, wie hinfällig alles war. Dabei habe ich nichts Traumatisches erlebt, was mich dazu veranlaßt haben könnte. Man hat mich nicht gezwungen, meine Kinderfrau anzublicken, als sie tot im Sarg lag, oder so was Ähnliches. Und als meine Mutter starb, war ich in der Schule. Es hat mich nicht weiter berührt. Es ist nicht der Tod anderer Menschen. Es ist nicht der Tod schlechthin. Ich habe Angst, daß auch ich sterben könnte. Nicht immer. Nicht ständig. Manchmal vergehen Wochen, ohne daß ich daran denke. Doch dann überkommt es mich. Meistens nachts. Dann befallen mich Angst, Schreckensvisionen und die Erkenntnis, daß meine Furcht ja begründet ist. Schließlich kann mich niemand mit den Worten trösten: ›Mach dir bloß keine Gedanken! Dir wird das nicht zustoßen!‹ Niemand kann mir sagen: ›Das bildest du dir nur ein, Darling. So etwas gibt es nicht.‹ Ich kann Ihnen nicht schildern, wie schrecklich diese

Angst ist. Sie kommt gleichsam in Schüben, eine Panikwelle nach der anderen überkommt mich dann. Es ist wie ein körperlicher Schmerz, wie Geburtswehen, nur daß ich nicht Leben zur Welt bringe, sondern den Tod in mir verspüre. Manchmal hebe ich die Hand – so wie jetzt –, betrachte sie und denke mir: Das ist ein Teil von dir. Du kannst ihn mit der anderen Hand berühren, bewegen, warmreiben, kannst daran riechen, du kannst die Fingernägel lackieren. Aber eines schönen Tages wird dieser Teil deines Körpers blutleer, kalt, empfindungslos und nutzlos sein. Und du auch. Dann wird er verwesen, und auch du wirst verwesen. Nicht einmal im Alkohol kann ich Vergessen finden. Anderen Menschen gelingt es. So können sie ihr Leben durchstehen. Wenn ich zuviel trinke, wird mir bloß schlecht. Ich finde es einfach nicht fair, daß ich soviel Angst habe und sie nicht einmal in Alkohol ertränken kann. Jetzt habe ich Ihnen alles gesagt. Jetzt können Sie mir vorhalten, daß ich dumm, überspannt und feige bin. Meinetwegen können Sie mich auch verachten.«

»Ich verachte Sie nicht«, erwiderte Cordelia.

»Es hilft mir auch nichts, wenn Sie mir sagen, ich solle wieder an Gott glauben. Ich kann's nicht. Selbst wenn ich's könnte, würde es mir nicht helfen. Nach dem Tod Viccys fand Tolly zu ihrem Glauben zurück. Ich nehme also an, daß sie an Gott glaubt. Aber wenn ihr jemand sagte, morgen müsse sie sterben, würde sie die Welt ebenso ungern verlassen wie ich. Ich habe beobachtet, daß sich alle sogenannten gläubigen Menschen so verhalten. Sie haben genausoviel Angst wie all die anderen. Auch sie hängen an ihrem Dasein. Dabei erwartet sie doch angeblich das ewige Leben. Trotzdem beeilen sie sich nicht, in dessen Genuß zu kommen. Möglicherweise sind sie nach all dem Gerede vom Jüngsten Gericht, von der Hölle und von der ewigen Verdammnis noch schlimmer dran. Ich habe nur vor dem Tod Angst. Hat das nicht jedermann? Sie nicht auch?«

Cordelia überlegte, ob auch sie diese Angst hatte. Hin und wieder schon. Aber die Angst vorm Sterben machte ihr weniger zu schaffen als die Mühsal des Alltags. Was sollte sie nur tun, wenn der Mietvertrag fürs Büro in der Kingly Street auslief? Würde der Wagen noch einmal durch den TÜV kommen?
 Was sollte sie Miss Maudsley bloß sagen sagen, wenn sie in

der Detektei keine Arbeit für sie hatte? Vermutlich konnten sich nur die Reichen und Arrivierten die gefühlsduselige Angst vor dem Sterben leisten. Die meisten Menschen brauchten all ihre Energie, um mit dem Leben zurechtzukommen.

Da sie wußte, daß sie nichts Tröstliches offerieren konnte, erwiderte sie zögernd: »Es hat doch keinen Sinn, sich vor etwas zu ängstigen, das unabwendbar ist, für alle gilt und das man ohnehin nicht deutlich wahrnehmen wird.«

»Das sind bloß Worte. Ihnen kann man nur entnehmen, daß Sie noch jung und gesund sind und nicht ans Sterben denken müssen. ›Daliegen, kalt, eng eingesperrt, und faulen‹. So hieß es doch in einer der Botschaften.«

»Ich erinnere mich.«

»Ich habe übrigens einen weiteren Brief für Ihre Sammlung. Ich habe ihn für Sie aufgehoben. Er wurde mir gestern vormittag mit der Post in meiner Londoner Wohnung zugestellt. Sie finden ihn ganz unten in meiner Schmuckschatulle. Sie steht links auf dem Nachttisch.«

Dieser genaue Hinweis war völlig unnötig, denn das matt schimmernde Kästchen hatte Cordelia selbst in diesem dämmerigen Licht und trotz des Wirrwarrs auf Clarissas Nachttisch längst gesichtet. Sie nahm es in die Hand. Es war etwa so groß wie eine Zigarrenschachtel, besaß hübsch gearbeitete Klauenfüße, und auf dem Deckel wie auch auf den Seitenflächen schmückte es eine getriebene Darstellung des Urteilsspruchs des Paris. Sie schloß es auf und sah, daß es mit cremefarbener, gesteppter Seide ausgeschlagen war.

»Ambrose hat es mir heute gleich nach unserer Ankunft geschenkt«, rief ihr Clarissa zu. »Es soll mir Glück für die morgige Aufführung bringen. Mir hatte es auf Anhieb gefallen, als ich es vor einem halben Jahr das erste Mal sah. Aber es dauerte eine Weile, bis Ambrose meinen Wunsch erriet. Er besitzt ja so viel viktorianischen Krimskrams, daß ihm ein Stück mehr oder weniger nichts ausmacht. Auch die Schatulle, die wir im dritten Akt verwenden, gehört wie die meisten Versatzstücke ihm. Aber diese hier ist viel hübscher, auch wertvoller. Allerdings nicht so wertvoll, wie das Ding, das ich darin aufbewahre. Sie finden den Brief im Geheimfach. Aber so geheim ist es nun wieder auch nicht. Sie brauchen nur auf eins der Blätter

zu drücken! Wenn Sie genau hinsehen, entdecken Sie einen haarfeinen Spalt. Bringen Sie's mir besser! Ich zeig's Ihnen.«
Die Schatulle hatte ein erstaunliches Gewicht. Clarissa holte achtlos ein Bündel Halsketten und Armreifen hervor, als sei es billiger Modeschmuck. Cordelia vermutete, daß tatsächlich unter all den Halsketten mit bunten Steinen und Kugeln, inmitten des Gefunkels von Brillanten, Saphiren und milchigweißen Perlen minderwertiger Bühnenschmuck war. Clarissa drückte auf eins der Blätter, welche die Seitenfläche zierten, und aus dem unteren Teil glitt langsam ein Schubfach heraus. Cordelia bemerkte als erstes einen zusammengefalteten Zeitungsausschnitt, den Clarissa in die Hand nahm.
»Ich spielte mal im Theater von Speymouth die Hester in Terence Rattigans ›Tiefe blaue See‹. Das war 1977, im Jubiläumsjahr, als Ambrose wegen der Steuergeschichte ein Jahr im Ausland bleiben mußte. Das Theater gibt es nicht mehr. Damals wurde ich vom Publikum gefeiert. Das hier ist für mich die wichtigste Kritik, die ich je erhalten habe.«
Als sie den Ausschnitt entfaltete, fiel Cordelia die Schlagzeile auf: CLARISSA LISLE TRIUMPHIERT IN DER NEUINSZENIERUNG EINES RATTINGAN-STÜCKS. Was Cordelia einen Moment lang stutzig machte, war, daß Clarissa der Besprechung einer Neuinszenierung in einem kleinen Provinztheater soviel Bedeutung beimaß. Außerdem bemerkte sie, ohne daß es ihr zu denken gab, daß der Ausschnitt eine sonderbare Form hatte und größer als die Druckspalten der Kritik war. Doch schnell nahm der Drohbrief ihre Aufmerksamkeit gefangen. Der Umschlag sah aus wie das Kuvert aus dem Postsack, den ihr Mrs. Munter heute vormittag ausgehändigt hatte. Nur die Anschrift war mit einer anderen, offenbar älteren Maschine getippt worden. Der Brief war zwei Tage zuvor in London abgestempelt worden. Er war gleichfalls an die Herzogin von Amalfi gerichtet, aber an Clarissas Bayswater-Domizil. Im Umschlag befand sich wieder ein weißer Papierbogen mit der schwarzen Zeichnung eines Sarges und den Initialen R. I. P. Darunter stand ein Zitat aus dem Webster-Stück:

> Wer streckt mich nun nieder?
> Ich halt' diese Welt für abgeschmacktes Theater,
> Da ich darin gegen meinen Willen eine Rolle
> spielen muß.

»Klingt etwas wirr«, meinte Cordelia. »Der Schreiber scheint keine passenden Zitate mehr parat zu haben.«
Clarissa hatte das Haarband im Nacken gelöst. Ihr Spiegelbild starrte beiden entgegen. Es war ein geisterhaft anmutendes Gesicht, in das fahle, wirre Strähnen hingen. Trauer lag in den großen Augen mit den schweren Lidern.
»Er weiß wohl, daß er kaum noch welche braucht. Nur noch morgen. Er weiß wohl – wer denn sonst? –, daß es morgen aus sein wird.«

III.

Blut benetzt den Himmel

I

Cordelia schlief fester und länger, als sie gedacht hatte. Ein leises Klopfen an der Tür weckte sie. Sie war augenblicklich völlig wach, warf den Morgenmantel um die Schultern und eilte zur Tür, um sie aufzuschließen. Es war Mrs. Munter mit dem Morgentee. Eigentlich hatte Cordelia vorgehabt, längst aufzusein, wenn die Frau des Butlers kam. Es war ihr peinlich, daß man sie überrascht hatte, wie sie hinter verschlossener Tür schlief, als halte sie Schloß Courcy für ein Hotel. Wenn Mrs. Munter dieses Verhalten überrascht haben sollte, so ließ sie sich auf alle Fälle nichts anmerken. Sie stellte das Tablett mit einem »Guten Morgen, Miss!« auf den Nachttisch und verschwand ebenso leise, wie sie gekommen war.
Es war halb acht. Das fahle Zwielicht des Morgens fiel ins Zimmer. Cordelia ging zum Fenster und sah, daß den Himmel im Osten schon ein heller Streifen säumte. Nebelschwaden hingen tief über dem Rasen und ballten sich wie Rauchwolken zwischen den Baumwipfeln. Wahrscheinlich würde es wieder ein strahlender Tag werden. Obwohl nicht zu sehen war, daß Laub verbrannt wurde, roch die Luft nach herbstlichen Holzfeuern. Das grau und silbern gestreifte Meer hob und senkte sich und war in geheimnisvolles Licht getaucht.
Cordelia ging auf Zehenspitzen zur Verbindungstür und öffnete sie sachte. Die massiv gearbeitete Tür knarrte nicht einmal. Die Vorhänge waren noch zugezogen, aber in dem Licht, das aus ihrem Zimmer drang, sah Cordelia, daß Clarissa, einen Arm auf das Kissen gelegt, noch immer fest schlief. Cordelia schlich leise ans Bett und lauschte Clarissas ruhigen Atemzügen. Sie empfand eine große Erleichterung, ohne daß sie einen Grund hätte angeben können. Sie hatte eigentlich nie geglaubt, daß Clarissas Leben ernstlich in Gefahr sei. Außerdem hatten sie sich beide gegen unliebsame Vorkommnis-

se zu schützen versucht. Sie hatten die Türen zum Flur abgesperrt und die Schlüssel stecken lassen. Selbst mit einem Zweitschlüssel hätte niemand in die Zimmer gelangen können. Trotzdem war es ihr wohler, als sie nun Clarissas gleichmäßige Atemzüge hörte.

Doch dann sah sie den Zettel. Ein fahles Rechteck, das sich vom Teppich deutlich abhob. Eine weitere Drohbotschaft war unter der Tür hindurchgeschoben worden. Der Absender hielt sich also hier auf der Insel auf. Dieser Gedanke versetzte ihr einen Stich ins Herz. Sie riß sich zusammen und machte sich Vorwürfe, weil sie nicht daran gedacht hatte, daß der Schreiber auch hier seine Drohbriefe durch die Türritze schieben konnte. Außerdem ärgerte sie sich über ihre plötzliche Furcht. Sie hob den Zettel behutsam auf, ging in ihr Zimmer und schloß die Tür.

Es war abermals ein Zitat aus der »Herzogin von Amalfi«. Insgesamt dreizehn kurze Wörter, über denen ein Totenkopf prangte:

> Das Licht graut zur Tat.
> Und ich bin da, um Euch zu töten!

Alles sah aus wie sonst, nur das Papier war anders. Diesmal war die Botschaft auf die Rückseite eines alten Holzschnitts mit der Aufschrift DER TODESBOTE getippt worden. Über dem Titel befand sich ein ungefüges Knochengerippe, das eine Sanduhr und einen Pfeil in den Händen hielt, darunter waren vier Verszeilen abgedruckt.

Cordelia stürzte den Tee hinunter, zog ihre Jeans und ein T-Shirt an und eilte hinaus, um mit Ambrose zu sprechen. Sie rechnete nicht damit, daß er schon auf war. Doch er befand sich bereits im Frühstückszimmer, wo er, eine Kaffeetasse in der Hand, auf den Rasen hinausblickte. Den Raum kannte sie von der gestrigen Besichtigungstour her. Godwin hatte das Mobiliar und die übrige Einrichtung in diesem Zimmer entworfen. Es enthielt einen schlichten Refektoriumstisch und eine Reihe von Stühlen mit durchbrochener Lehne. An der Längswand befanden sich hübsch geschnitzte Geschirrschränke aus hellem Holz sowie Tellerborde und darüber ein Plattenfries, dessen Fliesen abwechselnd mit kleinen Oran-

genbäumchen in hellblauen Töpfen und verspielten Szenen aus dem Sagenkreis um König Artus und seine Tafelrunde geziert waren. Gestern hatte sich Cordelia noch gedacht, daß der Raum ein interessantes Beispiel dafür war, wie sehr sich der Architekt der Schlichtheit der ›Neuen Ästhetik‹ angenähert hatte. Jetzt aber ließ sie der heimelige Charme gleichgültig.
Ambrose wandte sich um, als sie eintrat, und verzog das Gesicht zu einem Lächeln.
»Guten Morgen! Es sieht ganz danach aus, als würden wir mit dem Wetter Glück haben. Unsere Gäste werden bei hellem Sonnenschein eintreffen und brauchen nicht zu befürchten, daß sie ohne ein Abendessen abfahren müssen. Bei schlechtem Wetter kann die Überfahrt nämlich schlimm werden. Ist unser Star schon wach?«
Cordelia faßte einen plötzlichen Entschluß. Es würde sicherlich nicht schaden, wenn sie ihm die Wahrheit sagte. Denn der Holzschnitt stammte bestimmt aus dem Schloß. Außerdem hatte Clarissa ja gesagt, daß er von den Drohbriefen wußte. Und Clarissa war sein Gast. Vor allem aber wollte sie sehen, wie er auf den Zettel reagierte. Sie zeigte ihn Ambrose mit den Worten: »Das hier ist heute morgen unter Clarissas Tür hindurchgeschoben worden. Der Holzschnitt gehört doch wohl Ihnen. Jemand hat ihn verhunzt. Sehen Sie sich die Rückseite an!«
Er betrachtete das Blatt und gab es ihr wieder. Nach einer Weile sagte er: »Wieder so ein Drohbrief! Ich dachte schon, damit sei Schluß. Hat sie das hier schon gelesen?«
Es war klar, wen er meinte.
»Nein. Und sie wird es auch nicht lesen.«
»Sehr klug von Ihnen. Irgendwelche Unannehmlichkeiten fernzuhalten gehört wohl zu Ihren Pflichten als Sekretärin, nicht wahr?«
»Es ist eine meiner Pflichten. Der Holzschnitt gehört doch Ihnen?«
»Nein. Er ist zwar recht hübsch, stammt aber nicht aus der Periode, die mich interessiert.«
»Aber Sie sind hier der Hausherr. Und Miss Lisle ist Ihr Gast.«
Er lächelte bloß und schlenderte zur Kredenz hinüber. »Möchten Sie auch eine Tasse Kaffee?«

Cordelia sah, daß er zur Warmhalteplatte ging, wo er eine Tasse für sie füllte und selbst auch noch Kaffee nahm.
»Mir ist Ihre versteckte Kritik nicht entgangen«, sagte er schließlich. »Zweifellos sollten Gäste damit rechnen dürfen, daß sie im Haus des Gastgebers weder bedroht noch sonstwie behelligt werden. Aber was soll ich Ihrer Meinung nach jetzt tun? Ich bin kein Polizist. Ich kann doch meine übrigen Gäste nicht verhören! Das würde nicht nur kümmerliche Ergebnisse erbringen, sondern auch dazu führen, daß es fortan sechs verstörte Gäste gibt statt bloß einen. Ich glaube auch nicht, daß Clarissa es mir danken würde. Nehmen Sie die ganze Sache nicht zu tragisch? Ich gebe zu, es ist ein übler Scherz, der nicht eben von gutem Geschmack zeugt. Aber es ist doch nur ein geschmackloser Scherz, oder? Am besten wäre es, diesen Unsinn mit gelassenem Schweigen oder amüsierter Verachtung zu quittieren. Clarissa ist Schauspielerin. Es müßte ihr doch gelingen, eine dieser beiden Haltungen einzunehmen. Sollte es hier auf der Insel jemand geben, der darauf aus ist, ihr die Aufführung zu verpatzen, dann wird diese Person – Mann oder Frau – ihr Vorhaben bald aufgeben, wenn Clarissa Gleichgültigkeit demonstriert.«
»Das wird sie auch tun, zumindest bis nach der Aufführung. Das hier wird sie nicht zu sehen bekommen. Ich kann doch damit rechnen, daß Sie ihr nichts davon sagen?«
»Selbstverständlich. Sie können sich ja denken, daß auch ich an Clarissas erfolgreichem Abschneiden interessiert bin. Sie haben nicht zufällig den Wisch da selbst in ihr Zimmer gelegt?«
»Aber nein!«
»Ich hab's auch nicht angenommen. Verzeihen Sie mir die dumme Frage, aber Sie müssen meine schwierige Lage sehen. Wenn Sie's nicht waren, kann es nur ihr Mann – der allerdings nicht hier ist –, ihr Stiefsohn, ihre Kusine, ihre langjährige Garderobiere oder einer ihrer alten Freunde gewesen sein. Wie komme ich dazu, mich in Clarissas familiäre und sonstige Beziehungen zu mischen? Außerdem gehört der Holzschnitt Roma.«
»Roma? Woher wissen Sie das?«
»Fahren Sie doch nicht gleich aus der Haut wie eine Schullehrerin! Eine solche war übrigens Roma früher. Ihre Fächer wa-

ren Geographie und Sport, hat mir Clarissa erzählt. Eine eigenartige Kombination. Schwer vorzustellen, daß sie, eine Trillerpfeife zwischen den Lippen, auf einem Hockeyspielfeld auf und ab rannte und ihre Mädchen anfeuerte oder daß sie ihnen vormachte, wie man vom Sprungbrett ins Schwimmbekken springt. Aber so abwegig ist die Vorstellung nun wieder auch nicht. Man braucht sich nur ihre muskulösen Schultern anzusehen.«

»Was ist nun mit dem Holzschnitt?« fragte Cordelia.

»Roma erzählte mir, daß sie ihn in einem antiquarischen Buch gefunden habe. Sie nahm an, er könne mich interessieren. Gestern vor der Probe hat sie ihn mir dann gezeigt. Ich habe ihn auf dem Schreibtisch im Büro liegen lassen.«

»Wo ihn jeder sehen und an sich nehmen konnte?«

»Sie reden wie ein Detektiv! Aber es ist schon so, jeder hätte ihn einstecken können. Außerdem kommt es mir so vor, als sei die Botschaft mit meiner Maschine getippt worden. Auch sie steht im Büro.«

Das ließ sich leicht nachprüfen. Sie konnte es ebensogut auch gleich machen. Aber bevor sie Ambrose darum bitten konnte, sagte er: »Da ist noch etwas. Verzeihen Sie mir, wenn mir diese Sache näher geht als Clarissas Drohbriefe. Irgend jemand hat das Schloß an der Glasvitrine vor dem Büro aufgebrochen und den Marmorarm entwendet. Sollten Sie in Ihrer Funktion als Sekretärin erfahren, wer es gewesen ist, wäre ich Ihnen dankbar, wenn Sie die betreffende Person veranlassen könnten, ihn wieder an seinen Platz zu legen. Zugegeben, der Marmorarm mag nicht nach jedermanns Geschmack sein, aber mir gefällt er nun einmal.«

»Den Arm der Kronprinzessin?« fragte Cordelia nachdenklich. »Wann haben Sie es denn bemerkt?«

»Munter sagte mir, daß er sich noch in der Vitrine befand, als er gestern nacht die Türen verschloß. Das war etwa zehn Minuten nach Mitternacht. Heute morgen schloß er die Türen kurz nach sechs auf. Obwohl er sich die Vitrine nicht genau angesehen hat, meint er, daß es ihm aufgefallen wäre, wenn jemand den Arm entwendet hätte. Aber sicher ist er sich da nicht. Erst mir fiel auf, daß das Stück fehlte und daß jemand das Schloß aufgebrochen haben mußte. Das war, als ich kurz vor sieben in die Küche ging, um mir Tee zu machen.«

»Clarissa kommt nicht in Frage«, meinte Cordelia. »Als ich aufstand, schlief sie noch tief. Außerdem kann ich mir nicht vorstellen, daß sie die Kraft hat, ein Schloß aufzustemmen.«

»Dazu ist keine Kraft vonnöten. Ein massiver Brieföffner reicht völlig aus. Und so einer lag, wie's der Zufall will, auf meinem Schreibtisch im Büro.«

»Was wollen Sie jetzt unternehmen?«

»Nichts. Ich warte das Ende der Aufführung ab. Mit Clarissa hat das alles nichts zu tun. Der Verlust trifft ja nur mich, nicht sie. Vermutlich möchten Sie, daß sie nichts davon erfährt?«

»Ich halte es für äußerst wichtig, daß sie nichts davon weiß. Auch der bedeutungsloseste Vorfall könnte sie aufregen. Hoffentlich merkt sonst niemand, daß der Arm verschwunden ist.«

»Und wenn's so ist, kann ich immer noch behaupten, ich hätte ihn entfernt, weil er Clarissa nicht gefiel. Es ist zwar peinlich, sinnlos lügen zu müssen, aber wenn Sie's für wichtig halten, daß Clarissa nichts . . .«

»Ich halte es wirklich für äußerst wichtig. Ich wäre Ihnen dankbar, wenn Sie bis zum Ende der Aufführung nichts unternehmen und auch nichts sagen würden.«

In diesem Augenblick vernahmen sie feste, rasche Schritte auf dem gefliesten Korridor. Sie wandten sich um und fixierten die Tür. Sir George Ralston trat ein. Er war mit einem Tweedanzug bekleidet und hatte eine Reisetasche bei sich.

»Die Besprechung dauerte bis gestern abend«, erklärte er. »Ich bin fast die ganze Nacht durchgefahren und habe nur kurz im Wagen auf einem Parkstreifen geschlafen. Ich dachte mir, Clarissa würde sich freuen, wenn ich es doch noch schaffe, früher zu kommen.«

»Wie sind Sie denn herüber gekommen?« fragte Ambrose. »Ich habe kein Motorengeräusch gehört.«

»Ich habe ein paar Fischer getroffen, die schon auf waren. Sie setzten mich in der kleinen Bucht ab. Ich habe zwar nasse Füße bekommen, aber sonst fehlt mir nichts. Ich bin schon seit einigen Stunden auf der Insel. Ich wollte niemand aus dem Schlaf scheuchen. Steht da drüben Kaffee?«

Eine Menge Gedanken und Fragen schossen Cordelia durch den Kopf. Wurde sie weiterhin gebraucht? In Ambroses Anwesenheit mochte sie Sir George nicht fragen. Aber sie hielt sich ja auf Courcy als Clarissas Sekretärin auf, eine Funktion, die durch sein unerwartetes Erscheinen wohl kaum hinfällig wurde. Doch was würde mit ihrem Zimmer geschehen? Vermutlich würde sich Sir George neben seiner Frau einquartieren wollen. Ihr wurde peinlich bewußt, daß ihre Miene keineswegs Freude über das Auftauchen von Sir George ausdrückte. Außerdem bemerkte sie, daß Ambrose sie mit einem spöttischen, leicht belustigten Ausdruck musterte, dem sie entnehmen konnte, daß er ihre Bestürzung registriert hatte. Sie murmelte eine Entschuldigung und eilte hinaus.

Clarissa war schon wach, obgleich Tolly den Morgentee noch nicht gebracht hatte. Cordelia zog die Vorhänge zurück und schloß die Zimmertür auf. Dann wartete sie am Bett, bis Clarissa endlich die Augen öffnete.

»Sir George ist eben eingetroffen«, sagte sie. »Die Besprechung dauerte nicht so lange, wie er befürchtet hatte.«

Clarissa setzte sich auf. »George? Das kann doch nicht wahr sein! Er wollte doch frühestens heute abend eintreffen!«

»Er ist eben angekommen.«

Cordelia fand, daß es richtig gewesen war, ihr diese Nachricht unverzüglich mitzuteilen. Sir George hätte sich wohl kaum gefreut, wenn er mit der gleichen Begeisterung empfangen worden wäre wie die Nachricht von seiner Ankunft. Clarissa setzte sich auf und schaute mit ausdruckslosem Gesicht zur Wand.

»Ziehen Sie bitte am Glockenband!« sagte sie dann. »Dort neben dem Kamin. Tolly soll meinen Tee bringen.«

»Ich frage mich, ob Sie mich jetzt noch brauchen werden«, sagte Cordelia.

Clarissas Stimme klang schrill, beinahe verängstigt. »Selbstverständlich brauche ich Sie! Was soll sich denn schon geändert haben? Sie wissen, warum Sie hier sind. Wer immer es ist, der mich umbringen will, wird nicht davon ablassen, nur weil George angekommen ist.«

»Wenn Sie wünschen, räume ich das Zimmer.«

Clarissa schwang sich aus dem Bett und ging zum Bad. »Seien Sie doch nicht so einfältig, Cordelia! Sie bleiben, wo Sie sind. Und sagen Sie Sir George, daß ich aufgestanden bin, falls er mich sehen möchte.«

Sie verschwand im Bad. Cordelia hielt es für besser, zu warten, bis Tolly den Tee brachte. Soweit es in ihren Kräften lag, wollte sie darauf achten, daß Clarissa von jetzt an bis zum Beginn der Aufführung nicht ohne Begleitung blieb.
Clarissa verließ nach einer Weile das Badezimmer und legte sich wieder ins Bett.
»Würden Sie mir noch sagen, bevor Miss Tolgarth kommt, was Sie für heute geplant haben?«
»Wissen Sie das denn nicht? Ich dachte, ich hätte es Ihnen schon gesagt. Die Aufführung beginnt um halb vier. Ambrose wird uns mittags einen frühen Lunch servieren lassen. Danach werde ich mich etwa von eins bis Viertel vor drei noch eine Weile in meinem Zimmer ausruhen, und zwar allein. Ich hab's nicht gern, wenn ich mich vor einer Aufführung allzu lange in der Garderobe aufhalten muß. Sie können um Viertel vor drei zu mir kommen. Wir werden dann vereinbaren, was Sie während der Aufführung tun sollen, sofern Sie überhaupt etwas tun können. Die Barkasse holt die Cottringham-Truppe von Speymouth ab. Sie dürfte so gegen halb drei eintreffen. Gegen drei Uhr kommt dann noch ein größeres Mietboot mit den übrigen Gästen. In der großen Pause werden wir gegen halb fünf den Tee zu uns nehmen. Unter den Arkaden, wenn's noch warm genug ist. Das Abendessen gibt es etwa um halb acht in der Halle. Die Fährboote sind für neun bestellt.«
»Und heute vormittag?« fragte Cordelia. »Was haben Sie in den drei Stunden zwischen dem Frühstück und dem Lunch vor? Ich halte es für ratsam, daß ich in Ihrer Nähe bleibe.«
»Wir werden zusammenbleiben. Ambrose hat eine Rundfahrt mit der ›Shearwater‹ um die Insel vorgeschlagen. Aber ich habe ihm erklärt, daß wir nicht zu seinen Sommerurlaubern gehören, die solche Vergnügungen für fünf Pfund pro Tag zu schätzen wissen. Nein, ich habe einen besseren Plan. Es gibt da Sehenswürdigkeiten auf Courcy, die er uns noch nicht gezeigt hat. Ich glaube nicht, daß Sie sich langweilen werden. Als erstes werden wir das Beinhaus von Courcy besichtigen.«
»Ein Beinhaus auf Courcy? Mit echten Totenköpfen? Hier im Schloß?«
Clarissa mußte lachen.
 »Ja, mit echten Menschenschädeln! In der Krypta der Kirche.

Ambrose wird sicherlich die zugehörigen Histörchen beisteuern. So können wir uns auf die Greuel von Amalfi einstimmen.«

Tolly erschien mit dem Morgentee und gleich nach ihr Sir George. Er wurde überaus wohlwollend empfangen. Clarissa streckte ihm matt den Arm entgegen. Sir George zog ihre Hand an die Lippen, machte eine steife, eckige Verbeugung und streifte mit seinem Gesicht flüchtig ihre Wange.

»Das ist ja reizend von dir, Darling!« sagte sie mit hoher, leicht bebender Stimme. »Wie gut, daß du jemand gefunden hast, der dich übersetzen konnte!«

Sir George schenkte Cordelia keinerlei Beachtung.

»Fühlst du dich wohl?« fragte er.

»Aber ja, Darling! Hast du dir etwa meinetwegen Sorgen gemacht? Wie süß von dir. Aber wie du siehst, geht es mir gut. Die Herzogin von Amalfi gibt es noch.«

Cordelia ließ die beiden allein. Ob Sir George wohl versuchen würde, mit ihr unter vier Augen zu sprechen? Sollte sie ihm dann von dem Holzschnitt erzählen, den jemand unter der Tür hindurchgeschoben hatte? Schließlich hatte er sie ja engagiert. Aber auf Clarissas Veranlassung. Eigentlich war Clarissa ihre Klientin. Sie wurde ja bezahlt, um Clarissa zu schützen. Sie hatte das dumpfe Gefühl, daß sie es besser für sich behalten sollte, zumindest bis zum Ende der Aufführung. Außerdem fiel ihr noch der entwendete Marmorarm ein. Die Ankunft von Sir George hatte sie dermaßen verwirrt, daß sie ihn beinahe vergessen hätte. Doch jetzt ging ihr die blasse Steinskulptur nicht mehr aus dem Sinn, als sei ihr Verschwinden ein böses Omen. Sollte sie Sir George anvertrauen, daß der Arm verschwunden war? Aber wozu sollte das gut sein? Es war doch nur die Kopie einer Skulptur, die einst nach dem Ärmchen einer Prinzessin angefertigt worden war. Wie sollte sie jemand schaden? Wie konnten diese marmornen, dicklichen Kinderfinger Unheil anrichten? Sie hätte nicht sagen können, warum sie es für so wichtig hielt, daß Clarissa nichts von dem Diebstahl erfuhr. Lag's daran, daß Clarissa den Marmorarm abscheulich gefunden hatte? Daß es sie vielleicht aufregen könnte, wenn von ihm die Rede war? Sicherlich hatte sie richtig gehandelt, als sie Ambrose bat, nicht davon zu sprechen. Zumindest nicht vor dem Ende des Stücks. Warum sollte sie nun Sir George davon berichten? Er kannte die Skulptur ja gar nicht. Beide würden es schon noch erfahren, wenn Ambrose sie alle nach der Aufführung reihum befragte, um den Diebstahl aufzudecken. Das würde noch heute abend sein. Sie brauchte also nur diesen Tag durchzustehen. Aber sie hatte das beunruhigende Gefühl, daß sie nicht mehr klar denken konnte. Vor allem ein Gedanke machte ihr zu schaffen. Die Anwesenheit von Clarissas Mann auf Courcy hätte ihr doch eigentlich ihren Auftrag erleichtern müssen. Sie hätte sich freuen sollen, daß sie die Verantwortung nicht allein trug. Wieso erschien ihr dann seine unerwartete Ankunft als eine unvermutete und höchst unwillkommene Komplikation der Lage? Warum nur hatte sie das dumpfe Gefühl, daß sie da in undurchsichtige Machenschaften verwickelt war und sich ahnungslos zurechtzufinden suchte, während eine verborgene Macht sie hin und her schob, ein unbekanntes Gehirn das Geschehen beobachtete, abwartete, um schließlich das Spiel zu dirigieren?

2

Das Frühstück zog sich hin, da die Gäste einzeln eintrudelten, gemächlich aßen und anscheinend kein Ende fanden. Die Gerichte hätten auch der viktorianischen Vorstellung Herbert Gorringes, wie ein Tag zu beginnen sei, vollauf entsprochen. Hob man die Deckel von den silbernen Schüsseln, so füllten verwirrende Gerüche nach Eiern mit Speck, nach Würstchen, Nieren und Schellfisch das Frühstückszimmer und dämpften den Appetit. Trotz aller Anzeichen, daß auch an diesem Tag schönes Wetter herrschen würde, hatte Cordelia das Gefühl, daß die Anwesenden alle bedrückt waren. Sie war offenbar nicht die einzige, welche die Stunden bis zum Abend zählte. Alle schienen sich ohne vorherige Absprache vorgenommen zu haben, Clarissa nicht zu beunruhigen. Als diese vorschlug, doch die Kirche und die Krypta zu besichtigen, erklärten sich verdächtigerweise alle einverstanden. Wer lieber eine Fahrt um die Insel oder einen Spaziergang gemacht hätte, schwieg. Vermutlich ahnten alle, wie anfällig ihre Selbstbeherrschung vor der Aufführung war, und keiner wollte riskieren, für ihren Zusammenbruch verantwortlich gemacht zu werden. Als sie miteinander unter den Arkaden und vorbei am Theater im Baumschatten zur Kirche schlenderten, kam es Cordelia vor, als umgebe Clarissa eine Fürsorge, wie sie sonst nur einer Kranken zuteil wurde oder – der Gedanke war ihr unbehaglich – einem verurteilten Opfer.

Sir George schien noch der unbefangenste zu sein. Als sie die Kirche betraten und sich mit dem Ausdruck von Leuten, die unbedingt etwas Positives äußern wollen, umsahen, reagierte er spontan und freimütig. Offensichtlich fand er die Mischung aus religiöser Schwärmerei, wie sie das 19. Jahrhundert gekennzeichnet hatte, und mittelalterlich verbrämter romantischer Nostalgie höchst unsympathisch. Er musterte die prachtvoll verzierte Apsis mit dem die Himmelfahrt Christi darstellenden Mosaik, all die bunten Fliesen und farblich abgestimmten Bögen mit kritischem Blick.

»Erinnert mich an einen viktorianischen Club in London oder an ein Türkisches Bad, aber nicht an eine Kirche. Tut mir leid, Gorringe, aber dem kann ich nichts abgewinnen. Wer war denn der Architekt?«

»George Frederick Bodley. Mein Urgroßvater hatte sich gerade mit Godwin überworfen, als er die Kirche wiederaufbauen wollte. Zu Architekten hatte er schon immer eine gespannte Beziehung. Schade, daß Ihnen die Kirche nicht gefällt. Die Bilder auf dem Altaraufsatz stammen übrigens von Lord Leighton. Und das Buntglas kommt aus der Werkstatt von William Morris, der sich auf diese hellen Farbtöne spezialisiert hatte. Bodley war einer der ersten Architekten, der mit dieser Werkstatt zusammenarbeitete. Das Ostfenster wird für ein Meisterwerk gehalten.«

»Ich kann mir schwer vorstellen, daß man hier auch beten kann. Ist das da ein Kriegerdenkmal?«

»Ja. Mein Onkel, den ich beerbte, hat es gestiftet. Es ist die einzige architektonische Veränderung auf der Insel, für die er verantwortlich ist.«

Es handelte sich um eine schlichte Steinplatte, die südlich vom Altar in die Wand eingelassen war. Die Inschrift lautete:

> ZUM GEDÄCHTNIS FÜR DIE MÄNNER VON COURCY, DIE AUF DEN SCHLACHTFELDERN ZWEIER WELTKRIEGE IHR LEBEN LIESSEN UND DEREN GEBEIN IN FREMDER ERDE RUHT.
> 1914–1918 * 1939–1945.

Diese Worte fanden Sir Georges Zustimmung.

»Das imponiert mir. Klingt schlicht, aber eindrucksvoll. Von wem stammt denn der Kranz? Sieht schon ziemlich alt aus.«

Ambrose Gorringe hatte sich wieder zu ihnen gesellt. »Am 11. November gibt es wieder einen neuen«, sagte er. »Munter flicht alljährlich einen aus unserem Lorbeer und bringt ihn hierher. Sein Vater ist im Krieg gefallen. Er war bei der Royal Navy, wenn ich mich nicht täusche. Er ist ertrunken. So hat es mir Munter wenigstens erzählt.«

 »Und Sie unterstützen diese Gefühlsduselei?« fragte Roma.

»Nein. Er hat mich nicht um Erlaubnis gebeten. Das ist seine Privatzeremonie. Ich weiß offiziell gar nichts davon.«
Roma wandte sich ab. »Das wirft ja ein ganz neues Licht auf Munter. So viel Romantik hätte ich ihm gar nicht zugetraut. Außerdem ist diese Gedenktafel dafür wohl kaum geeignet. Sein Vater hat doch auf Courcy weder gewohnt noch gearbeitet, nicht wahr?«
»Soviel ich weiß, nein.«
»Und wenn er schon ein Seemannsgrab gefunden hat, kann sein Gebein weder in fremder Erde noch sonstwo begraben sein. Folglich ist es unsinnig, unsinnig wie alle Heldengedenktage. Kein Mensch weiß doch, wessen da gedacht werden soll.«
»All der tapferen Männer, die gefallen sind«, erwiderte Sir George. »Es ist ja nur einmal im Jahr. Nur wenige Minuten. Man kann doch nicht sagen, daß das zuviel ist. Warum sollte man dies zu einem sentimentalen Massen-Love-in herabwürdigen? Bei unserer letzten Veteranenparade predigte der Pastor über die dritte Welt und das Konzil der Weltkirchen. Da wurden ein paar von den älteren Kameraden etwas unruhig.«
»Der Geistliche hoffte wohl, damit dem Weltfrieden zu dienen.«
»Der Waffenstillstandstag hat doch nichts mit Frieden zu tun. Er hat etwas mit der Erinnerung an die gefallenen Soldaten zu tun. Ein Volk, das seine Gefallenen vergißt, ist nicht wert, daß man für es stirbt. Übrigens – wo gibt's denn Frieden in der dritten Welt?«
Als er sich daraufhin abrupt abwandte, kam es Cordelia so vor, als schimmerten seine Augen feucht. Doch dann sah sie, daß es nur ein Lichtreflex gewesen war, und sie ärgerte sich über ihre Naivität. Vielleicht gedachte er seiner toten Kameraden und der längst vergessenen, diskreditierten Sache, für die sie gefallen waren. Aber er tat es ohne Tränen. Sicherlich hatte er schon viele Menschen sterben sehen. War der Tod für ihn da mehr als eine Zahl in einer Statistik?
Von der Sakristei führte eine Tür zur Gruft. Als sie im Lichtschein von Gorringes Stablampe die schmalen Stufen hinuntergingen, gelangten sie in eine gänzlich andere Welt, in eine weit zurückliegende Epoche. Hier waren die Überbleibsel des

ursprünglich normannischen Gebäudes zu sehen. Die Decke war so niedrig, daß der hochgewachsene Ivo Whittingham sich etwas bücken mußte. Die gedrungenen, wuchtigen Pfeiler der Krypta sahen aus, als könnten sie unter der Last der neunhundert Jahre, die auf ihren Kapitellen ruhte, jeden Augenblick bersten. Gorringe tastete nach dem Schalter an der Wand, und gleich darauf erstrahlte die verliesartige Gruft in grellem, kaltem Licht. Als erstes fielen allen sofort die Totenschädel auf. Sie füllten – eine zähnebleckende Parade des Todes – eine ganze Wand. Sie waren auf Eichenholzregalen so dicht gestapelt, daß es unmöglich war, einen zu entfernen, es sei denn, man hätte ihn herausgestemmt. Mit der Anordnung hatte man sich nur wenig Mühe gegeben. An einigen Stellen hatte man Beton in die Zwischenräume gegossen, so daß die Schädel, die Gebisse einander zugewandt, wie die Parodie eines Kusses aussahen. Auf anderen Köpfen wiederum hatte sich im Lauf der Jahre Staub angesetzt, der sie nun zusammenzuhalten schien, Nasenöffnungen und Augenhöhlen verstopfte und die glatten Schädeldächer wie ein Leichentuch bedeckte.

»Über diese Schädel erzählt man sich eine Geschichte«, sagte Gorringe. »Wie könnte es auch anders sein? Im 17. Jahrhundert befand sich die Insel im Besitz der de Courcy, einer Familie, der sie schon seit etwa 1400 gehörte. Der damalige de Courcy muß ein höchst unangenehmer Vertreter seines Geschlechts gewesen sein. Als ihm einmal jemand erzählte, was Tiberius so alles auf Capri getrieben habe – ich glaube nicht, daß besagter de Courcy überhaupt lesen konnte –, versuchte er es diesem gleichzutun. Sie wissen schon, was ich meine. Er ließ Mädchen vom Festland entführen und beanspruchte sein Jus primae noctis in einem Ausmaß, daß es selbst die eingeschüchtertsten Pächter nicht länger hinnehmen wollten. Immer wieder schwemmte die Flut verstümmelte Leichen an den Strand, was den Einheimischen gar nicht behagte. Speymouth war damals ein kleines Fischerdorf. Die Ortschaft erlangte ja erst zu Anfang des 18. Jahrhunderts als eine Art Brighton für den Westteil unseres Landes einige Bedeutung. Die Sache sprach sich jedenfalls herum. Abhilfe wurde freilich nicht geschaffen. Man erzählte sich später, daß der Vater eines entführten Mädchens, dessen Leiche drei Wochen nach seinem

Verschwinden verstümmelt angespült worden war, unseren de Courcy beim zuständigen Magistrat anzeigte. De Courcy wurde dann auch vor ein Schwurgericht gestellt, doch das sprach ihn frei. Die Angelegenheit hatte man wohl auf die herkömmliche Art und Weise geregelt: mit einem käuflichen Richter, mit meineidigen Zeugen und bestochenen Schöffen, kurzum, mit der gängigen Mischung von Untertänigkeit und Angst. Überdies gab es ja nicht einen einzigen stichhaltigen Beweis. Nach dem Urteilsspruch erhob sich der Vater des Mädchens – er soll ein höchst einflußreicher Mann gewesen sein – und verfluchte de Courcy und seine gesamte Sippe auf die übliche hochdramatische Art, indem er ihm einen totgeborenen Stammhalter wünschte, alle möglichen abstoßenden Krankheiten, den Ruin des Schlosses und den Untergang seines Geschlechts. Er wird den Leuten aus der Seele gesprochen haben, und prompt brach im Jahre 1665 die Pest aus.«
Cordelia dachte sich, daß die Pause, die Gorringe da machte, um seinen Worten Nachdruck zu verleihen, gänzlich unnötig war. Die kleine Gruppe, die ihn umringte, blickte ihn ohnehin mit der gespannten Aufmerksamkeit von Touristen an, deren Führer ihnen endlich für ihr Geld etwas bot.
»Die Pest wütete vor allem in diesem Küstenstreifen«, fuhr Gorringe fort. »Sie soll von einer Familie aus Cheapside eingeschleppt worden sein, die im Dorf Verwandte hatte und bei ihnen Zuflucht suchte. Eine alteingesessene Sippe nach der anderen wurde dahingerafft. Da auch der Pastor samt seiner Familie starb, war niemand mehr da, der die Totenmesse hätte lesen können. Bald gab es nur noch einen alten Mann, der die Toten beerdigte. Überall herrschte Chaos. Nur auf der Insel fühlte man sich sicher, weil de Courcy jedem den Tod androhte; der hier landen würde. Ein Boot mit Frauen und Kindern und einem Mann, der es steuerte, wagte es dennoch. Aber wenn die Menschen gehofft hatten, de Courcys Mitleid zu erregen, so wurden sie bitterlich enttäuscht. Allerdings verhielt er sich in dieser Sache völlig vernünftig, denn die einzige Möglichkeit, der Seuche zu entgehen, war nun mal die Quarantäne. Weniger einzusehen ist freilich, warum man Löcher in die Bootsplanken bohren mußte, bevor man das Boot wieder auf die hohe See hinaustrieb. Die Leute ertranken, bevor sie die rettende Küste erreichen konnten. Doch das nur ne-

benbei. Was die Menschen in diesem Boot angeht, sollten wir de Courcy nicht vorschnell verurteilen. Aber nun zum Höhepunkt der Geschichte.«

»Was der Story noch fehlt, sind zeitgenössische Trachten vom Kostümverleih Motley und etwas Begleitmusik von Menotti«, spöttelte Whittingham. Doch Cordelia sah seinem Gesicht an, daß er ebenso gespannt war wie die übrigen.

»Ich weiß nicht, ob Sie die Symptome der Beulenpest kennen. Die Kranken meinen zuallererst, den Geruch fauliger Äpfel wahrzunehmen. Danach erst bilden sich auf der Stirn die gefürchteten roten Pusteln. Eines Tages nun nahm der Vater jenes ermordeten Mädchens diesen Geruch wahr und erblickte bald darauf im Spiegel das Signum des Todes. Es soll eine stürmische Sommernacht mit kabbeliger See gewesen sein. Der Mann wußte, daß er nicht mehr lange leben würde. Der Pesttod fackelte nicht lange. Der Mann setzte sich in sein Boot und segelte zur Insel. De Courcy und sein Gefolge saßen gerade beim Dinner, als die Tür zur großen Halle aufgerissen wurde und der Mann hereinkam, ein von der Gischt durchnäßter Hüne, der mit funkelnden Augen auf seinen Todfeind zutorkelte. Alle waren so verblüfft, daß sich niemand regte. Und in dieser Zeitspanne gelang es dem Mann, an de Courcy heranzukommen, ihn in seine kräftigen Arme zu schließen und ihn mitten auf den Mund zu küssen.«

Alle schwiegen. Cordelia überlegte, ob die Zuhörer jetzt wohl höflich applaudieren würden. Gorringe hatte hübsch erzählt. Die Geschichte mit ihrem simplen, grausigen Geschehen, mit ihrem geradezu symbolischen Widerstreit zwischen Unschuld und Bosheit hatte recht eindrucksvoll geklungen.

»Daraus könnte man eine Oper machen«, meinte Whittingham. »Der Stoff schreit danach. Jetzt brauchen wir nur noch einen neuen Verdi oder einen zweiten Benjamin Britten.«

Roma Lisle musterte die Totenschädel halb fasziniert, halb angewidert und fragte: »Hat sich denn der Fluch erfüllt?«

»Aber ja! De Courcy und all die Leute auf der Insel bekamen die Pest und starben; die de Courcys gibt es nicht mehr. Erst vier Jahre später kamen wieder Menschen auf die Insel und begruben die Toten. Seit jener Zeit näherte man sich der Insel mit abergläubischer Scheu. Das Landvolk mied sie. Die Fischer bekreuzigten sich wie zu Zeiten der alten Religion,

wenn sie in den Windschatten der Insel gerieten. Das Schloß zerfiel und wurde zur Ruine. 1864 erstand dann mein Urgroßvater die Insel, baute ein neues Schloß, machte das Land wieder urbar und ließ das Gestrüpp abholzen. Nur die Ruine der alten Kirche blieb stehen. De Courcy und die Inselleute waren nicht auf dem Friedhof beerdigt worden. Die Einheimischen waren der Meinung gewesen, daß sie ein christliches Begräbnis nicht verdient hätten. Als Herbert Gorringe seinen Lustgarten anlegte, stieß man allenthalben auf Skelette. Seine Leute trugen die Totenschädel zusammen und deponierten sie hier. Ist doch kein schlechter Kompromiß zwischen einer christlichen Bestattung und schlichtem Verbrennen.«
»Am obersten Bord ist etwas eingeschnitzt«, sagte Roma. »Ich glaube, es sind Wörter und Zahlen. Wirkt ein wenig ungefüge. Es könnte ein Bibelspruch sein.«
»Das ist nur der höchst persönliche Kommentar eines Arbeiters, der sich damals dachte, daß die Aneinanderreihung all der Schädel der geeignete Anlaß für eine moralische Belehrung sei. Vorlesen werde ich ihn aber nicht. Das müssen Sie schon selbst entziffern.«
Cordelia brauchte nicht lange zu überlegen. Ihre im Klosterinternat erworbene Kenntnis des Alten Testaments und etwas Glück beim Raten führten sie untrüglich auf die richtige Spur.

> Die Rache ist mein, spricht der Herr,
> ich will vergelten.

Sie fand diesen Spruch durchaus passend für einen Racheakt, der – falls Gorringes Geschichte stimmte – dem menschlichen Wesen so sehr entsprach.
In der Gruft war es eisig kalt. Die Gespräche waren verstummt. Die Besucher standen im Kreis und betrachteten die Schädelreihen, als könnten sie diesen blanken Knochen, den gezackten Nasenöffnungen, den klaffenden Augenhöhlen das Geheimnis des Todes entreißen. Dabei wirken die Totenköpfe keineswegs angsteinflößend, dachte Cordelia, diese jahrhundertealten Zeugnisse menschlicher Sterblichkeit, die da zu grienenden Fratzen aneinandergereiht waren, als sollten sie auf einem Rummelplatz Kinder erschrecken. In ihrer nackten Anonymität demonstrierten sie nur auf anzügliche Weise, daß

von allem menschlichen Streben bestenfalls ein intaktes Gebiß übrigbleibt.
Während Gorringes Erzählung hatte sie hin und wieder Clarissa gemustert und sich überlegt, welche Wirkung wohl die Horrorgeschichte auf sie haben könnte. Es machte sie stutzig, daß die ungelenke Zeichnung eines Totenkopfes Clarissa in derartige Angst versetzen konnte, während die tatsächlichen Schädel kaum mehr als zur Schau getragenes Ekelgefühl hervorriefen. Clarissa schien trotz ihrer Überempfindsamkeit fähig zu sein, jeglichem Schauder standzuhalten, sofern das Gräßliche durch die Patina der Zeit abgemildert war und sie nicht unmittelbar bedrohte. Selbst im grellen, mitleidlosen Licht der Krypta war ihr Gesicht noch rötlich überhaucht, und ihre großen Augen strahlten. Cordelia konnte sich nicht vorstellen, daß Clarissa die Gruft jemals allein besuchen würde, aber jetzt, da sie sich als Mittelpunkt der Gruppe fühlte, genoß sie all das Grausige wie ein Kind, das einen Horrorfilm sieht und weiß, daß keins der Schreckensbilder der Realität entspricht, daß es draußen die vertrauten Straßen gibt, vertraute Gesichter, die vertraute Welt, in der man zu Hause ist. Was immer Clarissa ängstigen mochte – und Cordelia glaubte nicht, daß ihre Angst nur gespielt war –, die Toten da erschütterten sie nicht, und sie befürchtete auch nicht, daß ihre Geister ihr nachts einen Besuch abstatten könnten. Sie rechnete fest damit, daß der Tod, wann immer er kam und welche Gestalt er auch annehmen mochte, ein menschliches Gesicht aufweisen würde. Was sie hier sah, schien sie sogar in eine euphorische Stimmung zu versetzen.
»Deine Insel ist ja eine wahre Horrorfundgrube, Ambrose«, wandte sie sich an Gorringe. »Von außen wirkt sie so lieblich, aber in der Tiefe brodelt es. Hast du nicht noch etwas auf Lager, was näher an unserer Zeit ist? Einen Mord etwa, der sich nachweislich ereignet hat? Erzähl uns doch vom Teufelskessel!«
Ambrose Gorringe mied ihren Blick. Einer der Schädel ragte ein wenig hervor. Gorringe packte ihn mit beiden Händen und versuchte, ihn hineinzudrücken. Das gelang ihm jedoch nicht. Sein Bemühen endete damit, daß die Kinnlade splitterte und er die Reste in der Hand hielt.
 Er schob sie unter den Schädel, wischte die Hände am Ta-

schentuch ab und erwiderte: »Da gibt es nicht viel zu sehen. Außerdem ist es eine gräßliche Geschichte, interessant nur für Leute, die sich gern am Leiden anderer weiden.«
Doch seine Warnung und seine versteckte Kritik machten auf Clarissa keinen Eindruck. »Sei doch nicht so zickig, Ambrose!« rief sie aus. »Der Vorfall liegt mindestens vierzig Jahre zurück. Außerdem weiß ich darüber Bescheid. George hat es mir erzählt. Ich möchte die Stelle sehen, wo es geschah. Ich habe ein persönliches Interesse daran. George hielt sich damals auf Courcy auf. Du weißt doch, daß George damals hier stationiert war?«
»Ja, ich weiß«, antwortete Ambrose Gorringe abwehrend.
»Zeigen Sie's uns, was immer es sein mag«, mengte sich Roma ein. »Clarissa wird Ihnen keine Ruhe lassen, und auch wir übrigen haben ein Recht darauf, unsere Neugierde zu befriedigen. Ärger als hier kann es nicht sein.«
Niemand fügte dem etwas hinzu. Cordelia dachte sich, daß Clarissa und ihre Kusine sogar bei dem Versuch, Gorringe zu überreden, nicht eben seelenverwandte Verbündete waren. Sie fragte sich, ob Roma tatsächlich interessiert war oder diese Geschichte nur hören wollte, damit sie endlich das Beinhaus verlassen konnte.
Clarissas Stimme nahm den einschmeichelnden Tonfall eines bettelnden Kindes an. »Bitte, Ambrose! Du hast es mir doch versprochen. Warum nicht jetzt, wo wir schon mal hier sind?«
Gorringe musterte George Ralston. Mit seinem prüfenden Blick hoffte er wohl Zustimmung oder irgendeine Bemerkung auszulösen. Wenn er aber erwartet hatte, Unterstützung gegen Clarissas Ansinnen zu erhalten, so wurde er enttäuscht. Sir Georges Gesicht war ausdruckslos. Selbst das gewohnte nervöse Zucken war nicht wahrzunehmen.
»Na schön. Wenn Sie's unbedingt wünschen.«
Er führte die Besucher zu einer niedrigen Tür aus Eichenholz an der Westseite der Krypta. Sie war vor Alter beinahe schwarz und mit dicken Eisenbeschlägen und einer zweifachen Verriegelung gesichert. Der Schlüssel hing daneben an einem Nagel. Gorringe schob die Riegel zurück und steckte den Schlüssel ins Schloß. Er ließ sich mühelos umdrehen. Um die Tür zu öffnen, mußte Gorringe aber seine ganze Kraft auf-

bieten. Er tastete nach dem Schalter und knipste das Licht an. Vor ihnen tat sich ein schmaler überwölbter Gang auf, in dem nur zwei Personen nebeneinander Platz hatten. Gorringe ging mit Clarissa voran, Roma schlenderte hinterher. Ihr folgten Cordelia, Simon und Sir George, während Ivo Whittingham den Schluß bildete.
Nach etwa zwanzig Schritten gelangten sie zu steilen Steinstufen, die nach links weiter hinabführten. Die Stufen wurden zwar breiter, aber die Decke war so niedrig, daß Whittingham den Kopf einziehen mußte. Den Gang beleuchteten nackte, nur durch ein Gitter geschützte Glühbirnen, die an der Leitung baumelten. Die Luft war dumpf, aber immerhin noch so frisch, daß das Atmen nicht schwerfiel. Bis auf den Hall ihrer Schritte war es still. Cordelias Schätzung nach mußten sie an die zweihundert Meter zurückgelegt haben, als sie zu einer Biegung und weiteren Steinstufen kamen, die so steil und uneben waren, als hätte man sie aus dem gewachsenen Felsen herausgeschlagen. In diesem Moment erlosch das Licht.
Der Schock angesichts der unverhofften, totalen Finsternis nach der kalkigen Helligkeit im Gang verschlug ihnen allen den Atem. Jemand – Cordelia meinte, es sei Clarissa – schrie entsetzt auf. Auch sie kämpfte einen Augenblick lang gegen eine aufkommende Panik an und versuchte, ihr jäh pochendes Herz zu beruhigen. Unwillkürlich suchte sie in der Dunkelheit Halt und berührte einen von dünnem Baumwollstoff bedeckten, kräftigen Arm, der sich warm anfühlte. Es war Simons Arm. Als sie ihre Hand zurückziehen wollte, spürte sie, daß er sie ergriff.
Gleich darauf hörte man Gorringes Stimme. »Tut mir leid. Ich habe ganz vergessen, daß sich das Licht automatisch abschaltet. Ich mache es gleich wieder an.«
Doch dann dauerte es nach Cordelias Schätzung noch gut fünfzehn Sekunden, bis das Licht wieder brannte. Alle blinzelten in der plötzlichen Helle und lächelten verschämt. Simon zog seine Hand zurück, als hätte er sich verbrannt, und wandte sich ab.
»Du solltest uns zumindest warnen, wenn du wieder so einen dummen Streich vorhast«, meinte Clarissa unwirsch.
Gorringe schaute sie spöttisch an. »Das war kein Trick. Es wird auch nicht mehr vorkommen. Im Raum über dem Teufelskes-

sel schaltet sich das Licht nicht von selbst ab. Es sind nur noch vierzig Meter. Außerdem hast du doch diese Exkursion angeregt.«

Sie stiegen weiter hinab und hielten sich an dem Seil fest, das durch Eisenringe lief, die im Felsen steckten. Nach gut dreißig Metern verbreiterte sich der Gang zu einer Höhle mit niedriger Decke.

»Wir müssen etwa fünfzehn Meter unter der Erdoberfläche sein«, meinte Whittingham, und seine Stimme klang ungewohnt laut. »Wie werden denn die Gänge ventiliert?«

»Durch Luftschächte. Einer endet in dem Betonbunker, den man im Krieg gebaut hat, um die Südseite der Insel zu sichern. Es gibt mehrere solche Schächte. Den allerersten soll noch de Courcy angelegt haben, denn den Teufelskessel wußte auch er zu nutzen.«

In der Bodenmitte befand sich eine Falltür aus Eichenholz, die mit zwei Riegeln gesichert war. Gorringe schob sie zurück und klappte die Tür hoch. Neugierig umringten sie das Loch und blickten in die Tiefe. Eine Eisenleiter führte zu einer Höhle. Unten gluckerte Meerwasser. Ob Ebbe oder Flut herrschte, war nicht auszumachen. Man sah nur einen Lichtschein, der durch einen halbmondförmigen Spalt eindrang. Cordelia hörte ganz schwach das Rauschen des Meeres und nahm den vertrauten Geruch von Seetang wahr. Jede anbrandende Welle füllte die Höhlung beinahe lautlos mit Wasser, das die Sprossen der Leiter umwirbelte. Cordelia fröstelte es. Das ruhige, regelmäßige Einströmen des Meerwassers wirkte irgendwie gnadenlos, unheimlich.

»Jetzt erzähl schon!« drängte Clarissa.

Gorringe schwieg eine Weile. Dann sagte er: »Es geschah 1940. Insel und Schloß waren von einer Regierungsbehörde beschlagnahmt worden. Man brauchte ein Auffanglager und Befragungszentrum für Angehörige der Achsenmächte, die der Krieg in Großbritannien überrascht hatte, aber auch für englische Staatsbürger, die verdächtig waren, Feindagenten oder Nazi-Sympathisanten zu sein. Mein Onkel, der bis dahin mit seinem Kammerdiener das Schloß bewohnt hatte, mußte in das Häuschen bei den Stallungen einziehen, das jetzt Oldfield als Unterkunft dient. Was sich im Schloß abspielte, war selbstverständlich geheim. Die Internierten blieben zumeist nur kurze Zeit hier. Ich glaube nicht, daß sie ihren Zwangsaufenthalt allzu bedrückend fanden. Etliche wurden auch bald entlassen, nachdem man sie verhört und für unbedenklich erklärt hatte. Ein paar wurden hinterher auf der Isle of Man interniert. Anderen freilich widerfuhr ein minder angenehmes Schicksal. Aber George weiß mehr darüber als ich. Clarissa hat ja schon gesagt, daß er 1940 hier als junger Offizier einige Monate stationiert war.«

Er machte eine Pause, aber niemand stellte eine Frage. Gorringe hatte geredet, als sei Sir George nicht mehr zugegen. Cordelia bemerkte, daß Roma ihn erstaunt und ein wenig argwöhnisch anschaute. Sie wollte wohl etwas sagen, unterließ es dann aber. Sie musterte ihn jedoch weiterhin mit unbeirrbarer Eindringlichkeit, als sehe sie ihn zum ersten Male.

»Die Einzelheiten kenne ich freilich nicht«, fuhr Gorringe fort. »Irgend jemand weiß sicher genauer Bescheid, zumindest so viel, wie danach publik wurde. Über den Vorfall gibt es sicherlich einen offiziellen Bericht, auch wenn er nie veröffentlicht wurde. Ich weiß nur, was mir mein Onkel bei einem meiner seltenen Besuche erzählt hat. Und was er wußte, beruhte größtenteils auf Gerüchten.«

Clarissa demonstrierte gekonnt einen Anfall von Ungehaltenheit. Allerdings wirkte er nach Cordelias Ansicht ebenso gekünstelt wie die angewiderte Miene, die sie beim Anblick der Totenschädel aufgesetzt hatte. Überdies hätte sie ja gar nicht ungeduldig zu sein brauchen. Sie kannte doch die Geschichte.

Gorringe spreizte seine rundlichen Finger und zuckte mit den Achseln, als schicke er sich in etwas drein, das er gern vermieden hätte. Cordelia dachte jedoch, daß er sich die Sache durchaus hätte ersparen können, wenn er es nur gewollt hätte. Sie fragte sich, ob nicht seine Erzählung wie auch der Besuch der Krypta abgesprochen worden war.

»Im März 1940«, sagte Gorringe, »befanden sich etwa fünfzig Internierte auf der Insel. Darunter eingefleischte Nazis, zumeist Deutsche, die vom Ausbruch des Krieges in England überrascht worden waren. Sie argwöhnten nun, daß einer von ihnen, ein zweiundzwanzig Jahre alter Deutscher, bei den Verhören Geheimnisse verraten habe. Vielleicht war es tatsächlich so. Andererseits mag es sich auch um einen englischen

 Agenten gehandelt haben, den man in ihre Gruppe geschleust

hatte. Ich weiß nur, was mir so an Gerüchten zu Ohren kam. Erwiesen ist jedenfalls, daß die Nazis in der Krypta zu einer Art Gerichtsverhandlung zusammenkamen, ihren Kameraden des Verrats überführten und ihn zum Tode verurteilten. Sie verstopften ihm den Mund, fesselten ihn an den Armen und schleiften ihn durch den Gang zum Teufelskessel. Wie man deutlich sehen kann, gibt es dort unten eine schmale Öffnung, durch die man zur Bucht an der Ostseite gelangen kann. Bei Flut steht der Teufelskessel allerdings unter Wasser. Die Nazis banden das Opfer an die Eisenleiter und überließen es seinem Schicksal. Es war ein hochgewachsener junger Mensch, der hier in der Finsternis einen qualvollen Tod fand. Nach einiger Zeit kehrte einer der Nazis zurück, um die Leiche loszubinden, damit sie vom Wasser weggespült wurde. Als man sie zwei Tage darauf aus dem Meer fischte, waren die Handgelenke bis auf den Knochen durchgescheuert. Einer der Internierten gab beim Verhör an, der junge Mann habe unter zunehmenden Depressionen gelitten. Angeblich habe er sich selbst gefesselt, damit er nicht schwimmen könne, und sei dann ins Meer gesprungen. Keiner seiner Femerichter oder Henker rückte mit der Wahrheit heraus.«

»Woher weiß man es dann?« fragte Roma.

»Irgend jemand muß doch noch aus der Schule geplaudert haben, aber erst nach Kriegsende. Oldfield wohnte damals noch in Speymouth, war aber von der Armee hierher beordert worden. Möglicherweise hat er etwas gehört. Er gibt es freilich nicht zu, aber irgend jemand unter den Leuten auf der Insel muß Verdacht geschöpft haben. Und irgend jemand muß den Vorfall, wenn nicht gebilligt, so doch vertuscht haben. Die Insel unterstand ja der Armee. Die Nazis müssen irgendwie an die Schlüssel zur Krypta und zum Geheimgang herangekommen sein und sie später unbemerkt wieder zurückgebracht haben. Das deutet doch auf eine gewisse Nachlässigkeit seitens der Zuständigen hin.«

Clarissa wandte sich an ihren Mann. »Wie hieß doch gleich der Junge, der damals sterben mußte, Darling?«

»Carl Blythe.«

Clarissa blickte reihum die Anwesenden an und sagte mit bebender Stimme. »Sonderbar ist, daß dieser Blythe Engländer war. Zumindest sein Vater. Seine Mutter war Deutsche. Und er war ein Schulkamerad von George, nicht wahr, Darling? Beide waren in Melhurst. Blythe, der drei Jahre jünger war, muß ziemlich niederträchtig und tückisch gewesen sein, einer von diesen Klassenrüpeln, die anderen das Leben schwermachen. Deswegen kann man nicht sagen, daß er und George Freunde waren. George haßte ihn. Und auf Courcy traf er ihn wieder, wo Blythe ihm sozusagen ausgeliefert war. Ist das nicht sonderbar?«

»So sonderbar nun wieder auch nicht«, wehrte Whittingham ab. »In den englischen Internaten gab es Nazi-Sympathisanten zuhauf. Warum sollte es 1940 nicht ein paar von ihnen nach Courcy verschlagen haben?«

Cordelia musterte die Eisenleiter. Das kalkige Licht milderte das Grauen nicht, sondern verstärkte es noch. In der Vergangenheit hatten sich all die Grausamkeiten, die Menschen einander zufügten, noch im gnädigen Halbdunkel abgespielt, in stickigen, finsteren Verliesen, in die das Tageslicht nur durch schmale Wandscharten eindringen konnte. Die modernen Verhörräume und Folterkammern hingegen erstrahlen im hellen Licht. Die Folterspezialisten wollen schließlich genau sehen, was sie da vollbringen. Plötzlich konnte sie die Umgebung nicht mehr ertragen. Aus dem Gang wehte sie ein eisiger Lufthauch an. Sie spannte die Muskeln und ballte die Fäuste, um nicht zu erschauern. Sie bildete sich einen Augenblick lang ein, daß der Gang hinter ihnen endlos war und sie gleich wie in Panik geratene Ratten dem immer kleiner werdenden Lichtschein nachhasten würden. Als ihr ein Schweißtropfen die Stirn herunterlief und in ihrem Auge brannte, wurde ihr bewußt, daß es nicht an der Kälte lag.

Sie zwang sich, etwas zu sagen, und hoffte nur, daß man ihr nichts anmerken würde. »Könnten wir jetzt nicht umkehren? Ich komme mir wie eine Voyeurin vor.«

»Und mir ist kalt«, fügte Whittingham hinzu.

Clarissa griff die Bemerkung auf und begann prompt zu zittern, als würde auch sie frösteln. In diesem Augenblick ertönte die Stimme von Sir George. Cordelia fragte sich, ob es an ihrer Verwirrtheit oder am Widerhall von der niedrigen Decke lag, daß seine Stimme so fremd klang.

»Nachdem meine Frau ihre Neugierde gestillt hat, könnten wir jetzt wohl gehen.«

Abrupt trat er einen Schritt vor. Bevor die übrigen begriffen, was er vorhatte, zwängte er einen Fuß unter die aufgeklappte Tür und schnellte sie hoch. Krachend fiel sie zu. Es hörte sich an, als würden gleich die Mauern bersten. Sogar der Boden erbebte. Alle schrien auf. Verglichen mit dem tosenden Widerhall hörten sich die Stimmen dünn an. Als es wieder still war, schwiegen sie. Sir George hatte auf dem Absatz kehrtgemacht und eilte zum Ausgang.

Cordelia ging ein paar Schritte voran. Furcht und ein erstikkender Anflug von Übelkeit, der stärker war als ihr Entsetzen und das Gefühl des Eingesperrtseins noch steigerte, trieben sie vorwärts. Selbst die Krypta mit ihren aufeinandergestapelten Totenschädeln war da behaglicher als diese grausige Höhle. Gedankenlos und ohne jede Neugier bückte sie sich nach einem gefalteten Zettel auf dem Boden und schaute nicht einmal nach, ob er an jemanden gerichtet war. Im kalkigen Licht der einzigen Glühbirne waren der gezeichnete Totenkopf und die getippten Worte ohnehin deutlich zu sehen. Es wurde ihr klar, daß sie von vornherein gewußt hatte, was es nur sein konnte.

> Dein Tod ist beschlossen, die Frucht des Mordes.
> Wir dulden weder Flucht noch der Christen Wort,
> Da nur der Tod Missetaten sühnt.

Es war vermutlich kein wortgetreues Zitat. Das erste Wort sollte gewiß »Mein« und nicht »Dein« heißen. Aber die Botschaft war überdeutlich. Sie schob den Zettel in die Jeanstasche und wartete auf die Nachzügler. Sie überlegte, wo ein jeder gestanden hatte, als das Licht erlosch. Es mußte an der Stelle gewesen sein, wo der Gang eine Biegung machte. In der kurzen Zeit hätte jemand im Schutz der Dunkelheit zurückeilen können, jemand, der den Zettel bei sich getragen hatte, dem es nichts ausmachte, ja sogar Vergnügen bereitete, wenn Clarissa erkannte, daß sich ihr Todfeind in der kleinen Gruppe befand. Und wenn sie nicht als erste den Zettel gesehen hätte, wenn die Gruppe beisammen geblieben wäre, wäre die Botschaft auch in Clarissas Hände gelangt, denn sie war ebenfalls in Maschinenschrift an sie adressiert. Es hätte Gorringe sein können. Aber der Lichtausfall konnte jedem zupaß kommen, jeder hätte es tun können. Nur Simon nicht, denn der hatte mit festem Griff ihre Hand umklammert.

Jetzt tauchten sie der Reihe nach auf. Cordelia stand im Lichtschein und musterte die Gesichter. Keiner verriet sich etwa durch eine besorgte Miene. Keiner schaute verblüfft drein. Keiner richtete den Blick suchend auf den Boden. Als sie sich ihnen anschloß, wurde ihr erst so richtig klar, wovor sich Clarissa dermaßen ängstigte. Bisher waren Cordelia die Botschaften eher wie kindische Streiche vorgekommen, die einen intelligenten Menschen nur im ersten Augenblick erschrecken konnten. Aber sie waren das Zeichen eines tiefsitzenden Hasses, und Haß – oder was immer es sein mochte – durfte man nicht unterschätzen. Die Drohbriefe mochten infantil wirken, aber hinter der kindischen Verbrämung steckten die Tücke und Gewieftheit eines Erwachsenen. Die Drohungen mußten ernst genommen werden. Sie überlegte, ob es wirklich richtig war, diese Botschaft wie auch die frühere Clarissa zu verheimlichen. Wäre es nicht besser gewesen, sie zu größerer Wachsamkeit anzuhalten? Doch ihre Anweisungen waren eindeutig: Sie sollte Clarissa jegliche Aufregung oder Besorgnis vor ihrem Auftritt ersparen. Nach der Vorstellung war immer noch Zeit, darüber nachzudenken, was man sonst tun könnte. Es waren nur noch vier Stunden, bis der Vorhang aufging.

Als sie alle an den Totenschädelreihen im Beinhaus vorüberkamen, ohne ihnen Beachtung zu schenken, gesellte sich Cordelia zu Whittingham, der gezwungenermaßen oder aus Berechnung langsamer als die anderen ging.

»War das nicht eine höchst aufschlußreiche Szene?« fragte er. »Armer Ralston! Diesen Vorfall und seine unverkennbaren Gewissensbisse hat er nur der Geschwätzigkeit seiner Frau zu verdanken. Wie denken Sie darüber, kluges Kind?«

»Es war gräßlich.«

Beiden war klar, daß sie nicht nur an den Todeskampf des Nazi-Verräters dachte. Roma schloß sich ihnen an. Cordelia fiel auf, daß sie zum erstenmal geradezu beschwingt wirkte. Ihre Augen funkelten boshaft.

»Ein peinlicher Zwischenfall, nicht wahr?« sagte sie. »Er hat uns, die wir glücklicherweise noch unverheiratet sind, so richtig vor Augen geführt, daß der heilige Stand der Ehe so seine Tücken hat. Ich fand es schrecklich.«

»Die Ehe ist auch etwas Schreckliches«, entgegnete Whittingham. »Diese Erkenntnis habe zumindest ich gewonnen.«
Roma wollte die Sache nicht auf sich beruhen lassen. »Hat sie sich vor einer Aufführung schon immer mit solchen Gefühlrohheiten in Stimmung gebracht?«
»Sie ist eben nervös. Jeder reagiert da anders.«
»Du meine Güte! Es ist ja nur eine Liebhaberaufführung! Das Theater bietet doch höchstens achtzig Personen Platz. Sie ist doch angeblich ein Profi in diesem Gewerbe. Was mag George Ralston wohl in diesem Augenblick empfunden haben?«
Der zufriedene Tonfall war unüberhörbar. Cordelia hätte am liebsten erwidert, daß man ja seinem Gesicht hatte ansehen können, was er empfand. Aber sie schwieg lieber.
»Wie alle Militärs ist auch Ralston sentimental«, meinte Whittingham. »Begriffe wie Ehre, Gerechtigkeit, Loyalität sind ihm in Fleisch und Blut übergegangen und halten wie Eisenreifen seine Persönlichkeit zusammen. Ich muß sagen, mir imponiert das. Allerdings kann das einem auch eine gewisse . . . Unerbittlichkeit verleihen.«
Roma hob die Schultern. »Wenn Sie darunter eine unnatürliche Selbstbeherrschung verstehen, stimme ich Ihnen zu. Interessant wird's erst dann, wenn er mal diese Beherrschung verliert.«
Clarissa drehte sich nach ihnen um. Ihre Stimme klang fröhlich und zugleich fordernd. »Wo bleibt ihr drei denn? Ambrose will die Krypta abschließen. Und ich möchte meinen Lunch.«

3

Der Kontrast zwischen der sonnenwarmen Terrasse, wo der Lunch auf einem leinengedeckten Klapptisch aufgetragen wurde, und dem dunklen, nach Tang riechenden Teufelskessel war so groß, daß Cordelia sich nur schwer zurechtfand. Es kam ihr vor, als habe die Stippvisite in der Hölle der Vergangenheit anderswo, in einer anderen Epoche stattgefunden. Wenn sie so auf das schimmernde Meer hinausblickte, wo die Wochenendskipper mit ihren Segelbooten kreuzten, hatte sie das Gefühl, daß sich dieser Besuch gar nicht zugetragen hatte, daß de Courcy und sein von der Pest befallenes Gefolge, daß Carl Blythe und sein hoffnungsloser Kampf gegen einen langsamen Tod nur die schemenhaften Erinnerungen an einen Alptraum waren, der mit der Wirklichkeit ebensowenig zu tun hatte wie ein Schreckensbild aus einem Horrorfilm.

Serviert wurde ein leichtes Essen – Salat aus Brunnenkresse und Avocados, ein Lachssoufflé –, das auf nervöse Mägen abgestimmt zu sein schien. Trotzdem aß niemand mit Appetit oder gar mit sichtlichem Vergnügen. Cordelia trank ein Glas kühlen Riesling und nahm ein wenig von dem Soufflé, das gewiß – sie nahm es eher an, als daß sie es schmeckte – köstlich war. Clarissas Hochstimmung war einer grüblerischen Laune gewichen, aus der sie niemand herausreißen mochte. Roma saß auf einer Steinstufe am Ende der Terrasse, den unberührten Teller auf dem Schoß, und schaute nachdenklich aufs Meer hinaus. Sir George und Ivo Whittingham standen beieinander, unterhielten sich aber nicht. Alle außer Clarissa und Cordelia ließen sich häufig nachschenken. Auch Gorringe sprach nur wenig, wenn er von einem Gast zum anderen ging, um die Gläser zu füllen. Seine funkelnden Augen musterten sie alle amüsiert und zugleich nachsichtig, als seien sie Kinder, deren Verhalten nach diesem Schreck vorauszusehen war.

Sonderbarerweise machte Simon noch den fröhlichsten Eindruck. Auch er trank reichlich, was Clarissa nicht zu bemerken schien, und schüttete den Wein wie Bier in sich hinein. Seine Bewegungen waren fahrig, und seine Augen glänzten. Kurz vor ein Uhr verkündete er mit lauter Stimme, daß er zum Schwimmen gehen wolle, und er sah sie alle reihum an, als erwarte er, sie würden sich für diese Neuigkeit interessieren. Doch keiner reagierte darauf. Nur Clarissa meinte: »Aber doch nicht unmittelbar nach dem Essen, Darling! Du solltest zuerst etwas spazierengehen.«
Ihre Freundlichkeit fiel dermaßen auf, daß alle aufsahen. Simon errötete, verbeugte sich steif und verschwand.
Bald darauf stellte Clarissa ihren Teller ab, warf einen Blick auf ihre Uhr und sagte: »Ich werde mich jetzt ausruhen. Danke, Ambrose, keinen Kaffee. Vor einer Aufführung nehme ich nie welchen. Ich dachte, du wüßtest es. Würdest du Tolly bitte sagen, daß sie mir Tee bringen soll? Chinesischen Tee. Sie weiß schon, welchen. George, könntest du in fünf Minuten auf mein Zimmer kommen? Sie, Cordelia, möchte ich anschließend sehen. Gegen zehn nach eins.«
Gemessen schritt sie über die Terrasse, als handle es sich um einen Bühnenabgang. In ihrer Angst, die sie sich nicht anmerken lassen wollte, machte sie auf Cordelia einen verletzlichen, geradezu mitleiderregenden Eindruck. Cordelia hätte sie am liebsten begleitet, wußte aber, daß sie Clarissa damit nur in Wut versetzen würde. Überdies brauchte sie nicht zu befürchten, daß Clarissa eine neue, unter der Tür hindurchgeschobene Botschaft vorfinden könne. Sie hatte sich vor dem Lunch noch in Clarissas Zimmer umgesehen. Sie wußte jetzt auch, daß der Schreiber oder die Schreiberin zu der Gruppe gehörte, die den Teufelskessel besichtigt hatte und die sie beim Essen nicht aus den Augen gelassen hatte. Nur Simon war schon fortgegangen. Aber sie glaubte nicht, daß er der Schuldige war.
Auf einmal sprang Roma auf und eilte fast im Laufschritt ihrer Kusine nach. Gorringe und Whittingham blickten einander an, sagten aber nichts. Vermutlich hemmte sie die Anwesenheit von Sir George. Dieser schlenderte, die Kaffeetasse in der Hand, zum Rand der Terrasse. Dort blieb er nachdenklich stehen. Nach einer Weile schaute er auf seine Uhr, stellte die Tasse auf dem Klapptisch ab und ging Richtung Terrassentür. Als

er auf die Schwelle trat, drehte er sich um und fragte: »Wann beginnt denn die Vorstellung, Gorringe?«
»Um halb vier.«
»Also müssen wir uns vorher noch umziehen?«
»Clarissa erwartet es zumindest. Später haben wir dazu keine Zeit mehr. Abendessen gibt's um halb acht.«
Sir George nickte und trat ins Haus.
»Clarissa verfügt über ihren Hofstaat mit der Unerbittlichkeit eines Kasernenhofschleifers«, sagte Whittingham. »Erst in zehn Minuten müssen Sie sich bei ihr melden, Cordelia. Es bleibt noch Zeit für eine zweite Tasse Kaffee.«
Als Cordelia dann ihr Zimmer betrat und durch die Verbindungstür ging, stand Sir George nahe seiner Frau am Fenster und betrachtete das Meer. Das runde Silbertablett mit der einzelnen Tasse, die unberührt zu sein schien, und der hübschen, dazu passenden Teekanne befand sich auf dem Nachttisch. Clarissa, die noch ihre Bermudashorts und die Bluse anhatte, ging mit hochrotem Kopf auf und ab.
»Fünfundzwanzigtausend Pfund wollte sie von mir haben! Verschämt errötend rückte sie damit heraus, als sei sie ein kleines Mädchen, das um eine Taschengelderhöhung bettelt. Und das ausgerechnet jetzt! Das Ende der Vorstellung mochte sie offenbar nicht abwarten. Eine Unverschämtheit! Will sie mich absichtlich nervös machen, oder was hat sie vor?«
»Es handelt sich wohl um eine ernste Angelegenheit«, erwiderte Sir George, ohne sich umzudrehen. »Sie konnte nicht länger warten. Sie wollte es unbedingt wissen. Es ist auch nicht leicht, dich unter vier Augen zu sprechen.«
»Schon als Mädchen machte sie alles im unrechten Augenblick. Wenn es etwas zu verpatzen gab, dann schaffte es Roma prompt. Feinfühlig ist sie noch nie gewesen, und auch jetzt hat sie den falschen Augenblick erwischt.«
»Hätte es denn einen günstigeren gegeben?« fragte die gelassene Stimme vom Fenster her.
Clarissa schien sie nicht gehört zu haben. »Ich habe ihr gesagt, ich sei nicht gewohnt, Bargeld zur Unterstützung eines Liebhabers herauszurücken, der nicht einmal den Mut oder Anstand besitzt, selbst darum zu bitten. Statt dessen habe ich ihr einen Rat gegeben: Ein Mann taugt nichts, wenn man ihn sich kaufen muß. Und wenn man sich schon Sex erkaufen muß,

sollte man zumindest den Preis drücken. Ich weiß, sie ist wahnsinnig in ihn verknallt. Das zeigt schon der Laden. Er ist nur ein Mittel, ihn von seiner Frau wegzulocken. Roma und verliebt! Der Mann könnte mir leid tun, wenn er nicht so ein Dummkopf wäre. Gott sei dem Mann gnädig, dem die Liebe einer spießigen Jungfer von fünfundvierzig Jahren gilt, noch dazu, wenn sie auf den Geschmack kommt.«

»Geht das uns etwas an, meine Liebe?«

»Das Geld geht mich wohl etwas an!« erwiderte sie scharf. »Außerdem könnten sie damit ohnehin nichts anfangen. Sie besitzen nicht genügend Kapital, keine Erfahrung, keinerlei Geschäftssinn. Warum sollte ich Geld in ein Faß ohne Boden stecken?« Sie wandte sich an Cordelia: »Es ist besser, wenn Sie sich jetzt umkleiden. Schließen Sie dann ab und gehen Sie durch diese Tür hinaus. Ich möchte nicht, daß Sie nebenan Krach machen, während ich mich ein wenig ausruhe. Wahrscheinlich werden Sie wieder das indische Fähnchen tragen wollen. Das haben Sie sicher schnell angezogen.«

»Zum Anziehen brauche ich nie sehr lange«, entgegnete Cordelia.

»Zum Ausziehen wohl auch nicht.«

Sir George drehte sich mit einem Ruck um und mahnte mit leiser Stimme: »Aber Clarissa!«

Clarissa lächelte zufrieden, trat zu ihm und tätschelte seine Wange. »Guter, alter George! Immer Kavalier.«

Es sah so aus, als würde sie einen Hund streicheln.

»Ich habe mir eben überlegt, ob es nicht doch besser ist, wenn ich mich nebenan aufhalte, während Sie sich hinlegen«, sagte Cordelia. »Die Verbindungstür kann offen oder geschlossen sein, ganz, wie Sie es wünschen. Ich werde mich schon ruhig verhalten.«

»Ich hab's Ihnen doch gesagt! Ich möchte Sie weder nebenan noch sonstwo in meiner Nähe wissen. Ich will noch den Text durchgehen, und das kann ich nicht, wenn mir jemand zuhört. Hinter drei verschlossenen Türen und ohne Telefon im Zimmer werde ich wohl endlich die nötige Ruhe finden.« Dann rief sie: »Tolly!«

Tolly trat dunkel gekleidet und mit ausdruckslosem Gesicht aus dem Bad. Cordelia fragte sich, wieviel sie wohl gehört haben mochte. Ohne daß Clarissa etwas zu ihr sagte, ging sie zum Kleiderschrank und nahm ein Satinneglige vom Bügel, das sie über den Arm legte. Daraufhin stellte sie sich stumm hinter ihre Herrin. Clarissa knöpfte ihre Bluse auf und ließ sie zu Boden fallen. Tolly bückte sich nicht nach ihr, sondern hakte Clarissas Büstenhalter auf. Clarissa nahm ihn, hielt ihn mit ausgestrecktem Arm von sich und ließ ihn fallen. Dann knöpfte sie ihre Bermudashorts auf, streifte sie zusammen mit dem Höschen über die Knie hinunter, bis sie von selbst zu Boden glitten. Einen Augenblick lang stand sie regungslos da. Sonnenlicht sprenkelte ihren Körper, die wohlgerundeten, fast zu üppigen Brüste, die schmale Taille, die leicht hervortretenden Hüftknochen, ihr weizenblondes Haar. Ohne Hast breitete Tolly das Negligé aus, damit Clarissa bequem hineinschlüpfen konnte. Dann kniete sie nieder, um die Kleidungsstücke aufzuheben, und ging wieder ins Badezimmer. Cordelia dachte sich, daß sie da einer rituellen Zurschaustellung von geradezu unschuldiger Sinnenfreude beigewohnt hatte. Sie hatte keineswegs vulgär oder provozierend gewirkt, wie man es hätte annehmen können, sondern eher narzißtisch. Cordelia hatte plötzlich das unerklärliche Gefühl, daß sie Clarissa für immer so im Gedächtnis behalten würde. Die unverhohlene Bewunderung ihrer Schönheit schien auch Clarissas Laune gebessert zu haben.

»Kümmert euch nicht weiter um mich«, meinte sie. »Ihr wißt doch, wie man sich vor einem Auftritt fühlt.«

»Holen Sie aus Ihrem Zimmer, was immer Sie brauchen, und geben Sie mir dann die Schlüssel«, sagte sie zu Cordelia. »Ich stelle den Wecker auf Viertel vor drei. Wenn Sie um diese Zeit kommen, sage ich Ihnen, worauf Sie während der Vorstellung achten sollen. Und bilden Sie sich nur nicht ein, daß Sie alles vom Parkett aus begucken können. Ich brauche Sie hinter der Bühne.«

Cordelia verließ die beiden und ging durch die Verbindungstür in ihr Zimmer. Sie tauschte T-Shirt und Jeans gegen ihr knöchellanges Baumwollkleid und dachte über Romas ungewöhnliche Bitte nach. Warum hatte die Kusine nicht, wie es vernünftiger gewesen wäre, das Ende der Aufführung abgewartet, um Clarissa in der Hochstimmung über ihren Erfolg anzupumpen? Aber vielleicht war es tatsächlich der günstigste, der einzig mögliche Zeitpunkt gewesen. Geriet nämlich die Vorstellung zu einem Fiasko, war Clarissa gewiß nicht mehr zugänglich. Es war sogar denkbar, daß sie dann die Insel vèrließ, ohne die Party abzuwarten. Allerdings mußte Roma doch wissen, nachdem sie ihre Kusine nur allzugut kannte, daß sie nichts zu erwarten hatte, welche Gelegenheit sie auch ergreifen mochte. Was erhoffte sie sich eigentlich? Daß sich Clarissa abermals zu einer großzügigen Haltung bequemen würde wie gegenüber Simon Lessing? Daß sie der schmeichelhaften Rolle einer Gönnerin und Nothelferin nicht würde widerstehen können? Zweierlei war sicher: Roma brauchte das Geld dringend, und sie zweifelte an Clarissas Erfolg.

Cordelia bürstete mit kräftigen Strichen ihr Haar, begutachtete dann wenig begeistert ihr Spiegelbild, verschloß ihr Zimmer und ließ den Schlüssel stecken. Sie klopfte an der Verbindungstür und trat ein. Der Schlüssel steckte auf Clarissas Seite im Schloß. Sir George und Tolly hatten das Zimmer schon verlassen. Clarissa saß vor der Frisiertoilette.

Ohne sich umzudrehen, fragte sie: »Wo ist Ihr Schlüssel?«

»Ich habe ihn umgedreht und stecken lassen. Soll ich auch die Verbindungstür schließen?«

»Nein. Das mache ich schon. Ich wollte nur wissen, ob Sie Ihre Zimmertür verschlossen haben.«

»Ich bleibe in Rufweite«, erwiderte Cordelia. »Ich kann mich im Korridor aufhalten für den Fall, daß Sie mich benötigen. Ich hole mir einen Stuhl aus meinem Zimmer und lese.«

»Jetzt hören Sie endlich auf damit!« entgegnete Clarissa ärgerlich. »Was soll das? Wollen Sie mir nachspionieren? Ich hab's Ihnen doch schon gesagt. Ich will nicht, daß Sie im Nebenzimmer bleiben, und auch nicht, daß Sie draußen im Gang herumschleichen. Ich kann jetzt weder Sie noch sonst jemand in meiner Nähe brauchen. Was ich wünsche, ist, endlich in Ruhe gelassen zu werden.«

Der Anflug von Hysterie war nicht zu überhören.

»Dann legen Sie wenigstens ein zusammengerolltes Handtuch vor den Türschlitz«, sagte Cordelia. »Ich möchte nicht, daß Ihnen wieder eine von diesen Botschaften ins Zimmer geschoben wird.«

»Was wollen Sie damit sagen?« fragte Clarissa scharf. »Seit meiner Ankunft ist doch nichts geschehen.«

»Ich möchte nur, daß es auch so bleibt« erwiderte Cordelia begütigend. »Sollte nämlich die Person nach Courcy gelangen, könnte sie noch einmal versuchen, Ihnen so eine Botschaft zukommen zu lassen. Ich glaube es freilich nicht, ich bin mir sogar sicher, daß das mit den Botschaften vorbei ist. Aber ich möchte kein Risiko eingehen.«

»Na schön«, meinte Clarissa unwirsch. »Die Idee ist gar nicht so schlecht. Ich werde die Türritze verstopfen.«

Damit war alles gesagt. Als Cordelia das Zimmer verließ, folgte ihr Clarissa, machte die Tür hinter ihr zu und drehte den Schlüssel um. Das Schaben von Metall an Metall und das leise Klicken waren zwar kaum zu hören, aber Cordelia nahm es überdeutlich wahr. Clarissa hatte sich in ihrem Zimmer eingesperrt. Bis Viertel vor drei konnte Cordelia nichts mehr tun. Sie schaute auf ihre Uhr. Es war zwanzig nach eins.

4

Obgleich sie sich nur noch anderthalb Stunden gedulden mußte, quälte Cordelia eine seltsame Unruhe, welche die Minuten endlos erscheinen ließ. Was sie außerdem bekümmerte, war, daß sie nicht mehr in ihr Zimmer gehen konnte, wo sie ihr Buch liegengelassen hatte. Sie suchte die Bibliothek auf, um sich mit den gebundenen alten Exemplaren des »Strand Magazine« die Zeit zu vertreiben. Dort traf sie Roma an. Sie las nicht, sondern saß aufrecht neben dem Telefon. Und aus dem abweisenden Blick, den sie Cordelia zuwarf, konnte Cordelia schließen, daß sie offensichtlich einen Anruf erwartete und keine Zeugen um sich haben wollte. Cordelia zog die Tür hinter sich zu und beneidete Simon, der vermutlich irgendwo im Meer schwamm, und Sir George, der eben mit einem Fernglas in der Hand davonschlenderte. Sie hätte sich ihm gern angeschlossen, aber ihr langes Kleid war für einen Spaziergang ungeeignet. Überdies hatte sie das Gefühl, daß sie den Schloßbereich besser nicht verlassen sollte.
Sie machte sich auf den Weg zum Theater. Die Innenbeleuchtung brannte schon. Über dem purpur- und goldfarbenen Zuschauerraum mit seinen leeren Sitzreihen lag eine dumpfe, brütende, unheilvolle Stille. Hinter der Bühne machte sich Tolly in der Damengarderobe zu schaffen, wo sie Schachteln mit Papiertüchern und frische Handtücher bereitlegte. Cordelia fragte, ob sie helfen könne, und wurde höflich, aber bestimmt abgewiesen. Dann fiel ihr doch noch etwas ein, was sie tun konnte. Im Büro in der Kingly Street hatte Sir George gemeint, daß man auch die Bühne überprüfen solle. Sie hatte freilich keine Ahnung, was er sich darunter vorstellte, denn selbst wenn es dem Drohbriefschreiber gelingen sollte, eine seiner Botschaften irgendwo auf der Bühne oder unter den Versatzstücken zu deponieren, würde Clarissa sie kaum öff-

nen oder mitten in der Aufführung lesen. Trotzdem hatte Sir George recht. Es war gar nicht so unvernünftig, Bühne und Requisiten gleichfalls zu inspizieren. Außerdem konnte sie sich so nützlich machen.
Doch alles schien in Ordnung zu sein. Die Dekoration für die erste Szene – ein viktorianischer Garten vor dem Palast – bestand aus einem schlichten, blauen Hintergrund, Lorbeerbäumchen, Geranien in Tonamphoren, einer süßlichen Frauenstatue mit einer Laute und zwei verspielten Rohrstühlen mit Kissen und Fußbänkchen. Seitab standen die Tische mit den sonstigen Requisiten. Cordelia musterte Gorringes Sammlung von viktorianischen Antiquitäten, die für die Innenszenen gebraucht wurden: Vasen, Bilder, Fächer, Gläser, ja sogar ein Schaukelpferd. Der mit Watte ausgestopfte Wildlederhandschuh, der für die Gefängnisszene bereitlag, ähnelte tatsächlich einer abgehackten Hand. Cordelia fand auch die Spieldose und die silberbeschlagene Schmuckschatulle für den zweiten Akt. Sie öffnete sie, aber auf dem Rosenholzboden lag kein Brief.
Mehr konnte sie eigentlich nicht tun. Erst in einer Stunde sollte sie Clarissa wecken. Sie ging eine Weile im Rosengarten spazieren, aber da es ihr auf der Westseite des Schlosses zu kühl vorkam, kehrte sie zur Terrasse zurück und setzte sich auf die unterste der Stufen, die zum Strand führten. Hier schien sich die Sonnenwärme zu stauen. Selbst die Steine fühlten sich warm an. Sie schloß die Augen, hielt das Gesicht in die Sonne, genoß den leichten Windhauch, der über ihre Lider fächelte, den Geruch nach Kiefern und Seetang und ließ sich vom leisen Geplätscher der Wellen auf dem Kiesstrand einlullen.
Sie mußte kurz eingenickt sein und wurde erst durch die Ankunft der Barkasse geweckt. Gorringe und die beiden Munters standen bereit, um das Ensemble zu empfangen. Gorringe, der schon umgezogen war, trug über dem Smoking einen weiten Seidenumhang, der ihm das Aussehen eines Magiers in einer viktorianischen Music-Hall verlieh. Freudige Stimmen ertönten, als die Darsteller – etliche Herren waren bereits im historischen Kostüm – an Land sprangen und durch den Torbogen eilten, der zum Rasen an der Ostseite und zum Schloßportal führte. Cordelia sah auf ihre Uhr. Es war zwan-

zig nach zwei. Die Barkasse war etwas früher gekommen. Sie setzte sich wieder, wagte es aber nicht, die Augen zu schließen. Zwanzig Minuten später ging sie durch die Terrassentür, um Clarissa aufzuwecken.
Vor dem Zimmer blieb sie stehen und warf einen Blick auf ihre Uhr. Achtzehn Minuten vor drei. Clarissa wollte zwar um zwei Uhr fünfundvierzig geweckt werden, aber ein paar Minuten eher würde sie schon nicht übelnehmen. Cordelia klopfte, zuerst leise, dann immer lauter. Vielleicht war Clarissa schon aufgestanden und im Bad. Als sie die Klinke herunterdrückte, gab die Tür zu ihrem Erstaunen nach. Sie sah, daß der Schlüssel im Schloß steckte. Die Tür ließ sich mühelos weiter öffnen, da auf dem Boden kein zusammengerolltes Handtuch lag. Clarissa mußte tatsächlich schon aufgestanden sein.
Aus irgendeinem Grunde, den sie sich auch hernach nicht erklären konnte, verspürte sie keinerlei Unruhe oder Besorgnis. Sie trat einen Schritt weiter in das abgedunkelte Zimmer und rief mit sanfter Stimme: »Miss Lisle! Miss Lisle! Es ist gleich Viertel vor drei.«
Die schweren Brokatvorhänge waren zugezogen, aber durch den schmalen Mittelspalt fiel ein Lichtstreifen. Auch die gebauschten Falten vermochten die Nachmittagssonne nicht gänzlich abzuschirmen und ließen einen rötlichen Schimmer hindurch. Clarissa ruhte wie eine gespenstische Statue auf ihrem karmesinrot bezogenen Bett. Die Arme waren leicht angewinkelt. Die Handflächen zeigten nach oben. Das Haar lag ausgebreitet auf dem Kopfkissen. Die Decke war zurückgeschlagen. Clarissa lag ausgestreckt auf dem Rücken. Das helle Satinneglige war bis knapp unters Knie hochgerutscht. Als Cordelia die Arme hob, um die Vorhänge zurückzuschieben, kam es ihr vor, als würde ihr das gedämpfte Licht einen Streich spielen. Clarissas Gesicht, das noch im Schatten lag, wirkte so dunkelrot wie der Baldachin, fast so, als habe ihre Haut das Karmesinrot des Stoffs angenommen.
Erst als sie den zweiten Vorhang zurückschob und helles Tageslicht den Raum füllte, sah sie, was es mit Clarissas Gesicht für eine Bewandtnis hatte. Aber selbst jetzt gaukelte ihr die Einbildungskraft noch alle möglichen unsinnigen Bilder vor: Clarissa hatte sich eine Gesichtsmaske aufgelegt, einen dunk-

len klebrigen Brei, der sogar den Augenschutz durchtränkt hatte. Und der Baldachin schien sich aufzulösen. Karmesinrote Stoffetzen hingen herunter und verhüllten ihren Kopf. Doch mit einem Mal verschwanden diese schemenhaften Bilder, und Cordelias Bewußtsein registrierte den Anblick so, wie ihn ihre Augen sahen. Clarissa hatte kein Gesicht mehr. Es war auch keine Schönheitsmaske. Die breiige Masse da war wundes Fleisch, war dunkles, gerinnendes Blut und tröpfelnde Lymphe vermischt mit Knochensplittern.
Am ganzen Körper bebend stand Cordelia vor dem Bett. Ein Tosen schien den Raum zu füllen. In ihren Ohren dröhnte es. Ihr Herz raste. Ihr einziger Gedanke war, daß sie jemand zur Hilfe holen mußte. Aber jegliche Hilfe war doch sinnlos. Clarissa war tot. Wie erstarrt stand Cordelia da und konnte nur die Augen bewegen. Aber sie sah alles überdeutlich. Nach einer Weile wandte sie den Blick von dem grausigen Bild ab und musterte den Nachttisch. Irgend etwas fehlte doch. Ach ja, die silberne Schmuckschatulle. Das Tablett war noch da. Sie sah die flache Tasse mit dem zarten Rosenmuster, den hellen Satz am Boden, die beiden Teeblätter darin, den Lippenstiftabdruck am Tassenrand. Und neben dem Tablett entdeckte sie noch etwas: den marmornen Kinderarm, der blutbeschmiert auf einem weißen Papierbogen lag. Die rundlichen, blutgesprenkelten Finger schienen den Papierbogen auf das polierte Holz pressen zu wollen. Auch er war mit Blutspritzern übersät, so daß der Totenschädel mit den gekreuzten Knochen kaum zu erkennen war. Nur die maschinengeschriebenen Zeilen waren ausgespart geblieben. Sie las:

> Andere Sünden mahnen leise. Mord aber schreit.
> Wasser näßt nur die Erde,
> Blut aber spritzt empor und benetzt den Himmel.

Vor Schreck zuckte sie zusammen, als plötzlich der Wecker auf dem anderen Nachttisch schrill zu läuten begann. Sie löste sich aus ihrer Erstarrung und rannte um das Bett herum, um das Läuten abzustellen. Aber ihre Hände zitterten so, daß der Wecker auf der polierten Holzplatte auf und ab zu tanzen schien. Wenn doch nur das Läuten aufhörte! Endlich ertasteten ihre Finger den Abstellknopf. Im Zimmer herrschte wieder

Totenstille. Sie nahm nur noch das dumpfe Pochen ihres Herzens wahr. Sie blickte auf die ausgestreckte Gestalt, als befürchte sie, daß der Lärm sie geweckt haben könne, als werde sich Clarissa gleich wie eine Marionette aufrichten und ihr die gesichtslose Fratze entgegenhalten.

Allmählich fand sie ihre Fassung wieder. Sie mußte jetzt handeln. Sie mußte Ambrose Gorringe verständigen. Gorringe mußte die Polizei benachrichtigen. Bis zur Ankunft der Polizei mußte alles so bleiben, wie es war. Sie blickte im Zimmer umher und prägte sich jede Einzelheit ein – die Wattebäusche mit den Make-up-Flecken auf der Frisierkommode, das unverschlossene Fläschchen mit der Augenlotion, Clarissas bestickte Slipper auf dem Teppich vor dem Kamin, den geöffneten Schminkkoffer auf dem Lehnstuhl, das Textbuch, das neben dem Bett lag.

Als sie zur Tür eilte, ging diese auf, und sie erblickte Ambrose Gorringe und hinter ihm Sir George, um dessen Hals noch immer das Fernglas baumelte. Sie starrten einander an. Keiner sagte etwas. Dann zwängte sich Sir George an Gorringe vorbei und ging mit raschen Schritten zum Bett. Wortlos und steifnackig blickte er auf seine Frau hinunter. Als er sich umwandte, war sein Gesicht angespannt. Das nervöse Zucken war verschwunden. Seine Haut hatte einen grünlichen Schimmer. Er schluckte ein paarmal und griff sich an die Kehle, als müßte er sich übergeben.

Cordelia trat unwillkürlich einen Schritt auf ihn zu und sagte flehentlich: »Es tut mir leid, Sir George. Es tut mir ja so leid!«

Sobald die Worte mit all ihrer sinnlosen Banalität verklungen waren, bedauerte sie zutiefst, daß sie sie geäußert hatte. Als sie sein fassungsloses, entsetztes Gesicht sah, dachte sie, hoffentlich denkt er nicht, daß ich da ein Geständnis abgelegt habe. Er nimmt doch wohl nicht an, daß ich sie getötet habe.

»Sie haben mich engagiert, damit ich sie schütze«, sagte sie leise. »Ich sollte mich um ihre Sicherheit kümmern. Ich hätte sie nicht allein lassen dürfen.«

Allmählich verschwand der entsetzte Ausdruck von seinem Gesicht. »Das da konnten Sie nicht voraussehen«, erwiderte er ruhig, beinahe gleichmütig. »Ich selbst habe nicht geglaubt, daß ihr eine wirkliche Gefahr drohte. Keiner von uns glaubte

es. Überdies hätte Clarissa weder Sie noch sonst jemand ständig um sich geduldet. Sie haben sich nichts vorzuwerfen.«
»Aber ich wußte doch, daß der Marmorarm verschwunden war. Ich hätte sie zumindest warnen sollen.«
»Wovor denn? Das konnten Sie nicht voraussehen. Nein, Sie haben sich nichts vorzuwerfen, Cordelia«, fügte er schroff hinzu, als sei es ein Befehl.
Es war das erste Mal, daß er sie mit ihrem Vornamen angesprochen hatte.
Gorringe wartete noch immer im Türrahmen. »Ist sie tot?« fragte er.
»Überzeugen Sie sich selbst!«
Gorringe trat ins Zimmer und betrachtete die Leiche. Eine auffällige Röte überzog sein Gesicht. Cordelia, die ihn beobachtete, dachte, daß er eher peinlich berührt als entsetzt dreinblickte.
Er drehte sich um und flüsterte: »Ich kann es einfach nicht fassen. Wie entsetzlich!«
Mit einem Ruck rannte er zu der Verbindungstür und drehte den Knauf herum. Die Tür war nicht verschlossen. Sie eilten zu dritt in Cordelias Zimmer und betraten das Bad. Das Fenster über der Feuerleiter war noch geöffnet, wie sie es hinterlassen hatte.
»Der Mörder könnte durch das Fenster entkommen und dann die Feuerleiter hinuntergeklettert sein«, meinte Sir George. »Wir sollten die Insel absuchen. Selbstverständlich auch das Schloß. Wie viele Leute, wenn man die Schauspieler mitrechnet, ließen sich denn dafür einsetzen?«
Gorringe begann rasch zu rechnen. »Etwa fünfundzwanzig von der Theatergruppe und noch sechs weitere aus dem Schloß, Oldfield mitgerechnet. Whittingham werden wir kaum brauchen können.«
»Das wären vier Suchtrupps: einer fürs Schloß, drei für die Insel. Doch wir sollten planmäßig vorgehen. Sie rufen die Polizei an, und ich stelle die Suchtrupps zusammen.«
Cordelia befürchtete, daß dreißig oder mehr umherstreifende Leute im Schloß und auf der Insel nur zu einem heillosen Durcheinander führen würden.
»Wir dürfen hier nichts verändern«, sagte sie. »Diese beiden Räume müssen verschlossen bleiben. Es ist bedauerlich, daß

Sie den Türknauf angefaßt haben. Ferner dürfen wir die Theaterbesucher nicht auf die Insel lassen. Und wäre es nicht auch ratsamer, mit der Suche zu warten, bis die Polizei eingetroffen ist?«
Gorringe wirkte unschlüssig.
»Ich kann einfach nicht tatenlos warten«, antwortete Sir George. »Das schaffe ich nicht. Was sagen Sie, Gorringe?« Seine Stimme klang schroff, und seine Augen flackerten.
»Nein, das kann man nicht«, erwiderte Gorringe begütigend.
»Wo ist denn Oldfield?« fragte Sir George.
»In seiner Wohnung bei den Stallungen, nehme ich an.«
»Ich werde ihn anweisen, mit der Barkasse die Strecke zwischen Courcy und Speymouth zu überwachen. Damit ist eine Flucht übers Meer ausgeschlossen. Danach komme ich gleich zu Ihnen ins Theater. Sagen Sie den Leuten, daß sie sich bereithalten sollen.«
Nachdem er das Zimmer verlassen hatte, meinte Gorringe: »Gut, daß er etwas gefunden hat, was ihn ablenkt. Ich denke nicht, daß die Suchtrupps irgendeinen Schaden anrichten werden.«
Cordelia fragte sich, was denn Oldfield tun konnte, falls er ein Boot sichtete, das die Insel verließ. Sollte er es kapern und allein den Mörder dingfest machen? Glaubten Gorringe oder Sir George im Ernst, daß sich auf Courcy ein Fremder aufhielt? Daß der blutbeschmierte Marmorarm auf etwas anderes hindeutete, konnte ihnen doch nicht entgangen sein!
Zusammen überprüften sie in Cordelias Zimmer die Tür zum Gang. Sie war noch immer zugesperrt, und der Schlüssel steckte im Schloß. Diesen Fluchtweg konnte der Mörder nicht gewählt haben. Dann verschlossen sie die Verbindungstür und die Tür zu Clarissas Zimmer. Gorringe steckte die Schlüssel in die Tasche.
»Sind Zweitschlüssel vorhanden?« fragte Cordelia.
»Nein. Als ich das Schloß erbte, waren keine Zweitschlüssel zu den Gästezimmern da. Ich ließ auch keine anfertigen. Es wäre auch nicht so leicht gewesen, denn die Schlösser sind überaus kompliziert. Das hier sind die Originalschlüssel.«
Als sie sich von der Zimmertür abwandten, hörten sie Schritte. Tolly bog um die Ecke, nickte ihnen kurz zu und ging zu

Clarissas Tür, wo sie klopfte. Cordelias Herz pochte dumpf. Sie schaute Gorringe fragend an, aber dieser schien momentan sprachlos zu sein.
Tolly klopfte abermals, diesmal lauter. Dann schaute sie zu Cordelia herüber. »Ich denke, Sie sollten sie um Viertel vor drei wecken? Das hätte sie besser mir überlassen sollen.«
Cordelias Lippen fühlten sich so spröde und geschwollen an, daß sie meinte, sie würden jeden Augenblick platzen.
»Sie können jetzt nicht hineingehen«, sagte sie. »Miss Lisle ist tot. Ermordet.«
Tolly wandte sich ab und klopfte nochmals an die Tür. »Sie wird sich noch verspäten. Ich muß unbedingt zu ihr. Sie braucht mich doch vor der Aufführung.«
Gorringe machte einen Schritt auf sie zu. Einen Moment lang meinte Cordelia, daß er Tolly an der Schulter packen wolle. Doch dann ließ er den Arm sinken. Mit ungewohnt barschem Tonfall sagte er: »Es findet keine Aufführung statt. Miss Lisle ist tot. Sie ist ermordet worden. Ich wollte eben die Polizei anrufen. Bis zu ihrer Ankunft darf niemand das Zimmer betreten.«
Diesmal begriff sie es endlich. Sie schaute ihn an, und ihr Gesicht war ausdruckslos und so fahl, daß Cordelia sie am Arm ergriff, weil sie meinte, Tolly würde ohnmächtig werden. Als Tolly geradezu angewidert zurückzuckte, war es Cordelia so peinlich, als hätte man sie ins Gesicht geschlagen. Rasch zog sie ihre Hand zurück.
»Was ist mit dem Jungen? Weiß er es schon?« fragte Tolly.
»Simon? Bis jetzt nicht. Außer Sir George weiß es niemand. Wir haben die Leiche eben entdeckt.«
In Gorringes Stimme schwang ein Anflug von entrüsteter Ungehaltenheit mit, als sei er ein überforderter Dienstbote. Cordelia dachte schon, er werde gleich sagen, daß er ja nicht alles tun könne.
Tolly fixierte ihn und sagte: »Bringen Sie's ihm bitte schonend bei, Sir! Es wird ein Schock für ihn sein.«
»Es war ein Schock für uns alle«, entgegnete Gorringe knapp.
»Für einen von uns nicht, Sir.« Sie machte auf dem Absatz kehrt und ging wortlos davon.
»Ein seltsamer Mensch!« rief Gorringe. »Ich werde aus ihr nicht schlau. Ich kann mir auch nicht denken, daß es Clarissa

anders erging. Woher diese unerwartete Fürsorge für Simon? Sie hat sich doch sonst um den Jungen nie besonders gekümmert. Aber jetzt sollten wir wirklich die Polizei benachrichtigen.«

Sie gingen die Treppe hinunter und durchquerten die große Halle. Dort bereitete man schon alles für das Abendessen vor. Über den Refektoriumstisch war bereits eine Decke gebreitet, und an einem Tischende waren Weingläser aufgereiht. Da die Tür zum Eßzimmer offenstand, konnte Cordelia sehen, daß Munter die Eßzimmerstühle in eine Reihe stellte, um sie später in die Halle zu tragen.

»Warten Sie bitte einen Augenblick«, sagte Gorringe zu ihr.

Nach kurzer Zeit erschien er wieder.

»Ich habe eben Munter informiert«, berichtete er. »Er geht gleich zum Kai hinunter und kümmert sich darum, daß die Boote mit den Theaterbesuchern nicht anlegen.«

Sie suchten sein Büro auf.

»Wenn Cottringham hier im Büro wäre, würde er vermutlich den Polizeipräsidenten persönlich sprechen wollen«, sagte Gorringe. »Ich denke aber, die Polizei von Speymouth tut es auch. Soll ich gleich die Mordkommission verlangen?«

»Ich würde zunächst die Einsatzzentrale verlangen und alles übrige der Polizei überlassen. Sie kennt sich da besser aus.«

Sie suchte die Telefonnummer heraus und wartete, bis er durchgestellt wurde. Knapp und ohne jede Emotion schilderte er die Tatsachen und erwähnte noch, daß Lady Ralstons Schmuckschatulle verschwunden sei. Daß er ihr Fehlen bemerkt hatte, machte Cordelia ein wenig stutzig. Als sie in Clarissas Zimmer waren, hatten sie darüber nicht gesprochen. Am anderen Ende der Leitung herrschte einen Augenblick lang Stille, dann ertönte eine undeutliche Stimme.

Sie hörte, wie Gorringe erwiderte: »Das haben wir schon getan. Gut, das werde ich veranlassen, sobald unser Gespräch beendet ist.« Gleich darauf hängte er ein und sagte: »Sie haben recht gehabt. Wir sollen die beiden Räume abschließen, nichts verändern, die Leute zusammenhalten und niemand landen lassen. Ein Chefinspektor Grogan kommt gleich herüber.«

Im Theater brannten alle Lichter. Links vom Proszenium führte eine Tür hinter die Bühne. Aus den beiden offenstehenden großen Garderoben drangen Gelächter und Stimmengewirr. Die meisten Darsteller waren schon kostümiert und schminkten sich eben, während die Umstehenden spöttische Ratschläge gaben. Es herrschte eine Stimmung wie bei einer Abschlußfete in einem Internat.

Gorringe klopfte an die beiden verschlossenen Türen, hinter denen die Garderoben der Hauptdarsteller lagen, und rief mit lauter Stimme: »Würden Sie sich bitte alle auf der Bühne versammeln!«

Wie eine Schar ungebärdiger Schüler strömten die Ensemblemitglieder hinaus. Manche nestelten noch an ihren Kostümen. Als sie seinen Gesichtsausdruck sahen, wurden sie still. Erwartungsvoll eilten sie auf die Bühne. Mit ihren Kostümen, der unfertigen Schminke, den weißen Gesichtern, die nur ein greller Rougefleck zierte, glichen sie den Kunden oder Insassen eines viktorianischen Freudenhauses, die von der Polizei zu einem Verhör zusammengetrieben wurden.

»Leider muß ich Ihnen etwas Schreckliches mitteilen«, verkündete Gorringe. »Miss Lisle ist tot. Sie ist offensichtlich ermordet worden. Die Polizei ist bereits benachrichtigt. Sie wird bald eintreffen. In der Zwischenzeit bitte ich Sie, das Theater nicht zu verlassen. Der Butler und seine Frau werden Ihnen Tee und Kaffee servieren oder was immer Sie wünschen. Mr. Cottringham, würden Sie sich bitte der Sache annehmen? Ich muß noch die übrigen Gäste informieren.«

Eine der Darstellerinnen, ein blondes Mädchen mit aufmüpfigem Gesichtsausdruck, das mit seiner Fältelschürze und dem bändergezierten Häubchen als Kammerzofe herausgeputzt war, fragte: »Und was wird aus der Aufführung?«

Cordelia dachte, daß die Frage nur der momentanen Verwirrung zuzuschreiben war. Vermutlich würde sich das Mädchen später sein Leben lang mit Scham daran erinnern. Als jemand einen Laut der Empörung ausstieß, errötete es.

»Die Aufführung fällt selbstverständlich aus«, antwortete Gorringe kühl.

Er drehte sich um und ging davon. Cordelia eilte ihm nach.

»Was ist mit den Suchtrupps?« fragte sie ihn.

»Darum sollen sich Sir George und Cottringham kümmern. Den Darstellern habe ich ja eingeschärft, daß sie im Theater bleiben sollen. Ich kann die Anweisungen der Polizei nicht

durchsetzen, wenn Sir George in seinem Kummer entschlossen ist, seine kriminalistischen Fähigkeiten zu demonstrieren. Wo sind eigentlich die übrigen Gäste?«
Seine Stimme klang ungehalten.
»Simon ist zum Schwimmen gegangen. Roma war in der Bibliothek. Wahrscheinlich zieht sie sich gerade um. Und Whittingham ruht sich auf seinem Zimmer aus.«
»Suchen Sie sie bitte und teilen Sie ihnen den Vorfall mit! Ich sehe mich nach Simon um. Bis zur Ankunft der Polizei sollten wir beisammenbleiben. Es wäre sicherlich höflicher, wenn ich mich um die Leute im Theater kümmern würde, aber ich bin einfach nicht in der Stimmung, mich einer Schar aufgeregter Frauen zu stellen, die mich mit endlosen Fragen bombardiert.«
»Es ist auch besser, wenn die Leute bis zur Ankunft der Polizei nicht allzuviel erfahren«, meinte Cordelia.
Er musterte sie mit seinen funkelnden, wachsamen Augen.
»Ich verstehe. Sie meinen, wir sollten vorläufig die Todesursache verschweigen.«
»Die eigentliche Todesursache kennen wir ohnehin nicht. Trotzdem sollten wir möglichst wenig publik machen.«
»Aber die Todesursache ist doch klar. Jemand hat ihr das Gesicht eingeschlagen.«
»Das könnte auch nach ihrem Tod geschehen sein. Sie hat weniger geblutet, als man es in so einem Fall erwarten würde.«
»Mir reicht es. Für eine Privatsekretärin scheinen Sie in diesen Dingen überaus beschlagen zu sein.«
»Ich bin keine Privatsekretärin. Ich bin Privatdetektivin. Es hat keinen Sinn, daß ich mich weiterhin verstelle. Überdies weiß ich, daß Sie so etwas schon vermutet haben. Und mich würde es auch nicht überraschen, wenn Sie mir vorwerfen, daß ich versagt habe.«
»Liebe Cordelia, was hätten Sie sonst noch tun können? Mit einem Mord hat doch niemand gerechnet. Machen Sie sich keine Vorwürfe! Bis man uns verhört, werden wir wohl oder übel hier auf Courcy ausharren müssen. Die Polizei wird uns ohnehin mit ihren Fragen bis zum Überdruß zusetzen. Da brauchen Sie sich nicht auch noch überflüssige Vorhaltungen zu machen. Außerdem paßt es nicht zu Ihnen.«
Sie hatten inzwischen das Tor erreicht, das von den Arkaden ins Schloß führte. Als sie sich noch einmal umsahen, erblick-

ten sie in der Ferne Simon. Er kam, ein Handtuch um den Hals geschlungen, den grasbewachsenen Hügel herunter, der hinter dem Rosengarten zwischen der Buchenallee und der höchsten Erhebung der Insel lag. Gorringe ging ihm entgegen. Cordelia blieb abwartend im Schatten des Torbogens stehen. Gorringe ließ keinerlei Hast erkennen. Sein Gang war eher ein gemächliches Schlendern. Die beiden Gestalten begegneten einander, blieben im hellen Sonnenlicht stehen, und die Köpfe senkten sich. Ihre Schatten verdunkelten das helle Gras. Sie berührten einander nicht. Nach einer Weile schritten sie langsam aufs Schloß zu. Als Cordelia die große Halle betrat, kam eben Whittingham mit Roma an seiner Seite die Treppe herunter. Whittingham hatte sich schon umgezogen. Roma hatte noch immer ihren Hosenanzug an.

»Wo sind denn alle?« rief sie Cordelia zu. »Das Haus ist ja wie ausgestorben. Ich habe Ivo gerade anvertraut, daß ich mich weder umkleiden noch die Aufführung besuchen werde. Sie beide können es halten, wie Sie wollen. Aber ich bin doch nicht verrückt, an einem so schönen Nachmittag wie heute mein Abendkleid anzuziehen, um irgendwelchen Laienspielern zuzusehen, die sich bloß lächerlich machen und Clarissas Größenwahn befriedigen. Alle geben ihren unsinnigen Launen nach, als hätten sie Angst vor ihr. Irgend jemand sollte Clarissa endlich Einhalt gebieten.«

»Das hat schon jemand getan«, erwiderte Cordelia.

Beide blieben auf der Treppenstufe stehen und sahen sie fragend an.

»Clarissa ist tot«, sagte sie. »Ermordet.«

Und dann verlor sie ihre Selbstbeherrschung. Sie schluchzte auf und spürte, daß ihr Tränen übers Gesicht liefen. Whittingham lief zu ihr und schloß sie in seine mageren, aber erstaunlich kräftigen Arme. Es war die erste menschliche Geste, die erste mitfühlende Regung seit dem Schock, den sie beim Anblick von Clarissas Leiche empfunden hatte. Die Versuchung, sich wie ein Kind an seiner Schulter auszuweinen, war groß. Doch sie bemühte sich, ihr Schluchzen zu unterdrücken und ihre Fassung wiederzuerlangen, während Whittingham sie stumm festhielt. Als sie über seine Schulter blickte, sah sie über sich völlig verschwommen als Ansammlung weißer und rötlicher Flecken Romas Gesicht. Erst als sie ein paarmal blin-

zelte, wurden die Konturen klarer. Der Mund, der sie an den Clarissas erinnerte, stand offen. Die Augen waren weit aufgerissen. Das Gesicht drückte ein Gefühl aus, das Entsetzen, aber auch Triumph sein konnte.
Sie hatte keine Ahnung, wie lange sie schon dastanden, sie in Whittinghams Armen, während Roma auf sie herabschaute, als sie hinter sich Schritte hörte. Sie löste sich aus Whittinghams Umarmung und flüsterte: »Es tut mir ja so leid!«
»Simon ist auf seinem Zimmer«, sagte Gorringe, der gekommen war. »Er ist zutiefst verstört und möchte eine Weile allein sein. Sobald er sich gefaßt hat, kommt er herunter.«
»Wie hat sich denn der Mord abgespielt?« fragte Whittingham. »Wie ist Clarissa getötet worden?«
Als Gorringe zögerte, schrie Roma ihn an: »Sie müssen es uns sagen, Gorringe! Ich bestehe darauf!«
Gorringe blickte Cordelia fragend an. Dann zuckte er resignierend mit den Achseln. »Tut mir leid, aber es gelingt mir wohl nicht, die Anweisungen der Polizei zu befolgen. Außerdem haben die beiden ein Recht darauf.« Er musterte Roma. »Sie wurde erschlagen. Ihr Gesicht ist nur noch eine formlose Masse. Die Mordwaffe war höchstwahrscheinlich der marmorne Prinzessinnenarm. Wie Clarissa ermordet wurde, habe ich Simon nicht mitgeteilt. Ich brachte es nicht über mich.«
Roma sank auf die Treppenstufe und hielt sich am Geländer fest. »Mit dem Marmorarm?« wiederholte sie. »Der Mörder hat sie mit dem Marmorarm erschlagen? Wieso ausgerechnet damit? Woher wußte er überhaupt, wo er sich befand?«
»Der Mörder oder die Mörderin muß ihn heute morgen kurz vor sieben Uhr aus der Vitrine entwendet haben. Vermutlich wird die Polizei davon ausgehen, daß die Person genau wußte, wo sich der Marmorarm befand. Überdies habe ich selbst ja gestern vor dem Lunch auf ihn aufmerksam gemacht.«

5

Eine Viertelstunde darauf standen Roma, Whittingham und Cordelia am Fenster im Salon und schauten über die Terrasse hinweg zum Kai. Alle drei wirkten äußerlich gefaßt. Das Entsetzen war mittlerweile einem Gefühl der Unruhe gewichen, einer quälenden, beinahe lüsternen Spannung, die sie einander nicht verhehlen konnten, obgleich sie sie sowohl beschämend wie auch befremdlich fanden. Sie hatten der Versuchung widerstanden, einen Drink zu nehmen, weil sie es für unklug hielten, der Polizei mit einer Alkoholfahne gegenüberzutreten. Statt dessen hatten sie den starken Kaffee getrunken, den Munter im Salon servierte.

Jetzt beobachteten sie die beiden überfüllten Barkassen, die dümpelnd am Kai lagen. Die Passagiere in ihrer Abendkleidung drängten sich alle auf einer Seite zusammen wie eine herausgeputzte Schar Aristokraten, die einem republikanischen Umsturz entfliehen wollten. Gorringe redete auf sie ein, während Munter wie ein dräuender Wachsoldat hinter ihm Posten bezogen hatte. Die Leute gestikulierten empört. Selbst bei dieser Entfernung drückte Gorringes Haltung, wenn er den Kopf senkte oder beschwichtigend die Hände hob, Bedauern und Verlegenheit aus. Aber er ließ sich nicht erweichen. Leises Stimmengewirr drang zu ihnen herüber.

»Die Leute scheinen aufgebracht zu sein«, sagte Cordelia zu Whittingham. »Vermutlich würden sie sich gern mal an Land die Beine vertreten.«

»Oder ein verschwiegenes Örtchen aufsuchen.«

»Da steht einer auf dem Dollbord und fotografiert. Wenn er nicht achtgibt, fällt er noch ins Wasser.«

»Das ist Marcus Fleming. Er sollte die Bilder für meinen Artikel schießen. Jetzt hat er einen Knüller, den er brühwarm nach

London durchgeben kann, wenn sie nicht vor lauter Aufregung vor dem rettenden Gestade noch kentern.«
»Die stattliche Lady im mauvefarbenen Abendkleid macht aber einen höchst ergrimmten Eindruck.«
»Das ist die verwitwete und allseits gefürchtete Lady Cottringham. Auf sie sollte Ambrose besonders achten. Falls es ihr gelingt, einen Fuß an Land zu setzen, kann sie nichts mehr aufhalten. Sie wird Clarissa kurz begutachten, uns alle einem überaus peinlichen Verhör unterziehen und sodann den Mord enträtseln, noch bevor die Polizei eingetroffen ist. Aber Ambrose hat sich durchgesetzt. Die Barkassen legen ab.«
»Und da kommt auch schon die Polizei«, sagte Roma leise.
Zwei schlanke, dunkelblaue Motorboote mit aufgischenden Bugwellen umrundeten die Landspitze. Ihr Kielwasser kräuselte das Hellblau des Meeres.
»Sonderbar, dieses ungute Gefühl«, sagte Roma. »Und unsinnig dazu. Es ist, als säße ich wieder auf der Schulbank. Selbst wenn ich überhaupt nichts verbockt hatte, fühlte ich mich schuldig und sah auch so aus.«
»Ein beneidenswerter Zustand, überhaupt nichts verbockt zu haben«, meinte Whittingham. »Ich war noch nie in dieser Lage. Aber ich würde mir da keine Sorgen machen. Die Polizei geht in solchen Fällen planmäßig vor. Die Reihenfolge der Verdächtigen ist immer die gleiche: zuerst ist der Ehemann dran, dann sind es die Erben, danach die übrigen Familienmitglieder und zuletzt die engeren Freunde und Bekannten.«
»Da ich sowohl eine Erbin als auch eine Verwandte bin, bieten mir Ihre Worte wenig Trost«, erwiderte Roma trocken.
Schweigend sahen sie zu, wie die beiden überfüllten Barkassen allmählich entschwanden, während die schnittigen, blauen Motorboote auf die Insel zuschossen.

IV.

Die Profis

I

Sergeant Robert Buckley war noch jung, sah blendend aus, besaß einen passablen Verstand und war sich dieser Vorzüge durchaus bewußt. Hin und wieder machte er sich auch seine Grenzen klar. Seine zweijährige College-Ausbildung hatte er in drei Fächern mit den bestmöglichen Noten abgeschlossen, eine Leistung, die ihn zum Besuch einer Universität befähigt hätte. Allerdings war die Universität nicht sein Wunschziel gewesen. Denn er ahnte, daß sein Verstand, so scharf er auch sein mochte, oberflächlich war, und daß er mit Wissenschaftlertypen nie würde mithalten können. Überdies hatte er keine Lust verspürt, sich nach Abschluß eines dreijährigen, gelegentlich langweiligen Studiums dem Heer der arbeitslosen Akademiker anzuschließen. Er hatte sich ausgerechnet, daß sich der Erfolg am ehesten in einem Beruf einstellen würde, für den er eher über- als unterqualifiziert war, in dem er sich mit Männern messen konnte, deren Wissen seinem unterlegen war. Außerdem hatte er an sich einen sadistischen Zug wahrgenommen, der ihm angesichts des Leidens anderer Menschen eine gewisse Befriedigung verschaffte, ohne daß er ihn unbedingt ausleben mußte. Buckley war das einzige Kind ältlicher Eltern, die ihn anfangs übermäßig verwöhnt hatten, später rückhaltlos bewunderten und sich nun ein wenig vor ihm fürchteten. Auch das fand er durchaus angenehm. Seine Berufswahl war ihm jedenfalls als die natürlichste und leichteste Sache von der Welt erschienen; er traf sie endgültig, als er einmal einen Dauerlauf machte und die Landschaft mit ihren vielfältigen Braun- und Grüntönen ringsum betrachtete. Nur zwei Möglichkeiten waren ihm offengestanden: die Armee und die Polizei. Die erstere hatte er sogleich verworfen. Er hätte sich gesellschaftlich unsicher gefühlt. Da waren all die militärischen Traditionen, ein ausgeprägter Verhaltenskodex, ein gewisser Korpsgeist, lauter Eigenheiten, die ihn abstießen. Es war eine fremde Welt, die ihm zusetzen, ihn sogar ausstoßen konnte, noch bevor er die Chance erhielt, sie sich gefügig zu machen. Bei der Polizei hingegen würde man seine Fähigkeiten eher schätzen. Und so war es auch gekommen.

Als er nun in dem einen Polizeiboot am Bug kauerte, war er mit sich und der Welt zufrieden. Er hatte es sich zur Regel gemacht, sich seine Begeisterungsfähigkeit, aber auch seine Phantasie nicht anmerken zu lassen. Solche Eigenschaften waren wie faszinierende, aber wankelmütige Freunde, mit denen man sich nur selten und mit Vorsicht einlassen durfte, da sie einen im Stich lassen konnten. Doch als er Courcy aus der gleißenden See auftauchen sah, als die Insel allmählich Konturen und Farben bekam, erfüllte ihn ein berauschendes Gefühl, das sich aus Freude und Furcht zusammensetzte. Er empfand eine Hochstimmung darüber, daß vor ihm der Mordfall lag, von dem er seit seiner Beförderung zum Sergeanten geträumt hatte. Zugleich befürchtete er, daß diese Chance vorbeigehen könne, daß man sie am Kai mit den niederschmetternden Worten empfangen würde: »Der Mörder befindet sich im Schloß und wird bewacht. Er ist in einer schrecklichen Verfassung. Er behauptet, er wisse nicht, was ihn dazu getrieben hat.«

Mörder, die ihre Tat sofort eingestanden, wußten nie, was über sie gekommen war. Sie waren nicht nur erbärmliche Verlierer, sondern meistens auch Pfuscher, was ihre Tat anbelangt. So ein Mordfall, so ein Kapitalverbrechen war vom Kriminalistischen her nicht immer interessant oder gar schwer zu lösen. Doch wenn es eine wirklich harte Nuß zu knacken gab, war die freudige Erregung ohnegleichen. Diese berauschende Mischung von Menschenhatz und ungelöstem Rätsel, dazu die Atmosphäre von Angst, die ebenso deutlich wahrzunehmen war wie der metallische Geruch von Blut, das geradezu sinnliche Hochgefühl, das einen befiel, die faszinierende Art, wie sich das Selbstvertrauen, die Persönlichkeit, die Moral eines Menschen im alles vergiftenden Bannkreis des Verbrechens allmählich wandelten oder verkamen. Erst ein handfester Mordfall vermochte einem das Letzte abzufordern. Und ein solcher schien jetzt vor ihm zu liegen.

Er blickte zu seinem Chef hinüber, dessen rotes Haar in der

Sonne glänzte. Grogan war wortkarg und verschlossen wie immer vor einem schwierigen Fall. Die wachsamen Augen waren leicht zusammengekniffen. Jeder Muskel unter dem gutgeschnittenen Tweedanzug schien angespannt zu sein. Der Mann wirkte wie ein Raubtier, das zum Sprung auf eine Beute ansetzt. Als Buckley ihm vor drei Jahren vorgestellt wurde, mußte er an die Bilder von Indianerkriegern denken, die er in seiner Jugend in Abenteuerbüchern gesehen hatte, und er stellte sich diesen kantigen, wettergegerbten Kopf im Federschmuck eines Indianers vor. Doch dieser Eindruck hatte sich in der Folgezeit verflüchtigt. Dieser Grogan mit seiner kräftigen Statur, seinem typisch britischen Wesen und seinem komplexen Naturell ließ sich nicht so leicht einordnen. Einmal hatte er Buckley in sein kleines Haus außerhalb von Speymouth eingeladen, wo er, getrennt von seiner Frau, allein lebte. Buckley war zu Ohren gekommen, daß Grogan einen Sohn hatte, der jedoch in Schwierigkeiten geraten sei. Welcher Art diese waren, wußte freilich niemand zu sagen. Auch der Besuch im Haus hatte ihm keinerlei Aufschlüsse vermittelt. Da waren keine Bilder, keine Andenken an gelöste Fälle, keine Fotos von Familienmitgliedern oder Kollegen. Er sah kaum Bücher, abgesehen von einer gebundenen Sammlung aufsehenerregender Prozesse. Die Wände waren kahl. Was auffiel, war die teure Stereoanlage. Grogan hätte in einer halben Stunde seine Habseligkeiten packen und das Haus verlassen können, ohne daß hinterher etwas auf seine Anwesenheit hingedeutet hätte. Buckley wußte im Grunde nichts von ihm, obgleich er schon seit Jahren mit ihm zusammenarbeitete. Er wußte nur, womit er bestimmt rechnen konnte: mit Wortkargheit und gelegentlicher Mitteilsamkeit, wobei er selbst sozusagen nur eine Echofunktion hatte, hin und wieder mit Sarkasmus, mit Rücksichtslosigkeit und Ungeduld. Zuweilen ärgerte es ihn, daß er für Grogan nur eine Schreibkraft und ein Stenotypist, ein Zuhörer und blutiger Anfänger war. Den Großteil der kriminalistischen Arbeit beanspruchte Grogan für sich. Aber man konnte viel von ihm lernen. Grogan hatte Erfolge vorzuweisen. Er war nicht der Typ eines Versagers. Er war auch fair. Und er näherte sich seiner Pensionierung. In zwei Jahren war es soweit. Buckley lernte, was er brauchen konnte, und ließ sich Zeit.

Am Kai warteten reglos wie Statuen drei Gestalten. Noch bevor das Tuckern der Motorboote verklungen war, ahnte Buckley schon, wer zwei von ihnen nur sein konnten: Der Mann mit der kerzengeraden Haltung und der altmodischen Jagdjoppe mußte Sir George Ralston sein; der andere, der entspannter dastand und sonderbarerweise einen Smoking trug, war sicherlich Ambrose Gorringe. Beide sahen den Ankommenden mißtrauisch beim Aussteigen zu, als seien sie die Kommandeure einer belagerten Festung, die auf Parlamentäre warteten, um einen Waffenstillstand auszuhandeln, und zugleich argwöhnisch auch auf das geringste Anzeichen von Verrat achten mußten. Die dritte Gestalt, dunkelgekleidet und die anderen beiden überragend, war offensichtlich ein Bediensteter. Er stand einen Schritt abseits und schaute ungerührt aufs Meer hinaus. Seinem Gehabe konnte man entnehmen, daß gewisse Leute auf Courcy durchaus willkommen waren, die Polizei jedoch nicht zu diesen zählte.

Grogan und Gorringe machten sich und die Umstehenden miteinander bekannt. Buckley fiel auf, daß sich sein Chef nicht zu einer Beileidsbezeigung aufraffen mochte, den Witwer nicht einmal formell seiner Teilnahme versicherte. Allerdings hatte er derlei noch nie gemacht. Er hatte es einmal so begründet: »All diese Floskeln klingen doch verlogen, und die Leute merken es auch. In unserem Gewerbe muß man sich ohnehin verstellen. Warum sollte man es also übertreiben? Nein, manche Lügen sind schlichtweg beleidigend.« Falls Ralston und Gorringe diese Unterlassung registriert hatten, so ließen sie sich nichts anmerken.

Ambrose Gorringe erläuterte die Sachlage. Als sie zwischen weitläufigen Rasenflächen aufs Schloßportal zuschritten, sagte er: »Sir George hat eine Durchsuchung des Schlosses und der Insel veranlaßt. Das Schloß ist schon durchsucht worden. Die drei Trupps, welche die Insel durchkämmen, sind noch nicht zurückgekehrt.«

»Das werden jetzt meine Leute übernehmen, Sir.«

»Damit habe ich gerechnet. Die übrigen Ensemblemitglieder halten sich im Theater auf. Sir Charles Cottringham würde Sie übrigens noch gern sprechen.«

 »Weswegen?«

»Das weiß ich nicht. Vielleicht befürchtet er, übergangen zu werden.«
»Grundlose Befürchtungen. Ich möchte mir zunächst die Ermordete ansehen. Dann wäre ich Ihnen dankbar, wenn Sie mir ein kleines, ruhiges Zimmer für den heutigen Tag zur Verfügung stellen könnten. Vermutlich werde ich es sogar bis Montag benötigen.«
»Mein Büro dürfte für Ihre Zwecke geeignet sein. Wenn Sie mich nach Ihrer Untersuchung von Miss Lisles Zimmer aus anrufen, werde ich's Ihnen zeigen. Im übrigen wenden Sie sich bitte an meinen Butler Munter, wenn Sie etwas brauchen. Meine Gäste und ich sind in der Bibliothek, falls Sie uns sprechen wollen.«
Sie durchquerten die geräumige Halle und gingen die Treppe hinauf. Buckley nahm die Umgebung kaum wahr. Er schritt zusammen mit Sir George unmittelbar hinter Chefinspektor Grogan und Ambrose Gorringe und hörte zu, als Gorringe knapp, aber umfassend die Ereignisse bis zu Miss Lisles Tod schilderte. Er berichtete, weswegen sie nach Courcy gekommen war, charakterisierte die übrigen Gäste, erwähnte die Drohbriefe wie auch die Tatsache, daß die Ermordete es für nötig gefunden hatte, eine Privatdetektivin, eine Miss Cordelia Gray, mitzubringen. Er erwähnte das Verschwinden des Marmorarms und schilderte, wie sie die Leiche aufgefunden hatten. Es war eine eindrucksvolle Berichterstattung, gänzlich unpersönlich und ausschließlich faktenbezogen, als sei sie einstudiert worden. Vielleicht war das auch der Fall, dachte Buckley.
Vor der Zimmertür blieben sie alle stehen. Gorringe händigte ihnen drei Schlüssel aus.
»Nach dem Auffinden der Leiche habe ich die drei Türen sogleich verschlossen. Das sind die einzigen Schlüssel. Ich nehme an, daß Sie die Räume ohne uns besichtigen möchten.«
Erstmals mengte sich Sir George in ihr Gespräch ein. »Ich bin im Zimmer des Stiefsohns meiner Frau, falls Sie mich sprechen wollen, Chefinspektor«, sagte er. »Der Junge ist völlig verstört. Kann man ihm auch nicht verdenken. Munter kann Sie zu mir führen.«
Er machte auf dem Absatz kehrt und schritt davon.
Grogan wandte sich an Gorringe: »Sie haben uns sehr geholfen, Sir. Ich denke, das übrige müssen wir allein schaffen.«

Selbst im Tod wirkte Clarissa theatralisch. Der Raum bildete die Kulisse für eine höchst dramatische Szene. Auch die Requisiten entsprachen dem eindrucksvollen Melodram. Die Dinge waren überaus kostbar und prunkvoll. Rot war die beherrschende Farbe. Die Akteurin lag hingestreckt unter einem karmesinroten Baldachin, ein weißhäutiges Bein leicht angewinkelt, so daß man etwas vom Oberschenkel sehen konnte, das Gesicht wie mit künstlichem Blut besprenkelt. Und um sie herum schienen sich der Regisseur und der Kameramann zu schaffen zu machen. Sie berieten, welche Kameraeinstellung am günstigsten sei, und achteten darauf, daß die Darstellerin ihre kunstvoll arrangierte, aufreizende Pose nicht änderte.

Chefinspektor Grogan stand rechts neben dem Bett und betrachtete nachdenklich die Gestalt, als überlege er, ob der Regisseur gut beraten war, ihr diese Rolle anzuvertrauen. Dann beugte er sich über die Tote und schnupperte an ihrem Arm. Der Anblick war dermaßen grotesk, daß Buckley ein Dialogfetzen einfiel, den er einmal gehört hatte: »Ja, ist denn Euer Diener ein Hund, daß er so etwas macht?« Gleich würde sie vor Empörung zusammenzucken, sich aufrichten, die Arme ausstrecken und ein Handtuch verlangen, um die Schmiere von ihrem Gesicht zu wischen.

Das Zimmer war überfüllt, aber die Leute von der Mordkommission, die Fingerabdrücke sicherten, fotografierten, den Tatort genau untersuchten, kamen sich nie ins Gehege. Buckley wußte, daß Grogan der Einsatz all dieser Spezialisten im Grunde zuwider war. Das war eigentlich sonderbar, wenn man bedachte, daß er von der Londoner Metropolitan Police herkam, wo die Ausbildung und der Einsatz von Zivilangestellten schon seit langem üblich waren. Überdies verstanden die beiden Männer ihr Handwerk. Sie bewegten sich behutsam und ihrer Sache sicher wie Katzen, die ihr Revier durchstreifen. Obgleich Buckley mit ihnen schon öfters zusammengearbeitet hatte, glaubte er nicht, daß er sie auf der Straße oder in einem Pub wiedererkennen würde. Er trat beiseite und beobachtete den älteren der Experten bei seinem Tun. Was ihn faszinierte, waren die Hände. Sie steckten in Handschuhen, die so fein waren, daß sie wie eine zweite, glänzende Haut wirkten. Die Hände gossen den Rest des Tees in eine kleine Flasche, die sie mit einem Korken verschlossen und dann versiegelten und etikettierten. Sie verstauten die Tasse samt der Untertasse vorsichtig in einem Plastikbeutel, schabten etwas geronnenes Blut vom Marmorarm, das sie in einem Spezialröhrchen deponierten. Hernach ergriffen sie überaus behutsam die Marmorskulptur selbst und legten sie in eine sterile Kassette. Mit einer Pinzette packten sie den Drohbrief und schoben ihn sachte in einen Umschlag. Der Kollege, der mit einer Lupe und Pinzette am Bett hantierte, sammelte Haare vom Kopfkissen. Das zerschmetterte Gesicht schien er nicht wahrzunehmen. Sobald der Polizeiarzt die Leiche untersucht hatte, würde man die Kissenbezüge und das Bettuch in einem Plastikbeutel verwahren, diesen versiegeln und gleichfalls ins Labor bringen.

»Es trifft sich gut, daß Doktor Ellis-Jones seine Schwiegermutter in Wareham besuchen mußte«, meinte Grogan. »Er wird dort abgeholt. In einer halben Stunde dürfte er hier sein. Mehr als wir wird er auch nicht feststellen können. Innerhalb welcher Zeitspanne der Tod eingetreten ist, steht ja einigermaßen fest. An einem Tag wie heute dürfte die Abnahme der Körpertemperatur innerhalb der ersten sechs Stunden bei etwa anderthalb Grad pro Stunde liegen. Nein, genauer, als wir es jetzt schon wissen, wird er den Zeitpunkt nicht bestimmen können. Er liegt zwischen zwanzig nach eins, als diese Gray laut Gorringes Aussage sie zum letztenmal noch lebend sah, und zwei Uhr dreiundvierzig, als sie die Leiche entdeckte. Daß sie als letzte das Opfer noch lebend sah und es hinterher tot vorfand, deutet darauf hin, daß sie als Detektivin entweder fahrlässig gehandelt hat oder einfach ein Pechvogel ist. Was zutrifft, wird das Verhör schon noch ergeben.«

»Der Beschaffenheit der Blutspuren nach meine ich, daß der Zeitpunkt des Todes eher an der unteren Grenze liegt, Sir«, warf Buckley ein.

»Das denke ich auch. Meiner Schätzung nach starb sie innerhalb der ersten halben Stunde nach dem Weggang dieser Gray. Übrigens, kennen Sie das Zitat auf dem Zettel, der unter dem Marmorarm lag, Sergeant?«

»Nein, Sir.«

»Hätte mich auch verwundert. Laut Gorringe stammt es aus dem Stück ›Die Herzogin von Amalfi‹, in dem Miss Lisle die Titelrolle spielen sollte. ›Blut spritzt empor und benetzt den

Himmel.‹ Die Worte gefallen mir, auch wenn mir ihr Urheber unbekannt ist. Allerdings trafen sie in diesem Fall nicht so ganz zu: Das Blut ist nicht emporgespritzt, wenigstens nicht viel. Ihr Gesicht wurde erst nach ihrem Tod so zugerichtet. Die Gründe liegen auf der Hand.«

Er redet, als führe er ein Selbstgespräch, dachte Buckley. Auch ihm waren die möglichen Gründe klar.

»Um den Verdacht abzulenken, um die wahre Todesursache zu vertuschen, um sicherzugehen oder in einem Anfall von Wut, Haß oder panischer Angst.«

»Und nach diesem Blutrausch legt unser literarisch gebildeter Mörder dem Opfer in aller Ruhe wieder den Augenschutz auf. Scheint einen makabren Humor zu haben.«

Gemeinsam gingen sie ins Badezimmer. Die Ausstattung war ein Kompromiß zwischen altmodischer Pracht und moderner Zweckmäßigkeit. Die große, marmorne Badewanne war außen mit Mahagoni verkleidet. Auch die Toilette mit dem hoch oben angebrachten Spülkasten wies einen Mahagonisitz auf. Die Wände waren gefliest. Auf jeder der blauen Kacheln prangte ein Wildblumenstrauß. Den Rahmen des Drehspiegels zierten Putten.

Vier weiße Handtücher hingen unordentlich am Halter. Grogan roch an ihnen und knüllte sie mit seinen riesigen Händen.

»Bedauerlich, daß der Halter beheizt wird«, meinte er. »Die Handtücher sind völlig trocken. Auch die Wanne und das Waschbecken. Es läßt sich nicht mit Sicherheit angeben, ob sie noch ein Bad vor ihrem Tod genommen hat. Selbst wenn Doktor Ellis-Jones auf ihrer Haut Spuren von Körperpuder oder Badeessenzen nachweisen kann, würde das nicht viel besagen. Die Handtücher scheinen allerdings vor kurzem benützt worden zu sein und riechen nach demselben Parfüm wie ihre Haut. Meiner Ansicht nach hat sie vorher noch gebadet. Sie trank ihren Tee, schminkte sich ab und nahm dann ein Bad. Wenn Miss Gray sie gegen zwanzig nach eins verließ, können wir den Zeitpunkt auf etwa zwanzig vor zwei festsetzen.«

Der ältere der Spezialisten wollte das Bad betreten und blieb abwartend im Türrahmen stehen. Grogan ließ ihn vorbei und kehrte ins Zimmer zurück, wo er sich ans Fenster stellte und den feinen Purpursaum am Horizont betrachtete, der das mittlerweile dunkle Meer vom Himmel trennte.

»Haben Sie jemals von den Giftmorden in Birdhurst Rise gehört?« fragte er Buckley.
»Die in Croydon, Sir? Es war mit Arsen, nicht wahr?«
»Ja. In der Zeit von April 1928 bis März 1929 wurden drei Mitglieder einer Familie aus dem gehobenen Mittelstand mit Arsen umgebracht – Edmund Duff, ein pensionierter Beamter aus dem Kolonialministerium, seine Schwägerin und deren verwitwete Mutter. In allen drei Fällen war das Gift im Essen oder zusammen mit einem Medikament verabreicht worden. Obwohl der Täter zum Familienkreis gehört haben mußte, reichten die Verdachtsmomente für eine Verhaftung nicht aus. Es ist eben ein Irrtum, wenn man annimmt, eine kleine Gruppe von Verdächtigen, die einander gut kennen, erleichtere die Aufklärung eines Mordes. Das stimmt nicht. Und eine Schlappe läßt sich in so einem Fall um so schwerer rechtfertigen.«
Buckley konnte sich nicht erinnern, daß Grogan jemals von einer möglichen Schlappe gesprochen hatte. Sein bisheriger Optimismus flaute ab. Er mußte an Sir Charles Cottringham denken, der im Theater sicher schon ungeduldig auf sie wartete, an den Polizeipräsidenten, an die Schlagzeilen am Montag: »Gattin eines Baronets in einem Inselschloß erschlagen! Opfer eine bekannte Schauspielerin!« Kein Kriminalbeamter, der Karriere machen wollte, konnte es sich leisten, so einen Fall nicht aufzuklären. Er überlegte, was ihn da plötzlich zur Vorsicht mahnen mochte. Dieser Raum? Das Opfer? Das Mordwerkzeug? Die ganze Atmosphäre auf Courcy?
Keiner sagte etwas. Nach einer Weile hörten sie Motorengedröhn. Ein Boot umrundete die östliche Landspitze und raste mit schäumender Bugwelle auf den Kai zu.
»Doktor Ellis-Jones inszeniert wieder mal seinen üblichen dramatischen Auftritt«, murmelte Grogan. »Sobald er uns mitgeteilt hat, was wir ohnehin schon wissen, daß nämlich das Opfer weiblichen Geschlechts und mausetot ist, und sobald er uns haargenau erklärt hat, worauf wir auch selbst gekommen sind, daß es nämlich kein Unfall oder Selbstmord war und daß es zwischen ein Uhr zwanzig und zwei Uhr dreiundvierzig geschehen sein mußte, werden wir uns anhören, was die möglichen Verdächtigen zu sagen haben. Den Baronet knöpfen wir uns als ersten vor.«

2

Es war kurz vor halb fünf. Gorringe, Whittingham, Roma und Cordelia standen am Kai und schauten zur »Shearwater« hinüber, die das Ensemble zurück nach Speymouth brachte. Sie umfuhr eben die östliche Landzunge und verschwand dann.

»Sie haben zwar nicht im Rampenlicht gestanden, aber sie können nicht klagen, daß es ein ereignisloser Tag gewesen ist«, sagte Gorringe. »Bis zum Dinner wird sich die Ermordung Clarissas überall herumgesprochen haben. Und das bedeutet, daß uns morgen früh eine Invasion von Reportern bevorsteht.«

»Was wollen Sie dagegen tun?« fragte Whittingham.

»Ihre Landung verhindern. Freilich nicht mit den gleichen brutalen Mitteln wie damals de Courcy zur Pestzeit. Aber die Insel ist schließlich Privatbesitz. Außerdem werde ich Munter anweisen, alle telefonischen Anfragen der Polizei von Speymouth zur Beantwortung zu überlassen. Die haben sicherlich eine Pressestelle. Soll die sich doch damit herumschlagen.«

Cordelia fröstelte es in ihrem Baumwollkleid. Es begann schon zu dunkeln. Bald kam der flüchtige, aber stimmungsvolle Augenblick, in dem die sinkende Sonne mit ihren letzten Strahlen die Farbe des Grases und der Bäume so intensiv aufleuchten läßt, daß selbst die Luft grün getönt zu sein scheint. Auf die Terrasse fielen schon lange, dunkle Schatten. Die Wochenendskipper waren alle heimgesegelt. Die See lag leer und ruhig da. Am Kai dümpelten die beiden Polizeiboote. Die Türmchen und Ziegelmauern des Schlosses leuchteten einen Moment lang in tiefem Rot und verblaßten dann. Das Gebäude bekam ein düsteres, abweisendes Aussehen.

Das Schloß empfing sie mit ungewohnter Stille, als sie die große Halle betraten. Im oberen Stockwerk war die Polizei weiterhin mit der Aufklärung des Mordes beschäftigt. Sir

George wurde entweder eben vernommen, oder er hielt sich noch bei Simon auf dessen Zimmer auf. Keiner von ihnen mochte sich nach ihm erkundigen. Als hätten sie sich vorher abgesprochen, suchten die vier, denen die Vernehmung noch bevorstand, die Bibliothek auf. Sie war zwar weniger behaglich als der Salon, bot aber immerhin die Möglichkeit, so zu tun, als würde man sich lesend die Zeit vertreiben. Whittingham ließ sich in den einzigen Sessel fallen, richtete die Augen zur Decke und streckte die langen Beine aus. Cordelia nahm am Kartentisch Platz und blätterte im Sammelband der »Illustrated London News« aus dem Jahre 1876. Gorringe betrachtete vom Fenster aus eingehend den Rasen und kehrte ihnen den Rücken zu. Nur Roma fand keine Ruhe. Wie eine Gefangene, die sich Bewegung verschaffen wollte, ging sie längs der Bücherregale auf und ab. Alle waren erleichtert, als Munter und seine Frau den Tee brachten: die silberne Teekanne, den Messingrechaud mit dem brennenden Teelicht, das Minton-Service. Munter zog die Vorhänge zu und entfachte das Kaminfeuer, das bald zu prasseln begann. Sonderbarerweise wirkte die Bibliothek dadurch nicht nur gemütlicher, sondern gleichzeitig auch – wegen der Stille und Dunkelheit ringsum – bedrückender. Alle verspürten Durst, Appetit hatte aber niemand. Seit der Entdeckung der Leiche sehnten sie sich nach einem belebenden Tee oder Kaffee, zudem verschaffte ihnen das Hantieren mit Tassen und Tellern eine gewisse Ablenkung. Gorringe setzte sich neben Cordelia. Er rührte in seinem Tee und wandte sich an Whittingham.
»Ivo, Sie sind doch mit der Londoner Gerüchteküche vertraut. Was erzählt man sich denn über diesen Grogan? Ich muß sagen, daß ich ihn nicht gerade sympathisch finde.«
»Wer kennt schon all die Gerüchte, die in London kursieren? Wissen Sie, London ist, gesellschaftlich, beruflich wie auch geographisch gesehen, eine Ansammlung von Dörfern. Doch es gibt eine Menge Tratsch zwischen den Leuten vom Theater und der Polizei. Besonders eng sind die Beziehungen zwischen Detektiven und Schauspielern wie auch zwischen Chirurgen und dem Theatervolk.«
»Ersparen Sie uns bitte einen ausführlichen Vortrag. Erzählen Sie uns lieber, was Sie über ihn erfahren haben. Sie haben sich doch nach ihm erkundigt, nicht wahr?«

»Ich habe in der Tat einen meiner Informanten angerufen. Von diesem Zimmer aus übrigens. Das war, als Sie Grogan und seine Leute herumführten. Was ich herausbekommen habe, ist, daß er auf eigenen Wunsch von der Metropolitan Police weggegangen ist, weil ihn die Korruption in der Kriminalabteilung anwiderte. Das war noch vor der letzten Säuberungswelle. Er scheint ein Mann nach dem Geschmack von William Morris zu sein: ›Steht nicht länger im Dienst eines anderen, wenn ihr ehrlicher, redlicher und besser seid!‹ Das sollte Sie beruhigen, Roma!«

»Die Polizei ist mir nun einmal nicht geheuer.«

»Dann sollte ich ihm besser keinen Drink anbieten«, meinte Gorringe. »Das könnte als ein Bestechungsversuch ausgelegt werden. Ich frage mich, ob nicht der Polizeipräsident oder wer immer dafür zuständig war ihm diesen Fall übertragen hat, damit er eine Schlappe erleidet.«

»Warum sollte ihm das jemand wünschen?« entgegnete Roma gereizt.

»Eine Schlappe gönnt man eher einem Neuling als einem vom altbewährten Team. Und dieser Fall kann durchaus mit einer Blamage enden. Es handelt sich um einen geradezu klassischen Mordfall: ein kleiner Kreis von Verdächtigen, eine abgelegene Insel als Tatort, eine begrenzte Zeitspanne, innerhalb der der Mord geschah. Binnen einer Woche müßte doch so ein Fall ›geknackt‹ sein, wie's im Polizeijargon heißt. Man erwartet sicherlich eine rasche Lösung. Wenn jedoch der Mörder einen klaren Kopf behält und sich nicht selbst verrät, droht ihm meiner Ansicht nach nicht die geringste Gefahr. Er – seien wir galant, und nehmen wir an, den Mord habe ein Mann begangen – braucht nur auf seinen Angaben zu beharren. Nur nichts entschuldigen, ausschmücken oder erläutern! Denn entscheidend ist nicht, was die Polizei weiß oder vermutet, sondern, was sie auch beweisen kann.«

»Sie reden so, als wäre Ihnen eine Aufklärung zuwider«, erwiderte Roma.

»Obwohl mich die Sache im Grunde kalt läßt, ziehe ich es vor, wenn die Sache aufgeklärt wird. Es wäre peinlich, den Rest des Lebens als mutmaßlicher Mörder herumlaufen zu müssen.«

 »Außerdem wird Ihnen der Fall im Sommer eine Menge Touristen einbringen. Die Leute haben eine Schwäche für Bluttaten und Schauergeschichten. Für zwanzig Pence extra könnten Sie ihnen den Tatort zeigen.«

»Für derartige Sensationen habe ich nichts übrig«, erwiderte Gorringe gleichmütig. »Deswegen bekommen meine Sommergäste auch die Krypta nicht zu sehen. Übrigens finde ich den Mord höchst stillos.«

»Sind nicht alle Morde stillos?«

»Nicht unbedingt. Es wäre ein netter Zeitvertreib, die klassischen Morde mal nach dem Ausmaß ihrer Stillosigkeit einzuordnen. Die Ermordung Clarissas finde ich im höchsten Grade absonderlich, aberwitzig und theatralisch.«

Roma hatte ihren Tee ausgetrunken und schenkte sich nach. »So kann man es auch sagen«, meinte sie. »Finden Sie's nicht sonderbar, daß man uns bislang in Frieden läßt? Ich habe mir gedacht, sie würden zumindest einen Beamten in Zivil abkommandieren, der sich all unsere Indiskretionen notiert.«

»Die Polizei kennt ihre Machtbefugnisse. Ich habe ihnen bereits mein Büro überlassen, und sie verwehren den Zutritt zu den beiden Gästezimmern. Aber es ist noch immer mein Haus und meine Bibliothek, die sie nur mit meiner Erlaubnis betreten dürfen. Solange sie keinen von uns verhaften, müssen wir so behandelt werden, als seien wir unschuldig. Sogar Ralston, obwohl er als Ehemann sicherlich der Hauptverdächtige ist. Der arme George! Falls er sie wirklich geliebt hat, macht er nun eine schreckliche Zeit durch.«

»Wenn Sie mich fragen, ist seine Zuneigung ein halbes Jahr nach ihrer Heirat erloschen«, erwiderte Roma. »Damals muß er erkannt haben, daß sie ihm nie treu sein würde.«

»Hat er das irgendwie zu verstehen gegeben?« fragte Gorringe.

»Nicht mir gegenüber. Ich habe die beiden ja kaum gesehen. Wie hätte er auch ihre Auflehnung gegen die herkömmliche Moral unterbinden sollen? Man kann doch eine ungetreue Frau nicht behandeln wie einen störrischen Untergebenen. Aber abgefunden hat er sich bestimmt nicht damit. Wenn er sie nicht umgebracht hat – und für mich steht fest, daß er es nicht getan hat –, müßte er dem Täter oder der Täterin eigentlich dankbar sein. Ihr Vermögen kann er für die Finanzierung seiner faschistischen Organisation, der Union britischer Patrioten, gut brauchen. Würden Sie übrigens an diesem Namen erkennen, daß es sich um eine faschistische Gruppierung handelt?«

Gorringe lächelte spöttisch. »Ich würde jedenfalls nicht annehmen, daß sich in ihren Reihen Trotzkisten oder Sozialisten befinden. Ich halte diese Leute für politisch unbedeutend, für eine Gruppierung mit Pfadfindermentalität, eine Art Kampfbund von vergreisten Veteranen.«

Roma setzte ihre Teetasse so heftig ab, daß es klirrte, und sprang auf. »Sie machen sich wohl gern etwas vor? Ich finde diese Einstellung nicht nur peinlich, sondern geradezu unverzeihlich. Denn diese Leute nehmen sich todernst. Die glauben an den gefährlichen Unsinn, den sie verbreiten. Mit etwas Spott ist ihnen nicht beizukommen. Für wen, meinen Sie, wird dieser Kampfbund von Greisen kämpfen, wenn es zu einer Krise kommt? Fürs Proletariat? Doch wohl kaum.«

»Ich hoffe, für mich und meinesgleichen.«

»Sie haben's erfaßt, Ambrose! Für Sie und die Multis und das Establishment und all die Pressezaren. Clarissas Geld wird schon dazu beitragen, daß den Reichen ihre Schlösser erhalten bleiben und den Armen ihre Katen.«

»Aber Sie erben doch auch etwas von Clarissas Geld«, erwiderte Gorringe süffisant. »Kommt Ihnen das sehr ungelegen?«

»Das nicht. Geld ist immer nützlich. Aber wichtig ist es nicht. Selbstverständlich freue ich mich, wenn ich was erbe. Aber angewiesen bin ich nicht darauf. Es ist jedenfalls nicht so wichtig, als daß ich dafür jemand umbringen würde. Was könnte schon so wichtig sein?«

»Spielen Sie nicht die Naive, Roma! Sie brauchen nur in den Zeitungen zu blättern, um festzustellen, aus welchem Grunde Menschen ermordet werden. Auf Grund von gefährlichen und destruktiven Leidenschaften, aus Liebe beispielsweise.«

Munter erschien im Türrahmen und hüstelte wie der Butler in einem Boulevardstück. »Dr. Ellis-Jones, der Polizeiarzt, ist eben eingetroffen, Sir.«

Gorringe schaute einen Augenblick unschlüssig drein, als überlege er, ob er ihn wie einen Gast willkommen heißen müsse. »Es ist vielleicht besser, wenn ich zu ihm gehe. Weiß die Polizei von seiner Ankunft?«

»Noch nicht, Sir. Ich wollte zuerst Ihnen Bescheid geben.«
»Wo ist denn der Polizeiarzt jetzt?«
»In der großen Halle, Sir.«
»Dann wollen wir ihn nicht länger warten lassen. Führen Sie ihn zu Chefinspektor Grogan. Vielleicht benötigt er heißes Wasser oder so was.«
Er blickte suchend um sich, als würden gleich eine Wasserkanne und ein Handwaschbecken herniederschweben. Munter eilte davon.
»Es findet doch keine Geburt statt«, meinte Whittingham.
Roma drehte sich um und rief halb entrüstet, halb entsetzt: »Er wird hier doch keine Autopsie vornehmen wollen!«
Alle blickten fragend Cordelia an. Sie dachte, daß zumindest Gorringe die Prozedur kennen müsse. Aber auch er musterte sie forschend und ein wenig spöttisch.
»Das nicht«, erwiderte sie. »Er wird nur eine vorläufige Untersuchung vornehmen, die Körpertemperatur messen, den Zeitpunkt des Todes abschätzen. Hernach wird man die Leiche fortschaffen. Freilich sollte er zuerst den Tod zweifelsfrei festgestellt haben.«
»Für jemand, der sich als Privatsekretärin ausgibt, haben Sie höchst ausgefallene Kenntnisse«, meinte Roma. »Aber ich weiß ja, woher. Ambrose hat uns mitgeteilt, daß sie Privatdetektivin sind. Dann können Sie auch erklären, warum man von uns allen Fingerabdrücke gemacht hat. Ich fand es widerlich. Schon wie sie einen an den Fingern packen und sie dann aufs Stempelkissen drücken! Es wäre weniger gräßlich, wenn man's selbst tun könnte.«
»Haben Ihnen die Polizisten nicht den Grund erklärt?« fragte Cordelia. »Falls sie in Clarissas Zimmer irgendwelche Fingerabdrücke finden, wollen sie unsere zumindest aussondern können.«
»Oder uns festnageln! Was treiben sie denn überhaupt so lange, außer daß sie George verhören? Leute haben sie ja genug mitgebracht!«
»Es sind sicherlich Spezialisten vom gerichtsmedizinischen Institut dabei, die den Tatort genauestens untersuchen. Sie sammeln wissenschaftlich stichhaltiges Beweismaterial: Blut- und Serumproben und dergleichen. Auch das Bettzeug und die Teetasse wird man ins Labor bringen. Man wird den Tee-

satz analysieren, um zu eruieren, ob Miss Lisle vielleicht vergiftet worden ist. Sie könnte vor ihrer Ermordung betäubt worden sein. Sie lag in auffällig entspannter Haltung auf dem Rücken.«

»Um entspannt auf dem Rücken zu liegen, brauchte Clarissa keine Betäubungsmittel«, erwiderte Roma. Als sie die mißbilligenden Blicke der anderen bemerkte, errötete sie und rief: »Tut mir leid! Das hätte ich nicht sagen dürfen. Aber ich kann es immer noch nicht glauben. Ich kann es einfach nicht fassen, daß sie tot dort oben liegt, daß sie erschlagen worden ist. Das geht über meine Fassungskraft. Sie liebte das Leben doch so sehr. Und nun ist sie tot. Ich mochte sie nicht besonders, und sie mochte mich nicht. Daran kann auch ihr Tod nichts ändern.«

Sie wankte zur Tür.

»Ich gehe an die frische Luft. Hier ersticke ich noch. Dieser Grogan wird mich schon finden, falls er mich braucht.«

Gorringe goß heißes Wasser in die Teekanne, schenkte sich neuen Tee ein und setzte sich neben Cordelia. »Politisch engagierte Menschen sind schon merkwürdig. Ihre Kusine, mit der sie aufwuchs, ist auf grausige Weise erschlagen worden. Bald wird man die Leiche fortschaffen, damit ein Gerichtsmediziner an ihr herumschnipseln kann. Zweifellos ist Roma über den Vorfall entsetzt. Aber im Grunde läßt er sie ebenso gleichgültig, als hätte man ihr mitgeteilt, daß Clarissa wegen einer leichten Bindegewebsentzündung unpäßlich sei. Kommt aber das Gespräch auf den armen Ralston und seine Union britischer Patrioten, spuckt sie Gift und Galle.«

»Sie hat eben Angst«, meinte Whittingham.

»Gewiß. Aber wovor? Doch nicht vor diesen armseligen Sonntagskriegern?«

»Sie machen auch mir hin und wieder Angst. Was sie über Clarissas Vermögen sagte, stimmt vermutlich. Ralston erhält den Löwenanteil. Wieviel mag das umgerechnet sein?«

»Lieber Ivo, ich weiß es nicht. Die Höhe ihres Bankkontos hat mir Clarissa nicht anvertraut. So nahe standen wir uns nicht.«

»Nanu? Ich dachte schon.«

»Und selbst wenn's so gewesen wäre, hätte sie's mir wahrscheinlich nicht verraten. Clarissa steckte eben voller Überraschungen. Sie werden es mir nicht glauben, doch es stimmt. Sie war indiskret, aber wenn sie wollte, konnte sie ein Geheimnis auch für sich behalten. Sie hortete vieles, auch nützliche Informationen.«

»Ein unerwarteter und zudem gefährlicher Hang«, erwiderte Whittingham leichthin.

Cordelia musterte die beiden. Die funkelnden, spöttischen Augen von Gorringe und die im Sessel zusammengesunkene Gestalt Whittinghams, seine langfingerigen, knochigen Hände mit den schmalen, zarten Gelenken, sein fahles Gesicht mit den vorspringenden Wangenknochen, das der Stuckdecke zugewandt war. Ein Wirrwarr von widerstreitenden Gefühlen befiel sie. Zorn war darunter, ein tiefes, wenn auch unbestimmtes Mitleid und eine ihr weniger vertraute Regung, die nur Neid sein konnte. Die beiden wirkten so sicher im Panzer ihrer spöttischen Gleichgültigkeit. Konnte sie denn wirklich nichts aus der Ruhe bringen außer der Gedanke, daß auch sie selbst einmal Qualen erleiden könnten? Aber vielleicht würden sie selbst körperliche Schmerzen, die doch keinem Menschen erspart bleiben, mit Verachtung oder Witzeleien hinnehmen. Ertrug nicht Whittingham auf diese Art sein Dahinsiechen? Warum sollte es die beiden bekümmern, daß da oben eine Frau, die sie nicht besonders gemocht hatten, mit zerschmettertem Gesicht lag? Doch man mußte sich nicht Donnes sattsam bekannten Ausspruch ins Gedächtnis zurückrufen, um zu fühlen, daß man dem Tod etwas schuldete, daß sich in ihren Beziehungen, im Schloß, in der ganzen Atmosphäre etwas unwiderruflich geändert hatte. Sie kam sich mit einem Mal alleingelassen und sehr jung vor. Sie spürte, daß Gorringe sie anblickte.

Als habe er ihre Gedanken erraten, sagte er: »Das Schreckliche an einem Mord ist unter anderem, daß er den Toten seiner Rechte beraubt. In diesem Raum gibt es wohl niemand, der über Clarissas Tod untröstlich ist. Wäre sie eines natürlichen Todes gestorben, würden wir mit einer verwirrenden Mischung von Bedauern, Rührseligkeit und Mitgefühl um sie trauern. Wir würden – der übliche Tribut an einen eben Verstorbenen – ihrer gedenken. Aber so denken wir nur an uns selbst. Es ist doch so, nicht wahr?«

»Cordelia denkt da anders«, entgegnete Whittingham.

In der Bibliothek herrschte wieder Schweigen. Sie registrierten jedes Knacken im Gebälk. Alle drei hoben gleichzeitig den Kopf, als aus der Halle das Geräusch schleppender Schritte zu ihnen drang und dann weiter entfernt, aber unüberhörbar eine Tür ins Schloß fiel.

»Jetzt schafft man sie fort«, sagte Whittingham gleichmütig.

Er ging leise zum Fenster und stellte sich hinter den Vorhang. Cordelia folgte ihm. Zwischen den von kaltem Mondlicht überfluteten Rasenflächen schritten schemengleich vier dunkle, hochgewachsene Gestalten unter ihrer Last. Ihnen folgte steifbeinig, kerzengerade aufgerichtet, als baumele ein Degen an seiner Seite, Sir George. Die kleine Prozession erinnerte an eine Trauergemeinde, die einen Toten nach einem geheimnisvollen, verpönten Ritus irgendwo verstohlen vergraben wollte.

Cordelia, die sich nach dem mittäglichen Schock wie zerschlagen fühlte, hätte gern, wie's wohl angebracht gewesen wäre, etwas Bedauern empfunden. Aber statt dessen kamen ihr nur alptraumhafte Schreckensbilder in den Sinn: Szenen aus der Pestzeit auf Courcy, all die Meuchelmorde, de Courcys Männer, wie sie im Schutz der Nacht die Leichen fortschleppten. Auch Whittingham schien den Atem anzuhalten. Wie angespannt er hinausblickte, merkte sie an seinem Schweigen und seiner erstarrten Haltung. Doch dann wurden die Vorhänge zurückgeschlagen, und Gorringe stand hinter ihnen.

»Sie kam im Licht der Morgensonne; bei ihrem Weggang scheint der Mond. Eigentlich hätte ich sie begleiten sollen. Grogan hätte mir sagen müssen, daß man sie fortbringt. Sein Verhalten wird allmählich unerträglich.«

Und mit dieser leicht gekränkt klingenden Bemerkung, dachte Cordelia, war Clarissas endgültiger Abschied von Courcy wohl abgeschlossen.

Eine Stunde darauf wurde die Tür aufgerissen, und Sir George trat ein. Er schien auf ihre forschenden Blicke und auf die Frage, die keiner zu stellen wagte, gefaßt zu sein.

»Grogan war recht freundlich«, sagte er. »Ich glaube nicht, daß er sich schon eine Theorie zurechtgelegt hat. Aber er scheint sein Handwerk zu verstehen. Mit diesen roten Haaren ist er allerdings geschlagen. Damit sieht er wie verkleidet aus.«

»Ich kann mir vorstellen«, erwiderte Gorringe nachdenklich und versuchte, das Zucken seines Mundes zu unterdrücken, »daß die Aufklärung eines Verbrechens für ihn hauptsächlich Schreibtischarbeit ist. Kriminalistische Arbeit vor Ort scheint ihm nicht zu liegen.«

»Um die wird er nicht herumkommen. Er könnte sie freilich auch abkürzen.«

Nach diesen Worten schnappte sich Sir George ein Exemplar des »Spectator« und setzte sich an den Kartentisch, als wäre er in seinem Londoner Club. Die anderen musterten ihn schweigend und ein wenig verdutzt. Cordelia dachte, wir benehmen uns wie Kandidaten vor einem mündlichen Examen, die zwar liebend gern die Prüfungsfragen kennen würden, es aber als unfair ansehen, sich danach zu erkundigen. Whittingham mußte das gleiche gedacht haben.

»Die Polizei hält doch keine Prüfung ab, um den Tatverdächtigen herauszufinden«, sagte er. »Ich gestehe allerdings, daß ich auf ihre Strategie und Technik neugierig bin. Ich bin völlig ahnungslos, obwohl ich mal ein Agatha-Christie-Stück rezensiert habe. Wie verlief denn die Vernehmung, Ralston?«

Sir George blickte hoch und schien über die Frage nachzudenken. »Erwartungsgemäß. Sie wollten wissen, wo ich am Nachmittag war, und was ich so alles machte. Ich sagte, ich hätte auf den Westklippen Vögel beobachtet. Außerdem hätte ich mit dem Fernglas Simon gesehen, wie er aus dem Meer kam und zum Schloß ging. Das schien ihnen wichtig zu sein. Sie erkundigten sich noch nach Clarissas Geld. Wieviel es sei. Wer es bekomme. Grogan fragte mich überdies geschlagene zwanzig Minuten über die Vogelwelt auf Courcy aus. Vermutlich wollte er mich dadurch nur beruhigen. Ein merkwürdiges Verhalten.«

»Vermutlich wollte er Ihnen mit irgendwelchen Fangfragen nach den Nistgewohnheiten nicht existierender Vogelarten nur auf den Zahn fühlen«, entgegnete Whittingham. »Haben sie auch nach dem Ablauf des heutigen Vormittags gefragt? Erwartet man von uns eine ausführliche Schilderung des ganzen Tages?«

Obwohl seine Stimme völlig gelassen geklungen hatte, war den übrigen klar, was er erfahren wollte und welche Bedeutung die Antwort hatte.

Sir George griff wieder nach der Zeitschrift. Ohne aufzusehen, erwiderte er: »Ich habe nur das Nötigste angegeben. Ich habe auch von dem Besuch in der Kirche und im Teufelskessel berichtet. Ich habe überdies erwähnt, daß da mal jemand ertränkt wurde. Namen habe ich allerdings nicht genannt. Warum sollte man die Untersuchung mit ollen Kamellen belasten? Das geht die doch nichts an.«
»Das beruhigt mich«, erwiderte Whittingham. »An diese Leitlinie halte ich mich auch. Bei der nächsten besten Gelegenheit werde ich mit Roma sprechen. Und Sie, Ambrose, sollten mal mit dem Jungen reden. Ralston hat recht: Es hat keinen Sinn, die Leute mit alten, unerfreulichen, längst vergessenen Geschichten zu verwirren.«
Niemand erwiderte etwas darauf. Sir George sah plötzlich von seiner Zeitschrift auf und sagte: »Beinahe hätte ich's vergessen. Grogan möchte Sie sprechen, Cordelia.«

3

Cordelia leuchtete schnell ein, weshalb Gorringe der Polizei sein Büro überlassen hatte. Es war zweckmäßig eingerichtet, nicht zu groß und obendrein abgelegen. Aber als sie sich dann auf den Mahagonistuhl mit dem Rohrgeflecht setzte und Chefinspektor Grogan anblickte, wäre es ihr lieber gewesen, wenn Gorringe statt seines privaten Mördermuseums ein anderes Zimmer zur Verfügung gestellt hätte. Die Staffordshire-Figuren auf dem Bord hinter Grogans Kopf kamen ihr auf einmal viel größer vor und schienen keine altmodischen Erinnerungsstücke, sondern wirkliche Lebewesen zu sein. Die bemalten Gesichter schienen zu zucken und zu grimassieren. Und die gerahmten viktorianischen Moritatenblätter mit den ungefüge gemalten Schafotten und Todeszellen, die zeigten, wie grausam die Menschen miteinander umsprangen, wirkten beängstigend. Der Raum kam ihr überdies kleiner vor, als sie ihn in Erinnerung gehabt hatte. Sie überkam das Gefühl, zusammen mit den Inquisitoren in einem engen Verlies zu stekken. Beinahe hätte sie die uniformierte Polizistin übersehen, die regungslos und wachsam wie eine Anstandsdame am Fenster saß. Rechneten sie denn damit, daß sie ohnmächtig werden oder später Grogan irgendwelcher Zudringlichkeiten bezichtigen könne? Sie überlegte, ob es dieselbe Beamtin war, die ihr geholfen hatte, ihre Sachen aus dem De-Morgan-Raum in ihr neues Zimmer zu schaffen. Sie zweifelte nicht daran, daß man ihre Habseligkeiten gründlich untersucht hatte, bevor sie ordentlich gestapelt aufs Bett gelegt worden waren.

Sie musterte Grogan, als sähe sie ihn zum erstenmal. Er kam ihr noch größer vor als die hochgewachsene, breitschultrige Gestalt, die sie aus dem Polizeiboot hatte steigen sehen. Das dichte, rötlichblonde Haar war länger, als man es bei einem Polizeibeamten erwartete. In die Stirn fiel eine Strähne, die er hin und wieder mit seiner großen Hand zurückstreifte. Trotz aller Breitflächigkeit wirkte das Gesicht mit den vortretenden Backenknochen und den tiefliegenden Augen hager. Die Bartstoppeln unterhalb der Backenknochen verstärkten den Eindruck von urwüchsiger Kraft, die zu dem gutgeschnittenen, formellen Tweedanzug nicht so recht zu passen schien. Seine Haut war rötlich überhaucht. Selbst die Augen schienen blutunterlaufen zu sein. Als er den Kopf bewegte und dabei der blütenweiße Hemdkragen verrutschte, sah Cordelia einen Streifen blasse Haut, die sich von seinem sonnengebräunten Gesicht deutlich abhob. Man hätte meinen können, daß er enthauptet und hernach wieder zusammengesetzt worden war. Sie versuchte, ihn sich als rotbärtigen elisabethanischen Abenteurer vorzustellen, aber es gelang ihr nicht. Trotz all seiner urwüchsigen Kraft hätte er damals nicht zu den umtriebigen Gesellen gehört, sondern eher zu jenen, die an den Schaltstellen der Macht saßen. Oder hätte man ihn vielleicht in den Folterkammern im Tower antreffen können? Doch sie tat ihm sicherlich unrecht. Sie verdrängte solche Vorstellungen und versuchte ihn als das zu sehen, was er in Wirklichkeit war: als einen höheren Polizeibeamten unserer Tage, der seine Dienstvorschriften zu beachten hatte, durch Gerichtsbeschlüsse gebunden war, eine eminent wichtige, wenn auch zuweilen unerfreuliche Aufgabe verrichtete und auf ihre Mitarbeit angewiesen war. Trotzdem wäre es ihr lieber gewesen, wenn sie nicht soviel Angst gehabt hätte. Mit Beklommenheit hatte sie gerechnet, aber nicht mit diesem demütigenden Angstgefühl. Obgleich sie es schließlich unterdrücken konnte, war sie sich peinlich bewußt, daß der erfahrene Grogan ihre Furcht bemerkt hatte und daß sie ihm offensichtlich keineswegs ungelegen kam.

Er hörte sich schweigend ihre Schilderung der Ereignisse vom Auftauchen Sir Georges im Büro an der Kingly Street bis zur Entdeckung von Clarissas Leiche an. Sie händigte ihm die gesammelten Drohbriefe aus, die er auf dem Schreibtisch ausbreitete. Dann und wann, wenn sie ihre Stimme hob oder senkte, ordnete er die Botschaften neu, als suche er nach einer aufschlußreicheren Zusammenstellung. Sie war froh, daß man sie nicht an einen Lügendetektor angeschlossen hatte. Denn die Nadel hätte sicher ausgeschlagen, als sie, ohne die

Unwahrheit zu sagen, all jene Fakten ausließ, die sie nicht preisgeben wollte: den Tod von Tollys Tochter etwa, Clarissas Enthüllungen im Teufelskessel oder Romas erfolglose Bitte um Geld. Sie versuchte nicht, diese Unterlassungen dadurch zu rechtfertigen, daß sie sich einredete, sie würden ihn ohnehin nicht interessieren. Außerdem war sie zu erschöpft, um über die moralische Berechtigung ihrer Entscheidung nachzudenken. Sie wußte nur – mochte auch Clarissas eingeschlagenes Gesicht sie noch so bedrängen –, daß es Dinge gab, über die sie nicht reden konnte.
Grogan ließ sie die Geschichte immer wieder erzählen. Vor allem ging es ihm um das Verschließen der Türen. War sie sich sicher, daß sie gehört hatte, wie Clarissa den Schlüssel umdrehte? Wieso war sie dermaßen überzeugt, daß sie ihre Zimmertür verschlossen hatte? Manchmal hatte sie das Gefühl, daß er sie, als sei er der Verteidiger in einem Mordprozeß, absichtlich zu verwirren versuchte, wenn er sich begriffsstutzig stellte und vorgab, es nicht ganz verstanden zu haben. Was sie zum Schluß nur noch wahrnahm, waren ihre Müdigkeit, seine kräftige Hand im Lichtkegel der Schreibtischlampe, die rotschimmernden Härchen auf seinen Fingern, das leise Rascheln, wenn Sergeant Buckley eine Seite umblätterte. Sie mußte gut eine Stunde geredet haben, bis er endlich die lange Vernehmung beendete.
Beide schwiegen.
Dann fragte er noch in einem Tonfall, als überwinde er endlich seine Langeweile: »Sie bezeichnen sich als Detektivin, Miss Gray?«
»Ich bezeichne mich nicht so, sondern besitze und führe eine Detektei.«
»Das ist allerdings ein Unterschied. Leider haben wir keine Zeit, uns ausführlicher darüber zu unterhalten. Sie sagten mir, Sir George Ralston hätte Sie als Detektivin engagiert. Deswegen hielten Sie sich auf Courcy auf, als seine Frau den Tod fand. Was haben Sie denn bisher herausgefunden?«
»Ich wurde zum Schutz seiner Frau engagiert. Leider konnte ich nicht verhindern, daß man sie umbrachte.«
»Jetzt lassen Sie uns ein für allemal etwas klarstellen. Wollten Sie mit Ihren Worten andeuten, Sie seien tatenlos dagestanden und hätten zugelassen, daß jemand sie tötete?«

»Das nicht.«
»Haben etwa Sie sie umgebracht?«
»Nein.«
»Oder jemand ermutigt, unterstützt oder gar bezahlt, damit er sie umbringt?«
»Nein.«
»Dann lassen Sie diese Selbstvorwürfe! Vermutlich nahmen Sie an, daß sie gar nicht in ernster Gefahr war. So dachte selbst ihr Mann und offenbar auch die Metropolitan Police.«
»Dort hatten sie wohl Gründe zur Skepsis«, erwiderte Cordelia.
Grogan blickte sie plötzlich forschend an. »Was wollen Sie damit sagen?«
»Ich habe mich gefragt, ob nicht Miss Lisle die Botschaft, die auf der Schreibmaschine ihres Mannes getippt worden war, sich selbst geschickt hat. Da er damals in Amerika war, kam er als Absender des Drohbriefs nicht in Frage.«
»Warum hätte sie das machen sollen?«
»Um Sir George zu entlasten. Sie befürchtete wohl, daß die Polizei ihn verdächtigen könnte. Denkt man in so einem Fall nicht zuerst an den Ehemann? Sie wollte auf diese Weise erreichen, daß man ihn in Frieden ließ. Sie wollte wohl nicht, daß die Polizei ihre Zeit an ihn verschwendete, weil sie wußte, daß er unschuldig war. Meiner Ansicht nach hat man bei der Metropolitan Police auch vermutet, daß sie die Botschaft getippt hat.«
»Man hat es nicht nur vermutet«, erwiderte Grogan. »Man hat den Speichel auf der Umschlaglasche untersucht. Er stammte von jemand, der dieselbe Blutgruppe wie Miss Lisle hatte. Und die ist höchst selten. Danach ließ man sie einen unverfänglichen Text tippen, in dem die gleichen Buchstaben in der gleichen Reihenfolge vorkamen wie in dem fraglichen Zitat. Daraufhin gab man ihr taktvoll zu verstehen, daß sie den Brief geschickt haben könnte. Sie stritt es freilich ab. Aber danach konnte man von der Metropolitan Police kaum erwarten, daß sie die Drohbriefe allzu ernst nahm.«
Sie hatte also recht gehabt. Diesen einen Drohbrief hatte Clarissa selbst abgesandt. Sie konnte sich jedoch täuschen, was den Grund anbelangte. Außerdem hatte sie sich nicht eben geschickt angestellt. Und hatte der Brief Sir George überhaupt

entlastet? Er hatte nur bewirkt, daß sich die Polizei nicht weiter für die Verschrobenheiten einer Frau interessierte, die vermeintlicherweise nur auffallen wollte und zudem neurotisch war. Das mußte dem wahren Schuldigen zupaß gekommen sein. Hatte vielleicht jemand Clarissa dazu angestiftet, diesen Brief selbst abzuschicken? Und war es überhaupt der einzige gewesen, für den sie verantwortlich war? Könnte nicht die Aufeinanderfolge der Zitate von ihr und einer weiteren Person ausgeheckt worden sein? Aber diesen Gedanken verwarf sie augenblicklich. Denn eins war sicher: Clarissa hatte sich vor diesen Briefen gefürchtet. Selbst eine Schauspielerin konnte diese Angst nicht die ganze Zeit über simulieren. Außerdem war sie überzeugt gewesen, daß sie bald sterben würde. Und sie war auch gestorben.

Cordelia merkte mit einemmal, daß die beiden Männer sie eindringlich beobachteten. Sie war die ganze Zeit über, die Hände im Schoß verschränkt, den Blick gesenkt und in Gedanken verloren, stumm dagesessen. Nun wartete sie darauf, daß die beiden ihr Schweigen brachen. Als Chefinspektor Grogan dann zu reden anfing, meinte sie so etwas wie Respekt aus seiner Stimme herauszuhören. »Haben Sie aus den Briefen noch etwas folgern können?«

»Sie könnten von zwei Personen abgesandt worden sein, von Miss Lisle abgesehen, meine ich. Die ersten sechs, die sie erhielt, habe ich nicht gesehen. Ich halte es für denkbar, daß sie sich von den nachfolgenden Drohbriefen unterschieden. Die meisten Zitate, die ich Ihnen ja ausgehändigt habe, findet man in der Zitatensammlung von Penguin. Der Schreiber muß dieses Buch benützt haben, als er sie abschrieb.«

»Auf verschiedenen Maschinen?«

»Das war nicht weiter schwierig. Es waren keine neuen Modelle. Sie stammten auch nicht von derselben Herstellerfirma. In London und in den Vorstädten gibt es viele Läden mit neuen oder gebrauchten Schreibmaschinen, die man ohne weiteres ausprobieren kann. Es wäre jedoch ein Ding der Unmöglichkeit, all die Maschinen zu identifizieren, selbst wenn man von Geschäft zu Geschäft ginge und die Schriftbilder überprüfte.«

»Und wer könnte es Ihrer Meinung nach getan haben?«

»Ich weiß es nicht.«

»Wer könnte der ursprüngliche Drohbriefschreiber gewesen sein? Wer hatte als erster die ausgefallene Idee mit diesen Zitaten gehabt?«

»Ich habe nicht die geringste Ahnung.«

Mehr wollte sie nicht sagen. Sie hatte ihnen vielleicht schon zuviel mitgeteilt. Sollten sie doch selbst die möglichen Motive aufspüren. Es gab da ein Motiv für die Drohbriefe, das sie freilich nicht verraten mochte. Wenn Ivo Whittingham die Tragödie mit Tollys Tochter für sich behalten wollte, würde sie es auch tun.

Doch dann redete Chefinspektor Grogan eindringlich auf sie ein. Er lehnte sich über den Schreibtisch, als wolle er sie mit seinem muskulösen Körper erdrücken, sie mit seiner kräftigen, rauhen Stimme aufrütteln.

»Begreifen Sie doch endlich! Miss Lisle ist erschlagen worden. Sie wissen ja, was mit ihr geschehen ist. Sie haben doch die Leiche gesehen. Sie mag kein besonders moralischer oder gar sympathischer Mensch gewesen sein, aber das ist gleichgültig. Sie hatte ebensogut ein Recht auf ein Leben bis zu ihrem natürlichen Ende wie Sie oder ich oder sonst jemand, der unter dem Schutz des Gesetzes steht.«

»Das ist selbstverständlich. Wozu es extra betonen?«

Warum nur klang ihre Stimme so bedrückt, geradezu kleinlaut?

»Sie können sich nicht vorstellen, was man alles bei der Untersuchung eines Mordfalls extra betonen muß. Als Polizist hat man es da mit der mächtigsten Schutzgemeinschaft auf der Welt zu tun, mit der Gewerkschaft der Lebenden sozusagen. Auch Sie denken nur an die Lebenden, möchten sie schützen, sich selbst natürlich am meisten. Ich hingegen muß an das Opfer denken.«

»Das macht das Opfer auch nicht wieder lebendig.« Erst als ihr die Worte entschlüpft waren, merkte sie, wie banal sie klangen.

»Das nicht, aber ich kann möglicherweise einem anderen Menschen das gleiche Schicksal ersparen. Ein Mörder, der frei herumläuft, ist eine große Gefahr. Ich muß Sie mit diesen Platitüden langweilen, damit Sie's endlich begreifen. Andernfalls werden Sie sich noch mit Ihrem flinken Verstand in Unannehmlichkeiten bringen, Miss Gray. Nicht Sie sollen diesen

Fall lösen. Das ist meine Aufgabe. Sie sind auch nicht hier, um die Lebenden vor Unannehmlichkeiten zu bewahren. Überlassen Sie das ruhig den Anwälten. Sie brauchen auch nicht die Toten in Schutz zu nehmen. Die Toten brauchen Ihre Fürsorge nicht mehr. *On doit des égards aux vivants; on ne doit aux morts que la verité.* Sie sind doch eine gebildete junge Frau. Sie wissen, was diese Worte bedeuten.«

»›Den Lebenden schulden wir Rücksicht; den Toten nur die Wahrheit.‹ Von Voltaire, nicht wahr? Man hat mir allerdings eine andere Aussprache beigebracht.«

Gleich darauf schämte sie sich ihrer Worte. Doch zu ihrer Überraschung lachte Grogan lauthals auf. »Das kann ich mir denken, Miss Gray! Das kann ich mir denken. Ich hab's mir mit einem Lehrbuch und einer Ausspracheanleitung beigebracht. Trotzdem sollten Sie sich diesen Spruch zu Herzen nehmen. Für einen Privatdetektiv gibt es kein besseres Motto. Das gilt auch für Detektivinnen, die der Polizei zwar helfen wollen, aber keine Intimitäten ausplaudern möchten. Das geht nun einmal nicht, Miss Gray. Das geht nicht.«

Sie schwieg.

Nach einer Weile sagte Grogan: »Was mich dennoch erstaunt, Miss Gray, ist, wieviel Ihnen aufgefallen ist, als Sie die Leiche fanden. Die meisten Menschen, nicht nur junge Frauen wie Sie, wären vor Entsetzen wie gelähmt gewesen.«

Cordelia kam zu dem Schluß, daß er das Recht hatte, die volle Wahrheit zu hören. Zumindest das, was sie sich zusammenreimen konnte.

»Ich weiß. Es hat mich selbst erstaunt. Ich glaube, ich konnte mir solche Gefühlsregungen nicht leisten. Es war so entsetzlich, daß es schon unwirklich wirkte. Ich reagierte darauf nur mit dem Verstand wie auf eine Art Puzzlespiel. Hätte ich mich von dem scheußlichen Anblick nicht distanzieren können, hätte ich mich nicht auf das Zimmer, auf solche Kleinigkeiten wie etwa Lippenstiftspuren an der Tasse konzentrieren können, wäre es in der Tat unerträglich gewesen. So müssen wohl Ärzte am Unfallort reagieren. Man muß sich auf die vorliegende Aufgabe, auf die Erfordernisse konzentrieren, weil man sonst in der Gestalt, die vor einem liegt, nur den Mitmenschen sieht.«

»Das wird auch von einem Polizisten am Ort eines Unfalls

oder eines Mordes verlangt«, warf Sergeant Buckley ungerührt ein.
Ohne den Blick von Cordelia abzuwenden, erwiderte Grogan: »Sie finden es also richtig, Sergeant?«
»Jawohl, Sir.«
Angst schärft die Beobachtungsgabe wie auch die Sinne. Als Cordelia Sergeant Buckleys hübsches, wenn auch grobgeschnittenes Gesicht, sein selbstzufriedenes Lächeln sah, bezweifelte sie, daß er jemals in seinem Leben so einen Notbehelf gegen abgrundtiefen Schmerz benötigt hatte. Sie fragte sich, ob er ihr damit seine Sympathie hatte ausdrücken wollen oder nur einen mit seinem Chef vorher abgesprochenen Verhörtrick angewandt hatte.
»Und was haben Sie nun mit Ihrem Verstand gefolgert, nachdem Sie Ihre Gefühlsregungen unter Kontrolle hatten?« fragte der Chefinspektor.
»Dinge, die wohl jedem aufgefallen wären. Jemand mußte die Vorhänge zugezogen haben, die gerafft waren, als ich wegging. Die Schmuckkassette fehlte. Die Teetasse war leer. Merkwürdig fand ich noch, daß Miss Lisle zwar ihr Make-up entfernt hatte, der Tassenrand aber mit Lippenstift beschmiert war. Das machte mich stutzig. Da sie empfindliche Lippen hatte, verwendete sie einen weichen Lippenstift, der leicht schmiert. Aber wieso hatte sie beim Lunch keinerlei Abdrücke hinterlassen? Es sieht so aus, als hätte sie die Lippen nachgezogen, bevor sie ihren Tee trank. Aber warum hatte sie dann das Make-up entfernt? Auf der Frisierkommode lagen überall beschmierte Wattebällchen herum. Außerdem fiel mir auf, daß sie gar nicht so stark geblutet hatte, wie man es bei dieser Kopfverletzung erwarten würde. Es könnte sein, daß sie auf eine andere Weise umgebracht worden ist und ihr die Gesichtsverletzungen erst hernach zugefügt worden sind. Auch der Augenschutz machte mich stutzig. Er konnte erst nach ihrem Tod aufgelegt worden sein. Er wäre doch sicher verrutscht, als man ihr das Gesicht zertrümmerte.«
Als sie geendet hatte, herrschte eine Zeitlang Stille. Dann sagte Grogan mit ausdrucksloser Stimme: »Eigentlich müßten Sie an meiner Stelle sitzen, Miss Gray.«
Cordelia wartete ab. Nach einer Weile erwiderte sie in der Hoffnung, keinerlei Schaden anzurichten: »Da ist noch etwas,

das ich Ihnen sagen möchte. Ich bin sicher, daß Sir George seine Frau nicht umgebracht hat. Ich glaube, daß Sie ihn ohnehin nicht verdächtigen. Trotzdem sollten Sie es wissen. Als er ihr Zimmer betrat und ich damit herausplatzte, wie leid es mir tue, blickte er mich mit fassungslosem Entsetzen an. Da wurde mir klar, daß er für einen Augenblick meinte, ich hätte sie umgebracht und würde es nun gestehen.«
»Aber es war kein Geständnis?«
»Nicht, was den Mord anbelangt. Ich gestand nur ein, daß ich versagt hatte.«
Grogan änderte seine Vernehmungstechnik. »Sprechen wir noch einmal vom Freitagabend, als Sie bei Miss Lisle im Zimmer waren und sie Ihnen das Geheimfach in der Schmuckkassette mit der Rezension des Rattigan-Stücks zeigte. Sind Sie sicher, daß es nur das war?«
»Ja. Da bin ich mir sicher.«
»War es nicht etwa ein Dokument oder ein Brief?«
»Nein, ein Zeitungsausschnitt. Ich habe die Schlagzeile gelesen.«
»Und Ihre Klientin – wir sollten nicht vergessen, daß Miss Lisle Ihre Klientin war – lieferte Ihnen auch nicht den geringsten Hinweis darauf, daß sie wußte oder ahnte, wer ihr die Drohbriefe schrieb?«
»Nein, nicht den geringsten.«
»Und soviel Sie wissen, hatte sie keine Feinde?«
»Mir hat sie jedenfalls nichts gesagt.«
»Und Sie wissen auch nicht, warum und von wem sie getötet wurde?«
»Nein.«
So muß man sich im Zeugenstand fühlen, dachte sie. Hintergründige Fragen, wohlüberlegte Antworten und dann nur noch die Sehnsucht, endlich davon erlöst zu werden.
»Vielen Dank, Miss Gray«, sagte Grogan schließlich. »Sie haben uns sehr geholfen. Möglicherweise nicht so viel, wie ich gehofft hatte. Aber immerhin geholfen. Außerdem stehen wir erst am Anfang unserer Untersuchung. Wir sprechen uns noch.«

4

Sobald Cordelia den Raum verlassen hatte, lehnte sich Grogan in seinem Sessel zurück.
»Nun, was halten Sie von ihr?« fragte er Buckley.
Der zögerte, da er nicht wußte, ob sein Chef eine Beurteilung der Verhörten als Frau oder als Verdächtige erwartete.
»Sie ist recht attraktiv«, erwiderte er vorsichtig. »Hat etwas Katzenhaftes.« Da auch das keine Reaktion auslöste, fügte er hinzu: »Außerdem macht sie einen sehr beherrschten und selbstsicheren Eindruck.«
Diese Charakterisierung gefiel ihm. Sie klang durchdacht, ohne daß er sich irgendwie festgelegt hätte. Grogan begann, auf dem leeren Blatt, das vor ihm lag, ein kompliziertes Muster aus Dreiecken, Quadraten und sich schneidenden Kreisen zu zeichnen. Es erinnerte Buckley an die schwierigen Aufgaben, die er im Geometrieunterricht hatte lösen müssen. Nur mit Mühe konnte er den Blick von all den Bögen und gleichschenkeligen Dreiecken abwenden.
»Glauben Sie, daß sie es getan hat, Sir?«
Grogan fing an, das Gebilde zu schraffieren. »Falls sie es war, hätte sie es nur in den fünfzig Minuten tun können, als sie sich angeblich – außer Sicht- und Hörweite – auf der untersten Terrassenstufe sonnte. Sie hatte sowohl die Zeit als auch die Gelegenheit. Wir können uns nur auf ihre Aussage stützen, daß sie ihre Zimmertür verschloß und Miss Lisle die ihre. Selbst wenn beide Türen sowie die Verbindungstür verschlossen gewesen waren, wäre die Gray die einzige Person gewesen, die Miss Lisle noch eingelassen hätte. Außerdem wußte sie, wo der Marmorarm zuvor aufbewahrt wurde. Sie war ferner schon auf, als Gorringe frühmorgens als erster sein Fehlen entdeckte. In ihrem Zimmer stand eine verschließbare Kommode, in der sie den Arm gut hätte verstecken können. Ferner

wissen wir, daß die letzte Drohbotschaft wie die auf der Rückseite des Holzschnitts auf Gorringes Maschine getippt worden war. Diese Gray kann maschineschreiben und hatte überdies Zugang zum Büro, wo ja die Maschine steht. Sie ist intelligent und behält einen klaren Kopf, selbst wenn man sie, wie ich's getan habe, aus der Fassung zu bringen sucht. Aber falls sie an dem Mord beteiligt war, dann eher als Ralstons Komplizin. Seine Erklärung, warum er sie engagiert hat, klang schon sehr gesucht. Ist Ihnen aufgefallen, daß sie seinen Besuch in der Kingly Street beinahe mit den gleichen Worten schilderte wie er? Was er sagte, was sie sagte und so fort. Es paßte alles so gut zusammen, als wäre es abgesprochen worden. Vielleicht ist es auch so.«

Buckley fiel ein Einwand ein, den er auch äußerte: »Sir George war Offizier. Er ist es gewöhnt, Fakten präzise wiederzugeben. Und sie hat ein gutes Gedächtnis, zumal, wenn es sich um wichtige Dinge handelt. Und sein Besuch war für sie wichtig. Vermutlich zahlte er ein gutes Honorar. Außerdem hätte sie dadurch weitere Aufträge bekommen. Die Tatsache, daß die beiden die gleichen Aussagen machten, die gleichen Einzelheiten angaben, kann ebenso auf ihre Unschuld wie auch auf ihre Schuld hindeuten.«

»Laut ihren Angaben sind sie sich vorher noch nie begegnet. Sollten sie aber unter einer Decke stecken, müßten sie sich zuvor getroffen haben. Es dürfte nicht allzu schwierig sein, herauszufinden, welche Verbindung es zwischen ihnen sonst noch gibt.«

»Sie wären schon ein sonderbares Pärchen. Ich meine, man kann sich schwer vorstellen, was sie verbinden könnte.«

»Wohl eher die Politik als das Bett, kann ich mir denken. Allerdings ist keine Annahme zu absurd, wenn Sex im Spiel ist. Das zumindest hat mich meine Arbeit als Polizist gelehrt. Vielleicht strebt sie danach, Lady Ralston zu werden. Schließlich kann man auf leichtere Weise zu Geld kommen als durch die Leitung einer Detektei. Und Ralston wird jetzt ein Haufen Geld zufallen. Das seiner Frau nämlich. Und es kommt ihm sicherlich höchst gelegen. Denn so eine Organisation, diese Union britischer Patrioten oder wie immer sie heißt, kostet sicher eine Menge. Muß schon ein sonderbarer Verein sein! Eine Art Heimwehr, durchtrainiert und bereit, der Regierung im Notfall beizustehen, laß ich mir noch eingehen. Aber so etwas hat doch schon dieser General Walker aufgestellt. Was will da noch dieser George Ralston mit seinen verkalkten Verschwörern?«

Da Sergeant Buckley keine Antwort einfiel und er von der Union britischer Patrioten kaum gehört hatte, schwieg er wohlweislich. »Glaubten Sie dieser Gray, als sie sagte, Sir George habe gemeint, sie würde ein Geständnis ablegen?« fragte er dann.

»Was Miss Gray aus Sir Georges Miene herauslas, ist für mich kein Beweis. Außerdem kann er ja durchaus verdutzt dreingeblickt haben, als er aus ihren Worten das Eingeständnis des Mordes heraushörte, den möglicherweise er begangen hat.«

Buckley dachte über die junge Frau nach, die sie eben verlassen hatte, und stellte sich das sanfte, aber entschlossene Gesicht, die großen, resoluten Augen und die feingliedrigen Hände vor, die sie wie ein Kind im Schoß verschränkt hatte. Irgend etwas verschwieg sie sicherlich. Aber das machten doch alle. Das machte sie noch längst nicht zu einer Mörderin. Und die Annahme, daß sie mit diesem Ralston unter einer Decke steckte, war nicht nur lächerlich, sondern geradezu widerwärtig. Sein Chef war doch nicht in dem Alter, wo sich die Herren in den besten Jahren der Wahnvorstellung hingeben, junge Frauen fänden sie schlichtweg unwiderstehlich. Solche alten Lüstlinge können sich Jugend und Sex doch nur mit viel Geld, mit Macht oder Sozialprestige erkaufen. Er jedenfalls glaubte nicht, daß Sir George zu diesen Typen gehörte oder daß Cordelia Gray käuflich war.

»Ich kann mir nicht denken, daß Miss Gray eine Mörderin ist«, sagte er aufmüpfig.

»Ich gebe zu, daß einem diese Vorstellung nicht leichtfällt. Aber Mr. Blady wird damals über Miss Blady auch nicht anders gedacht haben. Oder L'Angelier über Miss Madeleine Smith, bis sie ihm dann unfreundlicherweise mit Arsen versetzten Kakao durchs Kellerfenster reichte.«

»Befand nicht das Gericht im letzten Fall auf Freispruch mangels Beweisen, Sir?«

»Die pingelige Jury in Glasgow damals hätte es eigentlich besser wissen müssen. Vielleicht wußte sie es auch. Aber wir spekulieren da ohne handfeste Fakten. Wir brauchen zunächst einmal die Autopsieergebnisse. Und wir müssen herausfinden, ob sich irgendein Gift in dem Tee befand. Doktor Ellis-Jones wird sich die Leiche morgen – Sonntag hin, Sonntag her – vornehmen müssen. Wenn er erst mal das Skalpell an eine Leiche setzt, arbeitet er schnell. Das muß man ihm lassen.«

»Und wie lange wird etwa das Labor brauchen, Sir?«

»Das wissen die Götter. Wir können ihnen keinen Tip geben, wonach sie suchen sollen. Es gibt zwar keine unbegrenzte Anzahl von Giften, die einen Menschen binnen kurzer Zeit und ohne äußerliche Anzeichen töten. Aber es gibt immerhin so viele, daß sie in den nächsten Tagen erst mal vollauf beschäftigt sind, selbst wenn es der einzige zur Untersuchung anstehende Mordfall wäre. Einen Anhaltspunkt wird sicherlich die Autopsie ergeben. In der Zwischenzeit sollten wir sämtliche Kontakte in London überprüfen. Wie gut kannten sich all die Menschen vor ihrer Ankunft auf Courcy an diesem Wochenende? Was weiß die Metropolitan Police über diese Cordelia Gray und ihre Detektei? Was für ein Verhältnis herrschte zwischen Simon Lessing und seiner Wohltäterin? Unter welchen Umständen ist sein Vater ums Leben gekommen? Ist diese Miss Tolgarth tatsächlich nur die selbstlose Garderobiere und das Familienerbstück, wie man uns weismacht? Wieviel Geld gibt Sir George für seine Privatarmee aus? Was steht dieser Roma Lisle gemäß dem Testament zu, und wie dringend braucht sie diese Erbschaft? Mit der Beantwortung dieser Fragen sollten wir anfangen.«

Und all diese Informationen wird man uns wohl kaum bereitwillig geben, dachte sich Buckley. All das bedeutete Gespräche mit Bankdirektoren, Anwälten, Freunden, Bekannten und Kollegen der Verdächtigen, von denen die meisten eine feste Vorstellung hatten, wieviel sie ausplaudern durften. Theoretisch waren alle Leute dafür, daß man Mörder überführte, wie sie auch für die Einrichtung von psychiatrischen Anstalten waren, solange diese nicht gerade in ihrem Garten gebaut werden sollten. Allen wäre gedient, der Polizei wie den Gästen im Schloß, wenn sie passenderweise ein paar junge Einbrecher aufstöberten, die sich verängstigt irgendwo auf der Insel versteckt hatten. Doch Buckley glaubte nicht, daß es die gab, und er vermutete, daß auch die anderen der gleichen Ansicht waren. Außerdem wäre es ein stinknormaler Abschluß dieses Falls gewesen. Wie ruhmvoll wäre es schon, wenn sie ein paar verschüchterte Gelegenheitseinbrecher aus der näheren Umgebung aufspürten, die den Mord zufällig begangen hatten und nicht einmal so viel Verstand besaßen, vor Beginn der Gerichtsverhandlung den Mund zu halten? Nein, hinter diesem Mord steckte ein intelligenter Kopf. Der Fall war genau die Art von Herausforderung, die ihm zusagte und die ihm seine kriminalistische Arbeit so selten bot.

»Es gibt Fakten, Vermutungen, Ansichten. Man sollte sie säuberlich auseinanderhalten, Sergeant. Wir Menschen sind sterblich: Das ist eine Tatsache. Der Tod ist vielleicht nicht das Ende: eine Vermutung. Das Paradies im Himmel gibt's gar nicht: eine Ansicht. Clarissa Lisle wurde ermordet. Das ist eine Tatsache. Sie erhielt anonyme Drohbriefe. Eine Tatsache ist ferner, daß eine Gruppe von Leuten da war, als diese Briefe ankamen. Darin mag ihr tatsächlich der Tod angedroht worden sein: eine Vermutung. Aber höchstwahrscheinlich sollte sie nur als Schauspielerin fertiggemacht werden. Sie machten ihr angst: gleichfalls eine Vermutung. So hat's ihr Mann berichtet, und so hat's Miss Gray dargestellt. Doch wir dürfen nicht vergessen, daß Miss Lisle Schauspielerin war. Schauspielerinnen können von ihrem Metier auch im Alltag nicht lassen. Nehmen wir an, sie hat das Ganze mit ihrem Mann arrangiert: die Drohbriefe, ihre Angst und Nervosität, ihren Zusammenbruch mitten in einer Aufführung, das Engagement einer Privatdetektivin und so fort.«

»Warum sollte sie, Sir?«

»Das weiß ich nicht. Würde sich eine Schauspielerin auf der Bühne absichtlich blamieren wollen? Ich weiß es nicht. Schauspieler sind für mich ein unbekannter Menschenschlag.«

»Könnte sie, falls sie das Gefühl hatte, als Schauspielerin am Ende ihrer Karriere zu sein, zusammen mit ihrem Mann auf die Drohbriefe verfallen sein, um so ihre Mißerfolge in der Öffentlichkeit zu entschuldigen?«

»Das wäre allzu raffiniert und überdies unnötig. Sie hätte ja auch eine angegriffene Gesundheit vortäuschen können. Außerdem hatte sie ja die Botschaften nicht publik gemacht. Im Gegenteil, sie wollte doch unter keinen Umständen, daß die Sache bekannt wird. Würde denn eine Schauspielerin ihren

Fans mitteilen wollen, daß sie jemand dermaßen haßt? Wollen denn Schauspielerinnen nicht, daß alle Welt sie liebt? Nein, ich denke an etwas viel Raffinierteres. Ralston machte ihr irgendwie weis, daß ihr Leben bedroht sei, und brachte sie um, nachdem er sie sozusagen auf ihre Ermordung eingestimmt hatte. Das wäre doch ganz schön durchtrieben; zu durchtrieben vielleicht.«

»Aber warum sollte er das Risiko eingehen, Miss Gray in diese Sache hineinzuziehen?«

»Was für ein Risiko denn? Sie hätte doch kaum herausfinden können, daß die Drohbriefe unecht waren. Zumindest nicht übers Wochenende, das schließlich für Miss Lisle recht kurz ausfiel. Erst das Engagement dieser Gray gab seinem Plan den nötigen Pfiff.«

»Trotzdem denke ich, daß er damit ein Risiko eingegangen wäre.«

»Nur, weil wir diese Gray durchschauen. Sie ist intelligent und versteht ihr Handwerk. Ralston wußte nichts von ihr. Wer war sie denn schon? Die Inhaberin einer Ein-Mann-Detektei. Als Miss Lisle sie bei ihrer Freundin kennenlernte – eine Mrs. Fortescue war's doch, nicht wahr? –, schlug sie Ralston vor, sich an diese Gray zu wenden. Deswegen hielt sie es auch nicht für nötig, mit ihr selbst zu sprechen. Wozu sich noch diese Mühe machen, wenn die Sache ohnehin nur eine Finte war?«

»Klingt genial, Sir. Aber die Frage steht noch immer im Raum, warum sich Miss Lisle darauf hätte einlassen sollen. Mit welchen Argumenten hätte denn Ralston sie überreden können, so zu tun, als sei ihr Leben bedroht?«

»Tja, mit welchen, Sergeant? Vielleicht denke ich ebenso vertrackt wie diese Miss Gray, und das ist nicht gut. Eins steht jedoch fest: Der Mörder verbrachte die vergangene Nacht unter diesem Dach. Und wir haben ein einmaliges Grüppchen von Verdächtigen: Da ist zunächst Sir George Ralston, ein Baronet, überdies ein Kriegsheld und das Hätschelkind der verkalkten Rechten; dann ein namhafter Theaterkritiker, von dem selbst ich schon gehört habe. Dem Aussehen nach sterbenskrank, was bedeutet, daß er uns auch bei der sanftesten Vernehmung unter den Händen wegsterben kann. Vernehmung! Wenn ich das Wort schon höre! Klingt nach Gestapo oder

KGB. Dann haben wir einen höchst erfolgreichen Schriftsteller, der nicht nur diese Insel sein eigen nennt, sondern obendrein noch mit den Cottringhams befreundet ist, die wiederum den Polizeipräsidenten, den hiesigen Parlamentsabgeordneten und wer weiß wen gut kennen; ferner eine ehrenwerte Buchhändlerin und ehemalige Lehrerin, die sicherlich einer Bürgerinitiative und der Women's-Lib-Organisation angehört und sich bei ihrem Parlamentsabgeordneten über die rüde Polizei beschweren wird, sollte ich es wagen, mal die Stimme in ihrer Gegenwart zu heben; und zum Schluß noch einen überaus empfindsamen Internatszögling. Ich kann nur von Glück reden, daß das Kinderschutzgesetz nicht mehr auf ihn zutrifft.«

»Und noch einen Butler, Sir!«

»Danke für den Hinweis, Sergeant! Den Butler hätte ich beinahe vergessen. Das Schicksal hat uns auch noch den aufgehalst! Gönnen wir also den Herrschaften in der Bibliothek eine kleine Verschnaufpause und hören wir uns an, was dieser Munter zu erzählen hat.«

5

Irritiert bemerkte Buckley, daß sich Munter, als ihn Grogan aufforderte, Platz zu nehmen, mit einer Haltung niederließ, aus der deutlich hervorging, wie ungehörig es doch sei, wenn er sich im Büro auf einen Stuhl setzte, und daß Grogan mit seinem Ansinnen einen gesellschaftlichen Fauxpas begangen hatte. Außerdem konnte sich Buckley nicht erinnern, diesen Menschen in Speymouth jemals gesehen zu haben. So eine Gestalt hätte er gewiß nie vergessen. Als er Munters derbes, grämliches Gesicht musterte, dem man sonderbarerweise keinerlei Verlegenheit über die jetzige Situation anmerkte, faßte er den Entschluß, nichts zu glauben, was immer er auch hören würde. Verdächtig war schon, daß sich dieser Mensch noch grotesker präsentierte, als es ihm die Natur ohnehin auferlegt hatte. Wenn er sich auf diese Weise über die Welt lustig machen wollte, sollte er gefälligst die Polizei davon ausnehmen. Buckley, der im Grunde ein konformistischer, strebsamer Mensch war, hegte keinen Groll gegen Leute, die wohlhabender waren als er. Er hatte sogar die Absicht, sich eines schönen Tages ihren Reihen anzuschließen. Aber er reagierte mit Verachtung und Argwohn auf Leute, die ihren Lebensunterhalt dadurch bestritten, daß sie den Reichen dienten, und er vermutete überdies, daß Grogan das gleiche Vorurteil hegte. Er beobachtete die beiden mit forschendem, kritischem Blick und hätte sich liebend gern an der Vernehmung beteiligt. Noch nie war ihm die kategorische Anweisung seines Chefs, stumm – es sei denn, er wurde um seine Meinung gebeten – dazusitzen, aufmerksam zu beobachten und sich unauffällig stenografische Notizen zu machen, so beengend und demütigend vorgekommen. Da er auch auf die geringste Spur von Herablassung allergisch reagierte, las er aus dem Blick, den ihm Munter beiläufig zuwarf, dessen gelindes Erstaunen dar-

über heraus, daß man ihn in dieser Umgebung überhaupt duldete.
Grogan, der noch immer im Sessel hinter dem Schreibtisch saß, lehnt sich so heftig zurück, daß die Rückenlehne knarrte, wandte sich mit einem Ruck Munter zu und stemmte die gespreizten Beine fest auf den Boden, als wolle er demonstrieren, daß er sich hier wie zu Hause fühle.
»Erzählen Sie uns zunächst einmal, wer Sie sind, woher Sie stammen und was Ihr Aufgabenbereich ist«, verlangte er.
»Sir, meine Pflichten sind mir noch nie genau gesagt worden. Der Betrieb hier fällt auch ein wenig aus dem üblichen Rahmen. Ich bin zuständig für den Haushalt und habe ferner die Oberaufsicht über die beiden anderen Bediensteten: über meine Frau und Oldfield, der als Gärtner, Faktotum und Bootsführer fungiert. Falls Mr. Gorringe ein Fest gibt oder Gäste im Haus weilen, kommen noch Aushilfen vom Festland hinzu. Ich habe mich speziell um das Silberzeug und den Weinkeller zu kümmern und bediene bei Tisch. Die Zubereitung der Mahlzeiten teilen wir uns. Die Patisserie ist die Domäne meiner Frau. Auch Mr. Gorringe kocht gelegentlich. Er bereitet vor allem die Nachspeisen zu.«
»Die höchst wohlschmeckend sind, nehme ich an. Seit wann gehören Sie nun diesem aus dem Rahmen fallenden Haushalt an?«
»Ich trat im Juli 1978 zusammen mit meiner Frau in den Dienst von Mr. Gorringe, drei Monate nach seiner Rückkehr von einem Auslandsaufenthalt. 1977 hatte er das Schloß von seinem Onkel geerbt. Sie erwarten wohl von mir einen kurzen Lebenslauf. Ich wurde 1940 in London geboren und ging im Stadtteil Pimlico zur Volks- und Berufsschule. Danach besuchte ich eine Hotelfachschule und arbeitete insgesamt sieben Jahre in englischen und ausländischen Hotels. Als sich herausstellte, daß mir das Leben in einem größeren Betrieb nicht zusagte, trat ich zunächst in den Dienst eines amerikanischen Geschäftsmannes in London und danach, als dieser in seine Heimat zurückkehrte, hier in Dorset in den seiner Lordschaft auf Bossington House. Meine früheren Dienstherren werden mir, falls das nötig sein sollte, sicherlich gute Referenzen erteilen.«
 »Daran zweifle ich nicht. Sollte ich mal einen Kammerdiener

brauchen, werde ich mich gern an Sie wenden. Was Ihre objektive Beurteilung anbelangt, würde ich freilich zunächst einmal das Vorstrafenregister konsultieren. Beunruhigt Sie das?«

»Es kränkt mich, Sir, aber es beunruhigt mich nicht.«

Buckley dachte, daß Grogan mit diesen Sticheleien aufhören und endlich fragen solle, was Munter denn in der Zeit zwischen Lunch-Ende und dem Auffinden der Leiche getrieben habe. Falls dieses Geplänkel den Zeugen hätte provozieren sollen, so war ihm das mißlungen. Aber Grogan verstand sein Geschäft. Zumindest war man bei der Metropolitan Police dieser Ansicht gewesen, denn nach Dorset war er mit einem gewissen Renommee gekommen.

Grogan wandte den Blick von Munter ab und fragte im Plauderton: »Kam es öfter zu solchen Theateraufführungen? Sollte es etwa ein alljährliches Festival werden?«

»Das vermag ich Ihnen nicht zu sagen. Mr. Gorringe weiht mich in seine Pläne nicht ein.«

»Das eine Mal war sicherlich mehr als genug. Es hat Ihnen und Ihrer Frau doch eine Menge zusätzlicher Arbeit beschert.«

Mit einem mißbilligenden Blick registrierte Munter all die ungehörigen Veränderungen im Büro: die umgestellten Sitzmöbel, Buckleys Jackett über der Rückenlehne seines Stuhls, das Tablett mit den beiden benützten Kaffeetassen, die verstreuten Kekskrümel.

»Die Umstände, die Lady Ralston im Hause bereitete, solange sie lebte, waren unbedeutend verglichen mit den Unannehmlichkeiten, die ihre Ermordung auslöste«, erwiderte Munter.

Grogan hielt den Kugelschreiber vors Gesicht und betrachtete die Spitze, wobei er sich mal vor-, mal zurücklehnte, als prüfe er seine Sehschärfe.

»War Lady Ralston für Sie ein angenehmer, liebenswürdiger Gast, mit dem sich gut auskommen ließ?«

»Diese Frage habe ich mir noch nie gestellt.«

»Dann tun Sie's jetzt!«

»Lady Ralston schien eine umgängliche Dame zu sein.«

»Keinerlei Schwierigkeiten mit ihr? Keinerlei Mißstimmung? Keine Auseinandersetzungen, die Ihnen zu Ohren kamen?«

»Keine, Sir. Ihr Tod ist überdies auch ein großer Verlust für das englische Theater.« Er stockte und fügte dann gestelzt hinzu: »Selbstverständlich auch für Sir George.«
Man konnte schwer sagen, ob diese Bemerkung nur ironisch gemeint war. Buckley hätte gern gewußt, ob auch Grogan den verächtlichen Tonfall bemerkt hatte. Grogan wiegte sich auf seinem Stuhl, streckte die Beine aus und betrachtete nachdenklich den Zeugen. Munter hingegen schaute schicksalsergeben geradeaus. Nachdem sie etwa eine Minute geschwiegen hatten, gestattete sich Munter einen Blick auf seine Uhr.
»Sie haben recht«, meinte Grogan. »Bringen wir's hinter uns! Sie wissen ja, was wir von Ihnen erwarten: einen ausführlichen Bericht darüber, wo Sie sich aufgehalten, was Sie getan und wen Sie zwischen ein Uhr, als der Lunch zu Ende war, und zwei Uhr dreiundvierzig, als Miss Gray die Leiche fand, alles gesehen haben.«
Munter berichtete, daß er sich in der fraglichen Zeit im Erdgeschoß aufgehalten habe und zwischen dem Speisezimmer, der Küche und dem Theater hin und her gependelt sei. Da ihn die Vorbereitungen für die Aufführung und das Abendessen vollauf beschäftigt hätten, könne er nicht sagen, wo er sich – und mit wem – zu einem bestimmten Zeitpunkt gerade aufgehalten habe. Außerdem sei er höchstens ein paar Minuten allein gewesen. Mit einer Stimme, in der keinerlei Bedauern mitschwang, äußerte er, es tue ihm überaus leid, daß er nichts Genaueres angeben könne. Aber er habe schließlich nicht ahnen können, daß man ihm später einen ausführlichen Rapport abverlangen werde. Zunächst habe er seiner Frau geholfen, das Geschirr wegzutragen. Danach habe er sich um die Weine gekümmert. Ferner seien da noch drei Telefonate gewesen – eines von einem eingeladenen Gast, der wegen einer Unpäßlichkeit der Aufführung nicht beiwohnen konnte; in dem zweiten sei es um die Abfahrtszeit der Barkasse in Speymouth gegangen; und dann habe sich noch die Haushälterin von Lady Cottringham erkundigt, ob vielleicht noch Weingläser gebraucht würden. Als er hernach in der Herrengarderobe nach dem Rechten gesehen habe, sei seine Frau zu ihm hinter die Bühne gekommen und habe ihn gebeten, sich um eine nicht funktionierende Teemaschine zu kümmern. Bedauerli-

cherweise hätten sie diese Teemaschinen ausleihen müssen. Mr. Gorringe mißfielen sie zwar – in der großen Halle sehe es aus, als halte der Frauenbund ein Kränzchen ab –, aber bei achtzig Theaterbesuchern und den Ensemblemitgliedern, die ja alle versorgt werden mußten, seien die Dinger nun einmal notwendig gewesen.

Später sei ihm eingefallen – er könne nicht genau angeben, wann –, daß Mr. Gorringe ihn beauftragt habe, eine andere Spieldose für den dritten Akt herbeizuschaffen; Miss Lisle sei mit der bei der Kostümprobe verwendeten nicht zufrieden gewesen. Er sei hierher ins Büro gegangen, um sie aus der Walnußschiffonniere zu holen. Als er mit einer Kopfbewegung auf das Möbel wies, dachte Buckley unwirsch, daß man es ebensogut als Vitrine bezeichnen könne. Seine Tante Sadie besaß so ein Ding. Zwar waren die Türen und die Bordenden nicht so üppig mit Schnitzwerk verziert, aber sonst war es ziemlich ähnlich. Tante Sadie behauptete, es sei schon seit Generationen im Besitz der Familie. Sie hatte es im hinteren Wohnzimmer stehen und nannte es schlichtweg Geschirrschrank. Darin bewahrte sie all den Krimskrams auf, den ihre Kinder so aus dem Urlaub mitbrachten: billige Souvenirs von der Costa del Sol, von Malta und das letzte Mal aus Miami. Wenn er ihr sagte, daß sie da eine Chiffonniere besitze, würde sie entgegnen, er solle doch den überkandidelten Unsinn lassen.

Buckley blätterte die vollgeschriebene Seite in seinem Notizblock um. Munter redete mit klagender Stimme weiter. Er habe die zweite Spieldose herausgenommen und sie zu der ersten auf den Requisitentisch gestellt. Kurz darauf, so etwa gegen zwei Uhr fünfzehn, sei Mr. Gorringe erschienen und habe mit ihm die Requisiten überprüft. Danach sei es Zeit gewesen, zum Kai zu gehen, um die Barkasse mit den übrigen Darstellern aus Speymouth zu empfangen. Er sei mit Mr. Gorringe gegangen und habe den Leuten beim Aussteigen geholfen. Zusammen mit Mr. Gorringe habe er die Herren zu ihrer Garderobe geleitet, während sich seine Frau und Miss Tolgarth der Damen angenommen hätten. Etwa zehn Minuten habe er sich hinter der Bühne aufgehalten. Dann sei er in die Küche gegangen, wo Mrs. Chambers und ihre Enkelin Gläser poliert hätten. Dort habe er sich veranlaßt gesehen, Debbie, die Enkelin, wegen eines verschmierten Glases zu schelten, und er habe angeordnet, daß die Gläser alle noch einmal gespült werden müßten. Daraufhin sei er ins Speisezimmer gegangen, um die Stühle fürs Abendessen, das in der großen Halle stattfinden sollte, zusammenzustellen. Dort habe er sich auch aufgehalten, als Mr. Gorringe hereinkam und ihm mitteilte, Miss Lisle sei ermordet worden.

Grogan saß da, den kantigen Kopf gesenkt, als drücke ihn die Last nieder, sich auf diesen ausführlichen Bericht einen Reim machen zu müssen.

»Ich nehme an, daß Sie Mr. Gorringe gegenüber loyal sind«, meinte er schließlich. »Dennoch wären Sie gut beraten, einen Mord ernst zu nehmen.«

»Das ist doch selbstverständlich, Sir! Als Mr. Gorringe mir die Nachricht überbrachte, entgegnete ich: ›Was? In unserem Hause?‹ «

»Klingt aber sehr nach Shakespeare. Macbeth läßt grüßen, und Mr. Gorringe hätte darauf erwidern können: ›Anderswo ist's gar zu scheußlich‹, nicht wahr?«

»Hätte er durchaus sagen können, Sir. Aber er meinte nur, daß ich zum Kai gehen solle, um die Gäste vom Landen abzuhalten. Er werde gleich nachkommen und die bedauerlichen Umstände erklären, die das Ausfallen der Vorstellung notwendig machten.«

»Hatten die Barkassen da schon am Kai angelegt?«

»Noch nicht. Sie waren noch eine Dreiviertel Meile entfernt.«

»Für die Eile gab es also keinen triftigen Grund?«

»Man durfte die Dinge nicht sich selbst überlassen. Mr. Gorringe wollte nicht, daß die Ermittlungen der Polizei durch die Anwesenheit von achtzig Leuten, alle im betroffenen und bekümmerten Zustand, behindert würden.«

»Wohl eher in einem höchst angeregten Zustand«, entgegnete Grogan. »Was bringt den Kreislauf mehr in Schwung als ein hübscher kleiner Mord. Meinen Sie nicht auch?«

»Ich weiß nicht recht, Sir.«

»Dennoch war es überaus fürsorglich von Ihrem Herrn – so nennen Sie ihn doch wohl? –, zuallererst ans Wohl der Polizei zu denken. Überaus lobenswert. Wissen Sie vielleicht, was er machte, als Sie tatenlos am Kai herumstanden?«

»Ich nehme an, daß er die Polizei benachrichtigte und seine Gäste wie auch das Ensemble von Lady Ralstons Ermordung in Kenntnis setzte. Er wird es Ihnen sicherlich mitteilen, wenn Sie ihn danach fragen.«
»Und wie setzte er Sie von Lady Ralstons Ermordung in Kenntnis?«
»Er sagte mir, daß sie erschlagen worden sei. Er schärfte mir ein, den ankommenden Gästen mitzuteilen, sie sei durch einen Schlag auf den Kopf getötet worden. Es bestehe kein Grund, sie auf die Folter zu spannen. Aber dann brauchte ich gar nichts zu sagen, da Mr. Gorringe bei der Ankunft der Barkassen gleichfalls am Kai war.«
»Ein Schlag auf den Kopf also. Haben Sie die Leiche gesehen?«
»Nein, Sir. Nach dem Auffinden der Leiche verschloß Mr. Gorringe die Tür von Lady Ralstons Zimmer. Wir Bediensteten hatten keine Gelegenheit, die Leiche zu sehen.«
»Aber Sie haben doch gewiß Überlegungen angestellt, wie es zu diesem Schlag auf den Kopf gekommen sein könnte; sich eine Vermutung gestattet aus verständlicher Neugierde? Vielleicht haben Sie die Sache gar mit ihrer Frau besprochen?«
»Ich habe mich gefragt, ob dieser Anschlag mit dem Verschwinden des Marmorarms in Zusammenhang steht. Mr. Gorringe hat Ihnen sicher mitgeteilt, daß die Vitrine in den frühen Morgenstunden aufgebrochen worden ist.«
»Erzählen Sie uns mehr darüber!«
»Mr. Gorringe brachte das Stück am Donnerstag aus London mit und deponierte es in der Vitrine. Sie ist sonst stets verschlossen, da in den Sommermonaten an bestimmten Tagen Besucher durchs Schloß geführt werden und Mr. Gorringes Versicherung auf dieser Vorsichtsmaßnahme bestand. Ich war dabei, als Mr. Gorringe den Marmorarm in die Vitrine legte. Wir unterhielten uns noch über seine mögliche Herkunft. Er verschloß dann die Vitrine. Die Schlüssel zu den Vitrinen hängen nicht am Bord bei den übrigen Hausschlüsseln, sondern werden in der untersten, linken, gleichfalls abgeschlossenen Schublade des Schreibtisches aufbewahrt, an dem Sie jetzt sitzen. Kurz nach Mitternacht sah ich noch, daß die Vitrine unversehrt und der Marmorarm an seinem Platz war. Als dann Mr. Gorringe kurz vor sieben Uhr früh die Küche aufsu-

chen wollte, bemerkte er den Schaden. Mr. Gorringe ist ein Frühaufsteher und bereitet sich den Morgentee meistens selbst zu, den er dann je nach dem Wetter entweder auf der Terrasse oder in der Bibliothek zu sich nimmt. Wir haben den Schaden gemeinsam begutachtet.«

»Sie haben niemand gesehen? Nichts gehört?«

»Nein, Sir. Ich war in der Küche mit der Zubereitung des Morgentees beschäftigt.«

»Und die Gäste waren alle auf ihren Zimmern, als Sie die Tabletts mit dem Morgentee hinaufbrachten?«

»Ich weiß es nur von den Herren. Von meiner Frau habe ich allerdings gehört, daß auch die Damen noch im Bett lagen. Lady Ralston wurde der Morgentee später von ihrer Zofe, von Miss Tolgarth, serviert. Etwa um halb acht teilte mir Mr. Gorringe mit, daß Sir George unerwartet eingetroffen sei. Ein Fischerboot hatte ihn in der kleinen Bucht westlich der Landspitze abgesetzt. Ich bekam ihn erst zu Gesicht, als ich um acht Uhr im kleinen Frühstückszimmer einen Imbiß auf die Warmhalteplatte stellte.«

»Nachdem Sie um sechs das Schloßportal aufgeschlossen hatten, hätte doch ohne weiteres jemand ins Haus gelangen können?«

»Die hintere Tür, die zur großen Halle führt, schloß ich um sechs Uhr fünfzehn auf. Ich sah niemand, als ich hinausblickte. Aber zwischen Viertel nach sechs und sieben Uhr hätte jemand durchaus das Haus betreten und den Schaden anrichten können.«

Die weitere Vernehmung ergab nicht mehr viel. Munter schien seine Gesprächigkeit plötzlich zu bereuen. Seine Antworten wurden immer einsilbiger. Er wußte nichts davon, daß Lady Ralston Drohbriefe erhalten hatte, und konnte sich auch nicht vorstellen, von wem sie stammen könnten. Als ihm eine der Drohbotschaften vorgelegt wurde, nahm er sie angewidert in die Hand und erklärte, er und seine Frau benützten solche Briefbögen im allgemeinen auch, allerdings seien die cremefarben, nicht weiß. Und das Briefpapier vom Schloß habe eine geprägte Adresse und sei von anderer Qualität, wovon sich der Chefinspektor selbst überzeugen könne, wenn er die linke obere Schublade herausziehen wolle. Munter hatte auch keine
 Ahnung, daß Mr. Gorringe Lady Ralston eine viktorianische

Schmuckschatulle geschenkt hatte, noch hatte man ihm gesagt, daß sie verschwunden sei. Er konnte jedoch die fragliche Schatulle beschreiben, da es im Schloß nur zwei solche gab. Sie sei 1850 von einem Silberschmied der Firma Hunt & Rosken angefertigt und angeblich samt weiteren Arbeiten auf der Großen Weltausstellung im Jahre 1851 ausgestellt worden. Man habe sie zunächst als Requisit für den dritten Akt verwenden wollen, sich aber dann für die größere, auffälligere, aber minder wertvolle Schatulle entschieden.

Grogan runzelte die Stirn, als ihm diese belanglosen Fakten unterbreitet wurden. »Es geht um einen Mord«, murrte er. »Um die Ermordung einer wehrlosen Frau. Falls Sie irgend etwas wissen oder vermuten, falls Ihnen später noch irgend etwas einfallen sollte, das mit dem Verbrechen in Zusammenhang steht, so teilen Sie's mir unbedingt mit. Wir werden noch länger hier sein. Wir mögen vielleicht nicht immer zu sehen sein, aber wir bleiben am Ball. Wir werden uns eingehend mit den Geschehnissen auf dieser Insel beschäftigen – auch mit Ihnen –, bis der Mörder zur Strecke gebracht ist. Habe ich mich da klar genug ausgedrückt?«

Munter erhob sich. Seinem Gesicht war keinerlei Regung anzumerken. »Sehr wohl, Sir!« erwiderte er. »Darf ich noch anmerken, daß Courcy Morde gewohnt ist. Und die Mörder sind im allgemeinen nicht zur Strecke gebracht worden. Aber möglicherweise haben Sie und Ihre Kollegen da mehr Glück.«

Nachdem er gegangen war, herrschte Schweigen, das Sergeant Buckley tunlichst nicht brechen wollte.

»Er denkt, daß es ihr Mann gewesen ist«, meinte Grogan nach einer Weile. »Zumindest wollte er uns das als seine Ansicht verkaufen. Na, originell ist es nicht. Dieser Verdacht liegt doch nahe. Ist Ihnen der Fall Wallace geläufig?«

»Nein, Sir.« Wenn ich noch länger mit Grogan zusammenarbeite, dachte sich Buckley, muß ich mir unbedingt den »Who's Who der Mörder« anschaffen.

»Liverpool, Januar 1931. Wallace, William Herbert mit Vornamen. Ein harmloser kleiner Versicherungsagent, der als Klinkenputzer Woche für Woche ein paar Schilling an armen Teufeln verdiente, die Angst hatten, daß ihr Geld nicht fürs Begräbnis reichen könnte. Spielte gern Schach und Geige. Hatte über seinen Stand geheiratet. Lebte mit seiner Frau Julia in kaschierter Armut – das ist die schlimmste Armut, falls Sie es nicht wissen sollten, Sergeant. Sonst ging er kaum unter Menschen. Als er dann am 19. Januar einen möglichen Kunden ausfindig zu machen suchte, den es vielleicht gar nicht gab, wurde seiner Frau im Wohnzimmer zur Straßenseite hin der Schädel eingeschlagen. Man klagte Wallace des Mordes an, und die Geschworenen, lauter biedere Leute aus Liverpool, die vermutlich voreingenommen waren, befanden ihn für schuldig. Doch das Berufungsgericht hob das Urteil mit der aufsehenerregenden Begründung auf, daß die Beweise auf unzulässige Weise interpretiert worden seien. Man ließ ihn also laufen. Zwei Jahre darauf starb er an einer Nierenerkrankung, und zwar weitaus langsamer und qualvoller, als wenn er am Strick gezappelt hätte. Ein faszinierender Fall! Die vorgelegten Beweise deuten sowohl in die eine wie in die andere Richtung, je nachdem, wie man sie eben auslegt. Wenn ich nachts nicht einschlafen kann, denke ich über diesen Fall nach. Für jeden angehenden Detektiv müßte dieser Fall Pflichtlektüre sein. Eine Warnung, ein anschauliches Beispiel dafür, wie ein Strafprozeß einen verkehrten Drall bekommen kann, wenn sich die Polizei einbildet, der Täter könne nur der Ehemann sein.«

Klingt alles recht schön und gut, dachte Buckley, aber in solchen Fällen ist der Täter nun zumeist der Ehemann, wenn man der Kriminalstatistik Glauben schenken darf.

»Die Munters haben sich hier ganz hübsch eingenistet«, sagte er.

»Nicht wahr? Müssen nur um diesen Gorringe scharwenzeln, wenn der seine Nachspeisen zubereitet, das kostbare Silberzeug polieren und die Leute bedienen. Aber dieser Munter hat zumindest einmal gelogen. Schlagen Sie mal die Vernehmung von Mrs. Chambers auf!«

Buckley begann in seinem Notizbuch zu blättern. Mrs. Chambers und ihre Enkeltochter hatten sie als erste vernommen, da die Frau darauf bestanden hatte, rechtzeitig aufs Festland zurückzufahren, um ihrem Mann das Abendessen zu kochen. Mrs. Chambers war geschwätzig, verbittert und widerborstig gewesen. Der Mord war für sie lediglich ein gemeiner Schicksalsschlag, der im Schloß allen nur Umstände bereitet hatte.

 Vor allem war sie über die Verschwendung der Lebensmittel

aufgebracht. Wer sollte nun das Abendessen für hundert Personen verzehren, lautete ihre empörte Frage. Eine halbe Stunde danach hatte Buckley gesehen, wie sie samt ihrer Enkelin, beide beladen mit verdeckten Körben, zur Barkasse gewatschelt war. Einen Teil der Speisen würde sich zumindest die Familie Chambers einverleiben. In der fraglichen Zeitspanne waren sie und ihre Enkeltochter, eine fröhliche Siebzehnjährige, die verlegen kicherte, wenn sie energisch gefragt wurde, entweder allein oder in Gegenwart von Mrs. Munter vollauf beschäftigt gewesen. Buckley hatte sich geärgert, daß Grogan so viel Zeit mit ihnen vertat, und den Schwall bedeutungsloser Einzelheiten nur ungern notiert. Schließlich fand er die entsprechende Seite, und er begann vorzulesen, nicht ohne sich zu fragen, ob sein Chef etwa die Genauigkeit seiner stenografischen Aufzeichnungen überprüfen wolle.

»Eine gräßliche Sache ist das! Ich habe schon immer gesagt, daß es nichts Schlimmeres gibt, als wenn man fern von zu Hause, und dann noch von Fremden umgebracht wird. In meiner Jugend hat's so was nicht gegeben. Daran sind nur die Rocker mit ihren Motorrädern schuld. Erst letzten Samstag kam eine Bande von ihnen auf ihren lärmenden, stinkenden Maschinen nach Speymouth. Warum tut die Polizei nichts dagegen, frage ich mich. Warum nimmt sie ihnen die Motorräder nicht weg und wirft sie am Ende der Pier zusammen mit ihren fürchterlichen Hosen ins Wasser? Dann hätte die Sache schnell ein Ende. Sie verschwenden nur Ihre Zeit, wenn Sie eine anständige, gesetzesfürchtige Frau verhören. Kümmern Sie sich lieber um diese Rocker!« Buckley brach ab. »An dieser Stelle wandten Sie ein, Sir, daß selbst Rocker wohl kaum mit ihren Motorrädern nach Courcy fahren könnten. Sie faselte dann, daß die Kerle schon so ihre Möglichkeiten hätten und auch das noch zustande brächten.«

»Den Teil meine ich nicht«, sagte Grogan. »Es ist die Stelle vorher, als sie sich über die Arbeitsbedingungen im Schloß ausließ.«

Buckley blätterte einige Seiten zurück. »Dabei helfe ich Mr. Munter gerne aus. Ich komme ganz gern für einen Tag oder so auf die Insel und bringe auch Debbie mit, falls es erwünscht ist. Es war auch nicht Debbies Schuld, daß die Gläser verschmiert waren. So darf man Gläser einfach nicht herge-

ben. Mr. Munter hatte kein Recht, Debbie dermaßen auszuschimpfen. Aber so ist es immer, wenn Lady Ralston anwesend ist. Wenn sie im Schloß ist, macht er sich vor Angst in die Hosen. Als wir letzten Dienstag wegen einer Probe hier waren, war es ganz schlimm. Mal war's dies, mal was anderes – nichts schien der Dame zu gefallen. Und dazu noch vierzig Personen von der Theatertruppe zum Lunch und zum Tee! Alles mußte picobello sein, obwohl Mr. Gorringe gar nicht da war. Mr. Munter sagte mir, daß er sich nach London verdrückt hatte. Kann es ihm nicht verargen. Man hätte meinen können, sie sei die Schloßherrin hier. Ich habe zu Mr. Munter gesagt, daß ich dieses eine Mal noch aushelfen würde, aber wenn er im nächsten Jahr auch wieder so einen Zirkus machen wolle, sollte er nicht mit mir rechnen. Das habe ich ihm gesagt: Dann brauchen Sie nicht mit mir zu rechnen. Seien Sie unbesorgt, hat er geantwortet, das ist das letzte Theaterstück, in dem Lady Ralston auf Courcy spielt.«
Buckley hörte auf zu lesen und musterte Grogan. An diese Aussage hätte auch ich denken müssen, dachte er. Wahrscheinlich hatte er sie vor lauter Langeweile völlig gedankenlos notiert, was nicht eben für ihn sprach.
»Genau das ist es«, sagte Grogan. »Das ist die Stelle, die ich gemeint habe. Wenn's soweit ist, werde ich Munter um eine Erläuterung dieser Bemerkung bitten. Jetzt ist's noch zu früh. Man soll sich stets ein paar Trümpfe aufheben. Ich zweifle nicht, daß Mrs. Munter ebenso diskret ist, wenn sie pflichtgemäß die Aussagen ihres Mannes bestätigt. Wir werden sie noch ein wenig zappeln lassen. Jetzt sollten wir uns anhören, was der Gastgeber über Miss Lisle zu sagen hat. Sie sind doch aus dieser Gegend, Sergeant. Was wissen Sie über ihn?«
»Nur wenig, Sir. In den Sommermonaten öffnet er das Schloß für zahlende Besucher. Für mich ist das nur ein Trick, um die laufenden Ausgaben durch Steuererleichterungen zu verringern. Im übrigen lebt er zurückgezogen und vermeidet jegliches Aufsehen.«
»Dann hat er diesmal Pech gehabt. Bis zum Abschluß des Falls wird er mehr Aufsehen erregen, als ihm lieb sein kann. Stekken Sie mal den Kopf durch die Tür, und sagen Sie Rogers, daß er ihn – selbstverständlich mit den üblichen Höflichkeitsfloskeln – herbeiholen soll!«

6

Buckley kam zu dem Schluß, daß er noch nie einen Mordverdächtigen zu Gesicht bekommen hatte, der bei seiner Vernehmung so gelassen gewirkt hatte wie Ambrose Gorringe. Er setzte sich, tadellos anzusehen in seinem Smoking, auf den Stuhl gegenüber dem Chefinspektor und fixierte Grogan mit funkelnden, interessierten Augen, in denen Buckley, wenn er hin und wieder von seinen Notizen hochblickte, ein amüsiertes, süffisantes Glitzern wahrzunehmen glaubte. Er mußte freilich zugeben, daß sich ja Gorringe auf eigenem Grund und Boden befand, auf einem Stuhl saß, der ihm gehörte. Deswegen bedauerte Buckley auch, daß der Chef Gorringe nicht um diesen psychologischen Vorteil gebracht hatte, daß er nicht die ganze Bande ins Polizeirevier nach Speymouth hatte schaffen lassen. All seine Gelassenheit half Gorringe freilich nicht viel. Wenn nicht der Ehemann sie umgebracht hatte, saß hier einer, der nicht minder verdächtig war.

Als nun Gorringe zum erstenmal formell vernommen wurde, wiederholte er ohne Abweichungen all die Vorfälle, die er ihnen gleich nach der Ankunft auf Courcy mitgeteilt hatte. Er kannte Miss Lisle von Kindheit an. Ihre Väter waren im diplomatischen Dienst und zeitweilig denselben Botschaften attachiert gewesen. Dann aber hätten sich Miss Lisle und er aus den Augen verloren, und sie seien sich nur selten begegnet, bis er 1977 die Insel von seinem Onkel erbte. Als sie sich ein Jahr später bei einer Premiere trafen, lud er sie nach Courcy ein. Er konnte sich nicht mehr erinnern, ob der Anstoß dazu von ihm oder von Miss Lisle gekommen war. Dieser Besuch und ihre Begeisterung fürs viktorianische Theater hatten schließlich zu dem Entschluß geführt, ein Stück zu inszenieren. Ja, er wußte von den Drohbriefen, da er sich einmal bei ihr aufgehalten hatte, als ihr einer zugestellt worden war. Allerdings hatte sie ihm nicht anvertraut, daß solche Briefe noch immer eintrafen und daß Miss Gray eine Privatdetektivin war. Er hatte es jedoch vermutet, als Miss Gray ihm den Holzschnitt vorlegte, den jemand unter Miss Lisles Zimmertür hindurchgeschoben hatte. Daraufhin hätten sie beide beschlossen, Miss Lisle weder damit noch mit der Tatsache, daß der Marmorarm gestohlen worden war, zu beunruhigen. Er gab ohne ein Anzeichen von Besorgnis zu, daß er für die fragliche Zeitspanne von knapp neunzig Minuten zwischen ein Uhr zwanzig und der Entdeckung der Leiche kein nachweisbares Alibi angeben könne. Er hatte in aller Ruhe seinen Kaffee getrunken und mit Mr. Whittingham geplaudert, war dann gegen halb zwei auf sein Zimmer gegangen, während Whittingham auf der Terrasse geblieben war. Er hatte etwa eine Viertelstunde geruht, bis es Zeit zum Umkleiden war, und hernach, kurz nach zwei Uhr, sein Zimmer verlassen, um zum Theater zu gehen. Dort hatte er Munter hinter der Bühne angetroffen. Sie waren gemeinsam noch einmal die Requisiten durchgegangen und hatten etliche Dinge in Zusammenhang mit der Abendgesellschaft nach der Aufführung besprochen. Um zwei Uhr zwanzig etwa waren sie zum Kai gegangen, um die Barkasse mit dem Ensemble aus Speymouth zu empfangen. Und bis gegen Viertel vor drei Uhr hatte er sich dann hinter der Bühne in der Herrengarderobe aufgehalten.

»Wann haben Sie den Marmorarm zum letztenmal gesehen?« fragte Grogan.

»Habe ich Ihnen das nicht schon gesagt, Inspektor? Gestern nacht so gegen elf Uhr dreißig, als ich mir die Gezeitentabelle anschaute. Ich wollte wissen, wie lange die Barkassen am Samstagnachmittag und später bei der Rückfahrt nach Speymouth unterwegs sein würden. Zwischen Courcy und dem Festland kann die Gezeitenströmung zuweilen recht stark sein. Munter sah den Arm noch nach Mitternacht an seinem Platz. Aber als ich heute morgen gegen sechs Uhr fünfundfünfzig zur Küche ging, stellte ich fest, daß der Arm verschwunden und das Schloß aufgebrochen war.«

»Und all Ihre Gäste, die im Hause weilen, hatten den Arm gesehen und wußten, wo er sich befand?«

 »Alle bis auf Simon Lessing. Er war zum Schwimmen gegangen, als die übrigen das Schloß besichtigten. Soviel ich weiß, ist er nicht in die Nähe meines Büros gekommen.«

»Was hat denn der Junge hier überhaupt verloren? Sollte er nicht in seinem Internat sein? Ich nehme an, daß Miss Lisle, daß Lady Ralston ihm eine erstklassige Ausbildung bezahlte und er nicht irgendeine Kommunalschule besucht.«

Buckley dachte sich, daß die Worte durchaus hätten beleidigend klingen können, wenn nicht Grogan jegliche Gefühlsregung aus seiner beherrschten Stimme ausgeschaltet hätte.

»Er besucht das Internat von Melhurst«, erwiderte Gorringe gleichermaßen beherrscht. »Miss Lisle hatte ihm brieflich ein freies Wochenende verschafft. Sie nahm wohl an, daß Websters Tragödie zu seiner Allgemeinbildung beitragen könne. Bedauerlicherweise hat das Wochenende seine Allgemeinbildung in einer Weise erweitert, die sie kaum voraussehen konnte.«

»Sie war ihm also eine fürsorgliche Mutter?«

»Das wohl kaum. Miss Lisles Mutterinstinkt war – wie soll ich mich ausdrücken? – unterentwickelt. Aber sie kümmerte sich um den Jungen, soweit sie dazu fähig war. Wissen Sie, die Ermordete half gern anderen Menschen, wie es wohl die meisten von uns tun, sofern es nicht allzuviel kostet.«

»Und wieviel kostete sie Mr. Lessing?«

»Da waren zuallererst die Internatsgebühren. An die viertausend Pfund im Jahr, kann ich mir denken. Sie konnte es sich allerdings leisten. Dazu kam es, weil sie sich einbildete, sie habe die Ehe seiner Eltern zerstört. Selbst wenn's so gewesen wäre, waren ihre Skrupel unnötig. Der Mann hätte sich ja auch anders entscheiden können.«

»Simon Lessing könnte doch, wenn schon nicht seinetwegen, so doch wegen seiner Mutter die neue Ehe mißbilligt haben. Es sei denn, er dachte sich, daß eine vermögende Stiefmutter gar kein so schlechter Tausch sei.«

»Das ist schon sechs Jahre her. Er war knapp elf, als ihn sein Vater seinem Schicksal überließ. Falls Sie damit andeuten wollen – ziemlich unverblümt, darf ich sagen –, sein Groll sei so groß gewesen, daß er nun seiner Stiefmutter das Gesicht einschlug, dann hat er auf diese Gelegenheit reichlich lang gewartet und überdies einen höchst unpassenden Zeitpunkt gewählt. Weiß übrigens Sir George davon, daß Sie Simon verdächtigen? Er fühlt sich sicherlich als Stiefvater des Jungen. Falls Sie an dieser lächerlichen Ansicht festhalten, würde er wohl gern die nötigen Schritte einleiten, um die Interessen des Jungen zu wahren.«

»Ich habe nichts davon gesagt, daß wir ihn verdächtigen. Außerdem habe ich im Hinblick auf seine Jugend mit Sir George vereinbart, daß er zugegen sein wird, wenn ich mit dem Jungen spreche. Simon Lessing ist freilich siebzehn, dem Gesetz nach also kein Kind mehr. Deswegen finde ich derartige Maßnahmen zu seinem Schutz überaus bemerkenswert.«

»Hoffentlich kommen sie Ihnen nicht verdächtig vor! Als ich ihm die Nachricht mitteilte, war er zutiefst verstört. Seine leiblichen Eltern sind tot. Er hing an Clarissa. Es ist nur natürlich, daß wir ihm weiteren Seelenkummer ersparen möchten. Sie sind ja nicht als Fürsorgebeamter hier.«

Während dieses Wortwechsels hatte Grogan den Zeugen kaum angeblickt. Auf der Schreibunterlage vor ihm lag ein unlinierter Notizblock, den er zumeist den üblichen Polizeikladden vorzog. Darauf zeichnete er etwas mit seinem Füller. Ein längliches Rechteck mit zwei Öffnungen und zwei Unterbrechungen entstand unter der riesigen, sommersprossigen Hand. Buckley erkannte, daß es eine Art Grundriß von Clarissa Lisles Zimmer mit Türen und Fenstern war. Die Proportionen stimmten in etwa. Hinzu kamen noch, übergroß und sorgsam ausgemalt wie bei einer Kinderzeichnung, solche Dinge wie eine Cremedose, eine Schachtel mit Watteböllchen, ein Tablett mit Teegeschirr und ein Wecker.

Ohne den Kopf zu heben, fragte Grogan unvermittelt: »Und was veranlaßte Sie, Sir, Miss Lisle auf ihrem Zimmer aufzusuchen?«

»Nachdem Miss Gray gegangen war, sie zu wecken? Ich tat's aus einem Impuls der Höflichkeit heraus. Ich hielt es als Gastgeber für angebracht, sie zu ihrer Garderobe zu geleiten. Außerdem wollte ich ihr tragen helfen. Ihr Make-up-Köfferchen vor allem. Da die Garderoben nicht eben geräumig sind und sie den Raum mit Miss Collingwood, welche die Cariola spielen sollte, teilen mußte, hatte sich Miss Collingwood bereit erklärt, sich vor dem Eintreffen der Hauptdarstellerin umzuziehen und die Garderobe zu verlassen. Außerdem hatte Miss

Lisle etwas dagegen, wenn jemand ihre Schminke mitbenutzte. Ich ging also nach oben, um das Köfferchen zu tragen und sie zu begleiten.«

»Wo war ihr Mann, der eigentlich diese Gefälligkeit hätte übernehmen müssen?«

»Sir George war eben zurückgekehrt, um sich umzukleiden. Wir begegneten einander oben auf der Treppe, wie ich Ihnen bereits mitgeteilt habe.«

»Sie scheinen sich Miss Lisle zuliebe allerlei Unannehmlichkeiten aufgebürdet zu haben«, meinte Grogan, stockte dann und fügte noch hinzu: »In jeder Hinsicht.«

»Es ist doch keine Unannehmlichkeit, sie die zweihundert Schritt von ihrem Zimmer zum Theater zu begleiten.«

»Wohl aber die Inszenierung, die Restaurierung des Theaters, die Bewirtung ihrer Gäste.Das muß Sie doch eine Menge gekostet haben.«

»Glücklicherweise bin ich kein armer Mann. Ich dachte mir, Sie seien hier, um einen Mordfall aufzuklären, und nicht, um meine finanziellen Verhältnisse zu erkunden. Überdies ließ ich das Theater zu meinem Vergnügen und nicht Miss Lisle zuliebe restaurieren.«

»Rechnete sie nicht damit, daß Sie auch ihr nächstes Stück mitfinanzieren würden? Daß Sie – wie sagt man doch gleich? – ihr Mäzen werden könnten?«

»Ich fürchte, Sie haben die falschen Leute ausgehorcht. Derlei Mäzenatentum hat mich noch nie gereizt. Es gibt amüsantere Arten, sein Geld aufs Spiel zu setzen. Wenn Sie allerdings auf taktvolle Weise andeuten möchten, daß ich Miss Lisle vielleicht einen Gefallen schuldig war, haben Sie völlig recht. Von ihr stammt die Idee zu meinem Buch ›Autopsie‹, diesem Bestseller, falls Sie zu dem halben Dutzend Leuten zählen, die noch nichts davon gehört haben.«

»Sie hat nicht zufälligerweise auch das Buch geschrieben?«

»Nein, sie hat es nicht geschrieben. Miss Lisle hatte vielfältige, auch ungewöhnliche Talente, aber das Schriftstellern gehörte nicht dazu. Das Buch wurde übrigens nicht geschrieben, sondern von einem gewieften Triumvirat, bestehend aus meinem Verleger, meinem Agenten und mir, regelrecht fabriziert. Danach wurde es geschickt aufgemacht, allenthalben angepriesen und vermarktet. Ich habe zweifellos Sünden began-

gen, die man Clarissa zur Last legen könnte, aber ›Autopsie‹ gehört nicht dazu.«
Grogan ließ den Füller aus der Hand gleiten, lehnte sich zurück und schaute Gorringe in die Augen.
»Sie kannten Miss Lisle von Kindheit an«, sagte er gemessen. »Seit gut einem halben Jahr haben Sie sich intensiv mit der geplanten Aufführung beschäftigt. Miss Lisle kam als Ihr Gast hierher und wurde in Ihrem Hause umgebracht. Was immer die Todesursache gewesen sein mag – wir werden's erst nach der Autopsie erfahren –, der Täter benützte zweifellos Ihren Marmorarm, um ihr das Gesicht einzuschlagen. Gibt es nichts, was Sie wissen oder vermuten oder was Miss Lisle Ihnen mal gesagt hat, was möglicherweise zur Aufklärung der Todesursache beitragen könnte?«
Wenn er sich noch etwas deutlicher ausdrückt, dachte Buckley, wird er Gorringe pflichtgemäß warnen müssen. Buckley rechnete auch halb damit, daß Gorringe erwidern würde, er möchte nichts aussagen, solange er nicht seinen Anwalt konsultiert habe.
Doch er antwortete mit der Gleichmütigkeit eines gänzlich Unbeteiligten, der sich, um seine Meinung gebeten, bedenkenlos äußert: »Mein erster Gedanke war – und das ist auch jetzt noch meine Ansicht –, daß sich irgendein Unbefugter Zugang zur Insel verschafft hat. Er wußte, daß meine Angestellten und ich mit den Vorbereitungen für die Aufführung beschäftigt waren und das Schloß somit unbeaufsichtigt blieb. Er kletterte die Feuerleiter hinauf – aus Jux oder Übermut? –, jedenfalls ohne klare Vorstellung, was er da oben eigentlich machen wollte. Es könnte ein Halbwüchsiger gewesen sein.«
»Halbwüchsige treiben sich zumeist in Gruppen herum.«
»Dann waren es eben mehrere. Oder vielleicht nur zwei. Einer stieg ein, um sich im Hause umzusehen, solange noch alles still war. Das würde auf einen Einheimischen hindeuten, der von der Aufführung wußte. Er schlich sich in Miss Lisles Zimmer – sie hatte vergessen, die Verbindungstür abzuschließen, oder es für unnötig gehalten – und sah sie anscheinend schlafend im Bett liegen. Als er sich dann davonstehlen wollte – mit der Schmuckkassette oder ohne sie –, nahm sie den Augenschutz ab und sah ihn. In seiner Panik brachte er sie um,

schnappte sich die Kassette und entfloh auf diesselbe Weise, wie er gekommen war.«
»Nachdem er sich zuvor umsichtigerweise mit dem Marmorarm bewaffnet hatte, der Ihrer Aussage nach zwischen Mitternacht und sechs Uhr fünfundfünfzig aus der Vitrine entwendet worden war«, entgegnete Grogan.
»Das nicht. Er war überhaupt nicht bewaffnet und hatte nur Unfug im Sinn. Meine Annahme ist, daß er das Tatwerkzeug – verzeihen Sie mir die Formulierung – griffbereit zusammen mit dem Zitat aus dem Stück auf dem Nachttisch vorfand.«
»Und wer soll es dort deponiert haben? Die Zimmertür war doch verschlossen, oder?«
»Das dürfte kein großes Rätsel sein. Miss Lisle war es.«
»Mit der Absicht, sich selbst in Angst und Schrecken zu versetzen oder einen potentiellen Mörder, sollte er zufällig vorbeikommen, mit einer geeigneten Waffe zu versehen?«
»Mit der Absicht, eine Entschuldigung zu haben, sollte sie in der Aufführung versagen. Und dazu wäre es meiner Ansicht nach sicherlich gekommen. Oder aus anderen, mir unergründlichen Motiven. Miss Lisles komplexe Persönlichkeit war für mich ebenso rätselhaft wie wohl für ihren Mann.«
»Und Sie meinen, daß der junge, impulsive, völlig planlos handelnde Täter dem Opfer hernach wieder den Augenschutz aufgelegt hat? Das würde bedeuten, daß wir uns mit zwei komplexen Persönlichkeiten herumschlagen müssen.«
»Er könnte es durchaus getan haben. Sie sind doch der Fachmann, was Mordfälle anbelangt, nicht ich. Einen Grund könnte ich mir allerdings vorstellen. Als sie ihn so anstarrte, verlor er die Nerven. Er mußte einfach diese toten, anklagenden Augen zudecken. Die Annahme mag ausgefallen sein, aber abwegig ist sie nicht. Mörder verhalten sich zuweilen ungewöhnlich. Denken Sie nur an den Fall Gutteridge, Chefinspektor!«
Buckleys Hand auf dem Notizblock zuckte unwillkürlich. Macht er sich da über uns lustig? schoß es ihm durch den Kopf. Diese Anspielung war doch beabsichtigt. Woher wußte Gorringe von der Angewohnheit des Chefs, sich auf lange zurückliegende Fälle zu beziehen? Er schaute Gorringe und nicht Grogan an und fing einen Unschuldsblick auf.
Überdies sprach Gorringe nun ihn an: »Das war lange vor Ih-

rer Zeit, Sergeant. Gutteridge war ein Polizeibeamter, der 1927 von zwei Wagendieben auf einer Landstraße in Essex erschossen wurde. Die Täter – Frederick Browne, ein Exsträfling, und sein Komplize William Kennedy – wurden wegen dieses Verbrechens gehängt. Unmittelbar nach dem Mord schoß einer der beiden dem Toten die Augen aus. Beide waren vermutlich abergläubisch. Sie glaubten wohl, daß die Augen eines Ermordeten, sofern sie aufs Gesicht des Mörders gerichtet gewesen waren, das Bild des Täters widerspiegeln würden. Ich kann mir auch nicht denken, daß ein Mörder seinem Opfer gern in die Augen schaut. Das war das einzig Merkwürdige an diesem sonst uninteressanten, abscheulichen Fall.«
Grogan war mit seiner Zeichnung fertig. Der Grundriß des Raums war vollendet. Während sie ihm stumm zusahen, zeichnete er in das große Bett eine kleine, hingestreckte Gestalt mit Haarsträhnen auf dem Kissen ein. Zum Schluß deutete er noch die Gesichtszüge an. Dann bedeckte er die Zeichnung mit seiner großen Hand, riß das Blatt heraus und zerknüllte es in der Faust.
Obwohl diese Geste gewalttätig wirkte, klang seine Stimme gleichmütig, geradezu freundlich. »Vielen Dank, Sir. Sie haben uns sehr geholfen. Sie möchten jetzt sicherlich, wenn Sie uns sonst nichts mehr zu sagen haben, zu Ihren Gästen zurückkehren.«

7

Als Ivo Whittingham das Büro betrat, schlug Buckley rasch und verlegen die Augen nieder. Er begann, in seinen Notizen zu blättern, und hoffte nur, daß Whittingham seinen verstörten, betroffenen Blick nicht wahrgenommen hatte. So eine ausgemergelte Gestalt hatte er bisher nur einmal gesehen. Es war sein Onkel Gerry in den letzten Wochen vor seinem Tod durch Krebs gewesen. Er hatte seinem Onkel so viel Zuneigung entgegengebracht, wie er überhaupt empfinden konnte. Aber die sich hinziehenden Todesqualen des Onkels hatten ihn immerhin zu einer Einsicht gebracht. Wenn der Körper einem Menschen derlei antun konnte, schuldete er ihm auch was. Fortan wollte er alle Daseinsfreuden ohne Gewissensbisse auskosten. Er wäre auch ein fröhlicher Lebensgenießer geworden, hätten sich nicht sein Ehrgeiz und seine damit verknüpfte Vorsicht als stärker erwiesen. Doch die Erbitterung und den Kummer hatte er nicht vergessen. Und nun erinnerte ihn dieser Whittingham in gewisser Weise daran. Sein Onkel hatte ihn gleichfalls mit solchen glitzernden Augen angeblickt, als glühten in ihnen die letzten Funken von Leben und Intelligenz. Er schaute erst wieder auf, als sich Whittingham ungelenk setzte und die Armlehnen mit seinen knochigen Händen umklammerte.

Doch als er dann zu sprechen begann, klang seine Stimme erstaunlich kräftig und gleichmütig: »Ich habe das gleiche unbehagliche Gefühl wie ehedem als Internatsschüler, wenn ich zum Präfekten zitiert wurde. Was Gutes ist dabei nie herausgekommen.«

Das war eine ungehörige Eröffnung, die Grogan kaum hinnehmen würde.

»Dann schlage ich vor«, entgegnete er auch unwirsch, »daß

wir es kurz machen. Ich nehme an, daß Sie Miss Lisle ziemlich gut kannten.«

»Sie können ruhig davon ausgehen, daß ich mit ihr überaus intim war.«

»Wollen Sie damit andeuten, Sir, daß sie Ihre Geliebte war?«

»Kaum das richtige Wort für eine derart kurzlebige Liaison. Das Wort Geliebte deutet auf eine gewisse Stetigkeit hin, auf ein gewisses Maß von Respektabilität sogar. Man denkt da an die teure Mrs. Keppel und ihren König. Nein, um präzise zu sein, wir liebten uns etliche Male im Verlauf von sechs Jahren, soweit sich eine Gelegenheit dazu ergab und sie gerade Lust hatte.«

»Wußte ihr Mann davon?«

»Sie meinen wohl, ihre Männer. Unsere Beziehung währte länger als ihre Ehen. Aber ich kann mir denken, daß Sie in diesem Zusammenhang nur George Ralston interessiert. Ich hab's ihm nie gesagt. Ich weiß auch nicht, ob sie's ihm gestanden hat. Und falls Sie nun meinen, er könnte sich gerächt haben, so ist das eine absurde Vorstellung. Warum sollte er nicht warten, bis ihn eine höhere Macht – das Schicksal oder ein Glückszufall, wie immer man es nennen will – ohnehin für immer von mir erlöst? Ralston ist doch kein Dummkopf. Und wenn Sie mich nun fragen, ob ich nachhalf, daß sie vor mir dahinschied, so lautet die Antwort: nein. Clarissa Lisle und ich hatten uns nach all den Jahren in jeglicher Hinsicht auseinandergelebt. Doch ich käme durchaus als Täter in Frage. Die Gelegenheit dazu hatte ich schon. Ich hielt mich den ganzen Nachmittag in meinem Zimmer in der Nähe des Tatorts auf. Falls Sie es noch nicht festgestellt haben sollten – es liegt auf derselben Etage wie Clarissas Zimmer, ist nur etwa zwanzig Schritt entfernt und grenzt an die Ostfassade des Schlosses. Ich hätte auch an das Tatwerkzeug herankommen können, da man mir den Marmorarm gezeigt hat. Vermutlich hätte ich auch die nötige Kraft aufgebracht. Und möglicherweise hätte sie mir die Zimmertür geöffnet. Aber ich habe sie nicht umgebracht und weiß auch nicht, wer's gewesen sein könnte. Sie müssen es mir einfach glauben. Beweisen kann ich's nicht.«

»Was war sie denn überhaupt für ein Mensch?«

 Zum erstenmal erkundigte sich Grogan danach. Buckley

dachte sich denn auch, daß diese Frage bei der Untersuchung eines jeden Mordfalls von entscheidender Bedeutung war. Falls man darauf eine aufschlußreiche Antwort erhielt, wurde ein gut Teil der sonstigen Fragen überflüssig.
»Darauf hätte ich Ihnen gern erwidert, daß Sie ja nur ihr Gesicht anzusehen brauchen«, antwortete Whittingham. »Aber Sie können's ja nicht mehr sehen. Leider. Man muß Clarissa schon vom Aussehen gekannt haben, will man sich ein Bild von ihrem Wesen machen. Sie lebte sozusagen vor allem durch ihren Körper. Alles übrige sind nur schale Worte. Sie war egozentrisch, unsicher, gescheit, aber nicht intelligent, je nach Laune freundlich oder grausam, unstet, unglücklich. Sie besaß einige Fähigkeiten, die nicht unwichtig waren, über die ich aber als Gentleman nicht reden möchte. Vermutlich bereitete sie mehr Freude, als daß sie Leid verursachte. Da man derlei nicht von vielen Menschen sagen kann, steht es mir nicht zu, sie zu kritisieren. Ich erinnere mich, daß ich ihr mal einen Ausspruch von Thomas Malory zugesandt habe, den Lancelot zu Guinevere sagt: ›Lady, ich richte mich nach Gott, aber Ihr seid meine irdische Freude.‹ Das gilt für mich noch immer, was immer sie auch getan haben mag.«
»Was immer sie getan haben mag?«
»Nur so eine Redewendung, Chefinspektor.«
»Sie trauern also um sie?«
»Nein. Aber ich werde sie nie vergessen.«
Eine Pause entstand.
Dann fragte Grogan gleichmütig: »Warum sind Sie hier, Sir?«
»Sie hat mich darum gebeten. Aber es gibt einen weiteren Grund. Eine Sonntagszeitung hat mich beauftragt, einen Bericht über die Insel und das Theater zu schreiben. Mit viel Tatsachen aus der guten alten Zeit, mit einer Prise Nostalgie, gewürzt mit pikanten Histörchen. Man hätte besser einen Kriminalreporter schicken sollen.«
»Und das hat einen Rezensenten von Ihrem Format gereizt?«
»So muß es wohl gewesen sein, da ich sonst nicht hier wäre.«
Als Grogan dann von ihm wie von den übrigen Verdächtigen eine eingehende Schilderung des Tagesablaufs verlangte, gab

er erstmals Anzeichen von Erschöpfung zu erkennen. Er sank auf dem Stuhl zusammen wie eine Marionette, deren Drähte man gekappt hatte.
»Da gibt es nicht viel zu sagen. Nachdem wir spät gefrühstückt hatten, schlug Miss Lisle einen Besuch der Kirche vor. Dort gibt es eine Gruft mit jahrhundertealten Totenschädeln und einen Geheimstollen zum Meer. Wir haben uns beides angesehen. Gorringe unterhielt uns mit alten Geschichten von den Schädeln und über einen Internierten, der angeblich zur Kriegszeit in der Höhle am Stollenende ertränkt worden war. Da ich mich müde fühlte, habe ich nicht genau zugehört. Um zwölf gab es dann Lunch. Gleich darauf suchte Miss Lisle ihr Zimmer auf. Gegen Viertel nach eins war auch ich auf meinem Zimmer, wo ich mich ausruhte und las, bis es Zeit zum Umkleiden war. Miss Lisle hatte darauf bestanden, daß wir uns noch vor der Aufführung umkleiden. Roma Lisle traf ich oben auf der Treppe, als sie gerade ihr Zimmer verließ. Wir waren auch beisammen, als Gorringe mit Miss Gray erschien und uns berichtete, daß Clarissa tot sei.«
»Welchen Eindruck hat denn Miss Lisle am Vormittag während des Besuchs der Kirche und der Höhle auf Sie gemacht?«
»Ich würde sagen, Miss Lisle war wie immer, Chefinspektor.«
Zum Schluß holte Grogan das Bündel Drohbriefe aus dem Umschlag. Einer flatterte zu Boden. Er bückte sich danach und überreichte ihn Whittingham.
»Was können Sie uns darüber erzählen, Sir?«
»Ich weiß nur, daß sie solche Briefe bekam. Sie hat es mir zwar nicht gesagt, aber man schnappt eben so allerlei Theaterklatsch auf. Ich glaube allerdings nicht, daß es allgemein bekannt war. Auch in dieser Hinsicht bin ich verdächtig. Wer immer sie schickte, kannte Miss Lisle und kannte seinen Shakespeare. Ich hätte freilich keinen Sarg und keinen Totenschädel hinzugezeichnet. Eine völlig unnötige Rohheit, finden Sie nicht auch?«
»Und das ist alles, was Sie uns mitteilen möchten, Sir?«
»Das ist alles, was ich Ihnen mitteilen kann, Chefinspektor.«

8

Es war knapp vor sieben, als sie sich endlich den Jungen vorknöpfen konnten. Er trug einen formellen Anzug und erweckte nach Buckleys Ansicht den Eindruck, als müsse er die Beisetzung seiner Stiefmutter über sich ergehen lassen und nicht eine Vernehmung durch die Polizei. Buckleys Schätzung nach trennten sie höchstens acht Jahre, doch es konnten ebensogut zwanzig sein. Simon Lessing wirkte nervös wie ein kleiner Junge im Sonntagsstaat, aber er rang sichtlich um Fassung. Buckley hatte das vage Gefühl, daß ihm Simons Art, wie er das Zimmer betrat, wie er sich behutsam setzte, wie er ernst und erwartungsvoll den Blick auf Grogans Gesicht richtete, irgendwie vertraut war. Dann fiel es ihm ein. Bei der letzten Aufnahmeprüfung für den Polizeidienst hatte er sich ebenso verhalten. Der Schulungsleiter hatte ihm vorher noch geraten: »Ziehen Sie Ihren besten Anzug an, aber lassen Sie keinen Füller oder ein buntes Einstecktuch aus der Brusttasche herauslugen! Schauen Sie allen in die Augen, natürlich nicht so starr, daß es unangenehm wird. Seien Sie eine Spur ehrerbietiger, als Sie's ohnehin sein möchten. Schließlich haben die ja einen festen Job zu vergeben. Sollten Sie etwas nicht wissen, dann sagen Sie's auch! Drucksen Sie nicht herum! Lassen Sie sich durch Ihre Nervosität nicht stören. Sie kommt besser an als gespielte Forschheit. Erwecken Sie dabei nur den Eindruck, daß Sie auch das Zeug haben, mit so was fertigzuwerden. Reden Sie die Prüfer mit Sir oder Madam an, und verabschieden Sie sich mit einem kurzen Dankeswort. Und sitzen Sie vor allem aufrecht!«
Als dann die Vernehmung nach den ersten leichten Fragen, die, wie Buckley meinte, nur dem Kandidaten alle Angst nehmen sollten, ihren Fortgang nahm, drängte sich ihm der Eindruck auf, daß sich Simon Lessing allmählich so fühlte, wie es

auch ihm damals ergangen war. Denn befolgte man solche Ratschläge, war die Tortur durchaus auszuhalten. Nur die Hände verrieten noch etwas von Simon Lessings Anspannung. Es waren breite, unangenehm blasse Hände mit dicklichen, kurzen Fingern, aber schmalen, geradezu mädchenhaft wirkenden Nägeln, die kurz geschnitten und so rosig waren, daß sie wie lackiert wirkten. Er hielt die Hände im Schoß. Hin und wieder spreizte er die Finger und zog an ihnen, als müsse er eine Kräftigungsübung durchführen.

Sir George stand am Fenster, hatte ihnen den Rücken zugekehrt und blickte durch die nicht ganz zugezogenen Vorhänge nach draußen. Buckley überlegte, ob er damit zeigen wolle, daß er den Jungen weder durch Worte noch durch Blicke beeinflussen möchte. Dennoch wirkte die Pose gekünstelt und das um so mehr, als es in der lautlosen Dunkelheit da draußen nichts zu sehen gab. So eine Stille hatte Buckley noch nie erlebt. Dabei wirkte sie keineswegs bedrückend. Bezeichnend war nicht das Fehlen jeglichen Lärms, sondern eine Lautlosigkeit, die das Wahrnehmungsvermögen steigerte und jedem Wort, jeder Handlung Bedeutung und Würde zu verleihen schien. Er wünschte – nicht zum erstenmal –, er wäre wieder im Revier, wo man Schritte hörte, Türen ins Schloß fielen, irgendwo Stimmen ertönten, wo es all die vertrauten, alltäglichen Hintergrundgeräusche gab. Hier wurden anscheinend nicht nur die Verdächtigen unter die Lupe genommen.

Diesmal sah Grogans Zeichnung völlig unverfänglich, geradezu idyllisch aus. Er schien den Plan für einen Küchengarten zu entwerfen. Unter seiner Hand entstanden schnurgerade Reihen von dicken Kohlköpfen, wuchernden Buschbohnen und Karotten mit gefiedertem Laub.

»Nach dem Tod Ihrer Mutter lebten Sie also bei deren Bruder und seiner Familie. Und im Sommer 1978 kam dann Lady Ralston zu Besuch und beschloß, Sie zu adoptieren?«

»Es war keine formelle Adoption. Mein Onkel, der als mein Vormund fungierte, war einverstanden, daß Clarissa meine ... Ziehmutter wurde. Sie übernahm die Verantwortung für mich.«

»Und Sie waren mit dieser Vereinbarung einverstanden?«

»Sehr sogar, Sir! Das Leben bei meinem Onkel und meiner Tante war für mich nicht eben kongenial.«

Schon ein merkwürdiger Ausdruck, den der Junge da verwendet, dachte Buckley. Seine Worte hörten sich an, als hätten sie zu Hause den kleinbürgerlichen »Mirror« statt der »Times« abonniert und dem Knaben nach dem Essen nie einen Schluck Portwein genehmigt.

»Fühlten Sie sich glücklich bei Sir George und seiner Frau?« Grogan konnte sich etwas Sarkasmus nicht verkneifen und fügte noch hinzu: »War wenigstens bei ihnen das Leben für Sie kongenial?«

»Durchaus, Sir!«

»War Miss Lisle für Sie eine Art Stiefmutter?«

Simon errötete und blickte kurz zu der stillen Gestalt am Fenster hinüber. Er befeuchtete die Lippen und erwiderte: »Ja, Sir. Ich denke schon.«

»Ihre Stiefmutter hat vom letzten Jahr an eine Anzahl niederträchtiger Briefe erhalten. Was wissen Sie darüber?«

»Nichts, Sir. Sie hat mir nichts davon gesagt.« Er erläuterte noch: »Wir haben uns nicht . . . besonders oft gesehen. Ich war im Internat, und sie hielt sich in den Ferien zumeist in ihrer Wohnung in Brighton auf.«

Grogan zog einen der Drohbriefe aus dem Umschlag und schob ihn über den Schreibtisch.

»Den hier zum Beispiel. Kommt Ihnen das Schreiben bekannt vor?«

»Nein, Sir. Ist es nicht ein Zitat? Von Shakespeare, nicht wahr?«

»Das sollten Sie eigentlich wissen. Sie besuchen doch Melhurst. Sie haben also so einen Brief nie zuvor gesehen?«

»Nein, noch nie.«

»Na schön. Erzählen Sie uns nun genau, was Sie heute zwischen ein Uhr und zwei Uhr fünfundvierzig getan haben!«

Simon Lessing schaute auf seine Finger und schien jetzt erst deren nervöses, methodisches Strecken wahrzunehmen. Er umklammerte beide Armlehnen, als wolle er verhindern, daß er unvermittelt aufsprang. Aber dann berichtete er ausführlich und mit wachsendem Selbstvertrauen. Da er beschlossen hatte, vor der Aufführung noch zum Schwimmen zu gehen, war er nach dem Lunch geradewegs auf sein Zimmer gegangen, wo er seine Badehose, Jeans und ein Hemd angezogen hatte. Er hatte noch einen Pulli und ein Handtuch genommen und

war über den Rasen zum Strand geschlendert. Dort war er etwa eine Stunde umhergewandert, weil Clarissa ihn ermahnt hatte, nicht unmittelbar nach dem Essen zu schwimmen. Danach war er zu der kleinen Bucht jenseits der Terrasse zurückgekehrt und etwa um zwei Uhr oder kurz darauf ins Wasser gegangen. Die Kleidungsstücke, das Handtuch und seine Armbanduhr hatte er am Strand niedergelegt. Gesehen hatte er niemand, weder während seines Umherwanderns noch vom Wasser aus. Sir George habe ihm später gesagt, daß er ihn, als er von seinen Vogelbeobachtungen zum Schloß zurückkehrte, mit dem Fernglas hätte an Land gehen sehen. An dieser Stelle spähte er abermals zu seinem Stiefvater hinüber, als wolle er das bestätigt haben, was allerdings nicht geschah.
»Das hat uns Sir George schon gesagt«, erwiderte Grogan. »Und was war dann?«
»Eigentlich nichts, Sir. Ich war auf dem Rückweg zum Schloß, als Mr. Gorringe mich erblickte und mir entgegenkam. Er erzählte mir dann die Sache mit Clarissa.« Die letzten Worte hatte er geradezu geflüstert.
Grogan neigte den rotgeschopften Schädel und fragte sanft: »Was hat er Ihnen genau gesagt?«
»Daß sie tot sei, Sir. Ermordet.«
»Hat er auch erzählt, wie sie ermordet wurde?«
»Nein, Sir«, flüsterte Simon.
»Aber Sie haben sich danach erkundigt? Derartige Neugier ist völlig natürlich.«
»Ich fragte, was geschehen sei, wie sie getötet wurde. Aber er antwortete, das würde sich erst nach der Autopsie herausstellen.«
»Da hat er recht. Es genügt völlig, wenn Sie wissen, daß sie tot ist und daß es ein Mord war. Und jetzt, Master Lessing, berichten Sie uns noch, was Sie über den Arm der toten Prinzessin wissen!«
Buckley bildete sich ein, daß Sir George einen empörten Zwischenruf ausgestoßen hatte. Aber Ralston mengte sich nicht in das Gespräch ein. Der Junge schaute von einem zu anderen, als hätten die Kriminalbeamten den Verstand verloren. Keiner sagte etwas.
»Denken Sie an die Kirche, Sir?« fragte Simon dann. »Wir haben am Vormittag die Krypta besucht, um die Schädel anzuse-

hen. Doch von einer toten Prinzessin hat Mr. Gorringe nichts erzählt.«
»Der Arm befand sich auch nicht in der Kirche.«
»Meinen Sie denn einen mumifizierten Arm? Ich verstehe Ihre Frage nicht.«
»Es handelt sich um eine Marmorhand, um einen Arm, genauer gesagt: um einen Mädchenarm. Jemand hat ihn aus Mr. Gorringes Vitrine da draußen vor der Tür gestohlen, und wir wüßten gern, wer es war und wann es geschah.«
»Ich kann mich nicht erinnern, daß ich ihn gesehen habe, Sir. Tut mir leid.«
Grogan hatte mittlerweile seinen Küchengarten vollendet und trennte ihn durch ein Spalier und einen Bogengang vom Rasen ab. Er warf Simon einen kurzen Blick zu und sagte dann: »Meine Mitarbeiter und ich sind morgen wieder hier. Wir bleiben ein paar Tage. Geben Sie uns bitte Bescheid, wenn Ihnen etwas einfällt, wenn Sie sich an etwas erinnern, das einigermaßen ungewöhnlich ist oder uns weiterhelfen kann, mag es noch so belanglos und unwichtig scheinen. Einverstanden?«
»Ja, Sir. Vielen Dank, Sir.«
Als Grogan ihm zunickte, stand Simon auf, warf Sir George, der ihnen weiterhin den Rücken zukehrte, einen letzten Blick zu und ging hinaus. Buckley hätte es nicht überrascht, wenn sich Simon an der Tür umgedreht und gefragt hätte, ob er den Job nun bekomme.
Sir George wandte sich um. »Er muß am Montag vormittag wieder im Internat sein. Er hat sozusagen nur Kurzurlaub. Er darf doch fahren, oder?«
»Uns wäre sehr geholfen, wenn er bis Dienstag vormittag bleiben könnte, Sir. Es wäre zweckmäßiger. Falls ihm oder uns noch etwas einfallen sollte, wäre es ganz gut, es möglichst rasch aufzuklären. Aber wenn Sie's für wichtig erachten, kann er selbstverständlich am Montag fahren.«
Sir George zögerte. »Ich denke nicht, daß ein Tag mehr oder weniger soviel ausmacht. Für ihn wäre es zwar besser, wenn er von hier fortkäme, wieder in der Schule wäre. Ich rufe morgen oder am Montag im Internat an. Fürs Begräbnis wird er ohnehin einen Tag freinehmen müssen. Aber ich vermute, es ist noch zu früh, sich da festzulegen.«

»Das meine ich auch, Sir.«
Sir George war schon an der Tür, als ihm Grogan mit sanfter Stimme zurief: »Da ist noch was, was ich Sie fragen möchte, Sir! Es geht um Ihre Beziehung zu Ihrer Frau. Würden Sie sagen, daß Sie beide eine glückliche Ehe führten?«
Ralston hatte die Hand schon am Türknauf. Nun stockte die schlanke, aufrechte Gestalt einen Augenblick. Dann wandte er sich um und fixierte die beiden. Sein Gesicht zuckte so heftig, als habe er ein Nervenleiden. Gleich darauf hatte er sich wieder in der Gewalt.
»Diese Frage finde ich eine Zumutung, Chefinspektor!«
Grogans Stimme klang abermals sanft, gefährlich sanft. »Bei der Untersuchung eines Mordfalls müssen wir zuweilen Fragen stellen, die man durchaus als Zumutung empfinden kann.«
»Sie sind aber sinnlos, solange Sie nicht beide Betroffenen fragen. Und dafür ist es nun zu spät. Außerdem glaube ich nicht, daß meine Frau die Fähigkeit hatte, glücklich zu sein.«
»Und Sie, Sir?«
»Ich habe sie geliebt«, antwortete er knapp.

9

Sobald Ralston den Raum verlassen hatte, stieß Grogan mit jäher Heftigkeit aus:
»Packen wir unser Zeug zusammen, und verschwinden wir von hier! Ich kriege keine Luft mehr. Wann kommt denn die Barkasse mit Roper und Badgett?«
Buckley schaute auf seine Uhr. »In einer Viertelstunde dürfte sie dasein.«
Die Kriminalassistenten Roper und Badgett sollten für eine Nacht im Büro Wache halten. Ihre Anwesenheit war mehr oder minder eine Formalität. Niemand vom Schloß hatte um Polizeischutz gebeten, und Grogan glaubte auch nicht, daß er nötig war. Er hatte ohnehin zuwenig Mitarbeiter und konnte sich keinen überflüssigen Einsatz leisten. Die ganze Insel einschließlich des Geheimstollens zum Teufelskessel war durchkämmt worden. Wer noch immer an die Theorie von einem Zufallseinbrecher glaubte, mußte nun davon ausgehen, daß er sich nicht mehr auf der Insel befand. Morgen würden sie wiederkommen und die Ermittlungen auf der Insel abschließen, um die Untersuchung vom Revier in Speymouth aus fortzuführen. Für Roper und Badgett wird's eine langweilige, höchst ungemütliche Nachtwache werden, dachte Buckley. Gorringe hatte ihnen zwar ein Zimmer mit Betten zur Verfügung gestellt und hinzugefügt, die beiden bräuchten nur nach Munter zu läuten, falls sie etwas benötigten, aber Grogans Anweisungen waren eindeutig gewesen. »Ihr nehmt Thermosflaschen und Sandwiches mit und läutet nach niemandem. Ihr seid Mr. Gorringe nur wegen des Stroms, der Heizung und des Wassers im Spülkasten verpflichtet, wenn ihr auf den Lokus müßt.«
Grogan zog am Glockenband. Buckley kam es so vor, als lasse sich Munter absichtlich Zeit.

»Teilen Sie Mr. Gorringe mit, daß wir jetzt wegfahren«, sagte Grogan.

»Sehr wohl, Sir. Die Polizeibarkasse ist allerdings noch nicht da, Sir.«

»Ich weiß. Wir werden am Kai warten.« Sobald Munter gegangen war, meinte er gereizt: »Was denkt er denn, daß wir tun werden? Auf dem Wasser heimwandeln?«

Gleich darauf erschien Gorringe, um sie mit formeller Höflichkeit aus seinem Reich zu geleiten. Wie Dinnergäste, dachte Buckley, wenn auch nicht willkommene oder angenehme. Gorringe erwähnte das Ereignis, das sie nach Courcy geführt hatte, mit keinem Wort und erkundigte sich auch nicht nach dem Stand der Ermittlungen. Die Ermordung Clarissa Lisles war gleichsam nur ein peinliches Mißgeschick an einem sonst nicht unerfreulichen Tag.

Die frische Luft tat ihnen gut. Für Mitte September war es eine ungewöhnlich milde Nacht. Die Terrassenplatten strömten, als sei's der letzte Hauch dieses Sommertages, eine wohltuende Wärme aus. Die Aktentaschen in der Hand schlenderten sie zusammen den Ostteil des Kais entlang. Als sie sich noch einmal umblickten, sahen sie in der Ferne die hellbeleuchteten Speisezimmerfenster und schattenhafte Gestalten, die auf der Terrasse auf und ab gingen – einander begegneten, sich sogleich wieder trennten, innehielten und dann weiterschritten, als führten sie einen gravitätischen Tanz auf. Buckley meinte, daß sie einen Teller in der Hand hielten. Vermutlich labten sie sich an den mittlerweile kalt gewordenen Überbleibseln des Dinners. Der Anblick erinnerte ihn an ein Totenmahl. Aber er konnte es ihnen nicht verdenken, daß sie nicht an einem Tisch sitzen und einen leeren Stuhl anstarren wollten.

Zusammen gingen sie in den Pavillon, um von dort nach dem Scheinwerferlicht der Barkasse Ausschau zu halten. Es war eine stille Nacht, die zum Träumen verleitete. Hier, am Südufer von Courcy, von wo aus das Festland nicht zu sehen war, konnte man sich einbilden, daß die Insel gottverlassen in einem unermeßlich großen Meer lag und daß sie beide nach den Masten eines längst überfälligen Versorgungsschiffes Ausschau hielten; die Schemen auf der Schloßterrasse konnten gut die Geister einstiger Siedler sein, das Schloß war nur

mehr eine Ruine, die große Halle, die Bibliothek und der Salon waren dachlos unter dem Nachthimmel; die breite Innentreppe schien ins Nichts zu führen, und zwischen geborstenen Steinplatten wucherten Farn und Unkraut. Buckley neigte sonst nicht zu solchen Vorstellungen, aber jetzt gab er seiner Ermattung nach und ließ seine Phantasie schweifen, während er ruhig dasaß und sein rechtes Handgelenk massierte.
Grogans Stimme riß ihn aus seinen Träumen. Weder die Stille noch die Schönheit der Nacht schienen ihn zu beeindrukken. Seine Gedanken kreisten noch immer um den Mord. Buckley hätte es eigentlich wissen müssen, daß Grogan nicht abschalten konnte. Der Kommentar eines Kriminalinspektors fiel ihm ein: »Für den ›roten Rufus‹ ist eine Mordsache so was wie eine Liebesaffäre. Von den Tatverdächtigen ist er dann wie besessen, schnüffelt in ihrem Leben herum, beschäftigt sich nur mit dem Fall, ist gereizt, rastlos und frustriert, bis endlich die Verhaftung den ersehnten Höhepunkt bringt.« Buckley überlegte, ob diese Eigenheit eine Ursache für Grogans mißlungene Ehe sein könnte. Es mußte doch höchst unbefriedigend gewesen sein, mit einem Mann zusammenzuleben, der nicht nur tagsüber ständig seinen Beruf im Kopf hatte. Grogans Stimme klang fröhlich, als hätte die Untersuchung eben begonnen.
»Und dann noch diese Roma Lisle. Kusine der Ermordeten. Alter fünfundvierzig. Ladenbesitzerin. Ehemalige Lehrerin. Unverheiratet. Was ist Ihnen denn an dieser Dame aufgefallen, Sergeant?«
Buckley versuchte, sich an die Vernehmung Roma Lisles zu erinnern. »Daß sie Angst hatte, Sir.«
»Ja, sie wirkte verängstigt, abwehrend, verlegen und unglaubwürdig. Denken Sie nur an ihre Aussage! Sie gibt zu, daß der Holzschnitt ihr gehört, und behauptet, sie habe ihn nach Courcy mitgenommen, weil sie meinte, Gorringe könne sich dafür interessieren und ihr Alter und Wert verraten. Da er aber kein Experte für Manuskripte aus dem frühen 17. Jahrhundert ist, war diese Hoffnung doch unangebracht. Aber möglicherweise hat diese Sache nicht viel zu bedeuten. Sie hat das Ding irgendwo gefunden, es für interessant gehalten und mitgenommen. Und jetzt zum heutigen Tag. Sie sagt, sie habe das Zimmer ihrer Kusine etwa fünf Minuten nach eins verlas-

sen, sei geradewegs zur Bibliothek gegangen, dort bis halb drei geblieben und habe danach ihr Zimmer aufgesucht. Es liegt auf der Etage über der Galerie. Sie brauchte also nicht an Miss Lisles Zimmer vorüberzugehen. Sie hat nichts gesehen und nichts gehört. In diesen knapp anderthalb Stunden war sie allein in der Bibliothek. Gegen zwanzig nach eins erschien dann diese Gray, blieb aber nicht. Roma Lisle erwartete in der Bibliothek einen Anruf ihres Geschäftspartners, der sie aber versetzte. Sie sagte ferner aus, daß sie noch einen Brief geschrieben habe. Als ich sie aufforderte, ihn als Beweis ihrer Glaubwürdigkeit vorzuzeigen – nicht, daß ich viel darauf gegeben hätte –, errötete sie verlegen und erwiderte, sie habe ihn zerrissen, weil sie ihn zu guter Letzt nicht hatte abschicken wollen. Als wir uns dann den Hinweis erlaubten, daß wir im Papierkorb in der Bibliothek keine Schnipsel gefunden hätten, wurde sie noch röter und erklärte, sie habe die Fetzen mit auf ihr Zimmer genommen und im WC hinuntergespült. Alles höchst sonderbar! Aber noch merkwürdiger ist was anderes. Sie hatte als eine der letzten Personen ihre Kusine noch lebend gesehen. Sie war nicht die letzte, aber eine der letzten. Und sie behauptet nun, sie sei Miss Lisle aufs Zimmer gefolgt, weil sie ihr Glück bei der Aufführung wünschen wollte. Alles höchst anständig und wie's einer Kusine geziemt. Doch als wir einwandten, daß sie die Bibliothek reichlich spät verlassen habe, wenn sie sich noch umziehen mußte, erwiderte sie, sie habe die Aufführung sausen lassen wollen. Fällt Ihnen eine Erklärung für dieses merkwürdige Verhalten ein?«

»Sie erwartete einen Telefonanruf von ihrem Geliebten und nicht unbedingt von ihrem Geschäftspartner, Sir. Als er nicht anrief, beschloß sie, ihm zu schreiben. Dann überlegte sie es sich anders und zerriß den Brief. Erst später holte sie die Schnipsel aus dem Papierkorb, weil sie nicht wollte, daß wir sie wieder zusammensetzen und über ihre vermutlich völlig belanglosen Privatangelegenheiten lesen.«

»Nicht schlecht, Sergeant! Aber daran ist ein Haken. Denn zu dem Zeitpunkt, als sie ihrer Angabe nach die Schnipsel mit auf ihr Zimmer nahm, konnte sie ja noch nicht wissen, daß die Polizei kommen würde, um ihre Nase in aller Privatangelegenheiten zu stecken! Es sei denn, sie wußte da schon, daß ihre Kusine tot war.«

»Und das letzte Gespräch mit Miss Lisle?«
»Ich vermute, daß es weniger freundlich verlief, als sie es darstellt«, erwiderte Grogan.
»Aber warum hat sie diesen Brief erwähnt, Sir? Das brauchte sie doch nicht. Warum hat sie nicht angegeben, daß sie die ganze Zeit über in der Bibliothek gelesen hatte?«
»Weil sie zu den Frauen gehört, die im allgemeinen die Wahrheit sagen. Sie gab auch nicht vor, daß sie ihre Kusine mochte oder über ihren Tod betrübt sei. Wenn sie schon die Polizei hinters Licht führen will, lügt sie sowenig wie möglich. Dann braucht sie nicht so viele Unwahrheiten im Gedächtnis zu behalten und kann sich zudem einreden, daß sie im Grunde überhaupt nicht gelogen hat. Kein schlechtes Prinzip, wenn man sich nur daran hält. Aber wir sollten dem zerrissenen Brief nicht zuviel Bedeutung zumessen. Vielleicht wollte sie nur den Hausangestellten keine zusätzliche Arbeit machen, oder sie befürchtete, daß diese aus Neugier den Brief zusammensetzen könnten. Aber nicht nur Roma Lisles Geschichte macht mich stutzig, auch die merkwürdige Wortkargheit der Zofe von Clarissa Lisle. Was sie sagte, hätte in einem von diesen versnobten Gesellschaftsromanen aus den Dreißigern stehen können.«
Buckley dachte über die Vernehmung von Rose Tolgarth nach. Bevor sie kam, hatte ihm Grogan noch gesagt: »Die Vernehmung dieser Dame überlasse ich Ihnen, Sergeant, denn Jugend kommt bei ihr wahrscheinlich besser an als langjährige Erfahrung. Zeigen Sie's ihr!«
Der verdutzte Buckley hatte noch gefragt: »Vom Schreibtisch aus, Sir?«
»Scheint mir der angemessene Platz zu sein, oder wollen Sie um sie herumschleichen wie ein Raubtier?«
Grogan selbst hatte sie empfangen und dann mit mehr Höflichkeit, als er sie gegenüber Cordelia Gray oder Roma Lisle an den Tag gelegt hatte, zum Sitzen aufgefordert. Falls es sie erstaunt hatte, daß sich der jüngere der beiden Kriminalbeamten ihrer annahm, hatte sie es sich nicht anmerken lassen. Sie hatte sich überhaupt nichts anmerken lassen. Sie hatte ihn mit ihren aparten Augen – die Iris war flockig dunkel – angeschaut, als sehe sie . . . Ja, was, überlegte er jetzt. Seine Seele konnte es nicht sein, da er nicht glaubte, daß er eine besaß. Es

mußte irgendein Teil seines Wesens sein, den er sonst vor der Öffentlichkeit verbarg. Sie beantwortete seine Fragen höflich, aber mit einem Minimum an Worten. Sie räumte ein, daß sie von den Drohbriefen gewußt habe, weigerte sich aber, Vermutungen zu äußern, wer sie geschickt haben könnte. Ihrer Ansicht nach war das die Sache der Polizei. Sie hatte den Tee zubereitet und ihn Miss Lisle gebracht, bevor diese sich wie immer vor einer Aufführung niederlegte. Alles war wie sonst auch verlaufen. Miss Lisle trank Lapsang-Souchong-Tee ohne Milch und Zucker, aber in die Kanne kamen noch zwei dicke Zitronenscheiben, bevor der Tee mit sprudelndem Wasser aufgegossen wurde. Sie hatte den Tee in Munters Küche auf die übliche Weise zubereitet. Mrs. Chambers und Debbie waren zugegen gewesen. Sie hatte das Tablett unverzüglich nach oben getragen. Die Teekanne hatte sie keinen Augenblick aus den Augen gelassen. Sir George war bei seiner Frau im Zimmer gewesen. Sie hatte das Tablett auf dem Nachttisch abgestellt und war dann ins Bad gegangen, um dort noch aufzuräumen, bevor Miss Lisle ihr Bad nahm. Hernach hatte sie ihrer Herrin im Zimmer, wo sich mittlerweile auch Miss Gray befand, beim Auskleiden geholfen. Miss Gray hatte dann ihr Zimmer aufgesucht, und auch Sir George hatte seine Frau verlassen. Gleich darauf war auch sie gegangen. Am Nachmittag hatte sie die Damengarderobe hinter der Bühne hergerichtet und Mrs. Munter bei den Vorbereitungen für die Party geholfen. Gegen zwei Uhr fünfundvierzig war sie vorsorglich nach oben gegangen, falls Miss Gray vergessen haben sollte, Miss Lisle zu wecken. Vor dem Zimmer hatte sie sodann Sir George, Mr. Gorringe und Miss Gray getroffen und von Miss Lisles Tod erfahren.

Anschließend hatten Grogan und Buckley sie in Miss Lisles Zimmer geführt und aufgefordert, sich umzusehen, ohne etwas zu berühren, um festzustellen, ob der Raum wie sonst auch war, oder ob ihr etwas ungewöhnlich vorkam. Sie hatte nur den Kopf geschüttelt. Vor dem Verlassen des Zimmers hatte sie noch – mit einem Ausdruck, den Buckley nicht entschlüsseln konnte – die Chaiselongue und das leere, abgezogene Bett betrachtet. War es Traurigkeit gewesen? Nachdenklichkeit? Resignation? Er kam einfach nicht darauf. Sie hatte die Augen weit geöffnet und schien die Lippen zu bewegen.

Buckley war es so vorgekommen, als würde sie beten. Im Büro dann fragte er: »Haben Sie gern für Miss Lisle gearbeitet? Sind Sie gut miteinander ausgekommen?«
Taktvoller konnte er nicht fragen, um herauszufinden, ob sie ihre Arbeitgeberin so gehaßt hatte, daß sie ihr den Schädel einschlug.
»Wir waren aneinander gewöhnt«, hatte sie gleichmütig erwidert. »Meine Mutter war ihre Kinderschwester gewesen. Sie hatte mich später gebeten, mich um Miss Lisle zu kümmern.«
»Sie können sich also keinen Grund vorstellen, warum sie jemand umgebracht haben könnte? Alle waren wie eine große, glückliche Familie, was?«
Doch sein Grogan nachempfundener Sarkasmus war nicht angekommen. Sie hatte ihm mit gleicher Münze heimgezahlt.
»Es gibt keinen vernünftigen Grund, warum Menschen einander umbringen sollten, selbst nicht in glücklichen Familien.«
Mit Mrs. Munter war es ihm ein wenig besser ergangen. Auch sie war eine zwar zuvorkommende, aber höchst unergiebige Zeugin gewesen, die kaum etwas mitgeteilt und all seinen Artigkeiten, die sie zu Gesprächigkeit oder Indiskretionen verlocken sollten, widerstanden hatte. Gorringe hatte seine Geheimnisse, falls er welche hegte, hinter einem Schwall biederer Mutmaßungen verborgen. Miss Tolgarth und Mrs. Munter hingegen hatten ihre Geheimnisse mit einer Wortkargheit und Sturheit für sich behalten, ohne offen widerborstig zu wirken. Buckley dachte, daß Grogan kaum zwei schwierigere Zeuginnen hätte aussuchen können, an denen er sich in der Kunst des Vernehmens üben sollte. Das war sicherlich auch Grogans Hintergedanke gewesen. Beide Zeuginnen hatten offenbar den Eindruck vermitteln wollen, daß ein Mord wie die meisten Gewalttaten auf der Welt eine männliche Domäne war, von der sie als Frauen glücklicherweise ausgeschlossen waren. Dann und wann hatte er sie mit einem Ausdruck angeglotzt, der nur – und das genierte ihn noch nachträglich – seine Ratlosigkeit offenbarte. Aber Menschen waren nun einmal anders als die Geometrieaufgaben damals in der Schule. Sie ließen sich nicht urplötzlich entschlüsseln, mochte man sie noch solange anstarren.

»Miss Tolgarth sagte aus, daß sie Miss Lisle erst verlassen habe, nachdem Sir George gegangen war«, sagte Buckley. »Das stimmt mit seinen Angaben überein. Miss Gray war auf ihrem Zimmer, so daß sie niemand weggehen sehen konnte. Miss Tolgarth hätte also durchaus ins Badezimmer zurückkehren können, um dort angeblich irgendwelche Vorbereitungen fürs Bad zu treffen, um dann, nachdem die Gray weg war, ihre Herrin im Zimmer umzubringen.«
»Der Zeitrahmen ist ein wenig knapp. Mrs. Munter sah sie gegen ein Uhr zwanzig unten in der Küche.«
»Das behauptet sie. Ich habe aber das Gefühl, Sir, daß die beiden einander decken. Ich habe aus beiden, zumal aus dieser Tolgarth, herzlich wenig herausgebracht.«
»Außer einer höchst aufschlußreichen Lüge. Es sei denn, sie sieht weniger gut, als ich annehme.«
»Was meinen Sie denn, Sir?«
»Denken Sie doch an die Szene in Miss Lisles Zimmer, Sergeant! Sie fragten sie, ob alles noch so aussehe wie sonst. Ihre Antwort war ein Kopfnicken. Aber denken Sie nur an die Frisiertoilette! Was fehlte denn unter all dem weiblichen Plunder? Etwas, das selbst wir bei all den Sachen, die wir deutlich sahen, erwartet hätten?«
Bevor Buckley eine Antwort auf diese rätselhafte Frage finden konnte, hatte die Barkasse, die Roper und Badgett brachte, am Kai festgemacht.

10

Endlich ging dieser grauenhafte Tag zu Ende. Sobald die Standuhr zehn geschlagen hatte, verabschiedete sich einer nach dem anderen und suchte still sein Zimmer auf. Die sonst üblichen Abschiedsfloskeln wie: »Ich bin schrecklich müde ... Es war ein langer Tag gewesen ... Schlafen Sie gut ... Also dann bis morgen ...« wären in diesem Fall fehl am Platze gewesen, hätten alle anzüglich, taktlos, unschicklich geklungen. Zwei Polizistinnen hatten Cordelias Sachen aus dem De-Morgan-Zimmer in ihr neues gebracht, eine Fürsorglichkeit, die sie amüsiert hätte, wäre sie zu dieser Regung noch fähig gewesen. Ihr jetziges Zimmer lag auf derselben Galerieetage, aber auf der entgegengesetzten Seite von Simons Zimmer, und ging auf den Rosengarten und den Swimming-pool hinaus. Als Cordelia den Schlüssel umdrehte und die stickige, parfümgeschwängerte Luft einatmete, dachte sie sich, daß es sicherlich nicht oft benutzt wurde. Es war klein, düster, vollgestopft, und es sah aus, als habe es Gorringe nur zur Erbauung seiner Sommertouristen mit Stilmöbeln eingerichtet. All die Leichtigkeit, die Geschmackssicherheit, die er in vielen Räumen demonstrierte, fehlte hier. Die Wände waren dicht mit Bildern und sonstigem Zierat behängt. Die verschnörkelten Möbel – wie Papiermaché mit etwas Mahagoni – schienen sie mit ihrem düsteren, bedrohlichen Aussehen einschüchtern zu wollen. Im Zimmer roch es muffig, aber als sie das Fenster öffnete, drang das Rauschen des Meeres herein, das nicht mehr einschläfernd und tröstlich wirkte, sondern sich wie angsteinflößendes Getöse anhörte. Sie lag da und überlegte, ob sie noch so viel Energie aufbringen könnte, um aus dem Bett zu steigen und das Fenster anzulehnen. Doch bei diesem Gedanken übermannte sie schließlich ihre Erschöpfung, und sie spürte nur noch dumpf, wie sie vor unwiderstehlicher Müdigkeit in tiefen Schlaf versank.

V.

Entsetzen bei Mondlicht

I

Um neun Uhr fünfzehn ging Cordelia ins Büro, um Miss Maudsley anzurufen. Als sie den Hörer abhob, überlegte sie, ob die Polizei mithören könne. Aber das Registrieren privater Telefongespräche, selbst vom Schauplatz eines Mordes aus, kam doch dem Abhören gleich, und dafür war sicherlich eine Genehmigung des Innenministeriums erforderlich. Es war schon merkwürdig, wie wenig sie trotz Bernies Instruktionen über polizeiliche Ermittlungen wußte. Sie hatte mittlerweile festgestellt, daß die gesetzlichen Vollmachten der Polizei nicht so weit reichten, wie man aus der Lektüre von Kriminalromanen hätte schließen können. Andererseits wirkte die Schnüffelei dieser Profis weitaus angsteinflößender und bedrückender, als sie es sich vorgestellt hatte. Es war, als hätte man Mäuse im Haus. Selbst wenn sie nicht zu hören oder zu sehen waren, konnte man, sobald man von ihrer Anwesenheit wußte, nicht umhin, ihr verstohlenes, unheimliches Dasein zur Kenntnis zu nehmen. Auch hier im Büro konnte man noch die Auswirkungen von Inspektor Grogans schroffem Wesen spüren, obgleich alle Spuren seiner kurzfristigen Ermittlungen längst getilgt waren. Sie meinte sogar, daß die Polizei den Raum ordentlicher hinterlassen hatte, als er zuvor gewesen war. Auch das kam ihr nicht geheuer vor. Als sie schließlich die Londoner Vorwahlnummer wählte, konnte sie noch immer nicht so recht glauben, daß der Anruf nicht abgehört würde. Ärgerlich war, daß Miss Maudsley in ihrer bescheidenen Einzimmerwohnung keinen Privatanschluß hatte. Das einzige Telefon des Hauses befand sich im dunkelsten und abgelegensten Winkel des Gemeinschaftsraums. Cordelia war darauf gefaßt, möglicherweise etliche Minuten warten zu müssen, bis einer der Bewohner, aufgeschreckt vom unaufhörlichen Geklingel, endlich herauskäme, um das Ding zum Schweigen zu bringen. Wenn sie Glück hatte, verstand er Englisch. Und wenn sie noch mehr Glück hatte, war er auch willens, die vier Stockwerke emporzusteigen, um Miss Maudsley zu holen. An diesem Morgen klappte alles auf Anhieb. Miss Maudsley vertraute ihr sogleich an, daß sie sich auf dem Heimweg von der Acht-Uhr-Messe wie immer eine Sonntagszeitung gekauft habe und seitdem auf der untersten Treppenstufe gesessen und überlegt habe, ob sie nun Schloß Courcy anrufen oder auf Cordelias Ferngespräch warten solle. Vor Angst und Besorgnis war sie völlig durcheinander. Der knappe Zeitungsbericht sei ja nicht besonders aufschlußreich gewesen. Cordelia dachte, daß Clarissa Lisle sicher verstimmt gewesen wäre, wenn sie noch hätte erfahren müssen, daß all ihr Ruhm, selbst nach ihrem gewaltsamen Ende, nicht zu balkendicken Schlagzeilen ausgereicht hatte, da der Redaktion für die erste Seite genügend reißerische Nachrichten – ein aufsehenerregender Parlamentsskandal, der Tod eines Popstars durch eine Überdosis Rauschgift und ein äußerst brutaler Terroranschlag in Norditalien – zur Verfügung standen.

»In der Zeitung hieß es«, plapperte Miss Maudsley mit dünnem Stimmchen weiter, »daß sie ... erschlagen wurde. Ich kann es einfach nicht fassen! Es muß doch auch für Sie schrecklich sein. Für Clarissa Lisles Mann selbstverständlich auch. Die arme Frau! Aber man macht sich natürlich auch über die Lebenden Gedanken. Ich glaube, es ist ein Einbrecher gewesen. In der Zeitungsmeldung stand noch, daß ihr Schmuck verschwunden ist. Ich hoffe nur, daß die Polizei keine falschen Schlüsse zieht.«

Auf diese überaus taktvolle Weise, dachte sich Cordelia, drückt sie ihre Hoffnung aus, daß nicht auch ich verdächtigt werde. Als sie dann möglichst langsam ihre Anweisungen durchgab, hörte man geradezu, wie Miss Maudsley um Fassung rang und angestrengt lauschte.

»Die Polizei wird sicherlich mich und die Detektei überprüfen. Ich weiß nicht, ob jemand von der Kriminalpolizei hier in Dorset vorbeikommt oder ob das die Metropolitan Police erledigt. Bleiben Sie ganz ruhig, und beantworten Sie alle Fragen!«

»Ja, ja. Das muß ich wohl. Das ist alles so furchtbar! Muß ich ihnen denn alles zeigen? Und wenn sie auch noch unsere

Buchhaltung sehen wollen? Ich habe zwar die Kasse am Freitagnachmittag abgerechnet, aber ich fürchte, irgend etwas stimmt da nicht. Mr. Morgan – übrigens ein netter Mann – war da und hat das Firmenschild richtig befestigt. Er sagte übrigens, er würde die Rechnung bis zu Ihrer Rückkehr liegenlassen. Hinterher habe ich Bevis etwas Gebäck zum Kaffee holen lassen. Leider hat Bevis vergessen, wieviel es gekostet hat, und dabei haben wir die Verpackung mit dem Preis darauf weggeworfen.«

»Wahrscheinlich werden sie sich nach Sir George Ralstons Besuch erkundigen. Ich glaube nicht, daß sich die Polizei für die Kasse interessiert. Aber zeigen Sie ihnen ruhig alles, was sie sehen wollen, nur nicht die Kundenkartei. Diese Angaben sind vertraulich. Und ermahnen Sie Bevis, sich keine Frechheiten herauszunehmen!«

Miss Maudsley versprach alles mit einer Stimme, die wieder beherrscht klang. Zumindest bemühte sie sich, den Eindruck zu erwecken, daß man sich völlig auf sie verlassen könne, daß sie mit jedem Ungemach, das der Montag bringen mochte, fertig werden würde. Cordelia fragte sich freilich, was sich wohl unheilvoller auswirken könne: die Ungeniertheit von Bevis oder Miss Maudsleys mit Leidenschaft vorgetragene Einwände, daß die liebe Miss Gray unter gar keinen Umständen eines Mordes fähig sei. Vermutlich würde die Gegenwart von Gesetzeshütern Bevis schon von den ärgsten Ausfällen seines Schmierenkomödiantentums abhalten, wenn er nicht zufällig gerade einen jener TV-Dokumentarfilme gesehen hatte, in denen die Korruption, die Brutalität und die rassistische Einstellung der Polizei angeprangert wurden. In diesem Fall war alles denkbar. Zumindest konnte sie sicher sein, daß auf keinen Fall Adam Dalgliesh in der Kingly Street ermittelte, denn derartige Aufgaben waren für jemand, der einen der entrückten, geheimnisvollen Gipfel der Polizeihierarchie erklommen hatte, undenkbar. Sie hätte aber gern gewußt, ob er von dem Mordfall gelesen hatte und erfahren würde, daß sie darin verwickelt war.

Cordelia ahnte nicht, was ihr an diesem Sonntagvormittag noch Ungewöhnliches bevorstand. Als sich Gorringe am Frühstückstisch eine Portion Rühreier auf seinen Teller häufte, erstarrte er plötzlich mit dem Löffel in der Hand.

»Du meine Güte!« rief er. »Ich habe ja gänzlich vergessen, Pfarrer Hancock abzusagen! Jetzt ist's zu spät. Oldfield ist sicher schon unterwegs, ihn abzuholen. Hancock ist ein hochbetagter anglikanischer Pfarrer, der in Speymouth seinen Lebensabend verbringt«, erklärte er. »Wenn ich Gäste habe, lade ich ihn meistens ein, damit er die Sonntagsmesse liest. Heutzutage scheinen die Menschen wieder etwas mehr vom Gottesdienst zu halten. Wenn Clarissa übers Wochenende da war, sah sie ihn ganz gern. Sie fand ihn überaus amüsant.«

»Ausgerechnet Clarissa!« Whittingham begann stoßweise und heiser zu lachen, bis sein magerer Körper bebte. »Hancock wird vermutlich zur selben Zeit ankommen wie die Polizei. Wir werden Grogan erklären müssen, daß wir für anderthalb Stunden nicht ihm, sondern Gott zu Diensten stehen. Ich kann's kaum erwarten, sein Gesicht zu sehen. Geben Sie's zu, Ambrose, daß Sie dem Pfarrer absichtlich nicht abgesagt haben!«

»Nein, ich versichere es Ihnen. Ich habe es vergessen.«

»Wahrscheinlich kommt er gar nicht«, meinte Roma. »Er wird mittlerweile von dem Mord gehört haben – das hat sich in ganz Speymouth längst herumgesprochen. Er wird annehmen, daß Sie ihn nicht erwarten.«

»Glauben Sie nur das nicht! Hätte ein Massenmörder uns allen bis auf zwei den Garaus gemacht und Oldfield wäre noch da, um ihn abzuholen, würde er kommen. Er ist fast neunzig und hat so seine Eigenheiten. Außerdem locken ihn mein Sherry und ein guter Lunch. Ich muß Munter Bescheid geben.« Als er hinausging, spielte ein rätselhaftes, selbstgefälliges Lächeln um seine Lippen.

»Dann muß ich wohl was anderes tragen als meine Jeans«, meinte Cordelia.

Whittingham schien auf einmal Appetit bekommen zu haben. Er nahm sich eine reichliche Portion Rührei.

»Das ist unnötig«, erwiderte er. »Sie werden auch keine Handschuhe und kein Gebetbuch mitgebracht haben. Seien Sie unbesorgt! Selbst wenn die nötigen Requisiten fehlen, können wir immer noch auf echt viktorianische Weise gemessen zur Kirche schreiten. Ob wohl die Munters und Oldfield auf der Dienstbotenbank Platz nehmen müssen? Und worüber will der alte Herr bloß predigen?«

Gorringe kehrte zurück. »Das wäre erledigt. Munter hatte es keineswegs vergessen. Kommen Sie alle zur Messe, oder lehnt es jemand aus Gewissensgründen ab?«
»Ich halte sonst nicht viel davon, bin aber gern dabei, wenn's nur Grogan ärgert. Wir müssen doch nicht etwa singen?« fragte Roma.
»Selbstverständlich! Das Tedeum sowie die Responsorien. Und dann noch ein Kirchenlied. Wer schlägt eins vor?«
Niemand rührte sich.
»Dann schlage ich ›Gottes Fügungen sind sonderbar‹ vor. Um zehn Uhr vierzig trifft die Barkasse ein.«
Und so nahm dieser merkwürdige Vormittag seinen Fortgang. Die »Shearwater« legte fünf Minuten vor der Polizeibarkasse an. Gorringe empfing einen zierlichen, mit Talar und Birett bekleideten Greis, der mit erstaunlicher Behendigkeit an Land sprang und sie alle mit feuchten, fahlblauen Augen gütig anblickte. Noch bevor Gorringe die Versammelten vorstellen konnte, sagte der alte Mann zu ihm: »Ich war zutiefst betroffen, als ich vom Tod Ihrer Frau vernahm.«
»Ja, das hat niemand erwartet«, erwiderte Gorringe ernst. »Wir waren allerdings nicht verheiratet, Hochwürden.«
»Nicht verheiratet? Na so was! Verzeihen Sie mir, das konnte ich nicht ahnen. Ertrunken ist sie, habe ich gehört. Ja, ja, die Meeresströmungen können hier recht tückisch sein.«
»Sie ist nicht ertrunken, Hochwürden. Sie erlitt einen tödlichen Schädelbruch.«
»Mir war, als habe meine Wirtschafterin von Ertrinken gesprochen. Aber vielleicht verwechsle ich die Verblichene mit jemand anders. Mit jemand im Krieg vielleicht. Wie lang ist das schon her? Ich fürchte, mein Gedächtnis ist nicht mehr so gut wie ehedem.«
Die Polizeibarkasse legte rumpelnd am Kai an. Sie sahen zu, wie Grogan, Buckley und zwei weitere, in Zivil gekleidete Polizeibeamte ausstiegen.
»Darf ich Ihnen Hochwürden Hancock vorstellen, der gekommen ist, um die Messe nach dem Ritus der Kirche von England zu lesen?« sagte Gorringe förmlich. »Sie wird etwa eineinviertel Stunden dauern. Sie und Ihre Kollegen sind selbstverständlich eingeladen, daran teilzunehmen.«
»Danke!« erwiderte Grogan schroff. »Ich gehöre Ihrer Konfes-

sion nicht an, und meine Männer haben derlei in ihrer dienstfreien Zeit zu erledigen. Aber ich wäre Ihnen sehr verbunden, wenn Sie uns wieder den Zutritt zu sämtlichen Räumen im Schloß gestatten würden.«

»Aber selbstverständlich! Munter wird sich um Sie kümmern. Und nach dem Lunch stehe auch ich Ihnen zur Verfügung.«

Der Kirchenraum empfing sie mit erfurchtgebietender Stille und der Pracht all der farbigen Fenster. Nach einigem Zureden setzte sich Simon an die Orgel, während sich die übrigen gemessen im hohen Kirchengestühl niederließen, das einst für den alten Herbert Gorringe angefertigt worden war. Es war eine alte Orgel mit einem Blasebalg, der getreten werden mußte. Aber Oldfield war dienstbereit zur Stelle. Als Pfarrer Hancock im Meßgewand erschien, konnte der Gottesdienst beginnen. Gorringe nahm offenbar an, daß seine Gäste anderen Glaubens – wenn nicht noch Ärgeres – seien und folglich bei den Responsorien lautstark angeleitet werden müßten. Whittingham hingegen demonstrierte die ganze Zeit über einen gesammelten Ernst und eine Vertrautheit mit der Liturgie, aus der man schließen konnte, daß er auf diese Weise öfters die Sonntagvormittage verbrachte. Simon kam mit der Orgel tadellos zurecht, obgleich ihr Oldfield gegen Ende des Tedeums die Luft abschnürte, so daß ein verspätetes, überlautes und mißtönendes »Amen« erklang. Roma wiederum vergaß, daß sie sich vorgenommen hatte, den Mund zu halten. Sie sang mit einer kräftigen, tiefen Altstimme, die sich nur hin und wieder unrein anhörte. Pfarrer Hancock hielt sich an das 1662 erschienene »Book of Common Prayer«, eine Ausgabe ohne Auslassungen oder Verschlimmbesserungen, und seine Schäfchen bezeichneten sich im etwas wirr, aber sonst entschlossen klingenden Chor als armselige Sünder, die den Begierden und Sehnsüchten des unruhigen Herzens allzu leicht nachgegeben hätten, und sie gelobten Besserung. Als er gegen Ende der Bittlitanei völlig unverhofft ein Gebet für die Seelen der Verstorbenen einschob, kam es Cordelia so vor, als würden alle den Atem anhalten, als ziehe ein kalter Hauch durch die Kirche. Die viertelstündige Predigt war ein höchst gelehrter Vortrag über die paulinische Einstellung zur Erlösung. Als sie sich alle erhoben, um die Schlußhymne anzustimmen, flüsterte Whittingham Cordelia rasch zu: »So sollte

eine Predigt sein: Sie nimmt auf nichts Wesentliches Bezug und genügt sich selbst.«
Vor dem Lunch servierte Munter auf der Terrasse einen trokkenen, gekühlten Sherry. Hochwürden genehmigte sich drei Gläschen, ohne daß man ihm etwas anmerkte, und unterhielt sich angeregt mit Sir George über die Beobachtung von Vögeln und mit Ivo Whittingham über die Reform der Liturgie, worüber Whittingham erstaunlicherweise gut informiert war. Keiner erwähnte Clarissa, und Cordelia kam es so vor, als sei ihr rastloser, dräuender Geist seit ihrer Ermordung erstmals gebannt worden. Für eine wohltuende Weile schienen alle lastenden Schuldgefühle und alle Bedrücktheit verschwunden zu sein. Man konnte sich, wenn man so völlig unbelastet im Sonnenschein plauderte, wieder einbilden, daß das Leben ebenso geordnet und gesichert, redlich und vernünftig war wie der bewundernswerte liturgische Kompromiß der anglikanischen Kirche, dem sie soeben beigewohnt hatten. Und als sie sich schließlich dem gebratenen Rippenspeer und den Rhabarbertörtchen zuwandten – einem durchaus konventionellen, wenn auch ziemlich üppigen Sonntagslunch, der sicherlich, wie Cordelia dachte, Pfarrer Hancock zuliebe so ausgefallen war –, empfanden es alle als eine Erleichterung, daß er zugegen war und mit zittriger, aber wohltönender Stimme über die Nistgewohnheiten der Singdrossel dozierte oder zeigte, wie sehr ihm das Essen und der Wein zusagten. Nur Simon, dessen Gesicht bereits gerötet war, trank so stetig wie Hancock. Er schüttete den Rotwein wie Wasser hinunter und griff wiederholt mit zitternder Hand nach der Karaffe. Der Pfarrer hingegen schien nach dem Mahl, das selbst einen jüngeren Menschen hätte ermatten können, quicklebendig wie immer zu sein. Er verabschiedete sich von ihnen mit der gleichen heiteren Lebensfreude, mit der er sie vier Stunden zuvor begrüßt hatte.
Sobald die »Shearwater« abgelegt hatte, wandte sich Roma an Cordelia und sagte verlegen und leicht schroff: »Ich würde gern eine halbe Stunde spazierengehen. Wollen Sie mitkommen? Ich hätte etwas mit Ihnen zu besprechen.«
»Einverstanden. Falls Inspektor Grogan uns braucht, muß er uns eben suchen lassen.«
Wortlos schlenderten sie über die ausgedehnte Rasenfläche

hinter dem Rosengarten, tauchten in den Schatten der Buchen ein, schritten durch das angewehte, helle, trockene Laub und hörten trotz des Geraschels, das sie dabei verursachten, das allmählich lauter werdende Tosen der Brandung. Als sie nach ein paar Minuten den Baumschatten verließen, standen sie am Rand einer Klippe. Zu ihrer Rechten sahen sie einen Betonbunker, der zu der 1939 angelegten Inselbefestigung gehörte. Der niedrige Zugang war im Blättergewirr kaum zu sehen. Sie gingen vorbei, lehnten sich dann gegen die rauhe Außenwand und schauten durch den Vorhang aus grünem und goldenem Buchenlaub auf den schmalen Strand und die vom Meer blankgeriebenen, leuchtenden Kiesel hinunter.
Cordelia schwieg. Der Spaziergang war schließlich Romas Einfall gewesen. Was ihr auf dem Herzen lag, mußte schon sie sagen. Trotzdem fühlte sich Cordelia in der Gesellschaft ihrer Begleiterin völlig entspannt, als könnten ihre sonstigen Meinungsverschiedenheiten die weibliche Kumpanei nicht trüben. Sie sah Roma zu, die einen Buchenzweig aufhob und ein Blatt nach dem anderen abzupfte.
Ohne sie anzublicken, sagte diese dann: »Sie sind ja eine Expertin in solchen Dingen. Wann, meinen Sie, können wir abfahren? Ich muß mich schließlich um meinen Laden kümmern. Mein Partner kann nicht endlos allein vor sich hin wursteln. Die Polizei darf uns doch nicht einfach festhalten, oder? Die Ermittlungen können noch Monate dauern.«
»Solange sie uns nicht verhaften, können sie uns dem Gesetz nach überhaupt nicht festhalten. Ein paar von uns werden wohl noch bei den Verhören gebraucht. Aber Sie dürfen sicherlich morgen abreisen, falls Sie möchten.«
»Und was wird aus George? Er braucht doch Hilfe. Wird er ihre Habseligkeiten aussortieren: ihre Schmucksachen, Kleider, Make-up-Sachen. Oder erwartet er, daß ich es tue?«
»Da müssen Sie schon ihn selbst fragen?«
»Wir dürfen nicht mal ihr Zimmer betreten! Die Polizisten haben es doch versiegelt. Dabei hat sie eine Unmenge Sachen mitgebracht. Das hat sie schon immer getan, selbst wenn's nur ein Wochenendausflug war. Und dann sind da noch all die Kleider in der Bayswater-Wohnung und in Brighton. Hosenanzüge, Abendkleider, Pelze! George kann doch all das nicht der Caritas überlassen!«

»Die Leute würden sich jedenfalls sehr wundern«, erwiderte Cordelia. »Aber sie würden schon eine Verwendung dafür finden. Sie können die Kleider in ihren Trödelläden verhökern.«

Sie hätte das Geschwätz über Clarissas Garderobe lächerlich gefunden, hätte sie nicht geahnt, daß Romas Besorgtheit wegen der Kleider ihrer Kusine ein weitaus gewichtigeres Interesse überdeckte: das an Clarissas Geld. Eine Zeitlang schwiegen sie.

»Haben Sie gewußt, daß ich Clarissa kurz vor ihrem Tod um ein Darlehen gebeten habe, das sie mir allerdings verweigert hat?« fragte Roma nach einer Weile unsicher.

»Ja. Ich war im Zimmer, als Clarissa es Sir George erzählte.«

»Und Sie haben's der Polizei nicht gesagt?«

»Nein.«

»Das war sehr anständig von Ihnen, zumal ich ja nicht gerade freundlich zu Ihnen gewesen bin.«

»Das hat damit nichts zu tun. Wenn die Polizei an derlei Informationen interessiert ist, soll sie sich doch an die Betreffenden selbst wenden.«

»Bislang wissen sie nichts davon. Ich habe sie nämlich angelogen. Ich bin nicht stolz darauf und weiß auch nicht einmal, warum ich's getan habe. Wohl aus Panik heraus und dem Gefühl, daß es ihnen zustatten käme, mir den Mord anzuhängen statt George oder Ambrose. Der eine ist schließlich ein Baronet und obendrein ein Kriegsheld, der andere zumindest stinkreich.«

»Die Polizei will den Mord niemand anhängen, sie will nur den Schuldigen finden. Auch mir sind Grogan und Buckley nicht eben sympathisch. Aber ich halte sie für ehrlich.«

»Eines ist schon merkwürdig«, redete Roma weiter. »Ich habe die Polizei nie gemocht, ihr auch nie über den Weg getraut, aber ich habe es immer für selbstverständlich gehalten, daß ich sie bei der Aufklärung eines schweren Verbrechens rückhaltlos unterstützen würde. Selbstverständlich möchte ich, daß Clarissas Mörder dingfest gemacht wird. Wieso verhalte ich mich dann so abwehrend? Warum benehme ich mich, als hätten sich Grogan und Buckley gegen mich verschworen? Es ist demütigend, wenn man feststellt, daß man lügt und Angst hat. Demütigend und beschämend.«

»Ich weiß. Ich habe das gleiche Gefühl.«
»Anscheinend hat auch George den beiden nichts von unserer Auseinandersetzung erzählt. Tolly offenbar ebenfalls nicht. Clarissa hat sie zwar aus dem Zimmer geschickt, als wir miteinander sprachen, aber sie wird es erraten haben. Was könnte sie Ihrer Ansicht nach vorhaben? Mich zu erpressen?«
»Gewiß nicht«, erwiderte Cordelia. »Aber ich denke, daß sie es weiß. Als ich bei Clarissa war, hielt sie sich im Bad auf. Wahrscheinlich hat sie alles gehört. Clarissa war ziemlich aufgebracht.«
»Sie hat mich beschimpft und beleidigt. Wenn ich dazu fähig gewesen wäre, hätte ich sie da umgebracht.« Sie schwieg eine Weile und sagte dann: »Was ich nicht länger aushalten kann, ist, daß wir es alle tunlichst vermeiden, darüber zu reden, wer sie ermordet haben könnte. Wir sagen einander nicht einmal, was wir Grogan mitgeteilt haben. Seit dem Mord verhalten wir uns wie Fremde, sagen einander nichts, stellen auch keine Fragen. Finden Sie das nicht auch sonderbar?«
»Eigentlich nicht. Wir sitzen hier nun einmal fest. Das Zusammenleben könnte unerträglich werden, wenn wir einander Beschuldigungen und Gegenbeschuldigungen an den Kopf werfen oder Cliquen bilden.«
»Das meine ich auch. Aber ich glaube nicht, daß ich's länger ertragen kann, Unwissenheit zu heucheln, nicht darüber zu reden, manierlich zu plaudern, während wir doch alle an das gleiche denken, einander nicht in die Augen blicken, alle möglichen Vermutungen hegen und abends die Zimmertür abschließen. Haben Sie Ihre nicht auch abgeschlossen?«
»Ja. Ich weiß freilich nicht, weshalb. Ich kann mir nicht vorstellen, daß sich ein irrer Mörder auf der Insel befindet. Clarissa war von Anfang an das gesuchte Opfer. Sie wurde nicht zufällig umgebracht. Trotzdem habe auch ich meine Zimmertür zugesperrt.«
»Aber vor wem denn? Wer kann es nur getan haben?«
»Einer von uns, die wir von Freitag auf Samstag im Schloß genächtigt haben.«
»Das ist auch mir klar. Aber wer kann es gewesen sein?«
»Ich weiß es nicht. Wissen Sie's?«
Der Buchenzweig in Romas Hand sah mittlerweile wie ein dünnes, geschältes Stöckchen aus. Sie ließ ihn fallen, bückte

sich nach einem anderen und setzte methodisch ihr Zerstörungswerk fort.
»Ich hätte nichts dagegen, wenn's Ambrose gewesen wäre. Aber ich kann es nicht glauben. Hat nicht George Orwell mal gesagt, daß ein Mord, dieses einzigartige Verbrechen, nur aus einem übermächtigen Gefühl heraus verübt werden könne? Ambrose kennt keine übermächtigen Gefühle. Und er besitzt auch nicht den Mut oder die Skrupellosigkeit dazu. Zu so viel Haß ist er nicht fähig. Er tändelt doch nur mit den Utensilien der Gewalttätigkeit: mit dem Ende eines Henkersseils, einem blutbefleckten Nachthemd, mit viktorianischen Handschellen. Bei Ambrose wirkt das Grauenhafte irgendwie aus zweiter Hand, sozusagen entschärft durch die Zeit, durch nostalgischen Charme, durch Patina. Simon kann es gleichfalls nicht gewesen sein. Er hat ja den Marmorarm nicht zu Gesicht bekommen. Außerdem hätte er es längst gestanden. Er ist doch ein Schwächling wie sein Vater. Er besitzt nicht die psychische Standfestigkeit, Grogan auch nur fünf Minuten standzuhalten, wenn's mal hart auf hart geht. Und Ivo? Ivo ist vom Tod gezeichnet. Über ihn ist doch das Urteil schon gesprochen. Er mag sich zwar einbilden, daß er dem Zugriff des Gesetzes schon entrückt ist, aber was für ein Motiv könnte er denn haben? Nein, für mich ist George der Hauptverdächtige, selbst wenn ich ihm so etwas nicht zutraue. Er war Berufssoldat, ein professioneller Killer, wenn Sie so wollen. Aber trotzdem: Auf diese Art hätte er niemand ermordet, zumindest nicht eine Frau. Es könnten die Munters sein, einer von beiden oder gar beide zusammen. Sogar Tolly. Allerdings wüßte ich nicht, warum. Somit bleiben nur ich und Sie übrig. Ich war es nicht. Und ich glaube nicht – falls es Sie tröstet –, daß Sie es waren.«
»Erzählen Sie mir mehr über Clarissa!« erwiderte Cordelia. »Sie haben doch früher einen Großteil Ihrer Schulferien mit ihr verbracht, nicht wahr?«
»O Gott, diese schrecklichen Augusttage! Ihre Eltern besaßen in Maidenhead ein Haus am Fluß, wo sie den Großteil des Sommers verbrachten. Ihre Mutter meinte, daß Clarissa Gleichaltrige um sich haben müsse. Und meine Eltern waren froh, daß sie meinetwegen für Kost und Logis kein Geld auszugeben brauchten. Sonderbarerweise kamen wir damals

ganz gut miteinander aus. Was uns verband, war vermutlich die Angst vor ihrem Vater. Sie lebte in panischer Angst, wenn er wieder mal von London kam.«

»Ich dachte, sie hat ihn angebetet, er sei ein überaus großzügiger und gütiger Vater gewesen.«

»Hat sie Ihnen das weisgemacht? Typisch Clarissa! Sie konnte nicht einmal über ihre Kindheit die Wahrheit sagen! Nein, er war ein Scheusal. Ich will damit nicht ausdrücken, daß er uns körperlich mißhandelt hat. In gewisser Hinsicht wäre das noch erträglicher gewesen als sein Sarkasmus, sein beherrschter Zorn, seine Verachtung. Ich habe damals seine Haltung selbstverständlich noch nicht verstanden. Jetzt schon. Er mochte Frauen im Grunde nicht. Er hatte geheiratet, um einen Sohn zu bekommen. Er war dermaßen egozentrisch, daß er sich eine Welt nicht vorstellen konnte, in der er sich nicht zumindest in Gestalt eines anderen Wesens Unsterblichkeit verschafft hatte. Und dann bekam er eine Tochter, hatte obendrein noch eine kränkelnde Frau, die vom Kinderkriegen nichts mehr wissen wollte, und einen Job, der eine Scheidung nicht zuließ. Und Clarissa war als Kind nicht einmal hübsch. Seine Kälte und ihre Furcht ließen keine Spontaneität aufkommen, keine Zuneigung, nicht einmal schöpferische Phantasie, die sie vielleicht gehabt hat. Kein Wunder, daß sie zeit ihres Lebens wie besessen nach Zuneigung gierte. Aber suchen wir das nicht alle?«

»Nachdem ich erfahren habe, was sie einmal gemacht hat, hielt ich sie für ein Scheusal. Aber das ist wohl kein Mensch, jedenfalls nicht durch und durch, wenn man die ganze Wahrheit kennt.«

»Abscheulich war sie schon. Doch wenn ich an Onkel Roderick denke, verstehe ich, warum. Sollten wir nicht umkehren? Grogan denkt sonst, daß wir etwas aushecken. Wir könnten zum Strand hinunterklettern und am Meer entlang zurückgehen.«

Gemächlich schlenderten sie längs der Brandung zurück. Roma, die Hände in die Jackentaschen gesteckt, ging voran, watete durch die flachen, zurückströmenden Wellen und achtete nicht darauf, daß ihre Hosenbeine naß wurden und ihr bei jedem Schritt gegen die Fußknöchel klatschten. Ihre Schuhe waren längst durchweicht. Der Rückweg war länger und zeit-

raubender als der Spaziergang durch das Buchenwäldchen. Erst als sie eine kleine Bucht hinter sich gelassen hatten, tauchte das Schloß vor ihnen auf. Sie blieben stehen und schauten hinüber. Ein mit einer Badehose bekleideter junger Mann kletterte, unterm Arm eine kleine Holzkiste, aus dem Fenster von Cordelias einstigem Zimmer die Feuerleiter hinunter. Er bewegte sich überaus vorsichtig, umklammerte nur mit den Unterarmen die Leiter und achtete darauf, sie nicht mit den Händen zu berühren. Dann sah er sich um, eilte zur Felskante und schleuderte die Kiste mit Schwung ins Meer. Einen Augenblick noch blieb er mit erhobenen Armen stehen und sprang dann hinterher. Etwa dreißig Meter von der Terrasse entfernt dümpelte ein Motorboot. Es war nicht die Polizeibarkasse. Ein Taucher in einem aalglatten, schimmernden dunklen Taucheranzug wartete an der Bordkante. Als die Kiste ins Wasser plumpste, drehte er sich herum und ließ sich rücklings ins Wasser fallen.
»Ist das die Version der Polizei?« fragte Roma.
»Ja. Das nehmen sie an.«
»Sie suchen wohl nach der Schmuckschatulle. Was ist, wenn man sie tatsächlich findet?«
»Dann wird das für jemand auf der Insel eine schlimme Nachricht sein«, meinte Cordelia. »Vermutlich werden sie auch feststellen, daß Clarissas Schmuck noch immer darin ist.« Aber was könnte noch darin sein? Ob der Bericht über Clarissas darstellerische Leistung in »Tiefe blaue See« noch in dem Geheimfach lag? Die Polizei hatte sich für den Zeitungsausschnitt, als sie davon erzählte, nicht übermäßig interessiert. Plötzlich hatte sie das Gefühl, daß er trotz allem von großer Bedeutung gewesen sein mußte. War es nicht möglich, daß er mit Clarissas Ermordung in Zusammenhang stand? Der Gedanke kam ihr zunächst abwegig vor, ließ sie aber dann nicht mehr los. Sie wußte, sie würde keine Ruhe finden, bis sie eine Kopie dieses Artikels gesehen hatte. Sie brauchte nur die Zeitungsredaktion in Speymouth anzurufen und das Archiv aufzusuchen. Das Erscheinungsjahr hatte sie sich ja gemerkt: das Jubiläumsjahr 1977. Nein, es konnte nicht allzu schwierig sein. Außerdem konnte sie auf diese Weise wenigstens etwas Vernünftiges unternehmen.
Sie bemerkte, daß Roma ganz still dastand und die Augen auf

den einsamen Schwimmer gerichtet hielt. Ihr Gesicht war ausdruckslos.
Dann schüttelte sie sich und sagte: »Wir sollten besser ins Schloß gehen und uns Chefinspektor Grogans hochnotpeinlichem Verhör stellen. Wenn er wenigstens offen unverschämt oder gar grob wäre! Das würde mich weniger kränken als seine verschleierte männliche Arroganz.«
Als sie die Halle durchquerten und, vom Stimmengewirr angelockt, die Bibliothek betraten, eröffnete ihnen Gorringe, daß Grogan und Buckley die Insel bereits verlassen hatten. Angeblich wollten sie Dr. Ellis-Jones im Leichenschauhaus von Speymouth treffen. Bis Montag seien die Vernehmungen ausgesetzt. Den Rest des Tages konnten sie also verbringen, wie es ihnen beliebte.

2

In Buckleys Augen war der Sonntagnachmittag kaum die geeignete Zeit für eine Autopsie. Er machte sich ohnehin nicht viel daraus, und ein Sonntag mit seiner gewissen Trägheit nach einem ausgiebigen Frühstück verlangte, auch wenn er Dienst hatte, eher nach einem bequemen Sessel in der Kantine, wo man irgendwelche Berichte überfliegen konnte, kaum aber das stundenlange Herumstehen, während Dr. Ellis-Jones mit seinen behandschuhten, blutigen Händen herumschnipselte, sägte, schnitt, wog und Präparate vorlegte. Dabei war Buckley in dieser Hinsicht nicht einmal besonders feinfühlig. Ihm war es gleichgültig, welche Schandtaten einmal nach seinem Tod an seinem Leichnam verübt wurden. Es leuchtete ihm nicht ein, wieso das gleichsam rituelle Zerstückeln einer Leiche erschütternder sein sollte als das, was er als Junge bei seinem Onkel Charlie in dem Schuppen hinter dessen Metzgerladen fasziniert hatte beobachten können. Wenn man sich's recht überlegte, übten Dr. Ellis-Jones und Onkel Charlie das gleiche Handwerk aus. Zu dieser Erkenntnis war er gänzlich unerwartet gelangt, während er als frisch bestallter Polizeibeamter nach Abschluß des regionalen Ausbildungslehrgangs seiner ersten Autopsie beiwohnte. Er hatte sich gedacht, daß derlei viel wissenschaftlicher, weniger brutal und bei weitem nicht so wurstig durchgeführt werde, als es dann in Wirklichkeit geschah. Er war zu der Ansicht gelangt, daß die grundsätzlichen Unterschiede zwischen Dr. Ellis-Jones und seinem Onkel Charlie darin bestanden, daß Onkel Charlie weniger Angst vor einer möglichen Infektion hatte, eine kleineres Sortiment von zudem gröberen Werkzeugen verwendete und überdies den Kadaver sorgsamer behandelte. Aber das war auch nicht verwunderlich, wenn man an seine gesalzenen Fleischpreise dachte.

Er war froh, als sie endlich wieder an die frische Luft kamen. Dabei stank es nicht einmal im Autopsieraum. Wenn's so gewesen wäre, hätte es ihn weniger gestört. Buckley fand den Desinfektionsmittelgeruch widerlich. Er überdeckte eher den Verwesungsdunst, als daß er ihn unterdrückte. Es war ein flüchtiger, aber dennoch einprägsamer Geruch, den er hernach kaum noch los wurde.
Das Leichenschauhaus war ein modernes Gebäude und lag auf einem niedrigen Hügel westlich der kleinen Stadt. Als sie zu ihrem Rover zurückgingen, sahen sie entlang der kurvigen Straßen wie Glühwürmchen die eben eingeschalteten Laternen, und im Meer draußen erhoben sich die dunklen Umrisse von Courcy, die an ein halb untergetauchtes, schlafendes Tier erinnerten. Sonderbar, dachte Buckley, wie die Insel sich je nach den Lichtverhältnissen und der Tageszeit mal zu nähern, mal zu entfernen scheint. Im milden, herbstlichen Sonnenlicht, im bläulichen Dunst hatte sie so nahe gewirkt, daß er sich einbildete, er könne zu dem pastellfarbenen, weltabgeschiedenen Strand ohne weiteres hinüberschwimmen. Jetzt aber schien sich Courcy weiter hinaus in den Ärmelkanal zurückgezogen zu haben und wirkte entrückt und dräuend, geheimnisvoll und abschreckend. Vom Schloß, das am Südstrand lag, schimmerten keine Lichter herüber. Er hätte gern gewußt, was die kleine Schar der Verdächtigen in diesem Augenblick trieb, wie die Leute die lange Nacht, die vor ihnen lag, durchstehen würden. Er vermutete, daß alle bis auf eine Person hinter verschlossener Zimmertür schlafen würden.
Grogan stellte sich neben ihn. Zur Insel hinüberblickend sagte er: »Was einem von denen da drüben längst bekannt ist, wissen wir jetzt also auch, woran sie nämlich gestorben ist. Aber was wissen wir eigentlich, zieht man Dr. Ellis-Jones' Fachchinesisch über die Auswirkung von Schlägen und die örtliche Absorption von kinetischer Energie bei Kopfverletzungen ab, ganz zu schweigen von den interessanten und überaus charakteristischen Sprungmustern bei einem durch einen Schlag verursachten Schädelbruch? Doch nur das, was wir erwartet haben: Sie starb, weil man ihr mit einem stumpfen Gegenstand, diesem vielzitierten alten Bekannten, die Stirn eingeschlagen hat. Vermutlich lag sie gerade auf dem Rücken im

Bett, so, wie Miss Gray sie hinterher vorfand. Es kam also zu einer anhaltenden, aber inneren Blutung. Der Schlag wirkte sich deswegen so schlimm aus, weil die Schädelknochen dünner als normal waren; die Bewußtlosigkeit trat augenblicklich ein, und das Opfer starb dann binnen fünf bis fünfzehn Minuten. Die nachfolgenden Verletzungen wurden ihr erst nach dem Tod zugefügt. Wann das genau war, kann Dr. Ellis-Jones bedauerlicherweise nicht angeben. Wir haben es also mit einem Mörder zu tun, der dasaß und wartete, bis das Opfer starb, um dann ... ja, was? Auf Nummer Sicher zu gehen? Kam er zu der Einsicht, daß er die Dame ganz und gar nicht mochte, was er auch unübersehbar demonstrieren wollte? Wollte er nur vertuschen, woran sie gestorben war, indem er ihr noch ein paar Schläge mehr verpaßte? Auf keinen Fall kann mir jemand einreden, daß er zehn Minuten abwartete und dann plötzlich in Panik geriet.«

»Der Täter hat in dieser Zeitspanne vielleicht nach etwas gesucht«, wandte Buckley ein. »Und als er es nicht fand, geriet er in Wut. Seinen Zorn ließ er dann an der Leiche aus.«

»Wonach kann er denn gesucht haben? Wir haben nichts Auffälliges entdeckt, es sei denn, das besagte Ding befindet sich noch im Zimmer, und wir haben es nur nicht bemerkt. Außerdem gibt es keinerlei Anzeichen, daß jemand das Zimmer durchwühlt hat. Falls es so war, muß der Täter behutsam vorgegangen sein und genau gewußt haben, was er wollte. Aber wenn er etwas gesucht hat, hat er es meiner Ansicht nach auch gefunden.«

»Der Laborbericht steht noch aus, Sir. Die Untersuchung des Darmtrakts dürfte in einer Stunde fertig sein.«

»Die werden wohl kaum was finden. Dr. Ellis-Jones konnte keinerlei Anzeichen für eine Vergiftung feststellen. Sie mag vorher betäubt worden sein – wir dürfen freilich keine Spekulationen anstellen, die über die Fakten hinausgehen –, aber meiner Meinung nach war sie wach, als sie umgebracht wurde. Und sie muß das Gesicht des Mörders gesehen haben.«

Seltsam, dachte Buckley, wie kalt es geworden ist, seit die Sonne untergegangen ist. Es war, als wären sie binnen weniger Stunden vom Sommer in den Winter geraten. Es fröstelte ihn, als er seinem Chef die Wagentür öffnete. Sie rangierten vorsichtig aus der Parklücke und fuhren dann Richtung Stadt.

Inspektor Grogan sprach in knappen Sätzen.
»Hat Sie der Assistent des Coroners schon informiert?«
»Ja, Sir. Die Voruntersuchung ist auf Dienstag, zwei Uhr nachmittags festgesetzt.«
»Wie steht's mit den Ermittlungen in London? Hat Burroughs schon etwas herausgefunden?«
»Er fährt morgen früh dorthin. Und den Tauchern habe ich mitgeteilt, daß wir sie diese Woche noch benötigen.«
»Wann ist denn diese dämliche Pressekonferenz?«
»Morgen nachmittag, Sir. Um halb fünf.«
Sie verfielen wieder in Schweigen. Als Grogan vor dem steilen Hügel mit der gewundenen Straße, die nach Speymouth führte, einen anderen Gang einlegte, frage er unvermittelt: »Sagt Ihnen der Name Adam Dalgliesh, Commander Dalgliesh, etwas, Sergeant?«
Die Frage, wohin der gehörte, erübrigte sich. Nur bei der Metropolitan Police gab es den Rang eines Commanders.
»Ich habe schon von ihm gehört«, antwortete Buckley.
»Wer hat das nicht? Schließlich ist er ja das Hätschelkind des Polizeipräsidenten, der Liebling des Establishments. Wenn die Metropolitan Police oder das Innenministerium mal zeigen will, daß auch wir Gesetzeshüter wissen, wie man eine Gabel richtig hält, welchen Wein man zu einer *canard à l'orange* bestellt oder wie man mit einem Minister und einem Staatssekretär parliert, wird Dalgliesh damit betraut. Wenn es ihn nicht gäbe, müßte man ihn erfinden.«
Sein Spott klang vielleicht abgedroschen, aber seine Antipathie war echt.
»Dieses Theater ist doch längst *passé*, Sir.«
»Seien Sie nicht so naiv, Sergeant! *Passé* ist nur, so darüber zu reden. Aber das bedeutet noch lange nicht, daß die da oben anders denken oder handeln. Dieser Dalgliesh hätte mittlerweile längst ein eigenes Dezernat – A.C.P.O. beispielsweise –, wenn er sich nicht auf Ermittlungen versteift hätte. Und dann noch seine Überheblichkeit! Leute wie Sie können die Drecksarbeit machen, ohne öffentliches Lob, ich dagegen bin ein Kater, der allein auf die Pirsch geht. Das Revier ist mir einerlei. Stammt übrigens von Kipling.«
»Ja, Sir.« Buckley überlegte und fragte dann: »Was ist nun mit dem Commander?«

»Er kennt diese Cordelia Gray. Sie haben mal zusammengearbeitet. In Cambridge glaube ich. Einzelheiten habe ich nicht erfahren, auch nicht darum gebeten. Aber er hat ihr und ihrer Detektei ein gutes Zeugnis ausgestellt. Egal, wie man zu ihm stehen mag – er ist ein erfahrener Spürhund, einer von den besten. Wenn er sagt, daß die Gray gewiß keine Mörderin ist, bin ich bereit, das als Tatsache hinzunehmen. Er hat allerdings nicht gesagt, daß sie nicht mogelt. Ich hätte es ihm auch nicht geglaubt, falls er's getan hätte.«
Er verstummte und fuhr nachdenklich weiter. Anscheinend gingen ihm die gestrigen Vernehmungen durch den Kopf.
Nach etwa zehn schweigsamen Minuten, sagte er plötzlich: »Eine Sache kommt mir merkwürdig vor. Vielleicht ist sie Ihnen auch aufgefallen. Alle erwähnten den Besuch der Krypta und der Kirche am Samstagvormittag. Alle erwähnten, daß da mal ein Internierter ertränkt worden ist. Aber mir kam alles zu beiläufig vor, so, als sei es nur eine völlig belanglose Geschichte gewesen, ein kurzer Ausflug, den sie sich vor dem Lunch geleistet hätten. Als ich sie auf den Vorfall festnageln wollte, reagierten sie wie jene Pastorentöchter, denen in den Höhlen von Marabar etwas überaus Interessantes widerfahren ist. Das mit den Marabar-Höhlen sagt Ihnen wohl nichts, Sergeant, was?«
»Nein, Sir.«
»Ist auch unwichtig. Keine Angst, ich werde schon nicht einer von den ständig aus Büchern zitierenden Salonbullen. Das überlasse ich Dalgliesh. In der Schule mußten wir mal ›Auf der Suche nach Indien‹ lesen. Ich fand den Roman nicht so gut. Aber bei der Polizeiarbeit kann man alle möglichen Informationen brauchen, das hat man mir schon während meiner Ausbildung beigebracht, offensichtlich auch die, welche E. M. Forster zum besten gab. Im Teufelskessel muß etwas vorgefallen sein, worüber sie einfach nicht reden wollen. Ich wüßte gern, was.«
»Miss Gray hat da einen der Drohbriefe gefunden.«
»Das hat sie ausgesagt. Doch daran denke ich nicht. Möglicherweise verrenne ich mich da in etwas, aber wir sollten uns trotzdem nach dem im Jahre 1940 ertrunkenen Internierten erkundigen. Wir könnten uns vorerst ans Southern Command wenden.«

Buckley mußte wieder an den bleichen, mit wissenschaftlicher Akribie sezierten Leichnam denken, an dessen Nacktheit, die gänzlich unerotisch gewirkt hatte. Und nicht nur das. Beim Anblick der behandschuhten, tastenden Hände hatte ihn das Gefühl ergriffen, daß er nie mehr einen Frauenkörper reizvoll finden würde.
»Es gab keinen Hinweis auf eine Vergewaltigung oder einen Geschlechtsverkehr«, sagte er.
»Das überrascht mich nicht. Ihr Mann hatte wohl kein Interesse mehr und Ivo Whittingham nicht mehr die Kraft. Und der Mörder hatte andere Dinge im Sinn. Machen wir für heute Schluß, Sergeant. Der Polizeipräsident möchte mich morgen früh sprechen. Sir Charles Cottringham hat wohl schon mit ihm geredet. Dieser Mann ist eine wahre Landplage. Wenn er doch bei seinen Liebhaberaufführungen bleiben und die blutigen Dramen im wirklichen Leben uns Experten überlassen würde! Morgen fahren wir nach Courcy, um festzustellen, ob den Leuten nach einer durchschlafenen Nacht ein bißchen mehr einfällt.«

3

Endlich waren die Stunden bis zum Dinner verstrichen. Als Cordelia von ihrem letzten, einsamen Spaziergang zurückkehrte, hatte sie kaum noch Zeit, sich zu duschen und festlich anzuziehen. Gorringe, Sir George und Whittingham waren schon im Speisezimmer, als sie eintrat. Sie hatten bereits Platz genommen, als dann Simon kam. Er trug einen sportlichen dunklen Anzug. Er blickte sie alle an, errötete und sagte: »Tut mir leid. Ich habe nicht gewußt, daß Sie sich umziehen. Ich bin gleich wieder da.«

Als er einen Schritt auf die Tür zu machte, sagte Gorringe ein wenig ungehalten: »Das macht doch nichts. Du kannst auch in der Badehose zum Dinner kommen, wenn du dich darin wohler fühlst. Uns ist es einerlei, was du anhast.«

Cordelia dachte, daß man es nicht hätte besser ausdrücken können. Was unausgesprochen blieb, war jedem bewußt. Clarissa wäre es freilich nicht einerlei gewesen. Aber Clarissa war nicht zugegen. Simons Blick streifte den leeren Stuhl am Ende der Tafel. Dann setzte er sich neben Cordelia.

»Wo ist denn Roma?« erkundigte sich Whittingham.

»Sie bat darum, daß man ihr eine Bouillon und Sandwiches mit Hühnerfleisch auf ihr Zimmer bringt. Sie hat Kopfschmerzen.«

Cordelia hatte den Eindruck, daß ihr keiner die plötzlichen Kopfschmerzen abnahm, daß aber alle Roma beneideten, weil sie sich mit einer so simplen Ausrede um das erste Dinner nach Clarissas Ermordung drücken konnte. Die Sitzordnung war übrigens geändert worden, wohl um die Bedrückung, die von dem leeren Stuhl ausging, abzumildern. An den beiden Kopfenden lag kein Gedeck. Cordelia und Simon saßen Gorringe, Whittingham und Sir George gegenüber, geradezu auf Tuchfühlung, während sich links und rechts von ihnen die

schimmernde Mahagoniplatte ins Endlose zu erstrecken schien. Cordelia kam es so vor, als säßen sie beide bei diesem Arrangement wie Examenskandidaten vor – freilich nicht besonders einschüchternden – Prüfern, ein Eindruck, den Simons dunkler Anzug noch verstärkte, in dem er merkwürdigerweise nicht salopp, sondern, verglichen mit den dreien mit ihren gefältelten Hemdbrüsten und Smokingjacken, eher allzu formell gekleidet wirkte.
Weder Munter noch seine Frau waren zugegen. An jedem Platz stand schon ein Teller mit Vichyssoise, und der zweite Gang harrte abgedeckt auf den Rechauds auf der Kredenz. Es roch kaum merklich nach Fisch. Eine ungewöhnliche Wahl für ein Sonntagsdinner. Das Essen sollte sie wohl nach dem Schrecken wieder aufrichten, dem Gemüt guttun, weder Gaumen noch Verdauung allzusehr reizen. Eine nette kulinarische Aufmerksamkeit, dachte sich Cordelia, diese Zusammenstellung der kalten Kartoffel-Lauch-Creme mit Fisch für Gäste, die eines Mordes verdächtig waren und nun einen Tag nach dem Verbrechen miteinander dinierten.
Whittingham mußte ähnliche Gedanken gehabt haben, denn er sagte: »Ich frage mich, welche Speisen wohl der Etikette nach für so einen Anlaß am unpassendsten wären. Ich tippe auf Borschtsch und Tartar. Ob ein Yorkshire-Pudding auch dazugehört, wage ich nicht zu entscheiden. Es muß nicht unbedingt etwas Halbrohes sein, aber sicher etwas schwer Verdauliches.«
»Wäre es Ihnen denn völlig gleichgültig?« fragte Cordelia leise.
Er zögerte mit der Antwort, als sei ihre Frage eine Überlegung wert. »Ich mag nicht daran denken, wie sehr sie gelitten oder welche Angst sie gehabt hat. Aber wenn Sie wissen wollen, ob es mir was ausmacht, daß sie nicht mehr am Leben ist, muß ich sagen, nein, es macht mir nichts aus.«
Gorringe hatte mittlerweile die Gläser mit Graves gefüllt. »Wir müssen uns selbst bedienen«, erklärte er. »Ich habe Mrs. Munter den Abend freigegeben, damit sie sich etwas erholt. Und ihr Mann ist seit dem Lunch nicht wieder aufgetaucht. Die Polizei wird das Nachsehen haben, falls sie ihn morgen abermals vernehmen möchte. So was kommt etwa alle
 vier Monate vor, zumeist, wenn ich Gäste habe. Ich habe noch

nicht herausgefunden, ob es seine Reaktion auf den Trubel im Haus ist oder nur seine Art, mir zu zeigen, daß es ihm nicht paßt, wenn ich allzu häufig Leute einlade. Aber da er im allgemeinen so rücksichtsvoll ist zu warten, bis meine Gäste weggefahren sind, darf ich mich nicht beklagen. Das macht er mit anderen Qualitäten wett.«
»Er läßt sich irgendwo vollaufen, was?« meinte Sir George. »Hab' mir schon gedacht, daß er ganz gern einen trinkt.«
»Ich habe angenommen, daß die Ermordung eines Gastes ihn vielleicht von dieser Gewohnheit abhält, aber das scheint nicht der Fall zu sein. Vermutlich findet er auf diese Weise Befreiung von einer unerträglichen Langweile. Das Inselleben sagt ihm nämlich gar nicht zu. Er ist geradezu krankhaft wasserscheu. Er kann ja auch nicht schwimmen.«
Gorringe, Whittingham und Cordelia gingen zur Kredenz. Als Gorringe den Deckel von der Silberschüssel hob, erblickten sie zarte Seezungenfilets in einer Sahnesoße.
»Warum bleibt er dann hier?« fragte Whittingham.
»Danach habe ich mich nie erkundigt, weil ich Angst habe, er könne sich die gleiche Frage stellen. Das Geldes wegen vermutlich. Außerdem liebt er die Abgeschiedenheit, obgleich sie ihm ohne den zwei Seemeilen breiten Meeresgraben sicherlich lieber wäre. Und zudem braucht er nur mich zufriedenzustellen, eine im großen und ganzen einfache Aufgabe.«
»Die nach Clarissas Tod noch leichter geworden ist. Ich denke mir, daß Sie das Theaterfestival nicht fortsetzen werden, oder doch?«
»Nicht einmal zum Gedenken an sie, mein lieber Ivo.«
Plötzlich schien es ihnen zu dämmern, daß ihr Geplauder, selbst wenn Sir George außer Hörweite saß, ziemlich taktlos war. Beide blickten Cordelia an.
Sie war über Gorringe verärgert. Sie häufte sich Zuckererbsen auf den Teller und sagte, einem plötzlichen Einfall folgend: »Ich frage mich, ob nicht Munter eine Möglichkeit gefunden hat, sein Gehalt ein wenig aufzubessern, durch Schmuggel etwa. Der Teufelskessel wäre kein schlechter Ort zum Verstauen von Schmuggelware. Mir ist aufgefallen, daß Munter den Bolzen an der Falltür frisch geölt hat, was wohl nicht nötig ist, da Sie diesen Ort nicht Ihren Sommertouristen zeigen.

Und am Freitagabend sah ich, wie jemand auf See ein Lichtzeichen gab. Vermutlich war es die Bestätigung irgendeines Signals.«
Gorringe lachte auf, als er mit seinem Teller zum Tisch zurückkehrte. Doch als er dann antwortete, schwang in seiner Stimme ein grollender Unterton. »Nicht schlecht kombiniert, Cordelia! Sie verschwenden Ihre Talente als Privatdetektivin. Grogan wäre froh, Sie in seine Schnüfflerschar aufnehmen zu dürfen. Munter führt zweifellos ein Privatleben, in das er mich freilich nicht einweiht. Und ich habe nicht die Absicht, ihn danach zu fragen. Courcy ist von jeher ein Unterschlupf für Schmuggler gewesen. Hier schmuggeln doch fast alle Bootseigner ein wenig. Aber was ist das schon – mal ein paar Kisten Brandy, mal ein paar Parfümflakons. Gewiß nichts Bedenkliches wie Rauschgift, woran Sie denken mögen. Die meisten Menschen haben doch nichts gegen ein steuerfreies Zubrot. Und das bißchen Risiko vergrößert nur den Spaß. Aber äußern Sie Ihren Verdacht nicht Grogan gegenüber! Lenken Sie ihn nicht von seinen Ermittlungen ab!«
»Was könnten aber die Lichtzeichen, die Cordelia sah, bedeutet haben?« fragte Whittingham.
»Vielleicht war's eine Warnung an die Kumpane. Der Mann wollte die Schmuggelware nicht anladen, solange es auf der Insel vor Polizisten wimmelte.«
»Cordelia bemerkte das Lichtzeichen bereits am Freitag«, entgegnete Whittingham gleichmütig. »Woher wußte er, daß die Polizei am nächsten Tag hier sein würde?«
Gorringe tat den Einwand mit einem Achselzucken ab. »Dann hatte er eben keine Angst vor der Polizei. Vielleicht wußte oder ahnte er, daß uns eine Privatdetektivin Gesellschaft leistet. Fragen Sie mich nur nicht, wieso. Clarissa hat mich nicht eingeweiht, und ich hätte Munter nichts gesagt, wenn sie's getan hätte. Ich habe freilich die Erfahrung gemacht, daß es kaum etwas gibt, das die Dienerschaft nicht herausbekommt.«
Sie kehrten zu Sir George zurück. Dieser hatte sich etwas Seezunge aufgelegt und aß mit unbeirrbarer Entschlossenheit, aber ohne sichtliches Vergnügen. Cordelia dachte über Munter nach. Sie hielt es für unwahrscheinlich, daß er ihr Geheimnis erraten oder – falls es so war – seine Pläne geändert hatte.

Eher war es so, daß er den Zeitpunkt für den Empfang der Schmuggelware, da das Schloß ja voll von Gästen war, für ungünstig gehalten hatte. Zu viele Leute trieben sich umher; er hatte mehr als sonst zu tun; dazu kam noch, daß es für ihn schwierig gewesen wäre, sich unbemerkt davonzustehlen. Denkbar war auch, daß er seinen Kumpanen keine Nachricht zukommen lassen konnte oder daß diese fehlgeleitet worden war. Oder es war jemand unerwartet auf der Insel erschienen, den er fürchtete, der den Teufelskessel kannte, ihn möglicherweise sogar aufsuchen konnte. Es gab nur einen Menschen, auf den all das zutraf: Sir George.
Das Dinner schien sich endlos hinzuziehen. Cordelia dachte, daß sicher alle das Ende herbeisehnten. Aber keiner wollte sich seine Ungeduld anmerken lassen oder als erster die Tafel verlassen. Vermutlich aßen alle deswegen bewußt langsam. Sie überlegte, ob es an der Abwesenheit der Bediensteten lag, daß ihr Beisammensein so bedrückend verlief. Sie hätten der Überrest einer im Stich gelassenen, belagerten Garnison sein können, der nun mit traditionsbewußter Haltung stoisch seine Henkersmahlzeit verzehrte und auf die ersten noch fernen Schreie der anstürmenden Barbaren wartete. Sie aßen und tranken, ohne sich zu unterhalten. Der Kandelaber mit den sechs Kerzen schien weniger hell zu brennen als am ersten Abend, so daß ihre von Schatten umspielten Gesichtszüge ein Zerrbild dessen waren, was sonst im hellen Tageslicht zu sehen war. Bleiche, fahle Hände griffen nach dem Obst in der Schale, nach den von zartem Flaum überzogenen, roten Pfirsichen, den gekrümmten, matt schimmernden Bananen, den glänzenden Äpfeln, die so unnatürlich wirkten wie etwa Gorringes vom Kerzenlicht beschienene Haut.
Die Terrassentür war geschlossen worden, damit sie die Kühle der Herbstnacht nicht spürten. In dem riesigen Kamin knisterte ein kümmerliches Holzfeuer. Aber die bedrückende Schwüle im Raum konnte nicht von den hin und wieder emporzüngelnden Flämmchen herrühren. Cordelia hatte den Eindruck, es würde immer heißer werden, als sei hier die Wärme des Tages gespeichert, so daß das Atmen schwerfiel und der Geruch der Speisen derartig aufdringlich wurde, daß es einem übel werden konnte. Sie bildete sich ein, daß sich auch der Raum irgendwie verändert hatte. Die Gemälde von Orpen schienen

zu zerfließen, sich in breiige Farben aufzulösen, so daß die Wände wie mit protzigen Gobelins behangen wirkten. Die elegante Stuckdecke mit ihren geschwärzten Stichbalken schien in eine grenzenlose Dunkelheit überzugehen, einen ewig sternenlosen Himmel einzulassen. Es fröstelte sie trotz der Hitze. Sie griff nach ihrem Weinkelch, als könne die Berührung des kühlen Glases sie wieder in die Wirklichkeit zurückführen. Die Erschütterung über Clarissas Ermordung und die nervliche Belastung, welche die Vernehmung durch die Polizei ausgelöst hatte, schienen sich nun bemerkbar zu machen.
Plötzlich begann eine der Kerzen zu flackern, als blase jemand in die Flamme. Sie blakte und erlosch. Simon hielt den Atem an und stöhnte entsetzt auf. Hände, die gerade einen Bissen zum Mund führen wollten, erstarrten. Mit einem Ruck drehten sich alle um und schauten zur Terrassentür hinüber. Da stand als Silhouette im Mondlicht eine hünenhafte Gestalt, fuchtelte mit den Armen, warf sich gegen die Scheiben und stieß Töne aus, die sich wie ein zorniges Geheul anhörten. Während sie noch entsetzt und gebannt hinüberschauten, ließ die Gestalt das Hämmern sein, stockte einen Augenblick und musterte die Gesichter. Der offenstehende Mund, der wie eine klaffende Wunde aussah, schien sich an der Scheibe festgesaugt zu haben. Zwei riesige Hände mit weit gespreizten Fingern stemmten sich gegen das Glas. Das flachgedrückte, verzerrte Gesicht wies keine Konturen auf und war nur noch etwas Breiiges. Dann schien der Hüne neue Kraft geschöpft zu haben und stürmte abermals an. Die Türflügel gaben schließlich nach, und Munter stürzte mit irrem Blick in das Zimmer. Kühle Nachtluft strich ihnen übers Gesicht. Das vorher gedämpfte Rauschen der Wogen schwoll zu einem Getöse an, als sei die torkelnde Gestalt mitsamt der Brandung von einem Sturm hereingeschwemmt worden.
Keiner sagte etwas. Gorringe erhob sich und machte ein paar Schritte vorwärts. Munter stieß ihn beiseite und näherte sich schwankend Sir George, bis sich ihre Gesichter beinahe berührten. Sir George blieb sitzen. Nicht ein Muskel zuckte in seinem Gesicht.
Munter warf den Kopf in den Nacken und schrie: »Mörder! Du Mörder!«

Cordelia erwartete, daß Sir George nun gewiß reagieren würde. Oder wollte er warten, bis Munter ihn an der Gurgel packte? Gorringe war hinter den Mann getreten und hielt die zitternden Arme fest. Die Berührung schien Munter zunächst zu beruhigen. Doch dann versuchte er sich loszureißen.
»Könnte mir einer von Ihnen helfen?« fragte Gorringe ein wenig atemlos.
Whittingham, der eben einen Pfirsich schälte, machte einen gänzlich unbeteiligten Eindruck. »Ich fürchte, in so einem Fall bin ich zu nichts nütze«, erwiderte er.
Simon sprang auf und packte Munter am Arm. Daraufhin schien Munters Wut zu verebben. Er knickte in den Knien ein, und Gorringe wie auch Simon packten fester zu, um ihn aufzufangen. Munter fixierte den Jungen und stieß dann krächzend ein paar kaum verständliche Worte hervor, die sich nicht wie Englisch anhörten.
Sein letzter Ausruf jedoch war deutlich zu verstehen: »Armes Schwein! Sie war aber auch ein Miststück!«
Alle schwiegen. Gorringe und Simon schleiften Munter zur Tür hinaus. Er sträubte sich nicht, sondern fügte sich wie ein zurechtgewiesenes Kind.
Sir George, Whittingham und Cordelia saßen eine Weile wortlos da, nachdem die drei den Raum verlassen hatten. Dann stand Sir George auf, um die Terrassentür zu schließen. Das Getöse der Brandung wurde leiser. Die Kerzen flackerten nicht mehr, sondern brannten ruhig vor sich hin.
Als Sir George zur Tafel zurückkehrte, nahm er einen Apfel aus der Obstschale und sagte: »Schon ein komischer Kerl! Als ich auf der Militärakademie in Sandhurst war, kannte ich einen Kadetten, der auch so trank. Monatelang rührte er kein Glas an, dann aber soff er eine ganze Woche hindurch. Im Winter 42 wurde sein Schiff im Mittelmeer torpediert. Bei scheußlichem Wetter. Nach drei Tagen wurde er auf einem Floß treibend gerettet. Er hatte als einziger überlebt. Und das nur, wie er sagte, weil ihn der viele Whisky warm gehalten habe. Ob Gorringe Munter den Schlüssel zum Weinkeller anvertraut?«
»Kann ich mir nicht vorstellen«, erwiderte Whittingham belustigt.
»Ein höchst merkwürdiger Posten«, meinte Sir George. »Ein

Butler, dem man nicht den Schlüssel zum Weinkeller anvertrauen kann! Aber er muß wohl auch seine guten Seiten haben. Seine Ergebenheit Gorringe gegenüber etwa.«
»Wie ist es Ihrem Freund hinterher ergangen?« fragte Whittingham.
»Stürzte in seinen eigenen Swimming-pool und ertrank. Im seichten Teil wohlgemerkt. War natürlich betrunken.«
Es dauerte eine Weile, bis Gorringe und Simon zurückkehrten. Cordelia fiel die Blässe des Jungen auf. Das Gerangel mit einem Betrunkenen konnte doch nicht so ein schreckliches Erlebnis gewesen sein.
»Wir haben ihn ins Bett gebracht«, erklärte Gorringe. »Hoffentlich bleibt er auch liegen. Ich muß mich bei Ihnen für diesen Vorfall entschuldigen. Auf diese Weise hat sich Munter bisher noch nicht aufgeführt. Könnte mir jemand bitte die Obstschale reichen?«
Nach dem Essen begaben sie sich in den Salon. Da Mrs. Munter nicht gekommen war, schenkte sich jeder selbst Kaffee aus der bereitstehenden Glaskanne ein. Als Gorringe die Terrassentür öffnete, gingen alle, als ziehe sie das Meer an, hinaus. Der Vollmond überzog den Horizont mit silbrigem Schimmer. Am blauschwarzen Nachthimmel funkelten ein paar Sterne. Die Flut brandete gegen die Insel. Sie hörten, wie sich die Wellen an den Steinquadern des Kais brachen oder etwas weiter entfernt über den Kiesstrand rauschten. Sonst vernahmen sie nur noch das gedämpfte Geräusch ihrer Schritte. In dieser friedlichen Umgebung, dachte Cordelia, müßte es doch leicht sein zu glauben, daß nichts wichtig ist, nicht der Tod noch das Leben, nicht die Gewalttätigkeit der Menschen noch der Schmerz. Das schreckliche Bild von dem formlosen Etwas mit geronnenem Blut, das einst Clarissas Gesicht gewesen war und das sich ihr für immer eingeprägt hatte, wie sie dachte, wurde unwirklich, war nur noch eine flüchtige Erinnerung aus einer anderen Zeit. Ihre träumerische Verwirrung war so stark, daß sie dagegen ankämpfen, sich klarmachen mußte, weswegen sie hier war, was man von ihr erwartete. Als sie wie aus einer Trance wieder zu sich kam, hörte sie Gorringes Stimme.
Er redete auf Simon ein. »Du kannst ruhig spielen, wenn du möchtest. Eine halbe Stunde Klavierspiel wird schon niemand

kränken. Dir wird schon was Passendes einfallen. Es muß ja nicht ein Schlagerpotpourri oder der Totenmarsch aus ›Saul‹ sein.«

Wortlos ging Simon zum Klavier. Cordelia folgte ihm in den Salon und beobachtete ihn, als er sich setzte, den Kopf neigte und nachdenklich auf die Tasten blickte. Dann zog er die Schultern hoch, senkte die Hände und begann mit gelassener Konzentration zu spielen. Sie erkannte die pathetischen Klänge von Beethovens 5. Klavierkonzert in Es-Dur.

»Banal, aber durchaus angemessen«, rief Gorringe von der Terrasse aus.

Simon spielte vorzüglich. Die Musik verwehte in der stillen Nacht. Cordelia fiel auf, daß er nach dem Tod Clarissas weitaus gelöster wirkte als vorher.

Als der Satz zu Ende war, fragte sie: »Was wird nun aus Ihrem Musikstudium?«

»Sir George hat gesagt, ich solle mir da keine Sorgen machen. Ich könne in Melhurst bis zum Abschluß bleiben und danach auf die Königliche Musikhochschule oder die Musikakademie gehen, falls man mich nimmt.«

»Wann hat er das gesagt?«

»Als er mich nach der Entdeckung von Clarissas Leiche auf meinem Zimmer aufsuchte.«

Unter diesen Umständen eine erstaunlich rasche Entscheidung, dachte Cordelia. Dabei hätte man annehmen können, daß Sir George andere Dinge durch den Kopf gingen als ausgerechnet Simons Ausbildung.

Der Junge ahnte wohl, was sie dachte, denn er blickte hoch und erklärte beflissen: »Ich habe ihn einfach gefragt, was jetzt aus mir wird. Und da antwortete er, daß ich mir keine Gedanken zu machen brauche, daß sich nichts ändert, daß ich weiterhin auf die Schule und hinterher auf die Königliche Musikhochschule gehen kann. Ich hatte Angst und war verstört. Da wollte er mich wohl beruhigen.«

Trotz seiner Verstörtheit hatte er freilich zuerst an sich gedacht. Doch dann sagte sich Cordelia, daß ihre Kritik unangebracht war, und sie versuchte, ihre Bedenken zu verdrängen. Schließlich war es nur die natürliche Reaktion eines Halbwüchsigen auf eine Tragödie gewesen. Was wird nun aus mir? Wie wird sich das Ereignis auf mein Leben auswirken? Hätte

nicht jeder so gedacht? Zumindest war er so ehrlich gewesen, sich danach zu erkundigen.
»Es freut mich für Sie, falls es wirklich das ist, was Sie machen wollen«, meinte sie.
»Ja, das ist mein Wunsch. Ich glaube aber nicht, daß es auch ihrer war. Und nun weiß ich nicht, ob ich etwas machen soll, das sie nicht gebilligt hätte.«
»Danach dürfen Sie ihr Leben nicht ausrichten. Solche Sachen muß man selbst entscheiden. Auch wenn sie noch lebte, könnte sie Ihnen das nicht abnehmen. Und jetzt, nachdem sie tot ist, erst recht nicht.«
»Aber es ist schließlich ihr Geld.«
»Es wird nun Sir George zufallen. Wenn's ihm recht ist, sollte es auch Ihnen recht sein.«
Als Cordelia den flehenden, gierigen Ausdruck seiner Augen sah, hatte sie das Gefühl, daß sie ihm nicht gerecht wurde, daß er nach Mitgefühl verlangte, nach der Versicherung, daß er sich das nehmen dürfe, was er vom Leben erwartete, und das ohne alle Skrupel. Wünschen sich das nicht alle Menschen? Einerseits wollte sie auf sein Verlangen eingehen, andererseits hätte sie am liebsten erwidert: Du hast doch ohnehin schon so viel genommen; warum schreckst du auf einmal zurück? Laut sagte sie: »Wenn Ihre Skrupel wegen des Geldes stärker sind als Ihr Wunsch, Konzertpianist zu werden, sollten Sie sich die Pläne jetzt besser aus dem Kopf schlagen.«
Seine Stimme klang plötzlich gedrückt. »Wissen Sie, ich bin nicht so talentiert. Sie hat es gewußt. Sie war zwar nicht musikalisch, aber sie wußte es. Clarissa hatte ein Gefühl für irgendwelche Unzulänglichkeiten.«
»Ob Sie talentiert sind oder nicht, steht jetzt nicht zur Debatte. Ich finde zwar, daß Sie gut spielen, aber ich bin keine Expertin. Clarissa war auch keine. Die Leute in der Musikakademie hingegen sind es. Wenn sie Sie nun zum Studium zulassen, gehen sie davon aus, daß Sie durchaus Talent haben, Ihren Weg schon gehen werden. Dort kann man beurteilen, ob Sie bei all der Konkurrenz mithalten können.«
Er sah sie scheu an und fragte leise: »Könnte ich über etwas anderes mit Ihnen sprechen? Es gibt da drei Dinge, über die ich gern Näheres von Ihnen erfahren hätte.«
 »Reden Sie!«

»Doch nicht hier! Irgendwo, wo wir allein sind.«
»Wir sind hier allein. Die anderen werden schon nicht kommen. Oder wird es so lange dauern?«
»Sagen Sie mir bitte, was eigentlich mit ihr geschehen ist, wie sie aussah, als Sie sie entdeckten. Ich habe sie ja nicht zu Gesicht bekommen. Wenn ich nachts wach liege, stelle ich sie mir vor. Es wäre nicht so schlimm, wenn ich die Wahrheit wüßte. Die Bilder, die mir in den Sinn kommen, sind schrecklich.«
»Hat Ihnen denn die Polizei nichts gesagt? Oder Sir George?«
»Nein, niemand. Ich habe Gorringe gefragt, aber auch er wollte mir nichts verraten.«
Die Polizei hatte selbstverständlich ihre Gründe, nichts über den Hergang der Tat verlauten zu lassen. Befragt hatte sie Simon mittlerweile schon. Deswegen, meinte Cordelia, war es nicht mehr so wichtig, ob er es wußte oder nicht. Zudem konnte sie verstehen, daß er sich vor den nächtlichen Schrekkensbildern ängstigte. Aber sie wußte nicht, wie sie ihm die brutale Wahrheit sanft beibringen konnte.
»Jemand hat ihr das Gesicht zertrümmert«, sagte sie.
Er schwieg und fragte nicht, wie oder womit es geschehen war.
»Sie lag friedlich im Bett, als würde sie noch schlafen«, fuhr sie fort. »Ich glaube nicht, daß sie viel gelitten hat. Falls der Mörder jemand war, den sie kannte oder dem sie vertraute, hatte sie sicherlich nicht einmal Zeit gehabt, sich zu fürchten.«
»Konnte man ihr Gesicht noch erkennen?«
»Nein.«
»Die Polizei fragte mich, ob ich einen Marmorarm aus einer Vitrine entwendet hätte. War das die Mordwaffe?«
»Ja.«
Das hätte sie besser verschweigen sollen.
»Der Marmorarm wurde neben dem Bett gefunden«, sagte sie. »Er war . . . er war allem Anschein nach dazu verwendet worden.«
»Ich danke Ihnen!« flüsterte er so leise, daß sie ihn kaum verstand.
»Sie haben von drei Dingen gesprochen«, sagte sie nach einer Weile.

Er schaute sie an, als sei er froh darüber, daß seine bedrückte Stimmung geschwunden war. »Ja, es geht um Tolly. Als Sie mit den anderen am Freitag das Schloß besichtigten, ging ich doch zum Schwimmen. Tolly wartete auf mich am Strand. Sie wollte, daß ich Clarissa verlasse, um zu ihr zu ziehen. Sie meinte, daß ich es gleich tun solle. Sie habe ein freies Zimmer, das ich bewohnen könne, bis ich eine Arbeit gefunden hätte. Sie sagte, daß Clarissa sterben könne.«
»Sagte sie auch, woran und warum?«
»Nein. Nur daß Clarissa glaube, sie werde bald sterben. Und daß Menschen, die so denken, oft sehr schnell sterben.« Er schaute ihr treuherzig in die Augen. »Und am nächsten Tag war Clarissa tot. Ich weiß nun nicht, ob ich der Polizei berichten soll, daß Tolly auf mich gewartet hat und was sie gesagt hat.«
»Falls Tolly vorgehabt hat, Clarissa zu ermorden, hätte sie Sie wohl kaum im voraus gewarnt. Sie wollte Ihnen wahrscheinlich nur zu verstehen geben, daß Sie sich auf Clarissa nicht verlassen sollen, daß sie ihren Sinn ändern könne, daß sie Ihnen nicht immer zur Seite stehen werde.«
»Ich glaube dennoch, daß sie es gewußt oder zumindest geahnt hat. Soll ich das nun dem Chefinspektor mitteilen? Es könnte doch wichtig für die Ermittlungen sein. Was geschieht, wenn er herausbekommt, daß ich es verschwiegen habe?«
»Haben Sie schon mit jemand darüber gesprochen?«
»Nein. Nur mit Ihnen.«
»Sie müssen das tun, was Sie für richtig halten.«
»Aber ich weiß nicht, was richtig ist. Was würden Sie denn an meiner Stelle tun?«
»Ich würde es nicht sagen. Aber ich hätte dann auch einen Grund dafür. Wenn Sie meinen, Sie sollten es der Polizei sagen, dann tun Sie's doch. Falls es Sie tröstet – die Polizei wird Tolly auf Grund dieser Angaben schon nicht verhaften. Und andere Verdachtsmomente hat sie nicht, soviel ich weiß.«
»Aber Tolly weiß doch dann, wer es ihnen gesagt hat! Was wird sie nur von mir denken? Ich könnte ihr danach nicht unter die Augen treten.«
»Das brauchen Sie auch gar nicht. Ich glaube nicht, daß sie nach Clarissas Tod bei Sir George bleiben wird.«

Cordelia war mit ihrer Geduld am Ende. Es war ein langer Tag gewesen. Und zum Schluß noch all die Aufregung um Munters gewaltsames Eindringen. Sie war psychisch und physisch erschöpft. Sie konnte Simons hartnäckige Skrupel nicht länger ertragen.

»Ich habe es Ihnen ja schon gesagt. Ich würde es nicht aussagen. Aber ich bin nun einmal nicht Sie. Diese Entscheidung kann Ihnen niemand abnehmen. Das müssen Sie schon mit sich selbst ausmachen.« Sie bereute ihre unfreundlichen Worte, sobald sie sie ausgesprochen hatte. Sie wandte den Blick von seinem rot überhauchten Gesicht und den bänglichen, hündischen Augen ab und fügte rasch hinzu: »Tut mir leid! So war es nicht gemeint. Wir sind alle etwas nervös. Was wollten Sie noch wissen?«

»Nichts mehr!« flüsterte er mit zuckenden Lippen. »Vielen Dank.«

Er stand auf und schloß das Klavier.

»Falls jemand nach mir fragt, sagen Sie bitte, ich sei schon zu Bett gegangen«, erklärte er, sichtlich um Fassung bemüht.

Cordelia hatte plötzlich das Gefühl, daß auch sie gleich in Tränen ausbrechen könnte. Da sie nicht wußte, ob sie gereizt oder verständnisvoll hätte reagieren sollen, und ihr ihre eigene Unentschlossenheit zuwider war, beschloß sie, Simons Beispiel zu folgen. Es war wirklich ein langer Tag gewesen. Sie trat auf die Terrasse, um den anderen eine gute Nacht zu wünschen. Drei dunkel gekleidete Gestalten standen regungslos wie Bronzestatuen da, während das Meer hinter ihnen in fahl schimmerndem Licht lag. Bei ihrem Erscheinen drehten sie sich um, und sie spürte, wie drei Augenpaare sie musterten. Keiner rührte sich oder sagte etwas. Es kam ihr so vor, als sei die Stille endlos, irgendwie bedrohlich. Als sie sich dann verabschiedete, stand der Gedanke, den sie in den vergangenen vierundzwanzig Stunden noch hatte verdrängen können, mit all seiner erschreckenden Gewißheit vor ihr: »Zehn Leute sind wir hier auf dieser kleinen, abgeschiedenen Insel. Und einer von uns ist ein Mörder.«

4

Cordelia schlief sofort ein, nachdem sie ihr Buch zugeschlagen und die Nachttischlampe ausgemacht hatte. Plötzlich schreckte sie hoch. Einen Augenblick lang blieb sie verwirrt liegen. Dann streckte sie die Hand nach dem Lichtschalter aus. Auf ihrer Armbanduhr, die mit zusammengerolltem Band auf dem Nachtkästchen lag, war es kurz nach halb vier. Zu früh also, als daß sie von selbst aufgewacht sein könnte. Irgendein Geräusch, der Schrei eines Nachtvogels vielleicht, mußte sie aus dem Schlaf geschreckt haben. Mondlicht strömte durch den Spalt zwischen den halbzugezogenen Vorhängen und überzog Decke und Wände mit einem fahlen Schimmer. Bis auf das rhythmische Rauschen des Meeres, das sich viel lauter anhörte als am hellichten Tag mit all seinen Geräuschen, war es ringsum totenstill. In ihrer Schlaftrunkenheit konnte sie sich noch gut erinnern, was sie soeben geträumt hatte. Sie war wieder in der Kingly Street gewesen, und Miss Maudsley hatte ihr voll Stolz ein gerade erst wieder aufgefundenes Kätzchen gezeigt. Wie es bei Träumen so ist, war sie gar nicht erstaunt gewesen, daß das Kätzchen in einer geschnitzten Wiege – mit rotem Baldachin und Vorhängen an der Seite, einer Miniaturausgabe von Clarissas Bett – schlummerte. Als sie hineinblickte und den Schleier beiseite zog, überraschte sie es auch nicht, daß das Kätzchen ein Baby war und daß ihr sogleich der Gedanke kam, das sei Miss Maudsleys uneheliches Kind. Jetzt hieß es taktvoll sein und sich nicht anmerken lassen, was sie wußte. Cordelia mußte bei dieser Erinnerung unwillkürlich lächeln. Sie knipste das Licht aus und versuchte, wieder einzuschlafen.

Doch diesmal floh sie der Schlaf. Seitdem sie aufgeschreckt worden war, fand sie keine Ruhe mehr. Sie mußte an die rätselhafte, grauenvolle Ermordung Clarissas denken. Ein Bild nach dem anderen drängte sich ihr auf, alle zeitlich verschoben, aber erschreckend klar: Clarissa, wie sie in ihrem Satinmorgenmantel totenbleich unter dem karmesinroten Baldachin liegt, im Teufelskessel ins hochgischtende Wasser blickt, wie sie fahl wie ein Gespenst auf der Terrasse hin und her eilt, wie sie am Kai steht und die Arme mit den Fledermausärmeln grüßend hochreißt, wie sie ihr Make-up enfernt und Cordelia mit dem einen abgeschminkten, kleiner wirkenden Auge sonderbar und irgendwie befremdlich anschaut, mit einem Ausdruck, in dem Traurigkeit und Tadel zu liegen scheinen.

Das Bild setzte sich in ihr fest, als wolle sie es aus einem unerklärlichen Grund nicht entschwinden lassen. Irgend etwas war daran wichtig, irgend etwas, das sie eigentlich hätte bemerken sollen. Und dann fiel es ihr ein. Sie sah wieder die Frisiertoilette, die mit Make-up beschmierten Wattebällchen, die kleineren Bäusche auf der Mahagoniplatte, die dunkel vor Wimperntusche waren. Zur Reinigung der Augenpartie hatte Clarissa eine Speziallotion benützt. Aber die damit getränkten Wattebäusche hatten nicht auf der Frisierkommode gelegen, als sie die Leiche fand. Vielleicht hatte Clarissa ihr Augen-Make-up gar nicht entfernt. Könnte das der Gerichtsarzt trotz der Verletzungen noch feststellen? Warum hätte sie ihr Gesichts-Make-up aus Puder und Tagescreme entfernen und die Augenschminke dranlassen sollen, zumal sie vorgehabt hatte, die Augen unter angefeuchteten Bäuschen zu entspannen? War es nicht denkbar, daß sie ihr Make-up beibehalten hatte, weil sie einen Besucher erwartete und daß dieser dann ihr Gesicht abgeschminkt hatte, bevor er es durch Schläge unkenntlich machte? Das würde auf einen Mann hindeuten. Dieser verstohlene Besucher mußte ein Mann gewesen sein. Denn Clarissa achtete so sehr auf ihr Aussehen, daß sie sich mit ungeschminktem Gesicht nicht einmal einer Frau gezeigt hätte. Würde überdies eine Frau nicht wissen, daß Clarissa ihr Augen-Make-up mit dieser Speziallotion entfernte? Tolly hatte es sicherlich gewußt. Und Roma? Roma, die kein Augen-Make-up trug, hätte – verwirrt und verängstigt – in so einem Augenblick wohl kaum all die Flakons auf der Frisiertoilette durchgesehen. Trotzdem würde so ein Versehen eher einem Mann unterlaufen. Ivo Whittingham möglicherweise nicht, da er durch seinen Beruf über die Schminktechniken am Theater Bescheid wußte. Am merkwürdigsten war in diesem Zusammenhang Tollys Schweigen. Die Polizei mußte sie doch über Clarissas Schminkgewohnheiten befragt, sich erkundigt haben, ob es auf der Frisiertoilette aussah wie sonst auch. Das würde bedeuten, daß sie den Mund gehalten hatte. Aber warum nur und wem zuliebe?

Jetzt noch Schlaf zu finden, schien unmöglich. Trotzdem mußte sie schließlich eingenickt sein, denn es war kurz vor vier, als sie wach wurde. Ihr war heiß. Die Decke lag wie eine erstickende Last auf ihr. Sie wußte, daß sie in dieser Nacht keinen Schlaf mehr finden würde. Das Meeresrauschen kam ihr noch lauter vor. Selbst die Luft schien zu dröhnen. Sie bildete sich ein, daß sich die Flut unaufhaltsam über die Terrasse ergoß, das Speisezimmer überschwemmte, den schweren Tisch und die geschnitzten Stühle davontrug, bis zu den Orpen-Gemälden und der Stuckdecke stieg, die Treppe emporwogte und schließlich die ganze Insel bis auf den schlanken Bergfried bedeckte, der nun wie ein Leuchtturm aus den Wogen ragte. Sie lag wie erstarrt da und sehnte sich nach der Morgendämmerung. Montag wäre es dann, in Speymouth ein ganz normaler Arbeitstag. Sie könnte dann für ein paar Stunden die Insel verlassen und die Redaktion der Lokalzeitung aufsuchen, um sich nach dem Zeitungsausschnitt über Clarissas schauspielerische Leistung während der Jubiläumsaufführung zu erkundigen. Sie mußte etwas Sinnvolles tun, selbst wenn sich ihr Versuch als erfolglos und unergiebig herausstellen sollte. Es würde ihr guttun, einmal Gorringes ironisches, wissendes Lächeln nicht mehr sehen zu müssen, Simons verstörte Miene oder Whittingham mit seiner Hinfälligkeit und Todesverachtung, aber vor allem nicht mehr die Augen der Kriminalbeamten. Zweifellos würden sie wiederkommen. Doch auch sie würden sie nicht daran hindern können, daß sie einen Tag auf dem Festland zubrachte, es sei denn, sie verhafteten sie.

Es kam ihr so vor, als wolle es diesmal nicht Tag werden. Sie versuchte nicht mehr einzuschlafen, sondern verließ das Bett. Nachdem sie ihre Jeans und einen Pulli angezogen hatte, ging sie zum Fenster und schlug die Vorhänge zurück. Unter ihr lag der Rosengarten. An den dornigen Zweigen hingen schwer und verblüht die letzten Rosen im bleichen Mondlicht. Das

Wasser im Swimming-pool sah wie gehämmertes Silber aus. Die Blätter der Wasserlilien am Rand und die hell schimmernden Blüten waren deutlich zu sehen. Aber da trieb noch etwas auf der Oberfläche, etwas Schwarzes, Behaartes. Es sah wie eine Riesenspinne aus, die halb untergetaucht im silbrigen Wasser mit ihren borstigen Beinen ruderte. Wie gebannt und verständnislos schaute sie hinunter. Ein kalter Schauer überlief sie, als ihr dämmerte, was es sein könne.
Wie sie zu der Tür, die vom Korridor in den Garten führte, gelangt war, wußte sie nicht mehr. Sie mußte wahllos an den Gästezimmertüren geklopft haben, ohne eine Reaktion abzuwarten. Ihr war nur klar gewesen, daß sie Hilfe brauchte. Auch die anderen konnten nicht mehr fest geschlafen haben. Denn als sie die Tür zum Garten erreicht hatte und sich bemühte, den oberen Riegel zurückzuschieben, hörte sie das leise Getrappel von Schritten im Gang und Stimmengewirr. Wenige Augenblicke später stand sie zusammen mit Simon, Sir George und Roma am Swimming-pool und sah nun überdeutlich, was sie zuvor vom Fenster aus erblickt hatte: Munters Perücke.
Simon zog seinen Morgenmantel aus und stieg in den Pool, bis ihm das Wasser bis zur Achsel reichte. Er holte tief Luft und tauchte unter. Die anderen warteten ab. Kaum war das Gekräusel der kleinen Wellen verebbt, tauchte er mit anliegendem Haar wie ein Seehund wieder auf.
»Ich hab' ihn!« rief er aus. »Er hat sich an dem Drahtnetz, wo die Lilien wurzeln, verfangen. Es braucht mir niemand zu helfen. Ich glaube, ich schaffe es allein.«
Er verschwand wieder. Gleich darauf tauchten zwei dunkle Gestalten auf. Sie sahen Munters kahlen Schädel und sein Gesicht, das aufgedunsen wirkte, als habe er schon seit Wochen im Wasser gelegen. Simon schob die Leiche zum Bassinrand, wo Cordelia und Roma sie an den triefenden Ärmeln packten. Cordelia wußte zwar, daß es leichter gewesen wäre, die Hände zu ergreifen, aber es ekelte sie vor den angeschwollenen Fingern, die gelblich waren wie die Zitzen einen Kuheuters. Sie neigte sich über Munters Gesicht und packte ihn unter den Achseln. Die Augen standen offen und wirkten glasig. Die Haut war glatt wie eine Latexmaske. Es war, als würden sie einen menschenähnlichen Klotz aus dem Wasser ziehen, eine

weggeworfene Schaufensterpuppe mit Sägemehlleib, die schwer und vom Wasser völlig durchweicht war und in ihrer formellen Gewandung absurd wirkte. Das Clownsgesicht mit der offenstehenden Kinnlade schien sie mit einem flehenden Ausdruck anzublicken. Sie bildete sich ein, Munters nach Schnaps riechenden Atem zu riechen. Doch dann schämte sie sich der Abscheu, die sie vor diesem armseligen Menschen zurückschrecken ließ, und sie ergriff in einer Aufwallung von Mitleid seine linke Hand. Sie fühlte sich wabbelig und kalt wie eine aufgeblasene Fischblase an. Und in diesem Augenblick wurde ihr voll bewußt, daß er tot war.

Sie zogen Munter aufs Gras. Simon schwang sich aus dem Becken. Er legte seinen zusammengerollten Morgenmantel unter Munters Nacken, bog seinen Kopf nach hinten und schaute nach, ob Munter ein künstliches Gebiß hatte. Er hatte keines. Dann neigte er seinen Mund über die dicklichen Lippen und versuchte es mit künstlicher Beatmung. Schweigend sahen sie ihm zu. Sie sagten auch nichts, als sich Gorringe und Whittingham zu ihnen gesellten. Man hörte nur das Glucksen der durchnäßten Kleider, wenn sich der Junge wieder über Munter beugte, und Simons regelmäßiges tiefes Luftholen. Cordelia sah zu Sir George hinüber und wunderte sich ein wenig über sein Schweigen. Er schaute starr auf das aufgedunsene, verquollene Gesicht, auf die leblosen Augen, als erinnere er sich vage an etwas. Cordelia versetzte es einen Stich ins Herz. Als sich ihre Blicke trafen, meinte sie, eine Warnung herauszulesen. Obgleich er noch immer schwieg, fragte sie sich, ob ihm nicht der gleiche Gedanke gekommen war. Eine längst vergessene, gänzlich andere Szene kam ihr in den Sinn: das Musikzimmer im Kloster. Schwester Hildegarde öffnet den Mund, reißt erwartungsvoll die Augen auf und hebt den weißen Taktstock. »Und jetzt, Mädchen, etwas von Schumann. Macht doch nicht solche Gesichter! Nur zu! Eine muntere Weise.«

Sie versuchte sich wieder auf die Gegenwart zu konzentrieren. Sie hatte keine Zeit, über ihre Beobachtung oder deren Wirkung nachzudenken. Sie zwang sich, auf die triefende Gestalt zu blicken, mit der sich Simon abmühte. Er hatte sich völlig verausgabt, als sich Gorringe über den Daliegenden beugte und Munter den Puls fühlte.

»Es hat keinen Sinn mehr!« erklärte er. »Er ist tot und fühlt sich eiskalt an. Er muß schon seit Stunden im Wasser gelegen haben.«
Simon schien ihn nicht zu hören. Er beatmete mechanisch den reglosen Körper, als vollziehe er ein schamloses, esoterisches Ritual.
»Jetzt schon aufgeben?« fragte Roma zweifelnd. »Normalerweise macht man es doch viel länger.«
»Nicht, wenn der Puls nicht mehr zu fühlen und der Körper schon erkaltet ist.«
Simon achtete nicht auf die Worte. Sein Keuchen und die Bewegungen seines gekrümmten Körpers wurden noch schneller.
Plötzlich vernahmen sie Mrs. Munters leise, aber gebieterische Stimme: »Laßt ihn in Frieden! Er ist tot. Seht ihr denn nicht, daß er tot ist?«
Simon stockte und richtete sich, am ganzen Körper zitternd, auf. Cordelia zog seinen Morgenmantel unter Munters Kopf hervor und legte ihn dem Jungen um die Schultern.
Gorringe wandte sich Mrs. Munter zu. »Es tut mir leid für ihn. Wann kann es denn geschehen sein?«
»Woher soll ich das wissen?« antwortete sie, stutzte dann und fügte ein »Sir« hinzu. »Ich schlafe nicht mit ihm im selben Zimmer, wenn er betrunken ist.«
»Aber Sie müssen doch gehört haben, als er hinausging! Er kann sich doch nicht völlig geräuschlos hinausgeschlichen haben.«
»Er hat sein Zimmer gegen halb vier verlassen.«
»Sie hätten mich benachrichtigen sollen!« erwiderte Gorringe. Seine Stimme klang leicht gekränkt, als habe Mrs. Munter verkündet, sie wolle eine Woche Urlaub nehmen, ohne ihn um Erlaubnis zu bitten.
»Sie bezahlen uns doch, damit wir Ihnen Ärger und Unannehmlichkeiten ersparen. Und die hat er Ihnen heute nacht schon genug gemacht.«
Gorringe erwiderte nichts darauf. Sir George trat einen Schritt vor und nickte Simon zu.
»Trag ihn ins Haus!«
»Aber nicht in unsere Wohnung, Sir!« wandte Mrs. Munter hastig und in verändertem Tonfall ein.

»Selbstverständlich nicht, wenn Sie's nicht wünschen«, erwiderte Gorringe begütigend.
»Nein, ich will's nicht.«
Sie machte auf dem Absatz kehrt und ging davon. Alle schauten ihr verdutzt nach.
Doch dann rannte Cordelia hinterher. »Ich würde Sie gern begleiten«, sagte sie. »Sie sollten jetzt nicht allein sein.«
Sie stockte, als sie ihren abweisenden Blick sah.
»Ich möchte aber allein sein. Es gibt nichts, was Leute wie Sie für mich tun könnten. Machen Sie sich keine Gedanken, ich bringe mich schon nicht um.« Sie deutete mit dem Kopf auf Gorringe. »Das können Sie auch ihm ausrichten.«
Cordelia kehrte zu der wartenden Schar zurück.
»Sie möchte niemand um sich haben«, erklärte sie. »Sie sagte noch, daß sie schon allein zurechtkommen wird.«
Keiner erwiderte etwas darauf. Mit gesenktem Kopf umstanden sie die hingestreckte Gestalt. In ihren Morgenmänteln und Hausschuhen wirkten sie wie ein Häufchen kurios gekleideter Trauernder: Sir George in abgetragener, karierter Wolle, Whittingham in dunkelgrüner Seide, durch die sich seine eckigen Schultern abzeichneten, Gorringe in dunklem, mit Satin abgesetztem Blau, Roma in gestepptem und geblümtem Nylon, Simon in Braun. Als Cordelia in die Runde blickte und die geneigten Köpfe der Umstehenden betrachtete, hatte sie den Eindruck, daß sie gleich ein Klagelied anstimmen würden.
Doch dann gab sich Sir George einen Ruck und wandte sich an Simon. »Tragen wir ihn hinein!«
Whittingham, der inzwischen an den Beckenrand getreten war und die zerzausten Wasserlilien fixierte, als seien es seltene Meerespflanzen, die er erforschen wollte, schaute auf und erwiderte: »Dürfen wir ihn überhaupt fortschaffen? Ist es nicht üblich, daß man eine Leiche bis zur Ankunft der Polizei dort beläßt, wo sie ist?«
»Aber doch nur, wenn's sich um einen Mord handelt!« warf Roma ein. »Das hier war ein Unfall. Er ist im betrunkenen Zustand ausgerutscht und ins Wasser gefallen. Ambrose hat uns doch gesagt, daß er nicht schwimmen konnte.«
»Hab' ich das gesagt? Ich kann mich nicht mehr erinnern. Aber es ist wahr. Er konnte nicht schwimmen.«

»Sie haben's beim Dinner gesagt. Roma war allerdings nicht anwesend«, sagte Whittingham.
»Jemand muß es mir aber gesagt haben«, entgegnete Roma schrill. »Mrs. Munter vielleicht. Ist denn das so wichtig? Er war betrunken, fiel ins Becken und ertrank. Das muß doch jedem einleuchten.«
Whittingham betrachtete abermals die Wasserlilien. »Ob es auch der Polizei einleuchtet? Aber ich denke, daß Sie recht haben. Wir müssen nicht schon wieder ein Rätsel wittern. Sind an der Leiche Spuren von Gewaltanwendung zu sehen?«
»Ich sehe keine«, erwiderte Cordelia.
»Wir können ihn doch nicht so liegen lassen«, meinte Roma störrisch. »Wir sollten ihn ins Haus tragen.«
Sie spähte zu Cordelia hinüber, als suche sie deren Unterstützung.
»Ich glaube nicht, daß es was ausmacht«, erklärte Cordelia. »Schließlich haben wir ihn ja auch nicht so aufgefunden.«
Alle blickten nun Gorringe an, als erwarteten sie seine Anweisung. »Würden Sie bitte alle mitkommen, bevor wir ihn fortschaffen! Vorher müssen wir noch etwas klären.«

5

Sie folgten Gorringe ins Schloß. Simon drehte sich noch einmal um und schaute auf die armselige, mit ausgebreiteten Armen daliegende Gestalt, die einst Munter gewesen war. Sein Blick drückte verlegenes Bedauern aus, als bitte er um Verzeihung, daß sie Munter in dieser höchst unbequemen Lage allein zurücklassen mußten.

Gorringe führte sie ins Büro und schaltete die Schreibtischlampe an. Augenblicklich umgab sie eine verschwörerische Atmosphäre. Sie waren eine Schar mit Morgenmänteln bekleideter Internatsschüler, die einen mitternächtlichen Streich aushecken wollten.

»Wir müssen jetzt eine Entscheidung fällen«, erklärte Gorringe. »Berichten wir Grogan von dem Vorfall beim Dinner oder nicht? Wir sollten uns darüber einig sein, bevor ich mit der Polizei telefoniere.«

»Wenn Sie wissen möchten, ob wir der Polizei mitteilen sollen, daß Munter Sir George des Mordes bezichtigt hat, dann sagen Sie's doch klipp und klar!« erwiderte Whittingham.

Simons Haar, das ihm klatschnaß an der Stirn klebte, so daß ihm Wassertropfen in die Augen liefen, wirkte wie schwarz gefärbt. Es fröstelte ihn in seinem Morgenmantel. Verständnislos blickte er von einem zum anderen. »Aber er hat Sir George doch nicht ... eines bestimmten Mordes bezichtigt. Außerdem war Munter betrunken. Er wußte nicht, was er sagte. Sie haben doch alle gesehen, daß er betrunken war!« Seine Stimme schnappte über.

»Von uns mißt wohl keiner dem Vorfall irgendwelche Bedeutung bei«, erklärte Gorringe etwas ungehalten. »Die Polizei könnte da freilich anderer Ansicht sein. Alles, was Munter in den letzten Stunden vor seinem Tod tat oder sagte, könnte sie interessieren. Vieles spricht dafür, daß wir den Vorfall nicht erwähnen, um die Ermittlungen nicht weiter zu komplizieren. Wir müßten dann allerdings alle ungefähr das gleiche aussagen. Wenn einige von uns alles ausplaudern, die übrigen aber nicht, werden die, die jetzt für Zurückhaltung plädieren, in eine unangenehme Lage geraten.«

»Wollen Sie denn, daß wir so tun, als sei er nicht ins Speisezimmer eingedrungen, als hätten wir ihn gar nicht gesehen?« fragte Simon.

»Selbstverständlich nicht! Er war betrunken, wir haben es alle bemerkt. Wir sagen der Polizei die Wahrheit. Es geht allein darum, wie viel wir der Polizei mitteilen.«

»Es geht aber nicht allein um Munters Anschuldigung Sir George gegenüber«, wandte Cordelia ruhig ein. »Nachdem Sie und Simon Munter hinausgebracht hatten, erzählte uns Sir George von einem Kriegskameraden, der ebenso zwanghaft getrunken hatte . . .«

». . . und auf die gleiche Weise umgekommen ist«, beendete Whittingham den Satz. »Die Polizei könnte die Geschichte höchst merkwürdig finden. Wenn Sir George Ihnen beiden die Geschichte nicht bei einer anderen Gelegenheit erzählt hat – was ich nicht annehme –, geraten Cordelia und ich in diese unangenehme Lage, wie Sie es nennen.«

Gorringe hatte sich den Einwand schweigend angehört. Er machte sogar einen zufriedenen Eindruck.

»In diesem Fall«, sagte er, »müssen wir uns darüber einig werden, ob wir den abendlichen Vorfall wahrheitsgetreu schildern oder Munters Mordanschuldigung wie auch die Sache mit Ralstons unseligem Kriegsfreund auslassen.«

»Ich denke, wir sollten uns an die Wahrheit halten«, meinte Cordelia. »Es ist nicht so leicht, die Polizei anzulügen.«

»Sie sprechen wohl aus Erfahrung«, warf Roma ein.

Cordelia überging die Bosheit und fuhr fort: »Man wird uns eingehend befragen: Was hat Munter gerufen, als er hereinstürzte? Worüber haben wir gesprochen, als Mr. Gorringe und Simon ihn ins Bett brachten? Es geht nicht nur darum, daß wir Peinliches verschweigen, wir müssen alle die gleichen Lügen parat haben. Von den moralischen Skrupeln mag ich erst gar nicht reden.«

»Wir sollten unsere Entscheidung durch moralische Skrupel nicht unnötig komplizieren«, entgegnete Gorringe leichthin.

»Vom geraden Weg abzuweichen, um etwas Gutes durchzusetzen, ist eine bewährte Taktik, was immer Theologen darüber sagen mögen. Abgesehen davon bin ich überzeugt, daß wir alle bei der Vernehmung durch Chefinspektor Grogan unsere Aussagen ein wenig zurechtgestutzt haben. Ich hab's jedenfalls getan. Er wollte beispielsweise eine ausführlichere Erklärung haben, warum ich mich auf die Theateraufführung mit Clarissa eingelassen habe. Ich sagte ihm dann, daß ich ihr die Idee für mein Buch ›Autopsie‹ verdanke. Eine einleuchtende, aber völlig unnötige Lüge. Unsere erste Entscheidung ist also einfach: Sagen wir die Wahrheit, oder einigen wir uns auf eine zurechtgestutzte Fassung? Ich schlage eine geheime Abstimmung vor.«
»Hier, oder sollen wir uns dazu in die Krypta begeben?« fragte Whittingham spöttisch.
Gorringe beachtete ihn nicht. Er wandte sich zunächst an Simon, der mit halboffenem Mund, bleichem Gesicht und fiebrigen Augen fröstelnd dastand. Doch dann schien er es sich anders überlegt zu haben.
»Würden Sie so freundlich sein«, bat er Cordelia, »mir zwei Tassen aus der Küche zu holen? Sie kennen doch den Weg.«
Es kam Cordelia so vor, als sei dieser kurze Botengang, dieser merkwürdige Auftrag von immenser Bedeutung. Sie eilte die leeren Korridore entlang in die Küche und nahm mit einer Konzentration, als würden unsichtbare Zuschauer die Grazie ihrer Bewegungen begutachten, zwei Frühstückstassen aus dem Geschirrschrank. Als sie ins Büro zurückkehrte, standen alle noch so da wie vorher.
Gorringe dankte ihr förmlich und stellte die Tassen nebeneinander auf den Schreibtisch. Sodann ging er hinüber zur Vitrine und kehrte mit dem runden Spielbrett und den bunten Steinmurmeln – Prinzessin Victorias Solitärspiel – wieder. »Jeder nimmt sich eine Kugel«, erklärte er, »dann schließen wir die Augen – nicht schwindeln bitte! – und lassen die Kugel in eine der beiden Tassen fallen. Ihre Position ist leicht zu merken: Die linke Tasse ist fürs Verschweigen, die rechte für die Wahrheit. Wie Sie sehen, zeigen die Henkel nach links und rechts, so daß sich niemand später herausreden kann. Wenn die fünf Steine gefallen sind, öffnen wir die Augen. Es trifft sich gut, daß Roma beim Dinner nicht anwesend war. Somit kann nichts auf eine Absprache hindeuten.«

Zum erstenmal meldete sich Sir George zu Wort. »Wir vertun nur unsere Zeit, Gorringe. Sie sollten jetzt besser die Polizei anrufen. Wir sagen Grogan selbstverständlich die Wahrheit.«
Gorringe wählte eine Murmel und musterte die Äderung, als lege er großen Wert auf solche Nebensächlichkeiten. »Wenn das Ihre Ansicht ist, dann stimmen Sie doch dafür!«
»Wollen Sie hernach eine zweite Abstimmung darüber durchführen, ob wir der Polizei von der ersten etwas sagen sollen?« fragte Whittingham.
Trotzdem nahm auch er eine Murmel. Sir George, Simon und Cordelia ebenfalls. Cordelia schloß die Augen. Einen Moment herrschte Stille, dann hörte sie, wie die erste Kugel klirrend in die Tasse fiel. Gleich darauf die zweite, danach die dritte. Sie streckte die Hand aus. Eiskalte Finger streiften sie. Sie tastete nach den Tassen und berührte sie mit den Händen, so daß es keine Verwechslung geben konnte. Sie ließ die Kugel in die rechte Tasse gleiten. Gleich darauf hörte sie die letzte Kugel fallen. Das Klirren war so laut, als sei sie aus großer Höhe fallen gelassen worden. Cordelia öffnete die Augen wieder. Die anderen blinzelten, als hätten sie sich nicht Sekunden, sondern Stunden im Dunklen befunden. Alle schauten in die Tassen. Die rechte enthielt drei Murmeln.
»Das vereinfacht die Sache«, meinte Gorringe. »Wir sagen die Wahrheit und verschweigen nur dieses kurze Zwischenspiel. Wir sind im Büro zusammengekommen und Sie haben niedergedrückt gewartet, während ich die Polizei anrief. Da wir uns hier nur wenige Minuten aufgehalten haben, gibt es keine peinliche Zeitlücke, die wir erklären müßten.«
Nachdem er jede Steinmurmel eingehend betrachtet hatte, legte er sie auf das Spielbrett, gab Cordelia die beiden Tassen und griff nach dem Telefon. Als Cordelia die Tassen in die Küche zurückbrachte, beschäftigten sie zwei Gedanken. Warum hatte Sir George gewartet, bis die Abstimmung unvermeidlich geworden war, bevor er verkündete, daß er eine wahrheitsgetreue Aussage vorziehe? Und wer von den anderen hatte nun die Murmeln in die linke Tasse geworfen? Sie überlegte, ob nicht einer von ihnen die Murmel eines anderen – mit seiner – in die linke Tasse gelegt haben könnte. Doch sie unbemerkt aus der rechten zu holen, erforderte, selbst mit of-

fenen Augen, eine große Geschicklichkeit. Sie hatte ein ungewöhnlich scharfes Gehör und hatte ganz deutlich ein viermaliges Klirren gehört, als die anderen ihre Kugel fallen ließen. Gorringe kam es offenbar darauf an, daß sie alle beieinander blieben. Denn er wartete Cordelias Rückkehr ab, um dann erst das Polizeirevier in Speymouth anzurufen.
»Hier ist Ambrose Gorringe auf Courcy«, meldete er sich. »Würden Sie bitte Chefinspektor Grogan mitteilen, daß mein Butler, Munter, tot ist. Er wurde im Swimming-pool gefunden, wo er offensichtlich ertrunken ist.«
Cordelia dachte, daß seine Angaben auffällig knapp, zutreffend und dennoch unverbindlich waren. Er ließ offen, unter welchen Umständen Munter den Tod gefunden haben könnte. Das weitere Telefongespräch verlief einsilbig. Nach einer Weile legte Gorringe auf.
»Das war der Sergeant vom Dienst«, erklärte er. »Er benachrichtigt Grogan. Außerdem sollen wir die Leiche dort lassen, wo sie liegt. Bis zur Ankunft der Polizei sollen wir nach Möglichkeit nichts verändern.«
Alle schwiegen. Cordelia kam es vor, als würden jetzt erst alle bemerken, daß es sie eigentlich fröstelte, daß es noch nicht einmal halb sieben, also viel zu früh war, um sich anzukleiden und den Tag zu beginnen. Überdies konnte es als wenig geschmackvoll angesehen werden, ins Bett zurückzukehren, und Schlaf würde man ohnehin keinen mehr finden.
»Wer möchte eine Tasse Tee oder Kaffee?« fragte Gorringe. »Ich weiß nicht, wer uns ein Frühstück serviert. Wahrscheinlich niemand, sofern ich's nicht selbst zubereite. Aber ich versichere Ihnen, ich habe darin einige Erfahrung. Wer hat schon Appetit?«
Keiner sagte, daß er Hunger verspüre.
Roma schauderte und zog den gesteppten Nylonmantel fester um sich. »Ich hätte ganz gern eine Tasse Tee«, sagte sie. »So stark wie möglich. Und danach gehe ich jedenfalls noch mal ins Bett.«
Die übrigen nickten zustimmend.
»Ich habe etwas zu sagen vergessen«, meldete sich Simon. »Im Becken liegt eine Art Kassette. Ich habe sie deutlich gefühlt, als ich Munter aus dem Drahtgeflecht befreite. Soll ich sie nicht herausholen?«

»Die Schmuckkassette!« rief Roma erregt aus und schien ihr Ruhebedürfnis vergessen zu haben. »Munter hatte sie also!«
»Ich glaube nicht, daß es die Schmuckkassette ist«, erwiderte Simon. »Das Ding war größer, fühlte sich glatter an. Als Munter hineinstürzte, muß sie ihm entglitten sein.«
»Wir sollten eigentlich die Ankunft der Polizei abwarten«, meinte Gorringe zögernd. »Anderseits würde ich das Ding gern sehen, falls es Simon nichts ausmacht, ein zweites Mal ins Wasser zu steigen.«
Simon hatte nichts dagegen, obwohl es ihn noch immer fröstelte. Er schien geradezu darauf gewartet zu haben, wieder ins Schwimmbecken zu tauchen. Cordelia fragte sich, ob er denn den vor dem Pool hingestreckten Leichnam völlig vergessen hatte. So aufgekratzt und energiegeladen hatte sie ihn bisher nicht erlebt. Der Grund war wohl der, daß er endlich einmal im Mittelpunkt stand.
»Ich kann meine Neugier zügeln«, verkündete Whittingham. »Ich lege mich ins Bett. Wenn's hernach Tee gibt, wäre ich dankbar, wenn mir jemand eine Tasse brächte.«
Er ging allein nach oben. Roma schien Kopfschmerzen und Müdigkeit tatsächlich vergessen zu haben. Sie kehrten zum Schwimmbecken zurück. Der verblassende Mond glich einer papierdünnen Scheibe. Am Horizont kündigte sich schon das Morgengrauen an. Vom Wasser stiegen zerfaserte Nebelschwaden auf und schlugen ihnen mit feuchter, herbstlicher Kühle entgegen. Da nun die nächtliche Stimmung fehlte und sich das Gefühl der Unwirklichkeit, das zuvor das fahle Mondlicht hervorgerufen hatte, nicht mehr einstellte, wirkte die daliegende Gestalt menschenähnlicher, zugleich aber grotesker. Die auf den Steinplatten ruhende linke Wange war nach oben verschoben und verengte das Auge, so daß es sie mit einem ironischen, wissenden Ausdruck anzuglotzen schien. Aus dem offenstehenden Mund war etwas blutiger Speichel geflossen und hatte sich in den Bartstoppeln am Kinn verfangen. Die durchweichten Kleidungsstücke sahen aus, als seien sie bereits eingelaufen. Von den Hosenbeinen tropfte Wasser in den Pool. Im dämmrigen Morgenlicht kam es Cordelia so vor, als fließe da, unbeachtet und ungestillt, Blut ins Schwimmbecken.

»Sollten wir ihn nicht wenigsten zudecken?« fragte Cordelia.
»Selbstverständlich!« meinte Gorringe zustimmend. »Könnten Sie etwas aus dem Hause holen, Cordelia? Eine Tischdekke, ein Badehandtuch oder einen Mantel? Sie werden schon etwas finden!«
»Warum soll denn Cordelia gehen?« mischte sich Roma mit gereizter Stimme ein. »Wieso werden solche Dienste von ihr erwartet? Sie wird doch nicht bezahlt, um sich von Ihnen herumschicken zu lassen. Cordelia gehört doch nicht zu Ihrem Personal. Munter gehörte dazu.«
Gorringe schaute sie an, als sei sie ein sonst unverständiges Kind, das zum erstenmal eine gescheite Bemerkung gemacht hat.
»Sie haben völlig recht«, erwiderte er ungerührt. »Ich gehe selbst.«
Aber Roma war so aufgebracht, daß sie sich nicht beschwichtigen ließ. »Obwohl Munter Ihr Butler war, können Sie sich nicht zu der Äußerung aufraffen, daß Ihnen sein Tod leid tut. Er war Ihnen gleichgültig, nicht wahr? Ebenso gleichgültig wie Clarissa. Nichts geht Ihnen nahe, solange Sie gut leben und sich nicht langweilen. Seitdem wir ihn tot gefunden haben, haben Sie nicht ein einziges Wort des Bedauerns gesagt. Du lieber Himmel, wer sind Sie denn schon? Ihr Großvater hat sein Geld mit Leberpillen und Schmerzmitteln gemacht. Sie können Ihr abscheuliches Benehmen nicht einmal mit einer illustren Herkunft entschuldigen.«
Einen Augenblick lang erstarre Gorringe. Auf seinen Wangen erschienen rote Flecken, die aber gleich darauf verschwanden, so daß er wieder bleich wirkte. Seiner Stimme jedoch merkte man keine Erregung an. »Wie ich mich hier zu benehmen habe, weiß ich selbst. Ich werde um Munter trauern, wann es mir gefällt. Jetzt scheint mir keineswegs der richtige Zeitpunkt für eine Trauerrede zu sein. Falls Ihnen das mißfällt, kann ich Shakespeares Prinz Heinrich zitieren:

> Wie, alter Freund? Konnt' all dies Fleisch denn nicht
> Ein bißchen Leben halten? Armer Hans, leb wohl!
> Ich könnte besser einen Bessern missen.

Und falls es Sie beruhigt – ich würde lieber Sie alle, mit einer Ausnahme, tot auf dem Grund meines Swimming-pools sehen als Carl Munter. Recht haben Sie freilich, was Cordelia anbelangt. Man nützt nun einmal einen freundlichen, hilfsbereiten Menschen allzu leicht aus.«

Nachdem er gegangen war, herrschte verlegenes Schweigen. Roma stand, das Gesicht gerötet, das Kinn trotzig vorgeschoben, ein wenig abseits. Sie wirkte störrisch und uneinsichtig wie ein Kind, das weiß, daß es zwar etwas Unverzeihliches gesagt hat, das aber über das Ergebnis nicht eben unzufrieden ist. Unvermittelt drehte sie sich um und sagte mit schneidender Stimme: »Zumindest habe ich unserem Gastgeber eine menschliche Reaktion entlockt. Wir wissen jetzt, was er von uns hält. Ich nehme an, daß Ambrose nur Cordelia nicht gern tot auf dem Grund seines Schwimmbeckens sehen möchte. Ein hübsches Gesicht scheint offenbar selbst ihn zu beeindrucken.«

Sir George betrachtete nachdenklich die Wasserlilien. »Er ist ein wenig durcheinander. Das ist doch verständlich. Außerdem ist jetzt kaum der richtige Augenblick, einen Streit anzufangen.«

Cordelia hatte das Gefühl, daß sie etwas sagen müsse. Aber da ihr keine passende Erwiderung einfiel, schwieg sie lieber. Sie wunderte sich freilich über Romas Ausbruch, der sicherlich nicht darauf zurückzuführen war, daß Roma sie schützen wollte oder gar mochte. Es konnte eine Äußerung aus weiblicher Solidarität heraus gewesen sein oder eine Zurechtweisung männlicher Arroganz. Sie selbst hielt es eher für eine jähe Entladung von aufgestauter Angst und Betroffenheit. Was auch der Grund gewesen sein mochte, die Wirkung war höchst aufschlußreich gewesen. Das Zitat aus Shakespeares »König Heinrich IV.« war Gorringe auffallend rasch eingefallen. Kam das davon, daß er ein Shakespeare-Kenner war, oder hatte er sich vor kurzem eingehend mit den Shakespeare-Zitaten im Penguin-Lexikon beschäftigt?

Sie hörte, wie Gorringe über die Terrasse zurückkehrte. Er hatte ein zusammengefaltetes, rotkariertes Tischtuch bei sich. Sie sahen zu, wie er es ausbreitete und behutsam über die Leiche legte. Cordelia dachte, daß dies Tischtuch selbst als Notbehelf wohl kaum die rechte Bedeckung war. Er kniete nieder und

stopfte den Rand unter die Leiche, als würde sie dann behaglicher liegen. Alle schwiegen.
Nun wandte sich Sir George an Simon und sagte: »Na schön, Junge. Bringen wir's hinter uns!«
Simon hechtete ins Wasser, nachdem er die Tiefe abgeschätzt hatte. Die Wasserlilien am Rand schwankten, als sein Körper aufschlug. Kleine Wellen kräuselten die Oberfläche. Luftbläschen stiegen empor. Nach wenigen Augenblicken tauchte sein Kopf auf. In den Händen hielt er ein dunkles Holzkästchen, das etwa dreißig Zentimeter lang und zwanzig breit war. Er übergab es Gorringe und schwang sich aus dem Wasser.
»Es steckte unter dem Drahtnetz. Was ist es denn?« fragte er keuchend.
Statt einer Antwort öffnete Gorringe den Deckel. Die offenbar wasserdichte Spieldose wies ein paar Kratzer auf, war aber sonst unbeschädigt. Die Walze begann sich langsam zu drehen, und eine vertraute Weise ertönte, die Cordelia zum letztenmal bei der Generalprobe vernommen hatte: »The Bluebells of Scotland.«
Sie hörten sie stumm bis zum Ende an. Dann kam eine kurze Pause, bis die nächste Melodie – »My Bonnie Lies Over the Ocean« – erklang.
Gorringe klappte den Deckel zu. »Ich habe sie zuletzt neben der anderen Spieldose auf dem Requisitentisch gesehen«, erklärte er. »Munter wollte sie sicherlich ins Turmzimmer zurückbringen. Der direkte Weg vom Theater zum Turm führt ja hier vorbei.«
»Aber warum? Woher diese Eile?« Roma runzelte die Stirn, als würde die Spieldose ihren Erwartungen keineswegs entsprechen.
»Nein, es eilte gar nicht«, erwiderte Gorringe. »Aber da er betrunken war, handelte er ohne Sinn und Verstand. Er achtete wie ich sehr auf Ordnung und mochte es nicht, daß Sachen aus dem Schloß als Requisiten für die Aufführung zweckentfremdet wurden. Und in seiner Trunkenheit schien es ihm der geeignete Augenblick zu sein, die Sachen wieder an ihren alten Platz zu stellen.«
Cordelia wunderte sich, daß Sir George zu all dem nichts sagte.

»Was hat er denn sonst noch zurückgebracht?« fragte er plötzlich. »Wo ist denn die zweite Spieldose?«
»Sie wird im Schrank im Büro aufbewahrt. Soweit ich mich erinnern kann, war die eine Spieldose stets da und die andere im Turmzimmer bei dem übrigen Krimskrams.«
»Zieh dich an, Junge!« sagte Sir George zu Simon. »Du zitterst ja vor Kälte. Hier können wir nichts mehr tun.«
Es war eine Aufforderung, die keine Widerrede zuließ. Simon schien erst jetzt zu bemerken, wie sehr ihn fror. Er klapperte mit den Zähnen. Trotzdem zögerte er ein wenig, nickte dann und eilte davon.
»Der Junge besitzt mehr Talente, als ich ihm zugetraut habe«, meinte Roma. »Woher weiß er übrigens, wie Clarissas Schmuckschatulle aussieht? Sie haben sie ihr doch erst am Freitagvormittag geschenkt, Ambrose.«
»Er kennt die Schatulle ebenso gut wie Sie oder ich, weil er in Clarissas Zimmer war und sie dort gesehen hat«, warf Cordelia ein.
Roma wandte sich zum Gehen. »Das ist auch mir klar, daß er in ihrem Zimmer gewesen sein muß. Ich frage mich nur, wann.« Nach einer kurzen Pause fügte sie noch hinzu: »Und woher wußte er, daß Munter die Spieldose bei sich hatte, als er ins Becken fiel? Sie könnte doch schon seit Monaten dort gelegen haben.«
»Diese Annahme liegt doch auf der Hand, wenn man bedenkt, daß sich die Leiche und die Spieldose in dem Drahtnetz verfangen hatten.« Gorringe hatte in einem beiläufigen, desinteressierten Ton gesprochen, der Cordelia allzu beherrscht, allzu abwiegelnd vorkam. »Überlassen wir solche Fragen Grogan« fuhr er fort. »Eine Amateurdetektivin im Haus ist vollauf genug. Und einen Mordverdacht sollte lieber die Polizei äußern, meinen Sie nicht auch?«
Roma kehrte ihm den Rücken zu und schlang den Kragen ihres Morgenmantels enger um den Hals. »Ich gehe noch mal ins Bett. Vielleicht könnten Sie mir eine Tasse Tee auf mein Zimmer bringen lassen, sofern Sie welchen machen. Und sobald ich meine Vernehmung durch Grogan überstanden habe, werde ich Sie von meiner Anwesenheit erlösen. Entweder ist der Fluch über Courcy noch immer wirksam, oder der Tod ist in Ihrem Paradies ein Dauergast.«

Gorringe blickte ihr nach, als sie davonstakte und schließlich im Schatten der Arkaden verschwand. »Diese Frau könnte einem gefährlich werden«, meinte er.
Auch Sir George hatte Roma nachgeblickt. »Sie ist nur unglücklich«, erwiderte er.
»Das läuft bei einer Frau aufs gleiche hinaus. Außerdem sollte sie mit diesen muskulösen Schwimmerinnenschultern keinen gesteppten Morgenmantel tragen. Auch das Blau steht ihr nicht; überhaupt kein Blauton, würde ich sagen. Wir könnten übrigens nachschauen, ob sich die andere Spieldose an ihrem gewohnten Platz befindet.«
Im Büro kniete er nieder und öffnete die Türen der Walnußchiffonniere. Cordelia sah eine Anzahl Fächer, zwei sorgsam in Papier eingeschlagene Pakete, die sicherlich noch unausgepackte Kunstgegenstände enthielten, und ein Kästchen aus dunklem Holz, das ebenso groß wie die gefundene Spieldose war. Gorringe stellte es auf den Tisch und hob den Deckel. »Greensleeves« ertönte.
»Er hat sie also zurückgebracht«, sagte Sir George. »Ein merkwürdiger Mensch. Er fand wohl keine Ruhe, solange nicht alles wieder an seinem Platz stand.«
»Er hat sie allerdings verwechselt«, meinte Cordelia. »Diese Spieldose hier gehört ins Turmzimmer.«
»Woher wissen Sie das?« fragte Gorringe auffallend schroff.
»Weil ich sie am Freitagnachmittag, während Clarissa auf der Probe war, dort entdeckt habe. Als ich den Turm bestieg, bin ich auch ins Turmzimmer geraten. Ich täusche mich da nicht.«
»Die Spieldosen sind sich sehr ähnlich.«
»Aber sie haben unterschiedliche Walzen. Ich habe die Spieldose im Turm – diese hier – ablaufen lassen. Es erklang ›Greensleeves‹. Die Spieldose, die bei der Probe verwendet wurde, hatte ein Potpourri schottischer Volkslieder. Das müssen Sie doch wissen. Sie waren doch selbst zugegen.«
»Dann muß Munter diese hier vorgestern nachmittag aus dem Turmzimmer und nicht aus dem Büro geholt haben«, sagte Sir George und wandte sich an Gorringe: »Wußten Sie das, Ambrose?«
»Selbstverständlich nicht. Ich wußte nur, daß wir zwei Spieldosen haben: die eine hier, die andere im Turmzimmer. Ich wußte freilich nicht, welche sich wo befand. Aus Spieldosen

mache ich mir nicht viel. Als Munter mir sagte – und das hat er auch der Polizei mitgeteilt –, daß er die unteren Räume nicht verlassen und die Spieldose aus dem Büro geholt hat, hatte ich keinen Anlaß, daran zu zweifeln.«

»Als Clarissa oder der Regisseur erstmals nach einer Spieldose verlangten, handelte Munter, wie man es in so einem Fall erwarten kann«, meinte Cordelia. »Er holte die Spieldose, die sich in der Nähe befand und weniger wertvoll war. Warum sollte er sich in das Turmzimmer bemühen, wenn eine Spieldose hier im Büro aufbewahrt wurde? Er wäre nicht ins Turmzimmer gegangen, wenn Clarissa nicht die erste Spieldose abgelehnt hätte.«

»Den Turm kann man nur von der Galerie aus betreten«, sagte Gorringe. »Munter hat also die Polizei angelogen. Vorgestern nachmittag muß er sich gegen zwei Uhr in der Nähe von Clarissas Zimmer aufgehalten haben. Das bedeutet, daß er beobachtet haben könnte, wie jemand ihr Zimmer betrat oder verließ. Die Polizei könnte durchaus auf den Gedanken kommen, daß er Clarissa – ob nun ihre Tür verschlossen war oder nicht – aufgesucht hat. Deswegen war er so erpicht darauf, die Spieldosen wieder an ihren gewohnten Platz zu stellen, jede in das Zimmer, aus dem er sie angeblich geholt hatte. Im Grunde war das völlig unnötig. Ich kann mir jedenfalls nicht vorstellen, wie jemand auf den wahren Sachverhalt hätte kommen sollen. Es war doch purer Zufall, daß Sie, Cordelia, ins Turmzimmer gelangten und die zweite Spieldose bemerkten. Ob die Polizei Ihnen das glauben wird, ist freilich ungewiß.«

»So zufällig war es nun wieder auch nicht«, entgegnete Cordelia. »Wenn Clarissa mich nicht aus dem Theater geschickt hätte, hätte ich mir die Probe bis zum Ende angesehen. Warum sollte mir das die Polizei nicht glauben? Sie wird eher mir abnehmen, daß ich aus Neugier das Turmzimmer aufsuchte, als Ihnen, daß Sie – der Sie auf Ihre viktorianischen Antiquitäten so stolz sind – nicht genau wußten, wo welche Spieldose aufbewahrt wurde.«

Sobald sie das gesagt hatte, fragte sie sich, ob ihr Freimut klug gewesen war. Höflich war es jedenfalls nicht, so mit einem Gastgeber zu reden. Aber Gorringe nahm den Einwand ungerührt hin.

»Sie haben vielleicht recht«, sagte er leichthin. »Aber die Polizei wird weder Ihnen noch mir glauben. Daß Munter gelogen hat, ergibt sich nur aus unseren Aussagen. Und nur wir profitieren davon, nicht wahr? Der Verdächtige ist tot und kann nicht widerlegen, was wir über ihn aussagen. Der Butler ist's also gewesen. Selbst für einen Krimi wäre diese Lösung nicht eben zufriedenstellend, finde ich.«

Sir George hob lauschend den Kopf. »Ich glaube, die Polizeibarkassen kommen.«

Für einen Mann seines Alters mußte er ein ungewöhnlich scharfes Gehör haben, dachte sich Cordelia. Sie hatte nichts vernommen. Jetzt erst kam es auch ihr so vor, als höre sie Motorengedröhn. Sie schauten einander an. Cordelia sah in den Augen von Gorringe und Sir George, was diese auch aus ihrem Blick herauslesen mußten: aufsteigende Angst.

»Ich gehe zum Kai, um sie zu empfangen«, erklärte Gorringe. »Sie beide sollten sich zu der Leiche begeben.«

Sir George und Cordelia blieben allein zurück. Wenn sie es aussprechen wollte, dann mußte sie es jetzt, vor den Vernehmungen durch die Polizei, tun. Aber sie fand zunächst nicht die richtigen Worte. Und als sie es dann sagte, klang ihre Stimme kühl, beinahe anklagend.

»Munters aufgedunsenes Gesicht hat Sie an jemand erinnert, nicht wahr, Sir George? Sie dachten sich doch, er könnte Blythes Sohn sein?«

»Ja, diesen Eindruck habe ich gehabt«, antwortete er gelassen. »Auf diesen Gedanken wäre ich vorher nie gekommen.«

»Sie haben Munter auch nie so gesehen – den Kopf verdreht, tot, ertrunken. So haben Sie jedoch seinen Vater gesehen.«

»Was brachte Sie darauf?«

»Ihr Gesichtsausdruck, als Sie auf Munter blickten. Dann das Kriegerdenkmal, das Munter alljährlich am Waffenstillstandstag geschmückt hat. Die Worte ›Mörder! Du Mörder!‹, die er Ihnen ins Gesicht schrie. Er meinte seinen Vater, nicht Clarissa. Er redete dann noch in deutscher Sprache auf Simon ein. Auch sein Vorname machte mich stutzig. Sagte nicht Gorringe, daß er Carl heißt? Dann seine Größe. Sein Vater starb deswegen so qualvoll langsam, weil er so hochgewachsen war. Und letztlich sein Familienname. ›Munter‹, das ist eins der wenigen deutschen Wörter, die ich kenne; es bedeutet dasselbe wie ›blithe‹.«

Sir George rang sichtlich um Fassung, wie sie es schon einmal beobachtet hatte. Aber er erwiderte nur: »Vielleicht haben Sie recht.«
»Wollen Sie das Grogan mitteilen?« fragte Cordelia.
»Nein. Das geht ihn nichts an. Das hat mit dem Mord nichts zu tun.«
»Und wenn man Sie unter Mordverdacht verhaftet?«
»Das werden sie nicht. Ich habe meine Frau nicht umgebracht.« Unvermittelt fügte er noch hinzu, als stehe er unter einem Zwang: »Ich kann mir nicht vorstellen, daß ich es wissentlich zuließ, daß sie Blythe umbrachten. Aber möglicherweise war es so. Wer kennt schon seine wahren Beweggründe? Ich habe mir immer eingebildet, es sei ganz anders gewesen.«
»Vor mir brauchen Sie sich nicht zu rechtfertigen«, erwiderte Cordelia. »Mich geht es nichts an. Sie waren damals ein blutjunger Offizier. Sie können doch das Kommando nicht gehabt haben.«
»Das nicht, aber ich war in jener Nacht der Offizier vom Dienst. Ich hätte merken müssen, daß da etwas im Gange war, hätte es unterbinden müssen. Aber ich haßte Blythe so, daß ich mich nicht in seine Nähe wagte. Grausamkeit, die man als hilfloses Kind erlebt hat, vergibt oder vergißt man nie. Ich kümmerte mich nicht um Blythes Schicksal. Vielleicht habe ich es absichtlich getan. Man könnte es Pflichtvergessenheit nennen.«
»Das hat Ihnen niemand vorgeworfen. Sie wurden doch nicht vor ein Kriegsgericht gestellt, nicht wahr? Niemand macht Ihnen Vorwürfe.«
»Ich selbst mache mir Vorwürfe.«
Sie schwiegen eine Weile.
»Ich wußte nicht, daß er verheiratet war«, sagte Sir George dann. »Bei den nachfolgenden Ermittlungen war von einer Frau nicht die Rede. Angeblich hatte er eine Freundin in Speymouth. Ich habe sie nicht zu Gesicht bekommen. Auch von einem Kind war nicht die Rede.«
»Munter war damals wahrscheinlich noch gar nicht auf der Welt. Er wurde möglicherweise unehelich geboren. Wir werden's wohl nie erfahren. Seine Mutter muß über das Vorgefallene zutiefst erbittert gewesen sein. Munter wuchs vermutlich

in dem Glauben auf, daß die englische Armee schuld an der Ermordung seines Vaters war. Unklar ist mir freilich, warum er auf Courcy eine Arbeit annahm. War's Neugier? Wollte er als Sohn den Vater rächen? Aber er konnte doch nicht damit rechnen, daß Sie hier erscheinen würden.«
»Vielleicht doch. Er hat die Stellung im Sommer 1978 angetreten. Ich habe Clarissa im selben Jahr geheiratet. Clarissa und Gorringe kannten sich schon seit Jahren. Munter wußte sicherlich über meinen Werdegang Bescheid. Ich bin schließlich kein Unbekannter.«
»Auch die Polizei macht Fehler. Sollte man Sie verhaften, werde ich die Sache aufklären. Ich muß es einfach.«
»Nein, Cordelia«, entgegnete er ruhig. »Das geht nur mich etwas an. Es ist meine Vergangenheit, mein Leben.«
»Begreifen Sie doch endlich, welche Schlüsse die Polizei ziehen wird!« rief sie aus. »Wenn mir die Polizei die Sache mit der Spieldose glaubt, wird man folgern, daß sich Munter zur Zeit der Ermordung Ihrer Frau in der Galerie nur wenige Schritte vom Zimmer Ihrer Frau entfernt aufgehalten haben muß. Wenn Munter sie nicht umgebracht hat, könnte er doch immerhin den Mörder gesehen haben. Nimmt man noch hinzu, daß Munter Sie als Mörder bezeichnet hat, befinden Sie sich in einer schlimmen Lage, wenn Sie nicht sagen, wer Munter in Wirklichkeit war.«
Er erwiderte nichts darauf, sondern stand regungslos wie ein Wachposten da und schaute ins Leere.
»Wenn die Polizei den Falschen verhaftet, ist das doch eine zweifache Ungerechtigkeit«, sagte Cordelia. »Denn der Schuldige bleibt dann frei. Wollen Sie das?«
»Wäre ich denn der Falsche? Wenn Clarissa mich nicht geheiratet hätte, lebte sie noch.«
»Woher wissen Sie das?«
»Ich habe so das Gefühl. Wer war es, der sagte, daß wir Gott einen Tod schulden?«
»Ich weiß nicht. Jemand in Shakespeares ›Heinrich IV.‹. Aber was hat das damit zu tun?«
»Nichts. Es kam mir nur so in den Sinn.«
Sie wurde aus ihm nicht klug. Hinter seiner Geradlinigkeit und Wortkargheit schien sich eine andere Person zu verbergen mit einer Psyche, die vielleicht komplexer und bedenken-

loser war, als sie es sich vorstellen konnte. Und er war kein Narr, dieser so trügerisch unverbildet wirkende Militär. Er wußte genau, in welcher Gefahr er sich befand. Und daraus konnte man schließen, daß er durchaus einen Verdacht hegte, daß er möglicherweise jemand deckte. Sie konnte sich nicht denken, daß dies Gorringe oder Whittingham war.

»Was soll ich jetzt tun?« fragte sie ratlos. »Soll ich den Fall weiter verfolgen?«

»Das hat wenig Sinn, oder? Clarissa kann nichts mehr erschrecken. Überlassen Sie den Fall besser den Profis.« Gepreßt fügte er noch hinzu: »Ich zahle Ihnen Ihr Honorar selbstverständlich weiter. Undankbar bin ich nicht.«

Undankbar in welcher Hinsicht, überlegte sie.

Als sie zur Leiche kamen, schaute er auf Munter hinunter. »Schon ein merkwürdiges Verhalten, alljährlich einen Kranz am Kriegerdenkmal niederzulegen. Meinen Sie, daß Gorringe die Tradition beibehalten wird?«

»Kann ich mir nicht vorstellen.«

»Er sollte es aber. Ich werde mal mit ihm reden. Oldfield könnte sich darum kümmern.«

Jählings erschraken sie. Im fahlgelben Sonnenlicht kamen ihnen über den Rasen – das dichte Gras dämpfte die Schritte – Grogan und sein Gefolge von Kriminalbeamten entgegen. Cordelia war darauf überhaupt nicht gefaßt. Als sie das lautlose, unaufhaltsame Anrücken dieser Leute sah, ihre düsteren, verkniffenen Gesichter, widerstand sie der Versuchung, Sir George anzublicken. Ob auch ihm plötzlich der Gedanke gekommen war, wie sie beide auf die Polizisten wirken mußten? Sie glichen zwei schuldbewußten, erschrockenen Wilddieben, die mit ihrer Jagdbeute zu Füßen von Förstern überrascht wurden.

VI.

Ein abgeschlossener Fall

I

Man schaffte Munters Leichnam mit einer Eilfertigkeit fort, die Cordelia geradezu peinlich vorkam. Gegen zehn Uhr wurde die Metallkiste mit den langen, seitlich angebrachten Griffen mit einer Gleichgültigkeit von der Anlegestelle aufs Deck der Polizeibarkasse geschoben, als befinde sich darin ein Hund. Aber wie hätte es auch anders sein sollen? Munter war einst ein Mensch gewesen. Jetzt aber war er nur etwas, das bald verwesen würde, ein Fall, den man mit einer Nummer versehen und zwischen zwei Aktendeckeln darlegen würde, ein Problem, das gelöst werden mußte. Deswegen war es unsinnig zu erwarten, daß die Männer – waren es Polizeibeamte? Leute vom Leichenschauhaus? Totengräber? – Munter mit feierlichem Gebaren wie bei einem Begräbnis forttragen würden. Sie verrichteten nur emotionslos und ohne viel Getue eine alltägliche Arbeit.

Bei diesem Todesfall konnten sie übrigens, obwohl sie alle unter Verdacht standen, der Polizei bei ihrer Spurensicherung zusehen. Sie taten es verstohlen vom Fenster in Cordelias Zimmer aus, wo sie beobachten konnten, wie Grogan und Buckley langsam um die Leiche herumschritten, als seien sie Meeresbiologen, die ein von der Flut angetriebenes, ein wenig ramponiertes Tier studierten. Sie sahen, wie der Fotograf seine Aufnahmen machte, sich um die Polizisten kaum kümmerte, auch nicht mit ihnen sprach, sondern sich allein auf seine Aufgabe konzentrierte. Dr. Ellis-Jones war diesmal nicht gekommen. Cordelia fragte sich, ob es daran lag, daß die Todesursache bereits feststand, oder daran, daß er anderswo eine Leiche zu untersuchen hatte. Statt seiner war ein Polizeiarzt erschienen, der den Tod offiziell bestätigen mußte und die erste Untersuchung vornahm. Er war hochgewachsen, machte einen umgänglichen Eindruck und trug derbe Gummistiefel

und eine Strickjacke mit Lederflicken am Ellenbogen. Er begrüßte die Polizisten wie vertraute Trinkkumpane. Seine fröhliche Stimme war in der stillen Morgenluft deutlich zu hören. Erst als er sich niederkniete und aus seiner Tasche ein Thermometer hervorholte, zogen sie sich unauffällig vom Fenster zurück und suchten den Salon auf, als schämten sie sich ihrer pietätlosen Neugier. Zehn Minuten darauf sahen sie dann vom Salonfenster aus, wie Munters Leiche durch den Torbogen und über den Kai zur Barkasse getragen wurde. Einer der Träger rief seinem Kollegen etwas zu, worauf beide auflachten. Vermutlich hatte er über die Last geflucht.
Bei diesem zweiten Todesfall dauerte selbst die Vernehmung durch die Polizei nicht lange. Schließlich konnten sie ja nicht viel aussagen, und die wenigen Angaben, vermutete Cordelia, klangen verdächtig ähnlich. Als sie dann an der Reihe war, betrat sie das Büro mit der Überzeugung, daß man ihr nichts glauben würde, was sie auch mitteilen mochte. Grogan musterte sie über den Schreibtisch hinweg mit seinen hellen, unfreundlichen Augen, die rotgerändert waren, als habe er diese Nacht nicht geschlafen. Vor ihm standen nebeneinander die beiden Spieldosen.
Nachdem sie von Munters Auftauchen hinter der Terrassentür, dem Auffinden der Leiche und der Bergung der Spieldose berichtet hatte, herrschte Schweigen.
»Warum suchten Sie eigentlich am Freitagnachmittag das Turmzimmer auf?« fragte er nach einer Weile.
»Ich war neugierig. Miss Lisle wollte nicht, daß ich bei der Probe zugegen war, und Mr. Whittingham und ich waren kurz zuvor von einem Spaziergang zurückgekehrt. Da er müde war und sich hinlegen wollte, hatte ich sonst nichts zu tun.«
»Und da vertrieben Sie sich die Zeit, indem Sie den Turm besichtigten?«
»Ja.«
»Und hernach tändelten Sie mit den Spielsachen?«
Er sagte es, als sei sie ein unartiges Kind, das die Spielsachen eines anderen nicht hatte in Ruhe lassen können. Aufgebracht und zugleich niedergeschlagen erkannte sie, daß es ihr unmöglich war, ihm die Regung zu erklären, die sie veranlaßt hatte, all die Spielsachen aufzuziehen, ihre Verstörtheit in metallischem Lärm zu ersticken. Aber hätten ihre Angaben,

selbst wenn sie ihm den Grund für ihre Niedergeschlagenheit – Whittinghams Bericht über den Tod von Tollys Tochter – gestanden hätte, glaubhafter geklungen? Wie konnte man einem Polizisten, einem Richter, einem Schöffengericht solche scheinbar unsinnigen Regungen klarmachen, diese kümmerlichen Behelfe gegen den Weltschmerz, die einem ja selbst kaum verständlich waren? Und wenn es ihr, die sie sich ja noch in einer vorteilhaften Lage befand, schon schwerfiel, wie konnten sich dann die anderen behelfen, die Unwissenden, die Ungebildeten, die Gehemmten, wenn sie auf die abgeschottete, unerbittliche Gesetzesmaschinerie stießen?

»Ja, ich habe mit dem Spielzeug getändelt«, sagte sie.

»Und Sie wissen genau, daß die Spieldose, die Sie im Turmzimmer fanden, ›Greensleeves‹ spielte?« Grogan legte seine Pranke auf die linke Spieldose und hob dann den Deckel. Die Walze begann sich zu drehen, und die feinen, kammartig angeordneten Metallzähne klimperten abermals die nostalgische, wehmütige Weise.

»Da bin ich mir sicher.«

»Äußerlich sind sie sich ja ähnlich: fast die gleiche Größe, die gleiche Form, beinahe das gleiche Holz und der gleiche Zierat auf dem Deckel.«

»Ich weiß. Aber sie spielen verschiedene Melodien.«

Sie konnte seinen Ärger und seine Gereiztheit gut verstehen, auch wenn er sie zu verbergen trachtete. Wenn sie ihn sympathisch gefunden hätte, hätte sie es ihm nachfühlen können. Wenn sie die Wahrheit sagte, dann hatte Munter gelogen. Er mußte in der fraglichen Zeitspanne von einer Stunde und vierzig Minuten das Erdgeschoß verlassen haben. Der einzige Zugang zum Turm befand sich auf der Galerieetage.

Er war also nur wenige Schritte von Clarissas Zimmertür entfernt gewesen. Doch Munter war tot. Selbst wenn Grogan von seiner Unschuld überzeugt war, selbst wenn ein anderer Verdächtiger vor Gericht gestellt werden sollte, würde ihre Aussage über die Spieldose der Verteidigung zupaß kommen.

»Sie haben Ihren Besuch des Turms bei der ersten Vernehmung nicht erwähnt.«

»Sie haben mich auch nicht danach gefragt. Sie wollten vor allem wissen, was ich am Samstag getan und beobachtet habe. Und ich hielt ihn für unwichtig.«

»Gibt es vielleicht noch etwas, das Sie für unwichtig gehalten haben?«
»Ich habe Ihre Fragen so wahrheitsgetreu beantwortet, wie ich es vermochte.«
»Das mag schon sein. Aber damit ist meine Frage nicht beantwortet, nicht wahr, Miss Gray?«
Seine Worte bereiteten ihr Gewissensqualen. Denn er hatte ja recht. Unvermittelt neigte er sich über den Schreibtisch, so daß sich ihre Gesichter beinahe berührten. Sie bildete sich ein, daß sie sein säuerlicher, nach Bier riechender Atem streifte, und mußte sich zwingen, nicht zurückzuweichen.
»Was hat sich am Samstagvormittag im Teufelskessel eigentlich ereignet?«
»Ich hab's Ihnen doch schon gesagt! Mr. Gorringe berichtete von einem Lagerinsassen, den man da ertränkt hatte. Und ich fand einen Drohbrief mit einem Zitat aus dem Theaterstück.«
»Das ist alles?«
»Das reicht doch, oder?«
Er lehnte sich zurück, und sie wartete ab. Er schwieg.
»Ich habe vor, heute nachmittag nach Speymouth zu fahren«, sagte sie dann, »mal von Courcy loszukommen.«
»Wer möchte das nicht, Miss Gray?«
»Dann haben Sie nichts dagegen? Ich brauche Ihre Erlaubnis nicht? Ich kann also gehen, wohin ich möchte, solange Sie mich nicht verhaften?«
»Dergleichen würden Sie wohl Ihren Klienten empfehlen, falls Sie welche hätten. Aber Sie haben recht. Ich kann Sie nicht daran hindern. Allerdings sollten Sie morgen um zwei Uhr nachmittags wegen der amtlichen Feststellung der Todesursache in Speymouth sein. Nur eine Formalität, die nicht lange dauert. Ich werde eine Verschiebung beantragen. Aber Sie haben die Leiche entdeckt. Sie waren die letzte, die Miss Lisle noch lebend gesehen hat. Der Coroner wird Sie befragen wollen.«
Sie überlegte, ob das eine verkappte Drohung war.
»Ich werde dort sein«, erwiderte sie.
Er schaute hoch und sagte so freundlich, daß man sich hätte einbilden können, er meine es ehrlich: »Amüsieren Sie sich gut in Speymouth, Miss Gray. Ich wünsche Ihnen einen schönen Tag.«

2

Es war nach halb eins, als sie endlich gehen durfte. Sie gesellte sich zu den anderen, die auf der Terrasse vor dem Lunch einen Sherry tranken, und erfuhr, daß Oldfield zum Festland hinübergefahren war, um die Post und Lebensmittel zu holen. Gorringe erwartete ein Paket mit Büchern aus einer Londoner Bibliothek. Als Cordelia ihn fragte, ob die »Shearwater« gegen zwei Uhr zu ihrer Verfügung stehen würde, sicherte er es ihr ohne jegliche neugierige Frage zu und wollte nur wissen, wann die Barkasse sie von Speymouth wieder zurückbringen sollte. Cordelia bestellte sie für sechs Uhr.

Sie verspürte noch keinen Hunger, bei den anderen schien es ebenso zu sein. Mrs. Munter hatte im Speisezimmer ein kaltes Buffet angerichtet. Viel zuviel, das meiste war für die Party bestimmt gewesen und war nun lieblos und in Mengen, die einem den Appetit verschlugen, aufgetragen worden. Ein Wunder war, dachte sich Cordelia, daß Mrs. Munter überhaupt daran gedacht hatte. Seit dem Auffinden ihres toten Mannes hatte niemand über sie gesprochen. Nachdem sie von der Polizei vernommen worden war, hatte sie etliche Stunden einsam in ihrer Wohnung verbracht und war hernach stumm und unauffällig zwischen der Küche und dem Speisezimmer hin und her geeilt. Gorringe schien sich nicht um sie zu kümmern. Auch die anderen ließ ihr Schicksal gleichgültig. Cordelia nahm sich vor, sie vor ihrer Abfahrt zu fragen, wie es ihr gehe, ob sie etwas für sie in Speymouth erledigen könne. Sie bezweifelte allerdings, daß ihre Anteilnahme willkommen war. Wie konnte sie oder irgendein anderer Mrs. Munter schon helfen? Aber sie wollte sich immerhin erkundigen.

Sie setzte sich nicht an den Tisch, sondern schnitt ein paar Scheiben von dem kalten Braten ab und machte sich Sandwiches. Sie entschuldigte sich bei Gorringe, nahm noch einen

Apfel und eine Banane und picknickte am Strand. In Gedanken hatte sie die beängstigende Insel bereits hinter sich gelassen, sie war schon auf dem Festland. Sie hatte das Gefühl, als sei sie geflüchtet, und warte nun darauf, diese verseuchte Insel und ihre gewalttätigen Bewohner zu verlassen. Deswegen saß sie hier und hielt verzweifelt nach einem Schiff Ausschau, das sie in Sicherheit, in die Geborgenheit der Heimat bringen könne, fort von dem Gestank nach verwesenden Leichen, dem Gegröle und Tumult, fort von den am Strand hingestreckten Menschen. Das Festland, das sie noch vor drei Tagen mit Freude hatte zurückweichen sehen, kam ihr nun wie ein verlockendes Paradies vor. Sie konnte die Abfahrtszeit um zwei Uhr kaum erwarten.
Gegen halb zwei ging sie durch den gefliesten Korridor am Büro vorbei zu der bespannten Tür, die zur Dienstbotenwohnung führte. Während sie noch überlegte, wie sie sich bemerkbar machen sollte, da sie keine Glocke oder einen Türklopfer sah, erschien Mrs. Munter, einen Korb mit Wäsche gegen die Hüfte gestemmt. Wortlos drückte sie die Tür auf und ließ Cordelia eintreten. Sie durchquerte eine schmale Diele und gelangte in ein kleines Wohnzimmer. Wie alle viktorianischen Architekten hatte Godwin darauf geachtet, daß die Dienstboten von keinem ihrer Räume aus die Herrschaft beobachten konnten, ob sie sich nun im Hause oder draußen die Zeit vertrieb. Von dem einzigen Fenster aus sah man nur den geräumigen Wirtschaftshof und die sich anschließenden Stallungen mit einer hübschen Turmuhr und einer Wetterfahne. Quer über den Hof war eine Wäscheleine gespannt, an der ein riesiger Pyjama hing, der sicherlich Munter gehört hatte. Es war ein rührender, aber zugleich peinlicher Anblick, so daß sie wegschaute, als habe man sie bei unziemlicher Neugierde ertappt.
Der Raum war einfach, doch nicht unbehaglich eingerichtet. Aber trotz der kunstvollen Schlichtheit der Jugendstilmöbel sagte er nichts über die Bewohner aus. Sie sah ein Fernsehgerät in der Ecke, aber keine Bücher, Bilder oder Fotografien noch irgendwelche Nippes auf der Kommode. Es war, als hätten die Bewohner keine Vergangenheit, derer sie gedenken wollten, und auch keine Gegenwart, die es hin und wieder zu feiern galt. Allem Anschein nach hatte hier noch nie eine drit-

te Person gesessen. Es gab nur zwei Sessel – beiderseits des stilvoll verzierten eisernen Kamins – und nur zwei Eßzimmerstühle an den Schmalseiten des Tisches.
Mrs. Munter bot ihr keinen Platz an.
»Ich möchte Sie nicht stören«, sagte Cordelia. »Ich wollte nur nachsehen, wie es Ihnen geht. Ich fahre in wenigen Minuten nach Speymouth. Kann ich etwas für Sie besorgen oder erledigen?«
Mrs. Munter wuchtete den Korb auf den Tisch und begann die Wäschestücke zusammenzulegen. »Ich wüßte nichts. Außerdem fahre ich wahrscheinlich mit Ihnen. Ich verlasse nämlich Courcy, Miss. Ich verlasse diese Insel.«
»Ich kann mir gut vorstellen, wie Ihnen zumute ist. Wenn Sie Angst haben, könnte ich heute nacht bei Ihnen schlafen.«
»Ich habe keine Angst. Wovor sollte ich Angst haben? Ich ziehe nur weg. Das ist alles. Ich habe die Insel nie gemocht, und jetzt, wo er tot ist, brauche ich nicht länger zu bleiben.«
»Selbstverständlich nicht, wenn Sie's nicht möchten. Ich kann mir freilich denken, daß Mr. Gorringe Ihnen raten wird, nicht überstürzt zu handeln. Er möchte sicherlich noch gern mit Ihnen reden. Schließlich muß ja noch manches geregelt werden.«
»Da gibt es nichts zu regeln. Mr. Gorringe war uns kein schlechter Herr. Aber er war im Grunde nur an Munter interessiert. Ich bin bloß mitgekommen. Und jetzt sind wir halt getrennt.«
Und das für immer, dachte Cordelia. Der befriedigte, geradezu triumphierende Unterton war nicht zu überhören gewesen. Und sie war in ihrer Unerfahrenheit aus Mitgefühl hierher gekommen, um Trost zu spenden! Dabei war er weder erwünscht noch notwendig. Aber Mrs. Munter bekam sicherlich noch ausstehenden Lohn. Man mußte ihr weiterhelfen. Das Begräbnis war noch zu regeln. Gorringe würde ihr gewiß zusichern, daß sie auch weiterhin im Schloß wohnen konnte, falls sie es wollte. Und da war auch noch die Polizei – Grogan und seine allgegenwärtigen Experten für derartige Todesfälle, deren Handwerk es war, zu verdächtigen und zu argwöhnen. Wenn jemand Munter mit Absicht ins Schwimmbecken gestoßen hatte, konnte es nicht sie gewesen sein? War es nicht ein günstiger Zeitpunkt, einen verhaßten Ehemann loszuwerden,

solange der Mörder auf der Insel nicht dingfest gemacht worden war? Cordelia zweifelte nicht daran, daß Grogan diese Witwe, die keinerlei Trauer empfand, auf seiner Liste der Verdächtigen obenan setzen würde. Auch ihre überstürzte Abreise mußte der Polizei höchst verdächtig vorkommen.
Cordelia überlegte gerade, ob sie Mrs. Munter nicht warnen sollte, als diese sagte: »Mit der Polizei habe ich schon gesprochen. Es gibt keinen Grund, mich hier festzuhalten. Außerdem wissen sie, wo sie mich finden können. Mr. Gorringe soll sich ums Begräbnis kümmern. Mich geht das nichts an.«
»Aber Sie waren doch seine Frau?«
»Wir waren nicht verheiratet. Er hielt nichts von der Ehe, ich auch nicht. Ich verlasse die Insel mit der Barkasse, sobald Oldfield soweit ist.«
»Haben Sie genug Geld? Ich bin sicher, daß Mr. Gorringe . . .«
»Ich brauche seine Hilfe nicht. Munter hat Geld gespart. Er machte nebenbei so seine Geschäfte. Ich weiß, wo er es aufbewahrt hat. Ich nehme bloß, was mir zusteht. Ich komme schon zurecht. Eine gute Köchin findet immer ihr Auskommen.«
Cordelia fühlte sich fehl am Platz. »Da haben Sie recht. Wissen Sie schon, wo Sie heute übernachten werden?«
»Sie bleibt bei mir.«
Tolly hatte mittlerweile geräuschlos das Zimmer betreten. Sie trug einen dunkelblauen Maßmantel mit wattierten Schultern und ein Hütchen mit einer langen Feder. Ihr Aufzug erinnerte an die Mode der dreißiger Jahre und verlieh ihr ein leicht verruchtes, altmodisches Aussehen. Sie hatte einen prall gefüllten Koffer bei sich, der von einem Lederriemen zusammengehalten wurde. Sie stellte sich mit abweisendem Gesicht neben Mrs. Munter – Cordelia wäre nie eingefallen, sie anders zu nennen –, worauf beide Frauen sie musterten.
Cordelia hatte das Gefühl, daß sie Mrs. Munter zum erstenmal sah. Bisher war sie ihr kaum aufgefallen, es sei denn durch ihre unaufdringliche Dienstbeflissenheit. Sie war kaum mehr als ein Anhängsel Munters gewesen. Selbst ihr Äußeres war unscheinbar: struppiges Haar, weder hell noch dunkel, mit steifen, gekräuselten Locken, stämmige Gestalt, derbe, verarbeitete Hände. Und der dünnlippige Mund, der so wenig
 verraten hatte, war wie vor unerschütterlicher Siegesgewiß-

heit verkniffen. Die Augen, die sonst ergeben zu Boden geblickt hatten, sahen sie nun mit einem Ausdruck von herausforderndem, geradezu dreistem Selbstvertrauen an, als wollten sie ihr kundtun: »Du weiß nicht einmal, wie ich heiße. Und jetzt wirst du es erst recht nicht erfahren.« Tollys Miene dagegen drückte nach wie vor selbstsichere Heiterkeit aus.
Sie wollten also zusammen weggehen. Wo würden sie wohnen, überlegte Cordelia. Tolly besaß sicherlich ein kleines Haus oder eine Wohnung irgendwo in London, wo ihre Tochter behütet aufgewachsen war. Auf einmal hatte Cordelia eine verblüffend klare Vorstellung von den beiden: Die zwei Frauen würden fortan nicht von Erinnerungen heimgesucht leben, sondern sich in einem hübschen Haus in einer Vorstadtsiedlung einrichten, nicht allzu weit entfernt von U-Bahn und Geschäftszentrum, mit gerafften Stores vor dem Erkerfenster, die sie vor neugierigen Blicken schützten, einem kleinen Vorgarten, dessen Zaun nicht nur ungebetene Gäste, sondern auch die Vergangenheit fernhielt. Sie hatten ihre Dienstbotenstellung aufgegeben. Aber hatten sie nicht aus freien Stücken gedient? Beide waren doch erwachsene Menschen. Es war sicherlich nicht die Angst vor Arbeitslosigkeit gewesen, die sie vor persönlicher Selbständigkeit abgeschreckt hatte? Welche rätselhaften Beweggründe mochten Menschen gegen alle Vernunft, gegen alle Neigungen und Interessen aneinanderbinden? Der Tod hatte nun das Band zerrissen, das die eine an Clarissa, die andere an Munter gefesselt hatte. Die Polizei könnte durchaus auf den Gedanken kommen, daß beiden dieser Bruch zupaß kam.
Ich habe nun eine klare Vorstellung vom Leben der beiden, dachte sich Cordelia, weiß aber noch immer nichts über sie. Ein Ausspruch von Henry James kam ihr in den Sinn: »Glaubt nur nicht, daß übers menschliche Herz schon das letzte Wort gesprochen ist!« Sie, die sie sich doch eine Detektivin nannte, kannte nicht einmal das erste. Aber war es nicht eine weitverbreitete Sucht, sich mit den Motiven, den Antrieben, den faszinierenden Ungereimtheiten anderer Menschen zu beschäftigen? Wir spielen doch alle gern den Detektiv, selbst bei denen, die wir lieben, bei denen sogar bevorzugt. Sie sah es jedoch als ihren Beruf an und machte es des Geldes wegen. Zwar hatte sie die Faszination nie geleugnet, aber nun kam ihr

erstmals der Gedanke, daß es vielleicht auch anmaßend war. Noch nie hatte sie sich bei einem Auftrag so unzulänglich gefühlt, bei dem sie nur ihre Jugend, ihre Unerfahrenheit, ihr kärgliches, angelerntes Wissen der Rätselhaftigkeit der menschlichen Psyche entgegenzusetzen hatte.

»Könnte ich mit Miss Tolgarth unter vier Augen sprechen?« wandte sie sich an Mrs. Munter.

Statt einer Antwort schaute Mrs. Munter Tolly an, die ihr zunickte, worauf sie die beiden wortlos allein ließ.

Tolly wartete gleichmütig, verschlossen, die herabhängenden Hände gefaltet, ab. Zwar gab es da etwas, das Cordelia gern von ihr erfahren hätte, aber das brauchte sie jetzt nicht mehr. Außerdem war sie nun weniger von sich überzeugt als zu Beginn des Falls. Mittlerweile war ihr klargeworden, daß sie nicht das Recht hatte, bestimmte Fragen zu stellen oder bestimmte Fakten zu erfahren. Nichts, weder menschlich verständliche Neugier noch das Bestreben, alle vorhandenen Mosaiksteinchen zu einem Bild zu fügen, als könnte sie so Ordnung im wirren menschlichen Dasein schaffen, rechtfertigte die Frage, deren Antwort sie ja ohnehin kannte: Ob Whittingham der Vater von Tollys Kind gewesen war. Denn nur er hatte dermaßen gut unterrichtet und liebevoll von Viccy gesprochen; er hatte zudem gewußt, daß Tolly jegliche Unterstützung vom Kindsvater abgelehnt hatte; er allein hatte sich die Mühe gemacht, das Krankenhaus anzurufen, um die Wahrheit über das Telefongespräch zu erfahren. Schon ein merkwürdiges Paar, dieser Whittingham und Tolly! Was hatten die beiden voneinander erhofft? Hatte Whittingham dadurch Clarissa treffen oder eine tiefsitzende Kränkung verwinden wollen? Gehörte Tolly zu den Frauen, die sich nach einem Kind sehnen, sich aber nicht mit einem Ehemann belasten wollen? Sie hatte die Geburt, die Schwangerschaft doch sicherlich gewollt. Doch das ging sie, Cordelia, nichts an. Von all den menschlichen Beziehungen gehörten die sexuellen zu denen, die aus den unterschiedlichsten Motiven angeknüpft werden. Die Sinneslust war wohl der häufigste Grund, aber das bedeutete nicht, daß sie auch der einfachste war. Cordelia brachte es jedenfalls nicht über sich, freimütig von Viccy zu sprechen. Allerdings gab es da noch etwas, das sie erfahren mußte.

»Sie waren doch bei Clarissa, als die ersten Drohbriefe kamen«, sagte sie. »Das war während der Aufführung von ›Macbeth‹. Können Sie mir die Botschaften beschreiben?«
Tolly schaute sie ernst und nachdenklich an, aber keineswegs verärgert oder ablehnend.
»Wissen Sie«, redete Cordelia weiter, »ich glaube nämlich, daß Sie diese Briefe geschickt haben. Und Clarissa hat es erraten und auch den Grund gekannt. Aber Clarissa konnte ohne Sie nicht auskommen. Deswegen verstellte sie sich lieber. Außerdem wollte sie die Drohbriefe niemand zeigen. Sie war sich bewußt, was sie Ihnen angetan hatte. Sie wußte, daß es Dinge gab, die ihr nicht einmal ihre Freunde nachsehen würden. Und danach geschah das, was sie erhofft hatte. In Ihrem Leben muß eine Änderung eingetreten sein; Sie kamen deshalb zu der Ansicht, daß Sie nicht richtig gehandelt hatten. Die Drohbriefe blieben aus. Doch dann muß jemand aus dem kleinen Kreis, der darüber Bescheid wußte, die Sache mit den Briefen fortgeführt haben. Es waren nun andere Briefe. Sie sahen anders aus. Sie wurden aus einem anderen Grund geschrieben. Und sie führten auch zu einem anderen, einem schrecklichen Ende.«
Tolly schwieg noch immer.
»Ich habe kein Recht, Sie auszufragen«, sagte Cordelia leise. »Sie brauchen mir auch nicht zu antworten, wenn Sie nicht möchten. Sie sollten mir nur sagen, wie die ersten Botschaften aussahen. Ich weiß dann schon Bescheid.«
»Es war liniertes Papier mit handgeschriebenen Blockbuchstaben«, erwiderte Tolly. »Es waren Seiten aus dem Schulheft eines Kindes.«
»Und die Botschaften? Waren es Zitate?«
»Es war stets der gleiche Wortlaut. Eine Passage aus der Bibel.«
Cordelia war sich klar darüber, daß sie glücklich sein konnte, immerhin so viel erfahren zu haben. Und selbst diese vertraulichen Angaben hätte sie nicht erhalten, wenn nicht Tolly ihr Verständnis, ihr Mitgefühl registriert hätte. Deswegen konnte sie noch eine Frage wagen.
»Miss Tolgarth, haben Sie eine Ahnung, wer die Sache mit den Briefen fortgeführt haben könnte?«
Der Ausdruck von Tollys Augen wurde nun abweisend. Sie hatte alles mitgeteilt, was sie hatte sagen wollen.

»Nein. Meine eigenen Sünden machen mir genug zu schaffen. Für die anderer Menschen bin ich nicht verantwortlich.«

»Ich werde niemand erzählen, was Sie mir eben anvertraut haben«, sagte Cordelia.

»Ich hätte es Ihnen auch nicht erzählt, wenn ich anderer Ansicht gewesen wäre.« Sie schwieg einen Augenblick und fragte dann beiläufig: »Was wird aus dem Jungen?«

»Aus Simon? Er sagte mir, daß Sir George ihm das letzte Jahr in Melhurst bezahlen wird und daß er sich hinterher um einen Studienplatz an einer Musikakademie bewerben will.«

»Jetzt, da sie tot ist, wird es ihm besser gehen«, erwiderte sie. »Sie übte einen schlechten Einfluß auf junge Menschen aus. Und jetzt entschuldigen Sie mich, Miss. Ich möchte meiner Freundin beim Packen helfen.«

3

Mehr konnte sie nicht erfahren oder tun. Cordelia ließ die beiden Frauen allein und suchte ihr Zimmer auf, um sich für den nachmittäglichen Ausflug zu rüsten. Da sie ja lediglich den Zeitungsausschnitt ausfindig machen wollte, brauchte sie die Tasche mit ihrem kriminalistischen Handwerkszeug nicht. Sie steckte nur das Vergrößerungsglas, die Taschenlampe und ihr Notizbuch in die Schultertasche und zog noch ihre Strickjacke über das T-Shirt. Auf der Rückfahrt könnte es kalt werden. Dann schlang sie den Ledergürtel zweimal um die Taille und hakte ihn fest. Wie immer hatte sie das Gefühl, als trage sie einen Talisman, als sei dieser Gürtel das sichtbare Zeichen ihrer Entschlossenheit. Als sie von der Westseite des Schlosses aus die Terrasse überquerte, sah sie, daß Mrs. Munter und Tolly schon auf dem Weg zur Barkasse waren. Jede schleppte einen Koffer. Oldfield mußte soeben angekommen sein. Er trug gerade Kisten mit Wein und Vorräten auf den Landesteg. Erstaunlich war, daß ihm Simon dabei half. Der Junge war wohl froh, daß er sich nützlich machen konnte.

Plötzlich stürmte Roma aus dem Eßzimmer und hastete über die Terrasse. Sie eilte Oldfield entgegen und redete auf ihn ein. Der Leinensack mit der Post lag oben auf dem Wägelchen. Oldfield öffnete ihn und holte ein Bündel Briefe hervor. Als Cordelia sich den beiden näherte, merkte sie, wie ungeduldig Roma war. Am liebsten hätte sie Oldfield das Bündel aus der knöchernen Hand gerissen. Endlich fand er, wonach sie gefragt hatte, und überreichte ihr einen Brief. Roma rannte davon, verlangsamte dann den Schritt, riß den Umschlag, ohne Cordelia zu bemerken, auf und las das Schreiben. Einen Augenblick lang stand sie wie erstarrt da. Dann schluchzte sie laut auf, ging schwankend an Cordelia vorbei die Terrasse entlang und stieg die Stufen zum Strand hinunter.

Cordelia überlegte kurz, ob sie ihr nachgehen solle. Sie rief Oldfield zu, daß er warten möge, daß sie gleich zurückkomme, und folgte Roma. Die Nachricht, die sie erhalten hatte, mußte sie zutiefst verstört haben. Vielleicht konnte sie Roma helfen. Und selbst wenn das nicht der Fall war, konnte sie nicht einfach die Barkasse besteigen und davonfahren, als sei nichts geschehen. Sie versuchte, die innere Stimme zu überhören, die nörgelte, daß der Zeitpunkt nicht ungünstiger hätte sein können. Sollte sie die Insel nie verlassen dürfen? Warum mußte sie sich in ihrem Pflichteifer überall einmischen? Trotzdem war es ihr unmöglich, jemand in seiner Notlage allein zu lassen.

Roma torkelte den Strand entlang und fuchtelte mit den Armen. Cordelia bildete sich ein, daß sie einen langgezogenen Schrei hörte, aber vielleicht war es nur das Gekreisch der Möwen. Sie hatte die dahinhastende Gestalt fast erreicht, als Roma stolperte, zu Boden fiel und, wie von Krämpfen geschüttelt, liegenblieb. Cordelia eilte zu ihr. Die sonst so stolze und verschlossene Roma in dieser Verfassung zu sehen, war ein Schock für sie. Cordelia war ratlos, wußte nicht, wie sie ihr helfen konnte. Sie kniete sich neben Roma in den Sand, legte die Arme um Romas Schultern und hoffte, daß diese Geste sie vielleicht beruhigen würde. Sie redete begütigend auf sie ein wie auf ein kleines Kind oder ein Tier. Nach einer Weile ließ das Zucken nach. Roma lag so still da, daß Cordelia schon meinte, sie hätte zu atmen aufgehört. Doch dann richtete sie sich schwerfällig auf und stieß Cordelias Arme zurück. Leicht schwankend ging sie ans Wasser, bückte sich und benetzte das Gesicht. Dann straffte sie sich, blickte kurz aufs Meer hinaus und wandte sich Cordelia zu.

Ihr Gesicht war kaum wiederzuerkennen – angeschwollen, die Augen zu schmalen Schlitzen verengt, die Nase gerötet. Als sie zu reden begann, klang ihre Stimme heiser und rauh, als hätte sie entzündete Stimmbänder. »Tut mir leid. Das muß für Sie ein peinlicher Anblick gewesen sein. Aber ich bin froh, daß Sie es sind.«

»Kann ich Ihnen irgendwie helfen?«

»Nein. Niemand kann mir helfen. Sie werden es sich vielleicht schon gedacht haben, daß dahinter die übliche schäbige Tragödie steckt. Er hat mir den Laufpaß gegeben. Am Freitagabend hat er den Brief geschrieben. Am Donnerstag waren wir noch beisammen. Da muß er schon gewußt haben, wie er sich entscheiden würde.« Sie zog den Brief aus der Tasche und wollte ihn Cordelia geben. »Lesen Sie ihn! Lesen Sie ihn ruhig! Ich würde gern wissen, wie oft er ihn aufgesetzt hat, bis dieser flüssig runtergeschriebene Wisch voll selbstgerechter Heuchelei fertig war.«

Cordelia wollte den Brief nicht lesen. »Wenn er nicht soviel Anstand und Mut hatte, es Ihnen ins Gesicht zu sagen, ist er's nicht wert, daß Sie um ihn weinen, daß Sie ihn noch weiter lieben«, erwiderte sie.

»Was hat der Wert eines Menschen mit Liebe zu tun? Warum konnte er nicht noch etwas warten?«

Worauf, dachte Cordelia. Auf Clarissas Geld? Auf Clarissas Tod? »Selbst wenn er's getan hätte, wären Sie doch seiner nie sicher gewesen«, sagte sie.

»Sie meinen, was seine Beweggründe betrifft? Warum sollte mich derlei bekümmern? Diesen Stolz habe ich nicht. Aber jetzt ist's zu spät. Er hat den Brief einen Tag zu früh geschrieben. Warum nur hat er nicht länger gewartet? Ich hab' ihm doch gesagt, daß ich das Geld bekommen würde! Ich hab's ihm doch gesagt!«

Eine Welle, etwas höher als die vorhergehenden, brach sich zu Cordelias Füßen und spülte eine silbrige Abendsandalette auf die hellen, vom Meer blank gescheuerten Kiesel. Sie betrachtete die Sandalette mit angespannter Aufmerksamkeit und überlegte krampfhaft, was für eine Frau sie getragen haben mochte, wie sie ins Wasser geraten war, auf welcher wilden Party, von welcher Jacht sie über Bord gegangen sein konnte. Oder war die Trägerin hier irgendwo in der Nähe, eine schlanke, kaum bekleidete Gestalt, die im Meer dahintrieb? Dieser Gedanke, selbst dieser Gedanke konnte ihr helfen, Romas heisere, unnatürlich klingende Stimme zu überhören, die jeden Augenblick etwas Verhängnisvolles sagen konnte, etwas, das sich nicht mehr zurücknehmen ließ, das sie beide nicht mehr vergessen würden.

»Als junges Mädchen besuchte ich eine Gemeinschaftsschule. Überall bildeten sich Pärchen heraus. Wenn sich nach einer Weile die Freundschaft abkühlte, schickte man einander einen Abschiedsbrief. Ich habe nie einen bekommen. Ich habe auch nie einen Freund gehabt. Damals dachte ich mir, daß man so einen Abschiedsbrief durchaus ertragen könne, wenn man vorher, wenigstens für ein Schuljahr, so eine Freundschaft hat erleben dürfen. Wenn ich nur jetzt auch so denken könnte. Er war der einzige Mann, der mich je begehrt hat. Ich weiß auch, warum. Denn auf die Dauer kann man sich nichts vorgaukeln. Seine Frau machte sich nicht viel aus Sex, und ich sprang da sozusagen in die Bresche. Schauen Sie mich nicht so an! Ich weiß, Sie können das nicht verstehen. Ihnen fällt doch die Liebe in den Schoß!«

»Das ist nicht wahr!« erwiderte Cordelia heftig. »Das trifft auf mich nicht zu. Auf niemand.«

»Ach nein? So war's jedenfalls bei Clarissa. Sie brauchte einen Mann nur anzublicken. Ein einziger Blick genügte. Ich habe lange genug beobachten können, was sie mit ihren Blicken alles erreichte. Aber das wird ihr nie mehr gelingen. Nie, nie, nie mehr!«

Sie redete in ihrem Seelenkummer wie im Fieber. Cordelia spürte, wie ihr Romas Worte unter die Haut gingen. Sie blieb unschlüssig auf dem Kies stehen, wagte nicht, sich ihr zu nähern, da sie eine tröstende Berührung sicherlich zurückweisen würde, wollte sie aber auch nicht alleinlassen, obgleich ihr peinlich bewußt war, daß Oldfield sicher schon ungeduldig auf sie wartete.

»Sie sollten jetzt gehen, wenn Sie mit der Barkasse fahren wollen«, sagte Roma schroff.

»Und was wird aus Ihnen?«

»Machen Sie sich da keine Sorgen! Sie können sich beruhigt trollen. Ich mache schon keine Dummheiten. So verharmlost man es doch, nicht wahr? So sagt man doch? Mach nur keine Dummheiten! Nein, das wird mir eine Lehre sein. Roma macht keine Dummheiten mehr. Falls es Sie interessiert, kann ich Ihnen sagen, wie meine Zukunft aussehen wird. Ich werde Clarissas Geld annehmen und in London eine Eigentumswohnung kaufen. Den Laden veräußere ich und suche mir eine Teilzeitbeschäftigung. Hin und wieder mache ich mit einer Freundin irgendwo im Ausland Urlaub. Wir werden einander zwar nicht besonders mögen, aber das ist immerhin noch besser, als allein zu reisen. Wir werden uns auch etwas gönnen: einen Theaterbesuch, eine Kunstausstellung, ein Dinner in einem der Restaurants, wo alleinstehende Frauen nicht wie Parias behandelt werden. Und an den Herbstabenden werde ich die Volkshochschule besuchen und Interesse für Töpferei, georgianische Architektur in London oder vergleichende Religionswissenschaften heucheln. Und im Lauf der Jahre werden mir meine kleinen Annehmlichkeiten immer unentbehrlicher werden, werde ich über die jüngere Generation immer mehr maulen, meine Freundin immer mehr bekritteln, werde ich immer konservativer, verbitterter, einsamer und abgestumpfter werden.«

Cordelia hätte gern darauf erwidert: Aber Sie werden genug zu essen und ein eigenes Dach über dem Kopf haben. Sie werden nicht frieren. Sie sind gesund und intelligent. Geht es Ihnen nicht besser als der Mehrheit der Menschen? Sie sind doch keine Frau aus der viktorianischen Epoche, die aus Langeweile am Strand Muscheln sammelt und auf einen Mann wartet, der ihrem Leben Sinn und Status verleiht. Liebe ist doch nicht lebenswichtig!

Aber sie wußte, daß solche Einwände ebenso sinnlos und kränkend gewesen wären, als sagte man zu einem Erblindeten, daß die Sonne wie früher untergehe.

Sie wandte sich ab und verließ Roma, die wieder aufs Meer hinaus blickte. Sie kam sich als Deserteurin vor. Da ihr jede Hast unhöflich erschienen wäre, wartete sie ab, bis sie die Terrasse erreicht hatte, bevor sie zu laufen anfing.

4

Die Fahrt hinüber zum Festland verlief still. Cordelia saß vorne am Bug und schaute zur Küste hinüber, die sich allmählich näherte. Mrs. Munter und Tolly hatten es sich, das Gepäck zu ihren Füßen, am Heck bequem gemacht. Nachdem die »Shearwater« angelegt hatte, wartete sie, bis die beiden an Land gegangen waren. Erst dann verließ sie die Barkasse. Sie blickte den beiden Frauen nach, die wortlos und langsam hügelauf zum Bahnhof gingen.
Die Stadt kam ihr weniger belebt und geschäftig vor als am Freitagvormittag, aber sie wirkte noch immer anheimelnd altertümlich, heiter, sonnenlichtüberflutet, bieder. Was sie merkwürdig fand, war, daß niemand von ihr Notiz nahm. Sie war schon darauf gefaßt gewesen, daß sich die Leute nach ihr umdrehen, sich hinter ihrem Rücken das Wort Courcy zuflüstern würden, daß sie gleichsam ein deutlich sichtbares Kainsmal trug. Es war jedenfalls herrlich, Grogan und seine Handlanger, wenn auch nur für wenige Stunden, losgeworden zu sein, nicht mehr der bänglichen, grübelnden Schar der Verdächtigen anzugehören, sondern wieder eine völlig normale junge Frau zu sein, die eine völlig normale Straße entlangging, unerkannt unter all den einkaufenden Passanten am frühen Nachmittag, den Stadtbesuchern am letzten Urlaubstag, den Büroangestellten, die nach einem verspäteten Mittagessen zu ihrem Schreibtisch zurückeilten. Sie bummelte eine Weile durch eine Drogerie in einem Haus mit einer hübschen Regency-Fassade, wo sie nach langem Überlegen einen Lippenstift kaufte, den sie eigentlich gar nicht brauchte. Es war eine Geste der Hoffnung und Zuversicht, eine Rückkehr zum gewohnten Leben. Was den Tod Clarissas anbelangte, so sah sie nur etliche Plakate verschiedener Zeitungen mit den dicken Blockbuchstaben: SCHAUSPIELERIN AUF COURCY ERMORDET. Sie

kaufte sich am Kiosk eine Zeitung und fand auf der dritten Seite einen knappen Bericht. Die Polizei hatte nur ein Minimum an Informationen weitergegeben, und Gorringes Weigerung, der Presse Rede und Antwort zu stehen, hatte die Redaktionen offenbar von einer ausgiebigen Berichterstattung abgehalten. Cordelia bezweifelte allerdings, ob sich das letztlich als klug erweisen würde. Vom Kioskinhaber erfuhr Cordelia, daß es jetzt nur noch eine einzige Lokalzeitung, den »Speymouth Chronicle«, gab, der zweimal wöchentlich – jeweils dienstags und freitags – herauskam. Die Redaktion befand sich am Nordende der Esplanade. Cordelia fand ohne Schwierigkeit dorthin. Es war ein weißes, umgebautes Haus mit zwei großen Schaufenstern. Das eine trug die Aufschrift SPEYMOUTH CHRONICLE, im anderen waren Pressefotos ausgestellt. Den einstigen Vorgarten hatte man gepflastert, um Parkplätze für ein Halbdutzend Pkws und einen Lieferwagen zu schaffen. Am Empfangsschalter im Inneren saß eine junge blonde Frau, die etwa Cordelias Alter hatte und an einem Bildschirmgerät hantierte. An einem Seitentisch sortierte ein älterer Mann Fotografien.

Ihre Glückssträhne hielt an. Sie hatte nämlich befürchtet, daß die alten Jahrgänge der Zeitung anderswo gelagert sein könnten oder der Öffentlichkeit nicht mehr so ohne weiteres zugänglich waren. Aber als sie der Blondine erklärte, daß sie über das Theater in der Provinz recherchiere und deswegen den Bericht über Clarissa Lisles Leistung in »Tiefe blaue See« sehen möchte, stellte man ihr weder Fragen noch machte man ihr irgendwelche Schwierigkeiten. Die Blondine rief dem Kollegen zu, er möchte doch den Empfang übernehmen, kümmerte sich nicht um den blinkenden Bildschirm und führte Cordelia durch eine Schwingtür eine steile, schwach beleuchtete Treppe hinunter ins Kellergeschoß. Dort schloß sie die Tür zu einem zur Straßenseite hin gelegenen Raum auf, aus dem ihnen der stickige Geruch nach altem Papier entgegenschlug. Cordelia bemerkte, daß die archivierten Jahrgänge – in Klemmrückenordnern und in chronologischer Reihenfolge – auf Stahlregalen gelagert waren. In der Mitte des Raums befand sich ein langer Arbeitstisch. Die Blondine knipste die beiden Neonröhren an, die ein grelles Licht verbreiteten.

»Das hier sind sämtliche Jahrgänge seit 1860«, erklärte sie.

»Untersagt ist, eine Nummer herauszunehmen oder sich am Rand Notizen zu machen. Sagen Sie mir Bescheid, wenn Sie gehen! Ich muß den Raum verschließen, sobald Sie mit Ihrer Arbeit fertig sind. Okay? Bis später!«

Cordelia ging methodisch an ihre Aufgabe heran. Da Speymouth eine Kleinstadt war, besaß es sicherlich kein festes Theaterensemble. Daraus konnte man folgern, daß Clarissa mit einem Tourneetheater in der Sommersaison so zwischen Mai und September gekommen sein mußte. Auf diese fünf Monate wollte sie die Suche zunächst konzentrieren. In den Maiausgaben wurde das Rattigan-Stück nicht erwähnt, aber ihr fiel auf, daß die im alten Theater auftretenden Gastensembles ein neues Stück jeweils an einem Montag aufführten und es dann zwei Wochen en suite spielten. Die ersten Rezensionen standen danach jeweils im Feuilletonteil der Dienstagsausgabe, eine bemerkenswert rasche Reaktion für eine kleine Provinzzeitung. Die Kritiker mußten ihre Berichte noch vom Theater aus telefonisch durchgegeben haben. »Tiefe blaue See« wurde erstmals Anfang Juni in einer Vorankündigung erwähnt. Darin hieß es noch, daß Miss Clarissa Lisle vom 18. Juli an für zwei Wochen gastieren würde. Cordelia nahm an, daß die Besprechung am 19. Juli im Feuilleton – wie immer auf Seite neun – erschienen sein könnte. Sie wuchtete den schweren Sammelband mit den Ausgaben von Juli bis September auf den Arbeitstisch und fand dann auch die Zeitung von diesem Tag. Die Ausgabe hatte ein größeres Format als sonst und zählte achtzehn Seiten statt der sonst üblichen sechzehn. Der Grund dafür ging aus der Frontseite hervor: Die Königin und der Herzog von Edinburgh hatten anläßlich des Jubiläumsjahrs im Rahmen ihrer Reisen durch die Provinz am Sonnabend der Stadt einen Besuch abgestattet, und in der Dienstagsausgabe wurde erstmals darüber berichtet. Für Speymouth war es ein großer Tag gewesen, der erste Besuch eines Souveräns seit 1843, und der »Speymouth Chronicle« verbreitete sich ausführlich darüber. In der Reportage auf der ersten Seite hieß es, daß weitere Fotos auf Seite zehn zu sehen seien. Diese Angabe erinnerte Cordelia an etwas: Sie war sicher, daß die Rückseite des Zeitungsausschnitts, den sie bei Clarissa gesehen hatte, nicht mit Text bedruckt gewesen war, sondern ein Foto gezeigt hatte.

Obwohl der Erfolg greifbar vor ihr lag, fühlte sie ihre Zuversicht jäh schwinden. Höchstwahrscheinlich würde sie nur die von einem Provinzredakteur verfaßte Besprechung einer Wiederaufführung finden, an die sich in Speymouth kaum noch jemand erinnern würde. Clarissa hatte freilich gesagt, daß die Besprechung für sie wichtig gewesen war, so wichtig jedenfalls, daß sie sie im Geheimfach ihrer Schmuckschatulle aufbewahrt hatte. Aber was besagte das schon? Vielleicht hatte ihr nur der Wortlaut besonders gut gefallen, vielleicht hatte sie den Rezensenten persönlich getroffen, vielleicht hatte sie mit ihm eine zwar kurze, aber vergnügliche Affäre gehabt. Vielleicht war der Ausschnitt nur aus irgendwelchen sentimentalen Gründen für sie bedeutungsvoll gewesen. In welchem Zusammenhang konnte er schon zu ihrem Tod stehen?
Doch dann bemerkte sie, daß die gesuchte Seite fehlte. Sie vergewisserte sich zweimal. Aber sosehr sie auch herumblätterte, die Seiten neun und zehn waren nicht vorhanden. Sie bog den dicken Zeitungsstapel an der Stelle, wo er von der Klammer zusammengehalten wurde, zurück. Sie bildete sich ein, daß am Rand von Seite elf eine haarfeine Rille verlief, als sei die Seite da mit einem Messer oder einer Rasierklinge leicht geritzt worden. Sie holte ihr Vergrößerungsglas hervor und suchte millimeterweise den Rand ab. Jetzt waren die verräterischen Spuren deutlich sichtbar. An manchen Stellen war das Papier leicht eingeritzt, ein untrüglicher Hinweis darauf, daß die Seite herausgeschnitten worden war. Wo der übriggebliebene Rest von Seite neun von der Klammer zusammengehalten wurde, entdeckte sie noch winzige Papierfasern. Jemand war also vor ihr dagewesen.
Die Blondine am Empfang war gerade mit einer Kundin beschäftigt, die sich ohne sichtbares Anzeichen von Kummer erkundigte, ob sie bei ihr eine Todesanzeige aufgeben könne und wieviel zusätzlich ein passender Vers kosten würde. Sie reichte der Blondine ein Schönschreibheft hinüber und wies auf einen Vers mit runden, kunstvoll geformten Buchstaben. Cordelia, die sich schon immer für die Marotten ihrer Mitmenschen interessiert hatte und momentan ihre Sorgen vergaß, trat näher und las mit zusammengekniffenen Augen:

Es lockt der Perlmuttmauern Glanz,
Sankt Petrus lächelt breit,
Das Himmelstor steht offen,
Herein kommt der kleine Hans.

Die Blondine überflog den holprigen Reim mit einer Gleichgültigkeit, aus der man schließen konnte, daß sie derlei öfter lesen mußte. Danach erläuterte sie, wieviel es kostet, wenn man die Extrawünsche berücksichtigt, die Anzeige in einen schwarzen Rahmen setzt und am Kopfende mit einem umkränzten Kreuz ziert. Es war eine Beratung, die hin und wieder von nachdenklichem Schweigen unterbrochen wurde, wenn beide die verschiedenen Musteranzeigen begutachteten. Nach zehn Minuten war alles zufriedenstellend geregelt.

Die Blondine wandte sich Cordelia zu, die sagte: »Ich habe zwar den richtigen Jahrgang gefunden, aber die Seite, die ich brauche, ist nicht mehr da. Irgend jemand muß sie herausgeschnitten haben.«

»Das kann doch nicht wahr sein! Das ist nicht erlaubt. Das ist doch ein Archiv!«

»Es ist aber so. Haben Sie vielleicht ein weiteres Exemplar?«

»Das muß ich Mr. Hasking melden. Die Leute können doch nicht in einem Archiv so ohne weiteres herumschnippeln. Mr. Hasking wird empört sein.«

»Das kann ich mir denken. Dabei brauche ich diese Seite dringend. Es handelt sich um Seite neun der Ausgabe vom 19. Juli 1977. Haben Sie weitere Sammelbände, die ich durchsehen könnte?«

»Hier nicht. Der Verleger könnte noch welche in London haben. Nein, so was, Seiten aus archiviertem Material herausschneiden! Mr. Hasking legt doch solch großen Wert auf die alten Jahrgänge. Das sei gesammelte Geschichte, sagt er immer.«

»Wissen Sie noch, wer die Bände als letzter sehen wollte?«

»Letzten Monat war eine blonde Dame aus London da. Sie arbeitete angeblich an einem Buch über die Piers an der Küste. Unsere Pier wurde 1939 gesprengt, um den Deutschen die Landung zu erschweren. Später hatte der Stadtrat für den

 Wiederaufbau kein Geld. Deswegen ist sie so kurz. Die Dame

erzählte noch, daß sich in ihrer Jugendzeit auf der Pier eine Music-Hall befand und in der Saison Varietékünstler aus London auftraten. Ja, über Piers wußte sie eine Menge.«
Cordelia dachte sich, daß ein besser ausgerüsteter und erfahrenerer Detektiv mit Fotografien des Opfers und der Verdächtigen zwecks einer möglichen Identifizierung gekommen wäre. Sie hätte jedenfalls gern gewußt, ob die blonde Dame, die so viel über die Piers wußte, Clarissa oder Roma ähnlich gewesen war. Tolly war es sicherlich nicht gewesen, es sei denn, sie hatte sich völlig unnötig verkleidet. Sie überlegte, ob Bernie wohl daran gedacht hätte, die Leute im Schloß unbemerkt zu fotografieren, um für so eine Möglichkeit gerüstet zu sein. Sie selbst hatte es für wenig sinnvoll gehalten. Allerdings hatte sie ja eine Polaroidkamera in ihrer Tasche auf der Insel. Vielleicht sollte sie es doch noch probieren. Morgen könnte sie ja wiederkommen.
»Ist die besagte Dame die einzige Person, die sich in letzter Zeit für das Archiv interessiert hat?« fragte sie.
»Solange ich hier bin, ja. Aber ich arbeite erst seit wenigen Monaten hier. Sally könnte Ihnen über die Zeit davor mehr erzählen, aber sie hat gekündigt, weil sie heiratet. Außerdem sitze ich ja nicht ständig am Empfang. Es könnte jemand gekommen sein, als ich in der Redaktion war und Albert mich vertrat.«
»Ist dieser Albert hier?«
Die Blondine schaute sie an, als könne sie soviel Unverstand nicht fassen. »Albert? Wie sollte er? Montags ist Albert doch nie da!«
Sie musterte Cordelia argwöhnisch. »Wieso interessiert es Sie, wer schon mal hier war? Ich dachte, Sie wollen nur diese Besprechung sehen.«
»Das stimmt schon. Ich frage mich nur, wer die Seite herausgeschnitten haben könnte. Sie sagten doch selbst, daß die Sammelbände wertvoll seien. Ich möchte nur nicht, daß Sie meinen, ich sei's gewesen. Sind Sie sicher, daß niemand in Speymouth ein weiteres Exemplar besitzt?«
Ohne sich umzudrehen, mengte sich der ältere Kollege ein, der mit einer Hingabe und Pingeligkeit, als habe er den ganzen Tag Zeit, die neuen Fotos für das Schaufenster arrangierte.

»Vom 19. Juli 1977, sagten Sie? Das war drei Tage nach dem Besuch der Königin. Ich würde es an Ihrer Stelle bei Lucy Costello probieren. Fünfzig Jahre lang hat sie Zeitungsausschnitte über die königliche Familie gesammelt. Den Besuch der Königin hat sie sich sicher kaum entgehen lassen.«

»Aber Lucy Costello ist doch schon tot, Mr. Lambert! Wir haben doch am Tag nach dem Begräbnis einen Artikel über sie und ihre Zeitungsausschnitte gebracht.«

Mr. Lambert drehte sich um und breitete in gespielter Fassungslosigkeit die Arme aus. »Ich weiß, daß Lucy Costello tot ist. Das dürfte allgemein bekannt sein. Ich habe auch nicht gesagt, daß sie noch lebt. Aber sie hatte doch eine Schwester. Miss Emmeline lebt noch, soviel ich weiß. Sie hat die Alben mit den Zeitungsausschnitten sicher noch. Es ist unwahrscheinlich, daß sie sie weggeworfen hat. Miss Lucy ist zwar beerdigt worden, aber doch nicht mit ihren Zeitungsausschnitten. Ich meinte, daß man sich an ihre Schwester wenden könnte.«

Cordelia fragte, wo sie diese Miss Emmeline finden könne. Mr. Lambert wandte sich wieder seinen Fotografien zu und antwortete kurz angebunden, als bereue er seine Geschwätzigkeit von vorhin: »Windsor Cottage. In der Benison Row. Die High Street hinauf, dann die zweite Straße links. Nicht zu verfehlen.«

»Ist es weit von hier? Muß ich mit dem Bus fahren?«

»Wenn Sie das schaffen wollen, müssen Sie Glück haben. Normalerweise steht man sich die Beine in den Bauch, wenn man auf den Zwölfer wartet. Es ist ein Weg von knapp zehn Minuten; für einen jungen Menschen ein Katzensprung.«

Er griff nach der Fotografie eines stattlichen Herrn mit einer Amtskette um den Hals – dem lüsternen Biedermannsblick konnte man entnehmen, daß das offizielle Bankett ihm mehr als zugesagt hatte – und arrangierte sie neben dem Bild einer gutproportionierten, leicht bekleideten Badeschönheit, so daß des Biedermanns Augen auf ihren Busen gerichtet zu sein schienen. Cordelia dachte, daß hier ein Mann am Werk war, dem seine Arbeit Spaß machte. Sie bedankte sich bei ihm und der Blondine und machte sich auf den Weg zu Miss Emmeline Costello.

5

Mr. Lambert hatte die Entfernung zutreffend angegeben. Nachdem sie zehn Minuten kräftig ausgeschritten war, erreichte sie die Benison Row. Es war eine oberhalb der Stadt verlaufende, schmale Straße mit viktorianischen Häusern. Obgleich die Gebäude im Cottage-Stil, was Alter, Architektur und Höhe anbelangte, eine gefällige Einheit bildeten, wiesen sie durchaus hübsche, individuelle Merkmale auf. Einige besaßen Erker, andere wiederum hölzerne Blumenkästen unter den Fenstern mit üppig wucherndem Efeu, mit Geranien und Aubrietien, deren Blütenvielfalt von dem getünchten Stuckzierat abstach. Lorbeerbäume in lackierten Holzfässern flankierten die glänzenden Eingangstüren der beiden Häuser am Ende der Gasse. Jedes Haus besaß einen schmalen Vorgarten hinter einem eisernen Gartenzaun, der wohl wegen der kunstvollen Ornamente im letzten Krieg nicht der Alteisensammlung zum Opfer gefallen war. Cordelia stellte fest, daß sie noch nie eine Häuserzeile mit so gänzlich intakten Eisenzäunen gesehen hatte, die der Straße, die mit ihrer kleinräumigen Gepflegtheit äußerlich so britisch wirkte, einen Hauch von entzückender, aber fremdartiger Extravaganz verliehen. Die kleinen Gärten quollen vor Farben über. Die Zäune vermochten die warmen, dunklen, herbstlichen Rottöne kaum zu bändigen. Obgleich es schon spät im Jahr war, roch es noch nach Lavendel und Rosmarin. Am Bordstein parkten keine Autos; keine Abgasschwaden erschwerten das Atmen. Nach der Geschäftigkeit und den Benzindünsten in der High Street war der Spaziergang durch die Benison Row wie das Eintauchen in die behagliche Schlichtheit einer lange zurückliegenden, legendenumwobenen Zeit.

Windsor Cottage war das vierte Haus auf der linken Straßenseite. Der Garten war einfacher angelegt als die übrigen: ein

von Rosenbüschen eingerahmtes, penibel gepflegtes Rasengeviert. Jede Schuppe des Türklopfers in Gestalt eines Fisches aus Messing glänzte. Cordelia schellte und wartete ab. Doch Schritte, die sich näherten, waren nicht zu hören. Sie läutete abermals, diesmal etwas länger. Die Stille hielt an. Enttäuscht fand sie sich damit ab, daß die Hausbesitzerin ausgegangen sein mußte. Wie hatte sie auch nur damit rechnen können, daß Miss Costello zu Hause sein würde, weil sie, Cordelia, sie unbedingt sprechen wollte? Die Enttäuschung dämpfte ihre Stimmung und nährte zugleich ihre Ungeduld. Sie war mittlerweile fest überzeugt, daß der verschwundene Zeitungsausschnitt von entscheidender Bedeutung war, daß sie ihn höchstwahrscheinlich nur noch in diesem gepflegten kleinen Haus finden konnte. Die Vorstellung, daß sie nach Courcy zurückkehren müsse, ohne diese Möglichkeit erforscht, ohne ihre Neugier gestillt zu haben, bereitete ihr Unbehagen. Sie begann entlang des Gartenzauns auf und ab zu gehen und überlegte, wie lange sie wohl warten sollte. Ob Miss Costello zum Einkaufen gegangen war und bald zurückkehren würde? Oder hatte sie das Haus abgeschlossen und machte irgendwo Urlaub? Doch dann bemerkte sie, daß die beiden oberen Fenster etwas geöffnet waren, und ihre Stimmung hob sich. Aus dem Hause nebenan trat eine Frau mittleren Alters vor die Tür, blickte die Straße hinunter, als erwarte sie jemand, und wollte die Tür wieder zumachen, als Cordelia zu ihr lief.
»Entschuldigen Sie! Ich hätte gern Miss Costello gesprochen. Wissen Sie, ob sie noch im Verlauf des Nachmittags heimkommt?«
»Ich nehme an, daß sie im Waschsalon ist«, antwortete die Frau mit freundlicher Stimme. »Montagnachmittag ist ihr Waschtag. Sie wird nicht lange ausbleiben, wenn sie nicht auf eine Tasse Tee in die Stadt gegangen ist.«
Cordelia dankte ihr für die Auskunft. Die Haustür fiel ins Schloß. Auf der Straße herrschte wieder Stille. Cordelia lehnte sich gegen den Gartenzaun und wappnete sich mit Geduld.
Doch sie brauchte nicht lange zu warten. Nach etwa zehn Minuten sah sie eine auffallende Gestalt in die Benison Row einbiegen, die – dessen war sie sicher – nur Miss Emmeline Costello sein konnte. Es war eine schon bejahrte Frau, die ein mit
 Leinwand bespanntes Einkaufswägelchen – obenauf lag ein

pralles, mit einer Plastikplane abgedecktes Bündel – hinter sich her zog. Sie ging langsam, hielt sich kerzengerade, und ihre magere Figur war in einen khakifarbenen Soldatenmantel gehüllt, der so lang war, daß der Saum beinahe das Pflaster streifte. Ihr kleines Gesicht, das wie ein alter Apfel von vielen Fältchen durchzogen war, wurde nahezu gänzlich von einem rot-weiß gestreiften Kopftuch, das unterm Kinn geknotet war, verdeckt. Darüber hatte sie noch eine purpurfarbene Strickhaube mit einer Troddel gestülpt. Wenn sie schon an einem warmen Septembertag so dick angezogen war, konnte man sich unschwer vorstellen, wie sie sich im Winter kleidete. Als sich Miss Costello der Gartenpforte näherte, trat Cordelia vor, um sie zu öffnen und sich vorzustellen.

»Mr. Lambert vom ›Speymouth Chronicle‹ meinte, daß Sie mir vielleicht weiterhelfen können. Wenn es Ihnen nicht allzu viele Umstände bereitet, würde ich mir gern die gesammelten Zeitungsausschnitte Ihrer Schwester ansehen. Wenn es nicht wichtig wäre, würde ich Sie nicht behelligen. Ich habe mich schon im Zeitungsarchiv umgesehen, aber die gesuchte Seite ist da nicht mehr vorhanden.«

Obgleich sich Miss Costello mit geradezu einschüchternder Auffälligkeit kleidete, war der Blick der Augen, die Cordelia musterten, durchdringend klar und gelassen. Sie antwortete mit einer angenehmen, wohlerzogenen, respektheischenden Stimme, der man augenblicklich entnehmen konnte, wo Miss Costello im verwirrenden Dickicht der englischen sozialen Schichten einzuordnen war.

»Sehen Sie ja zu, meine Liebe, daß Sie als Fünfundachtzigjährige nicht auf einem Berg wohnen! Aber wollen Sie nicht hereinkommen und eine Tasse Tee trinken?«

In einem ähnlichen Tonfall hatte sie damals die Mutter Oberin empfangen, als Cordelia müde und verängstigt ins Klosterinternat gekommen war.

Sie folgte Miss Costello ins Haus. Es war ihr klar, daß sich alles ohne Hast abspielen würde, daß sie – eine Bittstellerin sozusagen – nicht gut etwas anderes erwarten konnte. Ihre Gastgeberin geleitete sie ins Wohnzimmer und entfernte sich dann, um sich einiger Kleidungsstücke zu entledigen und Tee aufzubrühen. Es war ein anheimelnder Raum. Die alten Möbel, die vermutlich aus einem größeren Familienbesitz stammten, waren gemäß den Raumproportionen ausgewählt worden. Obwohl die Wände dicht mit kleinformatigen Familienporträts, Aquarellen und Medaillons behängt waren, wirkte alles recht ordentlich, behaglich und keineswegs überladen. Der Mahagonigeschirrschrank mit den Rosenholzintarsien enthielt wenige, aber kostbare Porzellansachen. Auf dem Kaminsims tickte eine Kutschenuhr. Als Miss Costello zurückkehrte, schob sie einen Teewagen vor sich her. Cordelia sah, daß darauf ein Worcester-Teeservice mit grünem Dekor stand und daß die Kanne aus Silber war, ein Anblick, der auch Miss Maudsley gefallen hätte.

Miss Costello hatte Earl-Grey-Tee aufgebrüht. Als Cordelia die elegante, flachschalige Tasse zum Mund führte, verspürte sie plötzlich das unwiderstehliche Verlangen, etwas mehr über sich zu verraten. Selbstverständlich durfte sie Miss Costello nicht gestehen, wer sie war oder wonach sie eigentlich suchte. Aber die geruhsame Atmosphäre in dem Raum verlieh ihr ein Gefühl der Sicherheit, verschaffte ihr einen tröstlichen Abstand zum grauenhaften Tod Clarissas, zu ihren eigenen Ängsten, ja sogar zu ihrer Einsamkeit. Sie wollte Miss Costello anvertrauen, daß sie von Courcy kam, wollte eine freundliche Stimme hören, die ihr sagte, wie schrecklich es doch für sie gewesen sein müsse, eine beruhigende ältere Stimme, die ihr im unvergessenen Tonfall der Mutter Oberin zusicherte, daß alles noch gut enden würde.

»Auf Courcy hat sich ein Mord ereignet«, erzählte sie dann. »Die Schauspielerin Clarissa Lisle ist umgebracht worden. Sie haben sicher davon gehört. Und jetzt ist auch noch Mr. Gorringes Butler ertrunken.«

»Vom Tode Miss Lisles habe ich gehört. Courcy hat eine Geschichte voller Gewalttaten. Ich glaube nicht, daß es die letzte war. Den Zeitungsbericht habe ich freilich nicht gelesen. Und im Haus gibt es, wie Sie sehen, kein Fernsehgerät. Meine Schwester sagte immer, es gibt heutzutage so viel Scheußliches, so viel Haß, daß wir derlei nicht auch noch in unser Wohnzimmer hereinzulassen bräuchten. Wissen Sie, meine Liebe, im Alter von fünfundachtzig Jahren hat man das Recht, abzulehnen, was man unangenehm findet.«

Nein, hier in dieser zwar verführerisch anheimelnden, aber weltabgewandten Atmosphäre würde sie keinen Trost finden.

Wie Gorringe hatte sich Miss Costello ein privates Refugium geschaffen, das freilich weniger prächtig, weniger entlegen, weniger üppig, aber sonst ebenso abgeschirmt und unzugänglich war.
Trotzdem hatten ihr weder Aufregung noch Ungeduld den Appetit verschlagen. Sie wäre dankbar gewesen, wenn man ihr mehr als die beiden dünnen Brotscheiben mit etwas Butter angeboten hätte, zumal sich die kärgliche Stärkung hinzog. Es war schon erstaunlich, wie lange es währte, bis Miss Costello ihre zwei Tassen Tee getrunken und ihre Portion verzehrt hatte. Endlich war der Imbiß zu Ende.
»Die von meiner Schwester gesammelten Zeitungsausschnitte befinden sich oben in ihrem Zimmer«, sagte Miss Costello. »Da sie eine eingefleischte Monarchistin war«, Cordelia glaubte an dieser Stelle einen spöttischen Unterton herauszuhören, »fand in den letzten fünfzig Jahren kein mit der königlichen Familie verbundenes Ereignis statt, das sie nicht verfolgt hätte. Sie interessierte sich nun einmal vor allem für das Haus Sachsen-Coburg-Gotha. Wenn's Ihnen nichts ausmacht, werde ich Sie allein suchen lassen. Ich bin Ihnen vermutlich keine große Hilfe. Aber rufen Sie mich ruhig, wenn Sie das Gefühl haben, daß ich Ihnen doch helfen könnte.«
Es war interessant, aber keineswegs überraschend, dachte sich Cordelia, daß sich Miss Costello nicht erkundigt hatte, wonach sie eigentlich suchte. Sie meinte wohl, solche Fragen deuteten auf ordinäre Neugier hin, oder sie befürchtete gar, daß sich dadurch die böse Welt in ihr geordnetes Dasein einschleichen könne.
Sie führte Cordelia in das zur Straßenseite hin gelegene Zimmer ihrer Schwester. Miss Lucys Sammelwut war unübersehbar. Die Wände waren übersät mit Fotografien von Mitgliedern der königlichen Familie. Auf einigen waren hingekritzelte Autogramme zu sehen. Das lange Bord über dem Bett war vollgestopft mit gesammelten Krönungspokalen. Eine Vitrine barst beinahe von Erinnerungsstücken: Teekannen, Tassen, Teller, alle versehen mit dem königlichen Wappen, und Glassachen, die gleichfalls verziert waren. Die Wand gegenüber dem Fenster wurde von einem Regal ausgefüllt, das eine Reihe von Alben enthielt. Das mußte wohl die weithin bekannte Sammlung sein.

Da auf dem Rücken der Alben die jeweilige Jahreszahl vermerkt war, konnte Cordelia ohne besondere Mühe die Ausschnitte vom Juli 1977 finden. Die Fotografen von der Lokalpresse hatten den Freudentag in Speymouth ausführlich abgelichtet. Es gab kaum einen Aspekt des Besuches, der nicht festgehalten worden war. Da gab es Bilder von der Ankunft der Königin, vom Bürgermeister mit seiner Amtskette, von der einen Hofknicks andeutenden Frau des Bürgermeisters, von Kindern mit Union-Jack-Fähnchen, von der Königin, wie sie vom Wagen aus oder den Herzog von Edinburgh an ihrer Seite der Menge huldvoll zuwinkt. Aber es befand sich kein Ausschnitt darunter, der das gleiche Format und etwa die Größe hatte wie der, an den sich Cordelia erinnern konnte. Sie ging mit dem aufgeschlagenen Album in der Hand in die Hocke. Einen Augenblick lang wurde ihr vor Enttäuschung beinahe übel. Die zu unzähligen Rasterpunkten aufgelösten erwartungsvoll grinsenden, selbstzufriedenen Gesichter schienen sich über ihr Pech lustig zu machen. Obgleich ihre Erfolgsaussichten nicht eben groß gewesen waren, merkte sie jetzt erst, wie zuversichtlich sie im Grunde gewesen war. Doch dann sah sie, daß sie vielleicht noch eine Chance hatte. Auf dem untersten Bord waren Briefumschläge gestapelt, auf denen Miss Lucy in ihrer steilen Handschrift jeweils das Jahr vermerkt hatte. Cordelia öffnete den obersten und stellte fest, daß er gleichfalls Zeitungsausschnitte enthielt, vielleicht Duplikate, die Miss Lucy von Bekannten zur Vervollständigung ihrer Sammlung erhalten hatte, Artikel und Bilder, die sie nicht eingeklebt, aber auch nicht weggeworfen hatte. Der Umschlag mit der Jahreszahl 1977 war dicker als die übrigen. Wie hätte es beim Jubiläumsjahr auch anders sein können.
Sie holte die Ausschnitte hervor – viele waren schon vergilbt – und breitete sie vor sich aus.
Augenblicke später fand sie den richtigen. Es war das längliche Format, wie sie es im Gedächtnis hatte, dieselbe Schlagzeile: CLARISSA LISLE TRIUMPHIERT IN DER NEUINSZENIERUNG EINES RATTIGAN-STÜCKS, auch hier die dritte, in der Mitte durchschnittene Zeitungsspalte. Sie drehte den Ausschnitt um. Obgleich sie keine Ahnung hatte, was sie eigentlich zu sehen hoffte, war sie zunächst einmal enttäuscht: Die Rückseite wies ein völlig normales Pressefoto auf. Es zeigte die Espla-

nade und den dahinter liegenden Gehsteig mit lächelnden Gesichtern, mit Kindern, die aneinandergereiht mit Fähnchen in den Händen auf dem Bordstein hockten, dazu kühnere Halbwüchsige, die auf Fenstersimse oder Straßenlaternen geklettert waren. Hinter der Menge standen zwei untersetzte Frauen mit Hüten, die mit dem Union Jack verziert waren, vor der Tür eines Hauses und hielten ein durchhängendes Transparent mit der Aufschrift WILLKOMMEN IN SPEYMOUTH. Obwohl die königliche Familie nicht abgebildet war, vermittelte die Fotografie etwas von der aufgeregten, erwartungsvollen Atmosphäre. Cordelia überlegte, weswegen Miss Costello das Foto wohl ausgemustert hatte. Vermutlich war die Auswahl an Bildern, von denen viele die Königin persönlich zeigten, zu groß gewesen. Aber was könnte Clarissa Lisle an dieser belanglosen Aufnahme, an dieser patriotischen Demonstration gefunden haben? Cordelia schaute sich das Foto genauer an. Und dann zuckte sie zusammen. Auf der rechten Seite sah sie die leicht verwischte Gestalt eines Mannes. Er wollte gerade auf die Fahrbahn treten. Er wirkte gedankenverloren, schien sich um den Trubel ringsum nicht zu kümmern. Die Kamera hatte sein verschlossenes Gesicht gerade noch erfaßt. Nein, es war kein Zweifel möglich. Der Mann war Ambrose Gorringe.

Gorringe im Juli 1977 in Speymouth? Das war doch das Jahr, in dem er der Steuer wegen im Ausland geweilt hatte! Hätte er nicht das ganze Fiskaljahr über im Ausland bleiben müssen? Sie erinnerte sich, daß sie mal gelesen hatte, selbst ein kurzer Aufenthalt in England würde die steuerlichen Erleichterungen, die mit einem Wohnsitz im Ausland verbunden waren, zunichte machen. Wenn Gorringe nun heimlich zurückgekehrt war – und diese Aufnahme bewies es! –, würde er dann nicht all die eingesparten Steuern zurückzahlen müssen, das viele Geld, das er für die Restaurierung des Schlosses, den Kauf von Gemälden und Porzellan, für die Verschönerung seines Inselrefugiums ausgegeben hatte? Sie mußte sich an einen Experten wenden und herausfinden, wie die Rechtslage war. In Speymouth gab es sicherlich eine Anwaltskanzlei. Sie mußte einen Rechtsanwalt aufsuchen und ihn ganz allgemein über die Steuergesetze befragen. Sie brauchte ja keine Einzelheiten zu nennen. Aber sie mußte in dieser Hinsicht klarsehen. Und viel Zeit hatte sie nicht. Sie schaute auf ihre Armbanduhr. Es war schon zehn vor fünf. Um sechs Uhr sollte die Barkasse sie abholen. Sie mußte sich unbedingt Klarheit verschaffen, bevor sie nach Courcy zurückkehrte.

Ein Gedanke jagte den anderen, während sie die ausgemusterten Zeitungsausschnitte einsammelte, wieder in den Umschlag steckte und danach zu Miss Costello hinunterging. Wieso hatte allein Clarissa die Bedeutung dieser Aufnahme erkannt? Aber wer hätte sonst noch darauf kommen können? 1977 hatte ja Gorringe noch nicht auf der Insel gewohnt. Er hatte sie sicherlich nur selten besucht. Es war höchst unwahrscheinlich, daß man ihn damals in dieser Gegend schon gekannt hatte. Die Leute, die ihn kannten, wohnten in London und lasen den »Speymouth Chronicle« nicht. Und seinen Bestseller hatte er ja unter einem Pseudonym geschrieben. Die Einheimischen, die das Foto gesehen hatten, wußten ja nicht, daß es sich um A. K. Ambrose handelte, den Verfasser von »Autopsie«, der angeblich – der Steuer wegen – ein Jahr im Ausland verbrachte. So was hängte man doch nicht an die große Glocke. Nein, sein Pech war es gewesen, daß Clarissa ausgerechnet in dieser Woche in Speymouth gespielt hatte und hinterher die Rezension lesen wollte. Und Clarissa hatte sich ihr Schweigen gut bezahlen lassen. Das hatte sie sicherlich überaus taktvoll eingeleitet. Sie hatte ihn gewiß nicht rüde oder schamlos erpreßt. Sie hatte ihm ihre Bedingungen mit einem gewissen Charme, mit einem Unterton von gespieltem Bedauern gestellt. Dennoch hatte sie einen Preis gefordert, der auch bezahlt worden war. Cordelia wußte nun, warum Gorringe geduldet hatte, daß die Schauspielertruppe in sein geruhsames Leben eindrang. Sie wußte, wieso Clarissa über das Schloß hatte verfügen können, als sei sie die Herrin. Zwar bewies all das noch lange nicht, daß Gorringe der Mörder war, aber er hatte immerhin ein Motiv. Und den Beweis dafür hielt sie nun in der Hand.

Erst später fiel ihr ein, daß sie nicht einen Augenblick lang daran gedacht hatte, den Zeitungsausschnitt unverzüglich der Polizei zu zeigen. Nein, zunächst einmal mußte sie Gewißheit haben; danach wollte sie Gorringe damit konfrontieren. Es kam ihr so vor, als hätten ihre Ermittlungen mit der Polizei nichts zu schaffen. Es war eine Sache, die nur sie und Sir George, ihren Auftraggeber, etwas anging, vielleicht noch die

Frau, die sie nicht hatte schützen können. Sie erinnerte sich an Chefinspektor Grogans mit arroganter Stimme geäußerte Worte: »Sie sind gewitzter, als es Ihnen guttut, Miss Gray. Nicht Sie sollen den Fall lösen. Das ist meine Aufgabe.«

Sie traf Miss Costello in der kleinen, rückwärts gelegenen Küche beim Bereitlegen der Wäsche zum Bügeln. Sie war ohne weiteres einverstanden, daß Cordelia den Ausschnitt mitnahm. Sie schaute ihn nicht einmal an, sondern beschäftigte sich weiterhin mit ihren Kissenbezügen. Cordelia erkundigte sich noch nach einer guten Anwaltskanzlei. Ein prüfender Blick der hellwachen Augen streifte sie. Aber Miss Costello stellte keine Frage. Als sie ihren Gast zur Haustür begleitete, sagte sie nur: »Mein Anwalt wohnt in London. Ich habe allerdings gehört, daß die Kanzlei Blake, Franton und Fairbrother einen guten Ruf hat. Die Kanzlei befindet sich an der Esplanade etwa fünfzig Schritt vom Viktoria-Denkmal entfernt. Sie müssen sich freilich sputen. In Speymouth klingt nämlich nach fünf Uhr die Arbeitslust im allgemeinen spürbar ab.«

6

Miss Costello hatte recht gehabt. Als Cordelia außer Atem die Anwaltskanzlei Blake, Franton und Fairbrother erreichte, war die auf Hochglanz gewienerte Tür mit ihrem georgianischen Dekor schon geschlossen. Die Räume im Erdgeschoß waren dunkel. Zwar brannte im ersten Stock noch ein Licht, aber aus dem Namensschild an der Haustür ging hervor, daß es sich um eine Privatwohnung handelte. Selbst wenn das nicht der Fall gewesen wäre, konnte sie nicht gut einen ihr unbekannten Anwalt in seiner Wohnung wegen einer Erkundigung behelligen, die im Grunde nicht dringlich war. Vielleicht gab es noch eine Kanzlei, die bis sechs Uhr geöffnet war. Aber wie sollte sie sie finden? Sie hätte auf den gelben Seiten im Telefonbuch nachsehen können, sofern es die für eine Stadt wie Speymouth überhaupt gab. Verlegen stellte sie fest, daß sie als Londonerin darüber nicht Bescheid wußte. Und wenn es ein Verzeichnis der hiesigen Anwälte gab, würde sie Mühe haben, ohne einen Stadtplan eine Kanzlei zu finden. Allem Anschein nach war sie für diesen Ausflug höchst unzulänglich ausgerüstet. Während sie noch unschlüssig dastand, kam ein junger Mann mit einem Karton voll Gemüse und drückte auf die Wohnungsklingel.

»Ist die Kanzlei schon zu?« fragte er.

»Ja, leider. Dabei bräuchte ich unbedingt den Rat eines Anwalts. Es ist dringend.«

»Tja, so geht's einem mit den Anwälten. Es eilt meistens, wenn man sie braucht. Versuchen Sie's doch mal bei Beswick. Er hat seine Kanzlei am Gentleman's Walk; dreißig Meter die Straße hinunter und dann links abbiegen. Die Kanzlei liegt nicht allzuweit rechts.«

Cordelia bedankte sich und eilte davon. Der Gentleman's Walk war leicht zu finden: eine schmale Straße mit Kopfsteinpflaster und eleganten, aus dem frühen 18. Jahrhundert stammenden Häusern. Auf dem Messingschild, das schon so oft poliert worden war, daß man die Schrift gerade noch lesen konnte, stand: JAMES BESWICK, ANWALT. Cordelia war erleichtert, als sie hinter dem Milchglas noch ein Licht brennen sah und die Tür nachgab, nachdem sie mit der Schulter dagegen drückte.

Am Empfangstisch saß eine mollige, ein wenig ungepflegt wirkende Frau, die eine riesige, rotgeränderte Brille aufhatte und ein engtailliertes Kostüm aus grell gemustertem Kretonne trug mit einem Dessin von vollerblühten Rosen und rankendem Weinlaub, das an ein frisch bezogenes Sofa erinnerte. »Wir haben schon geschlossen!« rief sie Cordelia zu. »Kommen Sie morgen wieder oder rufen Sie an! Ab zehn Uhr.«

»Aber die Tür war doch noch offen!«

»Das mag schon sein, hat aber nichts zu bedeuten. Ich hätte sie vor fünf Minuten schließen sollen.«

»Aber jetzt bin ich nun mal da. Außerdem ist es dringend. Es dauert nur ein paar Minuten.«

Aus einem der oben gelegenen Räume rief jemand: »Wer ist es denn, Miss Magnus?«

»Eine Klientin. Eine junge Dame. Sie sagt, es sei dringend.«

»Ist sie hübsch?«

Miss Magnus schob die Brille auf die Nasenspitze und musterte Cordelia über den Rand hinweg. »Was hat denn das nun wieder zu bedeuten?« rief sie nach oben. »Sie ist adrett, nüchtern und sagt, daß es dringend sei. Und sie ist nun mal hier.«

»Schicken Sie sie rauf!« Die Schritte entfernten sich.

»Er ist doch Anwalt, nicht wahr?« fragte Cordelia plötzlich argwöhnisch. »Ein erfahrener Anwalt?«

»Aber ja! Alle Welt hält ihn für einen erfahrenen Anwalt.«

Aus der Art, wie sie das letzte Wort betonte, konnte man alles mögliche schließen. Miss Magnus deutete mit dem Kopf auf die Treppe.

»Sie haben ihn ja gehört. Im ersten Stock das Zimmer links. Er füttert sicherlich gerade seine Fische.«

Der Mann, der sich vom Fenster abwandte und sie anblickte, war hochgewachsen, hatte ein mageres, faltiges, aber humorvolles Gesicht und trug eine Halbbrille, die ihm bis zur Na-

senspitze gerutscht war. Er streute eben Fischfutter in ein riesiges Aquarium. Er ließ es nicht aus dem Päckchen hineinrieseln, sondern nahm jeweils eine kleine Menge zwischen die Fingerspitzen und verteilte sie sorgsam auf der Wasseroberfläche. Es kam zu einem bunten Spiel von roten und hellblauen Farben, als die Fische zusammenströmten und nach den Häppchen schnappten.
Er deutete auf einen Fisch, der wie polierte Bronze glänzte und durchs Wasser schoß. »Sehen Sie sich den Burschen nur an! Ist das nicht ein Prachtkerl? Das ist ein Dawn-Tetra, ein seltenes Exemplar aus Britisch-Guayana. Aber vielleicht gefällt Ihnen der Glowlight-Tetra besser? Da unter den Muscheln lauert einer.«
»Ein prächtiger Fisch«, erwiderte Cordelia. »Aber ich mache mir nicht viel aus Fischen in Aquarien.«
»Liegt's an den Fischen oder den Aquarien? Oder an der Kombination von beiden? Ich versichere Ihnen, daß sich die Tiere völlig glücklich fühlen, soweit man das überhaupt sagen kann. Ihre kleine Welt ist überaus sorgsam und nach wissenschaftlichen Erkenntnissen allein auf ihr Wohlergehen zugeschnitten. Zudem erhalten sie regelmäßig ihr Futter. Denn sie säen nicht noch ernten sie. Ah, da ist wieder so ein Prachtkerl! Sehen Sie sich nur diese Gold- und Grüntöne an!«
»Ich hätte gern eine Information von Ihnen«, sagte Cordelia. »Es betrifft nicht mich. Es geht um eine grundsätzliche Frage. Erteilen Sie solche Auskünfte?«
»Im allgemeinen nicht. Ich weiß auch nicht, ob es klug wäre. Anwälte müssen wie Ärzte handeln. Man kann nicht verallgemeinern oder Hypothesen vorbringen. Jeder Fall ist anders gelagert. Man muß die Umstände genau kennen, wenn man helfen will. Eine interessante Analogie, finde ich, die man weiterspinnen kann. Wenn Ihnen Ihr Arzt einen Auslandsaufenthalt empfiehlt, können Sie sich auch mit dem sonnigen Torquay an unserer Küste begnügen. Wenn aber Ihr Anwalt Ihnen eine Reise ins Ausland nahelegt, sollten Sie auf schnellstem Wege zum Flughafen Heathrow fahren. Ich hoffe nicht, daß Sie sich in so einer prekären Lage befinden?«
»Das nicht, aber die Information, die ich von Ihnen haben möchte, hat etwas mit einem Auslandsaufenthalt zu tun.
 Könnten Sie mir etwas über Steuerbegünstigung sagen?«

»Meinen Sie wirklich Steuerbegünstigung, die ja legal ist, oder Steuerhinterziehung?«
»Das erstere. Nehmen wir an, ich komme in den Besitz einer großen Geldsumme. Läßt sich das Abführen von Steuern umgehen, wenn ich für zwölf Monate ins Ausland fahre?«
»Das hängt davon ab, wie Ihnen diese große Geldsumme zugefallen ist. Sprechen Sie von einer Erbschaft, einem Geschenk, einem Totogewinn, dem Verkauf von irgendwelchen Grundstücken oder Aktien? Sie haben doch nicht etwa einen Bankraub vor?«
»Nein, ich denke da an Geld, das ich verdient habe – mit einem erfolgreichen Theaterstück oder einem Roman, mit einem Bild oder einer Filmrolle.«
»Wenn Sie gescheit sind, haben Sie den Honorarvertrag so abfassen lassen, daß Sie Ihr Geld nicht innerhalb eines Fiskaljahrs erhalten. Doch darüber weiß Ihr Steuerberater besser Bescheid als ich.«
»Aber nehmen wir an, daß ich nicht mit einem derartigen finanziellen Erfolg gerechnet habe.«
»Dann können Sie der Besteuerung entgehen, indem Sie für die Dauer des nachfolgenden Fiskaljahrs Ihren Wohnsitz ins Ausland verlegen. Sie wissen ja sicherlich, daß auf diese Weise verdientes Geld erst ein Jahr später versteuert werden muß.«
»Könnte ich dennoch übers Wochenende oder für einen kurzen Urlaub meine Heimat aufsuchen?«
»Nein. Nicht einmal für einen einzigen Tag.«
»Und wenn ich schlichtweg heimfahren muß? Ich könnte ja Heimweh haben.«
»Davon würde ich Ihnen dringend abraten. Steuerflüchtlinge können sich Heimweh nicht leisten.«
»Und wenn ich trotz allem heimgefahren bin?«
Er stieß einen Seufzer aus. »Falls Sie eine verbindliche Auskunft haben möchten, müßte ich zunächst mal nachsehen, ob es da einen Präzedenzfall gibt. Aber es ist, wie ich schon sagte, eher ein Problem für Ihren Steuerberater als für mich. Ich könnte mir allerdings denken, daß Sie dann die Steuer für das im Jahr zuvor erzielte Einkommen nachzahlen müßten.«
»Und wenn ich meine Heimreise der Steuerbehörde verheimlicht habe?«

»Dann könnten Sie wegen versuchter Steuerhinterziehung gerichtlich belangt werden. Vermutlich wird man darauf verzichten, wenn die Summe nicht besonders groß ist. Aber die fällige Steuer werden Sie schon nachzahlen müssen. Schließlich ist es ja die Pflicht der Finanzbeamten, die Steuern gemäß dem geltenden Satz einzutreiben.«

»Und wie hoch ist er?«

»Derzeit liegt der höchste Steuersatz für Einkommen dieser Art bei sechzig Prozent.«

»Und wie war's 1977?«

»In jener grauenhaften Zeit war er weitaus höher. Achtzig Prozent oder mehr bei steuerpflichtigen Einkommen von 24 000 Pfund aufwärts. Das waren in etwa die Richtwerte.«

»Sie hätten einen also damals ruinieren können?«

»Bettelarm machen, meinen Sie? Das wäre sicher eingetreten, wenn Sie so unvernünftig gewesen wären, das gesamte Einkommen aus dem Jahre zuvor auszugeben, weil Sie der Ansicht waren, es würde nicht besteuert werden. Der Tod und die Steuer erwischen nun einmal jeden von uns.«

»Ich danke Ihnen für diese Auskunft. Sie haben mir sehr geholfen. Was bin ich Ihnen schuldig? Wenn's mehr als zwei Pfund ausmacht, muß ich einen Scheck ausstellen. Ich habe mein Scheckheft dabei.«

»Lange haben wir ja nicht geplaudert, nicht wahr? Überdies hat Miss Magnus sicher schon abgerechnet und die Kasse abgeschlossen. Sagen wir, die Konsultation war gratis.«

»Das kann ich nicht annehmen! Ihr Zeitaufwand muß doch honoriert werden!«

»Dann stecken Sie eben ein Pfund in mein Sparschwein, und die Sache ist erledigt. Wenn Sie Ihren Bestseller geschrieben haben, wenden Sie sich an mich, um sich ausführlich beraten zu lassen, und ich werde Ihnen dafür ein hohes Honorar abknöpfen.«

Das besagte Sparschwein stand auf seinem Schreibtisch. Es hatte die Gestalt eines bunt angemalten, traurig dreinblickenden Spaniels, der zwischen seinen Vorderpfoten eine Geldbüchse mit dem Namen einer bekannten Tierschutzorganisation hielt. Cordelia steckte zwei zusammengefaltete Pfundnoten hinein und nahm sich fest vor, Sir George nur ein Pfund zu berechnen.

Doch dann fiel ihr alles wieder ein. Höchstwahrscheinlich würde sie Sir George überhaupt keine Rechnung stellen können. Wahrscheinlich würde sie mit weniger Geld heimkehren, als sie losgezogen war. Sir George hatte ihr zwar zugesichert, daß sie ein Honorar erhalten würde, aber wieviel konnte sie ihm denn für diesen tragischen Vorfall abverlangen? Wäre es nicht so etwas wie Blutgeld? Und welche Dienstleistungen sollte sie bloß auf der Rechnung aufführen? Es war schon sonderbar, wie viele kleine Komplikationen sich aus einer großen Komplikation wie einem Mord ergaben! Selbst mitten im Tode, dachte sie, sind wir vom Leben umfangen. Die Anforderungen des Alltags lassen sich nicht so einfach abschütteln.

Zwei Minuten vor der vereinbarten Zeit war sie am Hafen. Sie war überrascht und ein wenig verstimmt, weil die Barkasse noch nicht da war. Dann sagte sie sich, daß Oldfield sicherlich auf Courcy mit irgendeinem Auftrag aufgehalten worden war. Überdies war sie ja etwas zu früh gekommen. Sie setzte sich auf einen Poller und war froh, daß sie endlich ein wenig rasten konnte. Aber das, was sie heute entdeckt hatte, ließ ihr keine Ruhe. Sie stand wieder auf und ging längs der Hafenmauer auf und ab. Unten schlug die träge einströmende Flut gegen die grünspanfarbenen Quader. Knapp unter der rasch dunkler werdenden Wasserfläche wiegte Seetang seine bizarren, gespenstischen Wedel. Es wurde allmählich finster und kühler. In den Häusern, die sich an den Hang schmiegten, ging hinter den Fenstern mit den zugezogenen Vorhängen nacheinander das Licht an. Auch die Schlängelstraßen bekamen einen festlichen Saum schimmernder Laternen. Passanten und Feriengäste hatten längst ihre Quartiere aufgesucht. Nur hin und wieder hörte sie einsame Schritte auf dem Kai. Die kleine Stadt versank in einer fröstelnden, herbstlichen Stille, als bereue sie die vorangegangenen Stunden unzeitgemäßer Lebensfreude. Die Düfte des Sommers waren verweht. Über dem Hafen breitete sich kräftiger Meeresgeruch aus.
Sie blickte abermals auf ihre Uhr. Es war sechs Uhr dreißig, was die Schläge einer entfernten Kirchturmuhr bestätigten. Sie ging zur Hafeneinfahrt und schaute zur Insel hinüber. Von der Barkasse war nichts zu sehen. Bis auf ein paar heimkeh-

rende Boote, die mit schlaffen Segeln ihre Ankerplätze ansteuerten, war das Meer leer.
Sie begann wieder auf und ab zu gehen. Der mauve- und purpurfarben gestreifte Abendhimmel wurde immer dunkler. Ein fahler Mond zog einen zitternden Lichtstreifen übers Meer. Das ferne Courcy hob sich wie ein geducktes Tier vom fahlen Horizont ab. Die einfallende Nacht schien die Distanz zu vergrößern. Man konnte sich schwer vorstellen, daß nur zwei Meilen Wasser jenes dunkle, unheimliche Gestade von all den Lichtern und der Behäbigkeit von Speymouth trennten. Cordelia schauderte es, als sie hinüberblickte. Gorringes Erzählung fiel ihr mit der urtümlichen Eindringlichkeit eines kindlichen Alptraums ein. Sie konnte jetzt verstehen, warum das Eiland all die Jahrhunderte hindurch bei den hiesigen Fischern als verflucht gegolten hatte. Sie mußte an den Mann denken, der damals, der Pest und der tobenden See trotzend, die Überfahrt gewagt hatte, um schreckliche Rache zu nehmen.
Es war mittlerweile sieben Uhr dreißig. Aus irgendeinem Grund – war's Zufall oder Absicht? – würde Oldfield nicht mehr kommen. Sie konnte getrost den Kai verlassen, um in Courcy anzurufen, ohne befürchten zu müssen, daß sie die Barkasse verfehlen würde. Sie erinnerte sich, daß sie unweit des Viktoria-Denkmals zwei Telefonzellen gesehen hatte. Beide waren frei. Als sie die Tür hinter sich zuzog, stellte sie erfreut fest, daß die Zelle nicht demoliert war. Sie ärgerte sich, daß sie sich Gorringes Telefonnummer nicht notiert hatte. Sie befürchtete schon, Gorringe könne in seinem Drang nach Ungestörtheit auf einer Geheimnummer bestanden haben. Doch dann fand sie die Nummer. Sie war unter Courcy und nicht unter seinem Namen aufgeführt. Sie wählte und hörte es am anderen Ende anläuten. Dann hob jemand ab, ohne jedoch auf ihre Worte zu reagieren. Sie bildete sich sogar ein, daß sie leises Atmen hörte. Aber es konnte auch eine Täuschung sein.
»Hier ist Cordelia Gray«, wiederholte sie. »Ich rufe aus Speymouth an. Die Barkasse hätte mich um sechs Uhr abholen sollen.« Noch immer keine Reaktion. Obwohl sie die Angaben mit lauterer Stimme noch einmal durchgab, herrschte am anderen Ende weiterhin Schweigen. Sie hatte das untrügliche
 und irgendwie unheimliche Gefühl, daß dieser Jemand – wer

immer den Hörer abgenommen hatte – nicht reden wollte. Sie legte auf und wählte noch einmal. Doch diesmal hörte sie das Besetztzeichen. Der Hörer mußte neben der Gabel liegen.
Sie kehrte zum Hafen zurück, rechnete aber nicht mehr damit, daß die Barkasse mittlerweile eingetroffen war. Sie sah, daß auf einem der festgemachten Boote Licht brannte und sich jemand zu bewegen schien. Sie trat näher und erblickte ein nicht eben gepflegtes, aber stabiles Holzboot mit einer mittschiffs gelegenen klobigen Kajüte, mit braunen Segeln und einem Außenbordmotor. Achtern lag ein zusammengelegtes Schleppnetz. Allem Anschein nach wollte der Bootseigner nachts fischen. Auf dem Boot mußte es eine kleine Kombüse geben, denn aus der Kajüte drang der appetitanregende Duft nach geröstetem Speck, der den Teer- und Fischgeruch übertönte. Nach einer Weile zwängte sich ein stämmiger, bärtiger junger Mann aus der Kabine und musterte zunächst den Himmel, bevor er Cordelia erblickte. Er trug eine geflickte Wolljacke und Fischerstiefel und biß in ein dickes Sandwich. Mit seinem fröhlichen, wettergebräunten Gesicht und dem dichten schwarzen Haar sah er wie ein umgänglicher Seeräuber aus.
»Könnten Sie mich nach Courcy bringen, falls Sie auslaufen?« rief sie ihm, ohne lange zu überlegen, zu. »Die Barkasse von Courcy ist nicht gekommen. Ich muß aber heute nacht unbedingt zurückfahren.«
Er trat ein paar Schritte vor, biß von dem fetttriefenden Brot ab und musterte sie mit Augen, die pfiffig, aber nicht unfreundlich waren.
»Auf Courcy soll jemand ermordet worden sein«, erwiderte er. »Eine Frau, nicht wahr?«
»Ja, die Schauspielerin Clarissa Lisle. Ich war auf der Insel, als es geschah. Ich müßte auch jetzt dort sein. Um sechs hätte mich die Barkasse abholen sollen. Ich muß unbedingt heute nacht noch zurück.«
»Sieh an, eine Frau ist ermordet worden! Das ist auf Courcy nichts Neues. – Ich werde an der südöstlichen Landspitze fischen und kann Sie mitnehmen, falls Sie wirklich hinüber möchten.«
Weder seine Stimme noch seine Miene verrieten irgendwelche Neugier.

»Ja, ich möchte hinüber«, sagte sie hastig. »Ich zahle auch was für den Sprit.«
»Das brauchen Sie nicht. Der Wind ist kostenlos. Den gibt es reichlich draußen in der Bucht. Sie können sich höchstens an Bord nützlich machen.«
»Fragt sich nur, wie. Wenn Sie mich anweisen, werde ich schon an der richtigen Leine ziehen.«
Er nahm sein Sandwich in die linke Hand, wischte die Rechte an der Strickjacke sauber und streckte sie aus, um ihr an Bord zu helfen.
»Wie lange wird die Überfahrt dauern?« fragte sie.
»Wir haben die Flut gegen uns. Gut vierzig Minuten etwa. Vielleicht auch länger.«
Er verschwand in der Kajüte, während sie abwartend am Bug Platz nahm. Wenig später kam er wieder und brachte ihr ein Sandwich – kroß gebratene, kräftig duftende Speckstücke zwischen dicken, knusprigen Brotscheiben. Erst als sie hineinbiß und sich dabei fast den Kiefer ausrenkte, merkte sie, wie hungrig sie eigentlich war. Sie dankte ihm. Mit einer Spur bubenhafter Befriedigung darüber, daß seine Verköstigung so gut ankam, erwiderte er: »Unterwegs gibt's dann noch Kakao!«
Er stakte an der Kajüte vorbei zum Heck. Gleich darauf sprang der Motor an, und das kleine Boot löste sich vom Kai.

7

Es war kaum zu glauben, daß sie erst vor drei Tagen nach Courcy gekommen war. In dieser kurzen Zeitspanne schien sie Jahre voll aufregender Ereignisse durchlebt zu haben, ja ein anderer Mensch geworden zu sein. Es kam ihr so vor, als sei sie damals ein Kind gewesen, das aufgeregt und erwartungsvoll beim ersten Anblick der sonnenbeschienenen Schloßmauern, der Zinnen, des hohen, weithin sichtbaren Turms den Atem angehalten hatte. Doch als nun das kleine Fischerboot die Landzunge umrundete, war sie gleichermaßen fassungslos. Das Schloß war hell erleuchtet. Hinter allen Fenstern brannte Licht. Das hohe, klar abgegrenzte Turmfenster warf wie eine Leuchtboje einen hellen Streifen übers Meer. Das Schloß schien unbewohnt und heiter über den Felsen zu schweben, unter dem indigoblauen Himmel dahinzugleiten und mit seiner Helligkeit die nahen Sterne zu überstrahlen. Nur der Mond – eine fahle Scheibe aus Reispapier – konnte sich noch behaupten, bis ihn dann eine zerfaserte Wolke verschleierte.

Sie blieb auf dem Kai stehen, bis das Fischerboot wieder abgelegt hatte. Einen Augenblick war sie versucht gewesen, dem Bootsführer zuzurufen, daß er, in Rufweite zumindest, warten möge. Doch dann sagte sie sich, daß sie sich damit nur lächerlich mache. Schließlich würde sie ja Gorringe nicht allein treffen. Selbst wenn Whittingham zu schwach war, um ihr helfen zu können, würden noch Roma, Simon und Sir George dasein. Und warum sollte sie Angst haben, selbst wenn die anderen nicht anwesend waren. Sie traf ja nur auf jemand, der ein Motiv gehabt hatte. Doch ein Motiv machte einen Menschen noch lange nicht zum Mörder. Außerdem war sie Romas Meinung: Gorringe war nicht so kaltblütig, so bedenkenlos, konnte niemanden so hassen, daß er einen Mord begehen würde.

Die Terrasse war in silbriges Licht getaucht. Sie ging weiter, als würde auch sie schweben. Geräuschlos näherte sie sich der offenstehenden Terrassentür. Plötzlich erschien Gorringe – eine dunkle Silhouette vor dem Lampenlicht – und blieb abwartend stehen. Er trug seinen Smoking und hielt ein Glas mit Rotwein in der linken Hand. Es war ein Anblick, der sie an ein klar durchstrukturiertes Gemälde denken ließ. Sie mußte die Maltechnik des Künstlers bewundern: die selbstbewußte Haltung der Gestalt, den wirkungsvoll hingesetzten roten Farbtupfer im Glas, der die dunklen Umrisse der Figur hervorhob, das Weiß der Hemdbrust, die alles dominierenden Augen, die der ganzen Komposition gleichsam erst ein Zentrum, einen Sinn verliehen. Hier begann sein Königreich, sein Refugium. Hier galt sein Befehl. Die Beleuchtung diente allein dazu, seine Macht zu demonstrieren. Als sie auf ihn zutrat, redete er sie in beiläufigem Konversationston an und begrüßte sie, als habe sie den Nachmittag mit Einkäufen auf dem Festland verbracht. Aber wie hätte er auch anders handeln können?

»Guten Abend, Cordelia! Haben Sie schon gegessen? Ich habe mit dem Dinner nicht gewartet. Für mich habe ich nur eine Suppe und ein Kräuteromelette gemacht. Soll ich Ihnen auch eins machen?«

Cordelia ging in den Salon. Hier brannten nur die Wandleuchten, und eine Tischlampe tauchte den Sitzplatz vor dem Kamin in ein behagliches Licht. In den Winkeln war es dunkel. Über den Teppich und die Wände huschten lange Schatten. Das Feuer im Kamin mußte schon vor einiger Zeit entfacht worden sein. Ein einziger Kloben brannte ruhig vor sich hin.

Cordelia nahm ihre Tasche von der Schulter und fragte: »Wo sind denn die anderen?«

»Ivo hat sich hingelegt, da er sich nicht wohl fühlt. Er möchte morgen nach Hause fahren, wenn's ihm besser geht. Roma ist abgereist. Sie wollte unbedingt nach London zurück. Sir George bekam einen seiner geheimnisvollen Anrufe, der ihn zu einem Treffen nach Southampton beorderte. Roma ist dann mit ihm gefahren. Sie kommen nicht mehr zurück. Allerdings werden sie morgen noch zur Voruntersuchung in Speymouth sein. Und Simon sagte, er habe keinen Hunger, und ist auf sein Zimmer gegangen.«

Sie waren also doch allein, wenn man von dem kranken Whittingham und Simon absah.
»Wieso war die Barkasse nicht in Speymouth?« fragte sie und hoffte, daß er ihre Verärgerung nicht merkte. »Oldfield sollte mich doch um sechs Uhr abholen!«
»Dann muß er oder ich Sie mißverstanden haben. Er kommt erst morgen früh mit der ›Shearwater‹ zurück. Er verbringt die Nacht bei seiner Tochter in Bournemouth.«
»Ich habe dann angerufen, aber jemand muß den Hörer nach dem Läuten neben den Apparat gelegt haben.«
»Tja, so habe ich heute auf das Läuten des Telefons reagiert. Es waren schlichtweg zu viele Anrufe, zu viele Reporter.«
Sie standen nebeneinander vor dem Kaminfeuer. Sie nahm den Zeitungsausschnitt aus ihrer Tasche und reichte ihn Gorringe.
»Ich bin nach Speymouth gefahren, um das hier zu finden.«
Er nahm den Ausschnitt nicht, noch warf er einen Blick darauf. »Hab' ich mir fast gedacht. Ich gratuliere Ihnen. Soviel Erfolg hätte ich Ihnen nicht zugetraut.«
»Wieso? Weil Sie das Foto aus dem Zeitungsarchiv entfernt hatten?«
»Ja, ich habe es vor etwa einem Jahr vernichtet«, antwortete er unbeeindruckt. »Schien mir eine vernünftige Vorsichtsmaßnahme zu sein.«
»Ich habe dennoch eins aufgestöbert.«
»Das sehe ich. Sie sehen abgespannt aus, Cordelia«, sagte er unvermittelt. »Wollen Sie sich nicht setzen? Möchten Sie einen Rotwein oder einen Brandy?«
»Ein Glas Rotwein bitte.«
Sie mußte zwar einen kühlen Kopf bewahren, aber die Vorstellung, jetzt ein Glas Wein zu trinken, war unwiderstehlich. Ihr Mund fühlte sich so trocken an, daß sie kaum sprechen konnte. Er holte ein Glas aus dem Speisezimmer, schenkte es voll, goß sich selbst nach und setzte sich, wobei er die Karaffe in der Nähe abstellte. Sie hatten es sich beiderseits des Kamins bequem gemacht. Cordelia bildete sich ein, daß noch kein Sessel so bequem gewesen war, noch kein Wein so gut geschmeckt hatte. Gorringe begann dann ruhig und ohne merkliche Gefühlsregung zu reden, als sprächen sie über die belanglosen Vorkommnisse an einem ereignislosen Tag.

»Ich kam damals zurück, um meinen Onkel zu besuchen. Ich war ja sein Erbe, und er wollte mich sehen. Wahrscheinlich hätte er nicht begriffen, daß ich nicht heimkehren konnte, weil ich für ein Jahr der Steuer entgehen wollte. Das überstieg sein Denkvermögen. Er konnte sich nicht vorstellen, daß jemand des Geldes wegen ein Jahr lang etwas tat, das er im Grunde gar nicht wollte, irgendwo wohnte, wo er eigentlich nicht sein mochte. Schade, daß Sie ihn nicht gekannt haben. Sie beide hätten sich gut verstanden. Es war überdies nicht schwer, unbemerkt ins Land zu kommen. Ich flog von Paris nach Dublin und dann mit einer Aer-Lingus-Maschine nach Heathrow. Von dort fuhr ich mit der Bahn nach Speymouth und rief das Schloß an, damit mich William Mogg, der Kammerdiener meines Onkels, am Abend mit der Barkasse abholte. Die beiden lebten schon seit vierzig Jahren auf der Insel. Ich schärfte Mogg ein, ja niemandem zu sagen, daß er mich gesehen hatte. Das war eigentlich unnötig, denn Mogg redete nie über etwas, das seinen Herrn betraf. Drei Monate nach dem Tod meines Onkels starb auch er. Wissen Sie, ich ging damals überhaupt kein Risiko ein. Mein Onkel wollte, daß ich komme, und ich kam eben.«

»Andernfalls hätte er vielleicht sein Testament geändert.«

»Das war eine boshafte Bemerkung, Cordelia! Ob Sie's glauben oder nicht – diese unerfreuliche Möglichkeit hat mich damals nicht beeinflußt. Ich glaubte nicht, daß so etwas eintreten könnte. Ich mochte meinen Onkel. Ich sah ihn zwar nur selten – Kurzbesuche schätzte er nicht, nicht einmal von seinem künftigen Erben –, aber wenn ich meine alljährliche Pflichtvisite machte, verband uns beide etwas, das uns zusagte. Liebe war's nicht. Ich glaube, er liebte nur William Mogg. Und ich bin mir nicht klar, was das Wort eigentlich bedeutet. Aber was immer es gewesen sein mochte, mir lag viel daran. Ich mochte ihn. Er war zäh, widerborstig, mutig. Er war sein eigener Herr. Wie ein alter Stammeshäuptling hauste er in seinem weitläufigen Schlafzimmer und blickte aufs Meer hinaus. Er fürchtete sich vor nichts, vor gar nichts. Eines Tages bat er mich, ihm etwas Blue-Stilton-Käse zu besorgen, den er für sein Leben gern aß. Seit gut dreißig Jahren hatte er ihn nicht mehr bekommen. Er und William Mogg lebten mehr
 oder weniger von dem, was die Insel hergab. Butter und Käse

machten sie sich selbst. Ich weiß nicht, warum er sich plötzlich den Stilton einbildete. Außerdem hätte er ja Mogg losschicken können. Aber nein, er schickte mich.«
»Deswegen fuhren Sie also nach Speymouth?«
»Ja, deswegen. Wenn ich mich nicht zu dieser fürsorglichen Geste bequemt hätte, hätte Clarissa das Foto nicht gesehen, hätte sie mich nicht zur Inszenierung der ›Herzogin von Amalfi‹ erpressen können, wäre sie noch am Leben. Merkwürdig, nicht? Die Behauptung, daß eine gütige Macht unser Leben lenkt, ist doch blanker Unsinn. Das wurde mir schon im Alter von acht Jahren klar, als meine Mutter die Maschine, die sie nach Hause bringen sollte, um wenige Minuten verpaßte, und das nächste Flugzeug, mit dem sie dann mitflog, abstürzte. Ausschlaggebend war also gewesen, daß die Verkehrsampeln in Paris nicht rechtzeitig von Rot auf Grün geschaltet hatten. Nein, der Zufall bestimmt unser Leben und unseren Tod. Wenn Sie Clarissas Leben weit genug zurückverfolgen, werden Sie feststellen, daß eine Scheibe Blue-Stilton-Käse den Ausschlag gab. Das Gute erzeugt das Böse, wenn Ihnen diese Ausdrücke überhaupt etwas besagen.«
Whittingham hatte mit ihr über das gleiche Thema gesprochen. Aber diesmal brauchte sie nichts zu erwidern.
»Ein Mann sollte den Mut haben, gemäß seinen Anschauungen zu leben«, fuhr er fort. »Wenn man wie ich annimmt, daß wir nur dieses eine Leben haben, daß wir ebenso wie die Tiere sterben, daß alles, was uns umgibt, letztlich unwiderruflich verloren ist, dann müssen doch solche Ansichten unsere Lebensweise beeinflussen.«
»Millionen Menschen sind der gleichen Ansicht und bemühen sich dennoch in ihrem Leben um Güte, Freundlichkeit und Hilfsbereitschaft.«
»Weil Güte, Freundlichkeit und Hilfsbereitschaft ihnen weiterhelfen. Auch ich bemühe mich darum. Wer behaglich leben will, muß sich schon ein wenig beliebt machen. Und ein paar tugendhafte Agnostiker mögen sich sogar ein wenig Hoffnung oder Furcht bewahrt haben, daß es ein Leben nach dem Tode gibt, ein gewisses Maß an Belohnung oder Strafe, eine Wiedergeburt. Aber das gibt es nicht, Cordelia! Das gibt es nicht. Uns erwartet nur das Nichts, in das wir ohne jede Hoffnung eintauchen.«

Sie mußte daran denken, wie er Clarissa in dieses Nichts befördert hatte, und musterte fassungslos sein lächelndes Gesicht, das sich kummervoll verzog, als sei ihm jetzt erst bewußt geworden, was er getan hatte.
»Aber Sie haben ihr doch das Gesicht eingeschlagen! Immer wieder dreingeschlagen! Das haben Sie ohne weiteres fertiggebracht!«
»Schön war's nicht. Falls es Sie tröstet – ich mußte die Augen schließen. Es dauerte endlos. Es war grauenhaft. Das Fleisch schien die spröden Knochen zu schützen. Es waren so viele Knochen. Ihr Splittern hörte sich an, als würde ich wie einst in meiner Kindheit Karamelbonbons aus der Form brechen. Unsere alte Köchin ließ mich das immer machen. Sie herauszubrechen, wenn sie abgekühlt waren, war für mich das Schönste. Und als ich dann die Augen öffnete und hinunterblickte, gab es Clarissa nicht mehr. Es hatte sie schon vorher nicht mehr gegeben. Aber jetzt, nachdem ihr Gesicht nicht zu erkennen war, konnte ich mich nicht mehr erinnern, wie sie ausgesehen hatte. Clarissa, das war für mich nur ein Gesicht gewesen. Nachdem es vernichtet war, wußte ich, was ich schon immer gewußt hatte: Es war lächerlich anzunehmen, daß sie auch eine Seele hatte.«
Du darfst nicht ohnmächtig werden, sagte sich Cordelia. Nur nicht ohnmächtig werden! Du mußt ruhig bleiben. Du darfst jetzt nicht durchdrehen.
Seine Stimme klang schwächer, war aber deutlich zu verstehen: »Als ich – ein sechzehnjähriger Schuljunge – erstmals auf die Insel kam, wußte ich, was ich mir vom Leben wünschte. Nicht Macht, nicht Erfolg, nicht Sex mit Männern oder Frauen. Das war mir schon immer als eine mit Schamgefühlen verbundene Verschwendung menschlicher Intelligenz vorgekommen. Es war nicht einmal Geld, sofern es mir nicht zu meinem Wunschtraum verhalf. Ich wollte einen Ort, der mir gehörte. Diese Insel hier. Ein Haus. Dieses Haus hier. Ich wollte diese Aussicht hier, das Meer ringsum. Mein Onkel wollte auf der Insel sterben. Ich wollte darauf leben. Courcy war meine einzige Leidenschaft. Und diesen Besitz wollte ich mir nicht von einer mannstollen, zweitklassigen Schauspielerin entreißen lassen.«
 »Und deswegen haben Sie Clarissa umgebracht?«

Er schenkte ihr und sich nach und schaute sie an. Sie hatte das Gefühl, als würde er etwas abschätzen, ihre denkbare Reaktion vielleicht, sein Bedürfnis, sich ihr anzuvertrauen, oder vielleicht die Zeitspanne, die ihnen noch übrigblieb. Dann lächelte er. Es war ein belustigtes Lächeln, das von einem Auflachen nicht weit entfernt war.
»Meine liebe Cordelia, glauben Sie denn wirklich, daß Sie hier, bequem im Sessel sitzend, mit einem Mörder Château Margaux trinken? Trotzdem, ich bewundere Ihre Kaltblütigkeit. Nein, ich habe sie nicht umgebracht. Ich habe mir gedacht, das hätten Sie längst begriffen. Nein, ich bin nicht so mutig oder gefühllos. Sie war schon tot, als ich ihr das Gesicht einschlug. Jemand war vor mir dagewesen. Nein, sie hat nichts mehr gespürt. Und wenn man nichts mehr empfindet, ist alles unwichtig, ist alles gleichgültig. Das, worauf ich da einschlug, lebte nicht mehr. Es war nicht Clarissa.«
Sie hätte es sich denken können. Was hatte sie nur so blind gemacht? Diesen Gedanken hatte sie doch schon vorher gehabt. Clarissa mußte tot gewesen sein, als er mit dem Marmorarm auf sie einschlug, jener Nachbildung des Arms einer längst verstorbenen Prinzessin, die zufällig genauso geheißen hatte wie das Mädchen, das über ein Jahrhundert später ohne den Trost seiner Mutter in einem Londoner Krankenhausbett gestorben war.
»Es gab keine Blutspritzer. Woher auch? Sie war ja schon tot. Es ist nicht so schwer, auf einen Toten einzuschlagen. Es fließt kein Blut. Schmerz- oder Schuldgefühle gibt es nicht. Ich deckte damit nur den Mörder. Ich gebe zu, ich habe es hauptsächlich aus Eigennutz gemacht. Ich mußte unbedingt diesen verräterischen Zeitungsausschnitt finden, um ihn zu vernichten. Ich wußte, daß er sich irgendwo im Zimmer befand. Das war so einer ihrer schäbigen kleinen Tricks – ihn bei sich zu tragen, ihn hin und wieder aus der Handtasche zu nehmen und so zu tun, als würde sie die Rezension lesen. Dennoch dürfen Sie mir zutrauen, daß ich mich des Mörders auch mit einer gewissen Selbstlosigkeit annahm. Es machte mir Spaß, ihm eine Fluchtmöglichkeit zu eröffnen, die er, falls er Mumm hatte, ergreifen konnte.«
»Vielleicht besaß Clarissa noch Fotokopien des Zeitungsausschnitts?«

»Denkbar ist's schon, aber nicht wahrscheinlich. Und was hätte das ausgemacht? Sie wären unter all den Habseligkeiten in ihrer Wohnung gefunden worden. Belanglose Dinge, die man mit den Überbleibseln ihres im Grunde banalen Lebens weggeworfen hätte, mit all den halbleeren Cremetiegeln, den vergilbten Liebesbriefen, den gesammelten Theaterprogrammen. Selbst wenn George Ralston solche Kopien gefunden und ihre Bedeutung erkannt hätte – was höchst unwahrscheinlich ist –, hätte er nichts getan. George hätte es nicht als seine Pflicht angesehen, dem Fiskus die Arbeit abzunehmen. Ich bin damals nur einen Tag und eine Nacht hier gewesen, um einem sterbenden alten Mann Gesellschaft zu leisten. Hätten Sie mich etwa, falls Sie es gewußt hätten, angezeigt?«

»Nein.«

»Und werden Sie's jetzt tun?«

»Ich muß es. Die Situation ist anders. Ich muß die Polizei – nicht den Fiskus – darüber informieren. Das ist meine Pflicht.«

»Nicht doch, Cordelia! Das müssen Sie keineswegs. Reden Sie sich nicht ein, daß Sie keine andere Wahl haben!«

Sie gab ihm keine Antwort. Er lehnte sich vor und goß Wein in ihr Glas.

»Nein, die Vorstellung, daß es noch Kopien geben könnte, machte mir keine Angst. Ich konnte es nur nicht riskieren, daß die Polizei den einen Zeitungsausschnitt in ihrem Zimmer fand. Ich wußte, daß sie ihn entdecken würden, falls er irgendwo versteckt war. Außerdem suchte die Polizei nach einem Motiv. Alles, was sich in ihrem Zimmer befand, mußte konfisziert, registriert, analysiert und untersucht werden. Es war zwar denkbar, daß man aus dem Zeitungsausschnitt keine weiteren Schlüsse ziehen würde, daß man darin wirklich nur die Besprechung eines Theaterkritikers sehen würde, die Clarissa in ihrer Sentimentalität aufbewahrt hatte. Aber warum ausgerechnet diese Besprechung einer keineswegs aufsehenerregenden Aufführung in einem Provinztheater? Man sollte nicht damit rechnen, daß die Polizei dumm ist.«

»Es war also Simon«, sagte sie gepreßt. »Armer Simon. Wo ist er denn jetzt?«

»Auf seinem Zimmer. Keine Angst, er hat nichts zu befürchten. Aber wollen Sie nicht erfahren, wie es sich abspielte?«

»Simon konnte es doch nicht geplant haben! Er gewiß nicht. Er hatte es bestimmt nicht gewollt.«
»Geplant hat er's nicht. Ob er's gewollt hat? Wer kann sagen, was er gewollt hat? Was immer er wollte, sie ist nun einmal tot. Er gestand mir, daß Clarissa ihn auf ihr Zimmer beordert hatte. Den anderen sollte er sagen, daß er zum Schwimmen gehe. Er sollte unter seine Jeans die Badehose anziehen, hernach noch eine halbe Stunde warten, nachdem sie gegangen war, und dann dreimal an ihre Zimmertür klopfen. Sie würde ihm aufmachen. Sie wollte etwas mit ihm besprechen. Worum konnte es nur gehen? Um sie selbstverständlich. Worüber sprach denn Clarissa am liebsten? Aber der arme, verblendete Narr glaubte, sie wolle ihm mitteilen, daß er aufs Royal College gehen könne, daß sie für sein Musikstudium aufkommen würde.«
»Aber warum wollte sie ausgerechnet Simon um sich haben? Warum gerade ihn?«
»Das werden wir wohl nie erfahren. Ich kann's höchstens vermuten. Vor einer Aufführung schlief Clarissa ganz gern mit jemandem. Das verlieh ihr wohl die nötige Selbstsicherheit, befreite sie von Spannungen, war für sie die einzige Möglichkeit, vom Grübeln wegzukommen.«
»Aber ausgerechnet mit Simon? Er ist doch fast noch ein Junge. Sie konnte ihn doch nicht ins Bett zerren!«
»Möglich. Vielleicht wollte sie diesmal nur mit jemand reden, jemand um sich haben. Aus der Gesellschaft von Frauen – das dürfen Sie nicht persönlich nehmen, liebe Cordelia – hatte sich Clarissa noch nie etwas gemacht. Sie mag sich auch gedacht haben, daß sie Simon in mehr als einer Hinsicht einen Gefallen tat. Clarissa konnte sich einfach nicht vorstellen, daß es einen Mann gab – zumindest einen normalen Mann –, der nicht mit ihr schlafen würde, wenn er sie bekommen konnte. Um ihr Gerechtigkeit widerfahren zu lassen – das Verhalten der Männer hat sie gewiß nicht von dieser Ansicht abgebracht. Welch besseren Zeitpunkt hätte es überdies für Simon gegeben, mit einem derartigen Privatissimum zu beginnen, als an jenem sonnigen Nachmittag nach einem, wie ich mir einbilde, exzellenten Lunch, als es Clarissa nach einer neuen Erfahrung gelüstete, nach einer Abwechslung, die sie von der bevorstehenden Aufführung ablenken könnte? Wer hätte ihr

sonst zu Diensten sein können? George, dieser arme, ehrpusselige Trottel, der – um ihren guten Ruf zu schützen – das Blaue vom Himmel heruntergelogen hätte, hat vermutlich mit ihr nicht mehr geschlafen, seit er feststellen mußte, daß sie ihm Hörner aufgesetzt hatte. Von mir konnte sie nichts mehr erwarten. Und Whittingham? Ivo hatte sie ja schon mal gehabt. Können Sie sich außerdem vorstellen, daß sie Ivo hätte haben wollen, selbst wenn er dazu noch fähig gewesen wäre? Wäre ihr der Sinn danach gestanden, abgestorbene Haut zu streicheln, den Geschmack des Todes auf der Zunge zu spüren, verwesendes Fleisch zu riechen? Wer außer Simon blieb denn übrig, wenn man sich in Clarissa hineinversetzt?«

»Scheußlich ist es trotzdem!«

»Doch nur, weil Sie jung, hübsch und unduldsam sind. Mit einem anderen Jungen und zu einem anderen Zeitpunkt wäre nichts dabei gewesen. Ein anderer Junge wäre ihr vielleicht dankbar gewesen. Simon Lessing aber war an einer anderen Fortbildung interessiert. Außerdem hat er romantischere Vorstellungen. Was sie in seinem Gesicht dann sah, war nicht Begierde, sondern Ekel. Ich kann mich da auch täuschen. Vielleicht hat sie das nicht so klar gesehen. Clarissa ging den Dingen selten auf den Grund. Jedenfalls bestellte sie ihn zu sich. Und er gehorchte, wie auch ich mich dem Wunsch meines Onkels gefügt hatte.«

»Was geschah dann? Wie haben Sie's herausbekommen?«

»Ich habe Grogan angelogen, als ich ihm den Zeitpunkt nannte, zu dem ich mein Zimmer verließ. Ich habe mich gleich umgezogen, so daß ich etwa um zwanzig Minuten vor zwei an Clarissas Zimmer vorbeikam. In diesem Augenblick öffnete Simon die Tür und spähte heraus. Es war purer Zufall. Wir blickten einander an. Sein Gesicht war aschfahl, sein Blick starr. Ich fürchtete schon, er würde ohnmächtig werden. Ich stieß ihn ins Zimmer, folgte ihm und verschloß die Tür. Er hatte nur seine Badehose an. Hemd und Jeans lagen auf dem Boden. Und Clarissa lag rücklings auf dem Bett. Sie war tot.«

»Wie können Sie da so sicher sein? Warum haben Sie keinen Arzt kommen lassen?«

»Liebe Cordelia, ich führe zwar ein zurückgezogenes Leben, kann aber durchaus feststellen, ob ein Mensch tot ist. Ich habe mich selbstverständlich vergewissert. Ich fühlte ihr den Puls. Sie hatte keinen. Ich zog den Zipfel meines Taschentuchs über ihren Augapfel – was ganz schön schmerzt. Keine Reaktion. Simon hatte mit der Schmuckkassette zugeschlagen und ihr den Schädel zertrümmert. Die Schatulle lag noch auf ihrer Stirn. Merkwürdigerweise hat Clarissa nur wenig geblutet. Simon hatte am Unterarm nur einen kleinen Blutspritzer. Und ihr lief etwas Blut aus dem linken Nasenloch. Es war schon fast geronnen, als ich sie erblickte. Da war sie erst zehn Minuten tot. Es sah wie eine gezackte Hiebwunde aus, wie ein Schorf über dem offenstehenden Mund. Im Tode lächerlich auszusehen ist wohl die allerletzte Demütigung, gegen die wir freilich nichts machen können. Clarissa wäre empört gewesen. Sie kannten sie ja! Außerdem haben auch Sie sie gesehen.«

»Sie vergessen da etwas«, entgegnete Cordelia. »Ich habe sie erst später gesehen. Ich sah Clarissa, nachdem Sie sie so zugerichtet hatten. Da wirkte sie keineswegs mehr lächerlich.«

»Tut mir leid, Cordelia. Das hätte ich Ihnen gern erspart. Aber ich dachte mir, es könnte Verdacht wecken, wenn ich Clarissa auffinden würde. Wenigstens das habe ich aus der Lektüre von Kriminalromanen gelernt: Man sollte es tunlichst vermeiden, eine Leiche zu entdecken.«

»Hat er Ihnen denn gesagt, warum er sie umgebracht hat?«

»Er redete etwas wirr. Außerdem war ich mehr daran interessiert, ihn da wegzubringen, als die psychologischen Hintergründe seiner Tat aufzudecken. Jedenfalls hatten beide nicht das bekommen, worauf sie aus waren. Clarissa mußte aus seinem Blick Scham und Ekel herausgelesen haben. Und er erkannte, daß er all seine Hoffnungen begraben mußte. Sie spöttelte noch über sein sexuelles Versagen, warf ihm vor, daß er ein ebenso großer Stümper wie sein Vater sei. Und als sie halbnackt auf dem Bett lag, ihn hämisch anlachte, sich über ihn und seinen toten Vater lustig machte, all seine Hoffnungen zerstörte, muß er die Herrschaft über sich verloren haben. Er packte die Schmuckkassette – es war der einzige Gegenstand, der ihm brauchbar erschien – und schlug damit auf sie ein.«

»Und was geschah dann?«

»Können Sie's sich nicht denken? Ich sagte ihm, was er tun

müsse. Ich paukte ihm ein, was er der Polizei mitteilen solle. Er solle angeben, daß er nach dem Lunch – wie er's uns ja gesagt hatte – zum Schwimmen gegangen sei. Etwa eine Stunde sei er am Strand herumgeschlendert und danach ins Wasser gegangen. Etwa um dreiviertel drei habe er sich auf den Weg zum Schloß gemacht, um sich umzukleiden. Ich führte ihn hinterher in Clarissas Bad und wusch ihm den kleinen Blutfleck ab. Danach wischte ich das Becken mit Toilettenpapier trocken und spülte das Papier im WC hinunter. Ich fand auch den Zeitungsausschnitt. Die Suche hatte nicht lange gedauert. Er konnte sich nur in ihrer Handtasche oder in der Schmuckkassette befinden. Danach brachte ich Simon in das Zimmer nebenan und schärfte ihm ein, wie er aus Ihrem Badezimmerfenster die Feuerleiter hinunterklettern solle, ohne die Sprossen mit den Händen zu berühren. Er war wie ein willfähriges, gehorsames Kind und wirkte erstaunlich gefaßt. Ich sah noch zu, wie er – die Schatulle unterm Arm – die Feuerleiter hinabstieg, zum Rand der Klippe ging und die Kassette, wie ich's ihm gesagt hatte, ins Wasser warf. Falls die Polizei sie herausfischt, wird sie feststellen, daß die wertvollsten Stücke fehlen. Ich habe sie nämlich vorher herausgenommen und sie später woanders im Meer versenkt. Verzeihen Sie mir, wenn ich Ihnen mein Vertrauen nicht dadurch beweise, daß ich Ihnen die Stelle zeige. Es hätte ja nicht geklappt, wenn die Polizei hinterher herausgefunden hätte, daß aus der Schatulle nur ein angeblich vorhandener Zeitungsausschnitt entwendet worden war. Simon sprang dann ins Wasser, und ich sah, daß er zur Westbucht hinüberschwamm.«

»Noch jemand muß ihn beobachtet haben: Munter vom Fenster im Turmzimmer aus. Von dort sieht man die Feuerleiter nämlich.«

»Ich weiß. Er versuchte, es uns in seinem betrunkenen Zustand klarzumachen, als wir, Simon und ich, ihn in sein Zimmer brachten. Aber das war nicht weiter wichtig. Munter war verschwiegen. Ich versicherte Simon, daß er sich da keine Sorgen zu machen brauche. Munter hätte jedes Geheimnis, das mich betraf, mit ins Grab genommen.«

»Das hat er ja dann auch passenderweise getan. Aber hätten Sie einem Trinker in dieser Hinsicht trauen können?«

»Munter konnte ich trauen, ob er nun betrunken oder nüchtern war. Ich habe ihn übrigens nicht umgebracht. Auch nicht Simon, soviel ich weiß. Das war wirklich ein tödlicher Unfall.«
»Was haben Sie danach getan?«
»Ich mußte möglichst rasch handeln. Der Zeitdruck und das Risiko beflügelten mich geradezu. Die Inszenierung des mysteriösen Tathergangs gelang mir ebenso gut wie der Plot für mein Buch ›Autopsie‹. Ich entfernte das Make-up von Clarissas Gesicht, damit die Polizei nicht argwöhnen könne, sie habe vorher noch einen Besucher eingelassen. Dann mußte ich sämtliche Spuren verwischen, die über die Art der Ermordung Aufschluß gaben, und eine Tatwaffe unterschieben, die Simon nicht mitgebracht haben konnte, weil er von deren Existenz gar nichts wußte. Es mußte eine Tatwaffe sein, welche die Polizei auf den Gedanken brachte, daß der Mord etwas mit den Drohbriefen zu tun hatte. Ich sagte Simon nichts von meinem Vorhaben und berührte die Leiche erst, nachdem er verschwunden war. Unwissenheit war sein bester Schutz. Er brauchte dann nicht zu schwindeln oder sich zu verstellen. Von dem Marmorarm wußte er nichts. Clarissas zerschmettertes Gesicht hat er nicht gesehen.«
»Den Marmorarm hatten Sie vorher schon eingesteckt?«
»Ja, ich hatte den Marmorarm und den Drohbrief bei mir. Ich wollte ja beides in die Schatulle legen, die Clarissa in der zweiten Szene im dritten Akt öffnen würde. Das hätte zwar in der letzten Minute geschehen müssen und auch viel Geschicklichkeit erfordert, aber ich hätte es schon geschafft. Und ich kann Ihnen versichern, die Wirkung wäre spektakulär gewesen. Diese Szene hätte sie kaum bis zum Ende durchgespielt.«
»Haben Sie sich deswegen sozusagen als Regieassistent betätigt und sich um die Requisiten gekümmert?«
»Selbstverständlich. Das lag doch nahe. Alle nahmen an, daß ich die Sachen, die mir gehörten, im Auge behalten wolle.«
»Und nachdem Sie Clarissas Gesicht unkenntlich gemacht hatten, versteckten Sie Simons Sachen unter Ihrer Jacke und brachten sie zur Bucht?«
»Wie gut Sie sich auf solche Schliche verstehen, Cordelia! Ich hätte die Sachen zwar lieber etwas weiter entfernt am Strand niedergelegt, aber dazu reichte die Zeit nicht aus. Ich schaffte

es nur noch bis zu der kleinen Bucht jenseits der Terrasse. Und dann schlenderte ich durch den Arkadengang zum Theater, wo ich mich mit Munter vergewisserte, daß die Requisiten alle vorhanden waren. Erwähnen sollte ich noch, daß ich mir, als ich in Clarissas Zimmer war, keine Sorgen wegen meiner Fingerabdrücke zu machen brauchte. Denn es ist schließlich mein Haus. Die Möbel, die Kunstgegenstände, auch der Marmorarm, gehören ja mir. Wenn sie meine Fingerabdrücke aufwiesen, so konnte das niemand stutzig machen. Mich irritierte nur der Abdruck meiner Innenhand am Knauf der Verbindungstür. Denn daraus konnte man schließen, daß ich ihn zuletzt berührt hatte. Deswegen öffnete ich auch eilends die Tür, nachdem wir beide die Leiche gefunden hatten.«

»Haben Sie auch die Drohbriefe geschickt? Haben Sie weitergemacht, als Tolly damit aufhörte?«

»Sie wissen also von Tolly? Ich habe Sie unterschätzt, Cordelia! Ja, es war gar nicht so schwer. Als die arme Tolly ihren Kummer mit Religion zu betäuben suchte, setzte ich das löbliche Werk – freilich mit einem künstlerischen Einschlag – fort. Daraufhin wandte sich Clarissa an die Polizei. Da das eine Wendung war, die mir keineswegs gefiel, redete ich ihr eine kleine Ausschmückung ein, die dann auch prompt das Interesse der Polizei erlahmen ließ. Clarissa war eigentlich ein ausnehmend dummer Mensch. Sie hatte einen guten Instinkt, aber keine Intelligenz. Mein Erfolg hing von zwei Dingen ab: von Clarissas Dummheit und ihrer Angst vor dem Tod. Als Tolly aufhörte, ihre kleinen Zettel mit dem Bibelzitat vom Mühlstein um den Hals zu schicken, setzte ich mit meinem Psychoterror ein, wobei mir Munter gelegentlich half. Mein Ziel war es, sie als Schauspielerin fertigzumachen, weil ich nur dadurch meine Ungestörtheit, mein friedliches Eiland wiedergewinnen konnte. Denn nur als Schauspielerin hatte Clarissa Macht über mich. Sie wäre nie mehr nach Courcy gekommen, wenn sie sich in meinem Theater für alle Zeiten blamiert hätte. Sobald sie ihr Selbstvertrauen ein für allemal verloren hatte und ihre Karriere zu Ende war, hatte ich meine Freiheit wieder. Ich kann nicht sagen, daß sie eine gemeine Erpresserin war. Das hatte sie auch gar nicht nötig. 1977 war sie zufällig auf das Foto gestoßen. Clarissa genoß es, allerlei peinliche Geheimnisse über ihre Bekannten in Erfahrung zu bringen. Und jetzt hatte sie eins, das sie drei Jahre für sich behielt, bevor sie ihren Nutzen daraus zog. Es war mein Pech, daß die Restaurierung des Theaters und ihre Krise als Schauspielerin zeitlich zusammenfielen. Plötzlich gab es da etwas, das sie von mir bekommen konnte. Und sie verfügte über die Mittel, ihren Willen durchzusetzen. Ich muß sagen, daß sie mich mit einem Höchstmaß an Takt und Diskretion erpreßte.« Unvermittelt neigte er sich zu Cordelia und sagte: »Wir werden ihn nicht länger schützen können, Cordelia. Er trinkt mir zuviel. Sie müssen es doch selbst bemerkt haben. Und er macht Fehler. Den Versprecher beispielsweise, der Roma auffiel. Woher hätte er wissen können, wie Clarissas Schmuckschatulle aussah, wenn er sie nie zu Gesicht bekommen oder mal in der Hand gehalten hat? Er wird sich weitere Blößen geben. Ich mag den Jungen, er ist durchaus talentiert. Ich habe mein möglichstes getan, um ihn zu schützen. Da Clarissa schon seinen Vater zugrunde gerichtet hatte, sah ich nicht ein, warum ihr auch noch sein Sohn zum Opfer fallen sollte. Aber ich habe mich in ihm getäuscht. Er hat nicht das Zeug, die Sache unbeschadet durchzustehen. Grogan ist kein Dummkopf.«

»Wo ist denn Simon jetzt?«

»Ich hab's Ihnen doch schon gesagt. Auf seinem Zimmer, soviel ich weiß.«

Sie musterte sein Gesicht, die mädchenhaft glatte Haut, die vom Kaminfeuer leicht gerötet war, die kohlschwarzen Augen, den ständig lächelnden Mund. Sie hatte das Gefühl, als würde sie eine unwiderstehliche Macht in dem bequemen Sessel festhalten. Doch dann erkannte sie, worauf er aus war, als habe ihr der Rotwein auf geheimnisvolle Weise einen klaren Kopf beschert. Seine wohlüberlegten Erläuterungen, der Wein, sein Kumpelton, der verführerische Komfort ringsum, der sie ihre Müdigkeit nicht mehr fühlen ließ – all das waren doch nur Mittel, damit die Zeit verging, damit sie an seiner Seite blieb. Selbst der Raum schien sich mit ihm gegen sie verschworen zu haben – mit seinem behaglichen Kaminfeuer, der unwirklichen Atmosphäre, die er mit den langen, zuckenden Schatten vermittelte, mit der weit geöffneten Terrassentür, durch welche die undurchdringliche Schwärze der Nacht und das stetige, einlullende Rauschen des Meeres eindrangen.

Sie packte ihre Umhängetasche und rannte aus dem Zimmer. Sie eilte mit hallenden Schritten den Gang entlang, die breite Treppe hinauf, riß die Tür von Simons Zimmer auf und schaltete das Licht an. Das Bett war zwar aufgeschlagen, aber der Raum war leer. Wie von Sinnen durchsuchte sie ein Zimmer nach dem anderen. Nur in einem befand sich jemand. Whittingham lag, beschienen vom sanften Licht der Nachttischlampe, rücklings auf seinem Bett und schaute zur Decke empor. Als sie nähertrat, merkte er wohl, daß sie Hilfe brauchte. Aber er lächelte nur traurig und schüttelte bedauernd den Kopf. Mit ihm konnte sie nicht rechnen.
Sie konnte noch den Turm und das Theater absuchen, aber vielleicht befand sich Simon gar nicht mehr im Schloß. Die ganze Insel bot sich ihm ja als Versteck an: Klippen und Hügel, Wiesen und Wälder. Die dunkel daliegende Insel mit all ihren Schlupfwinkeln war wie eine Muschel, aus derem höhlenartigen Inneren nur Meeresrauschen drang. Es gab auch noch das Büro und die Schloßküche. Sie hielt es allerdings für unwahrscheinlich, daß er da Zuflucht gesucht hatte. Sie rannte den gefliesten Korridor entlang und warf sich gegen die Tür zum Büro. Dann blieb sie wie erstarrt stehen. Die zweite Vitrine mit den schauerlichen Erinnerungsstücken aus der Viktorianischen Zeit war aufgebrochen. Jemand hatte das Glas eingeschlagen. Sie blickte hinein und sah, daß etwas fehlte: die Handschellen. Und da wußte sie, wo sie Simon finden würde.

8

Sie warf die Umhängetasche auf den Schreibtisch und nahm nur die Stableuchte mit. Sie hätte noch gern ihren Ledergürtel dabeigehabt. Aber er war nicht mehr um ihre Taille geschlungen. Im Verlauf des Tages mußte sie ihn irgendwo verloren haben. Sie konnte sich nur noch erinnern, daß sie ihn in der Toilette eines Lebensmittelgeschäftes, die sie auf dem Weg zur Benison Row aufgesucht hatte, noch hatte. In ihrem Eifer, diese Miss Costello ausfindig zu machen, mußte sie ihn nachlässig zugeschnallt haben. Als sie über den Rasen zu dem dunklen Gehölz hastete, wünschte sie, sie hätte diesen Talisman bei sich, als könne er ihr die nötige Kraft verleihen. Vom Mond beschienen, tauchte dann – unheimlich und geheimnisvoll – die Kirche vor ihr auf. Aus dem offenen Portal fiel kein Lichtschein. Der fahle Schimmer, der durchs Ostfenster drang, reichte jedoch aus, daß sie zur Krypta gelangen konnte, ohne die Stableuchte einschalten zu müssen. Auch die Tür zur Gruft stand offen. Der Schlüssel steckte im Schloß. Gorringe mußte Simon gesagt haben, wo er ihn finden könne. Aus der Krypta schlug ihr erstickender Staubgeruch entgegen. Sie blieb nicht stehen, um das Licht anzumachen, sondern folgte dem schwankenden Lichtstreifen ihrer Stableuchte, vorbei an den aufeinandergetürmten Schädeln mit den grienenden Mündern, bis die schwere, eisenbeschlagene Tür auftauchte, hinter welcher der Geheimgang lag. Auch diese Tür stand offen.

Sie wagte nicht zu laufen, da der Gang gewunden und der Boden uneben war. Sie erinnerte sich, daß die Ganglampen nach einer gewissen Zeit automatisch erlöschen, und knipste im Vorbeigehen jeden Schalter an. In wenigen Minuten würde es hinter ihr wieder dunkel werden, so daß sie wie auf einer Lichtinsel immer tiefer in die Finsternis eindrang. Der Weg schien kein Ende zu nehmen. Waren sie vor zwei Tagen wirklich so weit gegangen? Sie geriet in Panik und befürchtete schon, sie sei irgendwo falsch abgebogen und habe sich nun in einem Tunnellabyrinth verlaufen. Doch dann erspähte sie die zweite Stufenreihe und gleich darauf den Lichtschimmer aus der niedrigen Höhle über dem Teufelskessel. Die einzige Glühbirne unter dem Schutzgitter brannte. Die Falltür war hochgeklappt und lehnte an der Höhlenwand. Cordelia kniete nieder und schaute Simon geradewegs ins Gesicht. Er blickte sie mit weit aufgerissenen Augen, so daß sie das Weiße sah, wie ein verängstigter Hund an. Sein linker Arm befand sich über seinem Kopf und war mit einer Handschelle an der obersten Sprosse befestigt. Die Finger oberhalb des Schellenbügels hingen schlaff hinunter und wirkten zart und blaß wie die eines Kindes. Und doch waren sie erst vor kurzem gelenkig über die Klaviertasten geglitten. Das unaufhaltsam steigende Wasser, das wie dunkles Öl gegen die Wände des Teufelskessels schwappte und im Licht der Höhle opalisierend schimmerte, hatte schon Simons Schultern erreicht.

Sie kletterte zu ihm hinunter. Das Wasser war schneidend kalt.

»Wo ist der Handschellenschlüssel?« fragte sie.

»Ich habe ihn fallen lassen.«

»Fallen lassen oder weggeworfen? Sagen Sie mir's, Simon!«

»Ich habe ihn einfach fallen lassen.«

Nein, er brauchte ihn gar nicht fortzuwerfen. Angekettet und hilflos, wie er war, konnte er an den Schlüssel ohnehin nicht herankommen, selbst wenn der ganz nahe lag, selbst wenn er sich noch so sehr anstrengte. Sie hoffte nur, daß der Boden im Teufelskessel felsig und nicht mit Sand bedeckt war. Sie mußte den Schlüssel einfach finden. Es gab keinen anderen Ausweg. Sie hatte sich alles genau überlegt. Es würde mindestens fünf Minuten dauern, bis sie zum Schloß gelangte. Dann nochmals fünf Minuten für den Rückweg. Und wo würde sie einen Werkzeugkasten finden? Oder eine kräftige Feile, mit der sich der Metallbügel durchfeilen ließ? Selbst wenn ihr jemand im Schloß behilflich war, reichte die Zeit nicht aus. Wenn sie Simon jetzt allein ließ, lieferte sie ihn dem Tod durch Ertrinken aus.

 »Ambrose sagte mir, daß ich bis an mein Lebensende im

Zuchthaus sitzen würde«, flüsterte Simon. »Ich hatte also nur die Wahl zwischen Selbstmord und der Irrenanstalt von Broadmoor.«

»Er hat Sie angelogen.«

»Ich würde es da nie aushalten, Cordelia! Niemals!«

»Das brauchen Sie auch gar nicht. Totschlag ist kein Mord. Sie wollten sie ja nicht umbringen. Und verrückt sind Sie auch nicht.«

Sie konnte sich noch gut an Gorringes Worte erinnern: »Wer weiß schon, was er wollte? Was immer er beabsichtigte, sie ist nun einmal tot, nicht wahr?«

Was sie jetzt brauchte, war so viel Licht wie möglich. Sie knipste die Stableuchte an und legte sie auf die oberste Leitersprosse. Dann pumpte sie die Lunge voll Luft und glitt vorsichtig in das glucksende Wasser. Vor allem kam es darauf an, daß sie den Grund möglicht wenig aufrührte. Das Wasser war eisig kalt und so trüb, daß sie nichts erkennen konnte. Ihre Hände schoben sich über den Boden, tasteten ihn ab, fühlten grobkörnigen Sand und unverrückbare Felsen mit scharfen Zacken. Losgerissener Seetang umfaßte ihren Arm wie eine wabblige Hand, die sie festhalten wollte. Aber ihre umhertastenden Finger berührten nichts, was ein Schlüssel hätte sein können.

Sie tauchte auf und schnappte nach Luft.

»Jetzt sagen Sie mir genau, wo Sie den Schlüssel fallen gelassen haben!«

»Hier etwa! So habe ich den rechten Arm ausgestreckt. Dann habe ich ihn fallen lassen.«

Sie ärgerte sich über ihre Dummheit. Sie hätte sich zuerst nach der Fallinie erkundigen sollen, bevor sie den sandigen Boden aufwühlte. Jetzt war der Schlüssel vielleicht für immer verloren. Sie mußte den Boden so sachte wie möglich absuchen. Und ruhig bleiben und sich Zeit lassen. Aber viel Zeit blieb ihr nicht. Das Wasser stand ihnen schon bis zum Hals.

Sie tauchte wieder ins Wasser ein und versuchte methodisch, die Stelle abzutasten, die Simon angegeben hatte. Wie Krabben krochen ihre suchenden Finger über den Sand. Zweimal war sie aufgetaucht und hatte Angst und Verzweiflung in seinen Augen gesehen. Erst beim dritten Versuch stieß ihre Hand auf etwas Metallenes. Es war der Schlüssel.

Ihre Hände waren beinahe starr vor Kälte. Sie konnte kaum den Schlüssel festhalten und hatte Angst, daß er ihr entgleiten würde, daß sie ihn nicht ins Schloß stecken könne.
Als Simon sah, wie ihre Hände zitterten, flüsterte er: »Ich bin es nicht wert. Ich habe auch Munter umgebracht. Da ich nicht einschlafen konnte, ging ich durch den Rosengarten. Ich war in der Nähe, als er hineinstürzte. Ich hätte ihn retten können. Aber ich rannte davon, weil ich mich nicht um ihn kümmern wollte. Ich tat einfach so, als hätte ich ihn nicht gesehen, als sei ich nicht dagewesen.«
»Denk jetzt nicht daran! Wir müssen hier raus! Du mußt raus aus dem kalten Wasser.«
Endlich steckte der Schlüssel im Schloß. Einen Augenblick fürchtete sie, daß er nicht paßte, daß es nicht der richtige Schlüssel war. Aber dann ließ er sich mühelos umdrehen. Die Schelle ließ sich öffnen. Simon war frei.
Und dann geschah es. Die Falltür klappte mit einem Getöse herunter, daß es ihnen in den Ohren dröhnte. Der Lärm schien die ganze Insel zu erschüttern. Die Eisenleiter, an der sie sich mit klammen Händen festhielt, erzitterte. Das Wasser wallte hoch und brach sich aufgischtend an den Höhlenwänden. Es war, als würde der Teufelskessel gleich bersten und die tobende Brandung einlassen. Cordelia sah mit Entsetzen, wie die eingeschaltete Stableuchte von der obersten Sprosse herabrutschte und – weiterhin brennend – ins Wasser fiel, wo sie noch kurz aufschimmerte und dann erlosch. Um sie herum wurde es dunkel. Und noch bevor der Lärm verhallt war, hörte Cordelia ein anderes Geräusch: Metall schrammte kreischend über Metall. Nicht einmal, sondern mehrmals. Was das Knirschen bedeutete, war so schrecklich, daß sie ihren Kopf mit dem klatschnassen Haar zurückwarf und in der Finsternis empört aufschrie: »Nein! Bitte nicht!«
Jemand – sie wußte, wer es nur sein konnte – hatte die Falltür zugeworfen. Und dieser Jemand hatte jetzt auch noch die beiden Riegel zugeschoben. Damit war ihr Schicksal besiegelt. Über ihnen war massives Holz, ringsum Felsgestein, und das Wasser stand ihnen bis zum Hals.
Sie richtete sich auf und stemmte die Hände mit aller Kraft gegen die Falltür. Sie zog den Kopf ein und versuchte es mit der Schulter. Die Tür gab nicht nach. Wie hätte es auch anders sein

können? Sie merkte, daß sich Simon zu ihr hochzog und dann mit den flachen Händen vergeblich gegen das Holz hämmerte. Sehen konnte sie ihn nicht. Die Dunkelheit war undurchdringlich und lastete wie eine schwere, erstickende Decke auf ihnen. Sie nahm wahr, daß Simon vor Angst langgezogen wimmerte, registrierte den Schweißgeruch, den er ausströmte, sein keuchendes Atmen, das dumpfe Herzpochen, das auch von ihr kommen konnte. Sie streckte die Arme nach ihm aus und streichelte tröstend sein Gesicht, das naß vor Meerwasser und Tränen war. Sie spürte, wie seine zitternden Hände über ihre Wangen, die Augen und ihre Lippen fuhren.
»Müssen wir jetzt sterben?« fragte er.
»Vielleicht. Aber wir haben noch eine Chance. Wir könnten versuchen, schwimmend zu entkommen.«
»Ich möchte aber bei Ihnen bleiben. Ich möchte nicht allein sterben.«
»Wir dürfen uns nicht aufgeben. Sie müssen mit mir schwimmen.«
»Gut, ich versuch's. Wann?« flüsterte er.
»Jetzt gleich. Solange wir noch genug Luft haben. Sie schwimmen zuerst. Ich folge Ihnen nach.«
Für ihn war's besser so. Wer zuerst untertauchte, kam leichter durch, wurde nicht durch die paddelnden Füße des Vorausschwimmenden behindert. Und wenn Simon aufgeben sollte, hatte sie vielleicht noch die Kraft, ihn vor sich her zu schieben. Einen Augenblick lang überlegte sie, was sie tun sollte, falls sich der Spalt verengte und sein eingeklemmter Körper die Flucht unmöglich machte. Nein, sie mochte nicht weiterdenken. Simon war jetzt sicherlich weniger kräftig als sie. Kälte und Todesangst hatten ihn geschwächt. Er mußte als erster losschwimmen. Der Wasserspiegel stand mittlerweile so hoch, daß nur noch ein kaum wahrnehmbarer Schimmer anzeigte, wo sich der Spalt befand. Er war da, wo der dunkle Grund einen fahlen Fleck aufwies. Die nächste Woge würde ihn verwischen, und dann saßen sie ohne jeglichen Anhaltspunkt in völliger Dunkelheit gefangen. Sie zog ihre klatschnasse Strickweste aus. Gemeinsam ließen sie die Leiter los und schwammen zur Mitte des Teufelskessels, wo die Höhlendecke noch am höchsten war. Dann drehten sie sich auf den Rücken und holten tief Luft. Das Felsdach streifte beinahe

Cordelias Stirn. Kühle Süßwassertropfen fielen ihr wie ein letzter Gruß aus der Welt da draußen auf die Zunge. »Los jetzt!« befahl sie leise. Er gab – ohne zu zögern – ihre Hand frei und glitt ins Wasser. Sie atmete zum letztenmal tief ein, warf sich herum und tauchte gleichfalls weg.

Ihr war klar, daß sie um ihr Leben schwimmen mußte, und das war auch alles, was ihr durch den Kopf schoß. Da es Zeit zum Handeln und nicht zum Überlegen war, war sie auf die Dunkelheit, das eisige Wasser und die Gewalt der hereinströmenden Flut überhaupt nicht vorbereitet. Sie hörte nur das Dröhnen in ihren Ohren, spürte nur den Schmerz in der Brust und die dunkle Woge der Flut, gegen die sie wie ein verängstigtes in die Enge getriebenes Tier ankämpfte. Das Meer, das war der Tod, dessen sie sich mit ihrem Überlebensdrang, ihrer Jugend, ihrer Hoffnung zu erwehren suchte. Sie hatte kein Zeitgefühl mehr. Die Flucht durch diese Hölle dauerte sicher schon Minuten oder gar Stunden. Dabei waren es nur Sekunden. Sie nahm den wild paddelnden Menschen vor ihr gar nicht wahr. Sie hatte Simon, Ambrose Gorringe, ihre Todesangst völlig vergessen, wollte bloß nicht sterben. Und dann, als der schmerzhafte Druck kaum noch auszuhalten war, als ihre Lungen zu bersten drohten, sah sie, daß das Wasser über ihr heller wurde, durchscheinender, sanfter, warm wie Blut. Und sie schwamm nach oben zur Luft, zur Oberfläche, zu den Sternen.

Es war, als sei sie wiedergeboren worden. Nach der Beklemmung, dem verzweifelten Kampf, der Dunkelheit und der Angst spürte sie, wie ihr das Blut wieder warm durch die Adern strömte. Und es war wieder hell ringsum. Sie wunderte sich, daß das Licht des Mondes so warm, so sanft, so wohltuend wie ein Sommertag sein konnte. Auch das Meer war überhaupt nicht mehr kalt. Sie drehte sich auf den Rücken und ließ sich mit ausgebreiteten Armen dahintreiben. Die Sterne schienen sie zu begleiten. Sie war überglücklich, daß sie da waren, und lachte ihnen in ihrer Freude zu. Und es überraschte sie gar nicht, daß sich Schwester Perpetua mit ihrer weißen Flügelhaube über sie beugte.

»Da bin ich, Schwester Perpetua!« flüsterte sie. »Da bin ich wieder.«

 Seltsam war nur, daß Schwester Perpetua dann mit zwar

freundlicher, aber abweisender Miene den Kopf schüttelte, daß die weiße Flügelhaube entschwand, nur noch der Mond, die Sterne und das menschenleere Meer übrigblieben. Und dann wußte sie mit einemmal, wer und wo sie war. Der Kampf war noch nicht zu Ende. Sie mußte mit aller Kraft gegen ihre Mattigkeit, gegen das überwältigende Glücksgefühl, gegen diese Zufriedenheit ankämpfen. Denn der Tod, der sie nicht mit Gewalt hatte vernichten können, näherte sich ihr nun verstohlen.

Doch dann sah sie, daß im Mondlicht ein Segelboot auf sie zuhielt. Zuerst meinte sie, es handle sich um eine Erscheinung, die sie sich in ihrer Erschöpfung einbildete, die sich ebenso verflüchtigen würde wie Schwester Perpetuas Gesicht mit der weißen Haube. Erst als es immer größer wurde und sie darauf zuschwamm, kam es ihr bekannt vor. Auch den Mann mit dem wirren Haar erkannte sie wieder. Es war das Fischerboot, das sie nach Courcy gebracht hatte. Sie hörte das Plätschern der Wellen vorm Bug, das Knacken der Planken, das Flattern der Segel. Die vierschrötige Gestalt hob sich dunkel vorm Himmel ab, während sie die Segel einholte. Der Außenbordmotor dröhnte leise. Der Bootsführer manövrierte mit der Breitseite auf sie zu. Er wollte sie an Bord ziehen. Das Boot schwankte etwas und schien dann zu stehen. Sie spürte schmerzhaft, das sie jemand an den Armen packte. Gleich darauf lag sie auf den Deckplanken, und der Mann kniete neben ihr. Er schien keineswegs überrascht zu sein, sie zu sehen. Er stellte auch keine Fragen. Er zog seinen Sweater aus und deckte sie damit zu.

Sobald sie sich erholt hatte, flüsterte sie: »Welch ein Glück, daß Sie noch da waren!«

Er deutete auf den Mast, an dem festgebunden wie ein Wimpel ihr Ledergurt hing.

»Ich wollte Ihnen das da bringen.«

»Sie wollten mir meinen Gürtel bringen?«

Sie wußte nicht, was daran so komisch war, warum sie am liebsten hysterisch aufgelacht hätte.

»Ich wollte, solange der Mond noch scheint, auf der Insel landen, obwohl Gorringe was gegen ungebetene Gäste hat. Ich wollte den Gürtel am Kai lassen, wo Sie ihn am Morgen bestimmt gefunden hätten.«

Die Anwandlung von Hysterie war vorüber. Sie richtete sich auf und blickte zur Insel hinüber, und zu dem dunklen Klotz da drüben, der unverrückbar wie ein Fels wirkte und in dem alle Lichter erloschen waren. Doch dann brach der Mond hinter einer Wolke hervor, und auf einmal war es ein schimmerndes Märchenschloß. Jeder Ziegelstein war deutlich zu sehen. Der Turm war wie mit Silber überzogen. Hingerissen bestaunte sie den zauberhaften Anblick. Dann fiel ihr dumpf alles wieder ein. Hielt Gorringe nach ihr Ausschau, dort oben auf seiner Zitadelle, das Fernglas vor den Augen? Suchte er das Meer nach einem auf und nieder tanzenden Kopf ab? Sie versuchte, sich vorzustellen, wie alles verlaufen wäre, wenn sie sich ausgepumpt gegen den Sog der zurückflutenden Wellen über den kiesigen Untergrund zum Strand hochgekämpft und dann aufblickend in seine grausamen Augen geschaut hätte. Sie wäre in ihrer Erschöpfung auf einen ausgeruhten Gegner gestoßen. Sie überlegte, ob er es über sich gebracht hätte, sie kaltblütig umzubringen, und gelangte zu dem Schluß, daß es ihm schwergefallen wäre, daß er's nicht geschafft hätte. Denn es war viel leichter, nur die Falltür zuzuklappen, die Riegel vorzuschieben, alles übrige dem Meer zu überlassen. Romas Ausspruch fiel ihr ein: »Bei Gorringe wirkt selbst das Grauen irgendwie abgeschmackt.« Aber hätte er sie am Leben lassen können, nachdem er wußte, was sie herausgefunden hatte?
»Sie haben mir das Leben gerettet«, sagte sie.
»Ich habe Ihnen höchstens etwas Schwimmen erspart. Sie hätten es auch allein geschafft. Zum Strand ist es nicht mehr weit.«
Er fragte nicht, warum sie zu dieser Stunde leicht bekleidet im Meer geschwommen war. Nichts schien ihn zu erstaunen oder aus der Fassung zu bringen. Da fiel ihr urplötzlich Simon ein.
»Wir waren zu zweit«, erklärte sie hastig. »Ein Junge war noch bei mir. Wir müssen ihn suchen. Er muß hier irgendwo sein. Er ist ein durchtrainierter Schwimmer.«
Doch das still daliegende, mondbeschienene Meer war ringsum leer. Sie überredete ihn, eine Stunde weiterzusuchen. Und so tuckerte er denn mit gerefften Segeln und gedrosseltem Motor entlang der Küste langsam hin und her. Cordelia hockte zusammengesunken an der Bordkante und spähte nach ei-

ner Bewegung auf der glatten Wasserfläche aus. Schließlich mußte sie sich mit dem abfinden, was sie schon vorher befürchtet hatte. Simon war zwar ein geübter Schwimmer gewesen, aber Kälte und Angst und vielleicht auch das Gefühl der Ausweglosigkeit mußten ihn dermaßen geschwächt haben, daß ihn letztlich die Kräfte verlassen hatten. Sie war zu erschöpft, um darüber Trauer zu empfinden. Sie empfand nicht einmal Enttäuschung.

Als sie bemerkte, daß sie in langsamer Fahrt auf den Kai von Courcy zutrieben, protestierte sie bestürzt: »Ich will nicht nach Courcy. Ich will nach Speymouth.«

»Wollen Sie zum Arzt?«

»Nicht zum Arzt, zur Polizei.«

Ohne weitere Fragen zu stellen, steuerte er das Boot herum. Sobald es ihr wieder warm geworden war und sie sich ein wenig erholt hatte, stand sie auf, um ihm beim Segelsetzen zu helfen. Doch sie schien in den Armen keine Kraft zu haben.

»Gehen Sie doch in die Kajüte, und versuchen Sie zu schlafen!« riet er ihr.

»Wenn's Ihnen nichts ausmacht, würde ich lieber an Deck bleiben.«

»Von mir aus. Sie stören mich nicht.«

Er holte ein Kissen und einen Wettermantel aus der Kajüte und bereitete ihr am Mast eine Lagerstatt. Als Cordelia zu den kalt funkelnden Sternen emporblickte, das Flattern des Segels am Großbaum und das Geplätscher der Wellen unterm Bug hörte, wünschte sie, daß die Fahrt endlos weitergehen, daß diese von Frieden und Schönheit geprägte Pause zwischen dem überstandenen Schrecken und dem künftigen Grauen nie aufhören möge.

Wie zwei vertraute Freunde segelten sie durch die stille Nacht dem Hafen von Speymouth entgegen. Dann mußte sie eingeschlafen sein. Sie nahm nur noch dumpf wahr, daß das Boot die Kaimauer entlangschrammte, daß er sie an Land trug, daß seine Hand ihren Busen streifte, sein Sweater nach Meer roch und sein Herz ebenso stark pochte wie ihres.

9

Die nächsten zwölf Stunden hatte Cordelia nur als eine wirre Folge unverständlicher Eindrücke in Erinnerung, als ein Durcheinander von einzelnen Bildern und Menschen, die eine immerfort klickende Kamera mit verblüffender, unnatürlicher Klarheit festgehalten und für alle Zeit mitsamt ihrer kuriosen Alltäglichkeit fixiert zu haben schien.
So beispielsweise einen riesigen Teddybären auf dem Schreibtisch im Polizeirevier, der – schielend, ein Schildchen am Hals – am Ende der Schreibtischplatte an der Wand lehnte. Dann eine Tasse mit starkem Tee, der auf die Untertasse übergeschwappt war. Zwei durchweichte Kekse, die sich allmählich auflösten. Warum waren ihr ausgerechnet diese Bilder so deutlich haftengeblieben? Dann Chefinspektor Grogan in einer blauen Strickjacke mit zerfranstem Ärmelrand, der sich etwas Eigelb vom Mund wischte und auf sein Taschentuch blickte, als sei er erstaunt wie sie, daß er so spät noch einen Imbiß zu sich nahm. Sie sah sich selbst, wie sie – Gesicht und Arme unter einer kratzenden Wolldecke – zusammengesunken im Fond eines Polizeiwagens saß. Dann das Foyer eines kleinen Hotels, in dem es nach einer lavendelhaltigen Möbelpolitur roch, in der ein kitschiges Bild hing, das den Tod Nelsons an Deck seines Schiffes darstellte. Eine Frau mit heiterem Gesicht – die Polizeibeamten schienen sie gut zu kennen – half ihr die Treppe hinauf. Ein kleines, rückwärts gelegenes Zimmer mit einem Bettgestell aus Messing und einer Mickey-Mouse-Abbildung auf dem Lampenschirm. Als sie am Vormittag aufwachte, fand sie ihre Jeans und das T-Shirt säuberlich zusammengelegt auf dem Stuhl neben ihrem Bett. Sie nahm sie in die Hand, als gehörten die Sachen jemand anders. Der Gedanke kam ihr, daß die Polizei noch in der Nacht nach Courcy gefahren sein mußte. Sonderbar, daß man sie nicht

mitgenommen hatte. Ein alter Mann, den Zipfel der Papierserviette hinter den Hemdkragen gestopft, ein grellrotes Muttermal im Gesicht, saß stumm zusammen mit ihr und den zwei Polizistinnen im Frühstückszimmer. Dann die Polizeibarkasse, wie sie gegen den auffrischenden Wind die Bucht durchschnitt. Darauf sie selbst, eingeklemmt zwischen Sergeant Buckley und einer uniformierten Polizistin wie eine Gefangene unter Bewachung. Eine Möwe mit gekrümmtem, kräftigem Schnabel kreiste über ihnen und ließ sich, als sei sie eine Galionsfigur, auf der Bugspitze nieder. Und dann ein Anblick, der all diese merkwürdigen Szenen mit einemmal entschlüsselte, das Grauen des gestrigen Tages wachrief, ihr die Brust einschnürte: Ambrose Gorringe, wie er allein am Kai auf sie wartete. Neben diesen zusammenhangslosen Bildern erinnerte sie sich noch an die vielen Fragen, an unzählige, immer wieder gestellte Fragen, an neugierige Gesichter, an Münder, die sich öffneten und automatenhaft wieder schlossen. Der Vernehmungen entsann sie sich hinterher ganz genau, der Ort aber hatte sich ihr nicht eingeprägt. War es im Polizeirevier gewesen? Im Hotel? Auf der Barkasse? Auf Courcy? Vielleicht trafen all diese Orte zu. Vielleicht waren all die Fragen von mehreren Stimmen gestellt worden. Sie schien von Ereignissen berichtet zu haben, die jemand anders erlebt hatte, jemand, den sie freilich gut kannte. Im Kopf der Erzählerin war alles ganz deutlich gespeichert gewesen, obgleich es vor langer Zeit, vor Jahren geschehen war, damals, als Simon noch lebte.

»Sind Sie sicher, daß die Falltür, als Sie ankamen, hochgeklappt war?«

»Ja.«

»Die hochgeklappte Tür lehnte also an der Höhlenwand?«

»Muß sie wohl, wenn sie offen war.«

»Wenn sie offen war! Sie behaupten, daß sie offen war. Sind Sie sicher, daß nicht Sie die Klapptür geöffnet haben?«

»Da bin ich mir sicher.«

»Wie lange hatten Sie sich bei Simon Lessing im Teufelskessel aufgehalten, als Sie die Klapptür zufallen hörten?«

»Das weiß ich nicht genau. Jedenfalls so lange, daß ich nach dem Handschellenschlüssel fragen, tauchen, den Schlüssel finden und Simon befreien konnte. Etwa acht Minuten vielleicht.«

»Wissen Sie mit Bestimmtheit, daß dann die Falltür verriegelt wurde? Haben Sie beide versucht, die Tür hochzudrücken?«
»Zuerst versuchte ich es allein. Dann zusammen mit Simon. Ich wußte aber, daß es sinnlos war. Ich hatte das Knirschen der Riegel deutlich gehört.«
»Haben Sie sich vielleicht weniger angestrengt, weil Sie meinten, daß es sinnlos sei?«
»Ich habe mich nach Kräften bemüht. Ich habe mich mit der Schulter dagegen gestemmt. Es ist doch eine völlig natürliche Reaktion, daß man es versucht. Trotzdem wußte ich, daß es vergebens war. Ich hatte deutlich gehört, wie die Riegel zugeschoben wurden.«
»Trotz des Rauschens der Flut haben Sie dieses leise Geräusch vernommen?«
»Im Teufelskessel hörte man nicht viel von der Flut. Das Wasser stieg so leise, als würde man einen Teekessel füllen. Das machte es so grauenhaft.«
»Sie hatten Angst und Sie froren. Meinen Sie, daß Sie die Kraft gehabt hätten, die Tür hochzudrücken, wenn sie zufällig zugefallen wäre?«
»Es war kein Zufall. Wie kann so was Zufall sein? Ich habe doch genau gehört, wie jemand die Riegel zuschob.«
»Einen oder beide?«
»Beide. Ich habe zweimal gehört, wie Metall über Metall schrammte.«
»Ihnen ist doch bewußt, was das heißt? Die Bedeutung Ihrer Aussage ist Ihnen doch klar?«
»Aber ja.«
Sie mußte dann mit ihnen zum Teufelskessel gehen. Es war nicht eben freundlich oder feinfühlig von ihnen. Aber das war nicht ihre Aufgabe. Auf die Falltür waren helle Scheinwerfer gerichtet. Ein Mann kniete daneben und trug mit den behutsamen Pinselstrichen eines Malers Puder auf, um Fingerabdrücke kenntlich zu machen. Sie klappten die Tür hoch, lehnten sie aber nicht gegen die felsige Wand, sondern bewegten sie so lange sachte hin und her, bis sie von selbst halbwegs senkrecht stand. Dann traten sie zurück und warteten, bis sie nach wenigen Sekunden von selbst krachend zufiel. Cordelia, die das Geräusch von gestern noch im Ohr hatte, erschauerte.
 Hernach mußte sie die Tür hochklappen. Sie war schwerer, als

sie vermutet hatte. Und darunter sah sie dann die Eisenleiter, die in die tödliche Unterwelt führte, die halbkreisförmige Ausgangsröhre, durch die etwas Tageslicht schimmerte, das dunkle, dumpf riechende Wasser, das gegen die Felswände schwappte. Sie mußte hinunterklettern, und sie machten die Tür zu. Dann stemmte sie sich mit der Schulter dagegen, wie sie es verlangt hatten, und konnte die Tür mühelos hochheben. Einer der Beamten stieg hernach zu ihr herunter, worauf sie die Falltür schlossen und die Riegel leise zuschoben. Sie wollten feststellen, wieviel sie hatte hören können. Daraufhin forderten sie Cordelia auf, die Tür senkrecht zu stellen, was ihr nicht gelang. Auf ihre Aufforderung hin versuchte sie es ein zweites Mal. Sie sagten nichts, als es ihr abermals mißlang. Sie überlegte angestrengt, ob sie nun annehmen könnten, sie habe sich nicht ernstlich bemüht. Und die ganze Zeit über sah sie den ertrunkenen Simon vor sich, den weit aufgerissenen Mund, die starren Augen, die wie ein toter Fisch im Wasser auf und nieder tanzende Leiche, die die Ebbe davontrug.

Und wenig später saß sie in einem Winkel auf der Terrasse und hatte nur noch die wortkarge Polizeibeamtin mit dem verschlossenen Gesicht um sich. Sie wartete unweit der Polizeibarkasse, auf der sie Courcy für immer verlassen würde. Ihre Schreibmaschine und ihr Handgepäck befanden sich zu ihren Füßen. Der Wind wehte noch, aber mittlerweile war die Sonne herausgekommen. Hingebungsvoll ließ sich Cordelia den Rücken bestrahlen. Seit gestern hatte sie das Gefühl, daß es ihr nie mehr warm werden würde.

Plötzlich fiel ein Schatten auf die Terrassenplatten. Gorringe hatte sich ihr geräuschlos genähert und stand nun neben ihr. Die wartende Polizistin war außer Hörweite. Gorringe redete, als sei sie gar nicht vorhanden, als gebe es nur sie beide.

»Ich habe Sie gestern nacht vermißt, mir Ihretwegen Sorgen gemacht. Die Polizei hat mir mitgeteilt, daß man Sie in einem Hotel untergebracht hätte. Hoffentlich ist das Zimmer behaglich gewesen.«

»Ich denke schon. So genau weiß ich es nicht mehr.«

»Sie haben der Polizei selbstverständlich alles gesagt. Das ging jedenfalls aus ihren abweisenden, forschenden, leicht verlegenen Mienen hervor, die sie mir gegenüber aufsetzten,

als sie mir gestern nacht noch einen späten, wenn auch nicht unerwarteten Besuch abstatteten.«
»Ja, ich habe ihnen alles gesagt.«
»Man kann ihre Freude geradezu riechen. Ich kann die Leute gut verstehen. Wenn Sie nicht lügen, sich getäuscht haben oder verrückt sind, haben sie einen ganz dicken Fisch an der Angel. Ihnen allen winkt eine Beförderung. Sie haben mich allerdings noch nicht verhaftet, wie Sie sehen. Die Situation ist auch zweifellos ungewöhnlich. Sie erfordert Takt und behutsames Vorgehen. Deswegen werden sie sich Zeit lassen. Im Augenblick beschäftigt sie noch immer die Falltür. Sie müssen sich schlüssig werden, ob sie nun zufällig zugefallen ist, oder ob Sie tatsächlich hören konnten, daß jemand die Riegel vorschob. Denn als sie gestern nacht hier waren – in einem höchst erregten Zustand, muß ich sagen –, war die Falltür zwar geschlossen, aber nicht verriegelt. Ich glaube nicht, daß sie auf den Riegeln irgendwelche brauchbaren Fingerabdrücke finden werden, oder sind Sie da anderer Meinung?«
Plötzlich fühlte sie eine Wut in sich aufsteigen, als müsse sie als schwache Frau für all die armen Kreaturen eintreten, die bedenkenlos umgebracht worden waren.
»Sie haben Simon ermordet!« schrie sie ihm ins Gesicht. »Und Sie versuchten, auch mich umzubringen. Auch mich! Und das nicht aus Notwehr, nicht einmal aus Haß. Mein Leben war Ihnen weniger wert als Ihre Bequemlichkeit, Ihr Besitz, Ihre private Welt! Mein Leben zählte da nicht!«
»Falls Sie das annehmen, ist Ihre Empörung verständlich«, erwiderte er gleichmütig. »Aber wissen Sie, Cordelia, ich habe der Polizei gesagt und ich sage es auch Ihnen, daß es sich so nicht abgespielt hat. Es ist schlichtweg nicht wahr. Niemand hat versucht, Sie umzubringen. Niemand hat die Riegel zugeschoben. Als Sie zum Teufelskessel kamen, war die Falltür geschlossen. Sie hoben sie ein wenig an, so daß Sie gerade noch hindurchschlüpfen konnten, und kletterten zu Simon hinab. Aber Sie haben die Falltür nicht hochgeklappt. Sie haben sie entweder zurückfallen lassen oder nur ein wenig angehoben, so daß sie dann von selbst zufiel. Sie waren verängstigt, durchfroren, erschöpft. Sie hatten einfach nicht mehr die Kraft, die Tür hochzudrücken.«

»Und wie steht's mit Ihrem Motiv, dem Foto im ›Speymouth Chronicle‹?«

»Was für ein Foto? Es war unklug von Ihnen, Ihre Umhängetasche mit dem Pressefoto auf dem Schreibtisch im Büro liegen zu lassen. Freilich ein durchaus verständliches Versehen in Ihrer Angst um Simon. Aber mir kam's zugute. Sagen Sie mir bloß nicht, daß Sie sein Verschwinden noch nicht bemerkt haben!«

»Die Polizei vernimmt die Frau, die es mir gegeben hat. Es wird sich herausstellen, daß ich den Zeitungsausschnitt hatte. Dann wird man eben versuchen, einen weiteren aufzufinden.«

»Dann muß die Polizei aber schon viel Glück haben. Und selbst wenn man einen zweiten auffindet und dieser – nach einer Zeit von mehreren Jahren! – ebenso scharf ist, wie der, den Sie nachlässigerweise eingebüßt haben, ist meine Schuld noch keineswegs bewiesen. Ich muß irgendwo in England einen Doppelgänger haben. Vielleicht war's gar ein Ausländer. Oder einigen wir uns darauf, daß ich auf der Welt einen Doppelgänger habe. Ist denn das so ungewöhnlich? Von Monat zu Monat wird es schwieriger, mir nachzuweisen, daß ich 1977 in England war. In einem Jahr hätte mir selbst Clarissa nichts mehr anhaben können. Selbst wenn sich mein Aufenthalt beweisen ließe, macht mich das noch lange nicht zum Mörder oder zum Komplizen eines Mörders. Simon Lessing hat sich selbst umgebracht. Und er hat Clarissa ermordet. Er hat es mir gestanden, bevor er verschwand. Er hat Clarissa den Schädel eingeschlagen, in seinem Haß und Ekel ihr Gesicht verwüstet und ist dann durchs Badezimmerfenster geflüchtet. Und als er gestern nacht den Gedanken an seine Tat und ihre Folgen nicht mehr ertragen konnte, versuchte er, sich umzubringen. Trotz Ihres heldenhaften Rettungsversuchs gelang es ihm auch. Sie haben Glück gehabt, daß er Sie nicht mit in den Tod nahm. Ich hatte mit alldem nichts zu tun. So lautet meine Aussage, liebe Cordelia, und nichts, was Sie da fabulieren mögen, kann sie widerlegen.«

»Warum sollte ich etwas zusammenfabulieren? Warum sollte ich lügen?«

»Das hat mich die Polizei auch gefragt. Ich erwiderte, daß junge Frauen wie Sie bekanntlicherweise eine blühende Phantasie besitzen und Sie zudem etwas Schreckliches erlebt hatten. Ich

gab noch zu bedenken, daß Sie die Besitzerin einer Detektei seien, die – Sie werden's mir verzeihen, wenn ich aus Äußerlichkeiten meine Schlüsse gezogen habe – nicht eben viel Geld abwirft. Sie müßten eine Unsumme ausgeben, um sich die Publicity zu verschaffen, die dieser Fall Ihnen bescheren könnte, sofern es tatsächlich zu einer Anklage kommt.«
»Wer wünscht sich schon Publicity, die darauf beruht, daß man versagt hat?«
»Ich an Ihrer Stelle würde da nicht so schwarz sehen! Sie haben viel Mut und Scharfsinn bewiesen. Mehr als es die Pflicht von Ihnen verlangt hat, wie sich der arme George ausdrücken würde. Ich denke nicht, daß George das Gefühl hat, Sie seien Ihr Honorar nicht wert gewesen. Falls Sie jedoch auf Ihrer Darstellung beharren«, fuhr er fort, »steht mein Wort gegen Ihres. Simon ist tot. Ihm kann nichts mehr nahegehen. Für uns beide wird es jedenfalls keine schöne Zeit.«
Glaubte er denn, daß sie nicht daran gedacht hatte, an das monatelange Warten, an all die Vernehmungen, an den Prozeß mit seinen widerlichen Begleiterscheinungen, an die neugierigen Augen der Zuschauer, an den Urteilsspruch, der sie als Lügnerin oder – schlimmer noch – als publicitygeile Hysterikerin brandmarken konnte?
»Ich weiß«, erwiderte sie. »Aber ich bin harte Zeiten gewöhnt.«
Er wollte also die Sache bis zum bitteren Ende durchfechten. Noch gestern nacht, als er ihren Rettungsversuch abwartete, mußte er sein weiteres Vorgehen geplant, neue glaubhafte Lügen ausgeheckt haben. Er würde all seine Durchtriebenheit, sein Renommee, sein Wissen, seine Intelligenz in die Waagschale werfen. Bis zum letzten Atemzug würde er um sein privates Königreich kämpfen. Sie sah seinen spöttisch verzogenen Mund, seinen gelösten, zuversichtlichen Gesichtsausdruck. Er schien sich wohl schon auf die Unterbrechung seines geruhsamen Lebens zu freuen, im Vorgefühl eines sicheren Erfolges zu schwelgen. Er würde mit allen nur denkbaren juristischen Kniffen arbeiten, sich die besten Anwälte nehmen. Er würde dem Kampf nicht ausweichen und weder jetzt noch später klein beigeben.
Aber wie könnte er, falls er den Prozeß gewann, mit dem Wissen um seine Tat leben? Vermutlich würde es ihm nicht viel
 ausmachen, ebensowenig wie Clarissa der Tod von Viccy

beunruhigt hatte. Oder Sir George die Mitschuld an Carl Blythes Tod. Nein, man brauchte nicht an das Bußsakrament zu glauben, wenn man mit irgendwelchen Schuldgefühlen fertigwerden wollte. Auch sie hatte da so ihre Mittelchen. Gorringe würde sich schon zu behelfen wissen. Und war denn das, worauf er sich da eingelassen hatte, so ungewöhnlich? Tagaus, tagein gerieten Menschen unverhofft in unwiderstehliche Versuchung. Ambrose Gorringe war ihr erlegen. Was hätte ihm auch die Kraft verleihen können, ihr zu widerstehen? Wer sich so lange vom Getriebe der Menschen ferngehalten hatte, vom menschlichen Leben mit all seiner Schäbigkeit, konnte kein Mitgefühl mehr empfinden.

»Lassen Sie mich bitte allein!« sagte sie. »Ich möchte Sie nicht mehr sehen.«

Er rührte sich nicht von der Stelle. Nach einer Weile sagte er mit ruhiger, freundlicher Stimme: »Es tut mir leid, Cordelia. Es tut mir wirklich leid.«

Als würde er jetzt erst die stumme uniformierte Polizistin bemerken, fügte er noch hinzu: »Ihr erster Besuch auf Courcy ist nicht so glücklich verlaufen, wie ich's erhofft hatte. Ich wünschte, es wäre anders gekommen. Verzeihen Sie mir!«

Sie wußte, das war das einzige Eingeständnis, zu dem er sich je bequemen würde. Vor Gericht hatte es keine Gültigkeit. Es würde nie als ein Beweis gewertet werden. Trotzdem glaubte sie, auch wenn's ihr schwerfiel, daß es ehrlich gemeint war.

Sie blickte ihm nach, als er beschwingt auf sein Schloß zueilte. Chefinspektor Grogan kam ihm entgegen. Ohne miteinander zu reden, traten sie dann ins Haus.

Sie blieb sitzen und wartete. Ein Polizeibeamter in Uniform – blutjung und mit einem Gesicht wie ein Engel von Donatello – näherte sich ihr.

»Sie werden am Telefon verlangt, Miss Gray!« sagte er errötend. »In der Bibliothek.«

Es war Miss Maudsley, die sich trotz ihrer Aufgeregtheit alle Mühe gab, verständlich zu sprechen.

»Hoffentlich behellige ich Sie nicht mit meinem Anruf, Miss Gray. Der junge Mann am Telefon versicherte mir, daß ich nicht störe. Er war übrigens ausnehmend liebenswürdig. Ich wollte nur wissen, wann Sie heimkommen. Wir haben nämlich einen neuen Auftrag erhalten. Ein überaus dringender

Fall. Es geht um ein entlaufenes Siamesenkätzchen, ein Seal-Point. Es gehört einem Mädchen, das vor wenigen Tagen nach einer Leukämiebehandlung aus dem Krankenhaus entlassen worden ist. Das Mädchen hatte das Kätzchen erst seit einer Woche. Es bekam es zur Heimkehr geschenkt. Und nun ist das arme Ding furchtbar betrübt. Bevis ist gerade wegen einer Rolle unterwegs. Wenn ich jetzt nach dem Kätzchen suche, ist niemand im Büro. Überdies hat Mrs. Sutcliffe noch vorhin angerufen. Nanki-Poo, ihr Pekinese, ist wieder mal entwischt. Sie möchte, daß wir ihn unverzüglich herbeischaffen.«

»Hängen Sie einen Zettel an die Tür, auf dem steht, daß wir morgen um neun wieder geöffnet haben«, ordnete Cordelia an. »Dann können Sie das Büro zumachen und nach dem Kätzchen suchen. Rufen Sie noch Mrs. Sutcliffe an und sagen Sie ihr, daß ich mich heute abend wegen Nanki-Poo bei ihr melden werde. Ich bin jetzt auf dem Weg zur Voruntersuchung. Chefinspektor Grogan wird eine Verschiebung beantragen. Es kann also nicht mehr lange dauern. Ich nehme dann den Nachmittagszug.«

Als sie aufhängte, überlegte sie, ob man sie davon abhalten könne. Die Polizei wußte ja, wo sie zu finden war. Trotzdem würde Courcy sie nicht so schnell freigeben. Vielleicht nie. Aber auf sie wartete ein neuer Auftrag. Ein Auftrag, der zudem dringend war und den sie auch bewältigen konnte. Obwohl ihr klar war, daß derlei sie nicht für den Rest ihres Lebens befriedigen würde, machte ihr das Betuliche nichts mehr aus. Sie sehnte sich sogar danach. Denn Tiere quälten einander nicht mit Todesdrohungen noch muteten sie einem zu, daß man ihr grauenhaftes Ende miterleben mußte. Sie halsten einem keine psychischen Probleme auf, horteten keine Reichtümer, lebten nicht in der Vergangenheit. Auf Liebesentzug reagierten sie nicht mit Schmerzensschreien. Sie verlangten nicht, daß man ihretwegen log und versuchten nicht, einen zu ermorden.

Sie verließ die Bibliothek und trat auf die Terrasse. Grogan und Buckley standen reglos da und warteten auf sie: Grogan am Bug der Polizeibarkasse, Buckley am Heck. Sie erinnerten an unbewaffnete Recken, die auf ein Prunkschiff achtgaben, das ihren König nach Avalon tragen sollte. Als sie stehenblieb und die beiden anblickte, spürte sie, wie eindringlich diese auch sie musterten. Sie hatte das Gefühl, daß dieser Augenblick etwas zu besagen hatte, daß sie alle drei sich über etwas schlüssig werden mußten, es aber nie aussprechen würden. Auch die beiden da kämpften mit ihren Vorbehalten. Wieweit konnten sie sich auf ihren Verstand, ihre Ehrlichkeit, ihr Gedächtnis, ihr Durchhaltevermögen verlassen? Konnten sie ihr berufliches Ansehen als Polizeibeamte von ihrer Standhaftigkeit abhängig machen, selbst wenn es vor Gericht hart auf hart gehen sollte? Wie würde sie sich schlagen, wenn es zum Prozeß kam und sie – gänzlich auf sich selbst angewiesen – als Zeugin vor dem Crown Court aussagen mußte? Doch die eventuellen Bedenken der beiden berührten sie nicht, als könne nichts, was sie tun, denken oder planen mochten, sie beeinflussen. Alles würde schließlich sein Ende finden, wie auch die beiden da und sie selbst ihr Ende finden würden. Im Verlauf der Zeit würden ihre Aussagen mit den halbvergessenen Geschichten um Courcy verschmelzen – mit Carl Blythes einsamem Tod, mit Lillie Langtrys prunkvollen Auftritten, mit den zerfallenden Totenschädeln in der Gruft. Auf einmal kam sie sich unverwundbar vor. Die Polizisten da mußten sich schon selbst entscheiden. Sie hatte sich bereits entschieden, ohne zu zögern, ohne viel Bedenken. Sie würde die Wahrheit sagen. Und sie würde da heil herauskommen. Nichts konnte sie erschüttern. Sie rückte die Umhängtasche zurecht und ging entschlossen auf die Barkasse zu. In diesem Augenblick überkam sie das Gefühl, daß Courcy, daß all die Geschehnisse an diesem verhängnisvollen Wochenende ihrem Leben, ihrer Zukunft, ihrem unbeirrbar pochenden Herzen ebensowenig anhaben konnten wie das blaue, erbarmungslose Meer.